퍼트리샤 조핸슨, 「스티븐 롱」(1968).

가츠시카 호쿠사이, 판화 연작「후가쿠 36경」중「후지 산 등반(諸人登山)」(1830~1832).

우타카와 히로시게, 판화 연작「도카이도 역참 53곳」중「호도가야(保土ヶ谷)」(1833~1834).

토머스 게인즈버러, 「아침 산책」(1785).

귀스타프 카유보트, 「파리의 거리, 비오는 날」(1877).

마이글 하이저, 「둥근 표면 평면의 이동(Circular Surface Planar Displacement)」(1969).

월터 드 마리아, 「라스베이거스 피스(Las Vegas Piece)」(1969).

로버트 스미스슨, 「나선형의 방파제」(1970).

리처드 롱,
「걸을 때 그려진 선」(1967).

리처드 롱,
「실버리 언덕(Silbury Hill)」(1970~1971).

리처드 롱,
「케른아바스 걷기(Cerne Abbas Walk)」(1975).

걷기의 인문학

걷기의 인문학

가장 철학적이고 예술적이고 혁명적인
인간의 행위에 대하여

리베카 솔닛

김정아 옮김

Wanderlust :
A History of Walking

반비

일러두기

1. 이 책은 Rebecca Solnit, Wanderlust: A History of Walking(London: Penguin Books, 2001)을 완역한 것이다.

2. 원서에서 이탤릭으로 강조되어 있는 부분은 볼드로 표시했다.

3. 인용문의 이해를 돕기 위해 인용자(이 책의 저자)가 덧붙인 내용에는 모두 대괄호([ ])를 사용했다.

4. 옮긴이 주는 대괄호([ ]) 안에 넣고 '—옮긴이'로 표시했다.

5. '걸어가는 인용문'에 들어가 있는 한국 작품들은 옮긴이가 추가한 것이다.

   인용문의 출처는 「걸어가는 인용문의 서지 사항」에서 확인할 수 있다.

추천의 말

"솔닛의 글쓰기를 훔치고 싶었다. 현장에서 길어 올린 용감한 언어, 오래 들여다본 자의 통찰, 성실함으로 쌓아올린 단단한 지성, 행간마다 일몰처럼 번지는 수려한 감성으로 빚어낸 글에 나는 매번 압도당했다. 『걷기의 인문학』을 읽고 나니, 그 비결이 조금은 짐작된다. "몸을 통해 세계를 인식하고 세계를 통해 몸을 인식"하는 걷기가 그 동력이 아니었을까 싶다. 오직 몸으로 밀고 나가는, 걷기라는 곡진한 행위는 어떤 사람을 환경운동가로, 철학자로, 페미니스트로, 예술가로, 명상가로 만들어줄 수 있음을 이 팽창하는 텍스트는 증명한다. 그것을 증명하면서 솔닛은 그 모든 존재가 된다.

이 책은 때로 척척하고 울퉁불퉁한 길로 이끈다. 친절하거나 익숙하지 않다. 이대로 걷다 보면 어디가 나올지 힌트를 주지 않고 그렇기에 '우연한 발견'이라는 기쁨을 선사한다. 이 얼마나 고마운가. 자신을 '다른 자리'에 데려다놓는 사람을 만나야 좋은 글을 쓸 수 있음을 알기에, 나는 솔닛의 지적 여정에, "일하는 것과 일하지 않는 것, 그저 존재하는 것과 뭔가를 해내는 것 사이의 미묘한 균형"을 잡는 걷기에 기꺼이 함께할 작정이다."

　　　　　　　　　　　　　　　　　　　　　　　　　—은유(작가)

"더 높이, 그리고 더 멀리 바라볼 때가 있다. 봉우리나 지평선과 같은 곳을. 바로 내가 걷고 있을 때다. 아무리 높고 멀리 있다 해도 걸어가는 한, 바라볼 수밖에 없다. 덕분에 걷는 일은 더 높이, 그리고 더 멀리 바라보는 일이기도 하다. 그간 많은 사람들이 영적으로, 정치적으로, 문학적으로 걸어왔다. 그들의 걸음 덕분에 이 세계는 더 높이, 그리고 더 멀리 오게 됐다. 리베카 솔닛이 말하는 걷기란 바로 그처럼 이 세계를 좀 더 높고, 먼 곳으로 보내는 일, 즉 '진보(進步)'를 뜻한다. 이 책에서 소개한 걷기의 달인들, 그러니까 장 자크 루소, 워즈워스 남매, 헨리 데이비드 소로, 개리 스나이더, 존 무어, 발터 베냐민 등은, 바로 그런 의미에서 모두, 진보주의자들이다. 그리고 그들이 걸어간 길의 끝에서 인류는 다시 걸음을 내딛는다. 세계 도처에서 사람들은 인종과 남녀의 차별을 메우기 위해 걷고 있다. 걷기의 역사를 말하는 리베카 솔닛의 목소리에서 희망의 역사를 듣는 까닭이 여기에 있다."

　　　　　　　　　　　　　　　　　　　　　　　　　—김연수(소설가)

"요리를 예찬하는 사람들은 '당신이 무엇을 먹었는지 말해보라. 그럼 당신이 누군지 말해주겠다.'는 문장을 믿지만, 걷기를 예찬하는 리베카 솔닛은 아마도 '당신이 어디를 걸었는지 말해보라. 그럼 당신이 누군지 조금은 알 수 있을 것이다.'라고 말할 것 같다. 이 책을 통해 나는 나에게 누구도 빼앗을 수 없는 멋진 무기가 있음을 깨닫는다. 걸으면서 생각하고, 걸으면서 나 아닌 다른 것과의 소통을 꿈꾸는 나, 걸으면서 새로운 아이디어를 얻고, 걸음으로써 걷기 전과는 분명 달라진 나. 리베카 솔닛은 이 책을 통해 눈부시게 증언한다. 더 많이, 더 오래, 더 깊이 생각하며 걸을 때마다 조금씩 다른 존재가 되어가는 인간의 힘을."

—정여울(작가)

한국의 독자들에게

가장 위대하고 아름다운 힘의 경험

지난해 한국 사람들이 부정한 정권에 맞서 뭉치는 모습은 감동적이고 경이로웠습니다. 하지만 지구 반대편에서 우리의 역사를 알고 있는 사람들은 놀라지 않았습니다. 공적 공간으로 걸어 나오는 비무장 시민들이 엄청난 힘이라는 것, 때로 자치의 힘이기도 하고 때로 압제 정권, 불량 정권을 막아내는 힘이기도 하다는 것은 이 책의 주제 중 하나입니다. 혁명을 생각할 때 흔히 폭력, 군대 등을 떠올리지만, 많은 중요한 일을 해내는 것은 사실 폭력이 아니라, 군대나 군인이 아니라, 평범한 사람들입니다. 평범한 사람들이 모인 시민사회입니다. 사람들의 의지에는 엄청난 힘이 있습니다. 그 힘은 공적으로 가시화될 때, 우리가 함께 모일 때 발휘됩니다. 의지에 내재된 힘을 발휘하는 데는 일상의 경험을 통한 연습이 필요합니다. 길을 걸으면서 자기 몸의 힘을 느끼는 경험, 집 밖에서 집처럼 편하게 느끼는 경험, 스스로를 사회의 한 구성원이라고 느끼는 경험, 낯선 사람들과 공존하는 경험입니다.

21세기 들어 우리는 이 힘이 세상을 바로잡기 위해 떨쳐 일어나는 모습을 여러 번 목격했습니다. 네팔, 튀니지, 이집트, 폴란드, 아이슬란드, 아르헨티나, 볼리비아에서 비무장의 시민들이 하나로 뭉쳐 정권에 맞섰습니다. 우리는 민주주의를 추상적으로 이야기할 때가 많습니다. 그저 투표를 통해 달성할 수 있는 것이라고 생각할 때도 많습니다. 하지만 민주주의란 종종 일종의 경험입니다. 공적 공간에서 육체적으로 한데 모이는 경험, 눈으로 확인하는 경험, 뒤로 물러서지 않는 경험, 목표에 도달할 때까지 걸어가는 경험입니다. 사람이 사는 세상에서 가장 위대하고 가장 아름다운 힘의 경험입니다. 정의와 자유를 지키고자 하는 시민들의 힘이 반세계화 운동에서 최근 사건들에 이르기까지 여러 가지 방식으로 펼쳐지는 나라에서 이 책이 출간된다는 사실을 지자로서 영광스럽게 생각합니다.

내가 이 책을 쓴 것은 거의 20년 전입니다. 이 책이 담고 있는 보행의 여러 가지 기쁨과 성과와 의미에 관한 이야기는 지금도 거의 그대로 통할 듯합니다. 평범한 사람들이 도시와 시골의 모든 열린 공간에서 자유롭게 걸을 가능성, 그 가능성을 위협하는 요소들은 더 많아지고 있습니다. 점점 사적 공간에 틀어박히고, 점점 몸을 망각하고, 실리콘밸리가 만들어낸 컴퓨터, 스마트폰, 온라인 기반의 여가 활동에 점점 더 많은 시간을 쏟게 됩니다.

나는 이 책에서 이런 현상이 지나치게 과도해질 때 잃어버릴 수밖에 없는 삶의 기쁨, 삶의 역동, 그리고 그 밖의 삶의 중요한 것들에 대해 이야기하고자 했습니다. 정신과 육체, 내면의 성찰과 사회의 결성, 사적인 것과 공적인 것, 도시와 시골, 개인과 집단. 이 양쪽은 대립하는 것 같지만 그렇지 않습니다. 대립하는 듯한 두 항이 이 책에서는 보행을 통해 하나로 연결됩니다. 걸어가는 사람이 바늘이고 걸어가는 길이 실이라면,

걷는 일은 찢어진 곳을 꿰매는 바느질입니다. 보행은 찢어짐에 맞서는 저항입니다.

2017년 8월
리베카 솔닛

차례

1
생각이 걷는 속도

1
걸어서 곳 끝까지: 서론

어디에서 시작할까? 근육이 긴장한다. 한쪽 다리가 기둥처럼 땅과 하늘 사이에서 몸을 지탱한다. 다른 쪽 다리가 뒤에서 휙 옮겨 온다. 발바닥이 바닥에 닿는다. 몸무게가 앞쪽 발볼로 쏠린다. 엄지발가락이 바닥을 밀어내면, 몸무게는 또 한 번 미묘한 균형을 찾아간다. 두 다리가 위치를 바꾼다. 그렇게 한 걸음, 또 한 걸음, 그리고 또 한 걸음이 이어지면서, 탁, 탁, 탁, 탁, 보행의 리듬이 생긴다. 더없이 자명하면서도 더없이 모호한 이 보행이라는 주제는 어느새 슬며시 종교, 철학, 풍경, 도시 정책, 해부학, 알레고리, 그리고 애통함 속으로 걸어 들어간다.

보행의 역사는 글로 쓰이지 않은 은밀한 역사다. 노래의 작은 패시지, 노상의 작은 패시지, 인생사의 작은 패시지, 그리고 책 속의 작은 패시지에서 그 역사의 편린들을 발견할 수 있을 뿐이다. 육체적 보행의 역사는 직립보행과 인체 해부의 역사다. 대부분 보행은 이곳에서 저곳으로 가는 데 필요한 대수롭지 않은 이동 수단으로서의 실용적 행동일 뿐이다. 보행이 탐구되고 의식(儀式)이 되고 사색이 되는 것은 보행의 특별

• 인간은 왜 걷는가, 어떻게 걷는가, 처음부터 걸었는가, 더 잘 걸을 수는 없는가, 걸으

한 부분집합(우편배달부가 편지를 전하는 일이나 회사원이 기차에 타는 일 등과 생
리적으로는 같지만 철학적으로는 다른 행위)이다. 다시 말해, 걷기를 주제로 삼
는 것은 어떻게 보자면 보편적 행동에 특수한 의미를 부여하는 것이라고
할 수 있다. 음식을 먹는 일, 숨을 쉬는 일과 마찬가지로 걷는 일에도 성애
적 의미에서 영적 의미까지, 혁명적 의미에서 예술적 의미까지 어마어마
하게 다양한 문화적 의미를 부여할 수 있다. 그때야 비로소 걷기의 역사
가 생각과 문화의 역사(다양한 보행, 다양한 보행자들이 저마다 자기의 시대에 추
구한 다양한 기쁨과 자유와 의미의 역사)의 일부가 되기 시작한다. 그런 생각
이 두 발로 지나간 곳에 장소가 만들어졌고, 그렇게 만들어진 장소가 다
시 그런 생각을 민들어냈디. 걸었기에 골목과 도로와 무역로가 뚫린 것
이고, 걸었기에 현지의 공간 감각과 대륙 횡단의 공간 감각이 생겨난 것
이고, 걸었기에 도시들, 공원들이 만들어진 것이고, 걸었기에 지도와 여
행안내서와 여행 장비가 생긴 것이다. 멀리까지 걸어갔으니 걷는 이야기
책들과 시들이 쓰인 것이며, 순례와 등산과 배회와 소풍을 기록한 방대
한 분량의 책들이 쓰인 것이다. 역사의 풍경에는 이야기가 깃들어 있다.
우리를 역사의 현장으로 돌려보내주는 것은 바로 그 이야기다.
    걷기가 아마추어적 행동이듯 걷기의 역사는 아마추어적 역사다.
걸음의 비유를 쓰자면, 걷기의 역사는 허락 없이 남의 땅(해부학, 인류학,
건축, 조경, 지리, 정치사와 문화사, 문학, 섹슈얼리티, 종교 연구)에 걸어 들어가지
만 그중 어느 땅에도 머물지 않고 계속 먼 길을 걸어간다. 전문 영역이라
는 땅을 진짜 땅(기름지게 경작되어 특정 농작물을 산출하는 반듯한 사각형의 농
지)에 비유하면, 걷기라는 주제는 경계가 따로 없다는 점에서 진짜 걷기
와 비슷하다. 걷기의 역사는 모든 땅의 일부이자 모두의 경험의 일부라
는 점에서 무한한 역사다. 다만 지금 내가 쓰고 있는 **이** 역사는 **그** 무한한

면 어떻게 되는가. […] 이 세상에 관여하는 모든 철학적·심리적·정치적 체제가 궁금해

역사의 일부(그 무한한 역사 속을 걸어가는 한 사람이 우왕좌왕 두리번두리번 지나간 이상한 길 하나)일 수밖에 없다. 이 책에서 나는 미국이라는 나라에 사는 우리네가 지금 이 순간까지 지나온 길들, 즉 유럽의 전통을 미국의 전통(미국 대륙에서 생겨난 완전히 상이한 척도가 수반된 수 세기 동안의 적응과 변이)과 그 외의 전통들(비교적 최근에 합류한 전통들, 특히 아시아의 전통들)로 변형하고 전복해온 역사를 따라가보고자 했다. 걷기의 역사는 모두의 역사이며, 누가 쓰든 자기가 잘 다니는 길에 관해 쓸 수밖에 없다. 내가 따라가는 길이 유일한 길은 아니라는 뜻이다.

어느 봄날이었다. 나는 자리에 앉아서 걷기에 대한 글을 쓰려다가 말고 다시 일어섰다. 책상 앞에서는 큰 생각을 할 수 없으니까. 밖으로 나간 나는 골짜기 언덕을 올라 능선을 따라 걷다가 태평양 쪽으로 내려갔다. 버려진 군사기지가 드문드문 박혀 있는 골든게이트교 북쪽 곳이었다. 유난히 습했던 겨울이 지나고 봄이 와 있었다. 언덕에는 내가 매년 잊었다가 매년 다시 마주치는 기세등등한 풀빛이 가득했다. 비를 맞고 황금색에서 흐린 회색으로 탈색된 작년의 풀들이 그 신록 사이로 고개를 내밀고 있었다. 활기찬 새 봄에 어울리는 색은 아니었다. 소로(Henry David Thoreau)는 이 대륙의 반대편에서 나보다 훨씬 더 활기차게 걸으면서 그곳 길에 대해 썼다. "완전히 새로운 전망을 발견하는 것은 큰 행복이다. 지금도 나는 이 행복을 언제라도 맛볼 수 있다. 두세 시간의 오후 산책은 언제나 나를 낯선 나라로, 내가 평생 가볼 수 있는 그 어느 나라 못지않게 낯선 나라로 데려다준다. 처음 가본 외딴 농가 하나가 다호메이 왕국의 모든 영지를 합한 만큼이나 좋을 때가 있다. 반경 10마일, 즉 오후 산책 한 번의 거리 안에 있는 풍경이 보여줄 수 있는 것들과 70년이라는 사람의 한평

할 만한 질문인데, 인간이 걷기 시작한 이래 아무도 이렇게 물은 적이 없다니 참 이상한

생 사이에는 실은 공통점이 하나 있다. 좀처럼 익숙해지지 않는다는 점이다."[1]

내가 걷는 길도 도로와 샛길을 합쳐서 구불구불 얼추 10킬로미터가 된다. 나는 힘들었던 10년 전 이 길을 걷기 시작했다. 걸으면 불안이 떨쳐질까 해서였다. 그 후로도 나는 자꾸 이 길로 돌아왔다. 일을 쉬기 위해서일 때도 있었고 일을 하기 위해서일 때도 있었다. 생산 지향적 문화에서는 대개 생각하는 일을 아무 일도 안 하는 것으로 간주하는데, 아무일도 안 하기란 쉽지 않다. 아무 일도 안 하는 제일 좋은 방법은 무슨 일을 하는 척하는 것이고, 아무 일도 안 하는 것에 가장 가까운 일은 걷는 것이다. 인간의 의도적 행위 중에 육체의 무의지적 리듬(숨을 쉬는 것, 심장이 뛰는 것)에 가장 가까운 것이 보행이다. 보행은 일하는 것과 일하지 않는 것, 그저 존재하는 것과 뭔가를 해내는 것 사이의 미묘한 균형이다. 생각과 경험과 도착 이외에는 아무것도 생산하지 않는 육체노동이라고 할까. 수년간 걷기를 다른 일의 수단으로 삼아왔던 내가 걷기에 대한 글을 쓰는 일을 하게 되었다는 것도 우연은 아니다.

이상적으로 볼 때, 보행은 몸과 마음과 세상이 한 편이 된 상태다. 오랜 불화 끝에 대화를 시작한 세 사람처럼. 문득 화음을 들려주는 세 음표처럼. 걸을 때 우리는 육체와 세상에 시달리지 않으면서 육체와 세상 속에 머물 수 있다. 걸을 때 우리는 생각에 빠지지 않으면서 생각을 펼칠 수 있다. 곳 여기저기에 흐드러지게 피는 보라색 루핀꽃이 보이지 않는 이유가 아직 때가 아니어서인지 벌써 때가 지나서인지 확실치 않았지만, 샛길로 통하는 도로의 그늘 진 가장자리에는 하얀 냉이꽃이 자라고 있었다. 냉이꽃을 보자 어렸을 때 가서 놀던 산비탈이 생각났다. 해마다 그 산비탈에 제일 먼저 하얀 냉이꽃이 흐드러지게 피었던 것도 생각났다.

일 아닌가?—오노레 드 발자크, 『보행 이론』   • 에스키모 사회

내 주위로 검은 나비들이 날아다니고 있었다. 바람에 날리기도 하고, 날개를 파닥거리기도 했다. 검은 나비들을 보니 또 옛날 어느 때가 떠올랐다. 장소를 넘나들다 보면, 시간을 넘나드는 일이 더 쉬워지는 것 같다. 계획에서 추억으로 넘어가고, 거기서 또 관찰로 넘어가고.

보행의 리듬은 생각의 리듬을 낳는다. 풍경 속을 지나가는 일은 생각 속을 지나가는 일의 메아리이면서 자극제이다. 마음의 보행과 두 발의 보행이 묘하게 어우러진다고 할까. 마음은 풍경이고, 보행은 마음의 풍경을 지나는 방법이라고 할까. 마음에 떠오른 생각은 마음이 지나는 풍경의 한 부분인지도 모르겠다. 생각하는 일은 뭔가를 만들어내는 일이라기보다는 어딘가를 지나가는 일인지도 모르겠다. 보행의 역사가 생각의 역사를 구체화한 것이라고 할 수 있는 것도 그 때문이다. 마음의 움직임을 따라가는 것은 불가능하지만, 두 발의 움직임을 따라가는 것은 가능하잖은가 말이다. 걷는 일은 곧 보는 일이라고 말할 수도 있다. 보면서 동시에 본 것에 대해서 생각할 수 있고, 새로운 것을 이미 알고 있는 것 속으로 흡수할 수 있다는 점에서 느긋한 관광이라고도 할 수 있다. 사색하는 사람에게 걷는 일이 특별히 유용한 이유도 그 때문일 것이다. 여행의 경이와 해방과 정화를 얻자면, 세계를 한 바퀴 돌아도 좋겠지만 한 블록을 걸어갔다 와도 좋다. 걷는다면 먼 여행도 좋고 가까운 여행도 좋다. 아니, 여행이 아니라 몸의 움직임이라고 해야 할 것이다. 제자리를 걷는 것도 가능하고, 좌석벨트에 묶인 채 전 세계를 도는 것도 가능하겠지만, 보행의 욕구를 만족시키자면 자동차나 배, 비행기의 움직임으로는 부족하다. 몸 자체의 움직임이 필요하다는 뜻이다. 마음속에서 일이 일어나려면 몸의 움직임과 눈의 볼거리가 필요하다. 걷는 일이 모호한 일이면서 동시에 무한히 풍부한 일인 것은 그 때문이다. 보행은 수단인 동시

에는 화가 난 사람이 똑바로 걸어감으로써 화를 푸는 관습이 있다. 화가 풀린 지점을 지

에 목적이며, 여행인 동시에 목적지다.

붉은 흙이 깔린 옛 군용도로는 골짜기를 가로질러 구불구불 언덕으로 이어지기 시작했다. 어쩌다 한 번씩 걷는 일에 집중해보기도 했지만 대개는 무의식적으로 걸었다. 균형을 잡고 바위나 구멍을 피하고 속도를 조절하는 일을 두 발이 알아서 해준 덕에 나는 먼 언덕들과 가까운 꽃들을 마음껏 쳐다볼 수 있었다. 브로디아가 피어 있었고, 분홍색 종이 같은 이름 모를 꽃이 피어 있었고, 클로버 모양의 노란색 괭이밥은 한 무더기가 피어 있었고, 도로의 마지막 굽이 중간쯤에는 백수선화가 피어 있었다. 길을 따라 20분을 걸어 올라가던 나는 길음을 멈추고 주변을 살폈다. 한때는 목장이었지만, 지금은 계곡 저편 물가의 무성한 버드나무 너머로 농가의 건물 터와 늙은 과일나무 몇 그루가 남아 있을 뿐이다. 이곳이 노동이 이루어지는 곳에서 휴식이 이루어지는 곳으로 바뀐 것은 비교적 최근의 일이다. 처음에는 미워크 인디언이 들어왔고, 다음에는 농부들이 들어와서 한 세기를 살다 쫓아냈다. 그들을 쫓아낸 군사기지는 1970년대에 폐쇄되었다. 추상적인 공중전이 대세가 되면서 해안기지가 초라해지던 때였다. 그때부터 이곳은 국립공원 관리청의 수중에 들어가 나 같은 사람들, 곧 주변을 둘러보면서 걷는 일을 즐거움으로 삼는 문화 전통의 후예들을 위한 장소가 되었다. 목장의 농가 건물들이 거의 무너진 것과는 달리 콘크리트로 만든 거대한 포상(砲床), 벙커와 땅굴은 결코 사라지지 않겠지만, 들꽃 사이에 피어 있는 정원의 꽃들을 그야말로 살아 있는 유산으로 후세에 남겨준 이들은 목장의 농부들이었을 것이다.

　　걷는 일은 목적 없이 이리저리 배회하는 일이다. 나는 군용도로 마지막 굽이에 피어 있는 백수선화를 뒤로 하고 샛길로 접어들었다. 처음

팡이로 표시함으로써 분노의 강도나 분노가 지속된 시간을 다른 사람에게 알려줄 수 있

에는 머리로 접어들었고 나중에는 두 발로 접어들었다. 언덕마루에는 교차로가 있었다. 나는 그 교차로를 지나 언덕을 넘어갈 생각이었다. 내가 가던 길과 교차하는 길로 서쪽으로 더 올라가면 반대편 북쪽 계곡을 내려다보는 옛 레이더 시설의 팔각형 담장이 있었다. 시멘트 벙커와 아스팔트 포루(砲樓), 그 외 이상하게 생긴 물체들은 북쪽 계곡의 핵미사일을 다른 대륙으로 유도하는 나이키 미사일 유도 시스템[나이키(Nike)는 미국이 1950년대에 방어용으로 개발한 초창기 유도미사일로, 후에 파기되었다.—옮긴이] 시설의 일부였다. 전쟁 중에 여기서 발사된 미사일은 없었으니, 이 폐허를 세계 종말 취소의 기념품이라고 생각하자.

나를 보행의 역사로 이끈 길은, 많은 길이 그렇듯이 예상 외의 지점에서 시작되었다. 핵무기.[2] 1980년대에 반핵 활동가가 된 나는 봄이면 시위에 참여하기 위해 네바다 핵실험장에 갔다. 면적이 로드아일랜드 정도 되는, 네바다 남부의 미국에너지부 소유 부지에서 미국은 1951년부터 지금까지 1000개 이상의 핵폭탄을 터뜨렸다. 핵무기가 캠페인, 출판 활동, 로비 활동으로 막아내야 하는 단순한 숫자(예산 액수, 폐기물 처리 비용, 잠재적 사상자 규모)로 보일 때가 있었다. 군비경쟁과 저항 둘 다 관료주의적 추상성으로 흐르면서 정말로 중요한 문제란 살아 있는 몸이 부서지고, 살아가는 곳이 망가지는 일이라는 사실을 모르게 될 때도 있었다. 그러나 핵실험장에서는 달랐다. 아름다운 사막을 배경으로 대량 학살 무기들이 계속 폭발하는 봄이 오면, 우리는 한두 주씩 근처에 가서 야영을 했다.(1963년부터 지하 실험으로 바뀌었다고는 해도, 방사능이 유출되는 경우가 많았다. 땅은 항상 흔들렸다.) **우리**(미국에서 반문화를 하는 꾀죄죄한 사람들에 더해, 히로시마와 나가사키의 생존자들, 불교 승려들과 프란체스코회 신부들, 수녀들, 반전주의자가 된 퇴역 군인들, 변절한 물리학자들, 폭탄 그늘 아래 살아가는 카자흐스탄과 독일과 폴리네시아의 활동가들, 그리고 그 땅의 주인인 서부 쇼쇼니 부족으로 이루어진 우리)는 추상적 숫자를 뚫고 나온 사람들이었다. 추상적 숫자 너머에 장소와 풍경과 행동과 감각의 현실이 있었다. 수갑과 불편과 먼지와 더위와 갈증과 방사능 위험과 방사능 희생자 증언도 현실이었지만, 눈부신 사막의 빛도 현실이었고, 탁 트인 지평의 자유로움도 현실이었고, 핵폭탄으로 세계사를 쓰면 안 된다는 우리의 믿음을 공유하는 수천 명이 운집한 감동적인 장면도 현실이었다. 우리 몸이 우리 신념의 증거가 되었고 사막의 격한 아름다움의 증거가 되었고 가까이에서 세계 종말을 꾀하고 있다는 증거가 되었다. 우리가 택한 시위 형태는 걷기였다. 공유지에서 행진이었던 일이 출입 금지 구역에서 무단진입이 되면서 우리는 줄줄이 체포당했다. 이 시민 저항운동이 미국의 전통임을 처음 명시한 것은 소로였다.

소로는 자연을 노래하는 시인이면서 사회를 비판하는 논객이었다. 하지만 그가 감행한 그 유명한 시민불복종 행동은 수동적 행동(전쟁과 노예 제도를 뒷받침하는 세금을 내지 않은 죄로 하룻밤을 감옥에서 지내기로 한 것)이다. 그건 주변의 풍경을 탐험하고 해석하는 그의 작업에 딱 들어맞는 것은 아니었다. 감옥에서 나온 그날 소로가 블루베리 따는 모임을 이끌었다고는 해도 말이다. 반면에 우리가 핵실험장에서 감행했던 야영과 행진, 무단진입은 자연시와 사회 비판의 결합이었다. 베리 따는 모임이 어떻게 혁명 동아리가 될 수 있는지를 우리는 그때 알게 되었던 것 같다. 사막을 지나고 격자 장애물을 넘어 금지 구역으로 걸어 들어가는 행동이 정치적 의미가 될 수 있다는 것, 그것은 나에게 혁명적인 깨달음이었다. 내가 사는 미국 서해안 지역에서 핵실험장으로 가는 길에도 여러 가지 풍경이 펼쳐져 있었다. 나는 그 풍경들과 마주쳤고, 그 풍경들을 탐험

알게 되는 방법, 공간 속의 관계들을 시각화하는 방법은 걸으면서 떠올리는 것뿐이다. 장

했고, 나를 그 풍경들로 이끈 역사들(미국 서부가 개발된 역사뿐 아니라 풍경을
둘러보면서 걷는 것을 좋아하는 낭만주의적 취향이 생긴 역사, 저항과 혁명이 민주주
의의 전통이 된 역사, 그리고 그보다 훨씬 더 오래된, 영혼의 목표를 향해서 걸어가는
순례의 역사)을 탐구했다. 내가 글 쓰는 사람으로서 나의 목소리를 찾은 것
은 나의 핵실험장 경험을 형성한 역사의 모든 층위를 설명하는 과정에서
였고, 내가 걷는 일에 대한 글을 쓰기 시작한 것은 장소들, 그리고 장소의
역사들에 대한 글을 쓰는 과정에서였다.

　　소로의 에세이 「걷기(Walking)」를 읽어본 독자라면 누구나 알겠지
만, 걷기에 대한 이야기는 부득불 다른 화제들로 걸어 들어간다. 걷는 이
야기는 언제나 길을 잃고 헤맨다. 예를 들면, 골든게이트교 북쪽 곳 유도
미사일 발사장 아래쪽에 피어 있는 앵초꽃. 내가 제일 좋아하는 들꽃. 자
그마한 자홍색 원뿔에 뾰족한 검은색 꼭지가 달려 있는, 한번 날아가면
두 번 다시 내려앉지 않을 것만 같은 공기역학적인 모양. 꽃은 줄기에서
나고 줄기는 뿌리에서 난다는 사실을 잊을 만큼 진화한 것일까. 샛길 양
편으로는 덤불이 무성했다. 짙은 바다 안개가 걷기 내내 수분이 되어주
고 북쪽 비탈이 그늘이 되어준 덕분이었다. 유도미사일 발사장을 올려다
보면 항상 사막과 전쟁이 떠오르지만, 그 비탈을 내려다보면 풀이 무성
하고 온갖 새가 노래하는 영국의 산울타리와 목가적 시골이 떠올랐다.
고사리가 자라고 산딸기가 열리고 코요테 부시[미국 남서부 지역의 건조한
구릉이나 모래 언덕, 해안가 절벽에 많이 피는 국화과의 상록관목—옮긴이] 밑에 하
얀 아이리스 한 무더기가 활짝 피어 있는 비탈이었다.

　　걷는 일에 대한 생각이 시작된 후에도 다른 모든 것에 대한 생각은
멈추지 않았다. 써야 했던 편지. 친구와 주고받은 이야기. 그날 아침 소노
와 전화로 주고받은 이야기가 생각났다. 소노는 웨스트오클랜드에 있는

소를 가늠하고 장소의 크기를 가늠하는 방법은 우리 육체와 우리 육체의 역량뿐이다. —

스튜디오에서 트럭을 도둑맞았다고 했다. 다들 안됐다고 걱정해주지만 자기는 트럭이 그다지 아깝지 않다고 소노는 말했다. 급히 새 트럭을 장만할 생각은 없다고도 했다. 몸을 움직이면 목적하는 곳에 도착할 수 있음을 알게 되어 기쁘다는 말도 했고, 동네 장소들, 동네 사람들과 더 실제적이고 더 구체적인 관계를 맺게 되어 선물을 받은 것 같다고도 했다. 우리는 두 발로 걸을 때나 대중교통을 이용할 때 시간 감각이 더 품위 있어진다는 이야기, 그럴 때는 아슬아슬하게 출발하는 대신 미리 시간을 확인하고 계획을 세운다는 이야기를 나누었다. 또 우리는 두 발로 걸을 때만 얻을 수 있는 공간 감각에 대해 이야기했다. 요즈음 많은 사람들은 집 안, 차 안, 헬스장, 사무실, 상점 등 서로 단절되어 있는 일련의 실내에서 살아간다. 걷는 사람에게는 모든 곳이 연결돼 있다. 걷는 사람이 실내와 실내 사이의 공간을 접하는 방식은 실내에 있는 사람이 실내를 접하는 방식과 같다. 사람이 살아가는 곳은 세계의 침입을 막기 위해 만들어진 이런저런 실내가 아니라, 그런 실내들을 모두 포함하는 세계 그 자체다.

샛길은 오르막으로 휘면서 끝났고, 거기서부터는 유도미사일 발사장으로 올라가는 군용도로였다. 샛길을 벗어나 도로를 밟으면 드넓게 펼쳐진 바다가 보인다. 일본까지 이어지는 바다. 이렇게 샛길과 도로의 경계를 넘어서 바다를 마주할 때마다 기쁨의 충격이 나를 엄습한다. 아주 맑은 날은 은박지처럼 빛나고, 흐린 날은 녹색이 되고, 비가 많이 오는 겨울에는 강의 상류에서 흘러내려오는 흙탕물 때문에 갈색이 되고, 비가 갠 날은 유백색이 섞인 청색이 되는 바다. 다만 안개가 자욱한 날은 바다가 보이지 않는다. 그런 날 바다의 변화를 알려주는 것은 대기에 배어 있는 소금 냄새뿐이다. 그날의 바다는 온통 청색이었고, 흐린 수평선의 엷은 안개가 푸른 바다와 구름 없는 하늘의 경계를 지우고 있었다. 거기서

부터는 내리막이었다. 소노와의 통화 내용 중에는 시디롬 백과사전 광고
에 관한 이야기도 있었다. 몇 달 전 《로스앤젤레스 타임스》에서 본 전면
광고의 카피가 계속 내 머릿속을 맴돌고 있었다. "당신은 이 백과사전을
들추어보기 위해 억수 같은 빗속에서 한참을 걸어가곤 했습니다. 당신의
자녀는 클릭과 드래그면 됩니다." 도서관에 가던 아이에게 진짜 교육, 적
어도 감각과 상상력의 교육은 빗속을 걸어보는 것이 아니었을까. 시디롬
백과사전이 있는 아이도 당장의 숙제를 뒤로하고 이리저리 돌아다녀볼
수 있겠지만, 책이나 컴퓨터 안에서 돌아다니는 일은 더 한정적이고 덜
감각적이다. 인생을 만드는 것은 공식적 사건들 사이에 일어나는 예측 불
가능한 일들이고, 인생을 가치 있게 만드는 것은 계산 불가능한 일들이
다. 보행은 지난 200년간 예측 불가능한 일들, 계산 불가능한 일들을 탐
구하는 최상의 방법이 되어주었는데, 이제 이 방법이 여러 전선에서 위협
받고 있다.

    효율성이라는 미명 아래 점점 증식하는 기술력은 생산 시간을 최
대화하고 이동 시간을 최소화함으로써 자유 시간을 제거하고 있다. 점점
빨리 돌아가는 듯한 세상에서 최첨단의 시간 절약 기술력을 통해 노동자
가 얻는 것은 자유가 아니라 생산성이다. 이런 기술력을 둘러싼 효율성
의 수사 또한 계량 불가능한 것은 가치가 없음을 암시하고 있다. 수많은
재미, 특히 공상에 잠기거나 구름을 쳐다보거나 이리저리 거닐거나 가게
를 구경할 때와 같이 아무 일도 하지 않는 것의 범주에 속하는 재미는, 더
분명하고 더 생산적이고 더 빨리 진행되는 일로 채워져야 하는 빈틈이
라는 식이다. 그날 내가 걸은 그 북쪽 곶 도로도 마찬가지였다. 걷는 것이
좋아서 걸을 뿐인 길이고 중요한 곳으로 이어지는 길도 아닌데, 구불구
불한 도로를 직선으로 잇는 지름길이 여럿 나 있었다. 효율성이라는 습

느 날 태비스톡 광장을 빙 둘러 지나가다가 『등대로』를 구상했다. 내가 책을 구상할 때

관을 털어버리기란 불가능한 모양이었다. 수많은 발견의 기회일 수 있는
배회의 불확실성이 사라지면서 최단거리를 확정하고 최대한 빠른 속도
로 통과하는 방법이 대세가 되고 있다. 아니, 물리적으로 왔다 갔다 하는
일이 덜 필요해지는 전자통신이 대세가 되고 있다. 기술력 덕분에 절약
한 시간을 몽상과 배회에 쏟아부을 수 있는 프리랜서인 나는 트럭, 컴퓨
터, 모뎀 같은 것들이 어떻게 쓸모 있는지도 알고 있고 실제로 사용도 하
지만, 그것들 때문에 공연히 급해질까 봐, 빨라야 한다고 느끼게 될까봐,
어떻게 가느냐보다 도착하는 것이 중요하다고 믿게 될까 봐 두렵다. 내
가 걷기를 좋아하는 것은 느리기 때문이다. 마음도 두 발과 비슷한 속도
(시속 5킬로미터 이하)가 아닐까 하는 것이 내 생각이다. 그 생각이 맞다면,
현대인의 삶이 움직이는 속도는 생각의 속도, 생각이 움직이는 속도보다
빠르다.

　걷기란 바깥, 곧 공적 공간에서 이루어지는데, 그 공적 공간에도
위기가 닥쳤다. 기존의 공적 공간이 방치되거나 잠식당하는 경우가 있
다. 모든 일을 실내에서 해결할 수 있는 기술적 편의가 공적 공간을 유명
무실하게 만들기도 하고, 공포감이 공적 공간에 그늘을 드리우기도 한
다.(아는 장소에 있을 때보다 모르는 장소에 있을 때 더 무서운 것은 당연하다. 그러니
도시를 돌아다니지 않는 사람일수록 도시가 위협적이라고 느끼고, 도시를 돌아다니
는 사람이 적어질수록 도시는 정말로 외롭고 위험한 곳이 된다.) 처음 만들어질 때
공적 공간에 대한 고려가 아예 없는 경우도 많다. 공적 공간이었던 곳이
주차장이 되고, 도심 중앙로가 쇼핑몰 통로가 되고, 인도가 없어지고, 주
차장으로만 출입할 수 있는 건물이 생기고, 시청 앞 광장이 없어지고, 도
처에 담장과 철책과 게이트가 만들어진다. 이런 식의 건축 양식과 도시
계획을 만들어낸 것은 공포심이었다. 예를 들어, 여러 게이티드 '커뮤니

가끔 그렇듯이, 그때도 어디서 왔는지 알 수 없는 엄청난 흥분이 나를 몰아댔다.―버지

티'로 구획되어 있는 남부 캘리포니아에서는 걸어 다니는 사람을 수상하게 여긴다. 도시 바깥도 마찬가지다. 한때 보행자를 유혹했던 외곽이나 시골은 자가운전 통근자 주거 단지 같은 보행자가 접근하기 힘든 공간으로 바뀌는 중이다. 문밖으로 걸어 나가는 것 자체가 불가능해진 경우도 있다. 이로써 고독한 산책자의 사적 에피파니(epiphany)도, 공적 공간의 민주적 기능도 위기를 맞았다. 오래전 우리가 잠시 광장 같은 공적 공간으로 변한 그 광활한 사막에서 막아내고자 한 것이 바로 그 삶과 풍경의 파편화였다.

　　공적 공간이 사라질 때, 몸도 함께 사라진다. 소노의 근사한 표현을 빌리면 몸은 돌아다니기에 알맞게 생겼다. 소노와의 통화 내용 중에는 우리 동네(샌프란시스코 베이에어리어에서 가장 무서운 동네 중 한 곳)가 그렇게 적대적인 곳이 아님을 알게 되었다는 이야기도 있었다. 물론 안전에 대해서 아예 생각하지 않을 수 있을 만큼 안전한 동네는 아니다. 오래전에 노상에서 위협을 당한 적도 있고 강도를 당한 적도 있다. 하지만 우연히 친구를 만나거나, 가게 진열장에서 찾아다니던 책을 발견하거나, 수다쟁이 이웃에게 인사를 듣거나, 건축학적 재미를 맛보거나, 담벼락이나 전신주에서 공연 포스터나 아이로니컬한 정치 논평을 읽게 되거나, 점쟁이를 만나거나, 건물들 사이로 달이 뜨는 것을 보거나, 다른 이들의 인생, 다른 이들의 가정을 엿보거나, 가로수에서 새 소리를 듣게 될 때가 천 배는 더 많다. 무작위로 널려 있는 어떤 것, 체로 걸러지지 않은 어떤 것이 눈에 띄는 순간, 우리는 자기가 찾고 있는 줄도 모르고 있던 그 무엇을 발견하게 된다. 어느 한 장소가 의식으로 떠오르는 때는 그 장소가 우리에게 놀라움을 안겨주는 때다. 마음과 몸, 풍경과 도시가 잠식당하는 이때, 걷는 일은 그 잠식을 차단하는 초소이고, 걷는 사람은 그렇게 지켜야 할

니아 울프, 『존재의 순간들』　　　　•내 방 안에서는 세상이 내 이해

것을 지키는 파수꾼이다.

　해변으로 이어지는 내리막길에서 세 번째 굽이를 지날 때였던 것
같다. 주황색 그물이 펼쳐져 있었다. 테니스 그물인 줄 알았는데, 가까이
가보니 무너진 도로 주변에 쳐놓은 차폐물이었다. 바다에서 언덕마루까
지 구불구불 이어지는 이 길이 무너지기 시작한 것은 내가 이 길을 처음
걸었던 10년 전부터였다. 1989년에 해안 쪽 경사면 도로에 사람이 피해
갈 수 있을 만큼 작게 파인 곳이 생겼고, 파인 곳이 점점 커지면서 그 둘
레에 작은 우회로가 생겼다. 매년 겨울비에 파인 곳은 점점 깊고 넓어졌
고, 한때 길이었던 그 가파른 경사면 아래쪽에 붉은 흙더미가 쌓여갔다.
길이란 쭉 이어지는 것이리고 생각하고 있던 내게 굽이 하나가 이렇게 무
너져 내리는 장면이 처음에는 충격적이었다. 해마다 점점 더 무너져 내렸
다. 이 길을 참 많이도 걸은 나는 이 길 위의 모든 곳이 기억난다. 길이 붕
괴해가는 모든 단계들이 기억나고, 길이 말짱했을 때의 내 모습이 지금
내 모습과 얼마나 달랐는지도 기억난다. 거의 3년 전에 한 친구와 이 길
을 걸으면서 내가 왜 자꾸만 같은 길을 걷는지를 설명했던 일도 기억난
다. 같은 강에 두 번 들어갈 수 없다는 헤라클레이토스의 명언을 어줍게
고쳐서 같은 길을 두 번 걸을 수 없다는 농담을 했던 것도, 새로 생긴 계
단을 통해서 그 가파른 경사면을 내려갔던 것도 기억난다. 해안과는 꽤
먼 곳에 생긴 계단이라 앞으로 한참은 안전할 듯했다. 보행에 역사가 있
다면 그 역사는 무너져 내리는 굽이와 비슷한 지점에 이르렀다. 공적 공
간이 없어지는 지점, 풍경이 아스팔트로 덮이는 지점, 생산해야 한다는
강박관념이 여가를 오그라뜨리고 존재를 짜부라뜨리는 지점, 몸이 세상
속에 존재하는 것이 아니라 자동차니 건물이니 하는 일련의 실내에 존재
하게 된 지점, 속도 숭배가 몸을 시대착오적이고 약한 것으로 만들어버

를 넘어선다. 그러나 걸을 때 보이는 세상은 언덕 서너 개와 구름 한 점으로 되어 있다. —

린 지점이다. 이 지점에서 보행은 반쯤 버림받은 생각들과 경험들로 이루어진 풍경 속으로 접어드는 모종의 전복적 우회다.

나는 실제 풍경 속의 흙더미를 피하기 위해 오른쪽 우회로로 접어들어야 했다. 곶을 산책하다 보면 항상 내리막에서의 바닷바람이 오르막에서의 열기를 식혀주는 순간이 찾아오는데, 그날 산책에서 그 순간은 흙더미를 지나 풀빛 돌계단을 밟을 때 찾아왔다. 계단과 가까운 곳에서 다시 시작된 굽이는 파도가 철썩철썩 부서지면서 검은 바위에 하얀 포말을 날리는 절벽 아래까지 이어졌다. 나는 계단을 이용해 곧 해안에 다다랐다. 물개처럼 매끈한 검은색 잠수복의 서퍼들은 작은 만의 북쪽 가장자리에서 파도를 탔고, 개들은 막대기를 쫓아 뛰어다녔고, 사람들은 담요를 깔고 누워 있었다. 파도는 부서지기도 하고, 나를 비롯해 만조선(滿潮線)의 단단한 모래 위를 걷고 있는 사람들의 발치까지 얇게 퍼지기도 했다. 이제 남은 길은 물새들이 사는 흐린 석호와 그 너머 바다를 나누는 모랫길 하나뿐이었다.

바로 그때 뱀이 나타났다. 검은색 몸통에 노란색 줄무늬가 있는 가터뱀이었다. 작은 뱀은 구불구불 물결 모양으로 길을 가로질러 길가 풀숲으로 사라졌다. 넋을 잃고 바라보던 나는 소스라쳤다기보다는 퍼뜩 정신을 차렸고, 겨우 생각에서 빠져나와 나를 둘러싼 것들에게로 관심을 돌렸다. 버드나무에는 꼬리꽃차례가 달려 있었고, 바다에는 남실남실하는 파도가 있었고, 길 위에는 어른거리는 잎 그림자가 있었다. 그리고 길을 걷는 내가 있었다. 수 킬로미터를 걸은 후에 비로소 생겨난 리듬을 따라서 팔다리는 느슨한 대각선으로 움직이고 몸통은 길게 뻗어나가는 느낌, 유연한 한 마리 뱀이 된 느낌이었다. 곶 산책이 끝날 참이었고, 나는 무엇을 써야 하고 어떻게 써야 하는지를 깨달았다. 대략 10킬로미터를

월리스 스티븐스, 「사물의 표면에 대해서」   •『순례자의 길』이라

걷기 전에는 없었던 깨달음, 순간적 에피파니가 아닌 점진적 확신이었다. 공간이 파악되듯이 의미가 파악되었다. 한 장소를 파악한다는 것은 그 장소에 기억과 연상이라는 보이지 않는 씨앗을 심는 것이나 마찬가지다. 그 장소로 돌아가면 그 씨앗의 열매가 기다리고 있다. 새로운 장소는 새로운 생각, 새로운 가능성이다. 세상을 두루 살피는 일은 마음을 두루 살피는 가장 좋은 방법이다. 세상을 두루 살피려면 걸어 다녀야 하듯, 마음을 두루 살피려면 걸어 다녀야 한다.

는 그의 자서전을 보면, 대학생 시절에 스코틀랜드를 도보로 일주한 이후로 "아리스토텔

2
정신의 발걸음

보행과 건축

"나는 걸을 때만 사색할 수 있다. 내 걸음이 멈추면 내 생각도 멈춘다. 내 두 발이 움직여야 내 머리가 움직인다." 루소(Jean-Jacques Rousseau)의 『고백록』에 나오는 말이다.[3] 보행의 역사는 인간의 역사보다도 길다. 하지만 보행을 단순히 수단으로 보는 대신 모종의 의식적 문화 행위로 본다면, 보행의 역사는 불과 몇 세기 전에 유럽에서 시작되었다고 할 수 있다. 그리고 그 기원에 루소가 있다. 그 역사는 18세기 다양한 사람들의 발로 만들어졌지만, 그중에서도 좀 더 학예적인 사람들은 보행의 기원을 고대 그리스에서 찾음으로써 보행의 위대한 전통을 만들고자 했다. 그리스의 습속들을 기쁜 마음으로 숭배하고 왜곡하던 시대였다. 영국의 혁명가 겸 작가 텔월(John Thelwall)은 『소요자(*The Peripatetic*)』라는 두껍고 따분한 책을 쓰기도 한 별난 인물인데, 바로 이 책에서 텔월은 그 가짜 전통(보행의 기원이 고대 그리스에 있다는 생각)과 루소적 낭만주의를 결합했다. "나는

레스의 저작들" 하면 항상 "토탄 냄새와 화강암 언덕과 히스밭"이 떠오르게 되었다고 한

적어도 한 가지 점에서만큼은 고대 현인들의 소박함을 닮았다고 자처한
다. 바로 걸으면서 사색한다는 점이다."[4] 이 책이 나온 1793년 이후로는
더 많은 사람이 텔월과 똑같은 주장을 펴게 됐고, 나중에는 고대인들이
사유하기 위해 걸었다는 주장이 정설로 굳어지기에 이르렀다. 주름 잡힌
옷을 입은 엄숙한 남자들이 심각한 얼굴로 이야기를 주고받으면서 대리
석 기둥이 늘어선 건조한 지중해 풍경 속을 걸어가는 그림이 이제 문화
사의 한 부분으로 자리 잡은 것이 아닐까 싶을 정도다.

　　고대인들이 사유하기 위해 걸었다는 것은 건축과 언어의 우연한 일
치에서 비롯된 믿음이다. 아리스토텔레스가 아테네에 학당을 세우겠다
고 하자, 아테네 시에서 작은 땅을 내주었다. 그라이에프(Felix Grayeff)는
아리스토텔레스학파의 역사를 쓰면서 아리스토텔레스가 세운 그 학당
의 이야기를 들려준다. "이곳에는 아폴로 신전과 뮤즈 신전이 있었다. 다
른 작은 건물들도 있었을 것이다. [……] 기둥이 늘어선 지붕 덮인 통로가
아폴로 신전까지 이어져 있었고, 아폴로 신전에서 뮤즈 신전까지 이어지
는 길이었을 수도 있다. 원래 있었던 길인지 아니면 학당을 지을 때 새로
세워진 길인지는 알 수 없다. 이 열주 회랑(peripatos)이 바로 이 학파의 이
름이 되었다. 적어도 학당 설립 초기에는 학생들과 선생들이 이 길을 이
리저리 왔다 갔다 하며 배우고 가르쳤던 것 같다. 훗날 아리스토텔레스
가 걸어 다니면서 가르쳤다는 말이 나온 것은 바로 그런 까닭이다."[5] 소
요학파(Peripatetic school)는 아리스토텔레스학파 철학자들을 일컫는 단어
이고, 영어 peripatetic는 '걷기를 일삼는 사람, 멀리까지 걷는 사람'을 뜻
하는 단어다. 이런 단어들이 사유와 보행을 연결 짓고 있다. 한 철학 학파
가 긴 회랑이 있는 아폴로 신전에서 나왔다는 데는 우연의 일치 이상의
뭔가가 약간은 있다.

소피스트들(소크라테스, 플라톤, 아리스토텔레스 이전에 아테네인들의 삶을 지배했던 철학자들)은 여기저기 다니면서 가르친 것으로 유명하다. 나중에 아리스토텔레스가 학당을 세우게 되는 나무숲도 그들이 자주 다닌 곳 중 하나였다. 소피스트의 어원 sophia는 '지혜'를 의미한다. 한데 플라톤이 소피스트들에게 너무나 맹렬한 비난을 퍼부었던 탓에 영어 sophist나 sophistry는 아직 속임수나 교활함의 동의어로 사용되고 있다. 하지만 당시의 소피스트들은 정보와 견해에 굶주린 청중을 찾아 돌아다닌 19세기 미국의 야외 대중 강연 연사들과 같은 역할을 했다. 그들이 가르친 수사학은 정치권력의 도구였고, 그들이 가르친 논쟁과 설득의 기술은 고대 그리스 민주주의의 핵심이었다. 하지만 그들은 그 외에도 많은 것을 가르쳤다. 소피스트에 대한 플라톤의 비난은 솔직하지 못한 데가 있다. 시대를 통틀어 가장 엉큼하고도 설득력 있는 논객 중 하나인 소크라테스는 반은 실존 인물이고 반은 플라톤의 창조물이다.

소피스트들이 사기꾼이었는지 아닌지는 모르지만, 어쨌든 그들은 여기저기 떠돌아다녔다. 생각에 충실한 사람들은 대개 떠돌아다닌다. 생각이라는 비물질적인 것에 충실한 유형과 특정한 사람이나 특정한 터전에 충실한 유형은 다르지 않을까 싶다. 사람이나 터전에 충실하기 위해서는 한곳에 머물러야 하는 반면, 생각에 충실하기 위해서는 여기저기 떠돌아다녀야 하지 않을까 싶다. 다가가기 위해 떠난다고 할까. 사색가가 떠돌아다니는 또 하나의 이유는 생계다. 생각이란 모든 사람들이 신뢰하고 좋아할 수 있는 그 무엇, 이를테면 농작물 같은 것이 아니기 때문에, 생각을 재배하는 사색가는 진리를 찾아다녀야 할 뿐 아니라 먹고살 길을 찾아다녀야 한다. 예로부터 여러 문화권에서는 커뮤니티 간의 분쟁 탓에 자기가 속한 특정 커뮤니티를 벗어나지 못하는 경우가 많았지만,

---

• 그렇게 조용한 목소리로 '상보성 원리'를 설명하던 그는 입으로는 설명을 계속하면서 두

음악가에서 의료인까지 여러 전문직 종사자들은 예외적으로 일종의 외
교적 특권을 누리면서 유랑 생활을 해왔다. 아리스토텔레스 당시의 의사
는 의술의 신 아스클레피오스의 후손을 자처하는 비밀 유랑 길드의 구
성원이었다. 아리스토텔레스도 처음에는 자기 아버지처럼 의사가 되려
고 했다. 만약 그가 소피스트 시대에 철학자가 되었다면, 의사가 아니었
더라도 떠돌아다녀야 했을 것이다. 기성 철학 학파들은 아리스토텔레스
의 시대에 이르러서야 처음으로 아테네에 정착했다.

　　아리스토텔레스와 소요학파 철학자들이 항상 걸어 다니면서 철학
을 이야기했는지를 이제 와서 밝히기란 불가능하지만, 고대 그리스에서
사색과 보행이 만나는 경우가 많았던 것도 사실이고, 고대 그리스 건축
양식이 사교 및 대화와 직결된 행동으로서의 보행에 적합했던 것도 사실
이다. 소요학파라는 명칭이 아테네 학당의 열주 회랑에서 왔듯, 스토아
학파(Stoics)라는 명칭 또한 아테네의 스토아(stoa), 즉 스토아학파 철학자
들이 이야기를 나누면서 걸었다고 하는, 금욕과는 거리가 먼 색깔로 칠
해진 열주 통로에서 왔다. 그 후 오랫동안 걷는 일과 사색하는 일 사이의
연상이 널리 확산되면서, 나중에는 중부 유럽에서 그 연상을 반영하는
지명들이 생기기에 이르렀다. 하이델베르크에는 헤겔이 걸었던 것으로
유명한 '철학자의 길(Philosophenweg)'이 있고, 쾨니히스베르크에는 칸트
가 날마다 산책한 (지금은 기차역이 들어선) '철학자의 길(Philosophen-damm)'
이 있다. 키르케고르(Sören Kierkegaard)는 코펜하겐에서 '철학자의 길'을
걸었다.[6]

　　보행 하면 생각나는 철학자들은 또 있다. 벤담(Jeremy Bentham)과
밀(John Stuart Mill) 등은 먼 길을 걸었다. 홉스(Thomas Hobbes)도 먼 길을
걸었고, 길을 걸으면서 떠오르는 생각들을 적기 위해 잉크병이 붙은 지

발로는 빠른 걸음으로 '케플러 법칙의 타원궤도'를 걷기 시작했다. 고개를 숙이고 미간을

팡이를 가지고 다녔다. 몸이 허약했던 칸트는 날마다 식후 산책으로 (그저 운동 삼아) 쾨니히스베르크 외곽을 걸었다. 칸트에게 사색의 시간은 걸을 때가 아니라 난롯가에 앉아 창밖으로 교회 탑을 바라볼 때였다. 청년 니체는 "나에게 세 가지 오락이 있으니, 첫째는 나의 쇼펜하우어, 둘째는 슈만의 음악, 마지막은 혼자만의 산책"이라고 했다. 더할 나위 없이 평범한 말이다.[7] 20세기에는 러셀(Bertrand Russell)이 친구 비트겐슈타인(Ludwig Wittgenstein)이 어떻게 걸었는지를 이야기한다. "그는 한밤중에 내 거처로 찾아오곤 했고, 안으로 들어오자마자 이제 돌아가면 바로 자살하겠다고 선언하곤 했다. 그러고는 우리에 갇힌 호랑이처럼 몇 시간씩 왔다 갔다 하곤 했다. 그랬으니 나는 졸음이 쏟아지기는 해도 그를 돌려보낼 마음이 들지는 않았다. 그러던 어느 날 나는 한두 시간의 완벽한 침묵 끝에 그에게 물었다. '비트겐슈타인, 자네는 논리에 대해서 생각하고 있나, 아니면 자네의 죄에 대해서 생각하고 있나?' 그는 '둘 다'라고 대답하더니 다시 침묵 속에 빠졌다."[8] 많은 철학자들이 걸었다. 하지만 걷는 일을 사유한 철학자는 드물었다.

보행의 위대한 전통

보행의 전통(러셀의 방에서 왔다 갔다 하는 비트겐슈타인이 아니라 옥외의 풍경을 즐기는 니체를 포함하는 전통)이 수립되는 데 필요한 이념 틀을 마련한 사람은 루소다. 1749년, 작가이자 백과전서파 철학자 디드로(Denis Diderot)가 신의 선함에 의문을 제기하는 논문을 썼다는 이유로 투옥되었는데, 당시 디드로의 친한 친구였던 루소는 파리에 있는 자기 집에서 뱅센 성(城)

ㅡㅡㅡㅡ

찌푸린 채였다. 그러다 이따금 나를 올려다보면서 깨끗한 동작으로 요점을 강조했다. 그

내 지하 감옥까지 10킬로미터를 걸어가서 디드로를 면회하곤 했다. 그해 여름은 심하게 무더웠지만 돈이 없던 탓에 걷는 것 말고는 다른 수가 없었다고 루소는 (완전히 신용하기는 어려운 책인) 『고백록』(1781~1788)에서 말한다. 그러고는 이렇게 이야기를 이어나간다. "나는 너무 빨리 걷지 않기 위해 이런저런 책을 챙기곤 했다. 《메르퀴르 드 프랑스(Mercure de France)》를 챙긴 날이었다. 걸으면서 잡지의 내용을 훑어보던 나는 디종 아카데미가 다음 해 논문상 주제를 발표했다는 기사를 보게 되었다. '학문과 예술의 진보는 도덕을 타락시켰는가, 아니면 순화시켰는가?'라는 주제였다. 그 순간, 내 눈앞에 다른 세계가 보였고, 나는 다른 사람이 되었다."[9] 이 다른 세계에서, 이 날라진 사람이 바로 그 상을 받았고, 줄간된 논문은 학문과 예술의 진보에 대한 사나운 규탄으로 유명해졌다.

　독창적으로 사유했다기보다는 대담하게 사유했던 루소는 기존의 갈등을 가장 과감한 언어로 폭로하고, 새로 출현하는 감성을 가장 열렬한 언어로 찬양한 논객이었다. 신과 군주와 자연이 모두 같은 편이라는 주장이 점점 근거를 잃어가는 시대였다. 중하층 계급의 원한, 왕과 가톨릭교에 대한 스위스 칼뱅주의자로서의 의심, 세상에 충격을 주고 싶은 욕망, 흔들리지 않는 자신감의 소유자였던 루소는 멀리서 들려오는 불화를 특정 정치 사안으로 만들기에 적합한 인물이었다. 「학문과 예술에 대하여」라는 제목의 논문에서 루소는 학문과 예술은 물론이고 심지어 인쇄술 그 자체가 개인과 문화를 타락시켰다고 외쳤다. "고금을 통틀어 사치와 방탕, 예속은 영원한 지혜가 우리에게 내준 행복한 무지를 벗어나겠다는 오만한 노력에 가해진 형벌이었잖은가." 학문과 예술은 행복이나 자기 인식으로 가는 길이기는커녕 혼란과 타락으로 가는 길일 뿐이라는 것이 루소의 주장이었다.[10]

의 설명을 듣고 있자니, 전에 그의 논문에서 읽은 단어들과 문장들이 불현듯 의미로 차

자연스러운 것, 선한 것, 소박한 것이 같은 편이라는 가정에는 이제 상투적이라는 수식어도 아까워졌지만, 당시만 해도 그 가정이 꽤 선동적이었다. 기독교 신학은 에덴동산에서 추방된 이후로 인간과 자연이 타락했다고 보았다. 인간과 자연을 구원한 것은 기독교 문명이고, 따라서 선함은 자연 상태가 아니라 문명 상태라는 뜻이었다. 따라서 인간과 자연은 원래 상태일 때 더 선하다는 루소적 역전은 일단은 도시, 귀족, 기술력, 세련된 교양에 대한 공격이었지만, 때로는 기독교 신학에 대한 공격이었다.(루소의 이런 생각들은 여전히 효력을 발휘하고 있다. 다만 루소의 일차적 독자는 프랑스인들이었고 루소에 힘입어 일어난 혁명은 프랑스혁명이었는데, 이상하게도 프랑스인들은 그 후 오랫동안 영국인, 독일인, 미국인에 비해 그런 생각에 크게 호응하지 않고 있다.) 루소는 이런 생각들을 『인간 불평등 기원론』(1754)에서, 그리고 『쥘리(_Julie, ou la nouvelle Héloïse_)』(1761)나 『에밀』(1762) 같은 소설에서 좀 더 깊이 개진했다. 특히 이 두 편의 소설은 여러 가지 의미에서 좀 더 소박한 생활, 곧 시골생활을 그리고 있다. 물론 이런 소설에는 대부분의 시골 사람이 감내해야 하는 힘든 육체노동에 대한 언급 같은 것은 전혀 없다. 소설 속 등장인물들은 (루소가 가장 행복했던 시절에 그랬듯) 조촐하면서도 안락한 생활을 영위하는데, 그 생활을 떠받치고 있는 사람들의 고단한 노역은 독자의 눈에는 보이지 않는다. 그러나 루소의 글에서 그런 모순들은 중요하지 않다. 루소의 글은 논리적 분석이 아니라 새로운 감성으로부터 분출되는 새로운 열광의 표현이니까 말이다. 루소의 글이 지극히 고상하다는 사실은 바로 그런 모순 중 하나이면서 동시에 루소가 그토록 폭넓은 독자를 확보한 이유 중 하나다.

『인간 불평등 기원론』에서 루소는 인간의 자연 상태("직업 없이, 언어 없이, 주거 없이, 전쟁 없이, 동맹 없이, 다른 인간을 원하지 않고, 다른 인간을 해치기

오르면서 생생히 되살아났다. 일개 삶에 몇 번 일어나지 않는 의미 있는 순간들 중 하나

를 원하지도 않으면서 숲속을 떠도는"[11] 상태)를 그리고 있다. 루소도 인정하듯이, 그것이 어떤 상태였는지 우리가 알 수는 없지만 말이다. 인간이 어떻게 생겨났는지에 관한 기독교 서사를 노골적으로 무시하는 『인간 불평등 기원론』은 요샛말로 하면 비교인류학 중 사회 문화적 진화론에 근접하는 논문이다.(인간의 타락을 말한다는 점은 기독교 서사와 같지만, 자연 상태로의 타락이 아니라 문명 상태로의 타락을 말한다는 점은 기독교 서사의 역전이다.) 이 이념 틀 속에서, 홀로 시골길을 걷는 보행은 소박한 인간을 상징하는 동시에 사회를 떠나 자연에 거하는 방법을 대표한다. 보행자는 한곳에 붙박인 존재가 아니라는 의미에서 여행자이지만, 말이나 배, 차량 등의 편의를 이용하는 대신 오직 맨몸으로 자기 체력에만 의지하는 여행자다. 보행이 까마득한 옛날부터 지금까지 아무 진보 없이 이어져오는 행위라고 할 수 있는 것은 그 때문이다.

　　루소는 수시로 자신을 보행자로 그리면서 이상적인 선사시대 보행자의 후예를 자처했고, 실제로 평생에 걸쳐 여기저기를 걸어 다녔는데, 그 유랑 인생은 어느 일요일에 시골 산책을 마치고 제네바 성문 앞에 도착했을 때 시작되었다. 이미 굳게 닫혀 있는 성문 앞에서 순간의 충동에 휩쓸린 열다섯 살의 루소는 고향을 떠나자, 견습직을 그만두자, 종교를 버리자고 결심했다. 그렇게 제네바를 뒤로하고 스위스를 떠나 이탈리아와 프랑스에서 여러 직업과 후원자와 친구 들을 전전하면서 정처 없이 부유하던 그의 젊은 날은 《메르퀴르 드 프랑스》에서 자기의 사명을 발견한 그날로 끝났다. 하지만 젊은 날의 태평한 유랑 생활을 되살리려는 그의 노력은 그 후로도 계속되었던 것 같다. "내 인생에 우리가 그 여행에서 함께 보낸 7~8일만큼 아무 근심 걱정 없이 보냈던 시간은 내 기억에 없는 것 같다. [……] 그래서 내게는 그 기억과 관련된 모든 것, 특히 등산

였다. 눈부신 사유의 한 세계가 그 모습을 드러내는 순간이었다.—레온 로젠펠트, 1929

이나 도보 여행 같은 것에 열광하는 취향이 생겼다. 실제로 그렇게 여행을 한 것은 한창 젊을 때뿐이었지만, 여행을 할 때는 매번 즐거웠다. [……] 파리로 돌아온 후에도 오랫동안 나는 나의 취향을 공유하는 두 사람, 즉 여행 가방을 들어줄 아이 하나만 데리고 나와 함께 도보로 이탈리아를 일주하는 데 50루이라는 돈과 1년이라는 시간을 할애할 두 명의 동행을 찾고자 했다."[12]

장기 도보 여행의 초기 버전이라고도 할 수 있을 이 여행의 진지한 동행 후보자를 루소는 결국 찾지 못했다.(동행에게 여비를 물리려는 것이 아니라면 동행이 필요한 이유가 무엇인지를 알려주지도 않았다.) 하지만 루소가 걸을 기회를 놓치는 법은 없었다. "그 정도로 사색하고 그 정도로 존재하고 그 정도로 경험하고 그 정도로 나다워지는 때는 혼자서 걸어서 여행할 때밖에 없었던 것 같다. 두 발로 걷는 일은 내 머리에 활기와 활력을 불어넣어준다. 한곳에 머물러 있으면 머리가 제대로 돌아가지 않는다고 할까, 몸이 움직여야 마음도 움직인다고 할까. 시골 풍경, 계속 이어지는 기분 좋은 전망, 신선한 공기, 왕성한 식욕, 걷는 덕에 좋아지는 건강, 선술집의 허물없는 분위기, 내 예속된 상태와 열악한 상황을 생각하게 하는 것들의 부재. 바로 이런 모든 것이 내 영혼을 속박에서 풀어주고, 사유에 더 많은 용기를 불어넣어주고, 나를 존재들의 광활한 바다에 빠지게 해준다. 그 덕분에 나는 그 존재들을 아무 불편함이나 두려움 없이 마음껏 결합하고 선택하고 이용할 수 있다."[13] 여기에서 루소가 그려 보이는 보행은 물론 이상적인 보행, 즉 건강한 사람이 쾌적하고 안전한 길에서 자발적으로 선택한 보행이다. 나중에 루소의 무수한 상속자들이 행복, 자연과의 조화, 자유, 미덕의 표현이라고 여기게 되는 보행도 바로 이런 보행이다.

루소는 보행을 소박함의 훈련이자 사색의 한 방식으로 그려 보인다.『인간 불평등 기원론』을 쓰던 몇 달 동안 식후에 혼자 "작업의 주제를 사색하면서 불로뉴 숲까지 산책을 갔다가 밤이 깊어서야"[14] 돌아왔다는 이야기를 들려주기도 한다. 이 내용이 실려 있는『고백록』이 출판된 것은 루소가 세상을 떠난 후였고, 그의 유랑 망명 생활이 시작된 것은 파리와 제네바에서 그의 책을 불태운 1762년부터였지만, 루소의 독자들이 루소와 도보 여행을 연결하기 시작한 것은『고백록』이 완성되기 전부터였다. 루소의 열성팬 제임스 보즈웰(James Boswell)은 1764년에 루소를 만나러 스위스의 뇌샤텔 근처로 찾아갔을 당시 이런 글을 남기기도 했다. "그 중대한 면담을 준비하기 위해 나는 혼자 산책을 나갔다. 험상궂은 바위와 반짝이는 눈으로 뒤덮인 거대한 산맥으로 둘러싸인 어느 인적 없는 아름다운 골짜기에서 나는 생각에 잠긴 채 로이스 강을 따라 걸었다."[15] 자의식 강하기로는 루소 못지않았고, 자의식으로 멋을 부리기로는 루소보다 한 수 위였던 스물네 살의 보즈웰은 걷는 일과 고독과 인적 없는 자연이 루소적이라는 것을 이미 알고 있었다. 평범한 만남을 준비하는 사람이었다면 몸을 단장했겠지만, 루소와의 만남을 앞두고 있던 보즈웰은 홀로 인적 없는 곳을 산책함으로써 마음을 단장했다.

　　루소의 저작 전체를 두고 보자면, 고독은 양가적 의미를 띤다.『인간 불평등 기원론』에서는 쾌적한 숲에서 홀로 살아가는 인간이 자연 상태의 인간으로 그려져 있다. 그러나 좀 더 사적인 여러 글에서 고독은 모종의 이상적 상태가 아니라, 배신과 좌절을 겪은 사람의 도피처로 그려진다. 사실 그의 많은 글에서는 인간이 다른 인간과 관계를 맺어야 하는가, 맺어야 한다면 어떻게 맺어야 하는가 하는 것이 중요한 문제로 등장한다. 편집증에 이를 만큼 과민했고 아무리 미심쩍은 상황에서도 자기 자신의 정당함을 확신했던 그는 남들의 판단에 지나치게 방어적이었다. 그에

트 쪽으로 걸어가다가 맨스필드 경의 영지를 끼고 도는 오솔길 위에서 콜리지와 대화 중

게는 자기 자신의 이단적인 (종종 껄끄러운) 생각과 행동을 억누를 마음이 없었다. 아니, 억누를 힘이 없었다. 최근에는 루소의 글이 루소 자신의 경험을 일반화한 것에 불과하다는 주장이 인기를 얻고 있다. 인간이 소박함을 상실함으로써 타락했다는 루소의 설명은 소박하고 안전했던 스위스 시기(아니면 그저 순진무구했던 어린 시절)를 뒤로하고 외국으로 나가 귀족이니 지식인이니 하는 사람들 틈에서 불확실한 생활을 시작해야 했던 루소의 삶의 반영일 뿐이라는 주장이다. 이 주장이 맞든 틀리든 간에, 루소의 설명은 지금껏 막강한 영향력을 발휘하고 있다. 오늘날 루소의 자장에서 완전히 벗어나 있는 사람이 별로 없다고 해도 과언이 아닐 정도다.

　루소가 말년에 쓴 『고독한 산책자의 몽상』(1782)은 걷는 일에 관한 책이기도 하고 아니기도 하다. 루소가 이 책의 전제를 밝힌 곳은 두 번째 장인 「두 번째 산책」이다. "내 영혼의 평상시 상태를 최대한 섬세하게 그려보겠다고 마음먹은 나는 이 계획을 이행할 가장 간단하고 확실한 방법은 내가 혼자 산책할 때 내 머리에 떠오르는 몽상들을 충실하게 기록하는 것 이상이 없겠다고 생각했다."[16] 총 열 장으로 되어 있는 이 책의 각 장(짤막한 신변잡기)은 산책 중에 떠오른 생각의 기록인 것 같다. 물론 이 글들이 실제 산책의 결실이라는 증거는 없다.(어떤 장은 글귀 하나에 대한 사색이고, 어떤 장은 과거 회상이고, 어떤 장은 그저 신세타령이다.) 하지만 어쨌든 이 책은 산책 중에 떠올린 생각들과 산책길에서 찾아낸 식물들 속으로 도피하는 한 남자, 더 안전한 도피처를 원하면서 더 안전했던 도피처를 추억하는 한 남자를 그리고 있다.(여덟 번째 장과 아홉 번째 장은 초고 상태였고, 열 번째 장은 그가 1778년에 세상을 떠날 때까지 미완성이었다.)

　홀로 걷는 사람은 세상 속에 있으면서도 세상과 동떨어져 있다. 홀로 걷는 사람의 존재 방식은 노동자나 거주자나 한 집단 구성원의 유대

인 가이 병원 시범조교 그린 씨를 만났습니다. 눈빛으로 양해를 구한 후, 콜리지의 식후

감보다는 여행자의 무심함에 가깝다. 걷는 동안 루소는 사유와 몽상 속에 살며 자족할 수 있었고, 자기를 배반한 것 같은 세상을 이길 수 있었고, 그런 이유에서 걷는 것을 아예 자신의 존재 방식으로 선택했다. 루소는 걸음으로써 그야말로 발화의 형식을 얻었다. 논문 같은 엄격한 형식, 또는 전기문이나 역사서 같은 연대기적 형식과는 달리, 여행기는 탈선과 연상을 장려한다. 루소가 세상을 떠나고 거의 한 세기 반 후, 마음의 작동 방식을 그려내고자 한 제임스 조이스(James Joyce)와 버지니아 울프(Virginia Woolf)는 의식의 흐름이라는 문체를 발전시킨다. 조이스의 소설 『율리시스』와 울프의 소설 『댈러웨이 부인』에서 주인공들의 머릿속에 뒤죽박죽 뭉쳐 있는 생각들, 기억들은 그들이 길을 걸을 때 가장 잘 풀려나온다. 바꾸어 말하면, 보행이라는 비분석적, 즉흥적 행위와 가장 잘 어울리는 사유는 이런 비체계적, 연상적 유형의 사유다. 루소의 『고독한 산책자의 몽상』은 바로 사유와 보행의 이러한 관계를 그려 보여주는 최초의 그림 중 하나다.

　　루소는 홀로 걷는다. 그가 다정해질 때는 풀꽃을 채집할 때 아니면 낯선 이와 마주칠 때뿐이다. 「아홉 번째 산책」은 과거 산책들의 기억이다. 그 기억의 망원경은 점점 더 오래된 과거를 향한다. 사관학교까지 걸어갔던 이틀 전의 산책에서 시작해서 파리 외곽까지 걸어갔던 2년 전의 산책으로 옮겨가고, 거기서 또다시 아내와 함께 정원을 걷던 4~5년 전의 산책으로 옮겨간다. 마지막은 그 산책보다도 몇 년 전에, 가난한 소녀가 사과를 팔고 있는 것을 본 루소 자신이 그 사과를 몽땅 사서 근처를 돌아다니는 굶주린 소년들에게 나누어준 일에 대한 기억이다. 이 모든 기억의 계기는 한 지인의 부고였다. 이 부고 중에서 고인이 아이들을 사랑했다는 대목이 자식들을 버린 루소 자신의 죄책감을 자극한 것이었다.(루소

어르신 걸음걸이에 맞추어 거의 2마일을 걸었던 것 같았습니다. 그 2마일 동안 콜리지는

의 『고백록』에 따르면, 그와 내연 관계였던 테레즈는 그의 자식 다섯 명을 낳았다. 그는 다섯 자식을 모두 고아원에 맡겼다. 오늘날의 일부 연구자들은 루소가 자식이 있었다는 것 자체를 의심하기도 한다.) 그리고 이 기억들은 루소를 향한 비난이자 루소 자신의 자기 비난에 대한 반론의 역할을 하고 있다. 나는 우연히 만난 아이들까지 사랑하는 사람이잖은가 하는 반론. 요컨대 「아홉 번째 산책」은 상상 속 재판장에서 변명을 궁리해보는 글이다. 이 글의 뒷부분에서는 주제가 바뀌면서 명성이 시련을 안겨주었다는 이야기, 유명해진 탓에 평안한 산책이 불가능해졌다는 이야기, 이제 산책이라는 더없이 가벼운 사회생활마저 불가능해졌으니 자유롭게 거닐 수 있는 땅은 몽상의 땅밖에 없다는 이야기가 나온다. 루소가 『고독한 산책자의 몽상』의 거의 대부분을 집필한 것은 자신의 명성과 남에 대한 의심 탓에 파리에서 고립된 생활을 할 때였다.

루소의 글이 철학적 보행을 다루는 문헌의 효시라면, 그것은 루소가 자기의 사색이 어떤 정황 속에 행해지는지를 상세히 기록할 가치가 있다고 생각한 최초의 저술가 중 한 명이기 때문이다. 루소가 과격파였다면, 루소의 가장 과격한 행동은 (보행, 고독, 자연 등을 기반으로 조성되는) 개인적, 사적 경험의 가치를 재평가한 일이었다. 루소가 다양한 혁명, 이를테면 정치조직의 혁명뿐 아니라 상상의 혁명과 문화의 혁명을 고취했다고도 할 수 있겠지만, 루소에게 혁명이 필요했던 이유는 그런 사적 경험의 방해물을 제거하기 위해서일 뿐이었다. 루소가 자신의 지성을 십분 발휘해 가장 강력한 주장을 펼칠 때는 『고독한 산책자의 몽상』에서 드높이고 있는 정신 상태와 생활 방식을 회복하고 유지하는 것을 목적으로 할 때였다.

『고독한 산책자의 몽상』 중 두 장에는 루소가 실제로 시골의 평화

무수한 화제를 꺼냈습니다. 어떤 화제였냐 하면, 나이팅게일과 시, 시적 감각이란 무엇인

를 누렸던 짧은 막간들이 대단히 소중한 기억으로 등장하고 있다. 우선 그 유명한 「다섯 번째 산책」에는 루소가 비엔느 호수의 생피에르 섬(보즈 웰의 방문을 받았던 뇌샤텔 근처의 모티에르에서 사람들로부터 돌팔매질당한 끝에 쫓겨 온 피신처)에서 맛보았던 행복이 묘사되어 있다. 여기서 루소는 "이렇게 큰 즐거움이 어디 있겠는가?"라는 수사적 질문을 던진 후, 가진 것은 식물뿐인 생활, 하는 일은 식물채집과 뱃놀이뿐인 생활을 그려낸다. 육체노동이 필요 없으되 귀족 휴양지의 세련된 교양과 사교도 없는 천혜의 나라, 루소가 꿈꾸는 이상향이다.[17] 한편 「열 번째 산책」에서 루소는 자기가 십 대 때 후원자이자 연인이었던 루이즈(Françoise-Louise de Warens)와 함께 누렸던 행복한 시골생활을 찬미하고 있다. 생피에르 섬을 대신할 에름농빌 영지라는 이상향을 찾아냈을 때 쓴 장이다. 루소가 일흔다섯 살에 「열 번째 산책」을 미완성으로 남기고 세상을 떠났을 때, 에름농빌 영지의 소유주였던 지라르댕 후작(marquis de Girardin)은 포플러 나무가 무성한 영지 내의 작은 섬에 루소의 무덤을 만들면서 감상적인 루소 신도들을 위한 순례 코스도 함께 만들었다. 덕분에 루소의 무덤을 찾아온 사람은 무덤까지 어떤 길로 가야 하는지뿐 아니라 그 길로 가면서 어떤 감정을 느껴야 하는지도 배울 수 있었다. 루소의 사적 저항이 후대의 공적 문화로 자리 잡는 과정이었다.

걷고, 생각하고, 걷고

키르케고르도 보행과 사유에 대해서 많은 이야기를 하는 철학자 중 한 명이다. 키르케고르의 경우에는 걸으면서 인간을 연구할 장소로 도시,

가, 형이상학, 꿈 분류학, 악몽, 터치가 동반된 꿈, 싱글 터치와 더블 터치, 꿈 이야기 하

정확히 말하면 코펜하겐이라는 한 도시를 선택했다. 다만 그는 도시를 걸으면서 인간을 연구하는 일을 시골에서 식물을 채집하는 일에 비유했다. 그렇게 보면, 그가 마주치는 사람들은 그가 수집하는 식물표본이었다. 키르케고르가 태어난 때는 루소가 태어나고 100년 후였고, 키르케고르가 태어난 곳은 루소가 태어난 곳과 마찬가지로 프로테스탄트의 도시였다. 하지만 키르케고르의 삶은 몇 가지 면에서 루소의 삶과는 완전히 달랐다. 루소가 방종한 생활을 한 것과 달리 키르케고르는 스스로 부과한 엄격한 금욕적 기준을 따랐고, 루소가 유랑 생활을 한 것과는 달리 키르케고르는 평생 고향과 가족, 자기 종교를 떠나지 않았다.(물론 다툼은 항상 있었다.) 하지만 이 두 철학자 사이에는 대단히 흡사한 면도 있다. 사회적으로 고립된 삶을 살았다는 것, (문학적이기도 하고 철학적이기도 한) 무수한 저작들을 쏟아냈다는 것, 자의식에 시달렸다는 것도 공통점이다. 부유하면서도 무서울 정도로 경건한 상인의 아들로 태어난 키르케고르는 거의 평생 동안 물려받은 유산으로 살면서 아버지의 손에 휘둘렸다. 그의 글 중에서 아버지를 회상하는 한 대목을 보면(요하네스라는 인물의 경험으로 등장하지만 키르케고르 자신의 경험임이 거의 분명하다.), 그의 아버지는 그를 밖에 나가 놀게 하는 대신 함께 집 안을 왔다 갔다 하면서 그에게 세상 이야기를 들려주곤 했다. 어린 아들이 세상의 모든 다양함을 눈앞에 떠올릴 수 있을 만큼 생생한 이야기였다. 아들이 크면서 아버지는 아들을 이야기에 끼워주었다. "전에는 서사시였지만 이제는 드라마였다. 아버지와 아들이 주거니 받거니 하는 이야기였다. 둘 다 익숙하게 알고 있는 길을 걸을 때면, 상대방이 빠뜨리고 지나가는 것이 없도록 그때그때 서로 주의를 주었다. 요하네스는 자기가 모르는 길을 걸을 때마다 이야기를 지어내고, 아버지는 전능자의 상상력을 발휘해서 그런 모든 이야기의 의미

나, 첫 번째 의식과 두 번째 의식, 의지와 자유의지는 어떻게 다른가, 두 번째 의식의 스모

가 통하게 만들어주었다. 아이가 마음 내키는 대로 던진 말 하나하나가 드라마의 구성 요소가 되었다. 요하네스는 이 이야기가 세계를 존재하게 한다는 느낌, 아버지는 전능한 신이고 자기는 신의 사랑하는 아들이라는 느낌을 받았다."[18]

키르케고르 자신, 아버지, 신 사이의 삼각관계가 그의 삶을 소진한 것 같다. 그가 자기 하나님을 자기 아버지의 형상대로 빚어낸 것 같기도 하고, 그의 아버지가 어린 그와 함께 집 안을 거닐면서 키르케고르라는 이상한 인물(그의 글에 등장하는, 애늙은이 같기도 하고 유령 같기도 한 배회자)을 의식적으로 빚어낸 것 같기도 하다. 부자가 그렇게 집 안을 거닌 일은 그에게는 상상이라는 탈육체적인 마법의 나라, 신짜 주민이라고는 자기 혼자뿐인 나라에서 살아야 한다는 가르침이었던 것 같다. 예컨대 키르케고르가 자신의 여러 대표작을 발표할 때 사용한 가짜 이름들은 그를 보여주는 동시에 숨겨주는 장치, 그의 고독에서 일군의 독자를 만들어내는 장치인 것 같다. 그가 집에서 손님을 맞은 적은 평생에 거의 한 번도 없었다. 알고 지낸 사람은 어마어마하게 많았지만, 그중에서 친구라고 할 만한 사람은 거의 한 명도 없었다. 코펜하겐의 길들이 그의 "응접실"이었다고 그의 질녀 중 한 명이 말하고 있듯, 그가 일상에서 찾은 큰 기쁨은 코펜하겐 산책이었던 것 같다. 산책은 사람들과 어울리지 못하는 그가 사람들 사이에 끼는 방법, 곧 짧은 마주침이나 지인과 나누는 인사나 들려오는 대화 같은 것에서 희미한 인간적 온기를 쬐는 방법이었다. 혼자 걷는 사람은 주변 세계와 함께 있으면서도 주변 세계로부터 떨어져 있다. 밖에서 구경하는 것은 아니지만, 안에서 참여하는 것도 아니다. 걷는 일 자체가 이 가벼운 소외를 정당화하는 근거가 된다. 혼자 걷는 사람이 혼자인 것은 걷고 있기 때문이지 친구를 만들 줄 모르기 때문이 아니라는 이야

킹 결여로 형이상학자가 된 사람이 얼마나 많은가, 괴수들, 크라켄, 인어, 사우디는 인어

기다. 루소와 마찬가지로 키르케고르는 길을 걸으면서 다른 사람들과 수시로 가벼운 만남을 가질 수 있었고 그러면서 사유를 펼칠 수 있었다.

키르케고르는 저술 활동 초기인 1837년의 한 일기에서 이미 소음이 사유를 돕는다는 말을 했다. "이상하게 들릴지도 모르지만, 내가 가장 창의적이 되는 때는 사람들이 많이 모인 곳에 혼자 앉아 있을 때, 머릿속에 떠오른 것들을 잃지 않기 위해 혼란과 소음에 맞설 때다. 그렇게 적당한 환경을 찾지 못할 경우, 내 사유는 막연한 사념을 붙잡아보려는 피로한 노력 끝에 죽음을 맞는다."[19] 그로부터 10년 이상 지난 후의 한 일기에서는 길거리에서 그런 소음을 찾을 수 있다는 말도 했다. "정신에 긴장이 심한 나 같은 사람은 이완이 필요하다. 길거리에서 우연히 사람을 만나는 일은 이완에 도움이 된다. 몇몇 사람과 따로 만나는 일은 이완에는 전혀 도움이 되지 않는다."[20] 주위가 소란스러울 때 생각이 잘 되고, 주변이 조용할 때보다는 주변 소음으로부터 벗어나기 위해 애쓸 때 집중이 더 잘 된다고 키르케고르는 주장한다. 어느 일기에서는 도시생활의 시끌벅적함이 실은 즐겁다고 말하기도 했다. "지금 이 순간, 거리의 악사가 손풍금을 연주하면서 노래를 부르는 소리가 들려온다. 멋지다. 삶에서 중요한 것은 우연하고 사소한 것들이다."[21]

그의 일기에는 그의 모든 글이 걸으면서 나왔다는 이야기가 거듭 나온다. "『이것이냐 저것이냐』의 거의 대부분은 초고를 단 한 번 개작한 글이다.(물론 산책 중에 머리로 작성한 초고를 뺐을 때의 이야기다. 내가 쓰는 모든 글의 초고는 산책 중에 머리로 작성된다.) 요즘은 이 글을 한 번 더 개작하고 싶다."[22] 그의 긴 산책은 남이 보면 게으름의 표시인 것 같지만 실제로는 엄청나게 많은 글을 쓸 수 있는 토대라는 것도 그의 일기에서 반복되는 이야기다. 다른 사람들의 기억 속에는 그가 산책 중 사람을 만나는 모습이

를 믿는다는 이야기, 사우디의 믿음은 근거가 희박하다는 이야기, 괴담 하나…….—존 키

담겨 있을 뿐이지만, 그런 만남 사이사이에는 홀로 걷는 시간, 사유를 정리하고 집필을 준비하는 긴 시간이 있었을 것이다. 그의 개인적인 생각들이 자의식과 절망의 소용돌이일 때가 많았음을 감안하면, 그가 도시에서 길을 걸으면서 집중을 흩뜨린 덕분에 오히려 자기 자신에 대한 생각에서 벗어나 더 생산적으로 사유할 수 있었다고 말할 수도 있다. 1848년의 한 일기도 그런 이야기다. "사색을 마치고 집으로 돌아갈 때면 이제 글로 적어야 할 생각들에 짓눌리는 탓에 발걸음을 옮기는 것조차 힘들었다. [……] 어떤 날은 그 생각들을 잃어버릴까 봐 내게 말을 걸어오는 가난한 사람을 외면했다. 그렇게 집에 돌아와보면 그 생각들은 이미 사라진 후였고, 내 영혼은 끔찍한 고통에 시달렸다. 그 사람이 내게 당한 일을 이제 내가 신에게 당하리라는 생각 때문이었다. 하지만 길에서 걸음을 멈추고 그 사람의 이야기에 귀를 기울였던 날은 모든 것이 무사했다."[23]

　　그가 맡은 거의 유일한 사회적 역할은 사람들의 눈에 띄는 것이었다. 코펜하겐은 그가 공연하는 무대였고, 코펜하겐 사람들은 그 공연을 해석하는 비평가들이었다. 그에게 외출이란 글을 발표하는 것과 비슷했다. 그는 사람들과의 관계, 독자들과의 관계를 원했지만 너무 가깝지는 않은 관계, 자기가 제시한 조건을 따르는 관계를 원했다. 루소와 마찬가지로 키르케고르도 독자와의 관계에 까다로웠다. 그가 산책을 끝내고 집으로 돌아가 글을 쓰리라는 것을 사람들은 아무도 몰랐다. 수많은 글을 이런저런 가명으로 발표해놓고 사람들이 자기를 게으르게 본다고 투덜거리는 것이 그의 방식이었다. 올젠(Regine Olsen)과의 파혼이라는 일생일대의 비극을 결행한 후, 그는 그녀의 모습을 길에서, 오직 길에서만 볼 수 있었다. 그로부터 몇 년 후 두 사람이 똑같은 시간에 똑같은 길을 지나가는 일이 몇 번 있었는데, 그는 이게 대체 무슨 뜻일까를 두고 전전긍긍했다. 확실한 사생활이 있는 사람에게는 길이 가장 가벼운 만남의 장이지만, 그에게는 길이 가장 사적인 공간이었다.

덴마크의 풍자 잡지 《해적(*Corsair*)》에 대한 그의 가벼운 비판이 나온 후, 그의 별일 없는 삶에 또 하나의 큰 위기가 찾아왔다. 잡지 편집장이 키르케고르의 팬이었음에도, 잡지에는 키르케고르를 놀리는 글과 그림이 실리기 시작했다. 코펜하겐 독자들은 그런 우스개를 재미있어 했다. 그의 양쪽 바짓단 길이가 다르다는 내용의 글이나 그림, 그의 기발한 가명과 문체에 대한 조롱, 프록코트가 막대기같이 마른 두 다리를 종 모양으로 덮고 있는 그의 캐리커처 같은, 대부분 가벼운 우스개였다. 하지만 이런 패러디 탓에 그는 원치 않는 정도로까지 유명해져버렸다. 그는 조롱당한다는 사실을 심하게 괴로워했고 온갖 데서 사람들의 조롱을 느꼈다. 키르케고르가 《해적》의 공격에 (지나치다 싶게) 괴로워한 가장 큰 이유 중 하나는 이제 코펜하겐에서 자유롭게 걸어 다닐 수 없게 되었다는 생각이었던 듯하다. "바깥 공기가 더러워지고 있다. 나는 우울증이 있는 사람이고, 해야 할 작업도 엄청나게 많은 사람이라, 쉬기 위해서는 군중 속의 고독이 필요한데. 절망스럽기만 하다. 군중 속의 고독 같은 것은 이제 온데간데없이 사라졌다. 가는 곳마다 호기심 어린 시선이 있을 뿐이다."[24] 철학적, 미학적 저술에서 신학적 저술로 돌아서는 마지막 단계를 추동한 힘이 바로 이 위기(아버지, 그리고 약혼자와 관련된 위기 이후 그의 인생에 닥친 마지막 위기)였다는 것이 그의 전기 작가들 중 한 명의 말이다. 그럼에도 그는 그로부터 몇 주 후에 세상을 떠나기까지 코펜하겐 산책을 멈추지 않았다. 쓰러져서 병원에 실려 가던 때도 그는 산책 중이었다.

루소와 마찬가지로 키르케고르도 엄밀한 의미의 철학자라기보다는 잡종 철학자, 철학적 작가라고 할 수 있다. 두 사람의 글은 묘사적이고

의 새 책은 잘 도착했습니다. 인간을 욕하는 책을 써주신 데 대해 감사드립니다. [……] 인

연상적이고 개인적이고, 시적 모호함이 있으며, 그런 의미에서 서구 철학 전통의 핵심인 엄밀한 논증과는 상반된다. 두 사람의 글에는 재미와 개성이 있고, 거리의 악사가 연주하는 손풍금 소리나 섬에 사는 토끼 같은 개별자들이 있다. 루소가 소설로, 자서전으로, 몽상으로 글 형식을 넓혀나갔다면, 키르케고르는 하나의 형식을 가지고 장난치기를 좋아했다. 짧은 논문에 엄청나게 긴 후기를 달거나, 마치 마트료시카처럼 글 속에 층층이 가짜 저자들의 글을 넣는 식이었다. 작가 키르케고르의 상속자들은 칼비노(Italo Calvino)나 보르헤스(Jorge Luis Borges) 등 형식, 어조, 참고 문헌, 또는 여러 장치들로 의미를 만들어내는 문학의 실험자들일 것이다.

　　루소와 키르케고르에게 보행이 어떤 의미였는지를 지금의 우리가 이해할 수 있는 것은, 그들이 보행을 이야기한 곳이 비개인적, 보편적 철학에 속하는 저서가 아니라 개인적, 묘사적, 구체적 작품(루소의 『고백록』과 『고독한 산책자의 몽상』, 키르케고르의 일기들)이기 때문이다. 보행이 그런 종류의 글에 어울리는 소재인 이유는 보행 그 자체가 보행자의 사유를 개인적, 구체적 경험의 세계에 정박시키는 한 방법이기 때문이다. 보행의 의미를 논하는 글이 대개 철학이 아니라 시나 소설, 편지, 일기나 여행기, 수필인 것은 그 때문이다. 한편 루소와 키르케고르라는 두 기인(奇人)은 보행이 자기의 소외를 조율하는 면에 초점을 맞추기도 했다. 사실 그들이 겪은 종류의 소외는 정신사의 새로운 현상이었다. 그들은 사회를 받아들이는 것도 아니었지만, 사회로부터 등을 돌리는 종교적 묵상의 전통을 따른 것도 아니었다.(《해적》 사건을 겪은 말년의 키르케고르가 예외라면 예외였다.) 그들은 세상에 발 디디고 사는 사람이었지만 세상과 함께 어울려 사는 사람은 아니었다. 홀로 걷는 사람, 긴 길이든 짧은 길이든 길을 걷는 사람은 한곳에 머물지 않는 사람이요, 욕망과 결핍을 동력으로 삼는 사

간이 바보임을 보여주기 위해서 그런 지성을 동원한 책은 지금껏 없었습니다. 당신의 저서

람이요, 노동자나 거주자나 집단 구성원의 유대감보다는 여행자의 무심함을 가진 사람이다.

주체의 실종

20세기 초, 실제로 보행을 자기 철학의 중심 주제로 삼은 철학자가 있었다. 현상학자 후설(Edmund Husserl)이었다. 물론 후설이 보행을 철학의 주제로 삼은 최초의 철학자는 아니었다. 예컨대 디오게네스(Diogenes)는 키르케고르가 비슷한 맥락에서 즐겨 인용한 철학자였다. "엘레아 철학자들이 운동을 부정했을 때 논적으로 나선 철학자는 다들 알다시피 디오게네스였다. 그들에게 말로 논박했다는 의미가 아니라, 실제로 그들 앞으로 걸어갔다는 뜻이다. 굳이 말을 하고 자시고 할 문제도 아니라고 생각한 것이다." 후설의 1931년 논문 「살아 있는 현재의 세계와 몸을 중심으로 구성되는 주변세계(Die Welt der lebendigen Gegenwart und die Konstitution der ausserleiblichen Umwelt)」는 보행을 중요한 경험, 곧 우리가 우리 몸을 세계와의 관계 속에서 이해하는 데 필요한 경험으로 그리고 있다.[25] 이 글에 따르면, 우리 몸은 '늘 여기에 있음'의 경험이다. 움직이는 몸은, 몸을 구성하는 모든 부분들을 하나의 통일체로, 여러 '거기들'을 통로로 삼거나 목적지로 삼는 '여기'라는 지속성으로 경험한다. 이러한 논의에 따르면, 움직이는 것은 몸이고 변화하는 것은 세계라는 것, 이것이 '나'와 '나' 아닌 것을 구분하는 기준이다. 그렇다면 여행은 세계의 유동성 속에서 자아의 연속성을 경험함으로써 세계와 자아를 이해하고 양자의 관계를 이해하는 한 방법일 수 있다. 이렇듯 후설의 논의는 사람이

를 읽으니 네발 짐승으로 돌아가고 싶어지는군요.─볼테르가 루소에게 보낸 편지, 『인간

세계를 어떻게 경험하는가를 물으면서 감각과 지각 대신 보행을 강조한
다는 점에서 이전의 경험 이론들과는 구분된다.

지금까지 빈약하게나마 후설까지의 철학에서 보행에 관한 논의를
찾아보았다. 보행에 관한 좀 더 풍요로운 논의는 최신 이론에서 찾아볼
수 있지 않을까. 그중 포스트모더니즘은 이동과 육체를 중요한 테마로
삼는다는 점에서 보행에 관한 논의를 기대해볼 만하다.(육체와 이동을 합친
것이 보행이다.) 최신 이론의 주요 원천은 남성의 경험(남성 백인 특권층의 경
험)이라는 특수한 경험을 보편화하는 이전 이론에 대한 페미니즘의 저항
이었다는 점에서 페미니즘에도 기대를 걸어볼 만하다. 실제로 페미니즘
과 포스트모더니즘은 한 사람의 특수한 육체적 경험과 맥락이 그 사람
의 정신적 관점을 만들어낸다는 테제를 공유하고 있다. 이런 최신 이론
들이 나오면서 특정한 신체와 장소를 초월하는 맥락 없는 객관성이라는
옛 관념은 힘을 잃어갔고, 모든 것에는 입장이 있다는 생각, 모든 입장은
정치적 입장이라는 생각이 힘을 얻어왔다. "예술이 정치적이어서는 안
된다는 견해 자체가 정치적 견해"라고 오웰(George Orwell)은 한참 전에
말하기도 했다. 이런 최신 이론들은 한편으로는 인종과 성별이라는 육체
적 차원이 의식에 미치는 영향을 강조함으로써 가짜 보편자를 무너뜨렸
지만, 다른 한편으로는 육체의 의미, 인간의 의미를 찾는 과정에서 특수
한 경험(또는 무경험)을 일반화했다. 이런 논의에서 육체는 고립적 환경에
처해 있는 수동적 존재일 뿐이었다.

포스트모더니즘이 거듭 거론하는 육체는 악천후에 시달리거나 다
른 동물과 맞닥뜨리거나 원시의 공포를 느끼거나 한껏 들뜨거나 근력을
최대치까지 발휘하는 몸, 한마디로 옥외에서 물리적인 힘을 써야 하는
몸이 아니다. 포스트모더니스트들이 즐겨 쓰는 '육체'라는 용어 그 자체

불평등 기원론』에 관해   •인간의 후각이 퇴화한 자체가 직립보

가 수동적인 몸뚱이, 이를테면 침대에 눕혀져 진찰당하는 몸을 뜻하는
것 같다. 의학적 현상이자 성적 현상으로서의 육체는 행동과 생산의 원
천이 아니라 감각과 처리와 욕망의 거점일 뿐이다. 육체노동에서 해방되
어 감각 차단실과 다름없는 거주공간, 사무공간 안에 집어넣어진 이 몸
뚱이에게 남은 것은 성애적 육체성이라는 잔여물뿐이다. 성애의 황홀한
매력, 성애의 심오한 의미를 폄하하자는 뜻이 아니다.(뒤에서 다시 다루겠
지만, 성애는 보행의 역사에서 매우 중요하다.) 다만 성애가 이토록 강조되는 것
은 많은 사람에게 육체성의 다른 측면들이 마비되어 있기 때문임을 기억
하자는 뜻이다. 이런 육체론을 설파하는 수많은 저서와 논문이 가정하
는 몸, 다시 말해 섹슈얼리티와 생물학적 기능만이 유일한 생명의 신호인
수동적 육체는 인간의 보편적 육체가 아니라 도시 사무직 노동자의 육
체다. 아니, 도시 사무직 노동자의 육체도 될 수 없는 이론적 육체다. 물
리적인 힘을 쓰는 일이 전혀 없는 육체. 키르케고르 전집을 들고 낑낑거
리며 걸어가기가 얼마나 힘든지 모르는 육체. 페미니즘 이론가 보르도
(Susan Bordo)는 바로 그런 유의 육체성에 반발한다. "만약 육체가 우리가
특정한 시간과 공간에 처해 있음의 비유이고 이런 이유에서 인간의 지각
과 인식의 유한성에 대한 비유라면, 그런 탈근대적 육체는 육체가 아니
다."[26]

　　포스트모더니즘의 또 다른 주요 테마인 이동은 육체와 무관한 맥
락에서 논의되고 있다. 이동이란 육체의 이동이기도 한데, 그에 관한 논
의가 없다는 뜻이다. 그런 이동론을 읽다 보면, 탈근대적 육체가 비행기
나 고속 차량으로 통근하거나 심지어는 아무런 가시적 이동 수단(근력, 기
술력, 경제력, 지형지물) 없이 이곳저곳을 돌아다니는 것 같다. 배달되는 소
포나 옮겨지는 체스 말처럼 육체는 스스로 움직이는 것이 아니라 다른

행의 결과인 듯하다. 한편 직립보행으로 생식기가 노출되면서 보호 장치가 필요해졌다. 그

것에 의해 움직여진다. 이런 문제가 생기는 것은 어떤 면에서는 최신 이론의 높은 추상성 때문이다. 장소성과 이동성을 나타내는 수많은 용어들, 예컨대 **유목민, 탈중심, 주변화, 탈영토화, 가장자리, 이주자, 망명자** 등등은 구체적인 장소나 사람들을 가리키는 대신 뿌리 없는 유동성이라는 추상적 개념을 가리키고 있다. 최신 이론이 뿌리 없이 유동하는 주체를 다루기 때문에 생기는 문제라고 말할 수도 있겠지만, 그에 못지않게 최신 이론 그 자체가 뿌리 없이 유동하는 이론이기 때문에 생기는 문제다. 요컨대 이런 최신 이론들은 육체와 이동이라는 구체적 세계를 논하는 데서 시작하지만, 결국은 육체와 이동을 추상화하고 그 물질성을 사상시키는 데서 끝난다. 언어 그 자체가 구체적 내용을 말할 책임에서 벗어나 창조의 자유를 누리는 듯 보이기도 한다.

　　육체를 능동적으로 그리는 것은 독불장군들의 글뿐이다. 스캐리(Elaine Scarry)의 권위 있는 저서 『고통 받는 육체(*The Body in Pain: The Making and Unmaking of the World*)』는 고문이 어떻게 고문당하는 사람의 의식 세계를 파괴하는지를 검토한 후, (이야기와 사물 모두를 만드는 것으로서) 창조가 어떻게 의식 세계를 구축하는가를 이론화한다. 스캐리는 도구와 기계가 세계로 연장된 육체, 곧 세계를 인식하는 방법이라고 설명한다. 이 설명에 따르면, 도구와 기계는 육체와 점점 분리된다. 예컨대 팔의 연장이었던 괭이는 결국 몸을 대신하는 포클레인이 된다. 스캐리가 이 책에서 보행을 직접 다루지는 않지만, 보행을 철학의 주제로 다루는 방법과 관련해서 한 가지 힌트를 주고 있다. 길을 걷는 몸은 상처 입고 아파하고 부서질 수 있는 본래적 한계로 되돌아가지만, 길을 걷는 일 그 자체는 마치 몸을 연장하는 도구처럼 세계로 열린다. 길은 걷는 일의 확장이고, 걷기 위해 만든 공간들은 걷는 일의 기념비들이며, 길을 걷는 일은 세계 속에 존재

래서 인간에게 생겨난 것이 수치라는 감정이었다. ―지그문트 프로이트, 『문명 속의 불만』

하면서 세계를 생산하는 일이다. 길을 걷는 몸은 그렇게 만들어진 공간들에 흔적을 남긴다. 거리와 공원과 보도는 길을 걷는 상상, 길을 걷고 싶은 욕망의 흔적들이다. 지팡이와 신발, 지도, 물통, 배낭은 그 욕망의 물질적 산물들이다. 몸을 통해 세계를 인식하고 세계를 통해 몸을 인식한다는 것, 그것이 보행과 생산적 노동의 공통점이다.

• 맞잡은 손, 똑같이 느린 걸음. 남은 손, 아니, 남은 빈 손. 두 사람이 고개를 숙이고 걸

3
직립보행의 시작: 진화론의 요지경

백지처럼 텅 빈 장소였다. 내가 항상 찾고 싶어 했던 곳이었다. 기차나 자동차의 창밖으로 펼쳐져 있던 길, 머릿속으로 상상해보던 길, 번잡한 곳에서 바라보던 길이었다. 상상한 대로 걸을 수 있으리라고 약속하던 넓디넓은 평지. 내가 그런 순수한 평지에 가본 것이 바로 그때였다. 발걸음을 방해하는 것이 아무것도 없는 마른 호수. 사막에는 이런 건호(乾湖)가 많이 있다. 오래전에 말랐는지 해마다 건호가 되는지, 댄스 플로어처럼 평평하고 근사하다. 사막이 가장 사막다워지는 곳이라고 할까. 황량하고 공허하고 자유로운 곳. 걸어보라고 초대해주는 곳. 지각과 크기와 빛을 실험할 수 있는 곳. 고독을 호사로 느끼게 해주는 블루스 음악 같은 곳. 남동부 캘리포니아 모하비 사막의 조슈아 트리 국립공원 근처였다. 호수가 될 때도 있지만 대개는 풀 한 포기 없는 갈라진 흙바닥이었다. 자유를 느낄 수 있는 곳, 몸은 무의식적으로 움직이고 마음은 의식적으로 움직일 수 있는 곳, 한 걸음 한 걸음이 영원의 시계추인 듯 고동치는 곳이었다. 팻이 나와 함께 그 광활한 건호를 걸었다. 팻은 암벽등반을 더 좋아한다.

어가는 뒷모습, 똑같이 느린 걸음. 아이의 손은 위를 향한다. 잡아주는 손을 잡자. 노인

동작 하나하나가 온 신경을 집중해야 하는 독립된 행위인 암벽등반에서
는 동작에 리듬이 생기는 일이 거의 없다. 그런 차이가 그의 삶과 나의 삶
사이에 깊은 골을 만든다. 불교 신자 같은 면이 있는 그는 영성(靈性)이란
찰나에 의식을 담는 것이라고 생각하는 반면, 상징이니 해석이니 역사니
하는 것에 껌뻑 죽는 나는 서양식으로 영성은 세속에 있다기보다는 피
안에 있다고 생각한다. 하지만 바깥으로 나와 땅을 밟는 것이 이상적 존
재 방식이라고 생각한다는 점은 우리 둘 다 마찬가지다.

　　걷는 일은 몸이 땅을 척도로 삼아 스스로를 가늠하는 방식이다. 그
사실을 처음 깨달은 것은 예전에 다른 사막을 걸을 때였지만, 팻과 함께
건호를 걸을 때도 그런 깨달음이 왔다. 산자락 하나가 아주 조금씩 가까
워졌다. 늦은 오후의 태양 아래서 푸른빛을 띠는 산맥이 마치 외야 관중
석처럼 둥근 지평선을 따라 펼쳐져 있었다. 건호는 기하학적 평면이었고,
두 다리는 접혔다 펴졌다 하는 각도기였다. 측정의 결과는 땅은 크고 나
는 작다는 것이었다. 사막을 걸을 때 알게 되는 것이 바로 땅은 크고 나는
작다는 그 반가우면서도 겁나는 소식이다. 흙바닥의 갈라진 선들까지 길
고 진한 그림자를 드리우는 오후였다. 팻의 트럭이 드리운 그림자는 고층
건물의 그림자처럼 길었다. 팻과 나의 그림자는 오른쪽에서 우리를 따라
오면서 점점 길어졌다. 내 그림자가 그렇게 길어진 것은 그때가 처음이었
다. 그림자 길이가 얼마나 될 것 같으냐는 내 질문에 그는 자기가 그림자
끝까지 걸어갔다 와볼 테니 그 자리에 서 있어보라고 했다. 나는 그림자
가 있는 동쪽으로 돌아섰다. 모든 그림자는 동쪽 산자락을 향해 있었고,
팻은 걷기 시작했다.

　　혼자 남은 나의 그림자는 팻이 걷고 있는 길 같기도 했다. 공기가 얼
마나 맑은지, 팻은 점점 멀어지는 게 아니라 그저 점점 작아질 뿐인 것 같

의 잡아주는 손을 잡자. 잡고 잡히자. 느리지만 느려지지 않는 걸음. 빠르지 않지만 쉬

았다. 그렇게 작아지던 팻은 내 엄지와 검지가 만든 원 안으로 들어왔다. 팻이 내 그림자의 끝에 닿은 것은 팻의 그림자가 거의 산자락에 닿았을 때였다. 그 순간 태양이 갑자기 지평선 너머로 사라졌고, 세상이 변했다. 땅의 반짝임이 없어졌고 산의 푸른빛이 진해졌고, 선명했던 그림자가 형체를 잃었다. 나는 이제 더 가지 말라고 외치면서 팻이 있는 데로 갔다. 내 그림자가 백 걸음(80~90미터)이었다고 팻은 알려주었다. 내 그림자가 희미해지기 시작한 것은 팻이 혼자 걸어갈 때부터였고, 우리가 트럭으로 돌아온 것은 밤이 다 되어서였다. 실험의 끝이었다. 그렇다면 시작은?

루소는 인간의 기원으로 기슬러 올리기면 인간의 본성을 찾을 수 있으리라 생각했고, 인간의 기원을 이해하는 것이 우리가 어떠한 존재인지, 우리는 어떠한 존재여야 하는지를 이해하는 길이리라 생각했다. 루소가 한 일은 비(非)유럽의 관습들에 대한 몇 가지 엉성한 설명을 "고귀한 야만인"이라는 근거 없는 추측으로 얼기설기 엮는 것뿐이었지만, 루소의 시대 이후로 인간의 기원이라는 주제 그 자체가 엄청난 진화를 겪어왔다. 하지만 우리가 원래 어떤 존재였는가가 우리가 지금 어떤 존재이고 어떤 존재여야 하는지에 대한 대답이 된다는 주장은 시간이 갈수록 오히려 더 강력해질 뿐이었다. 우리가 원래 어땠느냐는 말은, 1940년에 어땠느냐는 뜻일 수도 있고 300만 년 전에 어땠느냐는 뜻일 수도 있다. 인간의 본성이 무엇이냐(피에 굶주린 폭력적 동물이냐 공동체를 지향하는 동물이냐), 유전자는 어떻게 생겨 먹었느냐(남녀의 차이가 유전자에 입력돼 있느냐) 등등의 문제는 대중 도서에서나 학술 논문에서나 계속해서 논란의 대상이 되고 있다. 전통이 옳다고 주장하는 보수주의자들부터 최근에 알아낸 옛 식단을 따르자고 주장하는 보양식 사냥꾼들까지 온갖 사람들이

지 않는, 결코 느려지지 않는 걸음. 뒷모습. 고개 숙인 모습. 잡아주는 손을 잡은 잡힌 손.

한마디씩 보태고도 있다. 하지만 우리가 어떠한 존재인가, 어떠한 존재일 수 있는가, 어떠한 존재여야 하는가에 관한 이런 논란들은 그저 말하는 사람의 고정관념인 경우가 많다. 우리가 어떤 존재였느냐 하는 문제가 치열한 정치적 사안이 되는 것은 바로 그런 이유에서다. 인간의 기원을 연구하는 과학자들도 인간의 본성이니 유전자니 하는 문제들을 놓고 논란을 벌이기는 마찬가지다. 그런데 최근에 보행이 그 논란에서 중요한 주제가 되고 있다.

철학자들 쪽에서는 보행의 의미에 관해 할 말이 별로 없었던 데 비해, 오늘날 과학자들은 보행이 무엇을 의미하느냐를 두고 많은 말을 했다. 그 옛날의 원숭이가 갑자기 앞다리를 들고 뒷다리로 서서 한참을 돌아다닌 끝에 우리 같은 직립 이족보행체가 되었다면 그 시기는 도대체 언제였고 그 이유는 도대체 무엇이었는지를 두고 고생물학자, 인류학자와 해부학자 들은 저마다 열띤 (종종 정파적인) 가설들을 마구 내놓았다. 내가 찾던 보행의 철학자는 오히려 그들이었다. 몸의 각 부분의 생김새가 그 부분의 기능과 어떤 관계가 있는지, 몸의 생김새와 기능이 우리 인간성이라는 것의 토대라고 말할 수 있는지에 관한 끝없는 사변을 내놓는 쪽이 그들이었다. 인간성이란 대체 무엇인가라는 문제 또한 논란의 여지가 있지만, 직립보행이 인간성이라는 무언가에 찍힌 최초의 도장이라는 것만은 반박할 수 없는 사실이다. 무엇이 직립보행의 원인인지는 분명치 않지만, 직립보행이 많은 것의 원인이라는 것은 분명하다. 직립보행으로 새로운 가능성의 거대한 지평이 열렸다. 무엇보다도 손이 생겼다. 할 일이 없어진 두 앞다리가 잡을 것, 만들 것, 부술 것을 찾아다니다가 손으로 진화했고, 이제는 물질계의 조종간으로서 정교함을 더해가고 있다. 직립보행이 우리 뇌를 확장한 요인이라고 보는 학자들도 있고, 우리 섹슈얼리티를

한 사람의 걸음 같은 느린 걸음. 한 사람의 그림자. 또 한 사람의 그림자. ─사뮈엘 베케트

확립한 요인이라고 보는 학자들도 있다. 한편 직립보행의 원인을 둘러싼 논란을 슬쩍 훑어보면 고관절이니 발목뼈니 지질학적 연대 측정법이니 하는 온갖 상세 설명이 차고 넘치지만, 그 논란의 저변에는 이렇듯 교미의 문제, 서식의 문제, 인지의 문제가 깔려 있다.

다른 동물에는 없는 인간만의 특징으로 인간의 의식(意識)을 드는 경우가 많지만 인간의 육체 또한 다른 어떤 동물과도 다르게 생겼다. 인간의 육체가 인간의 의식을 만들어왔다고 말할 수도 있다. 동물의 왕국을 아무리 둘러보아도 이렇게 생긴 동물은 없다. 언제라도 쓰러질 것 같은 살과 뼈의 기둥이라고 할까, 오만하게 솟은 불안정한 탑이라고 할까. 조류나 캥거루처럼 주로 두 발로 걷는 동물이 없지는 않지만 그런 동물들은 꼬리를 쓰는 등 균형 잡는 법이 따로 있고, 걷기보다는 깡충깡충 뛰는 경우가 많다. 한 발 한 발 크게 내딛는 동물이 인간밖에 없는 것은 그것이 매우 불안정한 움직임이기 때문일 것이다. 네발로 걷는 동물은 네 다리가 있는 탁자같이 안정적인 데 비해 인간은 가만히 서 있을 때부터 이미 불안정하다. 술에 취한 사람을 본 적이 있거나 술에 취한 적이 있는 사람은 알겠지만, 균형을 잡고 서 있는 것만 해도 대단히 어려운 일이다.

인간의 보행에 관한 설명을 읽다 보면, 에덴동산에서의 추방(Fall)을 무수한 넘어짐, 떨어짐의 맥락에서 보게 된다. 네발로 기어 다니던 피조물이 갑자기 두 발로 걸어 다니면서 한 걸음 내디딜 때마다 새로운 균형을 잡아야 한다는 과제에 맞닥뜨렸다면, 무수히 넘어지지 않았겠는가. 존 네이피어(John Napier)는 보행의 기원에 대해서 이렇게 쓰고 있다. "인간의 보행이라는 독특한 행위 속에서는 한 걸음 한 걸음이 파국의 위기다. […] 이렇듯 인간의 직립보행 속에 파국이 잠재해 있는 것은 뒤에 있는 발을 앞으로 내딛고 이어서 뒤에 있는 발을 앞으로 내딛는 규칙적

• 존은 오스트리아 사람과 함께 바닷가를 걸으면서 모래톱의 형성 과정과 조수의 이론

인 움직임에 차질이 생기면 언제든 앞으로 고꾸라질 수밖에 없기 때문이다."[27] 특히 아기들을 보면, 나중에 보행이라는 행위로 깔끔히 합쳐질 여러 동작들이 어색하게 따로 놀고 있다. 걸음마를 배우는 아기는 넘어지는 것을 겁내지 않는다. 몸통을 앞으로 내민 후 급하게 다리를 옮겨 몸통과 일자로 만든다. 채 펴지지 못한 통통한 다리로 그렇게 뒤처지기와 따라잡기를 반복하면서, 보행 기술을 완전히 익히기까지 계속 넘어진다. 남이 대신 채워줄 수 없는 욕망, 손에 닿지 않는 것을 향한 욕망, 자유롭고 싶은 욕망, 에덴동산 같은 엄마의 안전한 품에서 벗어나고 싶은 욕망 때문이다. 이렇듯 보행의 시작은 지연된 넘어짐이고, 넘어짐은 에덴동산에서의 추방과 만난다.

창세기는 과학적 논의와 어울리지 않는 것 같지만, 과학자들이 알게 모르게 창세기를 끌어들이는 경우가 적지 않다. 우리가 누구인가를 설명하고자 한다는 점에서는 과학적 논의나 창조 신화나 마찬가지이고, 실제로 과학적 논의 중에는 서구 문명의 중심에 있는 창조 신화(아담과 이브가 에덴동산에서 벌이는 이야기)를 들먹이는 것도 있다. 어쨌든 과학의 가설 중에는 증거에 근거하기보다 그저 오늘날의 욕망이나 낡은 관습 등에 근거하는 듯한 엉뚱한 추측성 가설이 많다. 남녀의 역할과 관련된 가설은 그런 면이 더 두드러진다. 1960년대에는 "최초의 인류는 죄 없이 태어나지도 않았고 아시아에서 태어나지도 않았다."라는 유명한 구절로 시작되는 로버트 아드리(Robert Ardrey)의 『아프리카 창세기(*African Genesis*)』 같은 책이 '사냥하는 인간(Man the Hunter)' 가설을 널리 대중화했다. 폭력적, 공격적 기질이 인간의 본질 중 하나임을 시사하는 동시에 그런 기질이 인간의 진화(좀 더 정확하게 말하자면, 인간 중 수컷의 진화)를 야기한 수단이었다는 주장으로 그런 기질을 긍정하는 가설이다.(대부분의 주류 진화론

에 대해 토론을 벌였고, 나는 샬럿과 함께 반대 방향으로 두 시간이 넘도록 걷다가 풀

을 보면 진화하는 것은 수컷이고, 암컷은 그렇게 진화하는 수컷의 유전자를 전달하기 위한 짝짓기 말고는 하는 일이 거의 없다.) 페미니스트 인류학자 에이드리엔 질먼(Adrienne Zihlman)은 '사냥하는 인간' 가설에 대한 초기 반론 하나를 소개한다. "이 반론에 따르면, 인간이 사냥을 통해서 인간성을 획득하게 되었다고 보는 가설과 이브가 선악과를 먹은 후에 에덴동산에서 추방당했다는 성서 신화 사이에는 유사성이 있다. 인간이 사냥의 운명을 짊어지게 되었다는 설명과 인간이 추방의 운명을 짊어지게 되었다는 설명 모두 음식을 그 원인으로 간주하고 있다.(전자는 고기를 먹어서 생긴 일이고, 후자는 금단의 열매를 먹어서 생긴 일이다.)" 이 반론의 계속된 논의에 따르면, 사냥하는 남자와 채집하는 여자라는 노동 분업은 창세기에 나타난 아담과 이브의 명확한 역할 구분을 반영하고 있다.[28] 1960년대와 1970년대에는 인간의 보행이 진화한 시기가 급격한 기후 변동기라는 가설(사는 곳이 초원으로 바뀌면서 이동 방식도 나무 타기에서 걷기로 바뀌었다는 가설)이 유행했는데, 인간이 에덴동산에서 추방당했다는 신화와 연결된다는 점에서는 '사냥하는 인간' 가설과 마찬가지였다. 요새는 사냥 가설이나 초원 가설 같은 진화론을 주장하는 사람은 거의 없어졌지만, 그런 가설에 사용되었던 성경의 용어는 그대로 남아 있다. 예컨대 인간의 기원을 화석이 아니라 유전자에서 찾는 현대 과학자들은 인류의 조상이 '아프리카 이브' 혹은 '미토콘드리아 이브'라는 가설을 세우고 있다.

과학자들은 찾아내고 싶은 것을 찾아다니기도 하고 찾아다니던 것을 찾아내기도 했다. 사람들이 1908년부터 1950년까지 필트다운인 (人)의 존재를 믿었던 것은 영국의 과학자들이 큰 뇌와 동물 턱뼈를 가진 생명체가 있었다는 증거를 간절히 원했던 탓이다. 우리가 아주 오랜 옛날부터 머리가 좋았으리라는 것을 암시하는 유골이 영국에서 발견된

이 길게 자란 곳에 누워 손수건이 가득 찰 때까지 조개껍데기를 주웠습니다. —에피 그

일은 영국 과학자들을 흡족하게 해주었고, 머리 좋은 필트다운인이 영
국인이라는 온갖 떠벌림은 그 유골이 원숭이 턱뼈와 사람 머리뼈를 꿰
맞춘 가짜임을 첨단 기술력이 증명할 때까지 지속되었다. 레이먼드 다트
(Raymond Arthur Dart)가 1924년에 남아프리카에서 발견한 어린아이 머
리뼈는 필트다운인과 달리 사기가 아닌 것으로 판명됐지만, 필트다운인
에 환호했던 영국 전문가들은 타웅 아이(Taung Child)라는 이름의 그 어
린아이가 인류의 조상이라는 데 의혹을 품었다. 그 시대의 과학자들은
자신의 조상이 아프리카인이라는 것도 싫었고, 뇌는 작으면서 두 다리
로 서서 걸어 다닐 때가 있다는 증거, 즉 우리가 머리가 좋아진 게 진화의
초기가 아니라 후기였으리라는 증거를 받아들이기도 싫었던 것이다. 인
간의 머리뼈 하단에는 척수와 뇌를 연결하는 큰구멍(foramen magnum)이
있는데, 타웅 아이는 그 큰구멍이 원숭이처럼 뒤쪽에 있지 않고 지금 우
리처럼 머리뼈 중간에 있다. 이러한 사실은 타웅 아이가 직립보행을 했
으리라는 증거, 곧 머리가 척추에 매달려 있지 않고 척추 위에 세워져 있
었으리라는 증거라고 할 수 있다. 오스트랄로피테신 유인원의 머리뼈가
대개 그렇듯이, 타웅 아이의 머리뼈도 현대인이 보기에는 균형이 안 맞
는 건물 같다. 예를 들면 눈썹과 턱의 돌출부에 해당하는 포치는 엄청나
게 튀어나와 있고, 오늘날 뇌가 커진 공간에 해당하는 다락방은 아예 없
다. 대부분의 초기 진화론자들은 보행, 생각, 창조와 같은 우리의 인간
적 속성들이 같은 시기에 생겨났다고 주장했다. 인간성의 한 부분만 갖
고 있는 생물체를 상상하는 일이 어렵거나 불쾌해서가 아니었을까 싶
다. 일찍이 다트가 그 주장을 반박하는 가설을 내놓았고, 그 가설을 루
이스 리키(Louis Leakey)와 메리 리키(Mary Leakey)가 1950년대, 1960년대,
1970년대에 케냐에서의 놀라운 발견을 통해 발전시켰고, 도널드 조핸슨

레이 러스킨　　　　　　　　• 가야 하네, 저 외로운 골짜기를, 걸어가야 하네,

(Donald Johanson)이 1970년대에 에티오피아에서 그 유명한 '루시'의 머리뼈와 기타 화석들을 발견함으로써 거의 입증했다. 걷는 것이 먼저였다는 확실한 증거였다.

요즘 논의에서 직립보행은 진화하는 종이 다른 영장류들과 완전히 구분되는 인류가 되기 위해 건넌 루비콘 강이다. 우리는 직립보행으로 수많은 근사한 결과를 얻었다. 몸에 고딕건축과도 같은 아치들이 생겨났고 몸 전체가 위아래로 길어졌다. 밑에서부터 올라가자면, 발가락이 한 방향을 향하면서 발바닥 안쪽에 아치가 생겼다. 두 다리가 길게 뻗으면서 대둔근이 볼록하게 발달했다.(원숭이에게는 작은 근육인 반면, 사람 몸에서는 가장 큰 근육) 배는 납작해지고 허리는 유연해지고 등뼈는 곧게 펴지고, 두 어깨는 낮아지고 목은 길어지고 머리는 똑바로 들렸다. 똑바로 서 있는 몸을 보면, 마치 기둥처럼 각 부분이 절묘한 균형을 이룬다. 반면에 네발짐승의 머리와 몸통의 무게가 등뼈와 두 쌍의 다리에 실려 있는 모습은 현수교 차로가 케이블과 교각에 매달린 모습과 흡사하다. 열대우림에 적응한 유인원은 주먹보행(knuckle walking)으로 유명한데, 주먹보행으로 나무 사이의 짧은 거리를 이동할 때는 긴 앞다리 때문에 몸통이 사선이 된다. 원숭이는 인간에 비해 등이 휘어 있고 허리가 없고 목이 짧고 가슴은 아래가 넓은 깔때기 모양이고 배가 툭 튀어나와 있고 엉덩이에 살이 없고 두 다리가 굽어 있고 발바닥이 평평하고 양쪽 엄지발가락이 서로 마주 보고 있다.

이 직립보행의 진화사를 생각하다 보면, 저 멀리에 작은 형체가 보인다. 건호에 서 있던 친구처럼 작다. 그때와 다른 점은 새벽이라는 것, 그리고 그 작은 형체가 나를 향해 다가오고 있다는 것이다. 처음에는 정체를 알 수 없는 한 개 점이었던 것이 서서히 다가오면서 직립한 형상이 된

혼자 걸어가야 하네, 누가 대신 걸어주지 않네, 오, 혼자 걸어가야 하네—흑인 가스펠

다. 결국은 나와 똑같은 사람이 될 그 직립한 형상이 긴 그림자를 드리우고 있다. 누구일까? 루시(1974년에 에티오피아에서 320만 년 된 '오스트랄로피테쿠스 아파렌시스'의 뼛조각이 발견되었을 때, 사람들이 여러 가지 이유에서 여자라고 생각해서 붙인 이름)는 여러 모로 원숭이와 비슷했다. 허리가 없었고 목도 없었고 다리는 짧았고 팔은 길쭉했고, 갈비뼈도 원숭이처럼 아래가 넓은 깔때기 모양이었다. 하지만 사람과 비슷한 부분도 있었다. 넓적한 골반 덕분에 걸음걸이가 안정적이었고, 고관절이 넓고 무릎 사이가 붙어 하체가 아래로 갈수록 가늘어지는 체형이었다.(침팬지는 엉덩이가 좁고 무릎 사이가 넓은 탓에 지면에서 걸을 때는 좌우로 비트적거린다.) 루시가 달리기에 약하고 걷기도 그렇게 잘하지는 못했을 것이라고 말하는 사람도 있지만, 어쨌든 루시는 걸었다. 그것만은 확실하다. 논쟁은 여기에서 출발한다.

　　수십 명의 과학자가 갖가지 방법으로 루시의 뼈를 해석하고, 살점이 어떻게 붙어 있었을지, 걸음걸이가 어땠을지, 성생활은 어땠을지 갖가지 해석을 통해 재구성하며, 루시가 걷기에 뛰어났다느니 서툴렀다느니 하는 주장을 내놓았다. 발견이 해석의 특권을 부여하는 면도 있다. 클리블랜드 자연사박물관 연구원이었던 조핸슨은 자기가 에티오피아의 하다르에서 발견한 뼛조각들을 가지고 클리블랜드 주립대학에서 해부학을 가르치는 친구 오언 러브조이(Owen Lovejoy)를 찾아갔다. 그때 보행 이론 전문가인 러브조이가 내놓은 판정이 이제 정론이 되었다. 조핸슨이 그 다음해에 쓴 『루시, 최초의 인류』라는 책을 보면, 조핸슨이 가져온 '오스트랄로피테쿠스 아파렌시스'의 무릎뼈를 보고 러브조이가 정확히 뭐라고 했는지가 적혀 있다.

　　"요새 무릎뼈랑 비슷하네. 이 작은 친구는 완전하게 이족보행을 했

• 순례자가 일상 세계에서 멀어질수록 신성의 영역은 가까워진다. 일본어에서 '걸어가다'

어."

"똑바로 걷는 게 정말 가능했을까?" 나는 계속 회의를 표했다.

"가능했고말고. 이 친구한테 햄버거가 뭔지 알아듣게 설명해줄 수만 있으면, 저 맥도날드까지 자네보다는 잽싸게 갈 거야."[29]

조핸슨이 발견한 무릎뼈는 이족보행이 시작되고 완성된 시기가 사람들의 생각보다 훨씬 이전이었다는 러브조이의 대담한 가설을 뒷받침하는 최초의 증거가 되었다. 루시의 전체적 골격(정확히 말하면, 전체 골격의 40퍼센트)과 함께 그 가설을 확증해준 것은 1977년에 메리 리키 탐사단이 탄자니아의 라에톨리에서 발견한, 370만 년 전의 두 보행자가 남긴 발자국이었다. 그렇다면 이 이족보행은 왜 시작되었을까?

러브조이는 1981년에 《사이언스》에 실린 「인간의 기원(The Origin of Man)」에서 우리가 왜 두 발로 걸어 다녔느냐에 대한 복잡한 가설을 발표했다. 이 글은 보행이 왜 400만 년도 더 된 그 옛날에 시작되었는지에 관한 논의에서 유명한 가설로 자주 인용되어왔다. 러브조이는 출산 주기의 단축이 종의 생존율을 높인다는 정교한 테제를 내놓았다. 이 글에 따르면, "대부분의 영장류의 경우, 수컷이 적자(適者)로 생존할 수 있느냐는 주로 짝짓기에 성공하느냐에 달려 있다."[30] 살아남으려면 교미할 능력과 기회를 통해서 유전자를 물려줄 수 있어야 한다는 뜻이다. 중신세라는 지질시대(500만 년 넘게 거슬러 올라가야 하는 시대)에 인류의 조상, 좀 더 정확히는 남자의 조상이 행동 패턴을 바꾸었다. 수컷이 암컷에게 먹을 것을 가져다주기 시작했고, 덕분에 새끼를 먹여 살릴 걱정을 덜게 된 암컷은 새끼를 더 많이 낳기 시작했다. 수컷이 지휘하는 핵가족의 탄생이었다. 요컨대, 수컷이 적자로 생존하기 위해 식량 공급까지 책임짐으로써

라는 단어가 불교 수행을 뜻하는 단어와 같다는 것도 지적할 수 있다. 따라서 불교 수행

자기 유전자를 전달할 확률을 높였다는 가설이었다. 러브조이는 이 가설을 설명하기 위해 1988년에 또 한 편의 글을 발표했다. "직립보행으로 두 손이 해방된 수컷은 자기 짝이 갈 수 없는 먼 곳까지 먹이를 구하러 갈 수 있게 됐다. 직립보행이 이 새로운 재생산 체계 속에서 갖는 의미가 바로 여기 있다." 하지만 수컷이 자기 유전자를 전달할 수 있다는 확실한 보장이 없다면 그렇게 암수의 일상적 역할을 구분하는 것이 수컷에게 큰 의미가 없다. 다시 말해 수컷이 집을 비운 사이에 다른 유전자가 전달되는 일이 없어야 한다. 암컷이 적자로 생존할 수 있느냐는 일부일처 패턴에 친화적이냐에 달려 있다는 뜻이다. "인간의 성적 행동 패턴이 보여주는 특이함이 이제 확실해진다고 하겠다. 암컷의 성적 수동성은 안정적이다. [……] 수컷의 능동성 또한 똑같이 안정적이라고 볼 수 있다."[31] 다른 종의 암컷과 달리 인간이라는 종의 암컷은 번식기가 따로 존재하지 않으므로 번식과 유대를 위해서 교미의 횟수를 늘릴 수 있었다. 러브조이의 이러한 가설을 창조 신화라고 말할 수 있다면, 일부일처 가족이 인간종보다 훨씬 전부터 있었다고 주장하는 창조 신화다. 유인원 수컷은 기동력과 책임감이 있는 남편이자 아버지였고, 유인원 암컷은 보살핌이 필요하고 남편에게 충실하며 집 안에서 생활하는 아내이자 어머니였다. 걸어 나가는 대신 집에 머물렀다는 것은 직립보행의 진화 과정에서 별다른 역할을 하지 **않았다**는 뜻이 된다.

　　1960년대에 사냥하는 남자 이론이 나왔다면, 1970년대에는 '채집하는 여자(Woman the Gatherer)' 이론과 '최초의 만찬' 이론이 새로 나왔다. 전자에 따르면, 원시시대의 식단은 대부분 채식이었고, (오늘날의 수렵-채집민 사회가 다 그렇듯) 채식 재료를 채집하는 것은 대부분 여성이었다. 후자에 따르면, 먹이를 공유하게 되었다는 것은 생존을 확보하고 먹이를

자(行者)란 걸어가는 사람, 어느 한곳에 머물러 있지 않는 사람, 공(空)에 거하는 사람이

나누어 먹는 장소, 곧 가정을 꾸릴 수 있게 되었다는 뜻이었고, 이로써 좀 더 복잡한 사회의식이 형성되었다는 뜻이었다. 인간이 사냥을 통해서 인간성을 획득하게 되었다고 보는 것이 사냥하는 남자 가설이었다면, 새로 나온 최초의 만찬 이론에서 인간에게 인간성을 부여하는 것은 이렇듯 먹이를 나누어 먹는 일이었다. 러브조이는 새로 나온 두 이론을 '채집하는 남자', 즉 먹이를 집으로 가져와 오직 자기 처자식과 나눠먹는 남자로 조합했다. 러브조이가 말하고자 하는 바는, 수컷이 걸었다는 것, 걸을 수 있는 동시에 가정적이었다는 것뿐 아니라 수컷이 가정적이었던 덕분에 우리가 걸을 수 있게 되었다는 것이다. 루시 일족에게는 이미 우리보다 뛰어난 보행 능력이 있었다는 것, 나무 타는 능력은 이미 없었다는 것이 러브조이의 이야기였다.

내가 이 장(章)을 쓴 것은 조슈아 트리 국립공원 바로 앞에 있는 팻의 오두막집에 머물고 있을 때였다. 온갖 자료들을 펼쳐놓고 생각을 정리하면서, 나는 팻에게 우리가 왜 이족보행을 하게 되었는지를 설명하는 이론, 인체의 모양과 기능이 어떻게 연결되는지를 상세하게 설명하는 종류의 이론 등을 줄줄이 늘어놓았다. 그중에 특히 더 이상한 이론이 나오면 팻은 믿을 수 없다는 듯 웃음을 터뜨리면서 말했다. "사람들이 **그런** 걸로 연구비를 타고 교수가 된다고?" 팻에게 특히 큰 웃음을 준 것은 거스리(R. D. Guthrie)의 1974년 이론, 곧 유인원이 이족보행을 시작하면서 수컷의 성기가 노출되었고, 그렇게 노출된 성기가 적을 위협하는 "위협 과시 기관"으로 사용되었다는 주장이었다. 팻과 나는 그런 이론들을 이야기하다가 인간이 왜 웃는지에 관한 사변을 주고받기도 했다. 다음 날 수강생들을 데리고 암벽을 오르내리는 하루 일과를 마친 팻이 집으로 돌

다. 물론 이 모든 논의는 불교가 길이라는 개념, 즉 수행이 성불의 구체적 방법이라는 개

아와 느긋하게 한잔하는 동안, 나는 팻에게 러브조이에 대한 인류학자 딘 포크(Dean Falk)의 반론을 읽어주었다.[32] 러브조이가 사용한 '교미 태세(copulatory vigilance)'라는 말에 꽂힌 팻은 내가 열심히 들여다보고 있던 이상한 자료들에 그 어느 때보다 더 큰 웃음을 보냈다. 팻이 사는 세계가 진지함의 성채냐 하면 특별히 그렇지는 않다. 그 전날만 해도 팻이 수강생들 없이 암벽등반을 즐기는 동안 암벽 그늘에 누워서 팻의 가이드북을 훑어보던 나는 국립공원 안에 있는 여러 암벽등반 코스에 웃기는 이름이 붙어 있는 것을 발견했다. "장로교회의 치실" 코스와 "미국성공회의 이쑤시개" 코스가 나란히 이어져 있는가 하면, "전등갓의 코딱지들"이라는 이름의 코스가 "2인의 도망자"라는 점잖은 코스를 비웃고 있었다. 암벽 위에 수직으로 뚫린 많은 길 이름이 유아적이거나 정치적이거나 해부학적인 농담이었다. 내가 팻에게 직립보행 이론을 읽어주던 저녁에도 마당에서는 메추라기들이 총총 뛰어다녔고, 석양은 언덕 그림자를 골짜기 쪽으로 길게 늘리고 있었다. 팻은 국립공원에서 등반 코스를 정하고 이름을 붙이는 친구들한테 말해서 다음번 암벽등반 코스 이름을 '교미 태세'로 하겠다고 맹세했다. 우리가 기어 올라가는 능력을 잃어버렸다는 이론을 기리고 인간의 기원을 논하는 유명 이론들에 대한 팻 자신의 견해를 기리는 무명(無名)의 비석인 셈이었다. 사실 러브조이의 이론이 유명해진 가장 큰 이유는 비판하고 싶은 마음을 끓어오르게 만든다는 데 있다.

　　뉴욕 주립대학교 스토니브룩 캠퍼스에서 해부학을 가르치는 잭 스턴(Jack Stern)과 랜들 서스먼(Randall Sussman)은 비교적 일찍이 러브조이를 비판한 학자들이다.[33] 직접 만나보니 똑같이 회색 콧수염을 깔끔하게 기른, 탄탄한 몸과는 거리가 멀어 보이는 사람들이었다. 바다코끼리와

념과 관련되어 있다.—앨런 G. 그래퍼드, 「날아오르는 산맥과 공의 보행자들: 일본 종교

목수에 비유하자면, 몸집이 작은 스턴이 목수, 몸집이 큰 서스먼이 바다
코끼리였다. 뼈와 책이 가득한 연구실에서 두 사람은 나를 앞에 놓고 몇
시간씩 이야기하면서 자세한 설명이 필요할 때마다 번갈아 침팬지 골반
아니면 대퇴골 화석 캐스트를 꺼내 왔다. 열정이 넘치는 학자들답게 수
시로 자기들끼리 내가 알 수 없는 대화를 주고받기도 했고, 자기들이 이
렇게 논란이 끊이지 않는 분야에서 동료 학자들을 해치웠다는 데 대한
뿌듯함을 드러내기도 했다. 두 사람은 조핸슨이 발견한 루시 등의 오스
트랄로피테쿠스 아파렌시스 화석을 가지고 몇 가지 논지를 들려주었다.
첫 번째 논지는, 직립보행 견습 과정이었지만, 팔이 크고 다리가 자그마
하고 손가락과 발가락이 휘어져 있는 것을 보면 오랫동안 나무 타기에도
능했으리라는 것이었다. 두 번째 논지는 암수의 몸집과 관련돼 있었다.
조핸슨 탐사팀이 에티오피아에서 발견한 큰 뼈대와 작은 뼈대가 같은 종
이라면 작은 뼈대가 암컷이고 큰 뼈대가 수컷일 것인데, 그렇다면 오스
트랄로피테쿠스 아파렌시스가 러브조이의 주장처럼 일부일처형이었을
가능성은 희박했다. 지금 남아 있는 영장류 중에서 개코원숭이나 고릴라
처럼 수컷의 몸집이 훨씬 큰 것들은 일부다처형인 반면, 긴팔원숭이처럼
암수의 몸집이 똑같은 것들이 일부일처형이라는 이유에서였다. 단 리처
드 리키(Richard Leakey) 등은 조핸슨 탐사팀이 발견한 큰 뼈대와 작은 뼈
대가 같은 종이라는 것 자체에 반론을 제기하기도 했다. 스턴과 서스먼의
주장은, 루시는 다리에 힘이 없어 걷기에는 서툴렀지만 팔이 길고 강해
나무 타기에는 능숙했으며, 그리고 어쩌면 일부다처 집단(몸집이 작은 암컷
들이 나무 위에서 비교적 긴 시간을 보내는 집단)의 일원이었으리라는 것이었다.
　　서스먼이 이야기를 시작했다. "잘난 척하자는 것은 아니지만, 우리
가 이 연구를 시작했을 때만 해도 이 분야의 학자들 대개가 인간의 진화

들에서는 성스러운 공간을 어떻게 정의하는가」   • 방 안을 천천

가 초원에서 시작됐다고들 했어요. 인간이 남아프리카 대초원 지대, 아니면 동아프리카의 사바나 지대에서 나왔다는 건데, 내가 볼 때 그게 다 헛소리거든요. 오스트랄로피테쿠스 아파렌시스는 숲이랑 초원이 한데 섞인 데서 살고 있었어요. 프랑스령 콩고에서 많이 볼 수 있는, 강가에 나무가 많은 데 있잖아요. 그런 데서 나무 타기를 주로 하면서 이족보행을 슬슬 시작해보는 동물이 한 100만 년쯤 살았을 겁니다." 이 시기의 서식지를 그린 그림들을 보면, 옛날에는 인류의 조상이 초원에서 걸어가고 있는 그림이 많았던 반면에 요새는 숲과 초원이 반반 섞이는 그림이 많아졌고, 그 즈음 《내셔널 지오그래픽》에는 인류의 조상이 숲속에 서식하면서 나무를 타기도 하는 그림들이 실리고 있다고 서스먼은 덧붙였다. 인류의 조상이 숲속에 서식하면서 나무를 탔다는 논의를 처음 개진한 것이 바로 자기네들인데, 이제 그 논의가 너무나 자명해진 탓에 아무도 자기네들의 공을 인정해주지 않게 되었다고 스턴은 포문을 열었다.

자기네들의 논의가 나오기 전에는 순환론적 초원 이론, 곧 유인원이 걷는 법을 배운 것은 초원에 적응하기 위해서였고 유인원이 초원에서 살아남을 수 있었던 것은 잘 걸었기 때문이었다는 식의 이론이 대세였다는 이야기였다.(이런 이론에서 초원이라는 탁 트인 공간은 자유와 열린 가능성의 이미지이자 원시림보다 고귀한 공간이었던 것 같다. 그리고 여기서 원시림은 루소의 고독한 산책자들이 거니는 숲속 오솔길보다는 제인 구달(Jane Goodall)과 다이앤 포시(Dian Fossey)가 영장류의 소식을 보내오는 밀림을 닮았다.) 스턴은 한숨을 돌리고 다시 이야기를 이어갔다. "내가 잘 모르겠는 것은 그들이 어떻게 걸었느냐 하는 것입니다. 그들은 우리에 비해서 걷는 데 서툴렀을 것이라는 논문을 쓴 적이 있어요. 속도도 느렸을 것이고, 에너지 효율도 낮았을 것이고……. 틀린 생각일까요? 사실은 걷는 데 능숙했을까요?" 그러자 서

히 한 바퀴 돌면서 들숨과 날숨의 숫자를 세어라. 걸을 때는 왼발에서 시작하고, 발을 디

스먼이 끼어들었다. "아니면 나무 타기에는 능숙했고 직립보행에는 서툴렀는데, 점차로 두 능력이 뒤집혔을지도." 스턴이 다시 끼어들었다. "내 걱정을 달래주는 이야기가 있는데 뭐냐 하면, 침팬지는 네발 동물이면서도 네발로 걷는 데 서툴다는 거예요. 700만 년 동안 네발로 걸었던 침팬지가 아직도 걷는 데 서툴다면, 200만 년 동안 두 발로 걸었던 우리도 걷는 데 서툴 수 있잖아요."

　　세 명의 인류학자가 요새 유행하는 모든 보행 이론들을 학구적 스탠드업 코미디 루틴으로 요약해준 것은 1991년에 파리에서 열린 '이족보행의 기원 컨퍼런스'에서였다.[34] '배달 가설'은 보행이 먹이와 새끼, 기타 물건들을 운반하는 데 적응한 결과라는 설명이다. '까꿍 가설'은 두 발로 선 것이 초원의 식물을 굽어보기 위해서였다는 설명이다. '바바리맨 가설'은 팻에게 큰 웃음을 준 거스리의 이론과 마찬가지로 직립보행과 페니스 노출을 연결 짓는 설명이다.(다만 거스리의 이론에서는 페니스 노출의 목적이 다른 수컷들을 위협하기 위함인 데 비해, 이 가설에서는 페니스 노출의 목적이 암컷에게 잘 보이기 위함이다.) '물에 빠진 신세 가설'은 진화 과정 중에 물가에 살았던 시기가 있었고 그 시기에는 물속에서 두 발로 걸었다는 설명이다. '꽁무니 졸졸 가설'은 초원에서 떼를 지어 이동할 때 두 발로 걸었다는 설명이다.(진화론에서 줄기차게 등장하는 그 초원이 또 등장한다.) '뜨거워도 좋아 가설'은 비교적 진지한 가설 중 하나로, 이족보행이 열대의 한낮에 일광 노출을 줄여준 덕분에 직사광선이 내리쬐는 뜨거운 서식지로 이동하는 것이 가능해졌다는 설명이다. '둘이 넷보다 좋더라 가설'은 다른 영장류에게는 어땠을지 모르지만 사람이 될 영장류에게는 이족보행이 사족보행보다 에너지 효율이 높았다는 설명이다.

　　그야말로 이론의 전시장이다. 들어본 이론이 하나밖에 없는 일반

───

딜 때는 발바닥을 박아 넣듯 먼저 발꿈치를 대고 다음에 발가락을 대라. 고요하고 일정

인은 그 이론이 기정사실이라고 믿지만, 사실 고생물학은 갖가지 이론이
나타나기도 하고 사라지기도 하는 변화무쌍한 분야다. 스턴, 서스먼과
이야기를 나눈 후로 익숙해지기는 했지만, 생각해보면 참 이상한 분야이
기도 하다. 아프리카에서 점점 많은 뼈가 발굴돼 나오고 있지만, 중대 사
안들은 여전히 수수께끼다. 고생물학자가 뼈에 대한 해석을 내놓는 모습
은 고대 그리스인이 동물 내장으로 미래를 점치겠다고 하는 모습이나 중
국인이 주역 막대기를 던져 세상을 이해하겠다고 하는 모습을 연상시키
기도 한다. 뼈는 새로운 진화 계통수(系統樹), 새로운 측정 단위에 상응하
는 방식으로 끊임없이 재배치된다. 얼마 전 취리히의 2인조 인류학자는
그 유명한 루시의 뼈가 사실은 수컷이라고 주장하기도 했고, 포크는 루
시가 인류의 조상이 아니라고 주장하기도 한다. 고생물학은 자기 가설을
뒷받침하는 증거를 흔들어대면서 자기 가설에 어긋나는 증거는 못 본 척
하는 변호사들이 우글거리는 법정 같기도 하다.(스턴과 서스먼에게서는 이데
올로기보다는 증거에 전념한다는 점에서 예외적이라는 인상을 받았다.) 뼈를 둘러
싸고 경쟁하는 무수한 이야기 속에서 모두가 동의하는 주장은 오직 하
나인 것 같다. 매리 리키가 탐사팀과 함께 라에톨리 발자국을 찾았을 때
처음 내놓았던 주장이다. "유인원의 발달 과정에서 직립보행의 역할은
아무리 강조해도 지나치지 않다. 직립보행은 인간의 조상과 그 외 영장류
사이의 가장 큰 구별점인 듯하다. 이로써 손이 해방되면서 운반, 제작, 섬
세한 조작을 비롯한 무수한 가능성이 펼쳐졌다. 사실 오늘날의 모든 기
술력은 직립보행이라는 하나의 능력으로부터 기인한다. 단순화하자면,
앞다리에 주어진 새로운 자유는 하나의 도전이었고, 두뇌의 확장은 그
도전에 대한 응전이었다. 그것이 인류의 시작이었다."[35]

　　포크가 1977년에 쓴 「여자의 두뇌 진화: 미스터 러브조이에게 보

___

하게 균형을 잡고 품위를 유지하라. 방심하지 말고 들숨과 날숨의 숫자를 세는 데 집중

내는 대답(Brain Evolution in Human Females: An Answer to Mr. Lovejoy)」은 러브조이의 가설에 대한 가장 거센 반론이다. "러브조이에 따르면 초기 유인원의 암컷은 진화하는 수컷 뒤에 남아 있는 존재였다. 걷는 일을 겁낸 탓에 기어 다니는 상태, 임신한 상태, 배고픈 상태로 남아 있는 존재일 뿐 아니라 '자기 남자가 돌아오기를 기다리면서' 집에 남아 있는 존재였다." 이어서 포크는 암수의 몸집이 크게 다를 경우 일부일처형일 가능성이 희박하다는 등의 세부적 논의를 펼치면서, 러브조이의 가설을 신랄하게 비판한다. "러브조이의 가설을 완전히 다른 차원에서 바라보면, 남성성에 대한 의문과 걱정의 표현일 뿐이다. 가장 기본적인 차원에서 볼 때 러브조이의 가설은 남자가 성교할 상대를 확보한 방식이 어떻게 진화했는가에 초점을 맞추는 가설이다." 이어서 포크는 현재 유인원 암컷의 행동 패턴을 보면 과거 영장류 암컷이 번식과 쾌락을 위해서 다수의 상대와 교미했음을 짐작할 수 있다고 말하면서 오늘날의 성 통제 관행에 날카로운 논평을 가한다. "그런 면에서 현재의 많은 사람들은 오늘날의 여자도 과거 영장류 암컷과 똑같지 않을까 걱정하는 것 같다. 러브조이의 가설에 깔려 있는 수컷의 불안을 통해서 알 수 있음은 물론이고, 여러 인간 사회에서 보편적으로 성 관련 행동을 철저하게 감시하고 통제하는 데에서도 알 수 있다."[36]

수컷이 밥벌이를 하고 암컷이 집을 지킨다는 일부일처 가설을 일축한 포크는 그보다 훨씬 더 단순한 피터 휠러(Peter Wheeler)의 이론을 채택한다. 직립보행을 시작한 초기 유인원은 나무 그늘 없는 초원을 지날 때 직사광선에 최소한으로 노출됨으로써 숲을 벗어나 점점 멀리까지 나아갈 수 있었다는 이론이다. "이로써 '전신 체온 상승 억제'가 가능해지면서 신체의 각 부분, 특히 뇌로 가는 혈액의 온도가 낮아져 열사병 방지

하라. — 『선(禪)의 세 기둥』에서 소개하는 보행 명상 지침 　　•예

에 도움이 되었고, 이로써 사람속(Homo)의 뇌 용량이 생리적 제약을 벗어났다." 그리고 이를 통해 인간종은 점점 멀리까지 걸어갈 수 있게 된 동시에 뇌 크기를 점점 키울 수 있었다. 마지막으로 포크는 뇌 진화와 뇌 구조에 대한 자신의 연구를 통해 휠러의 이론을 뒷받침하면서 직립보행이 지능 발달의 충분조건은 아니었지만 필요조건이었다는 결론을 내린다.[37] 포크의 논의와 메리 리키의 논의는 이렇듯 논거는 다르지만 결론은 똑같다.

　　뇌가 지능을 담당하는 장소일 수 있겠지만, 인체의 다른 부분들도 지능과 연결돼 있기는 마찬가지다. 그중 골반은 지능과 보행이 만나는(일부 해부학자들에 따르면, 만나서 싸우는) 은밀한 무대다. 인체에서 가장 우아하고 복잡한 골격 중 하나인 골반은 살과 구멍, 선입견에 가려져 있어 가장 알아보기 어려운 부위이기도 하다. 인간을 제외한 모든 영장류의 골반은 앞뒤로는 납작한데 세로로 길어서 거의 갈비뼈까지 올라가 있고, 모든 네발 동물의 골반이 그렇듯 고관절이 좁고 산도(産道)가 뒤로 뚫려있다. 골반뼈 전체가 아래를 향하는 것이 원숭이의 평소 자세다. 반면에 인간을 보면, 골반 위쪽이 뒤로 기울어져 있어 장기를 감싸는 동시에 상체의 하중을 지탱한다. 허리는 낮은 꽃병 같은 골반 안에 식물 줄기처럼 꽂혀 있고, 골반은 위아래가 짧고 좌우가 넓은 모양이다. 이렇게 고관절이 넓고 엉덩뼈능선에서 뻗은 벌림근이 발달한 덕분에 걸으면서 몸을 지탱하는 것이 가능하다. 산도는 아래를 향한다. 출산의 관점에서 보면, 골반 전체가 아기를 낙하시키는 일종의 깔때기다. 단 출생이라는 낙하(fall)는 인간의 낙하 중에 가장 어려운 낙하다. 해부학적 진화가 창세기를 상기시키는 부분이 있다면, 골반이야말로 "너는 아기를 낳을 때 몹시 고생하리라."라는 창세기의 저주와 연결된다.

를 들어 지그문트 프로이트는 죽음으로 가는 마지막 여행을 포함한 모든 여행의 심리적

　　대부분의 포유류가 그렇듯 원숭이에게 출산은 비교적 간단한 일이다. 반면에 모든 영장류는 산도가 점점 좁아지는 쪽으로 진화했고, 그중에서도 인간은 뇌가 점점 커지는 쪽으로 진화했다. 인간 태아의 뇌 크기는 다 자란 침팬지의 뇌 크기와 비슷하기 때문에 출산은 산도 주위의 뼈에 무리를 준다. 태어나는 아기는 밖으로 나오기 위해 산도에서 나사처럼 빙글빙글 회전한다. 임신한 여자의 몸은 골반의 인대를 느슨하게 하는 호르몬을 생성하여 골반의 용적을 늘리고, 분만 직전에는 치골의 연골을 느슨하게 한다. 임신 중에나 분만 직후에 걷기가 더 힘든 것은 그런 변화들 때문이다. 골반이 태아의 머리가 지나가는 통로이기에 우리의 지능에 한계가 생긴다는 주장도 있었고, 거꾸로 골반이 출산 통로이기에 우리의 보행 능력에 한계가 생긴다는 주장도 있었다. 심지어 여자의 골반이 아기의 큰 머리에 적응함에 따라 여자가 남자에 비해서 보행에 서툴러졌다는 주장도 있었고, 아이의 머리가 점점 커지면서 남녀 모두 예전보다 보행에 더 서툴러졌다는 주장도 있었다. 어쨌든 인간 진화 관련 문헌에는 여자가 보행에 더 서툴다는 믿음이 널리 퍼져 있다. 여자 때문에 인간이라는 종 전체에 치명적 저주가 내려졌다느니, 진화 과정에서 여자는 남자의 조력자에 불과했다느니, 보행은 사유에 관련돼 있으니 여자는 사유가 부족할 수밖에 없다느니 하는 믿음은 창세기가 남긴 또 하나의 유물인 듯하다. 인간이 보행을 배우면서 안 가봤던 곳에 가볼 자유, 안 해봤던 일을 해볼 자유, 사유의 자유를 얻었다면, 여성들의 자유는 섹슈얼리티, 정확히 말해 통제와 봉쇄가 필요한 섹슈얼리티와 결부되는 경우가 많았다. 하지만 그런 논의는 이미 생리학이 아니라 윤리학이다.

　　성별과 보행을 논하는 이런 흐리멍덩한 이야기들에 짜증이 치밀어 오른 나는 아침 일찍 조슈아 트리 국립공원에서 오언 러브조이에게 전

―――――――――――――――――――――――

토대가 모태로부터의 분리를 포함한 어머니로부터의 각종 분리라고 믿었다. 이렇듯 여행

화를 걸었다.[38] 마당에서 솜꼬리토끼들이 깡충깡충 뛰어다니는 햇빛이 화창한 날이었다. 전화를 받은 그는 몇 가지 남녀의 해부학적 차이를 들어 여자의 골반이 보행 적응 정도에 뒤떨어지는 것은 **불가피하다고** 말했다. "구조적으로, 여자들은 불리합니다." 나는 좀 더 추궁했다. "그래서, 그 차이 때문에 정말 걷는 데 실제로 차이가 난다고요?" 그는 한발 물러섰다. "아니, 그런 건 아니고, 실제로 차이는 전혀 없습니다." 전화를 끊은 나는 다시 햇빛 속으로 걸어 나가서 자동차 진입로에서 손바닥선인장을 우적우적 씹어 먹는 거대한 사막거북을 한참 쳐다보았다. 얼마 전에 스턴과 서스먼을 찾아가서 여자들이 진짜 보행력이 떨어지느냐고 물었을 때, 두 사람은 한차례 웃더니 자기네가 아는 한에서는 그런 주장을 뒷받침할 만한 과학적 실험이 이루어진 적은 없다고 했다. 그러고는 경주력이 뛰어난 사람들은 남녀 불문하고 모종의 이상적 체형이 있지 않을까 궁금해하더니, 또 보행과 경주는 다르지 않을까 의문을 갖다가, 보행력이 뛰어나다는 게 뭘 말하는지 모호하지 않을까 반문하는 것이었다. "어떻게 뛰어나다는 걸까? 더 빠르다는 걸까? 더 효율적이라는 걸까? 인간은 느린 편인데. 우리 인간의 뛰어난 점은 멀리까지 갈 수 있다는 데 있을 텐데. 몇 시간이든, 며칠이든, 오래 걷는 것은 가능하니까."

    다른 분야에서 보행을 사색의 주제로 삼는 사람들은 보행에 어떤 의미들을 부여할지, 보행을 어떻게 명상의 도구로, 기도의 도구로, 경쟁의 도구로 만들지를 사색한다. 반면 보행과 진화를 말하는 과학자들은 그 주장이 아무리 시시껄렁하다 해도 한 가지 중요한 의의가 있다. 그것은 보행의 본질적 의미에 대한 논의를 시도한다는 점, 다시 말해 우리가 보행을 어떤 행위로 만들 것인지가 아니라 보행이 우리를 어떤 존재로 만들었는지를 질문한다는 점이다. 보행은 인간 진화론에서 묘한 지렛목 역

이 더 넓은 여성적 영역과 관련된 행위라고 하면, 프로이트 자신이 여행에 대해 양가적 태

할을 한다. 보행은 우리를 동물의 왕국으로부터 쏘아 올려 만유의 영장이라는 고독한 지위에 내려앉힌 해부학적 변신이었다. 한데 이제 보행은 우리를 환상적 미래로 날려 보내는 대신 까마득한 과거와 연결시키는 모종의 한계로 작용하고 있다. 10만 년, 100만 년(러브조이의 말대로 하면 300만 년)을 이어온 똑같은 두 발의 움직임. 그렇게 두 발로 걸은 덕분에 손을 사용할 수 있게 되었고 덕분에 정신이 확장되었을 수도 있지만, 두 발의 움직임 그 자체는 지금껏 그렇게 강해지지도, 빨라지지도 않았다. 한때 보행이 우리를 다른 동물들로부터 떼어놓았다면, 이제 보행은 우리를 생물학적 한계들, 예를 들어 교미와 출산, 숨을 쉬고 음식을 먹는 일에 연결히고 있다.

팻의 오두막집을 떠나는 날 아침, 나는 국립공원으로 산책을 나갔다. 출발 지점은 팻이 암벽등반을 가르치고 있는 곳이었고, 보행 속도는 더위나 갈증이 느껴지지 않을 정도였다. 갈 때 보이는 풍경과 올 때 보이는 풍경이 전혀 다르니까 가는 길에 수시로 뒤돌아보면서 오는 길에 보일 풍경을 미리 봐놓아야 한다. 나에게 이 말을 해준 사람은 팻이다. 팻에게 이 말을 해준 사람은 팻의 아버지다. 암벽들이 돌섬이나 돌무더기처럼 촘촘하게 뭉텅이져 있는 그 헷갈리는 풍경 속에서는 과연 좋은 충고다. 각각의 암벽이 고층 건물만 하고, 실제로 고층 건물처럼 시야를 가로막는다. 다른 사막에서라면 길을 찾을 때 멀리 보이는 풍경에 의지할 수 있지만, 여기서는 그때그때 지형지물을 알아놓아야 한다. 아침 해를 왼쪽으로 두고 남쪽으로 향한 나는 큰길을 가로지르게 될 샛길로 들어섰다. 이 샛길 한복판에서는 풀이 자라고 있었다. 작은 도마뱀들이 나를 피해 덤불로 푸드덕 뛰어들자 응달 곳곳에서 신록의 풀들이 바스락거렸다. 두세

도를 취했다는 것이 그리 놀라운 일은 아니다. 자연지형에 관해 프로이트는 이렇게 말했

주 전에 폭우가 쏟아진 후로 더욱 뾰족해진 풀잎들이었다. 남서쪽으로
휘어지면서 사람들이 많이 지나다니는 큰길로 이어질 샛길을 벗어나 길
없는 거대한 사막을 느릿느릿 가로질렀다. 참으로 오랜만에 구속을 벗어
난 느낌, 서두르지 않아도 된다는 느낌을 맛보았다. 사막의 시간이었다.
그렇게 걷다가 사유지에 길이 막힌 나는 둥그렇게 돌아가는 길로 들어섰
다. 왔던 길은 아니지만 팻이 있던 암벽 뭉텅이로 이어지는 길일 것 같았
다. 그러다가 길을 잃게 되면 그것도 나쁘지 않을 것 같았다. 지평선에서
산맥이 나타났다 사라졌다 하는 굽잇길이었다. 어느새 아까 벗어났던 그
샛길이 나타났다. 지난 며칠 동안 그 길로 지나간 이들의 희미한 발자국
위로 내 발자국이 선명하게 찍혀 있었다. 나는 한 시간 전의 내가 지나갔
던 흔적을 거꾸로 되짚어 출발 지점으로 돌아왔다.

다. "어두운 숲, 좁은 골짜기, 높은 봉우리, 깊은 구덩이. 이 모든 것들은 무의식적인 성적

4
은총을 찾아가는 오르막길: 성지순례

보행의 시작에 아프리카, 진화, 필요가 있었다면, 보행의 끝에는 온갖 것이 있다. 보행이 보통 무언가를 찾으러 떠나는 행위라고 할 때, 순례라는 보행은 손에 잡히지 않는 무언가를 찾으러 떠나는 행위다. 우리는 순례 중이었다. 잣나무와 노간주나무 사이로 이어진 붉은 흙길에서는 석영 자갈과 운모 조각, 매미들이 17년의 시간을 보낼 땅속으로 들어가며 벗어놓은 허물이 한데 섞여 반짝거리고 있었다. 돌과 매미 허물로 포장된 이상한 길, 뉴멕시코에서 흔히 볼 수 있는 호화로우면서 누추한 길이었다. 그날은 '성(聖)금요일'이었고, 우리는 치마요로 가는 길이었다. 그날의 치마요행(行) 크로스컨트리 모임의 여섯 명 중에서 나는 최연소 참가자이자 유일한 외부인 참자가였다. 모임은 며칠 전, 나를 포함해서 몇 사람이 그레그에게 동행을 부탁하면서 결성되었다. 그중 두 명은 그레그의 암 생존자 모임 사람들(측량기사와 간호사)였고, 한 명은 내 친구 메리델이 데려온 이웃사람 데이비드(목수)였다.

    우리가 정한 코스(정확히 말하면 그레그가 정한 코스)대로 따라가다 보

이미지들이므로, 우리는 여성의 신체를 탐험하고 있는 셈이다."—폴 셰퍼드, 『본성과 광

니 '치마요 성지'를 찾아가는 연례 성지순례 행렬에 합류하게 됐다. 순례자가 된 것이었다. 순례를 여행의 한 종류라고 볼 때, 순례라는 여행은 무언가를 찾아가는 여행이고, 순례에서 걷는다는 것은 그 무언가를 찾기위한 노동이다. 그 무언가 중에는 스스로를 변화시키는 일도 포함될 수있다. 순례가 아닌 도보 여행은 최대한 편하고 효율적으로 걷는 데 필요한 장비와 방법을 동원한다. 경쟁이나 규칙이 있는 경우라고 해도 대개는 놀이라고 여겨지기 때문이다. 그에 비해 순례자는 여행길을 더 힘들게만들 때가 많다. 여기서 travel(여행)의 어원이 travail(노동, 고통, 출산)이라는 점을 떠올려볼 수도 있다. 순례자들은 중세부터 신발을 신지 않거나신발에 돌덩이를 매달거나 단식을 하거나 특수한 참회용 의복을 입은 채로 여행했다. 아일랜드 크로아 패트릭 산[아일랜드의 수호성인 성 패트릭(St. Patrick)의 이름을 따서 붙인 곳―옮긴이]의 순례자들은 지금도 매년 7월 마지막 주일에 그 돌산을 맨발로 오른다. 어떤 순례지에서는 순례자가 마지막 구간을 무릎으로 기어간다. 에베레스트 산 초기 등반자 중 하나였던존 노엘(John Noel) 대장이 기록해놓은 티베트의 한 순례 방식은 그것보다도 훨씬 힘들다. "이 경건하고 순박한 사람들은 때로 중국과 몽골에서부터 찾아온다. 3000킬로미터가 넘는 거리를 몸으로 재는 방식, 바닥에완전히 엎드린 상태로 손가락으로 머리 위쪽에 표시를 하고, 몸을 일으켜 표시된 자리에 발가락을 갖다놓고, 다시 바닥에 얼굴을 대고 양팔을뻗으면서 이미 100만 번은 읊조렸을 기도문을 다시 한 번 읊조린다."[39]

매년 치마요에는 십자가를 지고 오는 순례자들이 몇 명씩 있다. 가볍고 비교적 짊어질 만한 십자가도 있고 한 발 한 발 질질 끌어야 하는 거대한 십자가도 있다. 성당 안에는 제단 오른쪽에 그런 십자가가 보관돼있다. 십자가를 지고 온 사람이 금속 명패에 그 사연을 적어놓았다. "이

기』   • 실제 땅을 순례하는 일은 내면 여행의 상징적 연출이다.

십자가는 내 아들 로널드 E. 카브레라가 베트남에서 군복무를 마치고 무사히 돌아온 것에 감사하면서 지고 온 것입니다. 나, 랄프 A. 카브레라가 뉴멕시코의 그란츠에서 치마요까지 250킬로미터를 걸어오겠다고 신과 약속했습니다. 이 순례를 1986년 11월 28일에 마쳤습니다." 카브레라의 명패와 십자가(민예풍 그리스도 조각상이 붙어 있는, 키 큰 사람만 한 길이의 울퉁불퉁한 나무 십자가)가 보여주듯이, 순례는 고행이다. 다시 말해 순례는 고생을 통해서 축복에 이르는 영혼의 경제활동이다. 축복이 고행의 대가로 주어지는 것인가, 아니면 고행이 사람을 축복에 값하는 존재로 변화시키는 것인가 하는 문제를 명확히 정리한 사람은 없었다. 정리가 필요한 문제노 아니다. 순례를 그야말로 영혼의 여행으로 여기는 관행은 거의 모든 문화권에 존재한다. 금욕과 고행을 영혼의 성상을 위한 수단으로 보는 시각 또한 거의 모든 문화권에 존재한다.

    에스파냐 북서부의 산티아고 데 콤포스텔라 대성당 순례처럼 처음부터 끝까지 두 발로 걷는 순례가 있다. 첫 걸음을 내디딤으로써 시작되는 이런 순례에서는 여정 그 자체에 중요한 의미가 있다. 요즘에는 이슬람교의 순례(hajj)나 다양한 교파의 예루살렘 방문처럼 비행기로 시작하는 순례도 있다. 이런 순례에서 걷기 시작하는 것은 도착한 이후다.(단 서아프리카 이슬람교도들은 사우디아라비아를 향해 걸어가는 일에 일생을 바치거나 몇 세대의 생을 바치기도 한다. 사실 유목민들의 문화가 발전해온 데는 메카라는 궁극적 목표가 있었다.) 치마요 성지순례는 아직까지는 두 발로 걷는 순례에 속하지만, 걸어오는 사람들은 대개 누가 차로 내려주고 차로 데려간다. 막강한 자동차 문화를 배경으로 진행되는 순례라고 할까. 산타페에서 북쪽으로 가는 고속도로를 따라 걷다가 남동쪽으로 가는 도로의 갓길을 따라 치마요까지 걷는 순례다. 운전자가 가족이나 친구를 따라가기 때문에

마음속을 여행하는 일은 실제 순례의 기호적 내삽이다. 둘 중 한 가지를 하는 것도 가능

도로의 마지막 몇 킬로미터는 자동차로 매우 어지럽고, 교통 체증으로 발생하는 일산화탄소 때문에 마을은 공기가 나쁠 때가 많다. 산타페부터는 서행 운전, 순례자 주의 등의 표지판으로 어지럽기도 하다.

그레그의 코스는 산타페에서 북쪽으로 20킬로미터 정도 떨어진 곳에서 출발해 크로스컨트리 코스를 걷다가 치마요를 몇 킬로미터 앞두고 순례자 행렬에 합류하는 것이었다. 모인 시간은 아침 8시였고, 모인 곳은 그레그와 말린 부부가 오래전에 구입한 땅이었다. 그레그는 그 땅에서 성지까지 25킬로미터가 넘는 길을 걷는 것이 그 땅을 성지와 연결하는 일이라고 생각했다. 우리 중에 가톨릭 신자는 없었고 심지어 기독교 신자도 없었지만, 모두 그레그의 생각을 십분 이해했다. 크로스컨트리 코스는 기독교의 가장 전통적인 성지 중 하나인 치마요에 도착하기 전에 자연이라는 무신론자의 낙원에 감싸일 수 있는 기회였다. 산책길을 걷는 것이 아니고, 편하게 속도를 내면서 즐거운 한때를 보내기 위해서 걷는 것이 아님을 잊어서는 안 되었다. 걸으면서 깨달았듯, 그 길이 그렇게 힘들게 느껴졌던 이유는 바로 그 느림 때문이었다.

뉴멕시코 북부가 대부분 그러하듯, 치마요 마을도 옛 정취를 물씬 풍기는 곳, 과거의 흔적을 찾아보기 힘든 미국의 나머지 지역과는 차이가 있는 곳이다. 인디언들이 새긴 풍경이 돌집에, 도편에, 암벽에 남아 있을 뿐 아니라, 푸에블로족, 나바호족, 호피족 비중이 꽤 높다. 에스파냐계도 예전부터 많이 살고 있다. 지금의 미국이 있기 전 미국 땅에 생긴 최초의 유럽인 마을인 산타페를 만든 것도 에스파냐계였다. 미국의 다른 지역에서는 인디언 부족들이 망각 속에 묻히거나 멸종했지만, 뉴멕시코 북부에서는 어떤 부족도 망각 속에 묻히거나 멸종하지 않았다. 양키들이

하다. 가장 좋은 것은 둘 다 하는 것이다.—토머스 머튼　　　　• '골

찾아오기 전에는 이 근사한 경관이 그저 인적 없는 자연이었다고 생각하는 사람은 없다. 치마요를 찾아오는 양키들은 어도비[adobe, 진흙과 물 및 식물섬유를 섞어서 이긴 다음 햇볕에 말린 벽돌 등의 건축재―옮긴이]로 지은 건축과 인디언 은세공, 푸에블로 댄스와 히스패닉 공예, 그리고 순례를 포함한 만인의 관습을 감상하면서 그 문화들을 차용하고 향유하고 있다.[40]

콩키스타도르[conquistador, 에스파냐어로 '정복자'를 의미하는데, 특히 15~17세기에 걸쳐 아메리카 대륙을 정복한 에스파냐 사람을 가리킨다.―옮긴이]가 침입하기 전에 치마요에 살고 있던 주민들은 지금의 테와 푸에블로족의 조상들이었다. 그들은 치마요 성지를 내려다보는 언덕을 가리켜 '질 좋은 박편이 있는 곳'이라고 칭했다. 에스파냐 사람들이 좁고 농사에 적당한 물길이 나 있는 치마요 계곡에 정착한 역사는 1714년으로 거슬러 올라간다. 치마요 계곡 북단의 광장은 이 지역의 식민지 건축양식 중 최고작이라고 한다. 뉴멕시코가 대체로 그렇듯, 이곳도 배타적 기질이 강하다. 이 지역 출신의 사진작가 돈 우스너(Don Usner)가 치마요 지역의 역사를 기록한 글에 따르면, 계곡 북쪽 주민들과 계곡 남단 포트레로 주민들은 서로 결혼하는 법이 없었고, 식민지 시대에 에스파냐계 정착민들은 허가 없이 정착지를 벗어나는 것이 금지되어 있었으며, 현지인 정체성은 대단히 엄격했다. 나는 그 순례를 하기 1년 전에 뉴멕시코 북부에 산 적이 있는데, 그때 한 마을에서 누군가는 어느 이웃사람을 이렇게 흉보기도 했다. "그 집안은 이곳 사람이 아니야. 증조부 대에서 이사 왔던 것을 우리가 똑똑히 기억하고 있어." 이 지역에서 사람들이 쓰는 말은 구식 에스파냐어이고, 지역 문화에서 계몽주의 시대 이전 에스파냐 문화의 영향력도 종종 감지된다. 현지 농민들이 강력하게 결속되어 있고 전통의 영향도 강하다는 점, 가난이 널리 퍼져 있다는 점, 사회를 바라보는 시각

짜기'를 떠난 것은 6대 만에 내가 처음이었다. 가족 중 내가 유일하게 집을 떠난 사람이

이 보수적이라는 점, 대개 경건하고 미신적인 가톨릭 신자라는 점, 가톨릭 신앙이 경건하고 마술적이라는 점 때문이겠지만, 이 지역 문화는 중세 최후의 전초 기지처럼 보일 때가 많다.

치마요 성지는 치마요 남단의 그리 넓지 않은 비포장 광장이다. 광장으로 통하는 길 양편에는 어도비로 지은 쓰러져가는 집과 가게 들이 있고, 가게에는 손글씨 간판과 고추 건조 장식(ristra)이 걸려 있다. 성당 건물은 어도비로 튼튼하게 지어졌고, 성당 안뜰에는 무덤들이 가득하다. 건물 안으로 들어가 보면 벽은 성자들을 그린 빛바랜 벽화로 장식되어 있고, 그리스도는 초록색 십자가에 매달려 있다. 비잔틴 회화를 연상시키기도 하고 독일계 펜실베이니아 회화를 연상시키기도 하는 미술양식이다. 그렇지만 이 성당이 특별한 이유는 북쪽의 예배당들 때문이다. 첫 번째 예배당에는 열성 신도들이 직접 그려 가지고 온 예수와 마리아와 성자들의 채색화가 가득하다. 입체적인 데쿠파주 성상(聖像)들도 있다. 은종이로 만든 '과달루페의 성모'도 있고, 구김을 넣고 광택제를 바른 「최후의 만찬」 복제화도 있다. 바깥쪽 벽에는 십자가가 가득 걸려있고, 그 앞에는 목발이 촘촘히 걸려 있다.(일정하게 걸려 있는 은색 알루미늄 목발은 감옥 창살 같고, 그 뒤에서 예수 여러 명이 밖을 내다보고 있는 것만 같다.) 작고 문이 낮은 서쪽 예배당은 이 성당에서 가장 중요한 곳이다. 예배당 바닥에는 구덩이가 있어 순례자들이 집으로 가져갈 흙을 퍼갈 수 있다. 내가 찾아간 그해에 그 구덩이에는 축축하게 흩어지는 모래흙을 퍼낼 수 있도록 세제를 덜어낼 때 쓰는 녹색 플라스틱 스쿱이 마련돼 있었다. 예전에는 사람들이 이 흙을 물에 섞어 마셨다고 하고, 지금도 이 흙을 집으로 가져가 병자의 환부에 바르고 기적적 치유의 소식을 보내오는 사람들이 있다. 많은 순례지에서처럼 여기서도 목발들은 절름발을 고쳤다는 증거

다. 그러나 내가 나의 모든 부분들을 떠난 것은 아니었다. 나는 내 존재의 기반을 지켰

이다.

내가 처음 이곳을 찾아왔던 것은 여러 해 전이었다. 성스러운 물이 있다는 이야기는 많이 들어보았지만, 성스러운 흙이 있다는 건 그때 처음 알았다. 일반적으로 가톨릭교회는 흙을 그리 신성하게 여기지 않지만, 치마요의 흙은 예외였다.(부부 인류학자 빅터 터너(Victor Turner)와 이디스 터너(Edith Turner)는 가톨릭교회가 유럽과 아메리카로 퍼지면서 현지의 관습을 흡수한 방식을 설명하기 위해 "관습에 세례를 준다"는 표현을 사용하기도 한다. 아일랜드의 성수 우물 중에도 기독교가 보급되기 전에 이미 성스러운 물이 나왔던 우물이 많다.) 테와 푸에블로족이 치마요의 흙을 성스러운 흙(아니면 적어도 치유력이 있는 흙)이라고 여긴 것은 콩키스타도르의 침입 이전부터였고, 1780년대에 천연두가 창궐할 때 에스파냐 여자들이 그 부족의 관습 일부를 받아들인 것이라는 것이 오늘날 유력한 설이다. 흙이 성스럽다고 생각한다는 것은 가장 낮고 물질적인 것과 가장 높고 정신적인 것이 연결된다는 뜻이요, 물질과 정신의 거리가 좁아진다는 뜻이다. 흙이 성스럽다는 생각은 전 세계가 성스러운 곳이 될 수 있고 성스러움이 하늘이 아닌 땅에 있을 수 있다는 생각, 따라서 지극히 전복적인 생각이다. 나는 이곳을 몇 번이나 방문했으면서도 한동안 사람들이 이곳의 흙 우물이 정말로 화수분이라는 믿음을 가져야 하는 줄 알았다. 켈트 문헌에 나오는 영원히 바닥나지 않는 뿔잔 이야기나 예수의 오병이어(五餅二魚) 이야기에서처럼 화수분은 항상 기적의 요소이고, 거의 200년 동안 열성 신도들이 흙을 퍼내 집에 가져갔는데도 예배당 흙바닥의 구덩이가 아직도 통 하나 크기를 유지하고 있는 것이 사실이다. 그런데 이번에 성당 옆 건물에서 종교 서적을 사서 읽어보니, 신부들이 다른 곳의 흙을 가져와 축성을 드리고 채워 넣는다는 것, 성금요일에는 그런 흙을 담은 거대한 상자가 제단 위에 놓

다. 내가 걸어나온 것은 그 기반 위에서였다. 땅과 '골짜기'와 텍사스가 나와 함께였다. —

인다는 것이 확실히 밝혀져 있었다.

전해지는 이야기에 따르면, 19세기 초반 성주간(聖週間)에 돈 베르나르도 아베이타(Don Bernardo Abeyta)라는 영주가 자기 교파의 관습에 따라 언덕에 올라가 참회 의식을 치르다가, 구덩이에서 환한 빛이 비쳐 나오는 것을 보게 되었다. 영주가 구덩이 속에서 발견한 것은 은으로 만든 십자가였다. 영주는 십자가를 다른 성당으로 보냈지만, 십자가는 다시 치마요의 구덩이로 돌아왔다. 십자가가 세 번째로 돌아왔을 때, 그곳이 기적의 땅이라는 것을 깨달은 영주는 1814년부터 1816년까지 이곳에 개인 예배당을 지었다. 이곳 흙의 치유력이 알려진 것은 이미 1813년의 일이었다. 한 자밤의 흙을 불 속에 던져 넣으면 폭풍을 잠재울 수 있다는 기적의 소문도 있었다. 이곳의 기적 이야기는 많은 순례지의 이야기 패턴, 특히 중세극의 '양치기 사이클'과 다르지 않다. 목동이나 농부가 신비한 광채가 보이는 곳이나 천상의 음악이 들리는 곳, 동물들이 절을 하는 곳으로 다가갔다가 흙이나 미천한 곳에서 성상을 발견하는데, 기적과 장소가 분리될 수 없는 탓에 그 성상이 다른 데로 옮겨질 수 없다는 이야기. 기독교 순례에 대한 터너 부부의 설명에 따르면, "모든 순례지의 공통점은 과거에 기적이 일어났던 곳이자 지금도 기적이 일어나는 곳, 그리고 언젠가 기적이 또 일어날 수 있는 곳이라고 믿어진다는 데 있다."[41]

성지순례는 성스러운 것에도 물질적인 면이 있다는 생각, 땅에 영(靈)이 깃들어 있다는 생각을 전제하고 있다. 이야기를 강조하면서 이야기의 배경 또한 강조함으로써 영과 육 사이의 미묘한 길을 걷는다고 할까. 목적지는 영혼이지만, 목적지로 가는 길은 극히 물질적인 디테일(예컨대 부처가 태어난 곳, 예수가 죽은 곳, 성물이 보관돼 있는 곳, 성수가 흘러나오는 곳)로 이루어져

글로리아 안잘두아   • 아무 목적 없이 자유롭게 산책하는 한 개

있다. 순례길에 오르는 것이 몸의 움직임을 통해 영혼의 믿음과 소망을 표현하는 일이라면, 순례란 정신과 물질을 화해시키는 일이 아닐까. 순례가 믿음과 행동의 결합, 생각과 실천의 결합이라는 생각은 성스러운 것이 물질적 현존, 물질적 자리를 가질 때 비로소 가능해진다. 모든 신교도와 일부 불교도, 유대교도가 성지순례를 우상 숭배의 일종으로 보고 반대했던 것은 그 때문이다. 영혼의 구원을 찾을 곳은 바깥세계가 아니라 전적으로 비물질적인 내면세계라는 것이 그런 반대자들의 주장이었다.

기독교 순례에서는 마치 등산처럼 과정과 도착이 공생한다. 목적지에 도착하기만 했다고 순례가 아니듯, 목적지에 도착하지 못했다면 그것 역시 순례가 아니다. 목적지에 닿았다는 것은 고된 여정을 통해 변화되었다는 뜻이다. 순례는 한 걸음 한 걸음 몸을 움직이는 물리적 노력을 통해서 정신적 차원의 형체 없는 목적지에 닿는다는 어려운 과제를 달성케 해준다. 용서를 향해, 치유를 향해, 진리를 향해 나아가려면 어떻게 해야 하는가 하는 문제는 영원한 난제겠지만, 이곳에서 그곳까지 걸어가려면 어떤 길로 가야 하는가의 문제는 어려운 문제가 아니다. 실제로 걸어가기가 어려울 수는 있지만 말이다. 우리는 인생을 여행에 비유하곤 한다. 실제로 여행을 떠나는 일은 그 비유를 구체화하는 행위, 몸과 상상력을 통해 인생을 구현함으로써 세상의 지형에 정신적 의미를 부여하는 행위이다. 힘든 길을 따라 어떤 먼 곳으로 걸어가는 사람은, 인간이란 넓은 세상 속에 홀로 있는 작은 존재, 그저 육체의 힘과 의지의 힘에 의존해야 하는 존재라는 것을 한눈에 그려 보여주는 가장 강력하고 가장 보편적인 이미지 가운데 하나다. 순례는 구체적인 목적지에 도착함으로써 유익을 얻으리라는 소망으로 빛나는 여행이다. 순례자가 목적지에 닿았다는 것은 자신만의 이야기를 완성함으로써 무수한 여행과 변화의 이야기로

의 능동적 선, 산책 그 자체를 위한 한 번의 산책.—파울 클레, 드로잉의 알레고리적 표

이루어져 있는 종교의 일부가 됐다는 뜻이다.

톨스토이는 『전쟁과 평화』에서 이 점을 포착하고 있다. 마리아 공주는 자기 집 앞으로 지나가는 무수한 러시아 순례자들에게 먹을 것을 내주면서 모종의 열망을 느낀다. "그녀는 순례자들에게 이야기를 청해 들을 때가 많았다. 그들의 소박한 말투, 그들의 입에서 자연스럽게 흘러나오는, 하지만 그녀의 귀에는 깊은 의미로 가득한 것처럼 들리는 그 말투에 그녀의 마음이 얼마나 동했던지, 모든 것을 다 버리고 길을 나설 뻔한 적도 여러 번이었다. 그럴 때 이미 그녀는 누더기를 걸친 차림으로 보따리와 지팡이를 들고 흙먼지 자욱한 길을 걸어가는 자기의 모습을 머릿속에 그리고 있었다."[42] 그녀는 단 한 곳의 목적지를 향해 명료하고 검소하고 강렬하게 나아가는 고상한 은둔자의 삶을 상상한다. 순례자의 발걸음은 단순 명료함의 표현이자 목적의식의 표현이다. 낸시 프레이(Nancy Frey)는 산티아고 데 콤포스텔라 대성당까지의 긴 순례길에 대해 이렇게 말한다. "순례자가 걷기 시작하는 순간 세계를 느끼는 방식 몇 가지가 한꺼번에 변하는데, 그 변화는 여정 내내 이어진다. 시간 감각이 바뀌고, 오감이 예민해지고, 자기 몸과 자기 몸을 둘러싼 자연경관에 대한 새로운 인식이 생긴다. [······] 그것을 한 독일 청년은 다음과 같이 표현하기도 했다. '걷는 경험 속에서는 발걸음 하나하나가 사유가 된다. 자신으로부터 도피하기란 불가능하다.'"[43]

순례길에 나선다는 것은 가족 관계, 애착 관계, 지위, 의무와 같은 자신의 복잡한 세속적 자리를 뒤로하고 일개 순례자로서 걸어간다는 뜻이다. 순례자들 사이에는 서열이 없다. 은총과 헌신의 서열이 있을 뿐이다. 터너 부부는 순례를 경계선 상태(liminality)라 말한다. 과거 정체성과 미래 정체성 사이의 경계선에 놓인 상태, 따라서 기성 질서 밖에 있는 상

• 돌부리에 걸려 넘어지듯, 단어에 걸려 넘어지며. —샤를 보

태이자 가능성의 상태이다. 경계선 상태가 문턱을 뜻하는 라틴어 limin 에서 온 단어라고 할 때, 순례자는 상징적 의미로 보나 물리적 의미로 보 나 그런 문턱을 넘어가 있다. "문턱을 넘어간 사람(liminar)은 지위와 권위 를 빼앗긴 사람, 권력에 의해서 인정되고 유지되는 사회구조에서 쫓겨난 사람, 수련과 고행을 통해서 밑바닥 층으로 낮아진 사람이다. 그러나 성 스러운 힘이 세속적 힘없음을 보상해준다. 성스러운 힘이란 약자들의 힘 으로서, 구조적 권력이 사라지고 본성이 부활함으로써 생겨나기도 하고 성스러운 인식을 받아들임으로써 생겨나기도 한다. 이 힘이 사회구조에 속박돼 있던 많은 것들, 특히 동지애와 공동체 감각을 해방한다."[44]

우리는 그런대로 일찍 출발했다. 평평한 나무다리로 시내를 건너서 오르 막길로 그레그와 말린의 곡물 밭을 가로질렀다. 시냇가는 어쩌면 저럴까 싶도록 풀이 무성했고, 밭 좌우로는 참나무들이 울타리처럼 지그재그 로 늘어서 있었다. 그렇게 관개수로를 지나고 밭과 남베 보호구역을 가르 는 담장을 지났다. 그 담장을 시작으로 우리는 수많은 담장을 만났다. 담 장 밑을 기어가기도 했고, 담장을 넘어가기도 했고, 철사 줄로 묶인 문의 걸쇠를 풀고 지나가기도 했다. 남베 폭포를 지나가기도 했다. 급류가 흐 르는 소리가 들릴 뿐 물길은 보이지 않았다. 보이지 않아서 좋았다. 우리 가 자연을 관광하고 있는 것도 아니고, 자연 관광이라는 주류 유럽 전통 에 젖어 있는 사람들의 땅을 걷고 있는 것도 아님을 떠올릴 수 있었으므 로. 급류가 가까워지면서 소리가 커졌다. 곶으로 올라가 목을 길게 빼고 보면 급류의 일부가 보였을 테지만, 우리 코스에서 볼 수 있는 유일한 광 경은 절벽에서 협곡으로 곤두박질치는 아주 짧은 물길 하나뿐이었다. 우 리는 폭포 하단과 협곡 상단을 짧게 한 번 쳐다본 후 계속 걸어갔다. 그렇

들레르, 「태양」   • 그 반대편에는 버밍햄의 켈리 잉그럼 공원에

게 우리는 코스 중반까지 비슷한 속도로 나란히 걸었다. 우리가 실제로
걷는 길은 그레그가 지도를 가지고 설명해줄 때 분명해 보였던 코스와는
전혀 다르게 느껴졌지만, 그레그는 길과 관개수로와 안표를 그런대로 알
아볼 수 있는 듯했다.

아직 길을 잃은 상태냐고 누가 물어올 때마다 그레그는 대답했다.
"길을 가고 있으니까 길을 잃은 것은 아닙니다.(Wherever you go, there you
are.)"[45] 우리는 유쾌한 아침을 보냈다. 수가 말한 것처럼 걷는 동안 엄숙
한 침묵이 흐를 줄 알았는데, 우리는 저마다 이야기를 들려주기도 하고
생각을 나누기도 했다. 남베 보호구역 안에 있는 산후안 저수지를 지나
는 길가의 미루나무 아래에서 첫 끼를 해결한 후, 남베 마을 변두리 지
역을 지났다. 말, 과일나무 들이 있었고, 스웨트 로지[sweat lodge, 인디언식
의 한증막—옮긴이]와 버펄로 목장이 있었고, 여기저기 집들이 흩어져 있었
다. 마을을 지나는 내내 메리델은 자기가 산타페에서 처음 경험한 뉴에
이지 이야기를 들려주면서 1970년대에 자기의 영적 에너지가 균형을 찾
았다는 이야기도 했고, 우리는 갖가지 질문과 재담을 던졌다. 수는 산타
페에서 영혼의 기회들(그리고 기회주의자들)이 차고 넘치는 상황을 뜻하는
AFGO라는 두문자어(頭文字語)를 가르쳐주기도 했다. "또 한 번의 빌어
먹을 성장 기회(another fucking growth opportunity)"라는 뜻이었다. 일행 중
세 명은 기독교도로 성장한 사람들이었고, 굳이 따지자면 내가 일행이
된 이유도 다음 날에 있을 메리델의 쉰 번째 생일을 유월절 만찬의 퓨전
메뉴로 축하해주기 위해서였다.(메리델은 비종교적 유대인으로 성장한 사람이
었고, 나는 신앙 없는 가톨릭교도와 냉담한 유대인 사이에서 모태 무신앙인으로 성장
한 사람이었다.) 출애굽을 기념하는 유대교 명절인 유월절의 만찬은 기독
교 명절인 성금요일과 부활절로 이어지는 최후의 만찬과 겹친다.(최후의

세워진 조형미술 작품들이 있다. 이 기념비들은 관람자를 과거의 격동 속으로 데려가고자

만찬은 유월절 행사였다.) 우리의 순례는 마주치고 고통받고 움직이고 죽어 없어지는 그 모든 의미 지층들을 기반으로 하는 발걸음이었다.

남베 마을 북쪽에서 붉은 사암이 넓게 펼쳐진 황무지가 나타나면서 우리는 뿔뿔이 흩어지기 시작했다. 바람에 침식된 붉은 사암 기둥들이 바람 한 점 없이 뜨겁게 펼쳐진 사력(沙礫) 위에 여기저기 서 있었고, 붉은 평지는 멀리 붉은 절벽까지 이어져 있었다. 다른 두 여자가 뒤처지기 시작했고 내가 잘 모르는 두 남자가 앞서 걸어갔다. 지형과 방향이 바뀌는 전환점은 풍차 펌프였다. 우리는 그곳에 모여서 물 없는 물탱크가 드리우는 그림자 주위를 거닐었다. 나중에 도착한 그레그와 수는 언덕을 빙 둘러 가기로 했고, 나를 포함한 다른 사람들은 언덕을 넘어가기로 했다. 수가 지쳤기 때문이었다. 새롭게 나타난 지형에서는 언덕들의 오르막과 내리막이 복잡하게 이어져 있어서 길을 찾기가 쉽지 않았다. 처음에는 언덕을 하나 넘으면 될 줄 알았는데, 알고 보니 붉은 흙에 나무가 듬성듬성한 무수한 언덕을 올라가고 내려가야 하는 길이었다. 우리는 그레그와 수를 불러보았지만 찾을 수 없었다. 계속 걸어 나갈 수밖에 없었다. 남자 하나는 훨씬 앞에서 걸었고, 다른 남자도 메리델이 따라가기 힘든 속도로 걸었다. 메리델은 튼튼한 여자였지만, 몸집도 작았고 무릎을 삐끗한 후 보폭도 좁아진 상태였다.

그렇게 흩어진 것은 못내 아쉬웠다. 지금의 내가 그때의 우리를 되돌아보면, 낙원을 되찾는 경험, 소중한 친구들과 새로 사귄 다정한 사람들이 푸른 하늘 아래 다채로운 풍경 속을 걸어 경이로운 목적지로 가는 경험을 하고 있었어야 옳았을 것 같다. 그렇지만 아쉽게도 우리는 저마다 육체가 달랐고 습관이 달랐다. 그렇게 흩어지기 전 두어 시간 동안 나는 속도 때문에 힘들어하고 있었다. 누군가가 쌍안경을 꺼내거나 건네주

한다. '자유의 길'이라는 이름의 산책로를 따라 세워진 제임스 드레이크의 몇 작품은 1963

기 위해 걸음을 멈추면 모두가 걸음을 멈추었고, 그렇게 한번 멈추게 되면 다시 출발하기까지 시간이 걸렸다. 나는 서 있을 때나 천천히 걸을 때 발이 더 아프다. 박물관이나 쇼핑몰에서 돌아다니는 일을 산에 올라가는 일보다 힘들어하는 것도 그 때문이다. 악마가 디테일에 깃든다면, 그날 내 악마는 육중한 장화에 깃들어 있었다. 내가 신발을 길들여 순하게 만들어놓은 줄 알았는데 신발이 오히려 내 발을 온통 엉망으로 만들어놓았다. 나는 앞에서 걷는 남자와 뒤에서 걷는 여자 사이를 왔다 갔다 하면서 걸었고, 그렇게 우리는 평평한 풀밭에 닿았다. 그리고 셋이 함께 풀밭 건너편의 큰길까지 갔다. 큰길은 보행자와 자동차의 행렬이었다. 보행자들은 모두 오르막길을 오르고 있었고, 자동차들은 양쪽 방향에서 오가고 있었다. 그렇게 우리는 순례 코스인 고속도로로 들어서면서 수십 킬로미터에 달하는 대규모 일행의 일부가 되었다. 줄줄이 버려진 빈 물병과 오렌지 껍질은 길 저쪽에 자원봉사자들(매년 찾아와서 테이블을 설치하고 누구나 가져갈 수 있게 오렌지 슬라이스, 물, 청량음료, 쿠키, 때때로 부활절 사탕을 차려놓는 사람들)이 있다는 증거였다. 자기가 구원받으려고 나온 것이 아니라 남들이 구원받는 것을 도와주기 위해 나온 그 사람들이 나에게는 순례에서 가장 감동적인 부분 중 하나였다.

그로부터 한 해 전의 성금요일에 나에게 충격을 준 것은 그 긴 길을 너무 준비 없이 걷는 듯한 순례자들의 옷차림이었다. 그들의 편복이 나에게는 순례가 스포츠가 아니라는 꾸지람 같았다. 평소에는 별로 걷지 않고 살 것 같은 살집 있는 사람들도 열심히 걸음을 옮기고 있었다. 그리고 1년 후, 모든 것이 달라진 듯했다. 날씨도 더 따뜻했다. 알록달록한 반바지, 청바지, 티셔츠 차림의 젊고 발랄한 순례자들에 비하면, 아픈 발에 배낭을 짊어진 우리가 오히려 진지하고 완강해보였다.(물론 순례자처럼 차

년 봄의 행진들이 공권력에 난폭하게 진압당한 사건을 기념하고 있다. 한 작품을 보면, 산

려 입은 사람들도 있었다. 치마요에서 합류한 메리델의 남편 제리는 아주 작은 마을에 사는 어떤 여자가 새하얀 예복, 정확히는 "결혼식이나 장례식에서 입을 것 같은 드레스"를 입고 걸어오더라는 이야기를 해주었다. 나도 그로부터 이틀 전에 서쪽 50킬로미터 정도 되는 데서 정말 순례자 같은 두 남자를 보았었다. 두 사람 다 기진맥진한 상태로 동쪽으로 걸어가고 있었는데, 그중 한 사람은 커다란 십자가를 짊어진 채였다.) 나는 이 순례에 두 번 참여하면서 두 번 다 이상하고 낯선 느낌을 받았다. 다른 세계에 사는 사람들, 신앙인의 세계에 사는 사람들과 함께 걷는다는 느낌이었다. 그들은 저 언덕 위의 치마요 성지에 분명한 권능이 있다고 믿는 듯했다. 그들이 사는 세계는 성부와 성자와 성령, 성모, 성인들, 세계 각지 교회들로 이루어져 있는 듯싶었다. 하지만 나도 그 순례자들과 한 가지 공통점이 있었다. 고난당했다는 느낌, 발이 아파 죽겠다는 느낌이었다.

순례는 스포츠가 아니다. 순례자들이 종종 고행을 자초하는 것도 스포츠와 다른 점이지만, 순례의 목적이 많은 경우 치유(자기의 병이나 자기가 사랑하는 사람의 병이 낫는 것)라는 것도 스포츠와 다른 점이다. 스포츠에서는 준비를 최대한 면밀히 하는 반면에, 순례에서는 준비를 최대한 허술하게 한다. 내가 찾아가서 함께 걷게 해달라고 청했을 때, 그레그는 자기가 순례를 시작한 사연을 들려주었다. 백혈병에 걸렸을 때 신들과 거래를 했다는 이야기였다. 모든 문제를 느긋한 유머로 대하는 그레그답게 거래 조건 또한 탄력적이었다. 만약 죽지 않고 살게 되면 가능할 때마다 순례를 하도록 노력해보겠다는 것이었다. 이제 3년째이며, 매년 점점 쉬워진다고 그레그가 말했다. 제리와 메리델이 그레그를 대신해 치마요 성지로 걸어가 흙을 퍼온 것은 그로부터 4년 전에 그레그의 병세가 위독했을 당시였다.

책로 양쪽에 석판이 서 있고 거기서 튀어나오는 청동 전투견들이 보행자의 공간으로 뛰어

우리가 치마요로 걸어가던 그 부활 주간에는 다른 순례들도 예정돼 있었다. 파리에서 샤르트르 대성당까지 가는 순례도 있을 것이었고, 로마와 예루살렘에는 평소보다 훨씬 많은 기독교도들이 모여 있을 것이었다. 20세기 후반기 이후, 대단히 다양한 형태의 세속적, 비전통적 순례가 발전하면서 순례 개념이 정치적, 경제적 영역으로 확장돼왔다. 내가 치마요 순례를 시작하기 얼마 전에 샌프란시스코에서는 농민 노동운동가 세자르 차베스(César Chávez)의 탄생을 기념하는 '정의 염원 행진(Walk for Justice)'이 있었고, 테네시의 멤피스에서는 마틴 루서 킹(Martin Luther King) 암살 30주년을 추모하는 흑인 민권운동가들의 행진이 있었다. 4월에 남서부에 있었다면 치마요 순례 대신에 프란체스코회가 주최하는 라스베이거스에서 네바다 핵실험장까지의 연례 평화 행진 '네바다사막체험(Nevada Desert Experience)'에 끼었을 것이다.(치마요에서 서쪽으로 50킬로미터 떨어진 곳에 위치한 원자폭탄의 탄생지 로스앨러모스까지 가는 순례 코스도 있었다.) 4월 첫 주에는 근위축증협회의 연례 걷기 대회가 있었고, 같은 4월 마지막 주에는 마치 오브 다임스(March of Dimes)의 '워크아메리카(WalkAmerica)'가 있었다. 뉴멕시코에서 갤럽에 갔을 때 얻은 한 광고지에는 6월에 플래그스태프에서도 비슷한 행사(미국 원주민 지역사회 활동 주식회사의 제15회 연례 '신성한 산 10킬로미터 경건한 달리기, 2킬로미터 즐거운 달리기/걷기')가 개최될 예정이라고 적혀 있었다.(캘리포니아 남서부 워드 밸리 핵폐기장 설치 계획에 결사반대하는 다섯 개 부족이 개최한 '영혼은 달린다(Spirit Runs)'와 비슷했다.) 샌프란시스코의 골든게이트 공원과 국내 몇몇 지역에서는 곧 연례 유방암 걷기 대회와 연례 에이즈 걷기 대회가 있을 것이었다. 이 나라에서 어디선가 누군가는 어떠한 대의를 위해서 걸어가고 있을 것이었다. 모두 순례에서 파생되었거나 순례의 용어나 개념이 적용된 행사들이

든다. 또 한 작품에서는 산책로가 금속 벽을 관통하게 되어 있고, 물대포 두 대가 금속 벽

었다.

　순례의 이런 수정 버전들을 여러 수원(水源)에서 흘러내려오는 발걸음이 합류하는 도도한 강이라고 상상해보자. 3월의 녹은 얼음처럼 상류에서 흘러내려오는 최초의 가느다란 물줄기는 거의 반세기 전의 한 여자였다. 1953년 1월 1일, 세상 사람들에게는 '평화 순례자'로만 알려져 있는 한 여자가 길을 떠나면서 맹세한다. "인류가 평화의 길을 찾을 때까지 저는 방랑자로 살아가겠습니다."[46] 그녀가 자신의 소명을 처음 깨달은 것은 그로부터 몇 년 전에 밤새도록 숲속을 걸었을 때(그녀의 표현을 빌리면, "신을 섬기는 일에 나의 삶을 바쳐야겠다는 아무 의심 없는 소망"을 느꼈을 때)였다."[47] 이후 그녀는 애팔래치아 등산로 3000킬로미터를 걸음으로써 자신의 소명을 준비했다. 자신의 이름을 버리고 순례를 시작하기 전까지 그녀는 농가 출신의 반전(反戰) 활동가였다. 특이할 정도로 미국적인 인물이었다. 솔직 담백한 성격이었고, 자기의 소박한 생활과 생각이 자기 자신에게 통했듯이 모두에게 통할 수 있으리라는 자신감에 차 있었다. 긴 세월 동안 길을 걸으면서 길에서 만난 사람들과 이야기를 나누었고, 그 세월을 명랑하게 회고하는 글을 썼다. 골치 아픈 내용이나 종교적 교리나 의심 같은 것은 전혀 없는, 그저 느낌표로 가득한 글이다.

　그녀의 순례는 패서디나의 로즈 볼 퍼레이드에 참가하면서 시작되었다. 평화의 순례자가 자기의 기나긴 여정을 이 진부한 축제에서 시작하는 것은 『오즈의 마법사』에서 농장 소녀다운 투지에 불타는 도로시가 춤추는 먼치킨들 사이에서 노란 벽돌 길을 걷기 시작하는 것과 비슷했다. 그 뒤로 28년 동안 온갖 날씨 속을 걸으면서 미국 모든 주와 캐나다 모든 도와 멕시코 일부를 지났다. 순례를 시작할 당시에 이미 중년의 나이였던 그녀는 항상 군청색 바지와 셔츠에 테니스화 차림이었다. 위에 걸

을 겨냥하고 있다. 금속 벽 바로 앞, 산책로 바로 옆, 아프리카계 미국인 두 명의 청동상

친 군청색 튜닉 앞면에는 "평화 순례자"라는 스텐실 로고가 있었고, 뒷면의 문구는 세월이 가면서 "평화 염원 전미 횡단"에서 "세계 군축 염원 1만 마일"로, 그리고 "평화 염원 2만 5000마일"로 바뀌었다. 그녀가 왜 군청색을 선택했는지를 들어보면, 그녀의 실용적인 경건함이 느껴진다. "군청색은 때가 잘 타지 않는 색이면서, [……] 평화와 영성을 상징하는 색입니다."[48] 그녀는 자신의 특출한 건강과 체력이 영성에서 나왔다고 말하지만, 사실은 그 반대가 아닐까 싶다. 그녀는 순례하는 내내 그 간소한 복장으로 눈보라와 비바람, 혹독한 모래 폭풍, 뙤약볕에 맞닥뜨리면서 공동묘지나 도떼기시장이나 건물 바닥에서 잤다. 길 위에서 만난 사람들의 소파에서 잠을 청한 날도 수없이 많았다.

　　그녀가 쓴 글은 대개 초당적이지만, 국내외 정치 사안에는 단호한 입장을 취했다. 한국전쟁, 냉전, 군비 경쟁에 반대하는 입장이자 전쟁 일반에 반대하는 입장이었다. 그녀가 패서디나에서 순례를 시작할 무렵, 한국은 아직 전쟁 중이었고, 조 매카시(Joe McCarthy) 상원의원은 아직 공산주의를 악으로 몰아붙이고 있었다. 핵전쟁과 공산주의의 공포가 대부분의 미국인을 순응과 탄압의 참호로 몰아넣던 시대, 미국 역사에서 가장 음산했던 시대, 평화에 찬성을 표시하는 것도 영웅적 용기가 필요하던 시대였다. 길을 떠난다는 것, 1953년 첫날의 평화 순례자처럼 입고 있는 옷 한 벌과 주머니의 "빗, 접는 칫솔, 볼펜, 자기 글, 쓰던 편지"[49] 외에는 아무것도 소지하지 않고 길을 떠난다는 것은 가히 놀라운 일이다. 그녀가 화폐 경제에서 이탈한 것은 경제 호황의 시대, 자본주의가 자유의 성체(聖體)로 모셔지던 시대였다. 그녀는 일평생 돈을 들고 다닌 적도 없었고, 돈을 사용한 적도 없었다. 그녀에게는 물질적 소유라는 것이 없었다. "나는 참 자유롭습니다! 떠나고 싶으면 일어서서 걸어 나가면 됩니

이 있다. 남자는 바닥으로 쓰러지고 있고, 여자는 등으로 물줄기를 얻어맞고 있는 듯 벽

다. 나를 한자리에 묶어두는 것은 아무것도 없습니다." 1950년대에 문화와 영성에 위기가 닥쳤을 때 존 케이지(John Cage)나 게리 슈나이더(Gary Schneider) 등 수많은 화가와 시인은 선불교 등 비서구적 전통들을 탐구하기 시작했고, 마틴 루서 킹은 간디의 비폭력과 사티아그라하[satyagraha, '진리의 파지(把持)'라는 뜻으로 비폭력 불복종운동의 철학을 담고 있다.—옮긴이]를 연구하기 위해 인도로 떠났다. 평화 순례자가 모범으로 삼은 순례들은 대개 기독교의 것이지만, 순례의 동력이 된 것은 바로 1950년대 문화의 위기였다.

주류에서 이탈하는 사람들은 대개 주류 공간을 멀리하는 반면, 평화 순례자는 주류를 멀리함으로써 주류 공간, 즉 그녀가 그녀 자신의 믿음과 국민적 이념 사이를 매개하도록 요청받는 공간에 진입하고자 했다. 그녀는 순례자인 동시에 전도사였다. 그녀가 평화 염원 4만 킬로미터 걷기를 끝마치는 데는 9년이 걸렸다. 그 후로 그녀는 평화를 염원하면서 걷는 일은 그만두지 않았지만, 걸어간 거리를 재는 일은 그만두었다. "나는 누가 잠자리를 줄 때까지 걷고 누가 먹을 것을 줄 때까지 걷습니다. 달라고 하지 않습니다. 달라고 하지 않아도 줍니다. 사람들은 착하니까요! [……] 내가 보통 하루에 걷는 거리는, 길에서 나한테 말을 걸어주는 사람이 얼마나 많으냐에 따라 다르지만, 평균 40킬로미터 정도입니다. 하루에 80킬로미터를 계속 걸은 적도 있습니다. 만날 약속 때문일 때도 있었고, 잘 곳이 없어서일 때도 있었습니다. 아주 추운 날 밤에는 체온을 유지하기 위해 밤새 걷습니다. 철새처럼 여름에는 북쪽으로 가고 겨울에는 남쪽으로 갑니다."[50] 나중에 그녀는 널리 알려진 대중 강연자가 되었고, 때로 강연 장소까지 태워다준다는 제안을 받아들이기도 했다. 아이러니하게도, 그녀는 자동차 정면충돌 사고로 세상을 떠났다. 1981년 7월

을 보고 서 있다. 공원을 거니는 사람들의 경험 속에 녹아들어가는 이런 기념비들은 백인

이었다.

　　그녀가 걸을 때의 상태는 순례자와 같은 상태, 곧 나중에 터너 부부가 설명하는 경계선 상태(일상적인 정체성을 버리고 그런 정체성을 뒷받침해 주는 재산과 지위도 버림으로써 톨스토이의 마리아 공주가 소망했던 익명의 단순 소박함과 분명한 목적의식에 이르고자 하는 상태)였다. 그녀는 걸어감으로써 자기가 간직한 신념의 힘을 증명했다. 이로써 우리는 몇 가지 사실을 알 수 있다. 첫째, 세상은 심하게 병든 상태였으므로, 세상을 치유하고자 하는 그녀는 자신의 일상적 이름과 생활을 포기할 수밖에 없었다. 둘째, 그녀가 개인적 차원에서 일상을 버리고 돈이나 집, 세속적 지위의 보호 없이 떠날 수 있었다는 것은 좀 더 넓은 차원에서 변화와 신뢰가 가능하리라는 뜻이었다. 셋째, 그녀는 십자가를 졌다. 예수가 모든 기독교도들의 죄를 짊어진 것처럼, 그리고 구약의 속죄양이 히브리 공동체의 죄를 짊어지고 광야로 쫓겨난 것처럼, 그녀는 세상의 상태를 자기 책임인 양 짊어졌다. 그녀의 삶은 모범이면서 동시에 증언이자 속죄였다. 하지만 그녀는 정통파 순례자는 아니었다. 그녀는 순례라는 종교적 형태를 차용해 정치적 메시지를 전하고자 했다. 순례가 전통적으로 순례자 자신이나 순례자가 사랑하는 사람들의 병을 치유하는 것과 관련되어 있다면, 그녀는 전쟁과 폭력과 증오가 세상을 망가뜨리는 전염병이라고 보았다. 그녀의 순례에 동력이 되었던 정치적 메시지, 그리고 그녀가 치유와 변화를 모색한 방식, 즉 신에게 호소하는 방식이 아니라 같은 인간들에게 감화를 주는 방식은 그녀를 오늘날 무수히 생겨난 정치적 순례자들의 선구자로 만들었다.

　　그녀는 이렇듯 순례의 본질이 신에게 기적을 호소하는 것에서 정치적 변화를 요구하는 것으로 바뀌리라는 것, 그리고 신이나 신들을 겨

───────────

과 흑인, 청년과 노인을 막론하고 지나가는 모든 사람으로 하여금 한순간이나마 다른 사

냥한 순례가 아니라 대중을 겨냥한 순례로 바뀌리라는 것을 예고했다. 전후(戰後) 시대는 신의 개입이면 충분하다는 믿음에 종말을 고한 시대였다. 신이 유대인들의 홀로코스트를 내버려두는 것을 본 시대였고, 유대인들이 정치적, 군사적 수단을 동원해 약속의 땅을 차지한 시대였다. 오래전부터 '약속의 땅'이라는 은유적 표현을 사용해온 아프리카계 미국인들도 신의 역사(役事)를 기다리기를 그만두었다. 흑인 민권운동이 절정에 이르렀을 때, 마틴 루서 킹은 버밍햄 일정을 앞두고 "파라오가 신의 백성을 풀어줄 때까지" 시위하겠다고 말했다. 단체 행진에서는 순례의 도상(圖像)과 군대 행진의 도상, 노동자 파업과 시위의 도상이 합쳐진다. 다시 말해 단체 행진은 믿음의 표현인 동시에 세력의 표현이되, 영혼의 세력에 호소하기보다 세속의 세력에 호소하는 행사다. 단, 흑인 민권운동의 단체 행진은 영혼의 세력에 호소하는 동시에 세속의 세력에 호소하는 행사다.

　　　다른 투쟁들에 비해 흑인 민권운동에 순례의 분위기와 이미지가 깊이 스며들어 있었던 까닭은 많은 목사들이 관여했고, 시위가 비폭력적이었으며, 종교적 구원(때로는 순교)의 어휘가 사용되었다는 데 있다. 주로 흑인 권리 침해에 반대하는 운동이었고, 초기의 투쟁에서는 논란이 불거진 문제들(버스 좌석 이용 제한과 버스 승차 거부, 자녀 입학 제한, 간이식당 좌석 이용 제한)이 중심이 되었다. 그렇지만 이 운동이 추진력을 얻은 곳은, 셀마에서 몽고메리까지의 투표권 청원 행진, 버밍햄을 중심으로 전국 각지에서 진행된 수많은 행진들, 그리고 그 모든 행진의 대미를 장식한 '워싱턴 행진'처럼 시위나 파업을 순례와 결합한 행사들이었다. 사실은 남부 기독교 지도자 회의(SCLC)가 창립 후에 첫 번째로 조직한 행사도 '기도 순례'였다. 연방 대법원의 공립학교 인종분리 금지 판결 3주년을 맞은 1957

년 5월 17일에 워싱턴의 링컨 기념관에서 열린 이 행사는 행진(요구)이 아니라 순례(호소)라는 명칭을 통해 위험하다는 인상을 덜고자 했다. 간디의 저술과 활동에 큰 영향을 받은 마틴 루서 킹은 간디가 주창한 비폭력 원칙을 받아들였을 뿐 아니라, 영국 통치로부터 인도의 해방을 앞당겼던 행진과 거부 운동의 구체적 방법을 받아들였다. 간디는 1930년에 그 유명한 '소금 행진(수많은 내륙 지역 주민들이 바다까지 300킬로미터 이상을 걸어가서 자기에게 필요한 만큼의 소금을 직접 만듦으로써 영국의 법률과 과세 제도에 대한 위반을 감행한 사건)'을 이끌면서 정치적 순례의 창시자가 되었던 것 같다. 행동하는 사람들이 압제 세력에게 변화를 강제하는 대신 변화를 호소한다는 의미에서의 비폭력은 힘을 덜 가진 사람들이 힘을 더 가진 사람들로부터 변화를 이끌어내는 특별한 수단이 될 수 있다.

　　SCLC 창립 6년 후, 마틴 루서 킹은 비폭력 저항 그 자체로는 불충분하다고 판단했다. 남부의 인종분리주의자들이 흑인에게 가하는 폭력을 가능한 한 널리 공론화해야 한다는 판단이었다. 킹은 압제 세력에게 요구하는 것을 그만두고 세상 모든 사람들에게 호소하기로 했다. 이것이 흑인 민권운동에서 가장 중요한 사건이었다고 할 수 있을 버밍햄 투쟁의 전략이었다. 최초의 행진은 1962년 성금요일에 시작되었고, 그 후로 무수한 행진이 이어졌다. 이 버밍햄 투쟁에서 대단히 유명한 사진들이 쏟아졌다. 고압 소방 호스로 물 폭탄을 맞는 사람들, 경찰견에게 공격당하는 사람들이 찍힌 사진이 전 세계의 분노를 자아냈다. 킹을 비롯한 수백 명의 시위자들이 버밍햄을 걸었다는 이유로 체포당했다. 거리로 나오는 어른들이 없어지자 고등학생들이 가담했고, 어린 동생들까지 따라나서서 자유를 향해 행진하면서 개선가를 합창했다. 그해 5월 2일 900명의 아이들이 체포당했다. 공격당할 위험, 부상당할 위험, 체포당할 위험,

---

걸어간다. 고요를 품고, 두 눈을 뜨고, 신발을 끌고, 분노를 데리고, 망각을 데리고—파

죽을 위험을 무릅쓰고 거리로 나가는 일은 특별한 결의를 요하는 일이었다. 기독교적 순교를 연상시키는 사진들 못지않게 남부 침례교도의 뜨거운 신심도 그들에게 힘이 되었던 것 같다. 킹의 전기 작가 한 명에 따르면, 버밍햄 행진이 시작되고 한 달쯤 지나서 진행된 "한 기도 순례에서 찰스 빌럽스 목사를 비롯한 버밍햄의 목사들은 3000명이 넘는 청년들을 이끌고 버밍햄 감옥을 향해 행진하며 「주가 나와 동행하기를 바라네(*I Want Jesus to Walk with Me*)」를 불렀다."[51]

나는 몇 달 째 냉장고에 맷 헤론(Matt Heron)이 찍은 1965년 셀마 몽고메리 행진 사진을 붙여놓고 있다. 행진의 감동을 잘 보여주는 이 사진에서 행렬은 서너 명씩 한 줄 한 줄 안성석으로 이어지며 사신의 오른쪽에서 왼쪽으로 움직여나간다. 사진 속의 사람들이 구름 낀 하늘 쪽으로 높이 솟아 있는 것을 보면, 땅에 엎드려서 찍은 사진임을 알 수 있다. 사진 속 사람들은 자신이 변화를 향해 걸어 나가고 있음을, 그러면서 역사 속으로 걸어 들어가고 있음을 알고 있는 듯하다. 크게 내딛는 발걸음, 높이 들어 올린 손, 자신 있는 자세는 역사와 마주하겠다는 의지를 표현하고 있다. 그들은 이 행진에서 역사를 견디는 대신 역사를 만들어내는 방법을, 자신들의 힘을 가늠해보고 자유를 시험해보는 방법을 발견했다. 마틴 루서 킹의 우렁차고 호매한 연설에서 메아리치는 운명의 감각과 사명감이 사진의 움직임에 표현되어 있다.

1970년 마치 오브 다임스 재단이 제1회 걷기 마라톤(Walkathon)을 개최하면서 순례는 그 기원에서 한 걸음 더 멀어졌다. 1975년부터 활동해온 이 행사의 살아 있는 증인 토니 초파(Tonny Choppa)에 따르면 이 행사는 당시 존폐의 위기를 겪었다. 사람들이 무리 지어 길거리를 걷는 일이 급진적 시위를 연상시킨 탓이었다. 텍사스 샌안토니오와 오하이오 콜럼버스의 고등학생들이 참가한 첫 회 걷기 마라톤의 모델은 캐나다의 한 병원을 위한 기금 마련 행사였다. 두 행사는 모두 빗속에서 진행되었다. "돈은 없었지만 엄청난 잠재력이 있었습니다. 사람들이 실제로 거리로 나와서 걸었으니까요." 40킬로미터 남짓이었던 코스가 해를 거듭하면서 10킬로미터로 정비되었고, 참가자는 우후죽순처럼 늘어났다.[52] 우리가 그레그의 땅에서 치마요까지 걸었던 해에는 워크아메리카(마치 오브 다임스 재단이 이 행사에 붙인 새로운 이름)의 참가자가 거의 100만 명으로 예상되었다. 이 행사로 영유아와 태아 의료 및 연구 기금 약 7400만 달러가 마련되었는데, 행사 후원사 중에는 케이마트와 켈로그도 있었다. 수백 개의 단체들이 이처럼 후원 기업이 홍보 기회를 얻고 참가자들이 자선기금을 조성하는 걷기 마라톤의 구조를 채택해왔다. 대부분 질병과 의료를 취급하는 단체들이다.

그로부터 한 해 전 여름, 나는 골든게이트 공원에 갔다가 우연히 제11회 연례 '에이즈 워크 샌프란시스코(AIDS Walk San Francisco)'라는 행사와 마주쳤다. 해가 쨍쨍 내리쬐는 그날, 반바지에 챙 모자 차림의 거대한 인파가 각종 무료 음료수, 광고지와 샘플 상품을 들고 출발 지점 부근에서 서성거리고 있었다. 100쪽 정도 되는 행사 소개 책자의 내용은 잔디밭 주위에 테이블을 설치한 수십 개 후원사(의류 회사들, 증권 회사들)의 홍보 지면이 거의 대부분이었다. 로고와 광고가 난무하는, 스포츠 행사와 기업 미팅이 뒤섞인 기묘한 분위기였다. 이 행사에서 큰 의미를 찾은 참가자들도 없지 않았다. 다음 날 신문에서는 2만 5000명의 참가자가 모금한 350만 달러가 지역 에이즈 단체에 전달되었다는 소식을 전하면서, 에이즈로 죽은 두 아들의 사진이 프린트된 티셔츠를 입은 한 참가자의 말을

덤에 들어가듯 돌아와서 자옵네.' 그러나 구보는 그러한 것을 초저녁의 거리에서 느낄 필

인용했다. "싸워 이기기는 불가능합니다. 걷는 것은 견디는 방법입니다."

　이런 모금 행사들이 미국식 순례의 주류가 되고 있다. 신에게 도움을 호소하는 치성 행위에서 친구들이나 가족들에 돈을 요청하는 실용적인 행위로 발전했으니 순례의 본질로부터 한참 멀리 걸어온 셈이다. 하지만 이렇게 진부해진 행사도 순례의 내용은 꽤 많이 간직하고 있다. 건강과 치유를 위해서 걷는다는 점, 많은 사람들이 함께 걷는다는 점이 그렇고, 고난을 겪음으로써 (아니면 적어도 몸을 움직임으로써) 원하는 바를 얻는다는 점이 그렇다. 걷는 행위는 이런 모금 행사의 핵심이다. 적어도 지금까지는 그랬다. 하지만 모금 행사라는 순례의 돌연변이 가운데는 이제 자전거 마라톤(Bikeathon)이라는 것도 생겼고, 심지어는 가상 행진까지 있다. 샌프란시스코 예술학교의 '안 걷기(nonwalk, 돈을 내면 참가 기념 티셔츠를 받지만 실제로 참가할 필요는 없는 행사)'나 에이즈 액션(AIDS Action)의 '끝날 때까지 e-행진(Until It's Over e-March, 참가자가 인터넷에 게시된 편지에 서명하는 것으로 행진을 대체하는 행사)'도 그런 가상 행진들이다.

　다행히도 걷기 마라톤이 이야기의 끝은 아니다. 순례의 돌연변이들이 계속 나타나기도 하지만, 종교적 순례나 정치적 행진 같은 기존의 순례도 활발하게 계속되고 있다. 샌프란시스코에서 2만 5000명이 에이즈 단체를 위해서 10킬로미터를 걷는 행사가 개최된 한 달 후에는 폭력 조직 상담사 짐 에르난데스(Jim Hernandez)와 반(反)폭력 단체 조직가 헤더 테크먼(Heather Taekman)이 어린 살인 사건 희생자들이 찍힌 150장이 넘는 사진을 들고 십 대 친구들을 만나면서 이스트 로스앤젤레스에서 캘리포니아의 리치먼드까지 800킬로미터를 끝까지 걸었다. 1986년에는 '평화 대행진(Great Peace March)'을 위해 수백 명이 한곳에 모였다. 미국 전역을 행진하면서 군비 축소를 요구하는 대규모 순례 행사였다. 참가자

요는 없다. 아직 그는 집에 돌아가지 않아도 좋았다. 그리고 좁은 서울이었으나 밤늦게까

들은 행진하는 동안 고유의 문화와 생계 구조를 창출하면서 행진 코스
였던 몇몇 작은 마을에 큰 영향을 미쳤다. 일종의 홍보 행사로 시작된 행
진이었지만, 긴 거리를 걷는 동안 걷는 일 자체가 중요해지면서 참가자들
은 점점 더 미디어와 메시지보다는 내면의 변화에 관심을 가지게 되었다.
1992년에 있었던 두 차례의 전미 횡단 평화 행진도 비슷한 형태였다. 평
화 대행진의 참가자들과 전미 횡단 평화 행진의 참가자들에게 영감을 준
것은 '평화 순례자'였다. 1990년대 초반에는 소련과 유럽에서도 비슷한
형태의 행진이 있었다. 1993년에는 딸기 수확 노동자들과 그 외 미국농
업노동자연합(UFW) 지지자들이 델러노에서 새크라멘토까지 가는 500
킬로미터 대장정(1966년에 세자르 차베스가 조직하고 순례라고 칭한 행진)을 재
연했다.

　　대단히 지적인 사람들도 순례 충동에 휩쓸릴 때가 있고, 종교라는
상부구조가 없어도 걷는 일의 힘겨움이 의미 있을 때가 있다. 영화감독
베르너 헤어초크(Werner Herzog)도 그런 경우였다. "1974년 11월 말이었
다. 파리에서 한 친구가 찾아와, 로테 아이스너[영화사 연구자]가 중병에 걸
려서 죽을 지도 모른다고 했다. 안 돼, 지금은 안 돼, 지금 독일 영화는 그
녀가 없으면 안 돼, 우리는 그녀를 죽게 하면 안 돼. 나는 소리쳤다. 그러
고는 겉옷 한 벌과 나침반 하나를 챙기고 필요한 것들을 배낭에 챙겨 넣
었다. 장화는 튼튼한 새 것이어서 믿을 만했다. 나는 파리까지 일직선 코
스로 걸어가기 시작했다. 내가 걸어서 도착한다면 그녀는 살아 있을 것이
라는 확신이 있었다. 나 혼자만의 시간을 갖고 싶은 마음도 있었다."[53] 그
는 겨울 날씨 속에 뮌헨에서부터 수백 킬로미터를 걸었다. 옷은 자주 젖
었고, 몸은 자주 악취를 풍겼고, 목은 자주 말랐고, 거의 항상 발이나 다
리 어딘가에 통증이 있었다.

지 헤맬 거리와 들를 처소가 구보에게는 있었다. 그러나 대체 누구와 이 황혼을…… 구보

헤어초크의 영화를 본 적이 있다면 알겠지만, 그는 농밀한 열정과 극단적 행동을 좋아하는 사람, 그것이 얼마나 아둔하든 상관하지 않는 사람이다. 그가 파리까지 장거리 도보 여행을 하면서 쓴 일기를 보면, 그의 영화에 나오는 수많은 강박증 환자와 다를 바 없어 보인다. 그는 비가 오나 눈이 오나 걸어갔다. 가끔 누가 차를 태워주면 탔고, 모르는 사람이 집에서 재워주면 잤다. 여관에서 자기도 했고, 헛간에서 자기도 했고, 전시용 이동식 주택에 몰래 들어가 자기도 했다. 걸은 일, 고생, 소소한 만남, 풍경의 파편 등을 띄엄띄엄 적은 이 글에는 그 자체로 헤어초크 영화의 줄거리 같은 정교한 판타지들이 고생스러운 여정 묘사에 섞여 들어가 있다. 길을 나선 지 나흘째 되는 날, "똥을 누고 있었는데 아무 사전 경고 없이 팔 뻗으면 닿을 만한 곳에 산토끼가 나타났다. 한 걸음 옮길 때마다 페일 브랜디가 사타구니에서 왼쪽 허벅지로 흘러내려 쓰라리다. 걷는 것은 왜 이토록 비통한 것인가?"[54] 길을 나선 지 스무하루째 되는 날, 그는 아이스너의 방에 도착했다. 그녀는 그를 향해 미소를 지었다. "찬란한 한순간, 부드러운 물 같은 것이 지쳐 죽을 것만 같은 내 몸 전체에 흘렀다. 나는 그녀에게 말했다. 창문 열어요. 나, 며칠 전부터 날 수 있게 됐어요."[55]

우리도 굽은 도로를 따라 치마요에 도착했다. 살과 나는 언덕을 등지고 길가에 앉아서 메리델을 기다렸다. 우툴두툴한 언덕에는 키 작은 과실수 몇 그루에 꽃이 만발했고, 우리 앞으로는 자동차들, 경찰들, 빙수를 손에 든 아이들이 지나갔다. 그렇게 앉아 있던 살이 치마요 성지로 입장하는 줄을 서러 갔고, 나는 레모네이드를 사서 같이 마시려고 노점을 찾았다. 노점 차량이 서 있는 곳은 산토니뇨 예배당 근처의 길모퉁이였다. 산토니

는 거의 자신을 가지고 걷기 시작한다. 벗이 있다. 황혼을 또 밤을 같이 지낼 벗이 구보에

뇨는 '아기 예수'를 가리키는 표현 중 하나로, 한밤중에 갇힌 사람들에게 음식을 가져다주느라 신발이 닳았다는 이야기 때문에 사람들이 아이의 신발을 바치러 오는 곳이었다. 와본 곳을 다시 오는 것도 좋았다. 나는 치마요 성지 안에 무엇이 있는지 다 알고 있었다. 저 밑 야외 예배당 뒤쪽 철조망에 수천 개의 십자가가 묶여 있는 것이 생각났다. 포도나무 덩굴이나 미루나무 가지 같은 크고 작은 막대기로 만든 십자가들이었다. 철조망 바로 뒤쪽으로 관개수로가 흐르는 것도 생각났고, 빠르고 얕은 강이 치마요를 가로지르는 것도 생각났다. 노점에서 고기를 넣지 않은 사순절 부리토를 파는 것과 낡은 어도비 집들, 낡아 보이기 시작하는 트레일러 집들도 생각났다. "소지품에 항상 주의하십시오.", "도난 시 책임지지 않습니다.", "개 조심" 같은 여러 달갑지 않은 안내문도 생각났다. 치마요는 성지로 유명한 것 못지않게 마약과 폭력과 범죄로 유명한, 지독하게 가난한 마을이다. 제리 웨스트가 산토니뇨 예배당 앞에서 아내 메리델을 기다리고 있었다. 긴 여정의 끝을 레모네이드 배달로 장식한 나는 살에게 안녕을 고한 후 나만의 최종 목적지를 향했다. 순례자 1만 명 정도가 치마요로 와서 예배당 앞에 줄을 서는 날이었다. 제리는 그 줄에 서 있는 그레그와 수를 보았다고 했다. 우리가 치마요를 떠날 때쯤에는 이미 달이 높이 떠 있었지만, 그 밤중에 좁은 갓길을 따라 어슴푸레하게 무리 지어 치마요로 오는 이들은 점점 더 많아지고 있었다. 축제를 즐기러 오는 사람들이 아니라, 약하고 간절한 존재들인 듯이 느껴졌다.

게 있다. 종로 경찰서 앞을 지나 하얗고 납작한 조그만 다료엘 들른다. 그러나 주인은 없었

5
미로와 캐딜락: 상징으로 걸어 들어가다

길게 줄을 서 있는 인내심 많은 순례자들과 함께 치마요 성당에 들어가
지 못한 것은 아쉽지 않았다. 가보고 싶은 데가 있어서였다. 한 해 전에
나는 순례 코스에서 목적지를 10킬로미터 정도 앞둔 지점에서 캐딜락
한 대를 지나쳤는데, 후에 같은 순례 코스에서 자동차로 앞서간 친구보
다 너무 뒤처지지 않으려고 걸음을 재촉하면서 또 캐딜락 한 대를 지나
쳤다. '십자가의 길'이 그려진 캐딜락이었다. 나는 캐딜락을 흘끗 쳐다본
후 계속 걸어갔다. 그리고 한참 후에야 아차 하고 깨달았다. 십자가 수난
의 길이 그려진 캐딜락은 두 성금요일 사이에 더욱 대단하게 변한 것 같
았다. 수많은 상징과 욕망을 호화롭게 압축한 신묘한 차량. 그 차가 바로
100미터도 못 되는 거리에 있다고 산토니뇨 예배당 앞에 있던 제리가 전
해주어 나는 절뚝거리면서 그 차를 또 보러 간 것이다.

옅은 푸른색의 긴 차체가 왠지 폭신해 보이는 것이 금속 차체가 벨
벳이나 투명한 베일로 녹아내리는 듯했다. 이 1976년형 캐딜락은 모순되
는 물건이었다. 십자가의 길은 길고 가는 차체를 상하로 양분하는 크롬

라인의 하단을 감싸고 있었다. 운전석 손잡이 뒤에서 십자가형을 언도받은 예수는 십자가를 지고 넘어지면서 차체를 빙 돌아 조수석 손잡이 바로 옆에서 십자가에 못 박혔고 그 조수석에 묻혔다. 운전석에서 조수석까지 이어지는 수난의 길 전체에 뇌운과 번개로 가득한 캄캄한 하늘이 그려진 덕분에 십자가의 길이 뉴멕시코의 어느 곳임을 알아볼 수 있었다. 예수는 트렁크에도 있었다. 커다란 연초점(軟焦點)의 얼굴에 가시관을 썼고, 좌우에는 천사들과 가시 돋친 장미들, (중세 종교화나 옛 멕시코 종교화에서 글자를 써넣도록 한) 물결치는 끈이 있었다. 사방에 그려진 가시덤불은 치마요와 예루살렘의 매우 황량한 풍경을 환기하는 것 같았다. 마리아와 성심(聖心), 천사, 켄투리오[centurion, 로마 군대 조직에서 100명으로 구성된 단위 부대의 지휘관─옮긴이]가 있는 후드도 똑같은 가시 돋친 장미들로 장식해놓았다.

　　그 자동차는 세워두고 구경하도록 만든 작품이기도 했지만, 움직일 가능성을 염두에 둔 것이기도 했다. 실제로 먼 길을 갔었는지는 중요하지 않았다. 중요한 것은 먼 길을 갈 가능성이 있다는 것, 바람을 가르고 빗발을 헤치고 대로를 질주할 가능성이 있다는 것이었다. 안팎을 뒤집은 8기통 시스티나 성당이 주간(州間) 고속도로를 질주하는 모습. 메사[꼭대기는 평탄하고 주위는 급사면을 이루는 탁자 모양의 대지. 에스파냐어로 탁자란 뜻.─옮긴이]와 무너져 내리는 어도비 건물과 소 떼를 지나고, 가짜 인디언 교역소의 광고판과 데어리 퀸과 싸구려 모텔을 지나서 변화무쌍한 하늘 아래 황량한 지평선을 향하는 모습을 상상해보라. 내가 차를 열심히 구경하는 동안 나타난 화가 아서 머디나(Arthur Medina)는 찬사와 질문을 기다리는 듯 옆에 있는 나무 창고 앞에 기대섰다. 검은 곱슬머리에 호리호리하고 들떠 있는 남자였다. 나는 물었다. 왜 캐딜락에 그렸나요? 그는

에 끼치는 많은 노력에도 불구하고 보수 받지 못하였던 모든 거룩한 성도들과 함께 보조

호화 승용차가 기독교 성화를 그릴 때 흔히 쓰는 캔버스는 아니라는 내 질문의 전제를 이해하지 못한 것 같았다. 나는 다시 물었다. 왜 차에 그 그림을 그렸나요? 그는 대답했다. "사람들에게 사순절 선물을 주고 싶어서요." 그는 실제로 해마다 이곳에서 이 자동차를 전시했다.

그는 그림을 그린 자동차가 또 있으며 엘비스의 자동차를 한 대 가지고 있다고 말했고, 다른 동네 화가들이 자기를 따라하고 있다는 식의 말도 했다. 1970년대에 나온 차체가 긴 자동차 또 한 대가 치마요 성지에 더 가까운 곳에 세워져 있었다. 차 뒤에는 어도비를 새하얗게 칠한 가게가 있었는데, 길을 마주보는 쪽 자동차 옆면에는 바로 그 가게가 완벽할 정도로 정확하게 그려져 있었다. 자동자 후드 전체에는 치마요 성지가 찬란히 그려져 있었다. 한곳에 붙박인 장소를 달리는 그림으로 변모시켰다는 점에서 머디나의 자동차에 못지않게 아찔한 의미를 전하는 자동차였다. 뉴멕시코 북부에서는 로라이더 개조의 전통이 25년 이상 계속되어 왔으니, 그런 자동차가 또 있다는 것이 그리 신기한 일은 아니었다. 두 번째 자동차의 그림이 훨씬 더 전문적이기도 했다. 물론 머디나가 둘 중에서 뒤떨어지는 화가였다는 의미는 아니다. 다만 이런 자동차의 대부분은 에어브러시의 특수한 기법에서 비롯되는 고유한 미감이 있는 데 비해, 머디나는 인물들을 훨씬 단순하고 평면적으로 그림으로써 훨씬 신비스러운 분위기를 만들어냈다. 대부분의 로라이더가 약간 냉소적인 하이퍼리얼리티가 가미된 바로크 양식인 데 반해, 머디나의 로라이더에는 중세회화의 평면적이고 경건한 힘 같은 것이 있었다.

걸어가는 길을 자동차로 표현했다는 점, 사치품으로 고통과 희생과 굴욕을 표현했다는 점에서 터무니없이 비현실적인 작품이었다. 또한 이 자동차에는 완전히 상이한 두 가지 보행 전통, 에로틱한 전통과 종교

를 맞추어 새로운 우주의 명랑한 가로를 걸어가고 있는 것이었다. [……] 너는 또 어느 암

적인 전통이 결합돼 있었다. 개조 자동차는 예술품이기도 하지만, 옛 에스파냐에서 라틴아메리카로 이어져오는 광장 산책 관습인 파세오(paseo, 산책) 또는 코르소(corso, 번화가)의 최신 버전이기도 한다. 수백 년 전부터 에스파냐와 라틴아메리카에서는 도심의 광장을 산책하는 것이 사회적 관습으로 자리 잡아왔다. 그 덕에 젊은 사람들이 서로 만나고 연애를 걸고 함께 거닐 수 있었고, 과테말라의 안티과에서 캘리포니아의 소노마까지 수많은 마을과 도시에 도심 광장이 만들어졌다.(비교적 격식에 얽매이지 않는 북유럽의 산책들은 공원이나 부두나 불바르에서 이루어진다.) 멕시코 일부를 비롯한 여러 지역에서는 한때 산책의 관습이 극도로 정형화되면서 남자와 여자가 끝없는 라인 댄스 행렬처럼 반대 방향으로 걷기도 했지만, 요즘에는 광장 산책이 그처럼 정형화되어 있는 곳은 거의 없다. 지금 광장 산책은 느리고 의연한 움직임, 사교 생활, 자기표현 등을 강조하는 유형의 보행으로, 어딘가로 가는 방법이 아니라 어딘가에 있는 방법이다. 걷는 산책이든 자동차 산책이든 광장 산책의 동선은 본질적으로 순환적이다.

    이 장을 쓰고 있던 어느 날, 덜로리스 공원에 갔던 나는 나의 남자 형제 스티브의 친구 호세와 마주쳤다. 호세는 샌프란시스코 노동절 퍼레이드에서 돌아오는 길이었다. 나는 호세에게 광장 산책의 관습에 대해 물었다. 처음에는 아무것도 모른다고 말했던 호세가 나와 이런저런 이야기를 나누면서 점점 많은 것들을 기억해냈다. 쏟아지는 옛 기억에 새 조명이 비춰졌고, 호세는 눈을 빛내며 자기 이야기를 시작했다. 그의 엘살바도르 고향 마을에서는 그 관습을 '파르크(parque) 돌기'라고 했다. 파르크는 그 마을에서 마을 중앙 광장을 가리키는 이름이었다. 대부분의 십대 친구들이 파르크를 돈 것은 서로 만나기 위해서였다. 집은 좁고 더운 탓에 불편했다. 그럴 나이였다. 여자아이들끼리만 파르크에 나가는 것은

로를 한번 걸어보려느냐. 그렇지 아니하면 일찍이 이곳을 떠나려는가.—이상, 「12월 12일」

안 될 일이었기 때문에 그의 누나와 예쁜 사촌 셋은 일종의 꼬마 샤프롱으로 그를 자주 데리고 다녔다. 어린 시절 토요일, 일요일 저녁이면 그는 아이스크림콘을 핥으면서 네 여자아이들이 남자아이들과 나누는 이야기를 모르는 척하는 일이 많았다. 파세오는 사람들의 눈에 보이는 곳에 있으면서 사람들의 귀에 안 들리는 말을 나눌 기회라는 점에서 다른 덜 정형화된 구애 산책들과 마찬가지다. 이야기하는 것은 가능하지만 감시의 시선들 때문에 이야기 이상을 하는 것은 불가능하다. 다들 먹고살려면 고향 마을을 떠나야 했기 때문에 파르크를 돌면서 불붙은 연애가 결혼으로 이어지는 일은 드물었다. 하지만 고향으로 돌아온 사람들은 다시 파르크를 돌았다. 그들에게 파르크 돌기는 누군가를 만나기 위한 일이 아니라 자기 인생의 그 시절을 추억하는 일이었다. 엘살바도르에는 어느 마을에나 그런 관습이 어떤 형태로든 남아 있다. 어쩌면 과테말라에도 남아 있을 것이라고 호세는 말했다. "작은 마을일수록 그런 관습이 더 중요해. 사람들이 제정신으로 살려면." 에스파냐, 남부 이탈리아, 그리고 라틴아메리카 각지에도 파세오의 다른 버전들이 존재한다. 세계를 무도회장으로, 산책을 느린 왈츠로 바꾸어내는 관습이다.

　개조 자동차와 크루징이 어떻게 합쳐졌는지는 모르지만, 크루징(자동차에 탄 젊은이들이 산책하는 속도로 운전하면서 추파를 던지거나 싸움을 거는 관습)이 파세오 또는 코르소의 후계자인 것은 분명하다. 치마요 순례를 함께했던 메리델은 1980년에 뉴멕시코 사진 연작 중 거의 첫 작업인 로라이더 다큐멘터리 프로젝트를 완성했다. 때는 하위문화의 융성기였고, 자동차들이 산타페 중앙의 오래된 광장을 느리게 크루징하던 시절이었다. 다른 대부분의 장소에서와 마찬가지로, 이곳에서도 시 당국은 광장을 둘러싼 네 개의 거리를 일방향 교차로로 바꿔 크루징을 불법화하는

• 별을 사랑하는 마음으로 모든 죽어가는 것들을 사랑해야지 그리고 나한테 주어진 길을

등 로라이더 운전자에 대한 제재 조치를 취했다. 하지만 작업을 완성한 메리델은 광장에서 사진 전시회를 열고 로라이더 운전자들을 초대하면서 그들의 자동차 여러 대를 함께 전시했다. 로라이더를 고급예술의 맥락에 옮겨놓음으로써 로라이더를 위한 공간을 재개방하고 아울러 로라이더의 작업, 로라이더의 세계를 산타페 시민들에게 소개하는 행사였다. 오프닝 행사는 산타페 역사상 최대 규모였고, 온갖 사람들이 광장을 돌아다니면서 자동차를 구경하고 사진을 구경하고 서로를 구경했다는 점에서 일종의 파세오 예술이었다.

크루징이 파세오에서 유래했다고는 해도, 개조 자동차에 그려진 그림들은 전혀 다른 전통을 말하는 경우가 많았다. 뉴멕시코라는 독실한 지역에서는 로라이더에 그려진 그림이 예컨대 캘리포니아 로라이더의 그림에 비해 훨씬 더 종교적이었다. 메리델에 따르면, 뉴멕시코에서 그런 자동차는 많은 경우 예배당이기도 했고 성물함(聖物函)이기도 했다. 시트커버가 플러시 벨벳인 경우에는 보석함이기도 했다. 그런 자동차는 독실하면서 동시에 광란의 파티를 즐기는 젊은이들의 문화, 곧 신앙과 파티를 모순된 두 면이 아니라 분리될 수 없는 일체로 받아들이는 청년문화를 표현한다. 또한 그런 자동차는 뉴멕시코에서 자동차가 차지하는 중심적 위치를 표현하기도 한다. 뉴멕시코에서는 많은 경우 도로 옆에 사람이 다닐 만한 길이 없고, 시골과 도시를 막론하고 생활의 중심에 자동차가 있다.(심지어 순례길에도 크루징하는 로라이더들이 있었고, 우리 보행자들에게 동그란 연기를 내뿜는 로라이더들까지 있었다.) 파세오가 이제 보행자들의 일이 아니라 자동차들의 일이 되었다는 것이 나는 아직 이상하게 느껴진다. 자동차가 제 소임을 다할 때는 외부를 차단할 때, 기동성 있는 사적 공간이 될 때가 아닌가. 자동차가 아무리 천천히 움직인다 해도, 걸을 때와 같은 가까운 만남과 유연한 접촉은 불가능하지 않은가. 그러나 머디나의 자동차는 이미 달리는 자동차가 아니라 전시된 오브제였다. 그는 그 물건 옆에 서서 찬사를 기다렸고, 우리 구경꾼들은 그 물건을 빙빙 돌았다. 십자가의 길 14처를 걷는 신자들보다는 갤러리를 둘러보는 미술 애호가들에 가까웠다.

십자가의 길 자체가 여러 의미 층을 갖는 문화물 가운데 하나다. 첫 번째 의미 층은 예수가 십자가형을 언도받을 때부터 예수의 시신이 동굴 속 무덤에 묻힐 때까지의 사건의 행로다. 빌라도의 법정에서 골고다까지의 길, 십자가를 끌고 치마요로 가는 순례자들이 따라 걷는 길이 이 층에 속한다. 두 번째 의미 층은 십자군 원정 때 순례자들이 예루살렘에서 사건 현장들을 하나하나 돌며 기도함으로써 만들어졌다. 신앙을 가지고 되짚어가는 길이 이 층에 속한다. 이 층에서 순례는 관광 비슷한 것이 되었다. 세 번째 의미 층은 15세기와 16세기에 프란체스코회 수도사들이 사건 현장들을 일정한 정신적 단계들(14처)로 양식화, 추상화함으로써 만들어졌다. 이러한 전통으로부터 나온 십자가의 길 14처의 예술품들(많은 경우, 성당의 신랑(身廊)에 쭉 그려져 있는 작은 그림 열네 점)이 거의 모든 성당들을 장식하고 있다. 실로 놀라운 이 추상 덕분에 우리는 2000년 전에 일어난 십자가 사건을 되짚기 위해 예루살렘으로 갈 필요가 없어졌다. 다른 시대, 다른 장소에서 걷고 상상하는 것이 십자가 사건의 정신에 참여하는 적절한 방법이 된 것이다.(십자가의 길 기도를 권유할 때 가장 강조하는 점이 바로 십자가 사건의 추체험이다. 십자가의 길 기도는 단순한 기도가 아니라 동일시이자 이미지화라는 뜻이다.) 기독교는 전 세계로 수출된 휴대용 종교다. 한때 예루살렘이라는 특정한 장소에 묶여 있던 십자가 행로까지 수출되었다.

이미 만들어져 있는 길은 그곳의 풍경을 지나는 가장 좋은 방법에

하드라. 어떤 이는 내 눈에서 죄인을 읽고 가고 어떤 이는 내 입에서 천치를 읽고 가나 나

대한 앞사람의 해석이다. 길을 따라간다는 것은 먼저 간 사람의 해석을 받아들인다는 것, 학자나 탐정이나 순례자처럼 먼저 간 사람의 뒤를 밟는다는 것이다. 같은 길을 걷는다는 것은 어떤 중요한 일을 똑같이 따라한다는 것이다. 같은 공간을 같은 방식으로 이동한다는 것은 같은 생각을 하는 방법, 같은 사람이 되는 방법이기 때문이다. 누군가를 따라한다는 것은 그 누군가의 행동을 흉내내는 연기가 아니라, 그 누군가의 영혼을 닮기 위한 노력이다. 순례가 다른 모든 보행과 다른 점은 이렇게 반복과 모방을 강조한다는 데 있다. 신을 닮기란 불가능하지만, 신이 걸어간 길을 똑같이 걸어가는 일은 가능하다. 예수가 인류의 실족(Fall)을 대속하는 과정에서 가장 인간적인 모습, 발을 헛디디고 진땀을 흘리고 상처 입고 세 번 넘어지고 죽어가는 모습을 보여주는 것이 바로 십자가의 길 14처에서다. 하지만 이 14처가 어느 성당에서나, 아니, 아무 데서나 볼 수 있는 일련의 그림이 되면서, 신도들이 따라가는 것은 이제 수난의 장소가 아니라 수난 이야기가 되었다. 성당에 그려진 14처는 신도들이 예루살렘으로 걸어 들어가는 통로, 기독교에서 가장 중요한 이야기 속으로 들어가는 통로이다.

십자가의 길 외에도, 이야기로 걸어 들어가는 다른 많은 길이 존재한다. 그런 길 하나를 찾아낸 것은 지난여름에 친구들과 술 약속을 했을 때였다. 노브 힐을 내려다보는 페어몬트 호텔 안에 있는 통가 룸(키치 분위기로 유명한 폴리네시아풍의 오래된 바)에서 친구들과 만나기로 한 나는 노브 힐을 넘고, 캐비아 광고가 나붙은 식료품 가게를 지나고, 신나게 뛰어가는 중국 사내아이와 상류층 지역에 거주하는 덜 신나 보이는 어른들을 지나치고, 그레이스 대성당을 빙 돌아 건물 뒤쪽 안뜰을 가로지르게 되었다.

는 아무것도 뉘우치진 않을란다.—서정주, 「자화상」   • 거반 오정이

분수가 솟구쳐 오르고, 한 청년이 성경을 들고 흔들면서 뭔가 중얼거리고 있었다. 대성당 안뜰 반대편에 뭔가 새로 생긴 것이 있었다. 미로였다. 반가웠다. 연회색과 진회색의 시멘트로 구현된 패턴은 샤르트르 대성당에 있는 돌로 된 미로의 패턴(열한 개의 동심원이 네 면으로 분할되어 있고, 한 개의 통로가 모든 동심원을 지나 중앙의 여섯 개 꽃잎까지 이어진다.)을 그대로 따르고 있었다. 약속 시간보다 일찍 도착한 나는 미로에 발을 들여놓았다. 옆에 있는 사람들도 눈에 들어오지 않을 만큼 흥미진진했다. 도로의 소음, 6시를 알리는 종소리도 거의 들리지 않았다.

밖에서 볼 때는 그냥 밟고 지나갈 수 있는 이차원 평면이지만, 일단 미로 안에 들어가면 그렇지 않다. 길을 따라가는 것이 중요한 일이 된다. 길을 따라가는 일에 집중하면 미로의 통로는 점점 넓어지고 좌우의 장벽은 점점 높아진다. 입구에서 중앙 방향으로 뚫린 첫 번째 직선 통로는 동심원 열두 개의 중심을 바로 앞에 두고 이쪽저쪽으로 구불구불 이어진다. 중앙에 가까워질 때도 있고 중앙에서 멀어질 때도 있지만 첫 번째 직선 통로에 들어섰던 그때만큼 가까워지지는 않는다. 그렇게 한참을 더 이어지는 길 위에서 속도를 늦추고 길 자체에 빠져들 때쯤 통로는 불현듯 중앙에 닿는다. 직경 10미터가 조금 넘는 미로를 통과하는 데도 15분 이상 소요될 수 있다. 내가 통과해온 그 미로는 내가 나름의 규칙을 따르면서 살아가고 있는 세계였다. 나는 미로의 교훈을 이해했다. 목적지에 도달하기 위해 목적지로부터 돌아서야 하는 때가 있다, 때때로 가장 가까이 있는 것이 가장 멀리 있는 것일 때가 있다, 목적지에 도달하는 길이 먼 길뿐일 때가 있다는 교훈이었다. 바닥을 내려다보면서 조심스럽게 걸은 후 도착한 고요는 뭉클한 경험이었다. 한참 만에 올려다본 파란 하늘에서는 발톱 같고 깃털 같은 흰 구름이 동쪽으로 휙휙 흘러가고 있었다. 비

나 바라보도록 요때기를 들쓰고 누웠던 그는 불현듯 몸을 일으켜가지고 대문 밖으로 나섰

유들, 의미들이 미로를 통해서 공간적으로 전해질 수 있음을 깨달은 일
은 기막힌 경험이었다. 목적지로부터 가장 멀리 떠나온 것 같을 때 문득
목적지에 도착하게 된다는 이야기는 말로 했을 때는 빤한 진리지만, 두
발로 깨달았을 때는 의미심장한 진리다.

　　시인 메리앤 무어(Marianne Moore)의 한 작품에는 "상상의 정원에
진짜 두꺼비들을"이라는 유명한 구절이 있다. 미로는 우리에게 상징 세
계에서 실제로 존재할 가능성을 보여준다. 내가 미로를 걸을 때 떠올렸
던 것은 어떤 동화책이었다. 우연히 마주친 책이나 그림이 현실이 되는
이야기, 정원에 들어갔는데 조각상이 살아 움직이는 이야기, 거울 나라
로 들어갔는데 체스 말들, 꽃들, 동물들이 모두 살아 움직이면서 성깔을
부리는 유명한 이야기. 나는 그런 이야기가 있는 책을 제일 좋아했다. 현
실과 재현의 구분이 그렇게 확실치는 않다는 것, 그 구분이 사라질 때 마
법이 시작된다는 것을 알려주는 책들이었다. 미로도 마찬가지다. 목적지
에 도착하는 것이 그저 상징적 의미에 불과하더라도 목적지까지의 길을
두 발은 실제로 디딘다. 미로를 지나는 여행은 여행을 상상하거나 여행
지 사진을 보는 것과 달리 육체가 동반된 여행이다. 미로는 구원으로 가
는 여행의 상징 또는 구원으로 가는 길의 지도일 뿐이지만, 실제로 두 발
로 디딜 수 있는 지도, 곧 상징과 실제의 차이를 흐리는 지도다. 육체가 실
제성의 기준이라면, 두 발로 읽는 것은 두 눈으로 읽는 것보다 실제적이
다. 지도가 **실제로** 영토가 될 때도 있다.

　　중세의 교회는 미로를 때로 '예루살렘으로 가는 길(Chemins à
Jérusalem)'이라고 불렀고, 미로의 중심은 예루살렘 혹은 천국 그 자체였
다.(한때는 교회에 미로가 흔했지만 지금은 미로가 있는 교회가 몇 군데 되지 않는
다.) 미로 역사 연구자 W. H. 매슈스(W. H. Matthews)는 미로를 어디에 쓰

다. 매캐한 방구석에서 혼자 볶을 만치 볶다가 열병거지가 벌컥 오르면 종로로 튀어나오는

려고 만든 것인지를 알려주는 문헌 증거가 전혀 없다는 걸 일러주지만,[56] 많은 사람들은 미로가 순례를 성당 바닥이라는 작은 공간으로 압축함으로써 영혼의 역정(歷程)을 굽이굽이 도는 길로 표현할 가능성을 제공했다고 생각한다. 1991년 의전사제 로렌 아트러스(Lauren Artress)가 샌프란시스코의 그레이스 대성당에 미로를 만들게 했다. "대개 미로는 이리저리 방황하면서도 한곳을 향하는 통로로 이루어진 원의 모양이다. 가장자리 출입구와 중앙이 이어져 있다. 출입구와 중앙을 잇는 통로는 하나뿐이다. 일단 미로에 발을 들여놓으면, 미로 속 통로는 우리 인생 여정의 상징이 된다."[57] 아트러스를 통해 모종의 미로 컬트가 시작된 것 같다. 예컨대 거의 130명의 전문 인력이 동원된 미로 관련 워크숍 및 행사(일명 '계몽의 무대')가 진행되고 있고, (미로 토트백, 미로 보석 등 미로 아이템을 사라고 권하는 지면을 포함한) 미로 프로젝트 소식지도 출간되고 있다. 영혼이 걸어가는 길로서의 미로가 전국에서 유행하고, 정원 미로도 재유행한다. 1960년대와 1970년대에는 테리 폭스(Terry Fox) 같은 예술가들의 작품을 비롯한 전혀 다른 형태의 미로가 유행하기도 했고, 1980년대 후반에 영국에서는 에이드리언 피셔(Adrian Fisher)가 블레넘 궁을 비롯한 수십 곳의 정원 미로를 설계, 건축하면서 미로 설계자로 엄청난 성공을 거두기도 했다.

　　미로가 기독교의 전유물은 아니지만, 언제나 모종의 여정을 상징한다. 통과의례의 여정 또는 죽음과 부활의 여정을 상징할 때도 있고, 구원의 여정 또는 구혼의 여정을 상징할 때도 있다. 그저 여정의 복잡함(길을 찾아가는 어려움, 길을 깨닫기까지의 어려움)을 상징할 때도 있는 것 같다. 고대 그리스의 문헌에는 미로가 많이 등장한다. 크레타 섬에 미노타우로스가 갇혀 있었다는 전설의 미로가 존재했던 적은 없었을지 모르지만, 그곳에서 쓰는 동전에는 크레타 미로의 형상이 찍혀 있다. 실제로 발견

것이 그의 버릇이었다. 그러나 종로가 항상 마음에 들어서 그가 거니느냐, 하면 그런 것도

된 미로들도 있다. 사르데냐에는 바위 미로가 있고, 애리조나 남부와 캘리포니아에는 돌사막 미로가 있다. 로마인들의 모자이크 미로도 발견되었다. 스칸디나비아에는 땅에 돌을 놓아 만든 유명한 미로가 500개가량 있다.(20세기까지 어부들이 출항하기 전에 미로를 걸으면 고기가 많이 잡히고 순풍이 분다는 믿음이 있었다.) 잉글랜드에는 잔디 미로가 있다. 미로는 젊은이들이 에로틱한 놀이를 즐기는 장소였다.(예컨대 여자가 중앙에 가 있으면 남자가 여자를 향해서 달렸다. 미로의 굽이굽이 도는 길은 구애의 복잡함을 상징했다.) 잉글랜드에서 훨씬 더 유명한 미로로는 르네상스 정원의 미로를 후대에 귀족적 형태로 변형한 산울타리 미로가 있다. 미로에 대한 글을 쓴 많은 저자들은 미궁(maze)과 미로(labyrinth)를 구별하면서 대부분의 정원 미로를 미궁(maze)에 넣는다. 길이 여러 갈래로 갈라지면서 혼란스럽게 만드는 것이 미궁의 목적인 반면에, 미로(labyrinth)의 길은 하나뿐이라서, 누구든 계속 걷다 보면 중앙의 낙원에 도달할 수 있고, 돌아서서 걷다 보면 들어갔던 곳으로 나올 수 있다. 미궁이 분명한 목적지가 없는 자유의지의 혼란스러움을 뜻하는 반면에 미로는 구원으로 가는 확고한 여정을 뜻한다는 것도 미로와 미궁의 차이다.

십자가의 길 14처와 마찬가지로, 미로와 미궁은 두 눈으로 읽어나갈 수 있는 동시에 두 발로 걸어 들어갈 수 있는 이야기, 즉 몸이 차지할 수 있는 이야기다. 십자가의 길이나 미로 같은 상징적인 길들 간에 어떤 유사성이 있듯, 모든 이야기와 모든 길 사이에도 어떤 유사성이 있다. 넓은 길, 좁은 길, 산길, 숲길, 그리고 모든 길이 공유하는 독특함 가운데 하나는 직접 걸어보지 않고서는 총체적 파악이 불가능하다는 것이다. 이야기가 듣는 사람이나 읽는 사람의 시간 속에 펼쳐지듯 길은 걷는 사람의 시간 속에

아니다. 버릇이 시키는 노릇이라 울분할 때면 마지못하여 건성 싸다닐뿐 실상은 시끄럽고

펼쳐진다. 급커브는 반전과 같고, 정상으로 이어지는 가파른 오르막길은 클라이맥스를 앞두고 점점 고조되는 서스펜스와 같다. 갈림길은 새로운 줄거리의 도입과 같고, 도착 지점은 이야기의 끝과 같다. 글이 남아 있는 덕에 지금 옆에 없는 누군가의 말을 들을 수 있듯, 길이 남아 있는 덕에 지금 옆에 없는 누군가의 발자취를 따라갈 수 있다. 길이란 앞서간 사람들이 남긴 기록이기에, 길을 따라가는 것은 앞서간 사람들을 따라가는 것이다. 예전에 성인들이나 신들의 길을 따라갔다면, 지금은 양치기들, 사냥꾼들, 기술자들, 이민자들, 시장가는 농부들, 출퇴근하는 직장인들의 길을 따라가고 있다. 하지만 모든 길의 본질, 모든 여행의 본질을 되돌아보게 해주는 것은 십자가의 길이나 미로 같은 상징적인 길들이다.

　이렇듯 한 편의 이야기와 한 번의 여행 사이에는 특별한 관계가 있다. 이야기가 있는 글을 쓰는 일이 걷는 일과 밀접한 관계가 있는 것도 그 때문일 것이다. 글을 쓰는 일은 상상의 영토에 새로운 길을 만드는 일, 혹은 익숙한 길 위에서 새로운 면들을 가리켜 보이는 일이다. 글을 읽는 일은 저자라는 가이드를 따라가는 일이다. 우리가 그의 말에 항상 동의하거나 그를 항상 신뢰하는 것은 아니지만, 그 가이드가 우리를 어딘가로 데려다주리라는 것 하나는 확실하다. 내가 쓰는 모든 문장들이 한 줄로 멀리까지 이어지면서 글이 곧 길이고 독서가 곧 여행임을 보여줄 수 있으면 좋겠다는 생각이 들 때가 있다.(실제로 계산을 해본 적도 있었는데, 실이 둘둘 말려 있는 실타래처럼 글이 빽빽이 차 있는 책을 한 줄로 쭉 풀면, 내가 쓴 책 한 권의 길이는 6킬로미터가 넘는다). 펼치면서 읽는 중국 족자에는 이런 의미도 담겨 있지 않을까. 풍경과 이야기 사이의 융합을 보여주는 가장 좋은 예는 오스트레일리아 원주민들의 노랫길(songline)이다. 노래는 깊은 사막 한복판에서 길을 찾는 내비게이션이고, 사막 속 풍경은 노래 속 이야기를 떠

더럽고 해서 아무 애착도 없었다. 말하자면 그의 심청이 별난 것이었다. 팔팔한 젊은 친구

올리는 기억 증진 장치다. 한마디로, 노래는 지도요 풍경은 이야기다.

이야기가 여행이고 여행이 이야기인 것은 그 때문이다. 위에서 언급한 상징적 길을 비롯해서 모든 길이 이런 울림을 갖는 이유는 우리가 인생 그 자체를 여행으로 그려보게 되기 때문이다. 시간이란 어떤 것인지를 그려보기가 어려운 것처럼 정신이 어떻게 움직이는지, 영혼이 어떻게 움직이는지 그려보기도 어렵다. 그래서 우리는 이 모든 만져지지 않는 것들을 공간상에 존재하는 물리적 대상에 비유하게 된다. 그렇게 대상과 물리적, 공간적 관계를 맺게 되면, 대상을 향해 나아가거나 대상으로부터 멀어지는 것이 가능해진다. 그렇게 시간을 공간으로 보게 되면, 인생이라는 시간도 여행으로 볼 수 있게 된다. 살면서 실제로 여행을 많이 하느냐 적게 하느냐 같은 것은 상관없다. 보행과 여행은 우리가 하는 생각과 우리가 쓰는 언어에서 너무나 중요한 비유로 자리 잡은 탓에 이제는 그것이 비유라는 것을 깨닫기 어려울 정도가 되었다. 영어에는 무수한 이동의 비유가 각인되어 있다. 똑바로 이끌고(steer straight), 목표를 향해 나아가고(move toward the goal), 멀리 가려고 하고(go for the distance), 앞서고(get ahead), 끼어들고(get in one's way), 가로막고(set one back), 길을 찾고(find one's way), 먼저 출발하고(get a head start), 높은 자리에 오르고(move up in the world), 갈림길을 만나고(reach a fork in the road), 절차를 밟는다(take steps). 그러지 못하면, 길을 잃고(get lost), 엇나가고(get out of step), 방향감각을 잃고(lose one's sense of direction), 힘든 오르막길을 만나고(face an uphill struggle), 내리막길에 접어들고(go downhill), 어려운 곳을 지나게 되고(go through a difficult phase), 제자리에 맴돌고(go in circles), 아무 진전이 없다(go nowhere). 속담이나 노래 가사에는 훨씬 더 현란한 미사여구들도 있다. 환락의 길(the primrose path)이 있으면 망하는 길(the road to

가 할일은 없고 그날그날을 번민으로만 지내곤 하니까 나중에는 배짱이 돌라앉고 따라 심

ruin)이 있고, 높은 길과 낮은 길(the high road and the low road)이 있고, 편한 길(easy street)이 있으면 외로운 길(lonely street)이 있고, 깨진 꿈들의 길(the boulevard of broken dreams)도 있다. 일상적인 표현에도 보행의 비유가 많이 등장한다. 선두에 나서고(set the pace), 장족의 발전을 하고(make great strides), 보조를 맞추고(keep pace), 자기 페이스에 도달하고(hit one's stride), 노선을 따르고(toe the line), 누군가의 발자취를 따라간다(follow in somebody's footsteps). 심리적, 정치적 상황에 공간의 비유를 사용하는 것도 가능하다. 마틴 루서 킹의 마지막 연설에 나오는 "산봉우리에 올랐습니다."는 영혼의 상태를 묘사하는 표현(예수가 실제로 산에 올라감으로써 도달하게 되는 상태와 공명하는 표현)이다. 킹의 첫 번째 저서 『자유를 향한 대행진』은 출간되고 30년이 넘게 흐른 후에 넬슨 만델라(Nelson Mandela)의 자서전 『자유를 향한 머나먼 여정』으로 메아리쳤다. 역시 남아공 문제에 헌신했던 도리스 레싱(Doris Lessing)의 회고록 제2권 제목은 『그늘을 걸으며(Walking in the Shade)』이다. 키르케고르의 책 중에는 『인생길의 계단들(Stadier paa Livets Vei)』이 있다. 문학 이론가 움베르토 에코(Umberto Eco)는 『소설의 숲속을 여섯 번 거닐다(Sei passeggiate nei boschi narrativi)』에서 책을 읽는 일을 숲속에서 산책하는 일에 비유한다.

　　우리에게 할당된 시간, 혹은 삶 그 자체를 여행에 비유할 때 가장 자주 떠오르는 이미지는 걷는 여행, 혹은 개인사의 풍경을 가로지르는 순례자의 역정이다. 나 자신을 상상할 때 자주 떠오르는 이미지도 내가 걸어가는 모습이다. 존재한다는 것은 '이승을 걷는 것(walk the earth)'이고, 직업은 '이승의 행보(walk of life)'이고, 전문가는 '걸어 다니는 백과사전(walking encyclopedia)'이다. 구약성서는 은총을 받은 상태를 "하느님과 함께 걸었다(he walked with God)."고 묘사한다. 걷는 사람, 즉 한곳에 머물

청이 곱지 못하였다. 그는 자기의 불평을 남의 얼굴에다 침 뱉듯 뱉아 붙이기가 일쑤요 걸

기보다 혼자 한 발 한 발 앞으로 나가는 사람의 이미지는, 초원을 가로질러 걸어가는 유인원이든 시골길을 어기적어기적 걸어 내려오는 사뮈엘 베케트(Samuel Beckett)의 등장인물이든 인간의 의미를 강력하게 시사한다. 걷는다는 비유가 비유이기를 그칠 때는 우리가 실제로 걸을 때다. 삶이 여행이라면, 우리가 실제로 여행할 때 우리 삶은 실제의 삶(도착이 가능한 목표 지점, 확인이 가능한 진행 과정, 이해가 가능한 평가 결과가 수반되는 삶)이 된다. 비유가 행동과 하나가 된다고 할까. 미로를 걸으면서, 순례에 나서면서, 산을 오르면서, 어떤 분명하고 바람직한 목적지를 향해 걸어가면서, 우리는 우리에게 할당된 시간을 글자 그대로의 길(오감을 통해서 영적 차원에 접근하는 길)로 이해할 수 있게 된다. 걸어가는 것, 여행하는 것이 살아가는 것의 중요한 비유라면, 모든 걷기와 모든 여행을 통해(그중에서도 특히 십자가의 길과 미로를 통해) 우리는 모종의 상징 공간으로 걸어 들어갈 수 있다.

이 밖에도 걷기와 읽기가 한데 섞여드는 무대는 많다. 정원 미로가 교회 미로의 세속적 등가물이었듯, 조각 공원은 십자가의 길의 세속적 등가물이다. 전근대 유럽의 회화와 조각과 스테인드글라스를 보면, 성자들(열쇠를 들고 있는 베드로, 자기 눈알을 올린 접시를 들고 있는 루치아)과 그라티아이[그리스 신화에서 우미(優美)를 의인화한 세 여신을 일컫는다.—옮긴이]에서 기본 덕목과 칠죄종(七罪宗)까지 수많은 배역이 등장하고 있다. 대부분의 교회는 성경의 내용을 구현한 예술품을 소장하고 있다. 예를 들어, 샤르트르 대성당처럼 특별히 공이 들어간 건축물에는 자유칠과(artes liberales)의 배역과 '슬기로운 처녀들, 어리석은 처녀들'의 배역 등이 상징적으로 배치돼 있다. 글을 읽을 줄 아는 사람은 매우 드물었지만 이미지를 알아볼 수 있는 사람은 많았고, 교육 수준이 높은 사람은 기독교적 이

핏하면 남의 비위를 긁어놓기로 한 일을 삼는다. 그게 생각하면 좀 잗달으나 무된 그 생활

미지와 함께 고대 신화 속의 신과 인간을 알아볼 수 있었다. 이미지의 출처가 대부분 이야기였기 때문에 이미지를 배치하는 것은 이야기를 하는 것과 마찬가지였고, 배치의 순서가 다양했기 때문에 이미지를 따라 걷는 것은 이야기를 '읽는 것'과 마찬가지였다.('자유'나 '봄' 등의 이미지는 이야기에서 나온 이미지가 아니었지만, 이런 이미지를 이야기의 흐름 속에 배치하는 것은 가능했다. 유명한 이야기에서 신이나 영웅은 주로 클라이맥스에 등장했으므로, 신이나 영웅의 조각상은 영화의 스틸컷과 같은 기능을 했다.) 당시에는 정원 중에도 조각 정원이 많았다. 다만 오늘날의 조각 정원(조각상 하나하나가 개별 작품이고 각각의 작품을 둘러싼 녹지가 모종의 액자가 되는 형태)과는 달리, 전체를 책처럼 읽을 수 있는 공간, 서재 못지않은 지적 공간이었다. 조각상들은 (그리고 그 밖에 자잘한 건축물들은) 순서에 따라서 배치돼 있었기 때문에 걷는 순서가 보는 순서였고, 보는 순서가 해석하는 순서였다. 그런 옛날 조각 정원의 매력 중 하나는 걷기와 읽기, 육체와 정신이 조화롭게 하나가 된다는 것이었다.

　　모든 수도원과 수녀원에 딸려 있는 회랑에도 기독교의 이야기를 들려주는 정교한 조각상들이 있었다. 회랑의 형태는 우물이나 연못이나 분수를 중심으로 만들어진 정원을 에워싸는 사각형 아케이드가 대부분이었고, 회랑의 기능은 수도사와 수녀에게 수도원, 수녀원이라는 명상의 공간을 벗어나지 않으면서 거닐 만한 곳을 제공하는 것이었다. 르네상스 정원에는 신화나 역사의 이야기에 등장하는 인물들의 조각상이 정교하게 배치돼 있었다. 잘 알려져 있는 이야기들이었기 때문에 글이 추가될 필요는 없었지만, 정원을 걸으면서 조각상을 둘러본다는 것은 알고 있는 이야기를 떠올리는 일, 알고 있는 이야기를 다시 듣는 일이었다. 르네상스 정원이 시적, 문학적, 신화적, 마법적 공간이 되는 것은 그 때문이었다. 예컨대 티볼리의 빌라 데스테 정원들에는 오비디우스의 『변신』
에 나오는 이야기를 들려주는 일련의 부조가 있었다.(이제 없어졌다.) 1775
년에 철거된 베르사유 정원의 미로는 이야기가 더 철저히 사라진 경우
다. 미로 안에는 이솝의 조각상과 함께 이솝 우화에 등장하는 동물들이
유형별로 배치돼 있었다. 매슈스에 따르면, "각 유형을 대표하는 동물들
의 입에서는 발언을 뜻하는 물줄기가 뿜어져 나왔다. 유형별로 만들어
진 장식판 위에는 시인 방세라드(Isaac de Benserade)의 적당한 시구가 새
겨져 있었다."[58] 요컨대 이솝의 미로는 걸으면서 읽고 읽으면서 보고 보
면서 걷는 삼차원의 이솝 우화집(이솝 우화의 교훈과 의미를 찾아가는 여행)이
었다. 하지만 유럽의 양식화된 정원들을 통틀어 가장 규모가 크고 조각
상 배치가 복잡했던 베르사유 정원에서 이솝의 미로는 잔재미에 불과했
다. 정원의 모든 조각상들은 태양왕 루이 14세의 이미지를 중심으로 배
치돼 있었다.(하지만 이후에 조각상들이 추가되기도 하고 빠지기도 해서 지금은 해
독이 어렵다.) 일흔 명의 조각가가 동원된 작품이었다. 작품의 목표는 조각
상 하나하나, 분수 하나하나, 심지어 풀포기 하나하나에서 왕의 권력을
느끼도록 하는 것이었고, 작품의 전략은 태양과 태양신 아폴로의 이미지
를 통해 태양왕의 권력을 자연화하는 것이었으며, 작품의 규모는 정원이
라는 상징 공간을 세계의 미니어처에서 세계 그 자체로 확장하는 것이었
다. 그로부터 한 세기 후, 양식 정원으로 유명한 잉글랜드 버킹엄셔의 스
토 정원은 한편으로는 경사진 언덕이나 작은 숲 같은 자연주의적인 요소
들을 포함하게 되었지만, 다른 한편으로는 건축 모티프들의 정치성이 훨
씬 더 노골화되었다. '옛 미덕의 신전'은 폐허가 된 '새 미덕의 신전'과 나
란히 배치돼 있었고 연못 너머에는 '영국 위인들의 신전(정원의 소유주였던
휘그당원이 위인이라고 생각한 시인들과 정치가들이 모셔진 곳)'이 있었다. 18세기

를 주제로 삼는 것은 어떻게 보자면 보편적 행동에 특수한 의미를 부여하는 것이라고 할

를 개탄하는 동시에 휘그당원을 고결한 고대인의 후예로 설정하는 배치
였다. 한편 은둔처와 '비너스 신전'을 가깝게 배치함으로써 금욕과 관능
을 대비한 것은 스토 정원에서 공간을 읽을 수 있는 사람들을 위한 좀 더
유머러스한 상징 요소였다. 한 편의 이야기가 서로 연결되어 있는 사건들
의 이어짐이라고 할 때, 이런 조각 정원은 서로 연결되어 있는 사건들을
실제 공간 속에 배치함으로써 한 권의 책(걸으면서 '읽을' 수 있는 커다란 책)
이 되었고, 그중에서 베르사유 정원과 스토 정원은 정치적 프로파간다
를 써넣은 책이 되었다. 조경 건축가 찰스 무어(Charles W. Moore), 윌리엄
미첼(William J. Matchell), 윌리엄 턴불(William Turnbull)에 따르면, "정원길
은 사건들을 이야기로 결합하는 플롯의 가닥이 될 수 있다. 다양한 이야
기 구조가 있을 수 있는데, 처음과 중간과 끝이 있는 단순한 구조도 있을
수 있고, 피카레스크 소설에서처럼 여기저기 뒤얽히거나 다른 길과 나란
히 가거나(서브플롯) 탐정소설에서 먼저 잘못된 추리를 내놓는 것처럼 막
다른 골목을 돌아 나오거나 하는 복잡한 구조도 있을 수 있다."[59] 걸으면
서 읽게 되는 것이 책이 아닐 수도 있다. 걸으면서 읽는 장르에 로스앤젤
레스가 보태준 것이 있다면, 그것은 관광객이 유명인들의 이름을 밟으면
서 읽는 할리우드 불러바드 '스타의 거리'다.

자기가 걸어가는 곳과 자신의 상상을 겹쳐봄으로써 그야말로 상상 속 영
토를 걸어가는 사람들도 있다. 미국 목사이자 보행광(步行狂) 존 핀레이
(John Finlay)가 친구에게 쓴 편지를 보아도 알 수 있다. "내가 혼자 하는
놀이가 있는데 알려드릴까요. 매일 이곳을 걸으면서 그 거리만큼 지구상
의 어딘가를 걷는 놀이입니다. 지난 6년 동안 거의 3만 2000킬로미터를
걸었으니, 지구의 육지 부분을 한 바퀴 돈 셈입니다. 1934년 1월 1일부터

수 있다. 음식을 먹는 일, 숨을 쉬는 일과 마찬가지로 걷는 일에도 성애적 의미에서 영적

어젯밤까지는 약 3200킬로미터를 걸었으니, 북극에서 밴쿠버까지 걸어
간 셈입니다."[60] 나치 건축가 알베르트 슈페어(Albert Speer)는 키르케고르
와 그의 아버지처럼 교도소 마당을 왔다 갔다 하는 동안 상상으로 세계
를 한 바퀴 돌았다. 잉글랜드 시골에서 1년간 살다가 맨해튼으로 돌아온
미술 평론가 루시 리파드(Lucy Lippard)는 자기 생활에서 너무나 중요한
일과였던 산책을 맨해튼으로 돌아온 후에도 계속해나갈 수 있음을 깨달
았다. "일종의 육체 이탈이었다. 한 걸음 한 걸음, 날씨를 느끼고, 질감을
느끼고, 풍경을 느끼고, 계절을 느끼고, 야생의 것들을 만났다."[61]

  어떤 길을 (그저 머릿속으로라도) 걷는 일은 곧 과거에 그 길을 지나간
것들을 따라가는 일이라는 말에는 대단히 실용적인 의미도 포함되어 있
다. 가장 흔한 예를 들자면, 어떤 일이 일어났던 곳에 찾아감으로써 의외
의 기억을 떠올릴 수 있다. 거꾸로 대단히 특화된 예를 들자면, 길 찾기가
모종의 기억법이 될 수 있다. 기억 궁전(memory palace)은 역시 고대 그리
스 시대에 시작되어 르네상스 시대에 인쇄술의 발전으로 책이 기억력을
대신하기까지 다량의 정보를 암기하는 데 사용된 기억법이었다. 프랜시
스 예이츠(Frances Yates)의 『기억술(The Art of Memory)』은 기이한 기억법의 역
사를 새로 발굴하는 역작이다. 이 책에 따르면 "기억 궁전의 일반 원칙들
을 이해하기란 어렵지 않다. 첫 번째 단계는 기억 속에 일련의 장소를 새
기는 일이었다. 이 기억법에서 가장 흔히 사용된 장소는 건물이었다. 기
억 궁전에서 길을 찾는 법을 가장 명료하게 설명해주는 것이 퀸틸리니아
누스다. 그 설명에 따르면, 이 기억법에서 건물을 사용하는 이유는 일련
의 장소를 기억해두기 위함이다. 넓고 구획이 많은 건물일수록 좋다. 앞
뜰이 있고 거실이 있고 침실이 많고 응접실도 여러 개가 있고 각 공간에
는 조각상 같은 장식물이 있는 건물이다. 그렇게 건물 안에서 여러 장소

의미까지, 혁명적 의미에서 예술적 의미까지 어마어마하게 다양한 문화적 의미를 부여할

를 기억해둔 후에 [······] 연설을 기억하는 데 필요한 물건을 각각의 기억 속 장소에 놓아둔다. 연설을 기억해내야 할 때가 왔으면, 물건을 놓아둔 장소를 하나하나 찾아가면 된다. 고대 그리스 로마에서 연설을 한다는 것은 머릿속에서 기억 궁전을 돌아다니면서 자기가 각각의 장소에 놓아둔 물건을 꺼내오는 일이었다. 건물 안에서는 동선이 정해져 있으니 기억의 순서를 혼동할 위험은 없다."[62]

기억을 그릴 때는 마음을 그릴 때나 시간을 그릴 때와 마찬가지로 물리적 차원이 필요하다. 기억이 그렇게 물리적 풍경으로 그려지게 되면 기억의 내용은 그 풍경 속 어딘가에 놓이게 되는데, 어딘가에 놓여 있는 것은 접근의 대상이 될 수 있다. 다시 말해, 기억을 실제 공간(어떤 장소, 무대, 서재)으로 그린다는 것은 기억하는 행위를 모종의 실제 행위, 곧 두 발로 걷는 물리적 행위로 그린다는 것이다. 기억법에 대한 연구에서 주로 조명하는 곳은 기억 궁전이라는 공간 장치(정보가 저장되어 있던 장소들)이지만, 저장된 정보를 기억해내는 방법은 박물관을 찾은 사람처럼 둘러보며 걷는 행위(의식 아래 놓아둔 물건을 의식 위로 꺼내오는 행위)였다. 같은 길을 다시 걸어가는 것은 같은 생각을 다시 하는 것과 같다. (생각이란 생각할 줄 아는 사람 앞에 펼쳐지는 풍경이잖은가. 그리고 생각의 내용은 그 풍경 속에 놓여 있잖은가). 걷기는 **곧** 읽기이다.(상상 속의 걷기, 상상 속의 읽기라고 해도 마찬가지다.) 정원과 미로와 십자가의 길이 흔들리지 않는 안정적인 텍스트였듯이, 이제 기억의 풍경이라는 텍스트도 그에 못지않은 안정성을 얻게 된다.

이제는 책이 기억 궁전 대신 정보 저장소가 되었지만, 아직 책에는 기억 궁전의 몇 가지 패턴이 간직돼 있다. 길이 책을 닮을 수 있듯, 책도 길을 닮을 수 있다는 뜻이다. 길을 닮은 책은 걷기라는 '읽기'를 통해 세계를 그려나간다. 단테의 『신곡』은 그 최고의 예다. 영혼이 죽어서 가게 되

수 있다. 그때야 비로소 걷기의 역사가 생각과 문화의 역사의 일부가 되기 시작한다.―리베

는 세 장소를 여행하면서 베르길리우스라는 가이드의 도움을 받는 일종
의 저승 여행기라 할 수 있는 이 책에서 단테는 여행자의 페이스를 유지
하면서 멋진 장면과 흥미로운 인물을 하나하나 짚고 넘어간다. 예이츠는
이 걸작이 실은 기억 궁전이었다고 말하기도 한다.(실제로 이 책은 지형지물
을 대단히 구체적으로 묘사하고 있다. 『신곡』의 여러 판본에 저승의 지도가 포함돼 있
는 것도 그 때문이다.) 『신곡』을 여행기(『신곡』보다 먼저 나오거나 늦게 나온 무수한
글들을 포함하는 방대한 장르)로 볼 수도 있다. 등장인물이 걸어가는 길이 곧
이야기의 길이 되는 것은 『신곡』도 마찬가지이기 때문이다.

카 솔닛, 『걷기의 인문학』

2
정원에서 자연으로

6
정원을 나가는 길

걸어 나갈 때 보이는 것들

한 세기의 끝을 두 주 앞둔 겨울날, 남매는 눈밭을 헤치고 걸었다. 둘 다 피부가 거무스름했다. 그의 친구들은 두 사람의 걷는 자세가 좋지 않다고 평했다. 그렇지만 두 사람의 공통점은 거기까지였다. 남자는 큰 키, 매부리코, 차분한 분위기였던 데 비해, 여자는 작은 키, 모두의 이목을 끌 만한 강렬한 눈빛이었다.[1] 12월 17일에 여행을 시작한 두 사람은 말을 타고 거의 35킬로미터를 달리다가 말을 빌려준 친구와 헤어진 후에는 숙소까지 30킬로미터 남짓을 걸었다. 남자는 크리스마스이브에 친구에게 그간의 소식을 전했다. "여행을 시작한 날, 어두워진 후에 마지막 5킬로미터를 걸었는데, 그 길의 3분의 2는 빙판길이어서 우리는 다리와 발목이 여간 아픈 것이 아니었습니다. 다음 날 아침엔 살짝 쌓인 눈 덕분에 길이 폭신해서 미끄러질 걱정은 없었습니다." 여행을 시작한 날과 그다음 날, 두 여행자는 산속의 폭포를 보기 위해 길을 벗어났다. "몹시 추운 아침이

• 도시에 살던 한 철없는 소녀가 어머니의 손에 끌려 건전한 시골로 가게 되듯 [……] 오

었습니다. 폭설의 우려에도 불구하고, 태양은 밝게 빛났습니다. 우리의 과제는 짧은 겨울 해가 떠있는 동안에 35킬로미터를 걷는 것이었습니다. [……] 가까이 다가가보니 폭포는 낡은 성에서 벽이 서서히 썩으면서 생긴 키 큰 아치 같기도 하고 벽감 같기도 했습니다. 그 장소를 떠날 때는 아쉬우면서도 신이 났습니다."[2]

오후에는 또 다른 폭포를 찾아갔다. 물줄기가 얼음 속으로 쏟아지면서 눈으로 변하는 듯한 폭포였다. "일렬로 매달린 고드름 사이로 폭포수가 쏟아졌습니다. 쏟아지는 힘은 불규칙했고 쏟아지는 양도 그때그때 달랐습니다. 물줄기는 곡선을 그리면서 웅덩이까지 이어지기도 하고, 거의 폭포 중간에서 끊어지기도 했습니다. 앞으로 날아오다가 우리 발치에 떨어지는 물줄기도 있었습니다. 번개를 동반한 소나기 같았습니다. 매순간 하늘에 떠 있는 느낌을 맛보게 해주는 상황이었습니다. 머리 위 폭포 꼭대기 너머에서 양털 구름이 흐르고 있었습니다. 하늘의 파랑이 평소보다 선명하게 빛나는 듯했습니다." 폭포를 구경한 후 가던 길로 돌아온 그들은 "뒤에서 밀어주는 바람과 평탄한 길 덕분에" 15킬로미터가 넘는 길을 두 시간 15분 만에 답파할 수 있었다. 편지의 화자는 풍경을 음미하는 동시에 자기들의 걷는 기량을 음미하는 듯 보인다. 두 사람은 거기서 또 10킬로미터가 넘는 길을 걸은 끝에 그날의 숙소에 도착했고, 다음 날 아침에는 켄달에 도착했다. 켄달은 두 사람이 살게 될 레이크 지방의 관문이었다.

그들을 기다리고 있던 새 세기는 19세기였고, 그들을 기다리고 있던 새 보금자리는 그래스미어라는 작은 호반 마을 끝자락의 한 오두막집이었다. 많은 독자들이 이미 짐작했겠지만, 이 기운찬 남매는 윌리엄 워즈워스(William Wordsworth)와 도러시 워즈워스(Dorothy Wordsworth)였다.

페라와 공원과 무도회와 연극을 즐기던 그녀는, 아침에는 산책, 날마다 세 시간씩 기도—

두 사람이 북부 잉글랜드의 페나인 산맥을 걸어서 넘었다는 것, 그리고 그 전에도, 그 후로도 또 다른 여러 곳을 걸었다는 것은 참 특별한 일이었다. 그것이 어떤 의미에서 특별한 일이었는지를 한마디로 말하기는 어렵다. 걸어서 여행한 사람은 전에도 있었다. 더 먼 길도 있었고 더 험한 길도 있었다. 영국 시골 지역에서 가장 험한 풍경들(산맥, 벼랑, 황야, 폭풍, 바다, 그리고 폭포)이 경탄의 대상이 된 것은 이 시인 남매가 태어나기 거의 30년 전부터였다. 프랑스와 스위스에서도 등산하는 사람들이 생겨나는 중이었다. 누군가가 유럽에서 가장 높은 산정인 몽블랑 정상에 처음 오른 것은 19세기가 시작되기 14년 전이었다. 많은 평자들은 워즈워스와 그의 동행들이 보행을 이전과는 다른 새로운 그 무엇으로 만들었고, 이로써 수많은 일들이 시작되었다고 주장한다. 이 제1세대 낭만주의자들이 보행 그 자체를 위한 보행, 즉 자연 속을 걷는 즐거움의 계보를 만들었다는 것, 이로써 문화적 행위로서의 보행과 예술적 경험으로서의 보행이 시작되었다는 것이 그들의 주장이다.[3]

크리스토퍼 몰리(Christopher Morley)는 1917년에 쓴 글에서 다음과 같이 말한다. "18세기 이전에는 예술을 한다는 생각으로 걷는 사람들이 별로 없었을 것이라고 항상 생각해왔다. 쥐스랑 대사(Ambassador Jusserand)의 유명한 책에도 나오듯, 14세기에도 멀리까지 여행을 다니는 사람들은 많았지만 깊은 사색과 경치 감상을 위해 먼 곳을 여행한 사람은 하나도 없었다. [……] 대체적으로 말해서, 한 걸음 한 걸음 대딛는 즐거움 그 자체를 위한 크로스컨트리 여행은 워즈워스 이전에는 드물었던 것이 사실이다. 나는 워즈워스야말로 두 다리를 철학의 도구로 삼은 최초의 인물 중 하나라고 항상 생각한다."[4] 워즈워스가 태어난 1770년은 18세기가 반 이상 지나간 때이기는 해도, 몰리의 첫 번째 문장이 완전한 오류는 아니다. 하지만 예술로서의 보행과 크로스컨트리를 뒤섞는 두 번째 문장에서부터 혼란이 생기기 시작한다. 몰리의 글이 나온 이후로 세 권의 저서가 보행과 잉글랜드 문화를 다루고 있는데, 세 권 모두 예술로서의 보행이 시작된 시기를 워즈워스와 그의 동행들이 걷기 시작한 18세기 후반으로 본다는 점에서 몰리의 주장을 잇고 있다.

모리스 마플스(Morris Marples)의 유쾌한 1959년 저서 『조랑말 대신 두 다리: 보행 연구(*Shank's Pony: A Study of Walking*)』, 앤 월리스(Anne Wallace)의 1993년 저서 『보행, 문학, 잉글랜드 문화(*Walking, Literature and English Culture*)』, 그리고 로빈 자비스(Robin Jarvis)의 1998년 저서 『낭만주의 문학과 도보 여행(*Romantic Writing and Pedestrian Travel*)』은 모두 독일의 성직자 카를 모리츠(Carl Moritz)를 예로 들고 있다.[5] 모리츠는 1782년에 노보로 잉글랜드를 여행했는데, 여관에 묵으려고 하면 수시로 문전 박대당하는 수모를 겪었고 길에서는 계속 마차에 타겠느냐는 질문을 받았다. 모리츠는 사람들이 자기를 이상하게 보는 이유가 도보 여행이라는 여행 방식 때문이라고 결론짓는다. "이 나라에서는 도보 여행자를 제정신이 아닌 사람으로 취급한다. 구경하거나 적선하거나 범죄자라고 의심하거나 슬슬 피한다."[6] 모리츠의 책을 읽다 보면, 그를 만난 사람들이 이상한 반응을 보인 이유가 여행 방식 때문이 아니라 그의 복장, 행동, 억양 때문이 아닐까 추측하게 된다. 하지만 그의 책을 인용하는 세 저서는 모두 그의 말을 액면 그대로 받아들이고 있다.

18세기 후반까지도 잉글랜드에서 여행하는 것 자체가 극히 힘들었다. 길은 형편없었고, 노상강도가 많았다. 여행자는 말을 타거나 마차를 탔고 때로 무기를 소지했다. 사유지가 아닌 길을 걷는 것은 많은 경우 거지 아니면 노상강도라는 표시나 마찬가지였다. 여러 식자들과 기인들이

지는 하이드파크였는데, 필립 경이 걸어가는 내내 자기 지력의 우수함을 자랑하자, 클

사유지가 아닌 길을 취미 삼아 걷기 시작한 것은 1770년대 이후였고, 길이 좋아지고 안전해지면서 도보 여행이 점잖은 여행 방식으로 자리 잡기 시작한 것도 18세기 후반이었다. 세기가 바뀔 때, 워즈워스 남매는 만들어져 있는 길을 걸어가는 데서 한 발 더 나아가 언덕을 오르기도 하고 숲속을 헤매기도 했다. 대부분의 사람들이 집에 틀어박혀 있으려고 하는 날씨에도 워즈워스 남매는 경치를 즐기고 자기 몸의 튼튼함을 즐기면서 즐거운 한때를 보냈다. 범죄에 대한 걱정, 체면에 대한 걱정을 그들에게서는 전혀 찾아볼 수 없다.

워즈워스 남매는 (한겨울의 도보 여행으로부터 6년 전인) 1794년에 이미 레이크 지방을 여행한 적이 있었다. 여행 직후의 흥분과 기쁨 속에서 도러시는 이런 편지를 쓰기도 했다. "오빠와 함께 켄들에서 그래스미어까지 30킬로미터, 그리고 그래스미어에서 케직까지 25킬로미터를 걸었어요. 그렇게 기분 좋은 시골은 처음이었어요."[7] 한편 도러시가 친척 아주머니에게 보낸 편지는 다소 수세적이다. "지난번에 보내주신 편지에서 제가 '시골을 싸돌아다닌다'고 말씀하신 대목은 그냥 넘길 수 없네요. 저는 시골을 걸어 다니는 것이 꾸중 들을 일이기는커녕 저와 친한 분들에게 흐뭇함을 안겨드릴 일이라고 생각했거든요. 저에게 타고난 체력을 사용할 용기가 있다는 뜻으로 알아주실 테니까요. 시골을 걸어 다닐 때 느끼는 기쁨은 역마차에 앉아 있으면서 느끼는 기쁨과는 비교할 수 없을 만큼 크거든요. 적어도 30실링을 절약할 수 있기도 하고요."[8] 우리가 1782년의 카를 모리츠 대신 1794년의 도러시 워즈워스를 증인으로 삼는다면, 시골을 걸어 다니는 일은 기껏해야 숙녀답지 못한 일, 관습을 벗어난 일이었으리라고 짐작할 수 있다.

어떤 의미에서 워즈워스는 지금 이 세계의 바람직한 미감과 이 세

래런스는 자기 지력이 잉글랜드에서 가장 우수하다고 반박하더니, "지금 일행 중에서

계를 살아가는 사람들의 상상력이 형성되는 데 큰 영향을 미친 현대적
취향이라는 나라를 세운 건국의 아버지다.(따라서 도로시는 건국의 고모다.)
그러나 또 다른 의미에서, 자연 속을 걷는 오랜 역사에서 워즈워드는 전
통의 상속자, 곧 그 역사의 개혁가이자 지렛대이자 촉매제라고 해야 할
것이다. 워즈워스의 보행 선구자들 중에 사유지가 아닌 길을 걸어 다닌
사람들은 많지 않다.(자동차 때문에 길이 또다시 위험하고 고약해졌으니, 지금 워
즈워스의 보행 후계자들 중에 길을 걸어 다니는 사람들이 별로 없는 것도 사실이다.)
보행의 선구자들은 대부분 즐기기 위해서가 아니라 필요에 의해서 사유
지가 아닌 길을 걸어 다녔다. 앞서 언급한 역사 연구자들이 즐거움을 위
해 걷는 일이 새로운 현상이라고 결론짓는 것도 그 때문이다. 그러나 워
즈워스 이전에도 걷는 일은 이미 중요한 의미를 띠고 있었다. 그저 여행
의 수단이 아닐 뿐이었다. 다만 워즈워스의 보행 선구자들이 걸은 곳은
대개 바깥 길이 아니라 영지 안의 정원과 공원(park)이었다.

정원의 역사

19세기가 중반을 넘어갈 때, 소로는 물었다. "우리가 걸을 때 발길이 자연
스럽게 향하는 곳은 들판과 숲이다. 정원이나 산책로에서만 걸었다면 어
떤 무슨 일이 생겼을까?"[9] 소로의 시대는 변함없는 자연 속을 걷고 싶은
마음이 역사를 초월하는 자발적 감정, 다시 말해 더 이상 우리가 만들어
낸 역사적으로 특수한 현상이 아니라 우리가 찾아낸 영원한 진리로 여겨
지는 시대였다. 오늘날에도 많은 사람들이 걷기 위해 들판과 숲으로 가
지만, 자연 속을 걷고 싶어 하는 마음은 상당 부분 우리가 300년에 걸쳐

는 저의 보행력이 가장 우수합니다. 필립 바델리 경도 예외가 아닙니다."라고 덧붙였습니

특정한 신념과 취향과 가치를 길러온 결과이다. 그에 앞서서 쾌감과 예술적 경험을 추구한 특권층은 정원이나 산책로에서만 걸었다. 자연 취향(소로의 시대에 이미 확고해진 취향이자 우리 시대에 크게 확장된 취향)은 특수한 역사(자연 그 자체를 문화의 일부로 만든 역사)를 갖고 있다. 왜 사람들이 특정 어젠다와 함께 특정한 자연 속을 걸어야겠다고 생각했는가를 이해하기 위해서는 일단 그 취향을 제작, 출시한 곳이 영국 정원이었음을 이해해야 한다.

우리는 저마다 자기네 문화의 토대가 자연스럽다고 생각하는 경향이 있지만, 모든 토대에는 그 토대를 놓은 사람들이 있고 그 토대가 생기게 된 기원이 있다. 토대란 생물학적 필연 같은 것이 아니라 모종의 제작물이라는 뜻이다. 12세기 문화 혁명이 낭만적 사랑을 제작해 문학적 주제로 제시했듯(이어서 세계를 경험하는 방식으로 제시했듯), 18세기 문화 혁명은 자연 취향을 제작, 출시했다. 그것이 없었더라면, 윌리엄 워즈워스와 도러시 워즈워스는 한겨울에 기나긴 길을 걷지도 않았을 것이고, 폭포를 보려고 긴 길을 더 길게 돌아가지도 않았을 것이다. 12세기 문화 혁명 이전에는 사랑의 감정을 느낀 사람이 없었다거나 18세기 문화 혁명 이전에는 폭포를 구경한 사람이 없었다는 뜻이 아니다. 다만 그 시기에는 더 많은 사람들에게 이런 성향을 심어주고 그것에 모종의 관습적 표현을 제공함으로써 이런 성향을 구원하고 고무하는(그리고 그것을 위해서 환경을 바꾸는) 모종의 문화 틀이 만들어진다는 뜻이다. 18세기 문화 혁명이 자연 취향과 보행 취향에 끼친 영향은 아무리 강조해도 지나치지 않다. 18세기 문화 혁명은 정신세계와 현실세계를 재구성하면서 무수한 여행자들을 외진 곳으로 떠나보내기도 하고 무수한 공원, 자연보호 구역, 여행 코스, 여행안내서, 여행자 모임이나 단체를 만들어내기도 했다. 아울러 여행과

다. 보행력이 우수하기로 유명한 필립 바델리 경은 우리의 주인공 클래런스에게 그렇다

관련해 18세기 이전과는 거의 비교할 수 없을 만큼 방대한 분량의 예술 작품과 문학작품이 쏟아져 나왔다.[10]

영향 관계가 분명한 경우도 있다. 그런 경우에는 영향의 기원을 추적하고 영향의 결과를 특정할 수 있다. 하지만 가장 큰 영향 관계는 마치 빗물처럼 문화의 풍경에 스며들어 일상의 의식을 양육한다. 그런 영향 관계는 잘 간파되지 않는다. 하지만 우리가 세상을 특정한 한 방식으로 보는 것은 그 방식이 자연스러운 것이거나 심지어 유일한 것이기 때문이 아니라, 바로 그러한 영향 관계 때문이다. 세상이 언제나 이런 것이었냐 하면 그렇지 않다. 셸리(Percy Bysshe Shelley)가 "시인은 세계의 공인되지 않은 입법자"라고 했을 때 염두에 두고 있었던 것이 바로 그런 영향 관계다. 낭만주의적 취향(자연 관상 취향, 인적 없는 곳을 선호하는 취향, 단순함과 자연을 이상으로 보는 취향, 한 장소를 걷는 것이 그 장소와 최고의 관계를 맺는 방법이자 단순과 순수와 고독을 원하는 마음의 표현이라고 생각하면서 걷는 취향)도 바로 그런 영향 관계 속에 있다. 다시 말해, 보행을 자연 발생적 행동, 곧 자연사의 일부로 보는 것도 가능하겠지만, 자연 속을 걸으면서 그 경험을 사색 경험, 영혼의 경험, 예술적 경험으로 간주하는 일은 어쨌든 특정한 문화적 계보를 갖는다. 다만 소로에게 이 계보는 이미 역사적 계보가 아닌 초역사적 진리가 되었다. 보행자들은 점점 멀리 걸어 나갔다. 보행의 역사가 변했다는 것은 보행 장소의 취향이 변했다는 의미이기도 하다.

워즈워스와 그의 동행들이 예술적 경험을 위해 걷는 전통의 개혁가가 아닌 창시자로 여겨지는 진짜 이유는 이전에 존재했던 보행이 너무 하찮았기 때문이다. 안전한 곳에서 잠깐씩 걷는 이전의 보행은 그저 건축이나 정원의 역사의 일부다. 이를테면 소설이나 일기나 편지에서 걷기에 대한 이야기가 없지는 않지만, 보행을 본격적으로 다룬 글은 전혀 없

면 판돈은 얼마라도 좋으니까 내기를 하자고 덤벼왔습니다. —마리아 에지워스, 『벌린다』

다. 보행의 역사는 이렇듯 보행의 공간을 만든 또 다른 역사 속에 감추어져 있다. 18세기 내내 보행의 공간은 점점 더 넓어졌고, 아울러 보행의 문화적 의미는 점점 더 커졌다. 또 보행의 역사는 취향에 근본적 변화가 일어난 역사를 반영하기도 한다. 격식에 맞는 것, 양식화된 것을 선호하는 취향이 격식 없는 것, 자연 그대로의 것을 선호하는 취향으로 바뀐 것이다. 그 변화의 기원은 나태한 귀족계급과 그들의 건축에 일어난 변화라는 하찮은 역사에 불과하지만, 그 변화의 결과로 그 시대에 가장 전복적이면서 가장 큰 즐거움을 주는 장소들과 관행들이 만들어지게 되었다. 이렇듯 보행 취향과 자연 취향이 트로이의 목마 같은 역할을 담당하면서, 많은 의미 있는 공간들이 민주화되기에 이르렀고, 20세기에는 귀족 영지들을 에워싸고 있던 장벽들이 그야말로 허물어지는 방향으로 나아갔다.

보행의 역사는 보행 장소의 역사이기도 하다. 16세기에 영주의 요새가 저택으로 바뀌기 시작하면서, 설계에는 종종 갤러리(복도가 아니지만 복도처럼 길고 좁은 방)가 포함되기 시작했다. 실내 운동을 위한 공간이었다. 마크 기로워드(Mark Girouard)가 쓴 시골 저택의 역사에 따르면 "16세기의 의사들은 매일 걷는 것이 건강에 좋다는 점을 강조했다. 밖에서 걸을 수 없는 굳은 날씨에도 갤러리 덕분에 걸을 수 있었다."[11] (후일 갤러리는 미술품을 전시하는 장소가 되었다. 걷는 곳이라는 점은 16세기 갤러리와 마찬가지지만, 걷는 것 자체를 목적으로 삼는 곳은 아니다.) 엘리자베스 여왕은 윈저 성에 테라스 보행로를 만들고 (바람이 심하지 않으면) 날마다 정찬 전에 한 시간씩 걸었다.[12] 정원 역시 걷기를 위해 이용되었으니 정원길을 걸으면서 이런저런 즐거움을 느끼기도 했겠지만, 어쨌든 그때까지만 해도 보행의 일차적 목적은 즐거움이 아니라 건강이었다. 자연 취향 또한 아직 많이 부

• 저녁에 혼자서 크로우파크를 따라서 호수까지 걸어 내려갔다. 사방이 엄숙한 밤의 색으

족했다. 1660년 10월 11일, 정찬 후 세인트 제임시즈 공원으로 걸으러 간 새뮤얼 피프스(Samuel Pepys)는 물푸개가 작동하는 모습만을 그날의 기록에 남겨두었다. 그로부터 2년 후인 1662년 5월 21일 일기에 따르면, 피프스 부부가 화이트홀 궁전 정원으로 걸으러 갔을 때 그의 관심을 끈 것은 프리비 정원에 널려 있던 왕의 첩이 입는 속옷이었다. 요컨대 그의 관심을 끈 것은 자연이 아니라 사회였다. 영국 회화와 시에서 자연이 중요한 소재가 되기 전이었다. 환경이 중요해지기 전까지 보행은 그저 몸의 움직임이었을 뿐 의미 있는 경험은 아니었다.

하지만 완전한 변화가 진행 중이었으니, 그것은 바로 정원이었다. 중세가 안전을 고려해야 하는 불안한 시대이기도 했기 때문에 중세 정원은 높은 담으로 둘러싸여 있었다. 중세 정원을 묘사한 그림을 보면, 사람들은 대개 편하게 앉아서 음악을 듣거나 이야기를 하고 있다.(사유지 정원이 여성의 육체를 은유하게 된 것은 성서의 「아가서」까지 거슬러 올라가고, 사유지 정원이 구애와 연애의 장소가 된 것은 적어도 궁정식 사랑의 전통이 시작된 때까지 거슬러 올라갈 수 있다). 중세 정원은 꽃과 향초와 과일나무와 분수와 악기를 갖추고 오감을 즐겁게 해주는 관능의 성소 같은 곳이었다. 중세는 귀족들도 몸을 써야 하는 일, 군사와 가사에서 놓여나지 못한 시대였으니, 정원에서까지 몸을 쓸 필요는 전혀 없었던 것 같다. 그 후 세상이 보다 안전해지고 귀족들이 사는 집이 요새에서 대저택으로 바뀌면서 유럽의 정원은 점점 넓어지기 시작했다. 넓어진 정원에서는 꽃과 과일나무가 사라지고 눈을 즐겁게 하는 것들이 생겨났다. 르네상스 정원은 앉을 수도 있고 걸을 수 있는 곳이었다. 그 후 바로크 정원은 엄청나게 넓어졌다. 노동할 필요가 없어진 사람들에게 보행이 운동이 되었듯, 이 엄청나게 넓은 정원은 보행자들을 위한 정신적, 육체적, 사교적 자극 이외에는 아무것도 산

로 물들어갔다. 마지막 햇살 한 줄기가 언덕들 너머로 사라졌고, 호숫가의 과꽃들은 고

출할 필요가 없어진 관상용 자연이 되었다.

바로크 정원은 주인의 재산과 권력이 한눈에 보이는 호사스러운 장소였지만, 추상성의 측면에서 근엄하다고도 할 수 있는 장소였다. 산 울타리를 비롯한 모든 나무들을 사각형과 원뿔형으로 다듬었고, 모든 크고 작은 길은 일직선으로 만들었다. 분수를 설치하거나 기하학적 형태의 연못을 파기도 했다. 플라톤적 질서의 승리라고 할까, 이상이 현실이라는 난잡한 질료를 제압했다고 할까. 건축의 기하와 비례를 생명 있는 것들에까지 확장하는 정원이었다. 하지만 바로크 정원에서도 비공식적, 사적 행동의 기회는 있었다. 실제로 귀족적 정원의 역사를 통틀어 정원의 가장 큰 기능 중 하나는 가사를 벗어난 사색과 사적 대화를 즐길 장소의 제공이었다. 예컨대 잉글랜드에서 윌리엄과 메리[영국을 공동으로 통치했던 윌리엄 3세와 메리 2세—옮긴이]는 1699년 햄프턴 코트 궁전에 궁전 벽까지 거의 2킬로미터 가까이 걸을 수 있는 정원들을 새로 만들었다. 보행로가 정원에서 점점 더 중요한 부분이 되었다는 사실로도 짐작할 수 있듯, 보행의 인기는 날로 높아졌다. 여기서 말하는 '보행로(walk, 일명 대화하는 길)'이란 두 사람이 나란히 걸을 수 있을 정도의 길을 의미했다. 잉글랜드의 여행 작가 실리아 파인스(Celia Fiennes)는 자기가 18세기 초에 가본 한 정원에 대한 기록을 남겼다. "뚫린 길들과 풀밭, 막힌 길들이 있다. 그 중에 정원을 종주하는 일명 '구부러진 길'은 잘 정돈된 풀밭의 능선을 타고 넘는데, 모퉁이가 들쭉날쭉하다. 담장도 그렇게 들쭉날쭉하기 때문에 길의 중간에서 길이 끝났다고 생각하게 되는 때가 몇 번 있다."[13] 그런 담장도 사라지는 추세였고, 담장 안의 정원과 밖의 자연경관을 구분하기는 점점 더 어려워졌다. 르네상스 시대 이탈리아 정원은 많은 경우 시골 마을을 내려다볼 수 있게 비탈에 세워져 세계와 연결되었지만, 프랑스 정원

적했고, 높은 언덕의 긴 그림자가 호수를 거의 다 건너와 과꽃 위로 드리웠다. 멀리서 여

이나 영국 정원은 그렇게 높은 곳에 세워지는 경우가 매우 드물었다. 시선이 뻗어 갈 수 있는 곳은 정원 담장까지, 담장에 구멍이 있을 경우에는 그 구멍 너머까지였다.

영국에서는 18세기 초반에 하하(ha-ha) 담장이 생기면서 담장이 없어졌다. 멀리서 잘 보이지 않도록 움푹한 도랑을 파서 만드는 하하 담장 덕분에 정원 밖을 내다보는 사람들은 시원한 전망을 얻을 수 있었다.(정원을 거닐던 사람들이 이 담장 앞에 와서 깜짝 놀라며 '하하!' 하고 웃었다고 해서 붙은 이름이다.) 눈이 가는 곳에 발도 따라가는 것은 그 후의 일이다. 잉글랜드 영지는 대개 사유지 공원(park), 정원, 저택으로 구성되는데, 각각의 공간은 점점 더 엄격하게 관리되었다. 원래 영주의 사냥터였던 사유지 공원은 줄곧 유한계급의 땅과 농사짓는 노동자들의 땅 사이의 완충지대로 기능했고, 종종 벌목용이나 방목용으로 사용되기도 했다. 정원은 저택을 둘러싼 공간으로서, 대부분 사유지 공원에 비해 훨씬 작았다. 잉글랜드 영지의 역사를 연구한 수전 라스던(Susan Lasdun)은 17세기에 사유지 공원과 정원에 생긴 직선 가로수 길을 언급한다. "이런 가로수 길은 보행자들에게 그늘을 드리워주었다. 찰스 2세가 유행시켜놓은 보행로가 당시에 사유지 공원의 필수 요소로 자리 잡아갔다. 야외 활동을 즐기는 것은 당시 이미 '영국적' 취향으로 간주되었던 듯하다. 시골 영지를 소유한 귀족들이 이렇게 사유지 공원 안에 보행로를 만들면서, 보행은 사냥이나 승마 못지않은 사유지 공원의 즐거움 중 하나가 되었다. 창문이나 테라스에서 보이는 정적인 전망을 개발하던 미학적 고려가 보행로를 걷는 사람의 동적인 시선으로 초점을 옮겨가면서, 보행로 그 자체가 점점 더 흥미로워졌다. […] 이렇게 걸어서 전체를 한 바퀴 둘러보는 것이 18세기에는 정원과 사유지 공원을 관상하는 가장 흔한 방법으로 자리 잡

러 폭포들의 속삭임이 들려왔다. 낮에는 들리지 않는 소리였다. 달이 뜨기를 바랐건만, 나

게 된다. 안전하게 걸을 만한 곳은 요새 안의 테라스뿐이던 시대(매력적인 걸음걸이(allure)의 시대)는 이미 지나간 후였다."[14]

잘 손질한 산울타리, 기하학적 형태로 판 연못, 줄 맞추어 심은 나무들로 이루어진 양식화된 정원은 자연이란 혼돈이라는 것, 그리고 인간이 이 혼돈에 질서를 부여해야 한다는 것을 시사했다.(단, 르네상스 시기 이탈리아 풍경화가 자연을 그리기 시작한 것을 보면, 자연 그 자체는 아직 인기가 없었더라도 자연을 그린 풍경화는 이미 인기가 있었다.) 잉글랜드에서는 18세기 내내 정원이 점점 더 격식을 벗어나게 된다. 이 자연주의적 조경 개념(후일 영국 정원(jardin anglais)으로 명명되는 개념)은 실제로 잉글랜드가 서구 문화에 크게 기여한 부분 중 하나다. 정원과 주변 환경을 가르는 가시적 담장이 사라지면서 정원 설계에서도 안팎 구분이 불분명해졌다. 섀프츠베리 백작 앤서니 애슐리 쿠퍼(Anthony Ashley Cooper, earl of Shaftesbury)가 정원 밖을 동경했던 것은 1709년의 일이다. "오, 훌륭한 자연이여! 지극히 아름답고, 지극히 선하구나! [……] 자연적 대상들을 향한 나의 점점 더해가는 열정을 나는 이제 더 이상 억누를 수 없을 것만 같다. 인간의 기예나 장치나 광상(狂想)이 참된 질서라는 원초적 상태를 망쳐놓는 일을, 그런 대상들에서는 찾아볼 수 없지 않겠는가. 거친 바위, 이끼로 뒤덮인 암굴, 볼품없는 토굴, 끊어지는 폭포는 야생 그 자체의 모든, 두려울 정도로 아름다운 속성(미의 세 여신의 작품이라 할 만한)을 담고 있어, 자연을 더 많이 보여주기에 그만큼 더 매력적이고, 고관의 정원에 만들어진 양식화된 흉내와는 비교할 수 없는 장관일 것이다."[15] 고관의 정원이 야생의 자연에 항복하게 되는 것은 그로부터 수십 년 후였으니, 수사가 먼저, 관행은 나중이었다. 하지만 본성(nature)이 본래 선하다는 섀프츠베리의 낙관은 정원에서 자연(nature)을 즐기고 더하고 만들 수 있다는 낙관과 이미 연결되어

에게는 어둠으로 보일 뿐이었고, 그저 고요뿐이었다. 그믐이 막 지난 때라서였다.―토머

있었다.

　"고상한 취향의 소유자들에게 시와 회화, 원예(조경학)는 영원히 미의 세 여신(Three Sisters, 그라티아이), 자연을 손질하고 장식하는 새로운 여신들로 여겨질 것이다." 동료들에게 낭만적 취향을 심어주기 위해 무진 애를 썼던 유복한 예술 애호가 호러스 월폴(Horace Walpole)의 명언이다.[16] 이 명언에 깔린 전제 중 하나는 원예가 예술이라는 것, 보다 전통적으로 예술로 인정받아온 시인들과 화가들의 일에 못지않다는 것이었다. 사실 이 시기는 정원 설계의 황금기(바꾸어 말하면 정원과 시와 회화가 자연 취향을 만들어낸 시기)였다. 월폴의 명언에 깔린 또 하나의 전제는 최소한 정원에서는 자연이 손질과 장식을 필요로 한다는 것이었다. 회화는 자연을 손질하고 장식하는 방법 몇 가지를 가르쳐주었다. 실제로 영국 조경 정원이 출연하는 데 영향을 미친 요인 중 하나가 17세기에 클로드 로랭(Claude Lorrain), 니콜라 푸생(Nicolas Poussin), 살바토르 로사(Salvator Rosa)가 그린 이탈리아의 자연이었다. 세 사람의 그림에는 먼 지평선까지 이어지는 낮은 산들, 거리감을 표현하는 솜털 같은 나무들, 고요한 물줄기, 고대 로마의 건축과 폐허가 있다.(그리고 세 사람 중 고딕적 특징이 가장 강한 로사의 그림에는 절벽과 급류와 산적이 있다.) 영국 정원에 기둥 있는 신전과 팔라디오풍 교각이 추가되면서 바로 이런 그림들에 나오는 이탈리아 캄파냐와 비슷한 풍경이 펼쳐졌다. 잉글랜드가 로마의 미와 덕을 계승한다는 암시였다. "모든 원예는 풍경화"라는 것이 알렉산더 포프(Alexander Pope)의 명언이었다. 한때 사람들이 그림에서 자연 감상법을 배웠다면, 이제 사람들은 정원에서 자연 감상법을 배우고 있었다.

　수십 년에 걸쳐 정원 안에 폐허, 신전, 교각, 오벨리스크 등의 여러 건축 요소들이 섞여들었지만, 정원의 주제는 점점 더 자연 그 자체로 수

렴되어갔다. 다만 여기서 말하는 자연이란 대단히 특수한 자연, 곧 식물과 연못과 빈터로 이루어진 시각적 스펙터클로서의 자연(고요하게 바라보아야 하는 고요한 자연)이었다. 정원 역사가 존 딕슨 헌트(John Dixon Hunt)에 따르면, 양식화된 정원이나 회화를 볼 때는 단 하나의 이상적 시점이 존재하는 반면, 영국 자연 정원은 "탐험을 필요로 한다. 두 발로 걸어 다니면서 놀라운 장소들, 예상치 못했던 숨은 장소들을 발견해야 한다."[17] 계급과 자연의 관계에 대한 역사를 연구한 캐럴린 버밍햄(Carolyn Bermingham)도 비슷한 이야기를 한다. "양식화된 프랑스 정원은 저택에서 내다보는 하나의 주축 시점을 염두에 두었던 반면에, 영국 정원이 염두에 둔 것은 정원 속을 걸으면서 경험하게 되는 일련의 사선 시점들이었다."[18] 시대착오적 표현을 쓰자면, 정원은 점점 회화와 멀어지면서 영화와 가까워졌다. 이제 설계의 목적은 걸으면서 경험하는 정원, 곧 한 장의 고정된 그림이 아니라 계속 디졸브되는 일련의 화면들이었다. 이렇듯 정원 설계가 실용적 측면뿐 아니라 예술적 측면에서도 보행자를 염두에 두면서, 걷는 즐거움과 보는 즐거움이 이제 한데 결합되기 시작했다.

이 외에도 정원의 자연화(naturalization)를 심화한 요인들이 있다. 그중 가장 중요한 요인은 조경 정원과 잉글랜드의 자유를 동일시하는 경향이었던 것 같다. 잉글랜드 귀족들의 자연 취향은, 어떤 의미에서 프랑스의 사회질서는 인위적인 반면, 잉글랜드의 사회질서는 자연스럽다는 모종의 정치적 입장이었다. 버밍햄이 탁월하게 지적한 것처럼, 시골생활을 즐기는 것, 자연을 초상화의 배경으로 삼는 것, 자연 정원을 만드는 것, 자연 취향을 기르는 것 등등의 배후에는 정치적 맥락이 있었다. 정원의 자연화를 심화한 또 다른 요인은 중국 정원에 대한 소문들이었다. 중국 정원은 사람이 지나가는 길과 물이 지나가는 길이 모두 부드러운 곡

랑을 나눈 다음 날, 메리 울스턴크래프트는 걱정과 자기불신 속에 뒷걸음질 쳤다. "어제

선으로 되어 있어 자연의 복잡 미묘함을 죽이기보다는 살리는 정원이었
다. 초기에 중국 정원을 모방한 중국풍 정원이나 야생의 자연을 모방한
조경 정원이 실물을 제대로 모방했던 것은 아니었다. 하지만 실물을 닮
아야겠다는 분명한 의도를 지녔고, 실제로 점점 더 실물과 비슷해져갔
다. 이 변화된 취향은 결국 엄청난 자신감의 표현이었다. 정원을 양식화
하고 울타리를 세운다는 것, 요새를 짓는다는 것은 위험한 세상에서 내
안전과 내 취향의 안전을 지킬 필요가 있다는 뜻이다. 담장 없는 정원은
자연 안에 모종의 질서가 내재해 있음을 의미한다. 그리고 담장 없는 정
원을 즐기는 사회는 '자연적' 사회라는 것이다. 폐허, 산맥, 급류 등이 지
형을 선호하는 취향, 공포와 슬픔 등의 감정을 불러일으키는 상황을 선
호하는 취향, 그런 지형들과 감정들을 다룬 예술작품을 선호하는 취향
이 발전했다는 것은 잉글랜드 특권층의 삶이 지극히 쾌적해지면서 한때
사람들이 애써 피하고자 했던 위험한 지형과 감정을 이제 오락으로 다시
찾게 되었다는 뜻이기도 하다. 사적 경험, 격식 없는 예술은 다른 영역, 특
히 당시에 발전한 소설에서도 꽃피고 있었다.

　　이 변화의 모범 사례라고 할 수 있는 것이 버킹엄셔의 스토 정원이
다. 영국 정원이 18세기에 거쳐간 거의 모든 단계들을 거친 이 정원은 이
제 18세기 원예학 사전의 역할을 하고 있다. 예컨대 여러 개의 사원, 인공
동굴, 은둔처, 인공 호숫가의 교각들을 보여주기도 하고, 잉글랜드 최초
의 중국 양식과 네오고딕 건축을 보여주기도 한다. 스토 저택의 소유주
카범 자작(Viscount Cobham)이 한 일은 1680년에 만들어진 양식화된 '거
실 정원(parlour garden)'을 역시나 양식화된 훨씬 넓은 정원으로 바꾼 것
이었다. 그리고 18세기 내내 고치기와 지우기 작업을 이어나갔다. 앞 장
에서 언급한 영국 위인들의 신전, 옛 미덕의 신전, 새 미덕의 신전과 함께

일어났던 일은 당신의 상상력이라는 열병이었다고 생각해주세요. [⋯⋯] 나는 다시 '고독

'엘리시움 평야'가 먼저 좀 더 부드러운 곡선으로 꾸며졌고, 나중에는 정
원의 나머지 부분도 같은 방향으로 바뀌었다. 일직선이었던 보행로가 구
불구불한 곡선이 되면서 보행은 양식화된 산책(promenade)에서 배회로
바뀌었다. 크리스토퍼 허시(Christopher Hussey)는 스토 저택(휘그당의 정치
적 수도)이 정치를 정원 건축으로 옮겨놓았다고 말한다. "양식화된 설계
가 느슨해지면서, 정원의 자연이 그 시대의 인본주의와 한편이 되었고,
절도 있는 자유에 대한 신념과 한편이 되었고, 자연스러운 것들에 대한
존중과 한편이 되었다. 또한 사람 한 명이든 나무 한 그루든 개체에 대한
믿음과 한편이 되었으며, 정치가의 독재든 원예가의 독재든 독재에 대한
혐오와 한편이 되었다."[19] 그 시대의 훌륭한 조경 건축가 대부분이 이 정
원에서 일했고, 수많은 훌륭한 시인들과 작가들이 이 저택을 방문했다.
스토 정원은 한 번 고쳐질 때마다 수십 에이커씩 주변 토지를 합병하면
서 계속 확장되었다. 어느 정원 역사가가 요약하듯 "30년 사이에 그의 취
향은 계단식 잔디밭, 조각상, 직선로의 규칙적 배치를 선호하는 취향에
서 [……] 삼차원의 풍경화로, 이상적 자연을 창조하고 싶어 하는 취향으
로 바뀌었다."[20]

　　스토 정원은 수많은 시와 회화와 일기에서 찬사의 대상이 되면서,
작품의 소재인 동시에 작가의 휴식처로서 그 시대의 문화적 소요에서 중
심지 역할을 했다. 1734년과 1735년을 거의 이곳 손님으로 지낸 제임스
톰슨(James Thomson)은 『사계절(The Seasons)』이라는 장시 중 「가을」 편에서
이곳을 기리기도 한다. "오, 길게 뻗은 길이 있는 그곳으로 / 스토의 아름
답고 웅장한 낙원으로 나를 인도하라 [……] 그곳에서 나는 걷노라 마법
에 걸린 길을 / 그 질서정연한 자연을."[21] 자연 속에 펼쳐지는 계절의 변
화와 그 밖에 자잘한 드라마를 무운시형으로 묘사하면서 엄청난 성공

한 산책자'가 되렵니다."—E. P. 톰슨　　　　　• 나는 골짜기를 따라 거

을 거둔 이 시는 독자에게 자연 취향을 주입하는 데 그 어떤 문학작품보다 많은 일을 했다. 19세기에 윌리엄 터너(Joseph Mallord William Turner)는 이 시의 상당량을 자기 그림들의 부록으로 썼다. 역시 스토 정원의 훌륭함을 기록으로 남긴 작가 중 하나인 포프는 1730년대에 스토 저택에서 보내는 하루가 어떠한지를 한 편지에서 이렇게 묘사한다. "저마다 다른 길로 접어들어서 모두가 모이는 정오까지 정처 없이 거닙니다."[22] 월폴이 스토 저택을 방문해 카범 상속자를 만난 1770년에는 정원이 더 커져 있었다. 월폴 일행은 조찬을 마치고서 만찬을 위해 "옷을 갈아입으러 가야 할 때까지" 정원을 거닐거나 "마차로 둘러보면서" 시간을 보냈다.[23] 정원을 걸어서 돌아보는 데는 꼬박 하루가 걸렸다. 정원과 정원 밖 시골 마을을 가르는 경계는 하하 담장뿐이었다.

같은 해에 고딕 건축가 샌더슨 밀러(Sanderson Miller)와 함께 그곳을 거닌 사람들 중에는 랜실롯 브라운(Lancelot Brown)도 있었다. 이 '케이퍼빌러티(Capability)' 브라운[랜실롯 브라운의 별칭―옮긴이]은 정원 건축가로서 물과 나무와 풀을 아무 장식 없이 넓게 펼치는 설계로 정원 설계의 혁명을 완성하게 될 인물이었다. 스토 정원에서 브라운의 작품은 정원 전체에서 가장 광활하고 평평한 '그리스 계곡'이다.(원래 있는 계곡처럼 보이지만, 실은 일꾼들이 수작업으로 파낸 지형이다. 조경 일꾼들이 조경 정원을 어떻게 생각했는지에 관한 기록은 남아 있지 않다.) 브라운풍 정원이 조각과 건축을 거의 없앴다는 것은 인간의 역사와 정치를 기념하지 않겠다는 뜻이었다. 한때 배경이었던 자연이 이제 주인공이 되었다. 이런 정원을 걷는 사람은 미덕이니 베르길리우스니 하는 이미 만들어져 있는 성찰로 끌려가는 대신, 정처 없는 길 위에서 마음껏 자기 혼자만의 생각에 빠질 수 있다. 물론 그 생각이란 수많은 문헌의 가르침대로 자연(nature)에 대한, 아니 대자연

닐면서 다음 날 하루를 보냈다. 아베롱 강 수원 쪽에 가보기도 했다. 산 정상에서 천천

(Nature)에 대한 생각이었을 테지만. 권위자가 만든 공간, 공개된 공간, 본질적 의미에서 건축 공간이었던 정원이 바야흐로 남몰래 혼자서 거니는 자연 공간으로 바뀌고 있었다.

모두가 브라운이 구현한 유형의 조경 정원을 기꺼이 받아들이지는 않았다. 영국 왕립 미술원장 조슈아 레이놀즈 경(Sir Joshua Reynolds)도 거부를 표한 사람 중 하나였다. "원예를 예술(Art)이라는 이름으로 명명한다면, 원예는 자연으로부터의 이탈이다. 많은 사람들이 주장하듯 고상한 취향이 예술의 모든 자국, 인간의 모든 발자국을 추방하는 것이라 한다면, 그런 정원은 더 이상 정원이 아닐 것이다."[24] 레이놀즈는 중요한 사실 한 가지를 포착했다. 그것은 정원과 정원 주변의 자연을 구분하는 것이 점점 어려워지면서 정원 자체가 불필요해졌다는 사실이다. 예컨대, 월폴은 정원 건축가 윌리엄 켄트(William Kent)가 "담장을 뛰어 넘어가서 자연 전체가 정원임을 알아본" 사람이었다고 평했다.[25] 만약 정원이 정처 없이 거닐면서 시각적 쾌감을 얻는 공간일 뿐이라면, 굳이 만들 필요 없이 정원을 찾아내는 것만으로 충분하며, 정원을 거니는 전통을 관광 여행으로 확장하는 일도 가능했다. 도보 여행자는 인간의 작품보다 자연의 작품을 구경하는 편을 선호했다. 이렇듯 자연을 예술작품처럼 관상하게 되는 것은 모종의 결정적 혁명을 완성한 사건이었다. 새프츠베리의 표현을 빌리면, 고관의 정원이 야생의 자연에 마침내 무릎을 꿇은 것이었다. 그렇게 인간과 무관한 세계가 예술적 감상에 적합한 주제로 자리 잡았다.

한때 견고한 요새의 일부로 설계되었던 귀족계급의 정원이 바깥세상과의 경계를 서서히 없애나갔다. 정원이 세상 속으로 녹아들어갔다는 것에서 알 수 있듯, 그 무렵 잉글랜드는 과거에 비하면 많이 안전해진 곳

히 내려오면서 골짜기의 물줄기를 가로막는 빙하 탓에 강은 지금 수위가 오르는 중이다.

이었다.(서유럽의 여러 지역들도 잉글랜드만큼은 아니었지만 마찬가지로 안전해졌
고, 영국 정원의 유행도 곧 시작되었다). 잉글랜드에서 길이 좋아지고 노상 범
죄가 줄어들고 여행 경비가 저렴해지는 '교통 혁명'이 일어난 것은 대략
1770년 이후였다. 여행의 성격 그 자체를 바꾸어놓은 변화였다. 18세기
중엽 이전의 여행기들에는 중요한 종교적, 문화적 랜드마크 사이의 길에
대한 이야기가 거의 없다. 그런데 18세기 중엽 이후에는 완전히 새로운
방식의 여행이 생겨났다. 성지순례나 실용적 여정에서 가는 길은 고생스
러움일 뿐이었다. 그런데 그 길이 감상의 대상이 되면서 여행 그 자체가
모종의 목적이 되었다. 정원 산책의 연장이 되었다고 할까. 여행길의 경
험 그 자체가 목적지로의 도착을 대신해서 여행의 목적이 될 수 있었다.
더군다나 자연 전체가 목적지였으니, 이렇게 감상이 가능한 세상, 정원
같기도 하고 그림 같기도 한 세상에서는 출발이 곧 도착이었다. 보행이
취미가 된 지는 오래였지만, 여행이 취미의 대열에 합류한 것은 그 무렵
이었다. 걷는 여행 그 자체가 자연을 감상하는 여행의 즐거움 가운데 하
나로 확산되고 느린 여행 자체가 미덕으로 자리 잡는 것은 이제 시간문
제였다. 가난한 시인이 여동생과 함께 눈의 즐거움과 두 다리의 즐거움을
위해 설원 크로스컨트리를 감행할 시점이 가까워지고 있었다.

　　나중에 워즈워스는 레이크 지방의 여행안내서 집필에 나서기도 했
다. 내가 지금까지 정리한 역사가 1810년에 나온 이 책자에 한마디로 요
약되어 있다. "기껏해야 60년 전에 영국에서 장식 원예라는 조경술이 대
세가 되기 시작했다. 빼어난 자연을 감상하는 취미는 이 조경술에 대한
찬탄에 호응하여 생겨나기도 했고, 이에 대한 적대에 호응하여 생겨나기
도 했다. 그 전까지 도심이나 공장이나 광산 같은 것을 둘러보는 데 그쳤
던 여행자들은 이제 대자연의 숭고한 형식이나 아름다운 형식을 대표하

[……] 그 숭고하고 웅장한 광경들이 위로가 되었다. 그때 나의 상태에서 느낄 수 있었던

는 [……] 외진 장소들을 찾아 섬 전체를 배회하기 시작했다. 그 전까지는 없던 일이었다.[26]

자연관광의 시작

도보 여행 내내 냉대받는 기분을 느꼈던 독일인 여행자 모리츠는 사실 노상에서 무수한 보행자들을 만났다. 그들에 대해서 신경 쓰지 않기는 오늘날 그의 글을 읽는 독자들도 마찬가지다. 예컨대 많은 사람들이 그리니치에서 런던까지 걸어가는 것을 보았으면서도 모리츠는 그들에 대해 별다른 기록을 남기지 않았다. 하지만 런던의 세인트 제임시즈 공원에서 걷는 사람들에 대해서는 기록을 남겼다. "이 공원의 별 볼일 없음을 크게 상쇄해주는 것은 엄청나게 많은 사람들이다. 저녁이 가까워질 무렵 날씨가 좋으면 사람들이 모여든다. 우리 나라에서는 한여름의 가장 멋진 보행로라고 해도 사람들이 이 정도로 모여들지는 않는다. 이렇게 모여든 사람들은 대부분 잘 차려입었고 잘생겼다. 그런 사람들과 자유롭게 한데 섞이는 짜릿한 기쁨을 나는 오늘 저녁 처음으로 경험했다."[27] 사실 이 글에서 모리츠는 영국이 독일에 비해 보행, 특히 공공장소에서의 보행을 더 품위 있는 취미로 간주한다는 걸 말하고 있다.(물론 모리츠는 영국이 도보 여행을 품위 있는 취미로 보지 않는다고 지적했지만, 도보 여행자를 하층계급으로 보는 시선에 대한 모리츠의 분개는 모리츠 자신이 속물이라는 증거이기도 하다). 모리츠는 런던에 머무는 동안에 래닐러 가든과 복스홀 가든을 찾아가보기도 했다. 시골 장터나 현대 유원지의 사촌격인 이 대중 명소에는 정원 분위기에 어울리는 음악과 구경거리, 산책, 음료가 있었다. 소지주계급과 중

최대한의 위로였다. 나는 그 모든 하찮은 느낌들 너머로 고양되었다. 슬픔이 아주 없어지

류계급이 저녁 시간을 즐기기 위해 모여드는 곳이었다. 현대 라틴아메리카의 광장이나 카니발 장소나 상점가를 거니는 사람들과 마찬가지로, 그들이 이곳을 거니는 이유는 정원을 구경하면서 동시에 다른 사람들을 구경하기 위해서였다. 오케스트라와 팬터마임, 간이식당, 기타 오락거리가 추가되는 경우도 많았다. 사유지 정원이나 공원에서 한적하게 걷는 것이 보행 문화의 한 부분이었다면, 공공장소를 거니는 이른바 사교 산책은 보행 문화의 번성이 낳은 또 하나의 산물이었다. 올리버 골드스미스(Oliver Goldsmith)는 한 중국인 여행자의 시선으로 복스홀 가든을 묘사했다. "런던 사람들의 보행 취미는 우리 베이징 사람들의 승마 취미에 뒤지지 않는다. 그들이 여름에 가장 즐기는 취미 중 하나는 해 질 무렵 도심에서 멀지 않은 정원으로 발길을 옮기는 것이다. 그들이 거기서 하는 일은 이리저리 거니는 것, 가장 좋은 옷과 얼굴 표정을 보여주는 것, 그리고 때마다 바뀌는 공연에 귀를 기울이는 것이다."[28]

　　모리츠의 여행에서 또 하나 중요한 대목은 북부 잉글랜드 더비셔의 피크 지방(레이크 지방에서 그리 멀지 않은 곳)에서 유명한 동굴을 찾아가는 것이다. 그 동굴에 이미 유료 관광 가이드가 있었다는 점이 특히 의미심장하다. 피크 지방, 레이크 지방, 웨일스, 스코틀랜드에서 자연 관광업이 생겨날 무렵이었다. 영국 조경 정원의 발전 이면에 자연을 묘사하는 시와 편지가 있다면, 자연 관광업의 발전 이면에는 여행안내서가 있다. 오늘날의 여행안내서나 여행기와 마찬가지로, 어디 가서 무엇을 보아야 하는지를 알려주는 책이었다. 그중에는 **어떻게** 보아야 하는가를 알려주는 책들도 있다. 대표적인 예가 윌리엄 길핀(William Gilpin)이라는 성직자의 책이다. 자연 감상을 좋아한다는 것은 세련된 취향의 소유자라는 표시였고, 세련된 취향을 원하는 사람은 자연 감상법을 배우고자 했다. 길

지는 않았지만, 슬픔의 기세가 꺾이면서 마음이 진정되었다.─메리 셸리, 『프랑켄슈타인』

핀이 당대 독자들에게 대단한 영향력을 발휘했던 것은, 다음 세대 작가들이 포크의 종류별 사용법과 정찬 손님으로 갔을 때의 인사법 따위를 가르쳐줌으로써 큰 영향력을 발휘했던 것과 같은 맥락이 아닐까. 그도 그럴 것이, 길핀이 활동한 시대는 자연 취향이라는 귀족계급의 전유물이 중류계급에 공유되기 시작하는 시대였다. 자연 정원은 그저 극소수의 사람들이 조성, 사용할 수 있는 호화 시설이었지만, 영원한 자연은 모두에게 공짜였다. 길이 덜 위험해지고 덜 험난해지면서 여행 경비는 더 저렴해졌고, 여행 자체를 취미로 즐길 수 있는 중간계급 사람들은 점점 늘어났다. 자연 취향은 배워야 하는 그 무엇이었고, 길핀은 많은 사람들의 스승이었다.

"메리앤은 늙고 뒤틀린 나무의 감상법을 알려주는 책이라고 하면 모조리 사려고 할 걸요." 제인 오스틴(Jane Austen)의 소설 『이성과 감성』에서 낭만적 인물 메리앤에 대한 에드워드의 논평이다.[29] 비평가 존 배럴(John Barrell)에 따르면, "18세기 후반의 잉글랜드에서는 자연경관을 바라보는 일 자체가 (그림이나 글 등등을 통해 자연경관을 표현하는 일과는 별도로) 교양을 기르는 중요한 방법이자 예술을 하는 일이었다고 해도 과언이 아니다. 자연경관 앞에서 올바른 취향을 보여주는 일은 노래의 기량, 또는 정중한 편지를 쓰는 기량 못지않게 사교에서 높은 점수를 받는 기량이었다. 18세기 후반의 숱한 소설들은 여주인공에게 이 취향을 현란한 솜씨로 과시할 기회를 주고 있다. 어떤 소설가들은 한 등장인물이 자연경관을 선호하는 취향이 있느냐, 있다면 구체적으로 어떤 자연경관을 선호하느냐가 그 등장인물의 성격에 대한 타당한 암시가 된다고 여겼다."[30] 메리앤 대시우드는 늙고 뒤틀린 나무를 선호하는 취향을 통해 자기가 낭만주의자임을 역설하면서도 자기의 취향이 한창 유행하는 취향과 똑같음

• 그것에 공감을 못하는 사람은 여름날 힘든 도보 여행을 끝내고 샘의 시원함에 기운을

을 변명한다. "자연 앞에서 우러나오는 감탄의 말이 그저 유행어가 되었다는 말은 [……] 물론 맞는 말이에요. 그림 같은 아름다움이 무엇인지를 최초로 정의한 그분은 훌륭한 취향과 기품의 소유자였건만, 지금은 모두가 자기도 그분과 똑같은 심정이라고 자처하면서 그분의 감탄을 흉내 내니까요."[31] 메리앤이 언급하는 그분이 바로 '그림 같다(picturesque, 그림과 비슷하거나 그림에 비유될 수 있는 모든 장면이라는 뜻에서 멋있고 거칠고 험하고 울퉁불퉁한 자연이라는 뜻으로 바뀐 단어)'는 용어를 일상어로 만든 길핀이다.

실제로 길핀이 사람들에게 가르쳐준 것은 자연을 그림처럼 감상하는 방법이었다. 요새 그의 책을 읽어보면, 자연 감상이라는 새로운 놀이가 얼마나 흥미진진했고 얼마나 배움을 필요로 했는지를 알 수 있다. 길핀은 독자들에게 무엇을 보아야 하는지, 머릿속에 어떤 구도를 그려야 하는지 등에 대한 지침을 마련해준다. 다음이 그 예다. "스코틀랜드 풍경에 결여, 특히 삼림의 결여만 없다면 이탈리아 풍경에 견주어도 손색이 없을 것이다. 윤곽선은 완벽하게 웅장하다. 우리에게 부족한 것은 약간의 끝손질뿐이다."[32] 다시 말해 스코틀랜드 풍경을 예술과 비교하거나 일찍이 예술로 자리 잡은 이탈리아 풍경과 비교하면, 스코틀랜드라는 새로운 예술의 주제를 이해할 수 있으리라는 뜻이다. 길핀은 웨일스와 스코틀랜드뿐 아니라 레이크 지방을 비롯한 잉글랜드 곳곳의 여행안내서를 집필하면서 가볼 만한 명소들을 소개해주기도 했다. 다른 작가들도 이 대열에 합류했다. 리처드 나이트(Richard Payne Knight)가 1794년에 쓴 『풍경: 세 권짜리 교훈시(The Landscape: A Didactic Poem in Three Books)』는 끔찍하지만 큰 영향을 끼친 책이었다. "화가의 솜씨를 실제로 구성하는 성분들을 / 진짜 자연에서 찾아내는 법을 배워보자."[33]

그림 같은 풍경의 강조나, 자연 관광의 등장은 자연 취향의 탄생과

얻어본 적이 없는 사람이 아니겠는가. [……] 슬픔의 무게가 승리함으로써 내 고통의 눈물

마찬가지로, 오늘날의 독자들에게는 특별할 것 없는 일 같지만, 이것들은 모두 18세기의 산물이다. 시인 토머스 그레이(Thomas Gray)는 1769년에 레이크 지방을 여행한 것으로 유명한데, 그로부터 2년 전에 처음으로 관광객이 이 지역의 자연을 감상하는 기록을 남겼다.[34] 그레이 역시 이 지역의 자연 감상 기록을 남겼다. 18세기 말에 관광지로 자리 잡은 레이크 지방이 여전히 관광지로 남아 있는 것은 실제로 길핀과 워즈워스와 나폴레옹 덕분이다. 예전이었으면 해외로 나갔을 영국 여행자들이 프랑스혁명과 나폴레옹전쟁의 혼란 탓에 자국 관광을 시작한 것이다. 관광지까지의 이동 수단은 처음에는 마차였고 나중에는 기차였다.(더 나중에는 자동차와 비행기였다.) 여행안내서를 읽고, 자연을 둘러보고, 기념품을 사는 패턴이었다. 관광지에서의 이동 수단은 보행이었다. 처음에 보행은 최고의 전망을 찾기 위한 부수적 이동 수단이었던 것 같다. 하지만 세기가 바뀔 무렵에는 보행 중심의 관광 상품이 생겨났고, 도보 여행이니 등산이니 하는 것도 생겨나기 시작했다.

숙녀와 크로스컨트리

제인 오스틴의 소설들은 나폴레옹전쟁을 무시한 것으로 유명하지만, 사실 오스틴은 시사적인 주제를 날카롭게 다룬 작가였다. 예컨대 『노생거 수도원』에서는 무시무시하고 비현실적인 스릴을 선호하는 당대 고딕소설 취향을 조롱했고, 『이성과 감성』에서는 사랑과 자연에 대한 메리앤 대시우드의 낭만적 관점을 그에 못지않게 신랄하게 조롱했다. 하지만 나이를 먹으면서 자연경관 숭배를 상당 부분 받아들였던 것 같다. 예컨대 오

로 로테의 손을 적시는 보잘것없는 위안을 허락받는 때가 없는 것은 아니지만, 로테가 그

스틴의 후기 소설 『맨스필드 파크』에는 여주인공의 자연의 아름다움에
대한 감수성과 도덕적 훌륭함을 동일시하는 대목이 한 번 이상 나온다.
시골 마을 점잖은 집안의 젊은 여자들이 주로 등장하는 오스틴의 소설
들은 18세기 말과 19세기 초에 보행이 어떠한 기능을 했는가를 알려주
는 훌륭한 카탈로그이기도 하다. 그런 의미에서 최고작은 『오만과 편견』
이다. 엘리자베스 베넷이 걸어간 길들을 둘러보는 일은 윌리엄 워즈워스
와 도러시 워즈워스가 1799년 12월에 그래스미어를 향해서 출발할 당시
의 상황을 검토하는 일의 완성이다.(『오만과 편견』이 출판된 것은 1813년이지만
초고가 집필된 것은 1799년이다.) 오스틴은 워즈워스 남매의 동년배로서 워
즈워스 님매가 뒤에 두고 떠난 무료한 세상을 엿보게 해준다.

　　『오만과 편견』의 어디를 보나 걷는 이야기가 나온다. 여주인공은
걸을 수 없는 상황만 아니면 온갖 곳에서 걷는다. 이 책에서는 결정적 만
남이 성사되거나 결정적 대화가 오가는 순간이 두 등장인물이 함께 걷
는 동안일 때가 많다. 이를 통해서도 짐작할 수 있듯, 점잖은 사람들(오스
틴의 등장인물들과 같은 부류의 사람들)에게 걷는 일은 일상의 근간이었다. 잉
글랜드에서 18세기 내내, 그리고 19세기 이후까지 보행은 특히 여자들
에게 중요한 일상이었다. 도러시 워즈워스가 1792년에 쓴 편지에 따르면
"그들은 시골 숙녀이기에, 보행이라는 시골 숙녀의 취미생활을 즐기는
것은 당연한 일이었습니다."[35] 보행은 여자들이 할 수 있는 일이었다. 남
자들이 쓴 글을 보면, 정원을 설계하고 감상하는 내용이 많지만, 실제로
정원을 걷는 사람들이 등장하는 글은 대개 여자들이 쓴 편지나 소설이
다. 아마도 여성들이 일상을 더 세밀하게 다루기 때문이기도 하고, 잉글
랜드 여자들(특히 귀부인들)이 걷는 것 말고는 할 수 있는 일이 별로 없었기
때문이기도 하다. 『오만과 편견』의 여주인공 엘리자베스 베넷이 자신의

것을 허락하지 않을 때면 나는 가야 한다. 그리고 길을 나서야 한다. 그렇게 먼 곳을 배회

사회적 기능을 수행하는 시간 사이사이에 한 일은 다량의 독서, 편지 쓰기, 약간의 바느질, 그런대로 들어줄 만한 피아노 연주, 그리고 걷기였다.

소설이 시작되고 얼마 후, 제인 베넷이 말을 타고 구혼자 빙리 씨의 저택이 있는 네더필드로 가면서 감기에 걸린다. 동생 엘리자베스는 언니를 간호하기 위해 네더필드까지 걸어간다. 걸어가는 것이 선택이 아닌 필수였기도 있지만(엘리자베스는 "말 타는 여자"가 아니고, 마차를 타고 가려면 두 마리의 말이 필요한데 남은 말은 한 마리뿐이다.) 용감한 활기가 매력적인 여주인공답게 걷기를 너무 좋아하기 때문이기도 하다. "걸어가면 되잖아요. 가야 한다면 멀든 가깝든 상관없어요. 겨우 3마일인 걸요." 그 거리를 걷는다는 것은 그녀의 비인습적인 성격을 보여주는 첫 번째 신호다. 그녀는 그 거리를 걸어감으로써 자기 계급 여자들이 지켜야 할 예법을 위반한다.(다만 도로시 워즈워스가 친척 아주머니에게 너무 많이 걸어 다닌다고 비난을 샀을 때 걸었던 거리는 훨씬 더 길었다.) 빙리의 저택에 모여 있는 인물들은 그 일에 대해서 할 말이 많다. 그 일이 예법의 위반인 이유는 사유지가 아닌 곳을 혼자 걸어왔기 때문이기도 하지만 산책이라는 점잖은 계급의 목가를 보행이라는 실용적 행위로 변질시켰기 때문이기도 하다. "무려 3마일을, 이런 이른 시간에, 이런 궂은 날씨에, 혼자서 걸어오다니. 허스트 부인이나 빙리 양이 보기에는 거의 있을 수도 없는 일이었습니다. 두 사람이 그 때문에 자기를 속으로 업신여기고 있다는 것을 엘리자베스는 어렵지 않게 느낄 수 있었습니다." 엘리자베스가 병세가 심해진 언니를 간호하러 가고 없는 동안, 허스트 부인과 빙리 양은 그녀의 치맛단에 묻은 흙에 관해, 그리고 그녀의 "눈뜨고 볼 수 없는 종류의 오만방자한 자립심, 그리고 예법을 신경 쓰지 않는 시골 사람 특유의 무감각"에 관해 상세한 논의를 펼친다. 반면에 빙리 씨는 그녀의 정통을 벗어난 외출이 "매우 보기

하다 보면, 가파른 산을 기어올라가는 것이 얼마나 즐거운지. 험한 숲을 가로지르면서 작

좋은 자매애"의 증거라고 칭찬하고, 다시 씨는 그 외출이 그녀의 두 눈을 "빛나게 했음"에 주목한다.[36]

제인과 엘리자베스가 아직 이 세속적 저택을 떠나지 못하고 있던 어느 날, 저택 사람들은 위반하지 않는 걷기가 어떤 것인지를 몸소 보여준다. 정원 산울타리와 사회 둘 다의 경계선을 넘지 않는 것이다. 빙리 양은 다시 씨에게 계속 엘리자베스에 대한 험담을 늘어놓는다. "그 두 사람이 다른 쪽 길에서 걸어오고 있는 허스트 부인과 엘리자베스를 만난 것은 바로 그때였습니다." 허스트 부인이 다시 씨의 남은 팔에 팔짱을 끼면서, 엘리자베스를 혼자 걷게 내버려둔다.

자기네가 무례하다고 느낀 다시 씨가 곧바로 입을 열었습니다. "이 소로는 우리가 다 걸을 수 있을 만큼 넓지는 않군요. 저 대로로 나가는 게 좋겠습니다." 하지만 그 사람들과 함께 걷고 싶은 마음이 조금도 없었던 엘리자베스는 즐겁게 웃으면서 대답했습니다. "아니에요. 그냥 거기에 있어주세요. 세 분의 배치가 정말 훌륭하고 서로 너무 어울려요. 네 번째 인물이 끼어들면 이 그림 같은 장면이 망가질 거예요. 그럼 이만."[49]

저택 사람들이 엘리자베스의 크로스컨트리가 예법의 위반이라고 혹평했다면, 엘리자베스는 그렇게 자기를 욕하는 그들이 정원 곳곳에 배치되어 있는 예술적 대상의 일부, 즉 사람이 아니라 나무나 연못처럼 감상할 수 있는 물건이 되어버렸다는 암시를 통해서 그들의 정원식(庭園式) 예법을 조롱하고 있다. 같은 날 저녁, 제인을 제외한 모든 네더필드 등장

은 길 하나를 내는 일, 내 몸을 찌르고 할퀴는 덤불 가시와 장미 가시를 헤치고 나아가는

인물들이 응접실이라는 더 좁은 장소에 모이고, 빙리 양은 그 안에서 걷고 있다. "우아한 매무새에, 노련한 걸음걸이"라는 것이 오스틴의 논평이다. 할 일 없는 사람들이 서로의 행실에 대해서 발휘하는 예리함이 모종의 비평(critique)으로 확장되던 시기, 한 사람의 걸음새가 그 사람의 외모에서 중요한 부분으로 간주되던 시기였다. 빙리 양이 엘리자베스에게 함께 걷자고 권할 때, 다시 씨는 두 사람이 그렇게 함께 걷는 이유는 비밀 이야기를 나누기 위함이거나 아니면 "걸을 때 자신의 맵시가 가장 돋보인다는 것을 의식하고 있기 때문"이라고 단정한다.[52] 걷는 것은 사람들 앞에 나서기 위해서일 수도 있고 사람들로부터 물러나기 위해서일 수도 있고, 두 가지 다일 수도 있다.

　　이 소설을 비롯한 그 시대의 소설들은 걷는 일이 중대한 대화에 필요한 호젓함을 확보하는 방법이었음을 시사한다. 시골 저택의 주인과 손님 들이 집 안에서 함께 시간을 보내는 것이 그 시대의 에티켓이었고, 혼자서 또는 둘이서 정원을 걷는 일은 다른 사람들로부터 벗어나는 기회였다.(오늘날 정치 인사들이 중대한 대화를 나눌 때 도청을 피하기 위해서 걷는 것은 이 관행의 비틀기다.) 제인의 건강이 회복된 후, 제인과 엘리자베스 두 자매는 자기 집 정원의 산울타리를 따라 거닐면서 소소한 대화를 나누기도 한다. 사실 『오만과 편견』은 보행의 배경이 되는 자연경관을 유형별로 소개하는 카탈로그라고 해도 과언이 아니다. 이 소설 후반부의 한 대목에서는 베넷가(家)의 정원 공간들이 어떤 모습을 하고 있는지 좀 더 분명해진다. 캐서린 여사가 들이닥쳐 엘리자베스에게 다시 씨에 대한 흑심을 포기하라는 장광설을 늘어놓는 장면이다. 캐서린 여사는 일단 은밀한 대화를 나누기 위해 정원에 관심이 있는 척한다. "이 집 풀밭 한쪽 귀퉁이에 귀여운 종류의 소규모 수풀이 있던데. 베넷 양이 동행해준다면 그곳

일은 얼마나 즐거운지. [……] 오시안이 내 가슴에서 호메로스를 밀어냈다. 위대한 시인 오

을 한 바퀴 거닐고 싶군요." 엘리자베스의 어머니가 흥분한다. "애야, 얼른 가서 다른 길들도 보여드리렴. 은둔처를 보시면 좋아하시지 않겠니." 18세기 중반의 그리 작지 않은 정원이라는 것, 그리고 장식 건축물이 하나 이상 설치돼 있다는 것을 독자는 이 장면을 통해 알 수 있다.[340]

캐서린 여사의 사유지 공원이 어떤 곳이었는지에 대한 자세한 설명은 나와 있지 않다. 엘리자베스가 목사관에 묵는 동안 가장 자주 걸은 길에 대한 설명이 나올 따름이다. "엘리자베스가 가장 자주 걸은 길은 [……] 사유지 공원 한쪽에서 울타리 역할을 하는 숲에 난 아늑한 오솔길이었습니다. 엘리자베스 이외에는 아무도 그 길의 진가를 모르는 듯했습니다. 그 길에서 엘리사베스는 캐서린 여사의 호기심에서 벗어난 느낌이었습니다."[164] 그러나 다시 씨의 호기심은 좀 더 집요했다. "공원 안을 거닐던 엘리자베스가 다시 씨와 우연히 마주친 것도 여러 번이었습니다. 그때마다 엘리자베스는 불행의 여신의 짓궂음을 실감해야 했습니다." 그때까지도 다시 씨와 마주치는 것이 싫었던 엘리자베스는 그곳이 "자기가 가장 즐겨 걷는 길"임을 분명히 밝힌다. 다들 알다시피 엘리자베스에게 반한 다시 씨는 계속 그 길에 나타나 단둘이 대화할 기회를 찾는다. "그렇게 그를 세 번째로 마주친 엘리자베스는 대화를 하던 중 문득 그가 지금 자기에게 두서없는 질문들을 던지고 있다는 생각이 들었습니다. 헌스퍼드 방문은 즐거우시냐느니, 혼자 걷는 것을 좋아하시느냐느니, [……]"[176]

다시 씨가 보기에, 그리고 작가와 독자가 보기에, 이렇게 혼자 걷는 것은 독립심, 저택과 저택 사람들로 이루어진 사회적 영역을 벗어나 더 큰 세상에서 홀로 마음껏 생각을 펼쳐나가려는 마음, 곧 육체적인 동시에 정신적인 자유의 표현이다. 이 소설에서 오스틴이 『맨스필드 파크』에

시안의 인도를 따라서 나는 이 세계에 들어섰다! 그렇게 갈대숲 사이를 배회하노라면, 갈

서처럼 자연에 대해 긴 사설을 늘어놓지는 않지만, 엘리자베스가 자연의 아름다움을 알아보는 감수성의 소유자라는 것은 그녀가 세련된 지성의 소유자라는 증거 중 하나가 된다. 그녀가 다시 씨를 다시 보게 되는 계기는 다시 씨 자신이 아니라 펨벌리라는 다시 씨의 영지다. 다시 씨의 영지를 걷는 일은 그녀에게 좀 특별한 종류의 친밀감을 안겨준다. "자연이 이토록 돋보이는 곳, 서투른 취향이 자연의 아름다움을 훼손한 정도가 이토록 덜한 곳을 엘리자베스는 그때껏 본적이 없었습니다. [……] 펨벌리의 여주인이 되면 대단하리라는 느낌이 든 것은 바로 그 순간이었습니다!" 길핀의 제자임이 분명한 엘리자베스는 저택 안에 있는 모든 창문 앞에 서서 전망을 일일이 확인해보기도 한다. 저택을 나와서 강 쪽으로 걸어가는 일행[가디너 씨 부부와 조카 엘리자베스―옮긴이] 앞에 영지의 소유주가 나타난다. "가디너 씨는 사유지 공원 전체를 걷고 싶지만 한 번에 다 걷기에는 무리일 것 같다고 했습니다. 의기양양한 미소와 함께, 한 바퀴는 10마일이라는 대답이 돌아왔습니다." 엘리자베스가 혼자 걷는 것을 좋아한다는 점이 그녀의 성격을 나타내는 중요한 특징이듯, 다시 씨가 케이퍼빌리티 브라운의 최신 양식을 따른 듯한 근사한 자연주의적 경관을 소유했다는 점도 그의 성격을 나타내는 중요한 특징이다. 두 사람이 그 자연경관 속에서 갑자기 마주쳤을 때, 두 사람 사이에서 좀 더 정중하고 상대방을 좀 더 의식하는 관계가 시작된다. "가장 많이 다니는 코스를 선택한 일행은 이번에는 다른 쪽 비탈 숲을 내려갔는데 또 그 강이 나타났습니다. 이번에는 강폭이 좁은 편이었고, 주변 경치와 잘 어울리는 소박한 다리가 놓여 있었습니다. 다리를 건너간 일행은 강가 골짜기를 따라 올라갔습니다. [……] 골짜기가 점점 더 좁아지면서, 강가의 덤불숲 사이로 좁은 오솔길 하나가 겨우 나 있었습니다. 엘리자베스는 그 굽잇길을

대를 무섭게 흔드는 폭풍이 희미한 달빛에 우리 조상들의 영혼을 이 축축한 안개 속으로

계속 따라가 보고 싶은 마음이 간절했지만, [……]"[234]

　　이 자연 취향은 두 사람의 차이점을 해소해주는 공통된 취향, 그야말로 두 사람의 공유지였다. 물론 이 소설의 남녀 주인공이 펨벌리의 장관 속을 함께 거닐게 된 것은 가디너 부부가 조카 엘리자베스를 레이크 지방 여행에 초대해준 덕분이다. "엘리자베스는 환호성을 질렀습니다. '기뻐요! 행복해요! 새로운 기운이 솟아요! 실망하고 슬퍼하는 일은 그만둘까 봐요. 바위가 있고 산맥이 있을 텐데, 사람들 따위가 뭐라고.'"[150] 빙리 양은 가디너 부부가 상업에 종사하면서 런던의 인기 없는 지역에 거주한다는 이유로 그들을 무시하지만, 이 부부는 온건한 아방가르드 자연 관광을 통해서 **자신들의** 교양을 보여준다. 여행 중에 일정이 축소되면서 가디너 부부는 엘리자베스를 데리고 레이크 지방에서 남쪽으로 멀지 않은 더비셔의 펨벌리로 가고, 이로써 이 책에서 가장 훌륭한 의식을 자랑하는 등장인물들이 한데 모이게 된다. 높은 추상 수위에서 진행되는 오스틴의 이야기에서 물질세계의 디테일이 등장하는 것은 꼭 필요할 때뿐이지만, 그 와중에 펨벌리에 대한 감미로운 묘사들이 등장한다. 단, 펨벌리가 속해 있는 더비셔에 대한 묘사 같은 것은 찾아볼 수 없다. "더비셔를 묘사하는 것은 이 작품의 목적이 아닙니다."[232]　그럼에도 오스틴은 이 관광객들이 구경한 곳들 중에서 채스워스 영지, 도브데일, 매틀록, 그리고 피크 지방의 멋진 자연경관들을 열거한다.

　　이 소설에서는 보행의 다양한 기능이 주목을 요한다. 엘리자베스가 걷는 것은 사람들을 피하기 위해서일 때도 있고 언니와 단둘이 대화를 나누기 위해서일 때도 있다. 마지막 부분에서는 구혼자와 단둘이 대화를 나누기 위해서 거닐기도 한다. 엘리자베스는 옛날 정원이나 새로 유행하는 정원에서 걷는 것도 좋아하고, 잉글랜드 북부의 자연이나 켄

불러낸다. [……] 한낮에 강가를 거닐 때. 식욕이 없었다. 모든 것이 적막했다. ─괴테, 『젊

트의 자연 속을 걷는 것도 좋아한다. 엘리자베스 여왕이 그랬듯 운동 삼
아 걷고, 새뮤얼 피프스가 그랬듯 대화를 나누기 위해 걷는다. 월폴이나
포프가 그랬듯 정원에서 거닐고, 그레이와 길핀이 그랬듯 자연 명소를
걸어서 돌아보기도 한다. 모리츠와 워즈워스 남매가 그랬듯 가야 하는
곳에 걸어서 가고, 역시 그들이 그러했듯 그렇게 걸어서 갔다는 이유로
비난받기도 한다. 그리고 한두 장면에서는 위에서 언급된 사람들 모두가
그랬던 것처럼, 양식화된 산책을 즐기기도 한다. 이렇듯 보행의 기능을
열거하는 카탈로그에서 항목은 계속 추가될 뿐 누락되지는 않는다. 보행
의 의미, 보행의 기능이 계속 늘어난다는 뜻이다. 보행이 자기표현의 방
법이었음은 앞에서 보았다. 보행은 여자들이 사회적 제약 속에서 사회적
으로나 공간적으로 가장 큰 자유를 누릴 수 있는 일, 몸을 움직여보고 상
상을 펼쳐볼 기회를 얻을 수 있는 일이다. 동행들을 하나하나 떨어뜨린
엘리자베스는 다시와 "과감히 단둘이" 걷게 되고, 두 사람은 결국 서로
의 마음을 확인한다. 그리고 그렇게 서로의 마음을 나누고 새로 찾은 행
복에 젖느라 시간 가는 줄 모른다. "'리지, 어디 갔다 지금 오는 거니?' 엘
리자베스가 식당에 들어서자마자 제인이 물었고, 두 사람이 식탁에 앉
자마자 다들 똑같이 물었습니다. 여기저기 걸어 다니다가 자기도 모르는
곳까지 갔다는 대답으로 충분했습니다."[360] 엘리자베스가 다녀온 그곳
은 그야말로 의식과 풍경이 하나가 되는 곳, 엘리자베스 자신도 "모르는"
새로운 가능성들이 있는 곳이었다. 걷고 싶은 마음을 이기지 못하는 이
소설의 여주인공에게는 이것이 보행의 마지막 기능이다.

　　보행(walking)이 동사가 아닌 명사로 쓰인 예가 이 책에도 많고,
이 책이 나온 시대에도 많았다는 점이 주목을 요한다. 예컨대 어느 일
가족이 살고 있는 곳은 "롱본에서 잠깐만 걸으면 되는 곳(a short walk of

은 베르테르의 슬픔』　　　　• 콜리지는 한동안씩 건강한 시기가 있었

Longbourn)"이었다. 오전을 즐겁게 보내려면 "메리턴까지 걷는 일(a walk to Meryton)"이 필요했고, 사유지 공원 전체를 둘러보는 데는 "1마일 정도를 즐겁게 걷는 일(a pleasant walk of about half a mile)"로 충분했다. 길게 뻗어 있는 숲속 오솔길은 "그녀가 가장 자주 걷는 길(her favorite walk)"이었다. 한 번의 산책(walk)은 예컨대 한 곡의 노래나 한 끼의 정찬처럼 일정한 패턴을 따르는 일이다. 또한 산책을 한다는 것은 그저 두 다리를 번갈아 옮겨놓는 일이 아니라 너무 길지도 너무 짧지도 않은 일정 시간 동안 건강 증진이나 즐거움 외에는 별다른 생산적 목적 없이 쾌적한 환경 속에서 걷는 일이다. 이런 의미를 앞선 용례들이 알려준다. 일상적 행동을 고상하게 만드는 데 기울어지는 의식적 관심을 언어가 암시해준다고나 할까. 사람이 걷지 않은 적은 없었지만, 이때부터 걷는 일에 이런 공식적인 의미들을 부여했고, 그런 의미들이 더욱 확장하기 시작했다.

정원을 나오며

낭만주의 시인들은 과거의 모든 것을 깨뜨린 혁명가들이라는 식의 설명이 널리 퍼져 있다. 실제로 청년 워즈워스는 시의 형식과 내용이 급진적이었을 뿐 아니라 정치적으로도 급진적이었다. 하지만 그가 예법을 중시하는 18세기 관습을 상당 부분 이월한 것도 사실이다. 그레이가 레이크 지방에 왔던 것은 워즈워스가 아직 어머니 뱃속에 있을 때였지만, 그레이가 레이크 지방의 아름다움을 널리 알린 데에는 워즈워스의 도움이 컸다. 워즈워스가 태어난 곳은 레이크 지방의 험한 바위 언덕들이 많은 변경이었지만, 그는 개인적 추억뿐 아니라 관습적 미학 때문에 다시 레이

던 듯한데, 그럴 때의 그는 레이크디스트릭트를 혼자 돌아다니는 가장 대단한 보행자이

크 지방으로 돌아와서 인생의 마지막 50년을 보냈다. 웨일스에서 스코틀랜드까지 그리고 알프스 산맥까지, 워즈워스가 걷는 길과 쓰는 글을 보면 그는 이미 유명해진 자연경관들을 선택했다. 어떤 의미에서 워즈워스는 자기가 본 것을 기억하고 묘사하는 데 독보적 재능을 지닌, 이상적인 관광객이었다. 워즈워스와 레이크 지방의 관계는 현지인의 현실적 친밀감과 관광객의 열광 사이의 기묘한 균형 잡기였다. 워즈워스 남매는 자연경관을 다룬 기존의 문헌들을 의식적으로 탐독하면서 거기서 배운 시각(어쩌면 메리앤 대시우드나 엘리자베스 베넷도 배웠을 시각)을 모든 일상 여정들에 적용해보고자 했다. 1794년 워즈워스는 런던에 있는 남동생에게 자기 책들을 보내달라고 부탁하면서, 길핀의 스코틀랜드 여행기와 잉글랜드 북부 여행기를 빠뜨리지 말라고 당부했다. 1800년 도러시는 한 일기에 그날의 여정을 적었다. "아침에는 나이트 씨의 『풍경』을 읽었다. 차를 마신 후에 배를 저어 하류로 러프릭 언덕까지 내려간 우리는 하얀 여우장갑을 만나고 산딸기를 따고 라이데일 호수가 보이는 곳까지 걸어 올라갔다. 그리고 누워서 한동안 그 호수를 바라보았다. 호숫가 풀들은 사정없이 내리쬐는 햇빛 아래 모두 갈색으로 물들어 있었다. 소철은 노랗게 변하고 있었고, 개중에는 완전히 노란색으로 물든 것들도 있었다. 우리는 벤슨의 통나무집 근처를 거닐었다. 그때의 호수는 더할 나위 없이 잔잔했고, 하늘의 고운 노란빛과 파란빛과 보랏빛과 회색빛이 수면에 비쳤다."[37] 설원 도보 여행을 마치고 일곱 달 후에 쓴 글인데, 이 대목에서 독자는 도러시가 아침에 책에서 풍경을 배우고 오후에 배운 대로 행한다는 인상을 받는다. 또 이 대목은 워즈워스 남매가 평소에 즐기는 보행의 형태, 곧 도보 여행이 아닌 일상적 나들이이자 어떤 면에서는 점잖은 계급의 일상적 정원 산책과 비슷한 측면을 보여주는 예다. 요컨대 두 사람

자 등산가였다. 레이크디스트릭트에서는 사실 콜리지가 근대 최초의 펠 등산가, 곧 등산

의 보행은 정원 산책의 확장이지만 어떤 면에서는 정원 산책과 근본적으로 차이 난다.

의 즐거움 자체를 위해서 등산하는 최초의 외지인이었다. 스카펠은 레이크디스트릭트에서

7
윌리엄 워즈워스의 두 다리

워즈워스라는 거대한 존재에 대해서 대부분의 다음 세대 시인들은 존경심과 적대감이 뒤섞인 감정을 가졌다. 그것은 토머스 드퀸시(Thomas De Quincey)도 마찬가지였다. "두 다리에 일가견이 있는 모든 여성들이 그의 두 다리에 신랄한 비난을 가했다. [……] 심하게 흉하게 생긴 것은 아닐뿐더러 평균치 인간의 다리에 비해서 많은 일을 해낸 다리였다. 믿을 만한 자료를 토대로 계산해본 결과 워즈워스는 바로 이 다리로 28만 2000~29만 킬로미터를 답파했다. 포도주나 독주 같은 것으로 혈기를 얻는 다른 사람들과 달리 워즈워스는 이렇게 몸을 움직이면서 혈기를 얻었다. 워즈워스 자신이 구름 한 점 없이 행복한 인생을 영위해온 것도, 우리 독자들이 워즈워스의 글 중에서도 아주 탁월한 글들을 읽을 수 있게 된 것도 그 덕분이다."[38] 사람들은 워즈워스 이전에도, 이후에도 걸었다. 다른 낭만주의 시인들 중에서도 걸어서 여행한 이들이 많았다. 그러나 워즈워스만큼 걷는 일을 인생과 예술의 중심에 놓은 이는 그 전에도 이후에도 없었다. 결코 짧지 않은 인생에서 그가 걷지 않고 보낸 날은 거의 단 하루도

가장 높은 웅장한 산인데, 콜리지의 1802년 스카펠 등반은 최초의 스카펠 등반으로 기록

없었던 것 같다. 그에게 보행은 세상과 만나는 방식인 동시에 시를 쓰는
방식이었다.

그의 보행을 이해하려면 쾌적한 장소를 잠시 거닌다는 뜻의 '산책'
개념으로부터 벗어나야 한다. 동시에 낭만주의적 보행을 장거리 도보 여
행이라고 규정하는 현대 저작물들의 또 다른 정의로부터 벗어나야 한
다. 그에게 보행은 여행하는 방법이 아니라 존재하는 방법이었다. 스물
한 살에 걸어서 3000킬로미터를 여행했고, 세상을 떠나기까지 50년 동
안은 시를 쓰기 위해 작은 정원 테라스를 왔다 갔다 했다. 그에게는 둘 다
중요한 보행이었다. 파리와 런던의 길거리를 쏘다니고 산을 올라가는 것
도, 여동생 혹은 친구들과 함께 거니는 것도 모두 중요한 보행이었다. 이
모든 보행이 그의 시 안으로 걸어 들어갔다. 앞서 보행을 사유의 과정으
로 창안한 철학적 작가들을 다룬 장이나, 뒤에서 대도시 보행의 역사를
다룰 장에서 그의 보행을 함께 다룰 수도 있었지만, 워즈워스 자신은 보
행을 전적으로 새롭고 강력한 방식으로 자연, 시, 가난, 부랑과 연결 지었
다. 도시보다 시골에 훨씬 가치를 두었음은 물론이다.

> 나 자연과 함께 걸으면서
> 번잡한 도시의 일그러진 삶과
> 너무 일찍 접촉하지 않았으니 얼마나 다행스러운지 [……][39]

또한 그는 후대에 대자연 보행의 역사에서 중요한 인물이 되었고,
그러면서 이제 시골길의 신으로 자리 잡았다.

1770년에 코커머스(비교적 험준한 레이크 지방 바로 북쪽)에서 태어난
워즈워스는 자기 자신을 자작농과 양치기가 모여 사는 어느 호숫가 나라

되어 있다.—헌터 데이비스, 『윌리엄 워즈워스의 생애』   • "저 청

의 평민으로 묘사하기를 좋아했다. 사실 워즈워스의 아버지는 로더 경
(Lord Lowther, 레이크 지방의 상당 부분을 소유한 엄청난 부자이자 폭군)의 영지
대리인이었다. 이 미래의 시인이 채 여덟 살도 안 됐을 때 어머니가 세상
을 떠났다. 여동생 도러시는 친척집에 보내졌고, 그는 레이크 지방의 중
심지 혹스헤드에서 학교를 다니게 되었다. 그가 열세 살 되던 해에 아버
지도 세상을 떠났다. 어린 남매는 친척들의 마지못한 선심에 의지해야 하
는 처지가 되었다. 아버지가 남긴 적잖은 유산이 거의 20년간 다섯 자녀
에게 상속되지 못하도록 로더 경이 손을 써놓았기 때문이었다. 가정사는
그처럼 복잡했지만(혹은 그렇게 복잡한 가정사 덕에) 워즈워스는 혹스헤드에
서 아주 좋은 학교에 다니면서 목가적 생활을 즐길 수 있었다. 덫을 놓기
도 하고 얼음 스케이트를 타거나 절벽을 기어 올라가 새알을 훔치고 배
를 타기도 했다. 그리고 언제나 걸었다. 밤에도 걸었고, 아침에 학교를 가
기 전에 한 친구와 함께 근처에 있는 호수를 한 바퀴 돌면서 5~10킬로미
터를 걷는 날도 많았다. 워즈워스의 『서곡』에 나오는 이야기다. 수천 행
에 이르는 이 훌륭한 자전적 시는 연도가 뒤바뀐 곳, 사실을 빠뜨린 곳
등이 없지는 않지만, 그럼에도 시인의 초기 삶에 대한 장대한 초상을 그
려내고 있다. 워즈워스 일가족은 이 시를 가리켜 "콜리지에게 들려주는
시"라고 불렀다. 실제로 이 시는 콜리지(Samuel Taylor Coleridge)에게 들려
주는 형식을 띠고 있다. 한편, 이 시에는 "한 시인의 정신적 성장"이라는
부제도 달려 있다. 이 시가 어떤 종류의 자서전인가를 정확하게 보여주
는 제목이다. 원래는 『은둔자(The Recluse)』라는 기념비적 철학시의 서곡으
로 붙이려고 했던 작품인데, 그 시에서 완성된 부분은 이 『서곡』과 「소풍
(The Excursion)」뿐이다.

　　『서곡』은 한 번에 걸어간 긴 길처럼 읽힌다. 이 시에서 걸어가는 자

년은 파우누스에게 바치는 매우 아름다운 송시를 얼마 전에 완성했습니다." 내가 워즈워

는 중간중간 쉬기는 해도 완전히 멈추는 법은 없다. 이 시가 그 모든 이탈과 우회에도 불구하고 한 편의 시로 이어질 수 있는 것은 걷는 사람의 이미지가 되풀이되는 덕이다. 이 시의 독자는 워즈워스를 『천로역정』의 크리스천 같기도 하고 『신곡』의 단테 같기도 한 형상, 다시 말해 두 발로 걸어서 온 세상을 여행하는 작은 형상으로 그려보게 된다. 단, 시에 나오는 세상은 호수들, 춤들, 꿈들, 책들, 우정들, 그리고 많고 많은 장소들로 이루어져 있다. 한편 『서곡』은 한 시인이 성장하기까지 어떤 곳을 거쳐 갔는가(이 도시는 어떤 역할을 했나, 저 산은 어떤 역할을 했나.)를 보여주는 지도라고 말할 수도 있다. 사실 이 시에서는 장소가 사람보다 중요하게 등장한다. 드퀸시가 워즈워스의 두 나리에 존경 어린 독설을 던졌듯, 수필가 윌리엄 해즐릿(William Hazlitt)도 비슷한 어조의 재담을 던졌다. "그의 눈에 보인 것은 우주, 그리고 자기 자신뿐이었다."[40] 영국 문학사에서 소설의 발생은 개인의 삶(개인의 사사로운 생각들, 감정들, 인간관계들로서의 삶)에 대한 의식과 관심이 발생한 역사와 관련될 때가 많다. 워즈워스는 자기 자신의 생각들, 감정들, 기억들, 장소와의 관계들을 정리하는 데에 동시대 소설들보다 훨씬 앞선 작가였다. 그의 삶이 묘하게 비개인적인 삶으로 보이는 이유는 그가 개인적 인간관계들에 대한 이야기를 되도록 삼갔기 때문이다. 해즐릿의 재담이 겨냥한 것도 그 지점이었다. 워즈워스가 이미 어린 시절부터 보행과 자연에 열정이 있었거나, 어른이 된 워즈워스가 어릴 때 느꼈던 감정(많은 아이들이 흔히 갖는 호기심)을 끄집어내 예술로 정제한 것일 수도 있지만, 어느 쪽이 됐든 워즈워스에게 그 열정은 아주 어릴 때 생겨났고 아주 나중까지 남아 있었다. 이런 열정을 그저 자연을 감상하고 묘사하는 취향의 유행과 연결하기는 어려울 것 같다. 『서곡』 총 열세 권 중 제4권에서 그는 자기가 십 대 후반이었을 때 레이크 지방 어디

스에게 대답했다. 키츠가 마침 원고를 가지고 있지 않다고 해서 암송을 청했다. 키츠는 걸

선가 열렸던 밤샘 무도회에 갔다가 새벽에 집으로 걸어 돌아오던 날을 묘사한다.

> 내가 그때껏 본 그 어느 아침보다 찬란한 아침이 밝았소
> 앞에서는 멀리 바다가 환하게 웃으며 펼쳐졌고
> 가까이에서는 그 모든 묵직한 산들이 뭉게구름처럼 가볍게 빛나고 있었소
> [……] 내가 그 맹세를 한 것이 아니었소,
> 그 맹세가 어느새 내 것이 되어 있었을 뿐.
> [……] 오직 시를 위해 살겠다는 그 맹세와 함께 나는 계속 걸어갔소
> 그때 내가 느낀 그 고마운 행복은 아직 사라지지 않고 있소.[41]

이십 대 초반이었던 워즈워스는 시인으로 사는 삶의 모든 대안들에 하나하나 실패하는 체계적 실험을 끝내고, 이제 자신의 사명을 실현하기 위한 예비 작업으로서 방랑과 사색을 선택한 듯하다.

> 내가 택할 길잡이가
> 그저 하늘을 떠도는 구름뿐이라고 한들
> 나는 길을 잃을 수가 없소.[42]

이 두꺼운 시의 맨 앞에 나오는 이야기다. 이 작품은 1805년에 처음 완성되어 작가 생전에 계속 수정 작업이 이루어졌고, 작가가 세상을 떠나고 1850년에 비로소 출간되었다.

그의 인생 전환점이자 『서곡』의 전환점은 1790년에 급우 로버트

음을 옮겨놓으면서 암송해나갔다. 항상 그렇듯이 기도문을 읊조리는 것 같았다.(매우 감

존스(Robert Jones)와 함께 도보로 프랑스를 지나 알프스 산맥을 오른 일
이었다. 케임브리지 대학교 입시를 준비해야 하는 시기였다. 워즈워스의
전기를 쓴 케네스 존스턴(Kenneth Johnston)에 따르면, "낭만주의 시인이
라는 그의 이력은 이 불복종 행위로부터 시작되었다고 할 수 있다."[43] 여
행에는 불온과 반항의 면모(제자리에서 벗어남, 울타리를 넘어감, 탈출)가 있
지만, 워즈워스의 이 여행에는 땡땡이의 성격 못지않게 또 다른 자아를
찾아 떠난다는 측면이 있었다. 주로 마차로 여행하면서 같은 계급 사람
들을 만나기도 하고 프랑스와 이탈리아의 예술품이나 유적을 구경하기
도 하는 이른바 '그랜드 투어'가 영국 신사 교육의 표준 사양이던 시대였
다. 6장에서 정원과 사언을 알아보는 감식안의 소유자로 언급했던 호러
스 월폴과 토머스 그레이도 1739년에 이 투어를 다녀왔는데, 투어 당시
두 사람 모두 이탈리아로 가는 길에 지나간 알프스 산맥에 대해 열광적
기록을 남겼다. 마차를 타지 않고 걸어서 여행하고, 여행 목적지를 이탈
리아가 아닌 스위스로 정한 것은 우선순위의 급진적 변경(예술과 귀족주의
에서 벗어나 자연과 민주주의를 향하여)을 표현하는 행위였다. 1790년에 여행
을 떠나는 것은 프랑스로 모여드는 급진주의자들의 흐름에 합류해 프랑
스혁명 초기(유혈 국면이 시작되기 이전)의 열띤 분위기를 호흡하겠다는 뜻
을 표현하는 행위였다. 스위스가 매력적인 여행지가 된 데에는 당시 유행
하던 자연 숭고미 숭배에서 이미 주요 아이템이 된 알프스 산맥뿐 아니
라, 스위스가 공화국이라는 점과 루소와 인연이 있는 나라라는 점이 작
용했다. 배를 타고 라인 강을 따라 돌아오게 되는 워즈워스 일행의 최종
목적지는 생피에르 섬, 다름 아닌 루소가 『고백록』과 『고독한 산책자의
몽상』에서 모종의 자연 낙원으로 그린 장소였다. 보행을 수단(글을 쓰는 방
법)이자 목적(자기 자신으로 존재하기)으로 삼았던 루소는 분명 워즈워스의

동적이었다.) ─벤저민 헤이든   • 조찬 전 산책이나 목욕 후 산책

선배였다.

두 사람이 탄 배가 칼레에 도착한 것은 7월 13일이었다. 다음날 아침 두 사람은 바스티유 습격 1주년 축하 행사를 보았다. "프랑스는 전성기를 구가했고 / 인간의 본성은 새로 태어난 듯했다"[44]

우리는 크고 작은 마을들을 지나갔다.
곳곳의 화려한 장식은 그 축제가 남긴 유물들이었다.
개선문에 걸려 있는 꽃도,
창문의 화환도 이제 시들겠지만, [……]
저녁별 아래서 노숙할 때 우리가 본 것은
자유의 무도회,
깊은 밤의 야외 무도회였다.

하지만 워즈워스와 존스의 일정은 꼼꼼히 정해져 있었다. 그들이 하루에 거의 50킬로미터씩 걸어갔던 것도 그 야심찬 계획을 실행에 옮기기 위해서였다.

우리는 진군하는 군대처럼 속도를 냈다
땅이 우리 앞에서 윤곽과 형체를 바꾸는 속도는
하늘의 구름이 변하는 속도에 뒤지지 않았다.
날마다 일찍 일어나고 늦게 잠들며
이 계곡에서 저 계곡으로 내려가고 이 언덕에서 저 언덕으로 올라가고
이 지방에서 저 지방으로 건너갔으니

은 하루 중 최고의 식사다. 애나와 엘리자베스는 그렇게 산책하는 것이 정신과 육체에 얼

두 열혈 사냥꾼의 14주간의 추적이었다.

알프스 산맥을 이미 넘었다는 것을 나중에야 알고 실망했을 정도의 열혈이었다. 마지막 관문을 이미 넘었으면서도 아직 한참 더 올라가야 하는 줄만 알고 길 없는 비탈을 오르는 그들을 한 농부가 붙잡아주었다. 농부의 말대로 산을 내려가서 이탈리아에 도착한 그들은 코모 호수를 급히 돌아서 다시 스위스로 넘어갔다. 이 일화는 코모 호수에서 끝나지만, 『서곡』에는 워즈워스가 다시 프랑스를 찾아온 1791년, 그의 정치관이 계속 진보하던 때의 일화가가 포함돼 있다.

혁명을 이해하기 위해 파리의 길거리를 걸으면서 워즈워스는 "바스티유의 흙먼지"에서부터 마르스 광장과 몽마르트 언덕까지, "모든 옛날 명소와 최근 명소"를 둘러보았다. 전적으로 그다운 발상이었다.[45] 워즈워스가 파리의 길거리에서 마주쳤을 법한 영국인으로는, 새로운 유형의 보행자를 예시하는 존 오즈월드 대령(Colonel John Oswald)과 '걸어 다닌 스튜어트(Walking Stewart)'가 있다. "오즈월드는 인도로 떠났고, 채식주의자 겸 자연 신비주의자가 되었고, 육로로 걸어서 유럽으로 돌아왔고, 프랑스혁명에 투신했다. 직접적 의도는 혁명가들에게 잉글랜드를 상기시킨다는 것이었다."[46] 그는 나중에 워즈워스의 초기 극시 『변경의 사람들(The Borderers)』에 오즈월드라는 본명으로 등장한다. 스튜어트도 오즈월드와 비슷한 인물로, 그의 별명은 그가 온갖 곳을 걸어 다닌 것에 대한 기념비였고(유럽 전역과 북아메리카 전역을 걸어 다닌 것은 물론이고, 역시 걸어서 인도에 다녀왔다.), 그가 쓴 책들은 걷는 것을 제외한 모든 것에 대한 규탄이었다. 걸어 다닌 스튜어트에 대한 드퀸시의 논평에 따르면 "인간의 두 발이 밟을 수 있는 곳들 중에 스튜어트 씨가 안 가본 곳은 중국과 일본을

마나 좋은지 알아가기 시작한다. 꽃송이 하나에 한 계절 전부를 담듯 우리 안에 그 한 계

빼면 없지 않을까. 그는 걸어 다니면서 모종의 철학적 양식을 따랐다. 그 양식을 따르는 사람은 한 나라 전체를 느린 속도로 돌아다니고, 그 나라에 사는 사람들과 계속 어울려 지내게 된다."⁴⁷ 세 번째 기인 존 텔월(2장에서 언급한 인물)까지 오면, 모종의 패턴, 즉 급진 정치, 자연 사랑, 극단적 도보의 삼위일체를 구현하는 독학생이 도출된다. 텔월이 워즈워스, 콜리지를 잘 알게 된 것은 1790년대 초반이었고, 정치범으로 교수형을 선고받은 후에 간신히 탈출한 텔월이 워즈워스, 콜리지를 찾아가 몸을 숨긴 것도 1790년대였다. 워즈워스도 텔월의 『소요자』 한 권을 가지고 있었다. 산업혁명이 시작되면서 노동자들의 생활조건과 노동조건이 어떻게 바뀌었는지를 점검하면서 간간이 철학적 여담을 펼치는 책이었다. 이런 유의 인물들을 보면, 잉글랜드에서 걸어서 여행한다는 것은 긴 여행이든 짧은 여행이든 철학적 급진주의자의 행동이자 비인습성의 표현이며, 가난한 이들을 알아보고 싶고 자기가 가난한 이들과 한편임을 알리고 싶다는 마음의 표현이라는 것을 알 수 있다. 워즈워스는 1795년에 쓴 편지에서 이렇게 말했다. "내년 여름에는 우리가 살고 있는 데보다 서쪽을 돌아볼까 생각해보고 있는데, 복음주의 기독교의 미천한 방식, 곧 걷는 방식(à pied)으로 해볼까 합니다."⁴⁸ 그리고 『서곡』에서는 "그랬기에 나는 자기 길을 가는 농부처럼 나의 길을 갔습니다."⁴⁹라고 썼다.

　이런 방식으로 걷는 것은 미덕과 단순 소박함과 어린 시절과 자연 간의 복잡한 루소의 등식을 떠올리는 일이었다. 18세기 초에 잉글랜드 귀족들이 자연을 이성, 그리고 당대 사회질서와 연결하면서 현실이 곧 당위라고 주장했다. 하지만 자연이라는 여신을 왕좌에 앉히는 것은 꽤 위험한 일이었다. 18세기가 끝날 무렵에 루소와 낭만주의는 자연이 곧 감정이고 감정이 곧 민주주의라는 등식을 성립시켰으며, 사회질서를 극히

절 전부를 담을 생각이었다.—애머스 브론슨 올컷　　　　　●우리가 먼

인위적인 것으로 서술하고 계급 특권에 반기를 드는 일이야말로 '유일하게 자연을 거스르지 않는(natural) 일'이라고 주장했다. 18세기에 자연에 대한 사유가 어떻게 전개되었는가를 연구한 역사서에서 배질 윌리(Basil Willey)는 "이 격동의 시대를 통틀어 '자연(Nature)'이라는 개념이 지배적"이었지만 그 의미는 천차만별이었음을 지적한다. "프랑스혁명의 대의는 자연이었고, 버크(Edmund Burke)가 프랑스혁명을 규탄한 근거도 자연이었으며, 톰 페인(Tom Paine)과 메리 울스턴크래프트(Mary Wollstonecraft)와 [급진적 철학자 윌리엄] 고드윈(William Godwin)도 바로 그 명분(eodem nomine)을 가지고 버크에게 반박했다."[50] 품위 있고 돈이 많이 드는 정원 안을 걷는 일은 보행, 자연(nature), 유한계급, 그 한가함을 보장해주는 기성 사회를 연결하는 일이었다. 정원 밖 세상을 걷는 일도 보행과 자연을 연결하는 일이었지만, 이때의 자연은 가난한 사람들과 연결되고 그들의 권익을 옹호하는 온갖 급진주의와 연결되는 것이었다. 사회가 자연을 훼손한다는 것은 아이들과 못 배운 사람들이 가장 순수한 최상의 존재라는 뜻이기도 했다. 가히 급진적 반전이었다. 자기가 살아가는 시대에 완벽하게 젖어든 워즈워스는 이런 가치들을 모조리 빨아들였고, 그것들을 탁월한 시로써 뽑어냈다. 유년(워즈워스 자신의 유년, 그리고 여러 허구적 등장인물의 유년)을 노래하고 가난한 이들의 삶을 노래하는 시였다. 워즈워스의 업적은 루소의 과제를 이어받아 더 발전시켰고, 유년과 자연과 민주주의 삼자의 관계를 밝히되 논리로 증명하는 대신 이미지로 그려 보였다는 것이다. 워즈워스라는 시골길의 신을 숭배하는 사람들이 기억하는 것은 이 삼자 중에 앞의 두 가지뿐이지만, 최소한 초기 작품에서 가장 중요한 것은 세 번째인 민주주의다. 워즈워스가 1794년에 친구에게 보낸 편지에서 그 점이 강조된다. "내가 민주주의자라고 불리는 그 역겨운 계급

지투성이의 길을 걸어가는 동안 우리 생각도 먼지투성이가 되었다. 아무 생각이 나지 않

의 일원이라는 것, 그리고 영원히 그 계급의 일원이리라는 것을 자네는 벌써 알고 있겠지."[51] 영원히 그 계급의 일원이리라고 자신했던 것은 잘못이었지만.

워즈워스는 이렇게 길을 걷고, 이런 사람들을 만나고, 이런 질문들을 던짐으로써 자신의 문체를 찾아나갔다. 그가 아주 초기에 쓴 시들은 고고하고 애매모호하면서 관습적 이미지들이 가득하다는 점에서 톰슨의 『사계절』 양식인 데 비해, 그 후 혁명적 열정, 가난한 사람들과의 공감적 동일시가 생겨나면서 그런 이류 풍경 시인의 자리를 벗어날 수 있었다.(도러시의 글이 존슨 박사(Samuel Johnson)나 제인 오스틴 같은 심오한 아포리즘을 벗어나 묘사의 생생함과 현실성을 얻으면서, 비슷하게 변한 것도 1790년대 10년 동안이었다.) 소재와 문체 둘 다 변화했다. 워즈워스가 『서정 가요집(*Lyrical Ballads*)』(워즈워스와 콜리지가 1789년에 함께 낸 획기적 시집)을 되돌아보면서 쓴 서문에 따르면, "요컨대 이 시들을 쓸 때 중요시했던 원칙은 서민 생활에서 펼쳐지는 사건이나 장면을 다루어야 한다는 것, 서민들이 실제로 쓰는 언어를 선별해 사건은 최대한 철저히 서술하고 장면은 최대한 철저히 묘사해야 한다는 것, 그러면서도 그 서술과 묘사에 상상의 빛깔을 가미해야 한다는 것이었다. [……] 미천하고 조야한 이들의 삶을 주로 택했던 이유는 그런 상태에 있을 때라야 근원적 희로애락이 더 나은 토양에서 [……] 더 소박하고 더 강력한 언어로 표현될 수 있기 때문이다."[52] 그는 풍경에 대해서 말할 때 거창하게 일반화하거나 고전을 인유하는 대신 구체적으로 묘사했으며, 가난한 사람들에 대해서 말할 때도 그들이 우화 속의 등장인물인 양 미덕과 연민을 설교하는 대신 그들의 현실을 그려 보이고자 했다. 그가 더 소박한 언어를 택한 것은 정치적 행동이었고, 바로 이 정치적 행동이 스펙터클한 예술적 결실로 이어졌다.

앉다. 사고가 중단되었다고 할까, 뒤죽박죽 엉킨 생각 재료들의 반복적 리듬을 수동적으

워즈워스의 초기 시에서 경이로운 점은 만남을 위해서 걸어 나간다는 급진적 행동과 풍경을 감상하기 위해 거닌다는 미적 행동이 하나가된다는 데 있다. 돌이켜보면 풍경이라는 주제와 가난이라는 주제가 갈등을 일으키지 않았다는 것이 의아스럽지만, 그 혈기왕성한 시기의 워즈워스에게는 그런 갈등이 전혀 없었다. 풍경이 눈부신 것은 님프들 덕이 아니라 부랑자들 덕분이었다. 눈부신 풍경은 그 희망 없는 사람들의 타고난 권리이자 그들을 위한 배경으로서 그만큼 더 필요했다. 이 초기 시들에서 자주 나타나는 구조를 보면, 이리저리 배회하던 사람이 당시의 경제적 격변으로 인해 갈 곳 없이 배회하는 사람들과 마주치게 된다. 워즈워스 이선의 시인들과 화가들은 가난한 사람들이 사는 오두막집, 가난한 사람들의 몸을 바라보면서 그림 같다느니 불쌍하다느니 하고 생각하는 정도였다. 그들 중에 워즈워스 같은 목소리로 가난한 사람들에게 말을 거는 일이 의미가 있다고 생각한 사람은 아무도 없었다. "걷다 보면 우리의 발길은 자연스럽게 들판과 숲으로" 향하게 된다고 소로는 말했다. 하지만 워즈워스의 발길은 산과 호수로 향하는 것에 못지않게 시골길(public road)로 향했다. 우연한 만남을 위해서 도시의 길거리를 걷고, 호젓함과 풍경의 아름다움을 위해서 정원의 산책로를 걸으면서 워즈워스는 시골길에서 그 두 길을 매개하는 이상적 공간을 발견한 것 같다. 이상적인 길에선 오래 혼자 걸어가다 보면 이따금 사람을 만나게 된다.

> 나는 시골길을 좋아하오. 그런 길을 바라볼 때보다
> 좋을 때는 별로 없소. 그 모습을
> 아주 어렸을 때부터 좋아했소. 날마다 멀리서
> 내 두 발로 넘어갈 수 없는

로 따라갈 뿐이었다고 할까, 우리는 자기도 모르게 로빈 후드 민요의 어떤 소절을 기계적

가파른 산비탈 너머로 사라지는 길은
나를 영원에게로, 아니면 적어도 내가 모르는 것들,
끝없이 이어지는 것들에게로 데려가줄 안내자 같았소.

시골길에 모종의 원근법적 착시, 미지의 매력이 있다는 걸 이야기
한다. 하지만 시골길에는 사람들도 있었다.

사람들을 만나 인사를 나누고
모습을 살피고 질문을 던지기 시작하고부터,
사람들과 허물없는 이야기를 주고받기 시작하고부터,
외롭기만 했던 길이 학교가 되어주었소.
나는 날마다 그 학교에 나가서 인간의 희로애락을 즐겨 읽었고,
인간의 영혼에 숨겨진 깊음을 들여다보았소.
속된 관찰자는 결코 짐작할 수 없을 깊음을 [······][53]

이런 식의 교육이 시작된 것은 학창 시절부터였다. 학교에 다닐 때
하숙했던 집은 목수를 하다가 그만둔 노부부의 집이었고, 그곳에서 만
난 사람들은 행상이나 양치기, 그와 비슷한 유형의 사람들이었다. 이런
학창 시절의 경험 덕에 그는 다른 계급 사람들과 편하게 지내고, 잉글랜
드를 갈라놓았던 각 계급 간의 정신적 장벽을 일부분이나마 제거할 수
있었던 것 같다. 그가 언젠가 말했듯, "만약 내가 이른바 교양 교육을 받
을 수 없는 계급에서 태어났더라면, 나는 몸이 튼튼한 사람이니까, 내 시
에 나오는 행상 같은 방식으로 살아갔을 가능성이 높다."[54] 한편으로는
어릴 때 부모를 여의고 친척집을 전전하는 동안 극도로 불안정한 상황을

으로 따라 부르고 있었다.—소로, 「와추셋 산 등반기」   • 또 한

겪으면서 갈 곳 잃은 사람들을 향한 연민이 생겨난 것 같고, 다른 한편으로는 여행에 열정을 가지게 되면서 떠돌이 인물들을 한마디로 낭만적이라고 느꼈던 것 같다. 시대부터가 불안정했다. 프랑스, 미국, 아일랜드에서 혁명과 반란이 구질서를 흔들어놓은 시대, 시골이 변하고 산업혁명이 시작되면서 가난한 사람들이 고향을 떠날 수밖에 없게 되어버린 시대였다. 안정된 장소, 안정된 일, 안정된 가정이라는 닻을 잃고 표류하는 사람들이 살아가는 새로운 세상이 어느새 열리고 있었다.

떠돌이 인물은 워즈워스와 같은 시대 작가들의 작품에 자주 등장하는 인물이었다. 그런 작품에서 걷기는 재미와 모험을 찾아 여행하는 사람들과 생존을 위해 떠돌이 생활을 하는 사람들 사이에서 그야말로 공유지를 제공했다. 잉글랜드 문화에서 걸어가는 일이 그렇게 중요한 역할을 한 것은 모두에게 대체로 평등하게 환영받는, 흔치 않은 무계급적 활동 중 하나이기 때문이라는 말을 나는 심지어 지금까지도 잉글랜드 사람들로부터 듣는다. 청년 워즈워스는 방출된 군인, 땜장이, 행상, 양치기, 떠도는 아이, 쫓겨난 아내, 「여자 부랑자(The Female Vagrant)」, 「거머리 잡는 늙은이(The Leech Gatherer)」, 「늙은 컴벌랜드 거지(The Old Cumberland Beggar)」 등 갈 곳이 없거나 없어진 사람들에 대한 시를 썼다. 그의 시를 비롯해서 많은 낭만주의자들의 시 속에는 방랑하는 유대인까지 등장한다. 영국시가 콜리지, 워즈워스, 로버트 사우디(Robert Southey)의 손에서 혁명적 변화를 겪었다고 평가하는 해즐릿의 표현을 빌리면, "그들을 에워싼 뮤즈는 어중이떠중이, 예를 들면 할 일 없는 견습생들과 보타니 만의 죄수들, 여자 부랑자들과 집시들과 그리스도가(家)의 순한 딸들, 모자란 아들들과 미친 엄마들이었다. 그들의 뒤에는 '날아오르는 부엉이들과 해오라기들'이었다."[55]

번은 혼자 걸어 다니다가 리저드까지 가게 되었다. 호텔에 들어가 묵을 곳이 있느냐고 묻

자기가 행상이 되었을지 모른다고 생각한 워즈워스는 자신의 첫 이야기시(narrative poem) 「허물어진 오두막집(*The Ruined Cottage*)」에서 행상을 시 속 이야기의 화자로 등장시키기도 했다. 운 좋은 청년이 길을 걷다 만난 누군가가 시의 내용이 되는 이야기를 들려준다는 점, 그리고 청년의 배회가 그 슬픈 이야기의 액자(그림을 돋보이게 하는 틀이자 그림과 그림 밖 세상을 나누는 테두리)가 된다는 점에서 그의 초기 시의 전형적 형태다. 이 시에서만큼은 워즈워스적 인물이 허물어진 오두막집까지 가게 되고, 행상이 그곳에 살았던 사람들의 눈물 젖은 이야기를 들려준다. 경제적 어려움 때문에 일가족이 뿔뿔이 흩어져 유랑민이 된 사연 같은 것이다. 이 시에 나오는 사람들은 모두 걷는 일과 관련되어 있다. 배회하는 화자가 그렇고, 떠돌이 행상이 그렇고 징집당해 먼 나라로 떠난 남편이 그렇고, 길 저편을 한없이 바라보면서 남편이 돌아오기만을 기다리는 아내가 그렇다. 풀밭에 난 길은 아내가 남편을 기다리면서 서성거렸던 흔적이었다.

한때 정원 안을 걷던 사람들이 걱정했던 것은 자기네들의 걷는 취미와 다른 사람들의 걸어야 할 필요가 구별되지 않는 사태였다. 그러니 정원 울타리를 벗어나지 않는 것, 그리고 걷는 일을 어딘가로 가기 위한 방법으로 삼지 않는 것이 그들에게는 매우 중요한 일이었다. 하지만 워즈워스는 그들과 달리 어딘가로 가기 위해 걸어가야 하는 사람들을 만나고자 했고, 실제로 만났다.(도로시가 만난 인물들, 도로시의 일기에 생생하게 묘사한 인물들을 빌려 쓴 경우도 많았다.)『서곡』은 풍경이라는 빵 사이에 급진 정치라는 고기를 끼운 열세 권짜리 샌드위치다. 마지막 권은 웨일스의 스노든 산에서 겪은 영적 경험으로 시작해서 또 하나의 긴 독백으로 이어진다.(상세한 지형 묘사는 없다.) 워즈워스와 이름이 밝혀지지 않는 한 친구는 산꼭대기에서 해가 뜨는 것을 보기 위해 한밤중에 양치기를 따라 산

자, "트리벨리언 씨 맞으십니까?"라는 대답이 돌아왔다. "아닌데요. 트리벨리언 씨가 오기

을 올라간다.(양치기는 유럽 최초의 산길 안내인 중 하나였다.) 다부진 두 청년은
일찌감치 목적지에 도착한다. 그렇게 산꼭대기에서 갑자기 쏟아져 내리
는 달빛과 풍경과 계시에 휩싸인 워즈워스는 긴 독백을 시작한다. 산을
올라가는 일은 이제 자기 자신과 세상과 예술을 이해하는 방법이 되었
다. 산을 올라가는 일은 한때 문화로부터의 이탈이었지만 이제 문화 활
동이 되었다.

　　　워즈워스에게 보행은 시의 주제이기도 했지만, 시를 쓰는 방식이기
도 했다. 그 방식이란 주로 걸으면서 소리 내어 이야기하는 것이었던 듯
하다. 같이 걷는 사람이 있으면 그 사람에게 이야기했고, 혼자 걸을 때는
혼잣말을 했다. 그것 때문에 종종 우스운 일이 벌어지기도 했고, 그래스
미어에 사는 사람들이 그를 좀 이상하게 보기도 했다. "딴 사람들한테는
말을 많이 안 했는데 혼자서 그렇게 말을 많이 했더라고. 입모양을 보면
알지."[56] "머리는 앞으로 내밀고 두 손은 뒤로 하는 거야. 그 자세로 슬슬
걷는 거야. 걷다가 걷다가 또 걷더니 딱 서는 거야. 그러고는 또 걷다가 걷
다가 길 끝까지 쭉 걸어가는 거야. 그러더니 어디 앉아서 종이를 꺼내 뭘
쓰는 거야."[57] 『서곡』에서 그는 자기가 데리고 다니는 개에 대해 이야기한
다. 그가 걸어갈 때 모르는 사람이 다가오면 개가 그에게 입을 다물라는
신호를 보내서 그가 미친 사람으로 오해받는 것을 막아준다는 이야기이
다. 뛰어난 기억력의 소유자였던 워즈워스는 예전에 보았던 장면의 시각
적 디테일과 감정적 생생함을 그릴 수 있었고, 자기가 존경하는 시인들의
긴 시구를 인용하거나, 걸으면서 머릿속으로 쓴 시를 나중에 글로 옮길
수 있었다. 대다수의 현대 작가들은 책상 앞을 떠나지 못하는 실내 서식
동물이다. 그들이 야외에 나가서 얻을 수 있는 것은 개요와 착상뿐이다.
반면에 워즈워스가 시를 쓴 방식을 보면, 구술 전통이 떠오르는 한편 왜

로 했나요?"라고 묻자 "네, 그렇습니다. 부인께서는 벌써 와계십니다."라는 대답이 돌아왔

그의 작품 중에 가장 좋은 것들이 노래하는 듯 아름답고 대화하는 듯 자연스러운지 알 수 있다. 작곡가가 곡을 쓰면서 메트로놈의 소리로 일정한 리듬을 찾듯, 워즈워스는 시를 쓰면서 자기의 발걸음으로 일정한 리듬을 찾았던 것 같다.

그의 가장 유명한 시 중 한 편(완전한 제목은 「여행길에 와이 강을 다시 찾아갔을 때, 틴턴 사원에서 몇 마일 올라간 곳에서 쓴 시」)은 도러시와 함께했던 1789년 웨일스 도보 여행 중에 걸어가면서 쓴 시였다.(브리스틀에 돌아오자마자 시 전체를 쭉쭉 적은 다음, 아무 수정 없이 『서정 가요집』에 쓱 집어넣은 시다.) 「틴턴 사원(Tintern Abbey)」은 『서정 가요집』의 대미를 장식하는 작품으로, 『서정 가요집』의 최고작 중 하나이자 그의 시를 통틀어서 최고작 중 하나이며 어쩌면 영어로 된 시를 통틀어서 최고작 중 하나다. 「틴턴 사원」은 생각에 몸을 맡긴 상태, 보다 구체적으로는 한 장소를 돌아다니면서 과거의 기억에서 현재의 경험으로 그리고 미래의 희망으로 옮겨가는 상태를 포착한다는 점에서 그야말로 걸어 다니는 시라고 할 수 있다. 그의 모든 무운시가 그런 것처럼 「틴턴 사원」 역시 실제로 말하는 듯한 언어로 되어 있어 대화를 듣듯이 편하게 읽을 수 있지만, 소리 내서 낭독하다 보면 200년 전에 그가 걷던 발걸음의 그 강한 리듬이 살아난다.

1804년에 도러시가 친구에게 쓴 편지를 보아도 그 점을 어렴풋하게 느낄 수 있다. "지금 오빠는 걷고 있습니다. 아침 내내 비가 쏟아지는데도 벌써 두 시간째 밖에 나가 돌아오지 않고 있습니다. 비가 오면 오빠는 우산을 쓰고 나가 나무가 무성한 장소를 고른 후 거기서 왔다 갔다 합니다. 그 길이 반의 반 마일일 때도 있고 반 마일일 때도 있지만, 그렇게 걸을 길을 정하면 마치 감옥 안을 걷는 사람처럼 그 길을 한 치도 벗어나지 않습니다. 오빠는 그렇게 밖으로 나가서 시를 쓰는 경우가 많은

다. 그날이 그의 결혼식 날임을 알고 있던 나는 좀 놀랐다. 신부를 찾아가보니 혼자 기다

데, 시를 쓰는 동안에는 시간이 얼마나 가는지 전혀 모릅니다. 비가 내리는지 맑은지도 모르는 것 같습니다."[58] 도브 코티지의 작은 정원에서 산책로를 따라 제일 높은 곳에 올라가면 집이 내려다보이고 그 아래로 호수와 호수 주변 언덕들이 거의 내려다보였다. 그가 제일 많이 왔다 갔다 하면서 시를 지은 곳이 바로 여기였다. 드퀸시는 워즈워스가 "175마일에서 180마일을 답파"했다고 했는데, 바로 열두 걸음 길이의 계단 정원 꼭대기길, 그리고 1813년에 이사해서 살게 된 좀 더 큰 집 정원의 비슷한 길을 걸은 거리를 합하면 그중 몇십 분의 일은 될 것 같다. "시를 쓰는 시인과 시의 음악 사이에 존재하는 거의 생리적인 관계"에 대한 셰이머스 히니(Seamus Heaney)의 설명에 따르면, 워즈워스가 같은 곳을 왔다 갔다 하는 것은 "어딘가로 나아가는 행동이 아니라 몸을 어떤 꿈결 같은 리듬에 맞추는 행동"이다. 이렇게 왔다 갔다 하는 것은 시를 쓰는 일을 육체노동, 이를테면 쟁기를 끄는 농부처럼 왔다 갔다 하는 일, 아니면 양을 잃어버린 양치기처럼 산속을 헤매고 다니는 일로 만든다. 워즈워스가 일해야 하고 걸어야 하는 가난한 사람들과 자신을 아무 부끄러움 없이 동일시한 까닭은 이렇듯 워즈워스 자신이 육체적 노고를 통해서 아름다움을 생산해냈기 때문이 아닐까. 그는 기본적으로 튼튼하고 다부진 사람이었지만 창작의 스트레스는 그에게 두통과 요통을 안겨주기도 했다. 그가 이렇게 시를 쓰면서 마치 육체노동을 하듯 몸을 혹사한 것은 그 때문이었다. "워즈워스는 최상일 때나 최악일 때나 항상 보행 시인이다."[59]

워즈워스가 완벽한 낭만주의 시인이었다면 그래스미어의 누추한 도브 코티지에서 작은 정원 안을 왔다 갔다 하던 삼십 대 후반에 세상을 떠났을 것이고, 우리에게 『서곡』의 여러 버전 중에 최초이자 최고의 버전을 남겼을 것이다. 또한 그는 우리에게 가난한 사람들이 나오는 초기 가

리다가 지쳐 있었다. 그가 트루로에서 혼자 출발하면서 남긴 말은 하루 종일 조금도 안 걷

요와 이야기시 전부, 그리고 유년을 노래하는 여러 송시와 서정시를 남겼을 것이고, 이로써 그의 급진주의자로서의 이미지는 고스란히 남겨졌을 것이다. 그가 그 집에서 좀 더 지내다가 그래스미어와 가까운 라이달이라는 마을의 좀 더 큰 집으로 이사 가서 여든 살이 될 때까지 목숨을 부지했고, 그러면서 성향은 점점 더 보수적이 되고 시는 점점 더 시시해졌다는 사실은, 그의 평판에는 안된 일이었지만 그의 일신과 가족에게는 잘된 일이었다. 그가 위대한 낭만주의자에서 위대한 빅토리아인으로 이행했다고 말할 수도 있겠지만, 이것이 이행이라면 많은 것을 포기하는 이행이었다. 그는 자신의 초기 정치관에 의리를 지키지는 못했지만, 자기 보행관에는 의리를 지켰다. 초기 워즈워스의 즐거운 반란을 이어가는 것이 작가 워즈워스가 아니라 보행자 워즈워스라는 것도 특이하다.

그가 마지막으로 민주주의의 찌릿한 아픔을 느낀 것은 1836년이었다. 당시 63세였던 그가 콜리지의 조카를 데리고 어느 사유지를 걸어갈 때였다. 한 전기 작가에 따르면, "영지의 주인이 나와서 그들에게 이것이 무단진입임을 알렸다. 윌리엄은 일반대중(the public)은 언제나 이 길로 걸어 다녔으니 이 길을 가로막은 것은 영주의 잘못이라는 주장을 설파했다. 옆에 있던 콜리지의 조카를 당황시키기에 충분한 주장이었다." 콜리지의 조카에 따르면, "워즈워스가 이 주장을 설파할 때 드러낸 흥분은 나에게는 과하다고 느껴졌고, 나로서는 그 이유를 알 수도 없었다. 아무래도 그 권리를 옹호하는 데서 기쁨을 느끼고 있는 것 같았다. 그 권리를 옹호하는 것이 의무라고 여기는 듯했다."[60] 다른 버전에는 이 대결이 로더 캐슬에서 있었던 것으로 되어 있다. 워즈워스와 콜리지의 조카 등이 참석한 만찬 자리에서 문제의 영주가 누가 자기 영지의 담장을 무너뜨렸는지 잡히기만 하면 채찍으로 갈겨주겠다고 말했을 때였다. "식탁 반대

고 지나보낼 수는 없다는 것이었다. 그는 밤 10시쯤에야 도착했다. 완전히 녹초가 된 상

쪽에 앉아 있던 근엄한 노(老)시인께서 이 말을 듣더니 갑자기 노여운 얼굴로 벌떡 일어났다. '존 경, 내가 무너뜨렸소. 당신이 세운 담장이 유서 깊은 통행권을 가로막고 있길래 그랬소. 당신이 또 세우면 내가 또 무너뜨리겠소. 나는 지금 토리당이지만, 내 등짝을 좀 긁어내보면 아직 휘그당을 찾아낼 수 있을 거요.'"[61]

다른 낭만주의자들 가운데 워즈워스처럼 평생 걷기에 열의를 품었던 사람은 드퀸시뿐일 것이다. 얼마나 좋아했는지를 알기란 불가능하지만, 어떻게 좋아했는지는 알 수 있다. 워즈워스가 보행을 작품의 소재이자 집필의 방법으로 삼는 최초의 작가였다면, 드퀸시는 보행과 관련해 선배 작가와는 다른 방식으로 최초였다. 모리스 마플스에 따르면, 드퀸시는 도보 관광에서 천막을 사용한 최초의 인물이었다. 드퀸시가 돈을 아끼려고 천막에서 잤던 것은 일찍이 웨일스에 체류할 당시였다.(야외 용품 산업이 처음 등장한 것이 바로 이때였다. 예컨대 워즈워스와 로버트 존스는 유럽 여행용 특수 외투를 맞추어 입었고, 콜리지에게는 지팡이, 드퀸시에게는 천막, 키츠에게는 특이한 여행 용품이 있었다.) 드퀸시의 보행 관련 글 중에서 최고작은 극빈 청년으로 런던 길거리를 배회하는 내용의 글인데, 글에서 다루는 보행의 성격은 물론이고 글 자체의 성격도 워즈워스와는 전혀 다르다. 동료 수필가 해즐릿이 보행을 주제로 쓴 최초의 수필은 워즈워스의 전통을 잇는다기보다 보행 문학의 새로운 장르를 열었다. 보행을 진지한 취미라기보다 시간 때우기로 그리는 글이다. 셸리는 걸어 다니기에는 너무 귀족적인 무정부주의자였고, 바이런(George Gordon Byron)은 걸어 다니기에는 너무 다리가 불편한 귀족이었다. 그들의 여행 수단은 배 아니면 마차였다.

콜리지가 1794년에서 1804년까지 10년 동안 열렬히 걸어 다닌 것

태였고, 65킬로미터 신기록이었다. 신혼부부에게는 좀 희한한 출발이라고 나는 생각했

은 그때 나온 시에도 나타나 있다. 콜리지가 조지프 헉스(Joseph Hucks)라는 친구와 함께 웨일스를 걸어서 여행했던 것, 그리고 동료 시인이자 미래의 처남 로버트 사우디와 함께 남부 잉글랜드의 서머싯을 걸어서 여행했던 것은 워즈워스를 만나기도 전이었다. 콜리지와 워즈워스는 1797년에 그 대단했던 공동 작업기를 시작하면서 남부 잉글랜드의 같은 지역을 함께 걸어 다녔다. 콜리지가 자신의 가장 유명한 시 「노수부의 노래」(그 무렵 워즈워스의 작품들과 마찬가지로 추방과 유랑을 다룬 시)를 지은 것도 그런 도보 여행에서 도러시가 동행했을 당시였다. 콜리지와 워즈워스 남매는 그 후로도 여러 차례 함께 걸어서 여행을 다녔다. 예컨대 윌리엄 워즈워스가 동생 존과 함께 자기가 어렸을 때 살았던 레이크 지방을 와본 후, 다시 이곳에 살기로 결심하는 중차대한 사건도 함께했던 도보 여행 중에 일어났고, 콜리지와 사우디가 레이크 지방 북부의 케스윅으로 이사온 후에는 비교적 짧은 도보 여행을 함께 자주 다녔다. 콜리지, 윌리엄, 도러시가 함께한 마지막 도보 여행은 나귀 수레를 끌고 다녔던 스코틀랜드 여행이었다. 여행이 엉망이 되면서 콜리지와 윌리엄은 서로의 신경을 긁었다. 두 사람이 그렇게 갈라선 후 그 대단했던 우정은 두 번 다시 회복되지 못했다. 레이크 지방을 혼자 전투적으로 돌아다니던 무렵의 콜리지는 자기가 스카펠 피크 정상에 올라갔다는 기록을 남긴 최초의 인물이었다. 하산 중에 난코스로 접어들어 거의 굴러 내려왔던 탓에 최초라는 명예가 좀 떨어지는 했지만 말이다. 콜리지의 도보 여행은 1804년이 마지막이었다. 콜리지의 작품은 워즈워스의 것에 비해 걷기와 쓰기의 관계가 그렇게 분명하거나 풍부하지는 않지만, 콜리지가 걷기를 그만두면서 무운시 쓰기도 그만두었다는 것은 비평가 로빈 자비스도 지적하고 있다.

　시인들의 이런 도보 여행이 나중까지 이어지지 않았다는 것 자체

다.—버트런드 러셀　　　　　　　　　• 헬렌은 목이 멨다. "어떻게 인생을 그렇

가 보도 여행이 유행하기 시작했음을 암시한다. 여행안내서라는 그야말로 시와는 무관한 문헌이 도보 여행자들을 겨냥하기 시작한 것도 이 무렵이었던 것 같다. 도보 여행의 방법, 도보 여행의 의미와 관련된 표준들이 확립되기 시작했음을 도보 관광이라는 개념 자체가 암시하고 있다. 도보 여행에 관습적 의미와 방법이 따라붙기 시작했다는 것은 정원 산책의 경우와 마찬가지였다. 이것을 잘 보여주는 것이 존 키츠의 엄청난 도보 여행 실험이다. 1818년에 청년 키츠가 시를 쓰기 위해 도보 여행을 떠났다는 것에서, 도보 여행이 감수성을 도야하는 수단이었을 뿐 아니라 모종의 통과의례였음을 짐작할 수 있다. 그는 친구에게 보낸 편지에서 이렇게 말한다. "한 달 안에 배낭을 꾸려서 잉글랜드 북부와 스코틀랜드 일부를 돌아보는 도보 여행을 떠날 생각입니다. 여행의 목적은 유럽 전체를 가장 저렴한 비용으로 쓰고 연구하고 관찰하고, 내가 추구하는 삶의 서곡을 쓰는 것입니다. 그러기 위해서 할 일은 산을 기어 올라가서 구름 저 위에 존재하는 것입니다."[62] 얼마 후에 다른 친구에게 보낸 편지에는 "집에 있으면서 책을, 심지어 호메로스를 읽는 것보다 이렇게 넉달 동안 하일랜드를 헤매고 다니는 것이 더 큰 경험이 될 것이고, 편견을 더 많이 떨구어 없애줄 것이고, 고생스러움에 익숙하게 해줄 것이고, 더 아름다운 풍경을 알아볼 수 있게 해줄 것이며, 더 웅장한 산에 대한 기억을 남겨줄 것이고, 시에 더 가까이 가게 해줄 것이라는 생각이 없었더라면 절대로 나 자신에게 이런 여행을 허락하지는 않았을 텐데."[63]라고 적었다. 잠시 동안 역경을 헤쳐 나가고 산에 익숙해지는 일이 시를 쓰는 훈련이었다는 뜻이다. 그러나 키츠가 딱 그만큼의 고생과 경험을 원한 것은 이후의 보행자들과 마찬가지였다. 아일랜드라는 억압받는 섬의 극심한 빈곤에 대한 키츠의 반응은 경악과 외면이었다. 키츠가 이렇게 경험

게! 이렇게 근사한 것들이 많은데 어떻게 그렇게 아무것도 안 보면서…… 아무것도 안 하

을 외면하는 장면에서 독자는 『서곡』의 중요한 한 순간, 또한 워즈워스의 일생에서도 중요했을 한 순간을 떠올리게 된다. 프랑스로 간 워즈워스가 혁명군 미셸 보퓌(Michel Beaupuy)를 따라 걸어갈 때였다. "굶주림에 지친 [……] 골목길을 기어가는 소녀"가 보였고, 보퓌는 이 소녀야말로 자기네들이 싸우는 이유라고 했다.[64] 워즈워스는 보행을 쾌적함뿐 아니라 고통스러움에, 경치뿐 아니라 정치에 결부한 작가였다. 워즈워스가 걸은 곳은 정원을 벗어난 세상, 정제되거나 한정되지 않는 가능성들로 가득한 세상이었다. 하지만 그의 뒤를 따라 걸은 사람들은 자기가 걷는 세상이 그저 정제되고 한정되어 있는 정원 같은 곳이기를 바랐다.

면서…… 음악도 안 듣고, 밤 산책도 안 나가고……." 그는 대답했다. "직업이 있는 사람이

8
두 발이 감상에 빠지면: 보행 문학

신사의 설교

낭만주의의 보행 전통과 함께 또 다른 전통이 살아남았다. 토머스 하디 (Thomas Hardy)의 소설 『더버빌가의 테스』 앞부분을 보면, 두 전통이 충돌하는 장면이 나온다. 테스를 비롯한 농촌 처녀들이 노동절을 기념하는 '함께 걷기(club-walking, 기독교가 들어오기 전부터 있었던 봄 축제의 크로스컨트리 행렬)'에 참여한다. 흰 옷으로 차려입은 젊은 여자들과 좀 나이가 든 몇몇 여자들이 "둘씩 나란히 줄을 맞추어 마을을 한 바퀴" 걸은 후 무대로 정해진 풀밭으로 가서 춤을 추기 시작한다. 그 모습을 "계급이 상대적으로 높은 세 청년"이 "어깨에는 작은 배낭을 걸치고 손에는 튼튼한 지팡이를 든 채" 바라본다. "삼형제가 면식이 있는 사람들에게 들려주는 이야기를 듣자하니, 성령강림절을 이용해 도보로 계곡 쪽을 여행 중이었다." 삼형제의 아버지는 독실한 목사고, 삼형제 중 첫째와 둘째도 목사다. 형들에 비해서 세상의 질서에 대한 믿음과 그 질서 속에서 자기가

라면 산책 정도 하는 건 좋지요. 있잖아요, 옛날에는 나도 그런 의미 없는 이야기를 많이

차지할 위치에 대한 믿음도 부족한 셋째는 길을 벗어나서 축제에 참여한 마을 사람들과 함께 춤을 춘다. 농촌 여자들이 행렬을 만들어 걷는 일과 젊은 신사들이 도보로 여행하는 일은 둘 다 서로 다른 방식으로 자연을 섬기는 의례이다. 배낭과 지팡이로 분장한 남자들의 경우에는 자연스러움을 꾸미고 있다. 그들의 방식대로 자연을 섬기려면 여가와 사회의 격식을 내려놓는 일, 여행이 필요하기 때문이다. 한편 행렬에 참여한 여자들의 경우에는 그 꾸밈이 자연스럽다. 까마득한 옛날부터 전해 내려오는 극히 구조화된 의례를 따르고 있기 때문이다. 후자는 전자가 특별히 배제한 두 가지, 즉 노동과 성(性)을 표현한다. 그들이 종사하고 있는 농사 풍작을 기원하는 의례이고, 일을 마친 마을 청년들이 동참해 함께 춤을 추는 의례이기도 하기 때문이다. 그들에게 자연은 휴가지가에 있는 것이 아니라 생활의 현장이며, 노동과 성과 풍작은 그 생활의 한 부분이다. 물론 자연숭배의 대세가 된 것은 토속신앙으로 거슬러 올라가는 농촌 축제가 아니었지만 말이다.[65]

18세기 중에 예술적 종교가 되고, 18세기 말 급진적 종교가 된 자연은 19세기 중반에는 중간계급의 종교로 자리 잡았다. 당시 이 자연교(自然敎)는 노동계급 사이에서도 적잖게 확산되었는데, 그 정도는 잉글랜드가 미국보다 훨씬 심했다. 기독교를 뒷받침하거나 대신하겠다는 것이 이 종교의 기획이었지만, 실상 기독교에 못지않게 경건하고 윤리적인 종교, 그리고 성(性)을 배제하는 종교였다. 잉글랜드, 미국, 중부 유럽에서 낭만주의와 초월주의의 후예들은 "자연"을 찾아 나서는 것을 경건한 행동으로 받아들였다. 쾌활한 독설을 날리는 올더스 헉슬리(Aldous Huxley)의 수필 「열대 지방의 워즈워스(Wordsworth in the Tropics)」에 따르면, "지난 100여 년 동안, 북위 50도 부근에서는 대자연이 신성한 존재, 도덕성

하고 다녔어요. 그렇지만 자기 집에 집달리가 찾아오는 일을 한 번 겪고 나면 그런 이야기

을 고양해주는 존재라는 공리가 존재해왔다. 좋은 워즈워스 교도들이 볼 때 시골에서 걷는 일은 교회 가는 일에 못지않게 중요하고, 웨스트모어랜드 답파는 예루살렘 순례 못지않게 유익하다. 착실한 사람들 중에는 워즈워스 교도 아닌 사람이 없는데, 그중에는 직접 영감을 받아서 그렇게 된 사람도 있고, 다른 워즈워스 교도한테 전도를 받아서 그렇게 된 사람도 있다."[66]

특별히 보행을 다룬 최초의 수필은 해즐릿이 1821년에 쓴 「길을 떠나며(On Going a Journey)」이다. '자연 속'을 걷는 것의 기준, 그리고 이후에 따라올 보행 문학의 기준을 마련한 글이다. 이 글의 서두에 따르면 "세상에서 제일 기분 좋은 일 가운데 하나는 길을 떠나는 것인데, 나로 말하자면 혼자 떠나는 것을 좋아한다." 걸을 때 혼자인 편이 좋은 이유는 "자연이라는 책을 읽는 내내 다른 사람들을 위해 그 책의 의미를 번역"하지 않아도 되기 때문이고, "나는 내 막연한 상념이 민들레 솜털처럼 날아다니는 모습을 보고 싶은 것이지 그 상념이 논쟁의 가시덤불에 엉켜 붙는 모습을 보고 싶은 것이 아니"기 때문이다.[67] 보행과 사유의 관계에 많은 부분을 할애하는 글이다. 그렇지만 해즐릿이 자연이라는 책 속에서 정말 혼자 있느냐에 대해서는 의문을 제기할 수 있다. 이 짧은 글은 베르길리우스, 셰익스피어, 밀턴(John Milton), 드라이든(John Dryden), 그레이, 쿠퍼, 스턴, 콜리지, 워즈워스가 쓴 책들, 그리고 요한계시록까지 인용하고 있다. 웨일스를 여행했던 날을 이야기하는 대목에서는 풍경 묘사 속에 여행 전날 밤에 읽은 루소의 『신엘로이즈』가 섞이고, 여행을 하면서 콜리지의 풍경시를 읊었다는 말이 나오기도 한다. 이 글에 인용되는 책들은 자연 속을 걷는 것의 이상, 곧 생각과 인용과 풍경이 어우러지는 기분 좋은 경험을 분명하게 제시하고, 해즐릿 역시 그런 경험을 하게 된다. 자연

는 쑥 들어가지요. 집달리가 내 서재에서 러스킨의 책, 스티븐슨의 책을 만지작거리는 것

이 종교라면, 그리고 보행이 그 종교의 예배라면, 이런 책은 그 종교의 정전급 경전들이다.

해즐릿의 글은 보행 수필이라는 장르의 효시가 되었다. 내가 보유하고 있는 보행 수필 선집 세 권(영국에서 나온 한 권은 1920년 판본, 미국에서 나온 두 권은 각각 1934년과 1967년 판본)에 공통으로 실린 글이며, 이후의 수필가들 가운데 다수가 인용하는 글이다. 보행과 보행을 논하는 보행 수필 사이에는 많은 공통점이 있다. 첫째, 길을 떠나서 이리저리 떠돌지만, 떠났을 때와 크게 다르지 않은 상태로 떠났던 곳으로 돌아오게 된다. 둘째, 편안함, 나아가 산뜻함을 목적으로 한다. 숲속에서 길을 잃고 초근목피로 연명하거나 처음 보는 사람과 무덤에서 섹스를 하거나 전쟁에 휘말리거나 피안의 환상을 보는 일은 없다는 뜻이다. 셋째, 도보 여행은 영국국교회 목사를 비롯한 개신교 계열의 성직자들과 밀접한 관계가 있었고, 보행 수필에는 어딘가 그런 성직자들 같은 고지식함이 있다. 개중에는 매우 잘 쓴 글도 있다. 상념의 이어짐이라는 해즐릿의 사색 테마를 이어나가는 레슬리 스티븐(Leslie Stephen)의 「보행 예찬(In Praise of Walking)」에 따르면 "걷는 길은 다른 기억들을 자연스럽게 연결해주는 실과 같다. 하지만 각각의 걷기는 그 하나하나가 아리스토텔레스의 요건을 갖춘 작은 드라마, 곧 일정한 플롯에 사건과 파국이 있는 드라마다. 일상생활의 내용을 구성하는 모든 생각, 우애, 관심이 이 드라마의 내용이다."[68] 나름대로 꽤 재미있는 논의이고, 학자 겸 초기 등산가 겸 전투적 보행자를 자처하는 스티븐도 재미있는 인물이다. 그다음에는 셰익스피어도 걸었고, 벤 존슨도 걸었고, 많은 다른 사람들이 걸었다는 논의가 나오고, 워즈워스 이야기도 안 나올 수 없다. 재미가 줄어드는 것은 그다음부터다. 슬며시 설교가 끼어들기 때문이다. "절름발이였던 바이런은 보행이 불가능했다.

을 본 순간, 나는 인생을 직시하게 된 것 같아요. 직시해보니 별로더군요."—E. M. 포스

그랬으니 제대로 된 시골 도보 여행 한 번이면 시원하게 날아갔을 병적
체액들이 뇌에 쌓이면서 과도한 허세와 비딱한 염세 같은 결함이 생기
고, 바이런 시대의 남성적 지성의 업적이 절반이나 날아갔다." 바이런과
함께 영국 작가 수십 명을 끼워 넣은 스티븐은 다시 설교를 날린다. "보행
은 작가들의 모든 병적 경향들을 치유하는 만병통치약이다." 그러고는
결국 어느 보행 수필가도 거부하지 못하는 듯한 단어, 바로 반드시라는
가르침의 단어가 등장한다. "명승고적을 목적지로 삼는 일은 반드시 지
양해야 한다. 명승고적은 걷는 길 자체의 이익에 우연히 더해진 이익이어
야 한다."**69**

로버트 루이스 스티븐슨(Robert Louis Stevenson)의 유명한 1876년
수필 「도보 여행(Walking Tours)」에는 그 치명적 단어가 글이 시작하고 불
과 두세 페이지 만에 나온다. "도보 여행을 할 때는 반드시 혼자 떠나야
한다. 도보 여행에는 자유가 가장 중요하기 때문이다. 그때그때 마음 가
는 대로 발길을 멈추거나 다시 출발하거나, 이 길로 가거나 저 길로 가는
것이 반드시 가능해야 한다. 전투적 보행자와 함께 속보로 걷거나 젊은
처자와 함께 좁은 보폭으로 걷는 것은 지양해야 한다."**70** 해즐릿에 대한
태도에는 칭송과 비판이 공존한다. "그는 도보 여행 이론에 단연 정통하
다. [……] 하지만 내가 그의 글에서 반대하는 한 가지, 보행의 대가인 그
의 보행 중에 내 눈에 그리 현명해 보이지 않는 한 가지가 있다. 그렇게 뛰
어넘고 달려가고 하는 것은 별로 좋아 보이지 않는다." 스티븐슨의 『당
나귀와 떠난 여행』은 프랑스의 세벤 산맥을 걷는 긴 도보 여행을 묘사하
는데, 이 여행 당시 스티븐슨은 권총을 소지할 정도로 위험을 느꼈지만,
책에서는 그저 그림 같은 풍경과 가볍고 재밌는 상황을 기록할 뿐이었
다. 대부분의 정전급 수필가들은 걷는 것이 여러 이유로 유익하다는 설

터, 『하워즈 엔드』   • 리듬의 기원에는 두 발의 리듬이 있다. 인

교, 걸을 때는 이러이러하게 걸어야 한다는 설교를 거부하지 못하는 것 같다. 역사 연구자 G. M. 트리벨리언(G. M. Trevelyan)은 1913년 발표한 수필 「보행(Walking)」의 서두에서 이렇게 말한다. "내 병을 고치는 두 의사는 내 왼쪽 다리와 오른쪽 다리다. 내 몸과 마음은 서로 가까운 곳에 살고 있어서 한 쪽이 병에 걸리면 예외 없이 다른 쪽도 병에 걸리는데, 그렇게 몸과 마음이 병에 걸렸을 경우에도 그 두 의사를 부르기만 하면 병이 낫는다는 것을 나는 알고 있다. [……] 피로 물든 선원들이 배를 차지하고 방탕에 빠지듯 생각이 내 머릿속에서 난동을 부리기 시작하면, 나는 걷기 시작해서 해 질 녘에야 그 녀석들을 데리고 집으로 돌아온다. 그때쯤이면 그 녀석들도 행복한 보이스카우트 소년들처럼 한데 어울려서 즐겁게 뒹군다."[71]

이 행복한 보이스카우트 소년들을 좋아하지 않는 사람도 있을 수 있다는 생각이 그에게는 떠오르지 않았나 보다. 게르만계 영국인 풍자작가 맥스 비어봄(Max Beerbohm)에게는 그 생각이 떠오른 듯하다. 그는 1918년에 쓴 「걸으러 나갈 때(Going Out on a Walk)」에서 걷기 신앙을 모독하는 발언을 한다. "친구들과 함께 시골로 내려가 있을 때면, 폭우가 쏟아지는 날만 아니면 언제든 갑자기 그중 누군가가 다른 때는 꿈도 못 꿀 강한 명령 투로 '나가서 좀 걷자!'라고 한다. 사람들은 걷고 싶어 하는 것이 본질적으로 어딘가 고결하고 도덕적인 욕망이라고 생각하는 것 같다." 계속해서 비어봄은 걷는 일이 생각하는 일에 전혀 유익하지 않다는 이설을 펼친다. "육체가 집밖으로 나간다는 것은 그 자체로 고결함과 성실함과 강인함의 증거니까 육체는 기꺼이 집밖으로 나가지만," 머리는 같이 나가고 싶어 하지 않는다는 의미였다.[72] 비어봄은 세례요한처럼 광야(wilderness)에서 외치는 소리였지만, 비어봄의 광야는 비어봄이 틀렸다고

간은 각자 걸으면서 의식적, 무의식적으로 리듬감 있는 소음을 만들어낸다. 두 다리로 걸

확신하는 사람들로 북적이는 광야였다.

　　대서양 건너 미국에서는 헨리 데이비드 소로의 1851년 수필 「산책」이 위대함이라는 고지에 닿을 뻔했지만, 결국 설교하고 싶은 마음을 이기지 못했다. 소로는 다른 모든 수필가들과 마찬가지로, 살아 있는 자연의 세계를 걷는 일을 자유와 연결 짓는다. 이 글의 유명한 서두에서 그는 말한다. "자연을 위해, 절대적 자유로움과 무모함을 위해 한마디 하고 싶다. [……] 걷는 기술, 걸어 다니는 기술을 체득한 사람(말하자면 배회에 재능이 있는 사람)을 나는 내 평생에 한두 사람밖에 만나지 못했다." 한 페이지를 넘기면 이런 대목이 나온다. "아무리 짧은 길이라 해도 길을 나설 때는 절대 돌아오지 않겠다는 불사의 모험 정신이 있어야 하는 것 같다. [……] 부모형제와 처자식과 친구들을 이제 두 번 다시 만나지 못해도 좋다는 각오로 빚을 청산하고 유언장을 작성함으로써, 자유의 몸이 된 후에야 비로소 길을 나설 준비가 된 것이다." 더없이 과격하고 무모한 설교지만, 설교라는 사실은 변하지 않는다. **반드시**를 거부하지 못하는 것은 소로도 마찬가지다. "반드시 보행자 가문 출신이어야 한다. [……] 낙타는 걸어가면서 반추하는 유일한 동물이라고 하는데, 우리도 반드시 낙타처럼 걸어가야 한다. 찾아온 손님이 워즈워스의 하녀에게 집주인이 작업하는 서재를 구경시켜달라고 하자, 하녀가 대답했다. '주인님의 책이 있는 곳은 이 방이지만, 주인님이 작업하는 곳은 저 바깥입니다.'"[73]

　　보행 수필은 육체적, 정신적 자유를 찬양하는 장르였을 뿐, 자유로운 세계를 혁명적으로 열어 보이는 장르는 아니었다. 그 혁명은 이미 일어난 후였다. 보행 수필이 한 일은 자유가 얼마나 허용될 수 있는가를 서술함으로써 그 혁명을 길들이는 것이었다. 설교도 계속되었다. 해즐릿의 글이 나온 후로 한 세기 반이 지난 1970년, 브루스 채트윈(Bruce Chatwin)

은 노마드(nomad)에 대한 이야기로 시작해서 스티븐슨의 『당나귀와 떠난 여행』에 관한 옆길로 빠져 들어가는 글 한 편을 쓴다. 멋진 글이지만, 정주를 거부하는 노마디즘(걷는 행위에 한정되지 않는 개념)과 걷는 것(여행에 한정되지 않는 개념)을 똑같은 것으로 간주한다. 그는 노마디즘과 영국의 도보 여행 전통이라는 그 자신의 계보를 뒤섞음으로써 두 개념의 차이를 모호하게 만들었다. 이로써 노마드는 낭만주의자, 혹은 적어도 낭만적 인물로 그려질 수 있었고, 채트윈은 자기 자신이 노마드라는 환상을 품을 수 있었다. 스티븐슨을 인용하는 대목 바로 뒤에서 채트윈은 보행의 전통과 보조를 맞춘다. "최선은 길을 가는 것이다. '길을 가는 것은 어렵고, 앞에 놓인 길은 여러 갈래'라고 말한 중국 시인 이백(李白)을 따라 가야 한다. 인생길은 거친 광야를 지나는 길이다. 진부하리만치 보편적인 이 생각이 아직까지 살아남아 있는 것은 그것에 그야말로 생물학적 진실이 담겨 있기 때문이다. 모든 우리 혁명 영웅들은 제대로 걸어본 후에야 진정한 영웅이 되었다. 체 게바라(Ché Guevara)는 쿠바혁명에 '노마드 단계'가 있다고 했다. 마오쩌둥에게 대장정의 의미는 무엇이었으며, 모세에게 출애굽의 의미는 무엇이었는가. 움직이는 것이 최고의 우울증 치료제라는 사실은 『우울의 해부』를 쓴 로버트 버턴(Robert Burton)도 잘 알고 있었다."[74]

설교가 150년간 이어졌다! 신사들의 가르침이 한 세기 반 동안 이어졌다! 걷는 것이 건강에 좋다는 의사의 처방은 수 세기 전부터 있었지만, 문학에서 보행이 인기를 끈 것이 의사의 처방 때문이었을 리는 없다. 게다가 이 신사들은 괴한이나 자연재해 등과 마주칠 위험이 없는 특정한 종류의 보행을 옹호하면서도 자기가 보행에 어떤 울타리를 치고 있는지는 의식하지 못하는 것 같다.(도시를 돌아다니는 일의 즐거움 중 하나는

앞으로 나아갈 수 있기 때문이다. [······] 짐승들도 떼를 지어 이동하는 경우가 있었다. 그

그것이 불건전한 행동이라는 것이다.) 내가 이 보행 문학 작가들에게 신사라는 명칭을 부여한 이유는 그들이 전부 한 보행 클럽의 회원들인 것 같아서다. 실제로 그런 보행 클럽이 있다는 것이 아니라 그만큼 비슷한 배경을 공유하고 있다는 의미다. 그들은 대체로 특권층이고(잉글랜드 작가들은 독자가 모두 옥스퍼드나 케임브리지 출신이라고 가정하는 듯한 글을 썼고, 미국의 소로마저 하버드 출신이었다.), 희미하게나마 성직자 성향이 있으며, 남자 일색이다. 위에서 인용된 글들을 통해서 분명하게 알 수 있듯, 그들은 춤을 추는 시골 처녀도 아니고 보폭이 좁은 젊은 처자도 아니다. 그들이 떠날 때 뒤에 남는 것은 처자식이지 남편이 아니다. 소로가 그 점을 지적하기도 한다. "여사들은 남자들에 비해 집 안에 있을 때가 훨씬 더 많다. 어떻게 그렇게 살 수 있나 모르겠다."[75] 도러시 워즈워스 이후 많은 여자들이 혼자 멀리까지 걸어 나갔다. 남편 해즐릿과 사이가 나빴던 사라 해즐릿(Sarah Hazlitt)은 혼자 도보 여행을 하기도 했다. 그녀가 남긴 여행기는 물론 여성의 보행을 담은 기록 대부분과 마찬가지로 그 당시에 출간되지 않았다. 플로라 톰슨(Flora Thompson)은 눈이 오나 비가 오나 옥스퍼드셔의 시골을 걸어 돌아다니면서 편지를 배달한 이야기를 글로 남겼는데, 시골에서 걷는 일에 대한 가장 매혹적인 기록 중 하나임에도, 보행 문학의 정전에 포함되지는 않는다. 가난한 여자가, 일에 관해 쓴 글이며, 다른 많은 것들을 다루는 책에 묻혀 있는 글이기 때문이다. 이 글이 정전에 포함되지 못한 이유에는 성(性)에 관한 이야기가 나온다는 것도 있다.(그녀가 수시로 지나다니는 영지의 사냥터지기가 그녀에게 구애했다가 거절당한다.) 이 걸어 다니는 여자들은 티베트를 여행한 알렉산드라 데이비드-닐(Alexandra David-Neel), 북아프리카를 여행한 이자벨 에버하르트(Isabelle Eberhardt), 로키 산맥을 여행한 이자벨라 버드(Isabella Bird) 같은 뛰어난 19세기 여

리듬은 인간 떼가 이동할 때보다 훨씬 우렁차고 훨씬 식별 가능했다. 발에 굽이 있는 짐

성 여행자들처럼 비정상, 예외로 취급받았다.(그 이유는 나중에 14장에서 자세히 다루겠다.)

　　19세기 후반 보행 문학 작가들 사이에서 방랑자(vagabond)나 집시(gypsy)와 함께 떠돌이/떠돌기(tramp)라는 단어가 유행했다.(그리고 나중에 다른 세계에서 노마드라는 단어가 유행하기도 했다.) 하지만 떠돌이처럼 떠도는 것은 진짜 떠돌이가 아님을 말하는 한 방법이다. 단순함을 지향하기 위해서는 복잡함이 전제돼야 하듯, 이런 유형의 이동성을 지향하기 위해서는 안정적으로 자리를 잡은 상태여야 한다. 채트윈에게는 미안한 말이지만, 베두인족의 유목과 잉글랜드 신사의 도보 여행은 완전히 다르다. 스티븐 그레이엄(Stephen Graham)이라는 잉글랜드인은 20세기 초에 동유럽, 아시아, 로키 산맥 등을 한동안씩 걸어 다닌 놀라운 경험을 그때그때 책으로 남긴 것 외에도 『떠돌기라는 신사의 예술(The Gentle Art of Tramping)』이라는 잡종적인 여행 지침서를 썼다. 유쾌한 일화를 통해 걷는 기술을 가르쳐주는 총 271쪽짜리 책인데, 장화에 대한 장이 있는가 하면 「걸을 때 부르는 노래들」, 「비를 맞았을 때 말리는 법」, 「무단진입」 등의 장이 있다. 보행을 다룬 작가 중에 생각에 잠겨서 길을 잃고 헤매다가 자기도 모르게 놀라운 생각에 도달하는 사람은 소로뿐인 것 같다. 소로가 그런 과정을 거쳐 옹호하게 되는 생각들 중에는 버리고 떠나기, 명백한 운명(manifest destiny), 기억상실 등이 있고, 드물게는 국가주의 같은 것도 있다. 그렇지만 그런 국가주의를 옹호하던 시기쯤이면, 소로의 주인공들은 이미 비무장 보행자라기보다는 도끼를 휘두르는 서부 개척자다. 소설은 사자도 가둘 수 있는 문학 형식이고 시는 아무 울타리도 없는 문학 형식인데 비해, 수필은 지저귀는 작은 새들밖에 넣어둘 수 없는 문학 형식으로 여겨지는 만큼, 보행 문학의 한계는 수필이라는 형식에 내재된 한계일 수

승들이 떼를 지어 도망치면 군인 한 부대가 북을 치는 것 같았다. 인간을 둘러싼 환경이

도 있다. 최소한 영어권 주류 전통에서는 문학과 보행의 영역이 함께 좁
아졌다.

레이건의 꿈

걷는 일, 적어도 시골을 걷는 일이 도덕적이라는 믿음은 사라지지 않고
있다. 그 사례는 어디에나 있다. 언젠가 나는 한 불교 잡지를 훑어보다가
특히 더 짜증스러운 수필 한 편을 읽게 되었다. 세계 정상들이 모두 걸
어 다닌다면 이 세상의 모든 문제들이 해결되리라고 장담하는 글이었
다. "보행은 세계 평화로 가는 길일 수 있다. 세계 정상들이 회의장에 갈
때 권력이라는 전염병을 옮기는 리무진을 타고 가는 대신 두 발로 걸어
간다면. 큰 테이블이든 작은 테이블이든, 사각 테이블이든 원형 테이블
이든 회의장의 테이블을 모두 없앤다면. 제네바 호수를 따라 함께 거닐
면서 마음과 마음이 통하는 회의를 진행한다면."[76] 이 생각이 얼마나 미
심쩍은지는 로널드 레이건(Ronald Reagan)이라는 세계 정상의 예가 보여
주고 있다. 레이건의 회상을 한 권의 책으로 엮기 위해 애쓴 마이클 코
르다(Michael Korda)에 따르면, 레이건은 자기 재임 기간 중의 가장 중요
했던 순간으로 자기 회고록을 시작하고 싶어 했다. 그것은 고르바초프
(Mikhail Gorbachev)와 제네바 근처에서 첫 번째 회담을 하던 중에 일어났
다. 제네바는 루소가 태어난 곳이니, 그야말로 루소적 장면이 펼쳐진 한
순간이었다. "레이건이 깨달은 것은 [⋯⋯] 정상회담이 아무 성과 없이 끝
나리라는 것이었다. 온갖 고문들과 전문가들에게 둘러싸인 두 세계 정
상은 군비축소 문제를 토론하면서 그 어떤 인간적 접촉도 나눌 수 없었

자 인간에게 가해지는 위협이자 인간의 사냥감이었던 짐승은 인간에게 최초의 인식 대상

다. 레이건은 고르바초프의 어깨를 툭툭 치면서 같이 산책을 하자고 했다. 두 사람은 함께 밖으로 나왔고, 레이건은 고르바초프를 데리고 제네바 호수 쪽으로 갔다."[77] 두 사람이 그때 그렇게 걸으면서 "오랫동안 진심 어린 토론"을 나눈 끝에, 핵무기 감축의 첫 단계에 대한 합의, 그리고 핵무기 상호사찰 및 상호검증에 대한 합의에 이를 수 있었다고 레이건은 회고했다. 이 일화는 매우 감동적이지만 사실관계에 문제가 있다는 것이 코르다가 한 보좌관에게 제기한 반론이었다. 이 반론에 따르자면, 고르바초프와 레이건은 서로의 언어를 몰랐다. 그런 산책이 실제로 있었다면 통역자과 경호원을 포함한 수행원들이 우르르 따라갔을 터이므로, 허물 없는 산책보다는 의전 행렬에 가까웠을 것이다.

두 노인이 스위스의 어느 호숫가를 걷는다면(더구나 루소가 태어난 제네바에서 걷는다면) 세상 문제들이 해결될 것이라는 주장은, 단순과 선량과 자연이 아직 한편이라는 주장이면서 지구를 박살낼 권력을 쥐고 있는 두 세계 정상이 실은 단순한 사람들이라는 주장과 같다.(그들이 단순하다는 주장은 그들이 선량하다는 주장이었고, 따라서 그들의 정권이 정당하고 그들의 업적이 훌륭하다는 주장이었다. 최초의 낭만주의적 가정에서 이어지는 일련의 도미노라고 하겠다.) 단순함의 미덕을 기리는 미학이 왕가 의전 행렬의 미학(복잡함과 세련됨을 의미하는 기호들, 사회 전체를 의미하는 많은 참가자들)에 거둔 승리는 오래 계속되었다. 카터(Jimmy Carter)는 대통령 취임식 때 펜실베이니아 애비뉴를 두 발로 걸어갔던 반면, 레이건은 백악관의 격식과 위세를 한 차원 올려놓은 대통령으로서 역대 대통령들을 통틀어 태양왕에 가장 근접했다. 레이건이 우리에게 단순한 이야기(우리가 순수함을 잃어버렸고 교육과 예술에 의해 타락했으며, 우리는 통나무 오두막집의 미덕에 기댈 수 있고, 이로써 경제적 상호 관계든 어떤 상호 관계든 사회의 복잡한 상호 관계를 없앨 수 있다는

이기도 했다. 인간은 짐승의 움직임을 통해 짐승을 알게 되었다. 인간이 최초로 읽을 수 있

이야기)를 들려주는 것이 바로 그 격식과 위세의 이면이다. 자기를 루소적 의미의 산책자로 그려 보인 것도 그 이야기의 일환이었다. 시골 보행자들의 역사는 건전한 존재, 자연을 닮은 존재, 만인의 형제이자 자연의 형제로 보이고 싶다는 바람을 가진 사람들, 바로 그런 바람을 가졌다는 사실을 통해 사실은 자기가 권력을 누리는 존재, 복잡한 존재임을 자기도 모르게 드러내는 사람들로 가득하다. 자기를 억압하고 다른 사람들을 억압하는 법과 권위를 무너뜨리고자 하는 진짜 급진파가 그 역사 속에 전혀 없지는 않지만 말이다.

긴 내리막길

19세기에는 보행 수필이 보행에 관한 문학의 지배적 형식이었고, 20세기에는 긴 도보 여행을 기록한 긴 이야기가 보행 문학의 지배적 형식인 것 같다. 21세기에는 완전히 새로운 형식이 만들어지지 않을까 싶다. 18세기에는 여행 문학이 많이 나왔지만, 장거리 도보 여행자들이 여행 기록을 남긴 경우는 거의 없었다. 워즈워스의 알프스 도보 여행 이야기가 포함되어 있는 『서곡』은 1850년에야 비로소 출간되었고(『서곡』을 엄격한 의미의 여행 문학이라고 하기도 어렵다.), 소로의 보행 기록들은 보행 수필이라기보다는 자연 수필, 곧 자기를 둘러싼 자연과 그 속을 걷는 자기의 경험을 똑같이 과학적으로 관찰하는 종류의 글이다. 내가 알기로 걷는 일 자체를 목적으로 삼은 장거리 도보 여행의 최초의 중요한 기록은 1867년에 인디애나폴리스에서 플로리다 키스 제도까지의 여행을 기록한 미국의 동식물 연구자 존 뮤어(John Muir)의 『멕시코 만까지 걸어서 1000마일

게 된 기호는 발자국이었다. 사방에 언제나 모종의 악보가 찍혀 있었다고 할까, [……] 사

(*A Thousand-Mile Walk to the Gulf*)』이다.(그가 세상을 떠난 후 1914년에 출간되었다.) 그가 걸은 미국 남부 지역은 당시까지도 남북전쟁의 상처가 크게 벌어져 있는 곳이었으므로, 이 책이 사회 관찰을 내팽개치고 식물 연구에 몰두하는 것이 남북전쟁 역사 연구자들에게는 못내 아쉬웠을 것이다. 그래도 이 책은 뮤어의 책 중에서는 제일 많은 사람이 등장한다. 마치 광야의 세례요한처럼 오지의 경이를 설교하는 존 뮤어는 아무도 살지 않는 그 땅이 얼마나 매력적인 곳인지를 우리에게 불현듯 느끼게 해준다.(그 땅이 오지가 된 것은 그 땅의 원주민들이 뮤어가 그곳을 찾기 전에 강제로 쫓겨나거나 대량 살상되었기 때문이지만, 그것은 또 다른 이야기다.) 실제로 뮤어는 자기가 그토록 사랑한 식물, 산, 햇빛, 변화 들을 기록하기 위해 종교의 언어를 차용한, 미국의 자연 전도사였다. 소로 못지않은 과학적 관찰자였지만, 관찰 대상에서 종교적 의미를 찾는 경향이 훨씬 강했다. 한편으로 그는 현대 장비를 갖춘 등산가들도 따라하기 쉽지 않은 고난도 과업을 코트와 징 박은 구두 차림으로 성취했던 뛰어난 19세기 등산가 중 하나였다. 뮤어에게 워즈워스 같은 시적 재능이나 소로 같은 급진적 비판 의식은 부족했지만, 워즈워스와 소로가 상상하는 데 만족한 종류의 보행을 직접 구현한 것이 바로 무어였다. 여러 주씩 오지에서 혼자 걸으면서 산줄기 전체를 친구처럼 속속들이 알게 되고, 자기가 그렇게 걸은 곳에 대한 사랑을 정치적 참여로 전환하는 종류의 보행이었다. 무어가 정치적 참여를 시작하는 것은 남부를 걸은 때로부터 수십 년이 지나서였지만 말이다.

　　『멕시코 만까지 걸어서 1000마일』은 보행을 위한 보행을 그린 여행 문학이 대개 그렇듯 에피소드 구성이다. 이런 여행 문학은 주제 면에서 전체적 플롯이 없다. 다만 A 지점에서 B 지점으로의 이동이라는 자명한 플롯, 그리고 여행을 통한 자기 자신의 변화라는 내면의 플롯이 있

람들은 큰 무리가 되고 싶어 했고, 사람들이 사냥하는 짐승들은 큰 무리였으니, 이 두 가

을 뿐이다. 그런 의미에서 이런 문학은 이상향의 문학(근본적으로 잘못된 점이 없는 세상에서 일어날 수 있는 이야기)이고, 따라서 주인공(건강하고 경제적 기반을 갖췄으며 매인 데가 없는 인물)이 가벼운 모험을 찾아 나설 수 있다. 이상향에서 관심을 끄는 것은 자기 자신의 생각, 동료들의 성격, 그리고 주변에서 일어나는 일과 주변 환경 정도다. 안타깝게도 이런 장거리 여행 전문 작가가 지루하지 않은 사유를 펼치는 경우는 별로 없고, 그 사람과 한 블록을 함께 걷기가 지루하다면 그 사람이 6개월을 걸은 이야기가 지루하지 않으리라고 보기는 어렵다. 우리의 관심을 끄는 점이 멀리까지 걸어갔다는 사실뿐인 사람에게 걷는 것에 대한 이야기를 청해 듣는 것은 파이 먹기 대회에서 우승을 한 것이 유일한 이력인 사람에게 음식에 대한 조언을 구하는 것이나 마찬가지다. 양보다 질이다. 하지만 뮤어는 질도 뛰어나다. 자신을 둘러싼 자연계의 예리한 관찰자인 한편, 수시로 열광에 빠지는 관찰자인 뮤어는 자기가 왜 걷는지에 대해 『멕시코 만까지 걸어서 1000마일』 내내 한마디도 하지 않는다. 몸은 튼튼한데 돈은 없고, 내가 좋아하는 식물 연구를 실컷 하려면 걷는 것이 제일 좋다는 것은 굳이 듣지 않아도 충분히 짐작할 수 있지만 말이다. 어쨌든 뮤어는 역사에 길이 남을 뛰어난 보행자 가운데 한 명이면서도 좀체 보행 그 자체를 주제로 삼지 않는다. 보행 수필과 자연 수필 사이에 분명한 경계가 존재하지는 않지만, 자연 수필에서는 보행이 나오는 경우가 별로 없고 나온다고 해도 기껏해야 배경, 즉 눈앞의 자연과 만나게 해준 수단일 뿐 주제로 다뤄지는 경우는 거의 없다. 육체과 영혼이 주변 환경 속으로 사라져 없어지는 것 같다고 할까. 다만 뮤어의 글에서는 뮤어의 육체가 다시 나타나는 때가 있다. 이상향 문학의 주인공이 누리는 행운이 고갈될 때, 돈이 도착하기를 기다리면서 굶주릴 때, 그리고 나중에 중병에 걸렸을 때가 그

지가 사람들의 감정 속에서 대단히 특이한 방식으로 결합되었다. 사람들이 그 감정을 표

것이다. 소로의 보행 기록들은 보행 수필이라기보다는 자연 수필, 곧 자기를 둘러싼 자연과 그 속을 걷는 자기의 경험을 똑같이 과학적으로 관찰하는 종류의 글이다.

뮤어가 그렇게 걸은 지 17년이 지났을 때, 찰스 루미스(Charles F. Lummis)라는 또 한 명의 이십 대 청년이 더 먼 길을 걷기 시작했다. 그는 신시내티에서 로스앤젤레스까지의 여정을 기록한 『미국의 떠돌이(*Tramp Across the Continent*)』의 서두에서 이렇게 말한다. "왜 걸어가? 기차 노선이 없는 것도 아니고, 풀만[Pullman, 안락한 설비가 갖춰진 특별 객차—옮긴이]도 많은데, 걸어갈 이유가 없잖아? 오하이오에서 캘리포니아까지 걸어가겠다는 나의 말에 정말 많은 친구들이 던진 질문이었다. 걷는 즐거움을 위한 여행 중 기록상으로 가장 긴 이야기 앞에서 독자들도 똑같은 질문을 던지지 않을까 싶다."[78] 이 글을 쓰는 사람의 머릿속에는 걷는 기쁨에 대한 생각과 함께 친구들, 독자, 기록에 대한 생각이 있다는 뜻이다. 하지만 그가 내놓는 대답은 좀 다르다. "내가 추구한 것은 시간이나 돈이 아니었다. 내가 추구한 것은 생명이었다. 그것은 건강 지상주의자가 추구하는 한심한 생명이 아니라(나는 완벽하게 건강했고, 운동선수로서 체력이 단련돼 있다.), 좀 더 참된 의미의 생명, 좀 더 폭넓고 좋은 의미의 생명, 곧 사회의 안타까운 장벽들을 넘어선 곳에서 완벽한 육체와 깨어 있는 정신을 가지고 살아갈 때 느껴지는 그 용솟음치는 기쁨이었다. [……] 나는 미국인이지만 그때는 미국이라는 나라를 잘 몰랐고, 잘 모른다는 사실이 부끄러웠다. 대부분의 미국인들은 미국을 잘 모른다." 79쪽을 더 읽고 나면, 그가 잠시 동행한 사람에 대한 이야기가 나온다. "그 사람은 긴 여행을 통틀어 내가 만난 유일하게 살아 있는 진짜 보행자였다. 그런 사람과 함께 수 킬로미터를 걸으며 얼어붙은 길을 이야기로 녹이는 일에는 얼얼한 묘

출하는 것은 다 함께 모종의 흥분 상태에 있을 때인데, 나는 그 상태를 군중의 리듬 또

미가 있었다." 허풍이 심한 루미스의 이야기에 따르면 그의 터프함이 서부의 총잡이도 이기고 방울뱀도 이기고 눈보라도 이긴다. 심각한 트웨인 풍(風) 농담은 불발로 끝날 때가 많다. 반면에 남부 사람들과 땅에 대한 커다란 애정, 그리고 자기를 깎아내리는 일화들은 장점에 속한다.(그 당시만 해도 남부에 애정을 표하는 경우가 드물었다.) 여하간 이 책이 터프함과 길 찾기 능력과 적응력에 관한 놀라운 이야기인 것은 분명한다. 북미의 장거리 도보 여행은 신사들의 도보 유람과는 완전히 달랐다. 잉글랜드에서 하루 종일 걷는다면 술집이나 여관(요즘은 호스텔)이 나오기 마련이다. 하지만 미국에서 계속 걷는다면 오지 한복판에서 밤을 보낼 가능성이 높고, 아니너라도 최소한 그 정도는 고속도로와 적대적인 도심 등 잉글랜드와는 스케일이 다르게 꺼림칙한 공간들을 맞닥뜨릴 것이다.

　이런 장거리 도보 여행은 세 가지 동기의 결합인 듯하다. 장소의 자연적·사회적 구조를 이해하는 것, 자기 자신을 이해하는 것, 그리고 기록을 세우는 것. 아주 긴 여행은 일종의 순례로 여겨질 때가 많다. 달리 말하자면, 장거리 여행이 영적 발견이나 실리적 발견을 가능케 하는 수단이자 일종의 믿음 내지 의지를 보여주는 증거로 기능하는 것이다. 또 여행이 흔해지면서 여행 작가들이 더 극단적인 경험, 더 멀리 있는 장소를 찾아 나서기도 했다. 그런 유형의 글을 보면, 여행한 사람보다는 여행 자체가 이례적이어야 읽어볼 가치가 있다는 전제를 내포한다.(버지니아 울프는 연필을 사러 나갔던 런던의 어느 날 밤에 대한 뛰어난 수필을 썼고, 제임스 조이스는 어느 땅딸막한 광고업자가 더블린의 길거리를 걸어 다닌 이야기로 20세기 최고의 소설을 썼지만 말이다.) 작가에게 장거리 도보 여행은 내러티브의 연속성을 마련하는 쉬운 방법이다. 내가 이 책 앞부분에서 말했듯 한 번 걸어가는 길이 한 편의 이야기가 될 수 있다면, 계속 걸어가는 일은 일관성 있는

는 군중의 경련이라고 부르고자 한다. 사람들이 이 상태로 들어가는 방법에는 우선 두

이야기가 될 수 있고, 아주 오래 걸어가는 길은 긴 책이 될 수 있다. 이것이 요즘에 나오는 책들의 논리인데, 아주 틀린 논리는 아니다. 걸을 때는 눈앞에 나타난 것들을 그냥 뛰어넘기보다 자세하게 관찰하게 되고, 많은 일을 온몸으로 겪게 되고, 현지 사람들이나 장소들과 접촉하게 되기 때문이다. 한편 걷는 일 자체에 온 힘을 쏟아붓는 탓에 주위 환경에는 관심을 가지지 못하는 도보 여행자도 있다. 일정에 쫓기거나 경쟁에 몰린 여행자가 특히 그러하다. 콜린 플레처(Colin Fletcher)는 그런 것을 신경 쓰지 않는 도보 여행자 중 하나였다. 어쩔 수 없는 잉글랜드 신사였던 플레처는 1958년에 첫 번째 장거리 도보 여행으로 캘리포니아의 동쪽 주 경계를 따라 올라갔다. 여행 뒤에 나온 『1000마일의 여름(The Thousand-Mile Summer)』은 한입에 들어갈 정도로 자잘한 에피파니, 교훈, 물집, 만남, 실무 디테일을 섞은 '하루견과' 세트 같은 책이다. 나중에 다른 도보 여행에 나서기도 했고, 그레이엄과 마찬가지로 『완벽한 보행자(The Complete Walker)』라는 여행지침서(오지 배낭여행자들이 여전히 참고하는 책)를 쓰기도 했다. 역시 잉글랜드인이었던 존 힐러비(John Hillaby)는 1968년에 영국을 세로로 1600킬로미터 걸은 뒤에 『영국 종단 여행(Journey Through Britain)』이라는 베스트셀러를 썼고, 그 외에 다른 여행에 관한 책들을 냈다.

피터 젱킨스(Peter Jenkins)가 (《내셔널 지오그래픽》의 후원으로) 미국 횡단 도보 여행 5000킬로미터에 성공했을 무렵에는 대륙 횡단이 이미 미국 남자의 통과의례로 자리 잡은 이후였다. 다만 걷는 경우보다는 차량을 이용하는 경우가 많았다. 대륙 횡단은 적어도 상징적으로는 상자를 리본으로 감듯이 대륙을 횡단 루트로 포옹 내지 포위하는 행위였다. 1969년에 개봉한 「이지 라이더」의 감성은 잭 케루악(Jack Kerouac)의 여러 로드 스토리(끝없이 이어진다는 점에서 소설보다는 여행서에 가까운 장르)로

발의 리듬이 있었다. 다수가 가면 나머지도 함께 간다. 다수가 나란히 계속 걸어갈 때,

부터 빌려온 듯하다.(시인 겸 생태주의자 개리 스나이더(Gary Snyder)가 어떻게 케루악으로 하여금 차에서 내려 산으로 들어가게 했는지는 케루악의 『다르마 행려』에 묘사되어 있다.) 젱킨스가 사람들과 만나기 위해서 걷기 시작했다. 뮤어가 걷기 시작한 것이 여러 장소들로 이루어진 미국을 만나기 위해서였다면, 젱킨스의 경우 여러 사람들로 이루어진 미국을 만나기 위해서였다. 마치 워즈워스처럼 젱킨스는 사람들과 끊임없이 마주치고 그 사람들은 젱킨스에게 자기 이야기를 들려주고 싶어 한다. 젱킨스는 시간을 내서 그들 모두의 말을 들어주고 그들에 대한 글을 쓴다. 그 결과물이 바로 순진하리만치 진심 어린 『미국 횡단 도보 여행(Walk Across America)』, 그리고 『미국 횡단 도보 여행 II(Walk Across America II)』이다. 어떤 년에서 그 당시의 청년 급진파가 외친 반미주의에 대한 반발이기도 한 이 여행을 통해 젱킨스는 미국 북부 인권운동가들이 그토록 매도한 남부 백인들과 가깝게 접촉하면서 그중 많은 이들과 친구가 되었다. 애팔래치아 지역의 자급자족 생활자와 한집에서 지내고, 가난한 흑인 일가족과 몇 주 동안 함께 생활하기도 했다. 루이지애나에서는 침례 신학교에 다니는 남부 여자와 사랑에 빠져 개종하고 결혼하는 수순을 밟았고, 그로부터 몇 달 후에는 아내와 함께 다시 도보 여행을 떠났다. 그렇게 오리건 해안에 도착한 그는 출발할 당시의 그와는 전혀 다른 사람이었다. 그야말로 삶으로서의 여행, 경험하는 데 필요한 시간을 아끼지 않는 여행이었다.

　　장거리 보행을 다루는 문학은 이제 내리막길이다. 거의 맨 밑까지 내려가다 보면 걷기는 잘하지만 글쓰기는 그렇게 잘하지 못하는 사람들의 책들이 나온다. 입심과 다리 힘의 결합이라는 필요조건이 충족되기가 어려운 것도 사실이다. 내가 읽은 현대판 장거리 보행자(요즘 많아진 부류다.)의 책 가운데 가장 감동적이었던 것은 로빈 데이비드슨(Robyn

Davidson)의 『발자취(*Tracks*)』이다. 그녀가 보행에 대해 글을 쓰겠다고 생각했던 것은 아니지만, 그럼에도 이 책에서 보행(낙타 세 마리를 끌고 오스트레일리아 아웃백을 지나 바다까지 가는 2700킬로미터 트래킹)에 대한 훌륭한 기록을 남겼다.(젱킨스와 마찬가지로 《내셔널 지오그래픽》에게서 후원을 받았다.) 여행 중반쯤에 데이비드슨은 이 여행이 자신의 머리에 어떤 영향을 미치는지를 설명한다. "매일 30킬로미터씩 날마다 몇 달을 걸어가다 보면 이상한 일들이 일어나게 마련이다. 나중에 되돌아보면서 비로소 깨닫게 되는 것들이 있다. 일례로 나는 과거에 일어났던 모든 일과 만났던 모든 사람을 세세하고 선명하게 기억했다. 내가 나눴던 모든 대화, 엿들었던 모든 단어 하나하나가 기억났다. 시간을 거슬러 올라가 유년 시절까지 기억났다. 이런 식으로 나는 과거의 사건들을 정서적인 거리를 두고 돌아볼 수 있었다. 마치 이런 일이 내가 아닌 다른 사람에게 일어났던 것처럼. 나는 오래전에 죽은, 잊고 있었던 사람을 다시 발견하고 새롭게 알아가고 있다. [……] 그러면서 나는 행복했다. 행복했다는 말로밖에는 표현할 수 없다."[79] 그녀는 우리를 철학자의 영역, 걷기를 다루는 수필가의 영역으로 데려가며 걷기와 정신의 관계를 알려준다. 그녀가 그럴 수 있는 이유는 거의 아무도 경험하지 못한 극단적인 경험을 했기 때문이다.

1970년대는 장거리 보행의 황금기가 아니었을까. 젱킨스, 데이비드슨, 앨런 부스(Alan Booth)가 각각 장거리 보행에 나선 것도 1970년대 중반이었다. 부스의 유쾌한 책 『사타 곶으로 가는 길들: 일본 2000마일 답파(*Roads to Sata: A Two-Thousand-Mile Walk Through Japan*)』는 보행 문학이 얼마나 먼 길을 왔는지를 보여주는 획기적 저서다. 잉글랜드인으로서 일본에 7년간 거주하며 일본의 언어와 문화를 알게 된 부스는 시종일관 유머러스하면서도 겸손하고, 장소를 눈앞에 그려내며 우스운 대화를 옮기는

외, 경악을 불러일으키는 산, 산의 매력, 배경으로서의 산, 황량함에 대한 경외, '너 자신

데 탁월하다. 일본 문화를 존중하지만 일본 문화 숭배자는 아니다. 더러운 양말, 온천, 점점 추가되는 사케, 희극적이거나 비극적인 인물형들, 무더운 날씨, 남녀를 불문한 색골들 등등 여행의 디테일에 대한 그의 묘사에는 번득임이 있다. "웬만한 선진국 국민은 걸어가는 사람을 상당히 의심스러운 눈초리로 바라볼 뿐 아니라, 자기 개한테도 그렇게 하라고 가르친다." 이처럼 보행에 대한 씁쓸한 논평도 남기지만, 걸어 다니면서 꽤 즐거운 시간을 보낸다.[80] 이런 유의 책이 대부분 그렇듯, 이 책 역시 보행에 관한 책은 아니다. 『멕시코 만까지 걸어서 1000마일』이 보행에 관한 책이라기보다 식물 연구과 자연 속 에피파니에 관한 책이듯(그리고 『길 위에서』와 「이지 라이더」가 내언기관이라는 이농 수단의 의미를 그저 수단으로 다루는 책과 영화이듯), 『사타 곳으로 가는 길들』은 보행 중의 마주침에 관한 책이다. 보행은 다만 그 마주침을 극대화하는 수단, 그리고 어쩌면 육체와 영혼을 시험하는 수단일 뿐이다.

　　피오나 캠벨(Ffyona Campbell)의 『이야기의 전말: 걸어서 세계 한 바퀴(The Whole Story: A Walk Around the World)』에 기록되어 있는 무수한 도보 여행에도 그 중심에는 테스트가 있다. 냉혹하고 무정한 군인의 딸 캠벨에게 도보 여행은 아버지와 자기 자신에게 스스로를 증명하기 위한 행동(강박행동이라는 의미에서는 이 책 중간에 불쑥 튀어나오는 언니의 거식증과 크게 다르지 않다.)인 것 같다. 1983년 캠벨은 열여섯 나이로 1500킬로미터 길이의 영국 답파에 성공했다. 후원사는 런던 《이브닝 스탠다드》였고 목적은 어느 병원의 기금 마련이었다. 다음번 도보 여행은 세계 일주였다. 그녀의 도보 여행에는 다른 많은 도보 여행의 서사를 한데 엮는 연속선이 없기 때문에 엄밀한 의미의 세계 일주 여행은 아니었다. 『이야기의 전말』에 따르면, "기네스북이 정의하는 도보 세계 일주는 네 개 대륙에서 총 25

을 알라'의 철학과 남자들, 신비주의, 산에 대한 낭만적 감정, 과학적 태도, 숭고, 산에서

만 킬로미터 이상을 걸어 출발점으로 돌아오는 것을 말한다."⁸¹ 그녀가
미국을 횡단한 것은 2년 후, 오스트레일리아를 횡단한 것은 5년 후, 아프
리카를 종단한 것은 8년 후, 에스파냐에서 출발해서 북쪽으로 영국 해협
까지 올라가는 잉글랜드식 도보 여행으로 세계 일주를 마감한 것이 11
년 후였다. 아프리카 구간과 미국 구간에서는 출발 지점으로 갈 때 비행
기를 타기도 하는 등 세계 일주라고 하기에는 지나치게 불연속적이다. 이
모든 종단과 횡단을 하나의 여행으로 묶기 위해서는 그것들이 모두 한
여행을 구성하는 구간들이라고 말해주는『이야기의 전말』이 필요했다.

캠벨의 이 책을 보행 문학 속에 넣는 것은 잘못일지 모르지만, 캠벨
이 보행 문화의 한 부분인 것은 분명하다. 캠벨의 조상 중 하나는 18세기
후반, 19세기 초반의 보행 시합 선수들(자기가 걷는 1600킬로미터가 트랙이든
도로든 상관하지 않는 보행자이자 고액의 내기가 걸리는 대상)인 것 같다. 실제로
『이야기의 전말』에는 풍경 이야기가 거의 나오지 않는다. 그녀의 책에서
워즈워스의 유산을 찾아내기란 불가능하다는 뜻이다. 그러나 걸으면 구
원받는다는 것, 더 멀리 걸으면 더 많이 구원받는다는 생각은 불안하게
나마 독자적 생명을 확보했다. 이 점은 분명히 빅토리아 시대의 유산일
것인데, 그 빅토리아인들이 바로 워즈워스의 후예들이다. 역사는 이렇
게 구불구불한 길로 걸어가기에, 여기서 보면 이런 욕망들이 보이고, 저
기서 보면 저런 욕망들이 보이는 것이다. 데이비드슨과 마찬가지로 캠벨
역시 무언가에 떠밀려 어쩔 수 없이 여행을 떠난 것처럼 보인다. 상처 입
은 자아가 역경을 이겨냄으로써 구원받는다는 구조의 측면에서는 두 사
람이 유사하다고 하더라도, 데이비드슨 쪽이 지성과 통찰 면에서 더 뛰
어나고 문학 감수성과 풍경 감수성 면에서도 월등하게 뛰어나다. 하지만
극도로 소외돼 있다는 느낌(한 젊은 여자가 자기의 고집과 힘겨운 목표에 매달리

바라본 일출, 보행과 여자들.—모리스 마플스, 『조랑말 대신 두 다리』에 수록된 색인 항

기 위해 안간힘을 쓰고 있고, 저 여자가 가진 것은 저것밖에 없다는 느낌)은 두 사람 모두에게서 느껴진다. 젱킨스의 경우는 비교적 편안하고 자기 안에 갇혀 있다는 느낌도 덜하다. 남자가 여자보다 이런 방식의 여행을 하기가 더 쉽기 때문일 수도, 젱킨스가 다른 두 사람보다 자기가 찾는 것을 좀 더 확실히 밝히기 때문일 수도 있다. 어쨌든 젱킨스는 자기가 어떤 종류의 순례를 하고 있는지를 잘 알고 있는 순례자다.

캠벨이 걷는 이유는 많은 경우 명분 있는 모금을 위해서였다. 그 점에서는 걷기 마라톤 참가자들과 비슷한 데가 있다.(캠벨이 스태프 인건비, 홍보비 등 종종 크게 불어나는 여행 경비 마련을 위해서 명분을 물색한 것이라고 말할 수도 있다.) 하지만 어찌되었든 하루에 80킬로미터를 걷는다는 것은 대단한 일이고, 다음 날 아침에 일어나 또 그렇게 걷는다는 것은 놀라운 일이며, 음습한 날씨에 황량한 도로를 날마다 그렇게 걸어서 오스트레일리아 아웃백을 도파한다는 것은 지독한 일이다. 그 일을 캠벨은 해냈다. 95일 만에 5000킬로미터 오스트레일리아 횡단에 성공한 것은 세계 신기록이었다. 그녀의 두 다리는 목표를 향해서 가차 없이 매진하지만, 그렇게 걸은 후에 남는 것은 걸었다는 사실밖에 없다. 아름다운 풍경도, 즐거움도 없고, 사람들과의 만남도 거의 없다. 12만 8000킬로미터를 걸어가는 그녀의 목표는 자신을 옥죄는 고통을 두 발로 털어내고 자기 자신을 찾는 것이지만, 그녀가 자기의 가치를 설파하는 대목들은 걱정스러우리만치 불투명하다. 어떤 지점에서는 기업의 후원과 언론의 관심을 요청하지만 또 어떤 지점에서는 저널리스트와 자본가를 규탄한다. 미국에서 두 번째 도보 여행을 시작할 때는 자동차 운전자들을 모욕하기도 했지만, 미국에서 첫 번째 도보 여행을 끝낸 후 집으로 돌아갈 때는 스태프가 운전하는 트레일러에 실린 채 미국을 다시 횡단했다. 『이야기의 전말』의 마

목   • 레슬리 스티븐 시대가 지난 이후로는 산악인의 삶을 지성

지막 일화는 책에 나오는 모든 수고를 무화하는 이야기이자 토착 부족들에 대한 애매한 숭배를 담고 있는 여러 이야기 중에 하나다. 군인들이 오스트레일리아 원주민들에게 사막 달리기 시합을 하자고 하는데, 원주민들이 달리기 시합을 하다 말고 벌집을 찾으러 간다. 이 대목에서 캠벨은 자기가 그 원주민들과 같은 편이라고 주장한다. 목적지를 정해놓고, 경험을 수량화하고, 경쟁하고, 심지어 신기록을 수립하고 보유하는 것이 세상을 살아가는 방법으로서 대단히 문제가 많음을 시사한다. 이 책의 비극은 캠벨이 이 책 내내 그 군인들과 같은 편이었다는 데 있다.

　　캠벨은 우리에게 그냥 걷기만 하는 순수한 보행이 어떤 것인지를 보여준다. 보행을 중요한 행위로 만들어주는 것은 바로 불순함이다. 보행이 풍경, 생각, 만남과 불순하게 뒤섞일 때, 걸음을 옮기는 육체는 마음과 세상을 연결하는 매개체가 된다. 그리고 그럴 때 세상이 마음에 스며든다. 이런 책은 역설적으로 보행이라는 주제가 다른 주제로 미끄러지기 쉽다는 것, 걷는 것 자체에 집중하면서 다른 것들을 외면하기는 어렵다는 것을 잘 보여준다. 걸어가는 사람의 성격, 걸어가면서 만난 사람들, 걸어갈 때 보이는 자연, 걸어가는 길에 해낸 일 등을 담고 있는 보행에 대한 글은 다른 어떤 것에 대한 글일 때가 많다. 보행에 관한 이야기로 시작해서 완전히 다른 이야기가 되는 글도 많다. 하지만 우리가 이 땅을 걸어 다니는 이유들의 역사, 또한 구불구불 이어져온 200년의 역사는 바로 위에서 언급한 보행 수필과 여행 문학의 정전들로 구성되어 있다.

적으로 정당화하는 작업을 찾기란 매우 힘들었고, 간혹 그런 작업이 있어도 아리송하기

9
역사가 산으로 간다: 등산 문학

오스트레일리아 아웃백에서 군인들은 결승점을 향해 질주하고 원주민들은 진로를 벗어나 벌꿀을 딴다는 피오나 캠벨의 이야기는 걷는 방법과 사는 방법에 관해, 걷는 이유와 사는 이유에 관해, 아니면 적어도 왜 걷는가와 왜 사는가라는 질문에 관해서 시사하는 바가 있다. 공적 명예가 사적 기쁨보다 중요할까? 양자는 상호 배타적일까? 두 행동에서 어떤 부분을 측정하고 비교해야 할까? 도착한다는 것은 무엇이며, 정처 없이 떠돈다는 것은 또 무엇일까? 경쟁에서 이기고 싶다는 것은 졸렬한 동기일까? 군인은 훈육된 학생이고 원주민은 초연한 학생이라고 할 수 있을까? 순례자들 중에서도 목적지에 도착하는 것을 영적 완성으로 보는 사람이 있는가 하면, 무작정 떠돌아다니는 신비주의자도 있다. 고대에는 중국의 현자들이 그런 신비주의자였고, 19세기에는 『순례자의 길』을 쓴 러시아의 이름 없는 농부가 그런 신비주의자였다. 특히 산을 오를 때는 이런 질문들, 어떤 방식으로 오르는가, 왜 그런 방식으로 오르는가 하는 질문들이 매우 중요하게 제기된다. 아니면 적어도 매우 명확하게 제기된다.

만 했다. 조지 맬러리를 보면 알 수 있다. [……] 어쨌든 등산은 자연 사랑과는 전혀 무관

등산은 두 발로 산을 올라가는 일이다. 손을 써서 기어 올라가는 경우도 있지만 대개는 발로 걸어 올라간다.(실력 있는 암벽등반가가 두 다리를 최대한 활용한다는 점에서 암벽등반이란 수직으로 걸어 올라가는 것이라고 할 수 있다.) 경사가 급한 길에서는 일정한 반(半)의식적 리듬이 사라지면서 걸음 하나하나가 어느 방향으로 갈 것인가, 얼마나 안전한 길로 갈 것인가를 결정하는 시험대가 되고, 걷는 일은 단순한 행동에서 주도면밀한 장비가 필요할 수 있는 전문적 기술로 변모한다. 이 장에서는 암벽등반을 포함한 등산을 다루되 등산과 무관한 암벽등반은 다루지 않는다. 다소 인위적인 구분이기는 하지만, 그래도 이유 있는 구분이다. 첫째, 등산의 역사를 산이라고 하면, 등산과 무관한 암벽등반이라는 분야는 사람들이 비교적 최근에 오르기 시작한 암벽(점점 올라가기 힘든 곳을 오르기 위해 계속해서 기술이 진보하고 있는 분야)이다. 예컨대 암벽등반에서는 30미터 미만의 코스가 대단히 어려운 길일 수 있고, 한 걸음이 집약적 응용과 훈련을 통해서 해답을 찾아내야 하는 유명한 '문제'가 될 수 있다. 둘째, 자연이 바깥의 풍경을 가리키기 시작한 18세기 이래 등산은 산의 풍경을 좋아하는 취향을 동기로 삼아온 반면, 기술적 등반은 등산과는 다른 즐거움을 주는 것 같다. '풍경'은 어느 정도 거리를 두고 바라보게 되지만 눈앞의 암벽을 대하는 경험은 전혀 다르다. 물론 촉각, 중력의 감각(그리고 때로는 죽음의 감각), 몸이 움직임의 한계치를 경험할 때의 쾌감 등도 자연의 경험이라는 점에서는 풍경 감상과 마찬가지다. 다만 풍경 경험이 암벽 경험에 비해 자연 경험으로서의 문화적 전통이 더 강하다고 하겠다. 실제로 암벽등반에서는(특히 점점 늘어나고 있는 실내 암벽등반장에서는) 풍경이 완전히 사라질 때도 있다. 셋째, 걸을 때의 의식은 특정한 장소를 지나고 있다는 즉각적 경험에 계속 집중하지 않아도 되지만, 암벽등반에는 상당한 집중이 필요

한 것 같다. 초일류 등산가들은 대체로 산길 걷기를 그렇게 즐기지 않았고, 날씨에 극도로

하다. "암벽을 오르는 시간은 내 마음이 방황하지 않는 유일한 시간"이라는 말을 어느 산길 안내인에게 들은 적도 있다. 요컨대 암벽등반의 주제는 암벽등반 그 자체인 반면, 등산의 주제는 아직 산이다.

등산의 역사, 풍경미학의 역사는 대체로 시인 페트라르카로부터 시작한다. 미술사 연구자 케네스 클라크(Kenneth Clark)의 표현을 빌리면 그는 "산 정상에서 내려다보는 풍경을 즐기는 것을 산에 올라가는 유일한 이유로 삼았던 최초의 인물"이다.[82] 이탈리아의 페트라르카는 일찍이 1335년에 방투 산에 올랐지만, 산에 오른 사람들은 그 한참 전에도 있었고 지구상의 다른 지역에도 있었다. 다만 페트라르카는 낭만주의를 동력으로 삼는 등산, 즉 미적 즐거움을 목적으로 산속에서 걸어 다니거나 종교와 무관한 이유로 산정에 올라가는 행동을 예표하는 인물이라는 점에서 의미를 갖는다. 낭만주의를 동력으로 삼는 등산의 역사는 18세기에 유럽에서 본격적으로 시작되었다. 호기심, 그리고 감수성의 변화와 함께, 알프스 산맥을 넘어 가거나 알프스 산정 곳곳의 정복을 시도하는 대담한 사람들이 하나둘씩 나타났고, 그들의 행동은 서서히 등산이라는 일련의 기술과 가정을 수반하는 관행으로 자리 잡기 시작했다.(예를 들어 등산이라는 관행에는 산꼭대기에 올라가는 일이 산속을 걸어 다니는 일이나 산기슭을 따라 걷는 일과는 달리 독특한 의미를 가진다는 가정이 수반된다.) 유럽에서의 등산은 유한계급의 여가 활동이자 산길 안내인의 직업 활동이었다. 전자가 후자에게 의존하는 경우가 많았다. 한편 북아메리카에서 최초의 등정을 기록한 것은 더 깊은 오지를 탐험하고 조사하는 사람들이었다. 알프스 산맥에서는 예나 지금이나 마을에서 망원경을 통해 등정 장면을 지켜볼 수 있는 반면, 북아메리카에는 여러 주씩 오지 트레킹을 해야 도착할 수 있는 산정들이 있다. 뛰어난 연구자이자 등산가였던 클래런스 킹

민감했고, 세세한 풍경에 둔감했다. ─데이비드 로버츠   • 도전하

(Clarence King)이 1871년 미국 본토에서 가장 고도가 높은 휘트니 산 정상에 올라갔을 때 처음 알게 되었듯이, "산정에는 작은 돌무더기가 쌓여 있었고, 그 위로 정확히 서쪽을 가리키는 인디언의 화살대가 단단히 세워져 있었다."[83] 사람들이 산에 이끌렸던 것, 사람들이 산에 올라갔던 것은 낭만주의가 등산 관행을 퍼뜨리기 훨씬 전부터였다는 뜻이다.

　　홀로 우뚝 솟은 봉우리나 높은 곳은 풍경 속에서 자연스레 여행자나 현지인이 방향을 찾는 기준점이 된다. 풍경이 연속이라면 산은 불연속(땅과 하늘의 접점, 길을 가로막는 장벽, 다른 세상 같은 신비로움)이다. 산에서는 위도의 미세한 변화가 고도의 급격한 변화가 될 수 있다. 생태와 기후는 봄날 같은 산기슭과 모든 것이 얼어붙은 산꼭대기 사이에서 급격한 변화를 겪는다. 높은 곳에 수목 한계선이 있고, 더 높은 곳에 이른바 생명 한계선이 있다. 거기서 더 올라가면 동식물이 생존할 수 없고, 고도 약 5500미터 이상은 등산가들이 죽음의 지대(death zone)라고 부르는 곳이다. 모든 것이 얼어붙는 저산소 지대, 곧 신체의 죽음이 시작되고, 판단력이 약해지기 시작하고, 고도에 최대한 적응되어 있는 산악인들까지 뇌세포를 잃기 시작하는 지대다. 가장 높은 곳에서는 생물체가 자취를 감추고 오로지 지형 요소와 기후 요소로만 빚어진 세상, 하늘에 감싸인 앙상한 지상이 펼쳐진다. 지구를 통틀어 대부분의 지역에서 산은 이 세상과 저 세상을 이어주는 문턱 같은 곳, 영혼의 세계로 이어지는 곳이라고 간주되어 왔고, 그러면서 성스러운 의미들과 연결되어 왔다. 영혼의 세계는 공포를 안겨주는 경우는 있지만 악하고 해로운 경우는 거의 없다. 산을 흉측하고 사악한 공간으로 간주해온 것은 유럽 기독교 문화권밖에 없는 것 같다.[84] 스위스에서는 높은 산이 드래곤들이 출몰하거나 억울하게 죽은 사람들과 '방황하는 유대인(그리스도의 재림 때까지 지상을 방황해야 하는

고 시험하라는 유혹, 성취하는 기쁨, 우리의 그 옛날 단순함과의 만남, 옹졸한 일상으로부

형벌에 처해졌다는 전설 속의 인물)'이 출몰하는 곳이라고 생각했다.('방황하는 유대인' 전설을 보면 유럽 기독교인들이 유대인뿐 아니라 방황을 좋지 않게 보았음을 알 수 있다.) 17세기 잉글랜드 작가들 다수가 "높고 흉한 곳", "쓸모없는 흙더미", "기형적 돌출" 같은 표현으로 산에 대한 증오감을 표출했다. 노아의 홍수 때문에 평평했던 땅이 훼손되어 산이 생겼다는 전설도 있었다. 현대적 의미의 등산을 선도한 것이 유럽인들이라고는 해도, 그 현대적 의미의 등반이 생겨났던 데는 낭만주의가 자연 숭배를 되찾은 정황이 있었다. 그리고 자연 숭배는 유럽을 제외한 대부분의 지역에서는 사라진 적이 없었다.

최초의 등산 기록 중 하나는 기원전 3세기에 진나라의 시황제가 가마를 타고 타이 산에 올라갔다는 기록이다. 현자들은 올라가려면 걸어서 올라가야 한다면서 만류했지만, 진시황제는 듣지 않았다. 진시황제는 만리장성 축조와 더불어 중국의 역사가 자기로부터 시작될 수 있게 모든 책을 불태워 없앤 것으로 더 유명한 인물이니, 앞서 산에 올라갔던 사람들의 기록이 없어진 것이 진시황제에 의한 것일 수도 있다.[85] 그때 이후 지금까지 수많은 사람들은 타이 산 꼭대기까지 7000개의 계단(타이안 시에서 세 군데의 천문을 통해서 꼭대기의 옥황사까지 가는 길)을 걸어서 올라가고 있다. 타이 산을 비롯한 중국의 산속 영지들을 순례한 미국 작가이자 불교도 그레텔 얼리치(Gretel Ehrlich)에 따르면 "중국어로 순례를 뜻하는 '차오샨진샹(朝山进香)'에는 '산에게 절한다'라는 의미가 있다. 황후에게 절하거나 조상에게 절하듯이 산에게 절하는 것이다."[86]

기원후 4세기에 유라시아 대륙의 반대편에서는 기독교 순례자 에게리아(Egeria)가 산에 올랐다. 그녀에 대한 기록은 그녀 자신이 남긴 순례 일지뿐이다. 이 자료를 보면 그녀가 수녀원장 또는 어느 정도 지위가

터의 탈출, 가치 있고 아름답고 원대한 것들의 발견. 이것들이 있으니까 살아갈 수 있는 것

있는 종교 인사였다는 것, 그리고 이집트 사막 오지의 시나이 산이 당시에는 기독교의 순례지였다는 것을 알 수 있다. 그녀는 근방에 살고 있는 성스러운 사람들의 안내대로 "매우 넓고 매우 평평한 골짜기"를 따라 올라갔다. 이집트에서 노예생활을 하던 이스라엘인들이 모세를 따라서 이집트를 탈출하는 길에 "성스러운 모세가 하느님의 산에 올라가 있던 그 며칠 동안 뒤에 남아 모세를 기다린 곳"이었다. 에게리아와 이름이 나오지 않는 다른 일행들은 2700미터에 달하는 시나이 산 꼭대기까지 "마치 벽을 올라가듯 수직으로" 걸어 올라갔다. 에게리아에 따르면 "바깥에서 보면 어디에서 보든 한 개의 산인 것 같은데, 일단 산속으로 들어가면 산이 여러 개인 것을 알 수 있다. 그러나 산 전체의 이름은 '하나님의 산'이다." 에게리아가 보았을 때, 시나이 산은 하느님이 내려오셨던 산, 모세가 십계명을 받으러 올라갔던 산이었고, 자기가 시나이 산에 올라간다는 것은 성경을 믿는다고 고백하는 일이자 성경에서 가장 위대한 순간의 현장으로 돌아가는 일이었다.[87] 그때 이후 시나이 산에도 계단이 놓였고, 어느 14세기 신비주의자는 자신의 신심을 표현하기 위해 그 계단을 매일 올라갔다.

산이 비유적·상징적 공간의 역할을 한다는 것은 미로를 비롯한 인공적 건축물과 마찬가지다. 더 이상 올라갈 수 없는 산 정상만큼 달성과 승리라는 개념에 부합하는 지형도 없다.(히말라야 산맥에서 많은 순례자들은 산 정상에 올라가는 것이 무엄한 짓이라고 생각하면서 에움길로 우회했다.) 등산에 재능이 있었고 엄청나게 야심만만했던 빅토리아 시대의 등산가 에드워드 휨퍼(Edward Whymper)는 마터호른 정상에 오른다는 것이 어떤 것인가를 말하면서 축자적 언어와 비유적 언어를 적절하게 혼합했다. "더 이상 올려다볼 것이 없는 상태요, 모든 것이 밑에 있는 상태다. 그곳에 올라갔

이다. 이것들을 위해서라면 죽을 수도 있을 것 같다.—해미시 브라운, 자신이 어떻게 스코

다는 것은 끝까지 갔다는 뜻이요, 더 갈 곳이 없다는 뜻이다."[88] 산 정상에 오르는 등반의 매력도 언어적 비유에서 나온 것일 수 있다. 영어를 비롯한 많은 언어들은 높은 것 또는 높이 올라가는 것을 권세 또는 미덕과 연결시킨다. 행복의 절정(on top of the world), 능력의 최고조(at the height of one's ability), 상승가도(on the way up), 영혼 고양 체험(peak experience), 경력의 절정기(peak of a career), 출세(rising and moving up in the world), 출세주의자(social climber), 신분 상승(upward mobility), 고결한 성자와 저열한 악당(high-minded saints and lowly rascals), 상류층과 하류층(the upper and the lower classes)이 그런 예다. 기독교적 우주관에서 천국은 위에 있고 지옥은 밑에 있으며, 단테가 그리는 연옥은 원뿔 모양의 산이다. 단테가 연옥을 힘겹게 올라가는 일은 영혼의 여정인 동시에 두 발의 등산이다. 이 연옥의 출발점은 현대의 암벽등산가가 침니(암벽에 세로로 난 굴뚝 모양의 큰 균열)라고 부를 만한 지형이다. "우리는 올라가면서 좁은 틈새를 빠져나갔다 / 바위 때문에 좌우가 답답했다 / 올라가는 데는 손발이 다 필요했다."[89] 산 정상이라는 목표를 향해서 올라갈 때는 이런 형이상학적 지형을 지나가게 되는 반면, 산속에서 정처 없이 걸을 때는 전혀 다른 형이상학적 지형을 지나가게 된다.

　일본에서는 산을 풍경이라는 거대한 만다라의 중심으로 상상해왔다. 한 학자는 "포개지는 꽃들"이라고 표현했다. 만다라의 중심에 다가간다는 것은 영혼(靈力)의 원천에 다가간다는 뜻이지만, 다가가는 길은 일직선이 아니라 멀리 돌아가는 길일 수도 있다. 미로 속에서는 가장 가까이 있는 것이 가장 멀리 있는 것일 때가 있듯, 산을 올라가다 보면 생각했던 곳이 아닐 수가 있다. 에게리아가 알게 되었듯, 산속으로 들어가 산을 오르다 보면 그 모양이 바뀐다. 처음에는 산은 산이라고 했다가, 산중수

틀랜드에 있는 총 279개의 먼로(높이 3000미터 이상의 봉우리)에 올라갔는지를 이야기

행을 하는 중에는 산은 산이 아니라고 했다가, 나중에는 산은 역시 산이라고 하는 스승이 등장하는 선불교의 유명한 우화는 이러한 산 형태 지각의 역설을 보여주는 알레고리로도 해석해볼 수도 있다. 소로도 그 점에 주목했다. "내가 걸음을 옮길 때마다 산은 그 모습을 바꾼다. 산의 형태는 오직 하나뿐이지만, 산의 모습은 무한히 많다.[90] 산의 형태를 포착하려면 산에서 멀리 떨어져 있어야 한다. 일본의 화가 가츠시카 호쿠사이(葛飾北斎)의 유명한 판화 연작 「후가쿠 36경(富嶽三十六景)」을 보면, 서른여섯 장 중 서른다섯 장에는 후지 산이 가까이에 크게 나오든 멀리 작게 나오든 완벽한 원뿔형으로 나온다. 후지 산의 익숙한 형태가 도시와 길과 땅과 바다에 방향성과 연속성을 부여하면서 장면에 통일성을 주는 그림들이다. 나머지 한 장은 참배자들이 후지 산을 올라가는 그림인데, 여기서는 그 통일성을 부여하던 형상이 사라진다. 좋아보이면 가까이 가게되지만 가까이 가면 좋아보였던 모습이 사라진다. 사랑하는 사람에게 입을 맞추려고 얼굴을 가까이 대면 그 사람의 얼굴이 한눈에 보이지 않게 된다. 호쿠사이의 후지 산 참배자들 판화에서도 매끄러운 원뿔형이던 후지 산은 발에 밟히는 험한 바위가 되어 하늘을 가려버린다. 산의 객관적 형태가 주관적 경험 속으로 흩어지면서 산에 올라간다는 것의 의미도 함께 흩어지는 것 같다.

앞서 주장한 것처럼 보행이 인생의 축소판이라면, 등산이라는 보행은 더 드라마틱한 인생의 축소판이다. 등산은 더 위험하고 죽음이 더 가깝고 결과가 더 불확실하다. 또 등산은 도착의 개념이 더 분명하고 도착했을 때의 성취감이 더 크다. 영국 등산가 찰스 몬터규(Charles Edward Montague)가 1924년에 쓴 글에 따르면, "암벽등반은 인생과 비슷하다. 다만 암벽등반 쪽이 더 단순하고 더 안전하다. 어려운 피치를 오른 것은 인

하는 대목   • 걸음의 종류는 수도 없이 많다. 사막 위에서는 직

생에 성공한 것과 같다."[91] 내가 등산에서 매력을 느끼는 지점은 산을 올라간다는 하나의 행위가 참 여러 가지를 의미할 수 있다는 것이다. 거의 항상 순례의 의미를 포함하는 것 같지만, 스포츠나 군사작전의 의미를 차용하는 경우도 많다. 순례는 정해진 순례 길을 따라 정해진 성지로 간다는 데 의미가 있지만, 등산에서는 새로운 길을 개척하거나 새로운 정상에 도착하는 등산가들(운동선수처럼 신기록을 세운 사람들)이 가장 존경받기도 하고, 지금껏 등산을 제국주의적 사명의 순수한 형태(제국주의자들의 전쟁기술과 영웅적 미덕을 모두 필요로 하되, 제국주의의 물질적 이득이나 폭력적 진압과는 무관한 활동)로 여기는 경우도 많았다. 뛰어난 프랑스 산악인 리오넬 테레(Lionel Terray)가 자신의 등산 회고록에 『부질없는 것의 정복자들(Les Conquérants de l'inutile)』이라는 제목을 붙인 것도 그런 맥락에서였다. 1923년 3월 17일, 탁월한 등산가 조지 맬러리(George Mallory)가 등산의 역사에서 가장 유명한 말을 남겼다. 에베레스트 산 원정 기금 마련을 위한 순회강연 중이었는데, 왜 산에 올라가려고 하느냐는 반복된 질문에 짜증이 난 상황이었던 것 같다. "산이 거기 있으니까."라는 이 말은 때로 공안(公案)의 선문답으로 인용되기도 한다. 그가 좀 더 자주 들려준 대답은 "대영제국을 건설한 정신이 아직 죽지 않았음을 보여주기 위해"였다.[92] 맬러리와 그의 동료 앤드루 어빈(Andrew Irvine)은 그 원정에서 세상을 떠났다. 등산의 역사를 연구하는 사람들은 두 사람이 실종되기 전에 정상을 정복했는지를 두고 아직 논쟁 중이다.(맬러리의 망가지고 얼어붙은 시체가 발견된 것은 그로부터 75년이 지난 1999년 5월 1일이었다.)

경험에서 가장 쉽게 번역되는 부분은 측정 가능한 부분이므로, 등산에서 가장 많이 알려진 측면은 가장 높은 산들, 가장 끔찍한 조난 사건들, 신기록들(최초로 올라간 사람, 최초로 산의 북쪽 면으로 올라간 사람, 최초의 미

선으로 걸어 나가고, 덤불 속에서는 구불구불 걸어 나간다. 바위산이나 너덜겅을 내려오는

국인, 최초의 일본인, 최초의 여성, 최단 시간에 올라간 사람, 최초로 이러저런 장비 없이 올라간 사람)이다. 서구인에게 에베레스트 산은 항상 측정 가능한 것들과 관련돼 있었다. 에베레스트 산이 처음 서구인들의 관심을 끈 것은 삼각측량법을 통해서였다. 1852년, 인도 주재 대영제국 삼각측량국(Great Trigonometrical Survey)의 한 사무원이 히말라야 산맥의 여러 봉우리들을 측정한 후, 그중 티베트 사람들이 '초모룽마'라고 부르는 '15번 봉우리'가 가장 높다는 결론을 내렸다. 그러고는 곧장 그 봉우리에 조지 에베레스트 경(Sir George Everest)의 이름을 붙였다. 전임 인도 측량국장이었던 에베레스트는 그 봉우리가 있는 줄도 몰랐던 사람이지만, 어쨌든 봉우리 이름이 '지상의 여신'이라는 뜻의 초모룽마[93]에서 에베레스트로 바뀐 것은 일종의 성전환이었다. 현지 주민들은 이 봉우리를 히말라야 산맥에서 비교적 덜 신성한 봉우리라고 여긴 데 비해서, 등산문학 작가들은 지구가 구형이 아니라 피라미드형이라는 듯 위도 상으로는 플로리다 남부와 똑같은 에베레스트를 세계의 꼭대기, 또는 세계의 지붕이라고 부르기도 한다. 경험이 풍부한 등산가이자 종교학자 에드윈 번바움(Edwin Bernbaum)이 냉소하듯이, "서구 사회에서 1등으로 간주되는 모든 것은 가장 중요하고 가장 가치 있는 것이라는 아우라를 갖게 된다. 다시 말해 서구 사회에서의 1등은 어떤 신성함의 아우라를 갖게 된다는 것이다."[94] 그런데 일반적으로 1등을 결정하는 방법은 측정이다. 스포츠처럼 등산에서도 성공 여부를 결정하는 것은 최초인가, 최고 속도인가, 최고 점수인가 등등이다.

스포츠처럼 등산도 상징적 결과뿐인 노력이지만, 이 상징의 본질이 모든 것을 좌우한다. 프랑스 등산가 모리스 에르조그(Maurice Herzog)가 1950년에 세계에서 일곱 번째로 높은 안나푸르나 산에 갔던 일을 예

─────────────

일은 그 자체로 전문 기술이다. 바위 지형, 돌무더기 지형에서 걷는 일은 불규칙한 댄스라

로 들어보자. 에르조그가 보기에 원정대가 꼭대기를 밟았으니 이 원정
은 대성공이었다. 하산할 때 에르조그 자신이 심한 동상 때문에 손가락
과 발가락을 모두 잃고 셰르파들에게 의지해야 했을지언정, 그것 때문에
원정이 대성공이었다는 사실이 바뀌지는 않았다. 왜일까? 에게리아가 성
경의 땅에 발을 들여놓은 게 에게리아 자신을 위해서가 아니었듯, 에르
조그가 역사의 땅에 발을 들여놓은 것은 에르조그 자신을 위해서가 아
니었다는 데서 그 이유를 찾아볼 수 있을 듯하다. 1960년대 중반, 데이비
드 로버츠(David Roberts)는 역사상 두 번째로 알래스카의 헌팅턴 산에 올
라갔다. 그의 책 『내 두려움의 산(*The Mountain of My Fear*)』에도 나오듯이, 이
원정의 기원에는 매사추세츠에서 헌팅턴 산 사진들을 자세히 보았던 경
험, 산정으로 가는 새로운 루트에 대한 계산, 아무도 안 해본 일을 해보고
싶다는 바람이 있었다. 다시 말해 그가 역사적 기록을 남기는 자신의 모
습을 일단 상상하고 열망한 것, 그러고는 수개월에 걸쳐 계획을 세우고,
자금을 확보하고, 대원을 모으고, 장비를 마련하고, 목록을 만든 것이 이
원정의 시작이었다. 그가 실제로 산에 올라간 것은 그로부터 오랜 시간
이 흐른 후였다. 나는 역사와 경험 간에 존재하는 이 긴장, 동경과 기억과
현재 간에 존재하는 긴장에 매력을 느낀다. 사람이 하는 모든 일에는 이
긴장이 존재하지만, 높은 곳에 올라가는 일에서는 말하자면 좀 더 노골
적으로 드러나는 것 같다. 무슨 말인가 하면, 역사란 하나의 일을 바라볼
때 그런 다른 일들이 지금까지 만들어낸 맥락, 앞으로 또 만들어낼 맥락
을 염두에 두는 것이다. 역사의 바탕은 개인의 일이 사회의 삶과 어떻게
연결될까를 가늠해보는 사회적 상상력이다. 역사를 짊어진 마음이 먼 곳
으로 가는 이유는 자기가 하는 일이 거기서는 무슨 의미일까 가늠해보
기 위해서가 아닐까? 그에게 그 역사가 얼마나 무거울지 다른 사람들은

고 할까, 스텝의 리듬이 매번 달라지기 때문이다. 호흡과 시선은 매순간 이 불규칙한 리듬

모르지 않을까?

높은 산이 사람들이 사는 곳과 대체로 멀리 떨어져 있기도 하고, 신비주의자들이나 범법자들이 사람들의 눈을 피해 산속으로 들어간 경우가 많기도 하고, 산을 올라가는 시간이야말로 "내 마음이 방황하지 않는 유일한 시간"이기도 하기에, 산속에서 역사를 만든다는 생각은 극히 역설적인 생각이고, 등산이라는 스포츠도 극히 역설적인 스포츠다.(등산을 스포츠로 볼 때의 이야기다.) 아무도 올라간 적이 없는 산에 올라간다는 것은, 미지의 장소에 들어가되 그 장소를 세상에 알리고 인간의 역사에 넣겠다는 단 하나의 목적 하에 들어간다는 뜻이다. 산에 올라가면서 신기록을 포함해서 아무 기록도 남기지 않는 사람들, 곧 등산을 역사가 아니라 역사로부터의 은거로 보는 사람들도 있다. 1953년에 영국 최초로 여자 등산 안내인 자격증을 딴 그웬 모펏(Gwen Moffat)은 등산할 때 느껴지는 직접적인 충족감에 대해 이렇게 말했다. "막 움직이려는 순간, 뭔가 힘든 일을 시작하려고 할 때 찾아오는 익숙한 느낌이 또 찾아왔다. 정신과 육체가 함께 이완하는 느낌. 근육이 이완하는 느낌. 얼굴 근육까지 느슨해지고 안구 근육까지 넓게 퍼지는 느낌. 몸이 가벼워지고 유연해지는 느낌. 도약을 앞둔 말처럼, 등반을 앞둔 몸은 탄력적이고 통일적이다. 왜 오르는가에 대한 답은 그 순간, 고난도의 움직임을 앞둔 그 강렬한 순간, 눈으로 본 것을 바탕으로 어떻게 움직일지를 알아낸 그 순간에 있을지도 모르겠다. 내가 하고 있는 일은 대단히 어려운 일이다, 한 번의 실수로 목숨을 잃을 수 있을 만큼 어려운 일이다, 하지만 내게는 지식이 있고 경험이 있기에 지금 나는 전혀 위험하지 않다, 라는 생각이 드는 그 순간이다."[95] 언젠가 그녀는 스카이 섬의 한 능선을 넘으면서 동료와 함께 최장시간 신기록에 도전했다. 그 도전은 성공했다는데, 갑자기 몰아친 눈보라

에 집중한다. 규칙적 리듬 같은 것은 절대로 생기지 않는다. 긴장하기도 하고, 낮게 도약하

의 도움도 있었던 것 같다.[96]

유럽 등산의 역사는 이런저런 경쟁 속에서 시작되었다. 몽블랑의 빙하가 흘러내려오는 샤모니 계곡은 몽블랑 등정이 시작되기 수십 년 전부터 관광명소였다.(지금도 마찬가지다.) 샤모니 계곡의 주민들은 웨일즈 북부, 또는 레이크디스트릭트의 주민들과 마찬가지로 거칠고 험한 오지 경치를 선호하는 여행 취향으로부터 혜택을 봤다. 관광 경제가 발전하면서 최초로 4810미터 몽블랑 정상에 올라갈 사람을 위해서 후한 현상금이 걸리기도 했다. 현상금을 건 사람은 오라스베네딕트 드 소쉬르(Horace-Bénédict de Saussure)였다. 1760년에 스무 살 나이에 샤모니 계곡을 찾아왔다가 빙하에 매료된 나머지 남은 평생을 빙하 연구에 헌신한 제네바 출신의 유한계급 과학자였다. 유럽에서 제일 높은 산인 몽블랑은 산 숭배 취향이 생기기 시작한 시기의 인기 장소였고, 낭만파 풍경화의 문화적 아이콘이었고, 셸리의 시 「몽블랑」의 주제였고, 등산가들의 야심을 가늠하는 첫 번째 기준이었다. 1786년, 한 현지 의사가 현지 사냥꾼을 보조로 데리고 몽블랑 정상에 올랐다. 등반길에 나섰다가 산세에 완전히 겁을 집어먹고 되돌아온 네 명의 산길 안내자가 몽블랑을 등반 불가능한 산이라고 선언했던 것은 그로부터 몇 년 전이었다. 인간이 그 고도에서 생존할 수 있음을 확신할 수 있는 사람이 유럽 내에는 없던 시절이었다. 그 첫 등반의 주인공은 샤모니 계곡의 현지 의사였던 미셸 가브리엘 파카르(Michel Gabriel Paccard)였다. 이후에 활동한 뛰어난 등산가 에릭 십턴(Eric Shipton)에 따르면, "파카르 박사는 자신의 노련한 지성, 그리고 이미 등반가로서 쌓아왔던 노련한 경험을 산중 생존이라는 문제에 적용했다. [……] 그가 추구한 것은 명성이 아니었다. 그는 등반 중에 놀라운 결단력과 대단한 체력으로 수많은 위업을 달성했음에도 남들에게는 그런 이야

기도 하고, 방향을 바꾸기도 하고, 잘 보이는 한 지점을 향해 발을 뻗어 단단하게 착지한

기를 거의 하지 않았다. 그가 몽블랑 정상에 오르고 싶어 했던 것은 자기가 유명해지고 싶어서라기보다는 프랑스의 명성을 위해서였고, 무엇보다도 과학의 발전을 위해서였다. 그가 정상에서 꼭 하고 싶어 했던 것은 대기압 관찰이었다."[97]

네 번의 실패를 경험한 파카르는 사냥과 수정 채취를 생업으로 삼던 힘센 등반가 자크 발마(Jacques Balmat)를 보조 인력으로 고용했다. 출발한 때는 보름달이 뜬 8월의 밤이었다. 로프니 얼음도끼니 하는 현대 등산 장비 같은 것도 없이, 달랑 막대기 두 개로 까마득히 깊은 크레바스를 건너고 또 건넜다. 그로부터 몇 년 전에 네 명의 산길 안내자가 등반을 포기했던 지점인, 얼음의 벽으로 둘러싸인 '눈의 계곡'에 이르렀을 때 발마는 돌아가자고 사정했지만, 파카르가 발마를 설득해 계속 따라오게 했다. 두 사람은 강풍 속에 설산을 올랐다. 정상에 도착한 것은 초저녁이었다. 출발한 지 열네 시간 만이었다. 파카르는 정상에서 이런저런 실험을 한 다음 발마와 함께 정상 아래쪽 바위 밑에서 밤을 보냈다. 아침에는 두 사람 다 풍상과 동상이 심한 상태였다. 설맹이기도 했던 파카르는 내려오는 길에 부축을 받아야 했다. 십턴의 정리에 따르면, "순전히 신체적 부담이라는 측면에서 평가할 때, 최초의 몽블랑 등정은 놀라운 위업이었다." 하지만 여기에는 뒷이야기가 있다. 책략에 능했던 발마는 루트를 개척하고 등반을 주도한 것은 자기였으며 파카르는 자기가 끌고 다닌 짐짝 같은 존재였다는 식의 이야기를 퍼뜨리기 시작했다. 이야기를 점점 부풀리던 발마는 급기야 파카르는 정상을 100여 미터 앞둔 지점에서 실신해 있었으며 정상에 올라갔던 것은 자기뿐이었다는 주장까지 서슴지 않았다. 진실이 밝혀져 용감한 의사가 다시 등산 영웅으로 등극하게 되는 것은 20세기나 되어서였다. 한 등산가가 역사와 명성과 보상을 위해서 동

후 다시 움직이기도 하고, 지그재그로 나아가기도 하면서, 절대로 서둘지 않는다. 기민한

료와 진실을 배반한 사건이었다. 그리고 한 세기 후에는 탐험가 프레더릭 쿡(Frederick Cook)이 알래스카의 디날리 산에 올라갔다는 거짓말과 함께 사진을 위조한 사건이 있었다. 쿡에게는 역사가 중요할 뿐 경험은 아무것도 아니었다.

몽블랑이 등반 불가능한 산이 아니라는 것이 밝혀지자마자 다른 등반들이 이어졌다. 19세기 중반에 몽블랑 등반에 성공한 등반대는 마흔여섯 팀이었고(그중 다수가 잉글랜드 팀이었다.) 그 후로는 알프스의 다른 산, 다른 루트가 주목 대상이 되었다.[98] 앙리에트 당제빌(Henriette d'Angeville)이 최고의 등산가냐 하면 그렇지는 않겠지만, 나는 그녀에 대한 호감을 기두기 어렵다. 왜일까 생각해보자면, 대단한 체력을 발휘하는 일이 꼭 극기일 필요는 없다는 점을 보여주는 『나의 몽블랑 등정(Mon excursion au Mont-Blanc)』의 수선스러움이 나를 매료시키는 것일 수도 있고, 진짜 등산 문학이란 핸드재밍, 맨틀링, 크램펀, 빌레이 기술 같은 것이 잔뜩 등장하는 대목들을 좋아하는 진짜 등산가 독자를 위한 것이기 때문일 수도 있다. 그녀는 알프스 산맥 사이에서 성장했고 당연히 알프스 산맥의 여러 곳을 걸어 다녔지만, 1838년에 몽블랑에 올라갔을 때 그녀의 나이는 마흔 넷이었다. 그녀가 왜 산을 오르는가라는 피할 수 없는 질문을 해결한 것은 『나의 몽블랑 등정』의 앞부분에서였다. "육체의 욕구가 사람마다 다르듯 영혼의 욕구도 사람마다 다르다. [……] 예쁘고 귀여운 것들도 좋지만, 내가 그런 것들보다 좋아하는 것은 자연의 웅장한 풍경이다. [……] 내가 몽블랑을 택한 것은 그 때문이다."[99] 나중에 그녀는 자기가 몽블랑에 오른 것이 소설가 조르주 상드만큼 유명해지기 위해서였다는 삐딱한 발언 때문에 세간의 조롱을 샀지만, 세상 사람들로부터 그 이상의 주목을 받지는 못한 채로 60대에 들어서까지 등산을 계속해나갔

시선은 이 순간 발을 디딘 곳을 주시하면서 동시에 앞으로 발을 디딜 곳을 찾는다. 이런

다. "이렇게 등산을 계획할 때마다 내 마음이 기쁨으로 가득해지는 이유는 이런저런 봉우리를 오른 최초의 여성이라는 시시한 명성 때문이 아니라 영혼의 행복이 뒤따르리라는 예감 때문이다."『나의 몽블랑 등정』은 사치스러운 등산 장비 목록이라는 앞부분과 등정 성공 이후 산길 안내자 열 명과 함께 즐기는 만찬이라는 뒷부분이 고된 등정이라는 알맹이 부분을 감싸는 형태로 이루어진 부드러운 샌드위치 같은 드라마다. 산길 안내자가 이미 직업으로 정착되기 시작할 때였고, 등반 기술과 등반 장비는 파카르 박사의 몽블랑 등정 이래 상당히 발전한 때였다.

황금기가 대개 추락(fall)으로 끝난다고 할 때, 등산의 황금기도 예외가 아니었다. 등산의 황금기라고 하면 대체로 알프스 산맥의 여러 봉우리가 최초로 등정된 1854년에서 1865년까지를 말하는데, 이 시기를 주도한 것은 영국이었고, 등산이 하나의 스포츠로 간주되기 시작한 것이 이 시기였다.(물론 인기 스포츠는 아니었다. 알프스 산맥을 찾아오는 사람들 중에는 등정을 노리는 쪽보다는 그냥 걸어 다니는 쪽이 훨씬 많았다.) 이 시기의 최초 등정 기록 중 절반쯤이 영국의 돈 많은 등산 애호가와 현지 산길 안내인의 합작품이었다. 알파인 클럽(Alpine Club)은 1857년에 고급 사교클럽과 학술협회의 혼종 같은 단체로 창립된 이래로 지금까지 오랫동안 등산계의 한 축을 담당해왔는데, 그런 유서 깊음 때문인지 영국의 단체가 알프스 산맥이라는 유럽의 산지를 주 무대로 삼는다는 기묘함은 크게 드러나지 않고 있다. 당시만 해도 알프스 산맥은 등산이라는 새로운 스포츠(또는 여가 활동, 또는 취미 활동)를 독점하는 무대였다. 높이가 비교적 낮고 크기가 비교적 작으면서 더 어려운 등반기술을 요하는 산들(피크디스트릭트나 레이크디스트릭트 같은 곳의 산들)이 크게 주목받게 되는 것은 나중 일이었고, 북아메리카에서의 등산은 근본적으로 다른 맥락의 활동이었다. 당

움직임이 약간의 연습만으로 편하게 이루어질 수 있는 것은 육체-정신이 이 험한 세상과

시 영국에는 실제로 등산 활동에 참여하는 사람들보다 등산 활동을 지켜보는 사람들이 훨씬 많았다. 지금까지도 유럽에서는 등산가나 암벽등반가가 유명인사가 되는 경우가 있다. 앨버트 스미스(Albert Richard Smith)가 자신의 1851년 등정 경험을 토대로 쓴 유명한 연극 『몽블랑 이야기(The Story of Mont-Blanc)』가 런던의 한 극장에서 수년 동안 공연되기도 했고, 앨프리드 윌스(Alfred Wills)의 『알프스 방랑(Wandering Among the High Alps)』이나 알파인 클럽에서 펴낸 『산정, 계곡, 빙하(Peaks, Passes and Glaciers)』 시리즈 등의 등산문학이 호평을 받기도 했다.

이런 등산문학에 매료된 스물한 살의 판화가 에드워드 휨퍼는 알프스 산맥을 배경으로 하는 드로잉 작업을 의뢰받는 데 성공했다. 남는 시간에 알프스 산맥을 둘러보러 다니던 휨퍼는 자기가 등산에 재능이 있다는 것을 알게 되었다. 그는 여러 봉우리에서 최초의 등정이라는 신기록을 세웠지만, 그의 상상력을 사로잡은 봉우리는 마터호른이었다. 1861년에서 1865년까지 그는 이 스펙터클한 봉우리에서 일곱 번 등정에 실패했다. 마터호른 최초 등정이라는 신기록을 세우기 위해서 많은 등산가가 서로 경쟁하던 시기였다. 신기록은 결국 휨퍼에게 돌아갔다. 휨퍼가 성공함으로써 등산의 황금기가 끝났다고 보는 사람들이 많다. 등산의 황금기가 끝난 게 휨퍼가 등산에 그전과는 다른 정신, 또는 그전에 비해서 공공연히 야심찬 정신을 들여왔기 때문인지, 아니면 마터호른까지 정복됨으로써 알프스 산맥에서 정복 안 된 봉우리가 없어졌기 때문인지, 마터호른 등정이 성공한 후 참사가 있었기 때문인지는 불분명하다. 휨퍼가 여덟 번째로 시도한 그 등정에는 당대 최고의 등산 애호가 찰스 허드슨(Charles Hudson) 목사와 다른 두 명의 잉글랜드 청년, 그리고 세 명의 현지 산길 안내자가 동행했는데, 하산 길에 허드슨과 두 청년, 그리고 뛰어난

하나가 된 덕분이다. 산은 산과 이어진다.—게리 스나이더, 「블루마운틴스의 쉼 없는 발

산길 안내자였던 미셸 크로(Michel Croz)가 세상을 떠났다. 한 사람이 발을 헛디디면서 같은 로프에 매달려 있던 사람들이 같이 추락사한 사고였다. 이 사고를 두고 세간의 호들갑이 있었다. 등산이라는 것 자체가 가당치도 않게 위험한 행위라는 비난도 많았고, 휨퍼와 다른 두 산길 안내자의 대처에 직업적으로, 그리고 윤리적으로 문제가 있지는 않았느냐는 수군거림도 많았다. 휨퍼의 『알프스 등반(Scrambles in the Alps)』은 어쨌든 고전이되었다. 디즈니랜드에 마터호른이라는 놀이기구가 생긴 것도 그 때문이아닐까 싶다.

　등산의 역사는 최초 사건, 최대 사건, 조난 사건으로 점철돼 있지만, 그런 사건들에 등장하는 몇십 명의 유명인 뒤에는 전적으로 개인적인 보상으로 만족해 온 무수한 등산가들이 있다. 역사는 전형을 담아내는 일이 거의 없고, 전형은 (문학으로 표현되는 일은 종종 있겠지만) 역사로 표현되는 일은 거의 없다. 이 이항대립 구도는 등산책의 두 장르에 어느 정도 나타나 있다. 그 두 장르는 일반 독자들이 많이 읽는 등산 서사시와 독자층이 훨씬 적지 않나 싶은 등산 회고록이다. 등산 서사시는 주요 산정을 정복하고자 하는 등산가의 영웅담으로, 항상 '역사'이고 거의 항상 '비극'이다.(육체의 고통, 극한 상황에서의 생존 의지, 동상이나 저체온증이나 뇌손상이나 추락 사고의 소름끼치는 디테일을 강조하는 등산 문학을 읽다 보면, 강제수용소나 강제 행군에 대한 기록을 떠올리게 된다. 차이가 있다면 등산은 강제가 아니라 자발적 행동이라는 점, 그리고 사람에 따라서 매우 보람 있는 경험이라는 점이다.) 반면 가벼운 등산 회고록은 역경을 역경이 아닌 듯 이야기하는 유머러스한 전원시로 읽힌다. 저자가 조 브라운(Joe Brown), 돈 휠런스(Don Whillans), 그웬 모펏, 리오넬 테레 같은 최고의 등산가일 때도 마찬가지다. 이런 이야기에서 흥미 요소는 크고 작은 산행, 우정, 자유, 산을 사랑하는 마음, 기술

걸음」　　　　　• '땅'의 의미도 완전히 달라진다. 법 모델을 기반으로 삼

개량, 야심 부족, 기운 넘침, 그리고 어쩌다 한 번에 그치는 산중 비극 같은 것들이고, 이런 책에서 최고의 장점은 역사적으로 중요한 사건을 이야기한다는 게 아니라 그렇게 중요하지 않은 사건이라도 생생하게 이야기한다는 점이다.

우리가 이야기에서 찾는 것이 공적 역사가 아니라 사적 경험이라면, 정상 정복은 없어도 된다. 산에 가는 이야기면 되지 굳이 꼭대기에 올라가는 이야기일 필요는 없다는 것이다. 스포츠와 신기록의 영역에서 벗어날 때, 산에 올라가는 일과 산속을 거니는 일이 균형을 되찾게 된다는 뜻이다. 미성년이었던 대공황 때부터 산길 안내를 시작한 스모크 블랜처드(Smoke Blanchard)는 내가 모든 등산 회고록 중에 제일 좋아히는『두 발로 세상을 올라가고 내려가고(Walking Up and Down in the World)』에서 이런 말을 했다. "등산이란 소풍과 순례의 결합이라고 보는 게 제일 좋다는 생각을 나는 반세기 동안 홍보해왔다. 소풍-순례 같은 등산은 공격성은 적고 만족감은 크다. 자기가 올라갔던 데를 기록하지 않은 채로 긴 인생길 내내 가벼운 등산을 즐길 수 있다는 사실을 알려주고 싶다. 연애 관계를 목록으로 기록할 수는 없지 않은가."[100] 유쾌하고 유머러스한 블랜처드는 산에 올라가는 것을 좋아하는 만큼 걸어 다니는 일도 좋아했고, 그가 즐거웠던 경험으로 꼽는 일 속에는 시에라네바다 산맥과 태평양 북서부에서 많은 산에 오른 일과 함께 오리건 주 해안을 따라서 걸었던 일, 시에라네바다 동쪽의 화이트 산에서 바다까지 걸으면서 캘리포니아를 횡단했던 일 등이 포함되어 있다. 존 뮤어에서 게리 스나이더에 이르는 여러 태평양 연안 등산가들처럼 블랜처드도 등산을 바라볼 때 목적지가 없는 방황과 목적지가 있는 등정을 결합하는 방식으로 바라보았다. 바다 건너 중국과 일본의 훨씬 더 오래된 산악 전통을 떠오르게 하는 방식이다.

는 경우, 고정된 관점과 특정한 영토와 지속적 관계망 속에서 재영토화 과정이 지속된다.

중국과 일본의 시인이나 현자나 은자가 칭송한 것은 산에 올라가는 것이라기보다 산에서 지내는 것이었고, 중국 시와 중국화에서 자주 그려지는 산은 정치와 사회를 벗어나는 명상적 은거였다. 중국에서는 정처 없이 떠도는 것이 칭송받았던 반면(어떤 학자에 따르면, '멀리 떠나는 것(遠遊)'은 황홀경을 뜻하는 도교 용어다.) 목적지에 도착하는 것은 때로 미심쩍게 여겨졌다. 8세기의 시인 이백의 시 중에는 「태천산 도사를 만나러 갔는데 못 만나고(訪戴天山道士不遇)」라는 시가 있다.[101] 당시 중국 시의 흔한 주제였다. 산길은 물리적인 길이기도 하고 상징적인 길이기도 했으므로, 산길을 걸어간다는 것은 축자적 의미와 함께 비유적 함의가 있었다. 이백과 같은 시대를 살았던 누더기 차림에 유머러스한 불교도 은자, 한산(寒山)의 시다.

> 사람들은 한산 가는 길이 어디냐 묻지만
> 한산 가는 길은 없는데 [······]
> 나를 흉내 낸들 어찌 가겠는가
> 당신 마음과 내 마음이 안 똑같은데.[102]

일본에서는 선사시대 이래로 산에 종교적 의미가 있었다. 번바움에 따르면, "AD 6세기 이전의 일본인들에게 성산(聖山)은 올라가면 안 되는 곳, 일상 세계와는 다른 영역, 인간이 범접할 수 없는 성스러운 영역이었다. 사람들은 산 밑에 사당을 세웠다. 멀리서 경배하기 위함이었다. 그러다가 6세기에 중국 불교가 들어오면서 성산의 정상에 올라가 신들과 직접 교감하는 관행이 생겼다."[103] 나중에는 수도자들과 고행자들의 방랑에도 불구하고, 정해지지 않은 방랑길보다 정해진 참배길이 우세해졌

하지만 걸어 다니는 모델을 따라가는 경우, 영토 그 자체가 탈영토화 과정을 통해서 구성

다. 특히 슈겐도(修驗道, 산악 수행을 중요시하는 불교의 한 종파)에서는 산에 올라가는 것이 종교 행위에서 가장 중요한 부분이 되었다. 서양에서 제일 앞서가는 슈겐도 연구자 H. 바이런 에어하트(H. Byron Earhart)에 따르면, "슈겐도는 개념적으로나 물리적으로나 성산의 힘, 그리고 성산에서 참배함으로써 얻어지는 복과 관련되어 있다."[104] 축제, 사원 행사, 장기간의 산중 고행 등도 슈겐도의 일부였지만, 승려와 평신도를 막론하고 슈겐도의 가장 중요한 부분은 산에 올라가는 것이었고, 산에 올라가는 신도들을 위한 길잡이 승려도 생겼다. 산 자체가 불교의 만다라로 여겨졌고, 산을 올라가는 여섯 단계는 깨달음을 향해 나아가는 영혼의 행로로 여겨졌다.(새로 입문한 사람이 절벽에 대롱대롱 매달린 채 자기 죄를 고백하는 단계도 있었다.) 17세기 도가(道家) 시인 마쓰오 바쇼(松尾芭蕉)는 정처 없는 여행길에 슈겐도에서 가장 중하게 치는 몇몇 성산에 올라갔던 일을 하이쿠 기행의 걸작『오쿠로 가는 작은 길』에서 적고 있다. "산을 오르기 시작한 나는 [······] 안내인에게 이끌려 구름과 안개로 자욱한 추위 속에 빙설을 밟으며, 이제 8리만 더 오르면 해와 달로 통하는 구름의 관문에 다다르겠거니 하는 마음으로, 숨은 끊어질 듯하고 몸은 꽁꽁 얼어붙은 채로, 드디어 꼭대기에 도착했더니 [······]."[105] 일본에서 슈겐도는 19세기 후반 정부에 의해 폐지당하면서 주요 종교의 자리에서는 밀려났지만, 사원들과 수행자들은 여전히 존재하고, 후지 산은 여전히 주요 순례지이며, 일본인은 여전히 세계에서 가장 등산을 좋아하는 국민 중 하나다.

　　괜찮은 등산가이자 뛰어난 시인이었던 게리 스나이더는 영적 전통과 세속적 전통을 하나로 연결한 듯하다. 그가 불교를 공부한 것은 아시아에 갔을 때였지만, 그가 등산을 배운 것은 불교를 공부하기 훨씬 전에 오리건의 마자마 클럽(Mazamas, 1890년대에 오리건의 후드 산 정상에서 결성된

되고 확장된다.—들뢰즈와 가타리, 『유목학』에 대한 논문　　　　　• 공

등산 단체)과 어울릴 때였다. 그는 어느 중국 족자그림에서 제목을 따온 『강산무진(*Mountains and Rivers Without End*)』이라는 책 한 권 길이의 시를 썼는데, 1956년에 시작해서 거의 40년 후에 완성한 작품이었다. 이 시에 붙인 후기에 따르면, "내가 처음으로 태평양 북서부 높은 설산 꼭대기에 올라갔던 것은 열세 살 때였고, 수많은 정상에 올라갔던 것은 스무 살도 되기 전이었다. 그런 공간을 펼쳐 보이는 동아시아의 풍경화들을 본 것은 열 살부터였다."[106] 일본에 머물던 시기에는 보행 명상을 수행하기도 했고, 잔존하는 슈겐도 수행자들과 접촉하기도 했다. "그러면서 나는 풍경 속을 걷는 일이 제의가 될 수도 있고 명상이 될 수도 있음을 깨닫는 기회를 얻었다. 5일간 오미네 산을 순례하면서 고대 불교의 산신 부동명왕(不動明王)과 조심스럽게나마 관계를 맺을 수 있었다. 이 고대 수행법을 통해 산꼭대기에서 골짜기 밑바닥까지 걷는 길이 바즈라야나(金剛佛敎)의 길(자궁 만다라(胎藏界)와 다이아몬드 만다라(金剛界)를 잇는 내면의 길)로 시각화된다."[107]

　　일본으로 떠나기 직전인 1956년, 스나이더는 잭 케루악을 끌고 바다로 밤샘 하이킹을 떠난다. 타말파이어스 산(샌프란시스코에서 보았을 때 골든게이트 다리 건너편에 있는 784미터 높이의 산)을 넘어갔다 넘어오는 코스였다. 이 하이킹에서 스나이더가 발병이 난 케루악에게 하는 말을 들어보자. "실재하는 물성, 돌 공기 불 나무, 아, 우리가 그런 것과 친할수록 세상에는 그만큼 더 영성이 생겨요."[108] 이 말에 대한 학자 데이비드 로버트슨(David Robertson)의 논평에 따르면, "게리 스나이더의 시와 산문에서 핵심이 되는 생각을 말해주는 문장인 동시에, 산에 가기를 좋아하는 많은 사람들이 무슨 생각으로 산에 가는지를 한마디로 요약해주는 문장이기도 하다. 그들의 심장, 그들이 쓴 등산문학의 심장에서 뛰는 한 가지 제의

장 일꾼들은 척추가 제대로 자라지 못하는 경우가 흔했다. 단순 과로 때문이기도 했고, 원

적 습관이 있다면, 그것은 '물성화'의 습관, 영성인 동시에 물성인 대상존재에게 가는 습관이다. [······] 스나이더에게 하이킹은 정치적·사회적·정신적 혁명을 진일보시키는 방법이다. [······] 대상존재에게 가는 방법은 아리스토텔레스의 플롯처럼 끝을 향해 가는 것도 아니고 헤겔의 변증법처럼 합을 향해 가는 것도 아니다. 대상존재에게 가는 길은 성배 찾기 같은 탐험이 아니다. 대상존재에게 가는 길은 같은 곳을 맴도는 길이요, 갔던 곳을 또 가고 또 가는 길이다. 그 길은 케루악과 스나이더의 하이킹과 비슷하기도 하고, 스나이더가 하이킹 중에 케루악에게 앞으로 쓰겠다고 말한 그 시와 꽤 비슷하기도 하다."[109]

그 시가 바로 『강산무진』이다. 이 시집에 실린 「타말파이어스 산 순행(Circumambulation of Mount Tamalpais)」은 1965년에 그 산을 온종일 돌아다닌 기록이다. 이 시에서 스나이더는 산의 특정 장소들을 묘사하고, 그 산에서 필립 월른(Philip Whalen, 현재 선불교의 로시(老師)), 앨런 긴즈버그와 함께 읊은 불경을 옮겨놓았다. 그들은 "경의를 표하고 마음을 정화하기 위해서" 불경을 읊었다. 현지 불교도들은 히말라야 불교의 순행 양식을 차용한 타말파이어스 산 순행 코스를 만들었다. 산 밑에서 출발해서 동쪽 꼭대기까지 올라갔다 내려오는 약 25킬로미터 코스의 총 10처로 이루어져 있다. 그들은 이 코스로 해마다 몇 번씩 순행에 나선다. 내가 가보았을 때는 스나이더의 유머를 간직하고 있는 코스라는 인상을 받았다. 담배꽁초가 적당히 뿌려져 있는 주차장을 끝에서 두 번째 처로 삼았다는 것은 스나이더의 「곰 스모키 수트라(Smokey the Bear Sutra)」를 읽었다는 뜻이었다. 산 전체를 나선형으로 돌게 되어 있는 이 순행 코스의 10처는 대개 아시아 쪽 종교 자료들의 차용이고, 그중 동쪽 꼭대기는 10처 중 하나일 뿐 정점이 아니다. 스나이더는 여러 차례 산을 시의 소재로 삼

────

래 허약한 체질이나 좋지 않은 음식 때문에 쇠약해진 데다 장시간 노동이 더해져서인 경

왔다. 뮤어의 리터 산 등정 기록을 토대로 시를 쓰기도 했고, 한산을 흉
내 낸『한산의 시들(Cold Mountain Poems)』을 쓰기도 했다. 산에 올라가거나
산속을 걸어 다니는 모습을 그리기도 했지만, 산속에서 생활하거나 일하
는 모습, 예를 들면 산불 감시원이나 등산로 건설인부의 모습을 그리기도
했다.『강산무진』에 실린 스나이더의 인터뷰에 따르면, "내가 하는 일은
공간의 물리적 의미를 대승불교 철학에서 말하는 공(空), 즉 영혼의 투
명성으로서 공간이라는 영적 의미로 번역하는 것입니다."[110]『강산무진』
의 서두는 얼핏 보면 풍경을 길게 묘사하는 것 같지만 알고 보면 어느 중
국화에 대한 묘사다. 실제로 스나이더는 그림, 도시, 오지 등 모든 종류의
공간을 같은 정신으로 여행한다. 「뉴욕에서 수중 보행 / 정보 바다에서
생존(Walking the New York Bedrock / Alive in the Sea of Information)」에서 스나
이더는 맨해튼을 돌아다니면서 인디언과 유럽 정착민의 첫 대면을 떠올
리기도 하고, 마천루를 기업체의 신들("에퀴터블 신," "그 옛날의 유니온 카바
이드 신")로 바라보기도 한다. 나무들이 보이기도 하고, "35층"에 둥지를
트는 송골매가 보이기도 하고, 길거리라는 협곡을 떠도는 노숙자들이 보
이기도 하고, 빌딩은 "그들의 머리 위로 솟아오르는 산등성이와 가파른
비탈"이 된다. 그러나 그에게 기쁨을 안겨주는 산은 맨해튼이라는 산이
아니라 진짜 산이라는 것을 「34년이 지나고 다시 시에라의 마터호른을
오르면서(On Climbing the Sierra Matterhorn Again After Thirty-One Years)」라
는 긴 제목이 달린 짧은 시는 말해주고 있다.

> 산을 넘고 또 넘어도
> 한 해 또 한 해 또 한 해 흘러도
> 내 사랑은 아직 그대로.[111]

우도 있었다. 이런 질병보다 흔한 것은 기형인 듯했다. 무릎은 안으로 굽은 상태였고, 발

10
보행을 위한 모임들, 통행을 위한 투쟁들

시에라네바다 산맥

"오늘도 완벽한 시에라네바다의 날씨." 마이클 코언(Michael Cohen)이 비꼬는 말투로 가장하며 나에게 말했다. 그는 커피, 나는 홍차를 마시다 말다 하면서 호수 위의 반짝이는 아침 햇살을 바라보고 있었다. 발레리 코언(Valerie Cohen)은 아직 일어나기 전이었고, 나도 잠이 덜 깬 상태였다. 때는 이른 아침, 곳은 시에라네바다 산맥 동쪽 비탈에서 준 레이크를 내려다보는 코언 부부의 오두막이었다. 요세미티 국립공원 산악 지대에서 약간 남동쪽에 위치했다. "시에라 클럽(Sierra Club)은 존 뮤어가 만든 작품이라고 시에라 클럽은 주장하고 싶겠지만, 실은 캘리포니아 문화의 산물이야." 그가 왜 갑자기 이런 말을 했는지는 기억이 안 난다. 캘리포니아 문화의 산물인 것은 우리도 마찬가지였다. 코언 부부는 둘 다 로스앤젤레스 대도시권에서 자라 어렸을 때부터 시에라네바다 산맥에서 긴 시간을 보낸 사람들이었다. 나의 친조부모가 로스앤젤레스 이민자 하이킹 단

목 인대가 늘어지거나 약해진 상태인 경우가 꽤 많았고, 긴 다리뼈는 휜 상태였다. 특히 이

체에서 만나 결혼했다고는 해도, 나 자신은 코언 부부 같은 헌신적인 오지 탐험가도 아니었고 그들에 비해 체력도 약했다. 시에라네바다 산맥은 분명 코언 부부의 영역이었다. 그들은 그곳에서 스키를 타고 등산을 하고 하이킹을 하고 일하기도 하고, 30년 전에는 결혼을 하기도 했다. 나는 코언 부부에게 그날 우리가 하게 될 하이킹의 목적지 선정을 맡겼다.

구름 한 점 없이 화창한 8월 중순의 어느 날이었다. 유난히 길고 궂은 겨울을 보낸 까닭에 초원은 여전히 신록이었고, 야생화는 지천이었다. 지천이기는 등산객도 마찬가지였다. 투올러미 고원의 남서쪽에서 시작되는 등산로를 솜씨 좋게 빠져나간 발레리는 소나무 사이로 2~3킬로미터 정도 되는 길을 걷는 동안 나를 위해 자기가 국립공원 보안관으로 일할 때 있었던 이야기를 해주었다. 이쪽 등산로가 바로 그녀의 순찰 구역이었고, 등산객에 끼어 있는 정신질환자와 마약 중독자를 처리하는 것이 그녀의 책임이었다. 사람들이 지나다닌 등산로가 좁은 고랑처럼 깊이 파여 있는 초원을 지날 때는 캠핑장에 미친 남자가 있다는 신고를 받았던 이야기도 해주었다. 밤새 바깥에서 빙글빙글 원을 그리면서 혼잣말을 중얼대던 그 남자는 알고 보니 정신이상이 생긴 저명한 수학자였다. 발레리가 그런 이야기를 계속 이어가는 중에(아마 베이비시터와 광대버섯 이야기 중에) 마이클이 한마디 거들었다. 자연이 행복을 준다는 이론이 나온 탓에 행복을 찾는 데 가장 필사적인 사람들이 이 높은 데까지 올라오게 되었다고 했다. 요세미티 국립공원은 세계에서 가장 유명하고 가장 많은 인파가 몰리는 자연 명소 중 하나로, 매년 수백 만 명이 이곳을 찾는데, 그중에는 행복을 가장 필사적으로 찾는 사람들도 분명히 섞여 있을 것이다.

요세미티는 중요한 역사의 현장이기도 하다. 보행의 역사, 등산의 역사, 환경운동의 역사에서 요세미티는 특히 중요하다. 마이클의 저서

긴 다리뼈의 굵은 끝부분은 비틀리고 과하게 발달한 상태였다. 이런 환자들의 일터는 장시

중에 시에라 클럽의 역사가 있고, 존 뮤어의 지식인으로서의 삶을 다룬
전기가 있다는 점이 나에게 다행스러웠다. 따라서 모노패스 등산로를 걷
는 일이 곧 마이클의 학문 영토를 주파하는 일이 되었다. 19세기를 눈앞
에 둔 시기에 페나인 산맥을 함께 넘은 도러시 워즈워스와 윌리엄 워즈
워스는 외로운 사람들, 인적 없는 시골에서 인기 없는 행동을 선택한 사
람들로 비쳐지기 시작했고, 1868년에 캘리포니아에 도착하고 수십 년이
지난 후에 요세미티와 시에라네바다 산맥을 도파한 존 뮤어는 그 외로운
방랑의 전통을 이어가는 사람, 즉 모두가 실용을 추구할 때 혼자서 예술
을 추구하는 사람으로 비쳐지기 시작했다. 하지만 마이클도 지적했듯이
뮤어는 (물론 샌프란시스코 문화와 함께) 시에라 클럽을 만든 사람이었고, 시
에라 클럽은 자연의 풍경을 바꾸지 않으려고 노력함으로씨 사회의 풍성
을 바꾸게 될 단체였다.(등산로를 만드는 것이 이 단체의 주된 활동이었는데, 등
산로 만들기는 자연의 풍경을 그대로 두고자 했던 이 단체의 노력에서 유일한 예외였
다). 제1회 시에라 클럽 등반 여행(회장인 뮤어를 포함한 아흔여섯 명의 시에라
클럽 회원들이 두 주일 동안 투올러미 고원에서 걷고 등산하고 캠핑한 일)이 열렸던
1901년 7월은 워즈워스 남매가 외로운 겨울 길에 나선 지 100여 년 후였
고, 코언 부부와 내가 길가의 혼잡을 피해서 소나무 숲으로 들어서기 거
의 100년 전이었다. 이 등반 여행은 자연경관 속을 걷는 취향의 역사에서
중요한 이정표였지만, 시에라 클럽의 서기 윌리엄 콜비(William Colby)의
기록을 통해서 알 수 있듯 유일한 이정표는 아니었다. "이런 유형의 여행
이 적절히 행해진다면, 우리 산맥의 삼림과 그 밖의 자연 요소들에 대한
적절한 종류의 관심을 일깨우는 데 무한한 이익이 될 것이고, 우리 회원
들의 동료애를 형성하는 데도 일조할 것이다. 이런 여행들이 성공을 거
두고 흥미를 유발할 수 있음을 오랫동안 마자마 클럽과 애팔래치아 클럽

간 일해야 하는 경우가 많은 공장들이었다.―프리드리히 엥겔스, 『영국 노동계급의 상태』

이 보여준 바 있다."[112] 보행이 이미 문화의 일부로 확고히 자리 잡았기 때문에 보행 단체들이 변화의 초석이 될 수 있었다.

잉글랜드 등산가들이 1857년에 알프스 클럽을 결성한 이후로, 유럽과 북아메리카 전역에서 야외 활동 단체가 유행했는데, 그중에 다수는 알프스 클럽이나 애팔래치아 클럽과 마찬가지로 사교 활동과 학술 활동을 결합한 단체들이었다.[113] 하지만 시에라 클럽은 달랐다. 시에라 클럽의 이념은 "삼림과 그 밖의 자연 요소들에 대한 적절한 종류의 관심"은 곧 정치적 관심이라고 밝히고 있다. 대부분의 클럽이 등산과 하이킹 자체를 목적으로 삼았지만, 시에라 클럽은 두 가지 목적 위에 만들어진 단체였다. 뮤어는 1890년 화가 윌리엄 키스(William Keith), 변호사 워런 올니(Warren Olney) 같은 친구들과 만나 목재와 광물자원을 약탈하려는 개발업자들에게서 요세미티 국립공원을 보호할 방법을 의논하기 시작했다. 등산 단체 설립을 고려하고 있던 캘리포니아 대학교 버클리의 교수들과 손을 잡은 것도 그 무렵이었다. 1892년 6월 4일에 시에라 클럽이 결성되었다. 애팔래치아 클럽이 회원들이 사는 곳의 산맥에서 이름을 따왔듯, 시에라 클럽도 회원들의 활동 무대가 될 산맥에서 따온 이름이었다.

세상이 정원이라는 생각은 본질적으로 탈정치적인 생각, 세상이 정원이 되는 것을 방해하는 온갖 고통들을 외면하는 생각이다. 세상을 정원으로 만들자는 생각은 많은 경우 정치적인 생각, 곧 전 세계적으로 정치운동의 색채가 짙은 보행 단체들이 갖고 있는 생각이다. 오래전부터 자연 속을 걷는 일은 막연하게 도덕적인 행동으로 여겨졌다. 존 뮤어와 시에라 클럽은 마침내 그 도덕을 자연보호라고 명확하게 규정하면서 걸을 수 있는 자연을 보호하고자 했다. 이로써 자연 속을 걷는 일은 계속 도덕적이라는 가치를 유지하게 되었고, 시에라 클럽은 모종의 이념 단체

• "그 작자의 대리인인지 비서인지 누군지가 나한테 편지를 보내서 뭐랬느냐하면, '준남

가 되었다. 클럽 회원들에게 보행(시에라 클럽의 표현에 따르면, 하이킹과 등산, 구체적으로는 야외에서 두 발로 이동하면서 아무것도 생산하거나 파괴하지 않는 것)은 이 세상에 존재하는 이상적 방식이었다. 시에라 클럽이 강령을 통해 밝힌 활동 목적은 "태평양 연안 산간지역에서 자연을 탐험하고 즐기고 자연 속에 사람이 다닐 수 있는 길을 내는 것, 이 지역에 관한 권위 있는 정보를 공개하는 것, 시에라네바다 산맥에서 숲과 기타 자연물을 보호하는 일에 국민과 국가의 지원과 협조를 얻는 것"이었다.

처음부터 시에라 클럽에는 여러 가지 내재적 모순이 있었다. 뮤어를 비롯한 창립자 일부는 산에 가다 보면 산을 사랑하는 마음이 생기고 산을 사랑하다 보면 산을 보호하는 정치적 투쟁에 참여하게 될 것이라고 믿었다. 이런 믿음에서 시에라 클럽은 등산과 자연보호가 결합된 단체로 출범됐다. 실제로 그 믿음에 부응하는 사람들이 많이 나타났다고는 해도, 산을 사랑하는 등산가 중에도 정치적 차원이 없는 사람들이 많고 환경주의자 중에도 몇몇 이유로 먼 곳까지 가지 않는 사람들이 많다. 시에라 클럽의 두 번째 모순은 환경 파괴가 흔히 경제성장이라는 미명하에 자행된다는 사실과 관련돼 있다. 주로 중류계급에 속해 있는 시에라 클럽의 멤버들은 무수한 전투에 참여하면서도 그 전투를 포괄하는 전쟁의 정체는 차마 입에 올리지 못했다. 진보와 자본주의의 미명하에 경제가 자행하는 환경 착취에 맞서는 전쟁 말이다. 뮤어는 나무와 동물과 광물과 흙과 물의 존재 이유가 인간에게 사용되기 위해서라는, 인간 중심주의에 반대하는 입장이었지만(자연이 존재하는 것이 인간에게 파괴되기 위해서라는 생각에는 더욱 반대하는 입장이었지만), 자연이란 사회나 경제와 같은 것과는 다른 영역이라고 전제함으로써 땅과 돈의 정치라는 더 넓은 맥락을 피해갔다. 시에라 클럽의 역사를 전체적으로 보면, 뮤어의 반인본주

작 레스터 데드록 경이 로렌스 보이손 씨에게 보내는 항의의 말씀을 전해드리면서, 지금

의 쪽보다는 아름다운 곳을 휴양지로 개발하는 것은 파괴하는 것과 마찬가지라는 좀 더 온건하고 인본주의적인 주장 쪽이 대세였다. 요세미티 계곡이 휴양 산업에 의해 파괴되고 있다는 사실은 시간이 갈수록 더 분명해졌다. 근처의 헤치헤치 계곡이 1차 대전 중의 수자원 개발(샌프란시스코의 저수지를 확보하기 위한 댐 건설)에 의해 파괴된 것과 마찬가지였다. 시에라 클럽은 강령에서 "자연 속에 사람이 다닐 수 있는 길을 내는 것"이라는 구절을 삭제해야 했고, 종을 보호해야 하는 주장에서 생태계를 보호해야 한다는 주장으로, 그리고 이어서 지구를 보호해야 한다는 주장으로 옮겨 가야 했다. 자연이 즐거운 곳이라기보다 생존에 필요한 곳이라는 생각이 등장할 때였다.

하지만 1901년 7월에 첫 등반 여행을 시작할 때만 해도, 시에라 클럽이 문제를 만나고 변모를 겪는 것은 먼 훗날의 일이었다. 세상은 지금보다 훨씬 넓고 포장된 길은 지금보다 훨씬 적던 시절이었다. 회원들은 사흘 동안 요세미티 계곡에서 투올러미 고원까지 비교적 보행이 가능한 경로를 따라 걸었고, 수많은 말과 나귀, 난로, 모포, 간이침대와 넉넉한 식량을 지고 뒤따랐다.(요즘은 자동차로 두세 시간 거리다.) 투올러미 고원에 도착해 거대한 캠핑장을 차린 회원들은 삼삼오오 짝을 지어 주변 산과 협곡의 탐험에 나섰다. 당시 캘리포니아는 이상한 화평의 시기(탐욕스러운 양키들의 폭력적 정착을 겪은 후이면서 주 전체의 과잉 개발이 시작되기 전)였다. 엘라 M. 섹스턴(Ella M. Sexton)은 그 첫 등반 여행에 대해서 이렇게 말했다. "우리는 데이나 산의 뾰족뾰족한 봉우리들과 비탈들과 눈밭들을 정복하겠다는 용기와 함께, 믿을 만한 등산지팡이와 가벼운 점심을 챙겨 들고 출발했다. 등산가들이 허약한 '풋내기(tenderfoot)'인 우리를 한심하다는 듯 지켜보는 몇 시간은 엄숙했다. [······] 산 밑까지 가는 길이 10마일이

었고, 산을 올라가는 길은 험난했고, 다시 캠프장까지 돌아오는 10마일
은 기진맥진했다. 귀환이 너무 오래 걸린 탓에 구조대가 출동해서 도강
(徒江) 지점마다 불을 피워놓아야 했다. 위태롭게 흔들리는 뗏목이 마지
막 낙오자를 실어 나른 것은 9시가 넘어서였다."[114] 당시의 그곳은 지금에
비하면 다리가 놓이지 않는 강들과 지도에 나오지 않는 길들이 자리한
깊은 오지였다. 그 당시만 해도 시에라 클럽의 회원들, 어부들, 얼마 남지
않은 인디언들을 제외하고는 그런 곳에 발을 들여놓는 사람이 거의 없었
다. 초창기 시에라 클럽은 여러 일류 등산가들이 소속된 단체이자 여러
건의 최초 등정을 후원하는 단체였다.

하지만 일상적 경험들이 이런 단체 등산에 운치를 더해주었다. 넬
슨 해킷(Nelson Hackett)은 고등학교 때 두 명의 여교사의 권유로 시에라
클럽의 단체 등산에 참여했는데, 그때의 경험이 그를 자연 애호 활동가
커뮤니티의 일원으로 만들었다. 시에라 클럽의 의도가 바로 그런 사람
들을 양산하는 것이었다. 나중에 《시에라 클럽 회보》의 편집장 겸 시에
라 클럽의 위원회 임원으로 활동하게 되는 그는 1908년 등반 여행에 참
여해 시에라 산맥의 킹스 캐니언 지역을 탐험했는데, 그때 그가 부모에
게 보낸 편지에 시에라 클럽의 지도자들에 대한 묘사가 나온다. "콜비 씨
는 번개처럼 빨리 걸어가고 파슨스 씨는 아주 뚱뚱하고 아주 느리고 그
런 식이라서, 내가 어떤 속도로 가든지 나랑 같은 속도로 가고 있는 사람
이 있어요. 언제나 나보다 앞서 가는 사람들이 대여섯 명 있으니까 발자
국을 따라가면 길을 잃을 염려는 없기도 하고요. 처음 출발하던 때만 해
도 120명이 쭉 줄을 서서 걸어가는 모습을 상상했었는데, 막상 걷다 보면
한 번에 보이는 사람은 기껏해야 대여섯 명뿐이에요." 그로부터 며칠 후
인 1908년 7월 18일의 편지에선 여행의 일과를 전한다. "다음 날 새벽에

이며 따라서 그 길의 통행권이 레스터 경에게 있다는 사실을 알려드림과 함께 레스터 경

출발한 때가 별빛이 싸늘한 3:30, 휘트니 산을 오르기 시작한 때가 4:30이었어요. 쉽지만 지루한 산이고, 발밑의 바위가 단단해요. 내가 정상에 도착한 것은 9시 정각이었어요. 우리는 거기서 점심을 먹고 초콜릿으로 셔벗을 만들어 먹으면서 두 시간쯤 경치를 구경하다가 돌아왔어요. 1만 1000피트 아래로 사막이 보이고 오언스 호(湖)를 볼 수 있었어요." 바로 그날의 두 번째 편지에서 말한다. "오늘 오후 뮤어 씨와 오래 이야기했어요. 정확히 말하면, 이야기는 뮤어 씨가 하고 나는 들었어요. 뮤어 씨가 남부 반란 후 이듬해에 남부를 1000마일을 걷던 때의 이야기도 들었고요, 뮤어 씨가 어떻게 하다가 식물학에 관심을 가지게 됐는지도 들었어요. 이제 캠프파이어 시간이에요. 그럼 이만."[115]

전통은 부족하고 새로운 조합은 풍부한 캘리포니아는 오랫동안 신선한 문화적 가능성의 발원지가 되어왔다. 19세기 말에서 20세기 초는 화가들, 삼류 시인들, 일류 건축가들을 포함하는 캘리포니아 문화가 만들어지는 시기였다. 초창기 시에라 클럽은 바로 그 문화의 일부였다. 알파인 클럽 등이 남성 전용 단체였던 것에 비해 시에라 클럽은 여성 회원들을 환영했다. 다른 곳에서는 여자가 돌아다닐 수 있는 기회가 많지 않았을 것인데, 시에라 클럽의 여성 회원들은 산속에서 어디든 목적지로 삼고 누구든 동행으로 삼을 수 있었던 것 같다. 여자가 런던에서 샤프롱 없이 돌아다니기가 거의 불가능하던 시절에 캘리포니아의 산속에서는 마음대로 돌아다녔다는 것은 캘리포니아와 시에라 클럽의 자유에 대해서 시사하는 바가 있다. 초창기 시에라 클럽의 회원들 중에는 남녀 불문 전문직 종사자들이 많았다. 모종의 지적인 기운이 시에라 클럽을 감싸고 있었고, 모닥불에 둘러앉은 저녁이면 토론과 음악과 공연이 활기를 더했다. 당시에는 뮤어가 가장 영향력 있는 회원이었지만, 나중에는 앤설 애

이 상기의 장소를 편의상 폐쇄한다는 소식을 알려드립니다.' 글쎄, 이러더라니까."—찰

덤스(Ansel Adams)와 엘리엇 포터(Eliot Porter)가 합류하면서 미국 자연 사진의 발상지가 되기도 하고, 조지 마셜(George Marshall)이나 데이빗 브로워(David Brower) 등이 합류하면서 미국의 자연(wilderness)을 법률적, 정서적으로 재정의하는 작업의 발상지가 되기도 한다. 하지만 캘리포니아 문화가 난데없이 생겨났던 것은 물론 아니다. 초창기 시에라 클럽의 캠핑족이 나름의 고유한 문화를 만들고 있기는 했지만, 그러한 문화의 재료는 동부에서 온 것들이 많다. 계보를 추적하기도 어렵지 않다. 워즈워스를 만나기도 하고 존 뮤어를 만나기도 했던 뉴잉글랜드 초월주의(超絶主義)의 원로 랠프 월도 에머슨(Ralph Waldo Emerson)은 걸어 다니면서 프랑스혁명을 경험한 보행 시인 워즈워스의 유산을 1차 대전 초기에 세상을 떠난 복음주의 기독교도 등산가 존 뮤어에게 (변형 후) 선달한 것 같다. 시에라 클럽 회원들이 한 일은 자연을 사랑한 그들의 마음을 수입하는 것이었던 반면, 자연 그 자체, 미국 서부의 거대한 자연이 그 마음을 새로운 것으로 바꿔놓았을 것이다.

1901년의 첫 등반 여행을 보면, 귀족들이 정원을 기닐고 고독한 산책자가 숲속을 거닐던 때부터 캘리포니아의 산속을 걷게 된 때까지 보행 문화가 얼마나 먼 길을 걸어왔는지를 알 수 있다. 보행 문화는 캘리포니아에서 주류 문화와 정치가 되었다. 캘리포니아라는 땅은 그 땅에서 걷는 사람들에게 힘을 불어 넣어주었고, 사람들은 그 땅을 보호하는 법률과 기리는 작품을 만듦으로써 보답했다. 최근 몇십 년간 시에라 클럽은 좀 더 젊은 환경 단체들로부터 타협과 실책을 이유로(그리고 댐과 원자력 같은 사안을 대하는 태도가 너무 옛날식이라는 이유에서) 혹독한 비난을 받아왔다. 그러나 우리의 환경 의식이 나고 자란 것은 시에라 클럽과 함께였다. 전후(戰後)의 시에라 클럽은 관심사를 확장하기 시작했고 결국 회원을 늘리

스 디킨스, 『블리크 저택』　　　　　•절룩거리네 지루한 옛사랑도 구역

기 시작했다. 한때 회원 수천 명의 야외 단체였던 시에라 클럽이 이제 회원 50만 명의 전국 단체가 되었다.(지역 단체였을 때는 회원 대부분이 단체 등산 행사에 참여했던 반면, 전국 단체가 된 후에는 야외 행사에 전혀 참여하지 않는 회원들도 많아졌다.) 한때 시에라 클럽은 미국에서 최초로 세력을 형성한 환경 단체였고, 지금까지도 삼림, 공기, 수질, 동식물, 국립공원, 유독 물질 문제에서 의미 있는 승리를 거두고 있는 가장 유력한 환경 단체 중 하나다. 그리고 지금도 지방 곳곳에서 수천 건 하이킹 행사와 오지 원정 행사를 후원하는 단체다.

보행 문화가 이렇게 걸어왔다면, 우리 셋은 숲을 벗어나서 시내가 흐르는 아름다운 고원들을 가로질렀다. 1968년에 시에라 클럽의 마지막 등반 여행 몇 건을 이끈 것이 마이클과 발레리였다. 전설적인 등산가이자 괴팍한 '산속의 노인' 노먼 클라이드(Norman Clyde)가 아직 참여하는 시기였지만, 단체 캠핑과 단체 등산의 여파가 시에라 클럽을 곤혹스럽게 만들기 시작했던 때이기도 했다. 등반 여행 전통이 막을 내린 것은 그로부터 얼마 후였다. 우리 셋이 모노 패스로 가는 길에 본 들꽃은 내가 그 지점에서 500킬로미터 미만 거리에 있는 마린 헤드랜즈에서 3월에 보았던 것과 같은 종류였다. "모노 패스, 해발고도 10600피트"라는 표지판이 있는 안장 모양의 산등성이에 도착한 우리는 루핀꽃이 피어 있는 자갈밭에 앉아서 쉬었다. 시에라네바다 산맥의 상단은 바다와 육지를 가르는 해안선과 함께 세상의 윤곽을 정하는 거대한 경계선 가운데 하나다. 서쪽에서 몰려오는 먹구름은 산맥에 부딪혀 비가 되고, 비는 눈을 녹이면서 다시 서쪽으로 흘러 내려간다. 그러면서 세계 최대 규모의 온대림에 속하는 시에라네바다 산맥의 세쿼이아 숲, 폰데로사 숲, 전나무 숲에 물을 주고, 계곡으로 흘러 내려가서 연어들이 서식하는 강이 되고, 바다로

질 나는 세상도 나의 노래도 나의 영혼도 나의 모든 게 다 절룩거리네―달빛요정역전만

흘러 내려가는 길에 농장들과 도시들에 물을 준다. 약간의 빗물이 산맥 동쪽으로 흘러 내려가기도 하지만, 봉우리들의 동쪽으로는 온통 사막뿐이다. 모노 패스에 앉은 우리 앞에는 하늘하늘한 들꽃이 만발한 초록빛 고원이 펼쳐졌다. 우리 뒤쪽으로 몇 킬로미터만 내려가면 수천 킬로미터의 사막 지대가 시작되었다. 또 우리 앞에는 땅을 둘러싸고 벌어졌던 대규모 투쟁 두 건의 결과, 곧 요세미티 국립공원과 모노 호수가 펼쳐져 있었다. 요세미티 국립공원의 경계가 정해진 것은 1890년대였고, 그 경계를 정한 것은 존 뮤어였다. 칙칙한 동쪽에 푸른색 타원을 그리고 있는 모노 호수는 1990년대에 사라질 뻔했다가 살아남았다. 로스앤젤레스가 모노 호수에 관개시설을 만들려고 하는 것을 환경주의자들이 수년간의 투쟁 끝에 막아낸 덕분이었다.

우리는 또다시 시에라 클럽에 대한 이야기를 시작했다. 나는 시에라 클럽이 수십 년에 걸쳐 이룩한 확고한 업적에 존경을 보낸다. 하지만 자연에 대한 사랑을 특정한 종류의 여가 활동이나 풍경 취향과 동일시하면서 다른 활동과 취향의 의미를 간과하는 점이 우려스럽기도 하다. 자연을 걷는 일은 특정한 전통의 표현일 수 있다. 특정한 전통을 보편적 경험이라고 오인할 때, 그 전통에 참여하지 않는 사람, 즉 유럽 북부의 낭만주의 전통에 덜 길들여진 사람들을 자연에 둔감한 사람들이라고 오해할 수 있다. 마이클은 시에라 클럽의 한 등산 행사(마이클 자신이 지휘하고 발레리가 취사를 담당했던 행사)에서 몇몇 회원이 도심 빈민가의 아프리카계 미국인 소년 두 명을 데려왔던 일을 이야기해주었다. 회원들의 뜻은 좋았지만, 소년들은 어쩔 줄을 몰라 했다. 그들에게 야생의 자연은 무서운 곳일 뿐이었고, 그런 곳에서 힘들게 돌아다닌다는 것은 이상한 일이었다. 그들에게 그 경험을 견뎌내게 해준 것은 한 회원이 낚시에 데려가준

루흠런, 「절룩거리네」   •억만 걸음 떨어져 있는 너는 억만 개

일, 그리고 발레리가 매일 만들어준 햄버거뿐이었다. 마이클 코언이 뮤어에 관해서 쓴 책『나지 않은 길: 존 뮤어와 미국의 황무지(*The Pathless Way: John Muir and the American Wilderness*)』에도 그 일에 대한 이야기가 나온다. "오지 취향은 문화적으로 결정되는 특권, 곧 미국인 중에서 안락한 계급의 부모를 가진 사람들이라야 누릴 수 있는 특권이라는 사실을 직접 깨닫게 된 일이 우리에게는 충격이었다. 이런저런 야외 활동들을 통해 유토피아적 공동체 감각을 기를 수 있으려면, 이미 어떤 기본 가치들에 동의하는 긴밀한 집단이 있어야 할 것이다."[116](실제로 시에라 클럽과 기타 단체들은 그런 유의 경험을 매개하는 데 더 유리한 '도심 원정'을 후원해왔다.) 우리 셋은 산등성이를 내려오는 길에 등산로에서 벗어나 크로스컨트리를 시작했다. 검은 절벽 아래 숨어 있는 탓에 더 깊어 보이는 작은 호수 근처를 거닐기도 하고, 녹색 달래가 촘촘히 자라고 진홍색 인디언 붓꽃이 군데군데 피어 있는 질척질척한 습지를 조심스럽게 지나서 블러디 캐니언을 굽어보는 바람 부는 비탈까지 가보기도 했다.

알프스 산맥

존 뮤어를 기리는 기념비로는, 휘트니 산과 요세미티 계곡을 잇는 존 뮤어 등산로, 그리고 그의 이름을 딴 캘리포니아 공립학교 수십 곳과 함께, 뮤어 우즈(Muir Woods)라는 삼나무 지역(골든게이트교에서 북쪽으로 20킬로미터 못 가서 있는 타말파이어스 산의 기슭 쪽에 있는 작은 언덕)이 있다. 스나이더와 그 친구들이 불교의 순행이라는 예식을 도입한 곳이 이 타말파이어스 산이지만, 산속에서 걷는 일에 대해서는 다른 해석이 가능하다. 뮤

의 모욕이다―김수영, 「너를 잃고」　　　　　　　•우리 식구를 우연히 밖에

어 우즈에서 걷는 일에 대한 해석자도 물론 다양하다. 뮤어 우즈에서 위를 올려다보면 눈에 띄지 않는 등산로가 하나 있는데, 이 길을 따라가다가 1킬로미터 정도 되는 지점에서 모퉁이를 돌면 가파른 비탈에 뭔가 다른 것을 기념하는 듯한 이국적 건물이 서 있다. 야외 댄스 플로어가 있고 지붕이 뾰족하고 층층이 송판 발코니가 민속풍으로 설치돼 있는 건물이다. 이 완벽한 알프스 산장은 오스트리아에 본부를 둔 나투르프로인데(Naturfreunde)라는 단체의 얼마 남지 않은 미국 지부 가운데 하나다. 자연의 친구들이라는 뜻을 가진 나투르프로인데는 1895년에 빈에서 교사 게오르크 슈미들(Georg Schmiedl)과 대장장이 알로이스 로라워(Alois Rohrauer)와 학생 카를 레너(Karl Renner)가 설립한 단체다. 합스부르크 왕조와 기타 엘리트 계급이 대부분의 오스트리아 산의 출입을 통제하던 시기였고, '산을 자유롭게(Berg frei)'가 그들의 슬로건이었다. 설립자 세 사람은 사회주의자이자 군주제 반대론자였고, 단체는 크게 발전했다. 창립 회의 참석자는 60명이었고, 회원은 몇십 년 만에 20만 명으로 늘어났다. 지부는 대개 오스트리아, 독일, 스위스에 있었고, 각 지부는 땅을 사서 회관을 짓고 모든 나투르프로인데 회원에게 개방했다. 하이킹, 환경 의식, 민속 축제를 후원하면서 노동자의 산 출입권을 주장하는 단체였다.

19세기 후반에서 20세기 초반까지는 단체 결성의 황금기였다. 급변하는 세계에서 닻을 잃고 떠도는 사람들을 위해 결속감을 제공하는 단체, 또는 노동자의 시간과 건강, 기운, 권리를 노리는 산업화의 비인간적 공세에 맞서는 사람들을 위한 저항의 장으로 꾸려진 단체가 있었다. 유토피아적 이념을 중심으로 결성된 단체가 많은 만큼 실질적 사회 변화를 중심으로 결성된 것도 많았지만, 어떤 커뮤니티(시온주의 커뮤니티, 페미

서 만나면 서럽다—김영승, 「반성 673」 ●러시아와 인도와 샴

니즘 커뮤니티, 노동운동 커뮤니티, 체육 커뮤니티, 자선 커뮤니티, 학술 커뮤니티)를 만들어냈다는 것이 모든 단체들의 공통점이었다. 보행 단체는 이 운동의 한 지류였고, 비중 있는 정치적 보행 단체들은 저마다 사회 주류에 대한 일종의 반대 속에서 만들어졌다. 시에라 클럽에게 그 주류란 급속도로 발전하는 미국이 원시 생태계를 걷잡을 수 없이 파괴하는 상황이었다. 대부분의 유럽 국가들에서 아직 공용 공간으로 남아 있는 곳은 미국에 비해 파괴의 속도가 빠르지 않았지만 출입의 통제는 더 심했다. 오스트리아의 나투르프로인데가 개방된 땅의 귀족 독점을 문제로 본 것은 영국의 여러 단체들과 마찬가지였다. 나투르프로인데 사무총장 만프레트 필스(Manfred Pils)가 보내온 글에도 그 지점이 강조되어 있다. "그 당시에 자연의 친구들을 세운 이유는 여가와 관광이 상류층의 특권이었기 때문입니다. 이 단체가 원한 것은 서민(common people)에게도 여가와 관광의 기회를 열어주는 것이었습니다. [……] 알프스의 사유 목장, 사유 삼림의 출입 통제에 반대하는 운동을 벌인 것도 나투르프로인데였습니다. '진입 금지 노선(Der verbotene Weg)'이라는 이름의 운동이었지요. 나투르프로인데는 결국 관련법 제정에 성공했고, 누구나 알프스 목장과 기타 삼림에 출입할 권리를 보장받게 됐습니다. [……] 알프스는 특정 국가의 영토가 아닙니다. 알프스가 사유재산이라는 사실이 바뀐 것은 아니지만, 그 후로 우리는 (그리고 모든 관광객들은) 어떤 산길이든 지나갈 수 있고, 알프스 목장과 기타 삼림에 출입할 수 있게 됐습니다."[117]

독일과 오스트리아의 급진주의자들이 미국으로 올 때 이 단체도 함께 딸려왔다. 샌프란시스코의 경우, 발렌시아 스트리트의 독일 노동자 회관에서 열린 이민자들의 회의에서 타말파이어스 산(일명 탬 산)으로 단체 하이킹을 일정도 논의되었다. 나투르프로인데 샌프란시스코 지부의

을 나는 다 돌아다녔어요. 쿠바에 가면 로맨틱한 혁명가들을 볼 수 있을까요? 아바나

역사에 정통한 에리히 핑크(Erich Fink)로부터 들은 이야기에 따르자면, 1906년 샌프란시스코 지진 이후 이 지역으로 들어오는 기능공은 점점 늘어났고 주말 하이킹 참자가도 엄청나게 늘어났다. 그들은 땅을 사서 나투르프로인데 샌프란시스코 지부를 설립하기로 했다. 다섯 청년이 탬 산의 가파른 비탈 한 면 전체를 200달러에 사들였고 회원들이 직접 지부 건물을 지었다. 핑크의 아내로부터 들은 이야기에 의하면, 1930년대까지는 노동조합 가입자라야 지부에 가입할 수 있었다. 뮤어 우즈를 내려다보는 이 바이에른 산장은 노동자들에게 시에라 클럽의 대안, 즉 도시를 벗어날 수 있는 시간이 주말밖에 없는 사람들을 위한 현지 하이킹 코스를 제공해주었다.

나투르프로인데의 성공에는 대가가 따랐다. 나치 정권 시절에 오스트리아와 독일에서는 사회주의적 성향 때문에 탄압받았고, 같은 시기에 미국에서는 독일적 특성 때문에 의혹을 샀다. 2차 대전이 끝난 후에는 미국에서도 사회주의가 문제가 되었고, 매카시즘은 이 단체에 큰 트라우마를 남겼다. 내가 만난 지부 지도자 하나는 아직까지도 단체의 역사를 들려주기를 꺼릴 정도였다. 그는 강한 독일인의 억양으로 이렇게 말했다. "요즘 유럽에서는 사람들이 매우 정치적입니다. 우리는 그것이 불가능합니다. 우리가 그렇게 오랫동안 축적해온 것을 정치에 뺏길 뻔했으니 우리는 모든 정치와는 거리를 둡니다." 사회주의자나 공산주의자라는 사실, 혹은 과거에 사회주의자나 공산주의자였다는 사실이 중죄였던 그 시대에 미국 동부의 나투르프로인데 지부들이 모두 사업을 접으면서 회원들이 구입, 건설, 보유하고 있던 회관들은 개인의 손에 넘어갔다. 캘리포니아에서 유일하게 세 지부가 살아남은 것은 정치적이기를 완강히 거부한 덕분이었다. 1990년대에 오리건 북부에 네 번째 지부가 생겼

에서 가장 가까운 해변에 데려다줘요. 거기서 두 손을 동그랗게 모아 목청껏 불러보겠어

다. 나투르프로인데의 21개국 60만 회원 중에 2000년 현재 미국 회원은 1000명 미만으로 줄어들었다. 그들의 비정치주의는 변종이다.

독일 청년운동 반더포겔(Wandervogel)은 2차 대전을 지나면서 멸종되었지만, 반더포겔의 역사는 보행을 독점한 이데올로기는 없었음을 보여준다. 독일 가정과 정부의 권위주의에 반발했던 이 운동은 1896년에 베를린의 어느 교외에서 시작되었다는 것부터가 그리 조짐이 좋지 않았다. 어느 속기 학교 학생들이 단체로 베를린 근교의 숲으로 소풍을 나갔고, 시간이 거듭될수록 점점 멀리까지 갔다. 1899년에는 한 번에 몇 주간의 일정으로 산속을 돌아다니는 여행이 되었다. 가장 카리스마 있는 회원이었던 카를 피셔(Karl Fischer)는 모임의 활동을 공식화하고 모임의 이념을 확산함으로써 모임의 성격을 바꿔놓았다. 1901년 11월 4일에 결성된 반더포겔 남학생 여행 위원회는 이미 낭만주의적 성격을 띠는 배회 단체였다. 철새라는 뜻의 반더포겔은 어느 시에 등장하는 이미지로, 회원들이 추구하는 나는 듯 가벼운 자유로운 정체성을 암시한다. 반더포겔에 가입한 수천 명의 남학생들에게 최초의 역할 모델은 중세 유랑 학자였고, 그들에게 가장 중요한 활동은 먼 곳까지 걸어서 소풍을 나가는 일이었다. 다른 문화적 활동도 없지는 않았다. 예컨대 민요를 부활시킨 것은 반더포겔이 남긴 불후의 유산(역사 연구자들에 따르면, 반더포겔의 문화적 공헌 중 유일한 일급 공헌)이었다. 회원 대부분은 성급한 이상주의에서 비롯되는 번민에 시달리는 청소년이었고, 그들의 저녁 시간을 채우는 프로그램은 음악과 함께 열띤 철학 논쟁이었다. 끝없이 불거지는 사소한 문제들이 이 운동을 계속 분열시키는 듯했다. 반더포겔의 한 선언문은 이런 결론을 내린다. "중요한 한 가지 문제, 걸어야 한다는 것에서만큼은 우리의 의견

요. 쿠바는 쿠바, 아바나는 아바나. ─이장욱, 「여행자들」   •나

이 완전히 일치한다."[118]

반더포겔의 반권위주의에는 묘한 데가 있었다. 각 지부가 자기 리더에게 무조건 복종하는 배타적, 위계적 조직이기도 했고, 반(半)정장 유니폼(많은 경우, 반바지와 짙은 색 셔츠에 네커치프)과 난이도나 위험도가 다양한 각종 신고식들도 있었다. 실제 정치와는 거리를 두는 조직이었지만, 대부분의 회원들은 민족주의적 국가주의를 지지했다. 그러니 나투르프로인데에게서 노동계급 문화를 뜻했던 민속 문화가 반더포겔에게는 민족적 정체성을 뜻했다. 회원들은 거의 중류층으로 한정되었고, 1911년 이후에는 일부 지부에서 여학생들을 받았고, 여학생 지부의 조직을 장려하기도 했다. '유대인 문제'가 있었다는 것은 전반적으로 유대인을(경우에 따라서 가톨릭교도를) 배척하는 분위기가 있었다는 뜻이다. 다만 뛰어난 유대인 학생이었던 발터 베냐민은 청년 시절에 급진분파에 관여하기도 했다. 반더포겔의 전성기에는 회원이 약 6만 명이었다. 반더포겔을 출범시킨 힘은 독일 권위주의에 맞서는 실질적 저항이었던 것 같고, 그런 의미에서 반더포겔은 정치 단체였다. 그러나 독일이 파시즘으로 경도되는 것에 실질적으로 저항할 만한 힘이나 통찰이 반더포겔에게는 없었다.

반더포겔 외의 중류층 청년 단체로는 프로테스탄트 청년운동을 포함한 교회 단체들이 있었고, 1909년에는 독일판 보이스카우트가 생기기도 했다.(노동계급 청년들에게는 공산당과 사회주의 계열의 청년 단체들이 있었다.) 보행의 역사에서 보이스카우트와 반더포겔은 보행은 언제 행진이 되는가 하는 문제를 제기하는 국면 중 하나다. 대부분의 보행 단체들은 개인적, 사적 경험을 기리고 지키기 위해서 모인 집단이었지만, 개중에는 권위주의를 반기는 집단도 있었다. 행군은 개인의 육체적 리듬을 집단과 권위에 예속하는 행위다. 행군하는 집단은 군대 같은 집단, 또는 군대가

는 아직 걷고 있는데 갑자기 운동화 끈 탁! 풀리듯 길 끊어지고, 강! 산봉우리 숨찬 길

되고자 하는 집단이다. 스카우트 운동을 시작한 것은 보어전쟁 참전 군인이었던 바든파월 경(Sir Baden-Powell)이었다. 그는 스카우트 운동을 시작하면서 자기 자신의 생각을 집어넣기도 했지만, 잉글랜드계 캐나다인 어니스트 톰프슨 시턴(Ernest Thompson Seton)의 생각을 표절하기도 했다. 시턴은 소년들에게 야외 생활을 알려주기 위해서 미국 원주민들의 기술과 가치를 강하게 부각했다. 때로 시턴이 보이스카우트 운동을 이끈 사람이라기보다 성인들의 이교 부흥 운동을 이끈 사람으로 여겨지는 것은 그 때문이다. 한편, 바든파월은 산속에 살아본다는 생각을 좀 더 군국주의적이고 보수적인 감수성과 연결했다. 스카우트 단체들에 저마다 고유한 스타일이 있는 듯 보이기는 지금도 마찬가지다. 야외 생활의 기술을 가르치는 단체가 있는가 하면, 소년들을 어린 군인으로 훈련하는 단체도 있다. 반더포겔은 1차 대전이 끝나면서 무너졌지만, 독일 보이스카우트(독일에서는 Pathfinder)는 성인 지휘자들에게 반기를 들면서 새로운 청년 단체로 자리 잡았다.

불확정성 원리로 유명한 물리학자 베르너 하이젠베르크(Werner Heisenberg)는 이런 신 스카우트의 한 부대를 지휘하기도 했다. 전쟁 중에 뮌헨이 봉쇄되었을 때 형과 함께 식량을 밀반입하며 진짜로 위험한 일들을 겪었던 그에게 전후(戰後)의 스카우팅은 놀이나 다름없었을 것이다. 많은 독일인들처럼 그에게도 의지할 수 있는 전통, 하이킹과 산을 사랑하는 전통이 있었다. 예컨대 그의 친할아버지는 청년 장인의 통과의례인 '방랑기'를 경험한 장인이었고, 그의 외할아버지는 장거리 도보 유람을 즐기는 열혈 하이커였다. 하지만 그에게 스카우트 운동이 그저 재미있는 놀이일 뿐인 것은 아니었다. 다시 말해 그에게는 이상주의와 동지애도 스카우트 운동의 매력 요소였다. 그가 2차 대전 중에 나치의 원자폭탄 개

멈추고, 무한창공! 길이 녹는다 흘러온 길이 녹고 흘러갈 길이 녹고—김혜순, 「서성거리

발 프로그램의 책임자로서 극심한 갈등과 고뇌를 경험했던 것은 스카우트 운동을 통해서 조국애와 동료애를 주입받은 탓이었다. 그 시대의 역사를 연구한 한 저자는 이렇게 설명한다. "1919년 이후에 러시아와 이탈리아와 독일의 군사독재 정권들은 저마다 청년 단체를 만들었는데, 그중에 히틀러의 아이들은 원조 청년운동으로부터 여러 상징과 의례를 차용했지만, 그 모든 것은 한갓 풍자화에 불과했다."[119]

피크디스트릭트, 그리고

영국을 제외하고는 어느 곳에서나 단체 보행은 하이킹으로, 하이킹은 캠핑으로 바뀌고 캠핑은 야외 행락이나 오지 모험 따위의 정체불명의 그 무엇으로 바뀌는 것 같다. 보행 단체들은 '걷기 더하기 그 무엇'을 표방한다. 보행 더하기 등산과 환경보호, 보행 더하기 사회주의와 민요, 보행 더하기 청소년의 꿈과 국가주의와 같은 식이다. 보행이 시종일관 중심을 지키고 있는 곳은 영국뿐이다.(다만 영국에서 이런 식의 보행을 가리킬 때 자주 쓰는 단어는 램블링(rambling, 즐거움을 위한 시골 지역 걷기)이다.) 보행이 이런 울림, 문화적 무게를 갖는 곳은 영국 말고는 없다. 여름에는 일요일마다 1800만 이상의 영국인이 시골로 걸어 나가는데,[120] 그중에 1000만 명은 그렇게 걷는 것이 기분 전환이 된다고 말한다.[121] 대부분의 영국 서점에는 도보 여행 안내서가 책장 여러 칸을 차지하고 있다. 이 분야가 확실한 장르로 자리 잡고 있어, 고전이 있는가 하면 이 분야의 불온서적도 있다. 앨프레드 웨인라이트(Alfred Wainwright)의 손 글씨와 일러스트로 유명한 국내 오지 안내서가 고전이라면, 셰필드 토지 권리 활동가 테리 하

다」   •길을 잃고 나서야 나는 누군가의 길을 잃게 했음을 깨달

워드(Terry Howard)의 무단 진입 경로 안내서는 불온서적에 속한다. 미국 잡지 《워킹》은 걷는 것을 그저 운동 프로그램 중 하나로 보는 건강 미용 여성잡지인 반면에, 영국에서는 걷는 일을 신체의 아름다움 대신 풍경의 아름다움과 연결 짓는 야외 활동 잡지들을 대여섯 가지 이상 찾아볼 수 있다. 야외 활동 전문 작가 롤리 스미스(Roly Smith)도 나에게 그 점을 지적해주었다. "영적인 데가 있어요. 종교라고 할 수 있지요. 많은 사람들이 걷는 이유에는 사회적 측면이 있습니다. 습지는 장벽을 세울 수 없지요. 누구를 만나든 인사하고 지나가고. 우리 영국인의 빌어먹을 경계심을 뛰어넘고. 걷는 데는 계급이 없어요. 계급이 없는 스포츠가 몇 가지 없는데, 걷는 것이 그중 하나지요."[122]

그렇지만 걸을 땅을 확보하는 일은 계급투쟁의 성격을 띠어왔다.[123] 영국에서 땅을 가진 사람들은 지난 1000년 동안 점점 많은 땅을 가지게 되었고, 땅이 없는 사람들은 최근 150년 동안 그에 맞서 싸우게 되었다. 1066년에 노르만족이 잉글랜드를 정복하고 방대한 사슴 사냥터를 챙긴 이래로, 외부인이 밀렵 등의 목적으로 사냥터에 진입하는 경우에 대단히 가혹한 처벌이 따랐다. 몇 세기 전부터는 거세, 국외 추방, 처형도 가능했다.(예를 들어 1723년 이후에는 사슴은 물론이고 토끼나 물고기를 잡는 것도 사형당할 수 있는 죄였다.) 공용지(commons)는 소유자가 따로 있으면서 마을 사람들이 땔감을 마련하거나 가축을 방목하는 용도로 사용할 수 있는 땅이었고, 농지나 삼림에 나 있는 전통적인 공용로(right-of-way)는 소유자가 따로 있으면서 노동과 통과의 용도로 사용할 수 있는 길이었다. 1695년에 스코틀랜드 의회가 그런 공용지와 공용로를 없애는 법을 만들었고, 18세기에 잉글랜드에서는 인클로저 법이 만들어지고 가혹한 무단 강탈이 자행되면서 그런 공용지와 공용로가 급속도로 사라졌다.

았다. 그리고 어떤 개미를 기억해내었다 눅눅한 벽지 위 개미의 길을 무심코 손가락으로 인클로저란 단 한 명의 지주가 엄청나게 넓은 땅에 울타리를 치고 양을 방목하거나 농사를 짓는 일을 뜻한다. 인클로저는 호화 정원들의 담이 허물어진 것의 필연적 결과이기도 했다. 인클로저는 토지 노동자들의 농지와 기타 공용 부지를 빼앗아 만들어지는 경우가 많았다. 19세기에는 상류층에서 사냥이 크게 유행하면서 많은 마을 사람들의 생계 수단이었던 공용지와 공용로에 울타리를 치는 지주들이 더욱 많아졌다. 스코틀랜드에서 자행된 1780~1855년의 하일랜드 강제퇴거(Highland Clearance)는 특히 잔혹한 조치였다. 퇴거당한 사람들 가운데 다수는 북아메리카로 이민을 떠났고, 해안 지역으로 밀려난 일부 사람들은 작온 땅에서 농사를 지으면서 가까스로 연명했다. 연중 불과 몇 주 동안 뇌조와 들꿩과 사슴을 사냥해야 한다는 핑계로, 1년 내내 영국의 미개척지 수천 평방킬로미터의 출입을 차단했다. 미국에서 사냥은 가난한 시골 주민들의 식량원인 경우가 있지만 영국에서 사냥은 엘리트 계급의 스포츠다. 예나 지금이나 일군의 사냥터지기가 이런 땅을 순찰한다. 덫을 놓거나 함정을 파거나 사냥개를 풀어놓거나, 총을 겨누고 머리 위로 쏘거나 몽둥이나 주먹으로 때리는 등 사람들을 쫓아내기 위해 극단적 조치를 취하는 경우도 있었다. 현지 공권력을 동원하는 경우는 비일비재했다.

영국이 토지 노동자들의 농촌 경제였을 때만 해도, 공용지와 공용로 투쟁은 경제 문제였다. 하지만 19세기 중반에 이르면 인구의 절반이 도시에 살게 된다. 지금 도시 인구는 전체 90퍼센트 이상이다. 초기에 인구가 유입된 도시들, 특히 신흥 공업 도시들은 암울한 곳이었다. 잉글랜드 도시들은 빽빽한 건물로 답답하고, 상수도, 하수도, 쓰레기 수거 시스템도 열악했고, 공기는 언제나 석탄을 때는 공장과 가정에서 나오는 검은 연기로 자욱한 곳, 말 그대로 살기 힘든 곳이었고, 빈민가는 그중에서 가장 살기 힘든 곳이었다. 시골 취향이 먼저냐 도시 환경 악화가 먼저냐는 닭과 달걀의 문제지만, 지금까지 영국인이 사랑해온 길은 시내의 대로가 아니라 시골길이었다. 영국 사람들은 가능할 때마다 도시에서 벗어나기를 원했고, 도시의 면적이 넓지 않은 경우가 대부분이어서 시골까지 걸어가는 것이 가능했다. 이 시기의 공용지와 공용로 투쟁은 이제 경제적 생존의 문제가 아닌 심적 생존(곧 도시로부터 놓여날 기회)의 문제가 되었다.

　　걸으면서 여가를 즐기는 사람들은 점점 많아졌는데, 전통적 공용로는 점점 줄어들었다. 1815년에 의회는 모든 길의 폐쇄 여부를 치안판사(magistrate)의 판단에 맡기는 법을 통과시켰다.(이런 길 투쟁의 역사 속에서 영국 시골 지역의 행정권을 쥐고 있던 것은 주로 지주들과 지주 측근들이었다.) 1824년 요크 근처에서 옛길 보존 협회가 만들어졌고, 1826년에는 맨체스터에서 동명의 단체가 만들어졌다.[124] 가장 오래 지속된 단체는 1845년에 만들어진 스코틀랜드 공용로 협회지만, 지금까지도 활발하게 활동하는 단체는 1865년에 공용지, 공용공간, 공용로 보존 협회로 시작된 공용 공간 협회다. 런던 근교의 에핑 포레스트를 둘러싼 전쟁을 승리로 이끈 단체이기도 하다. 에핑 포레스트는 1793년에는 9000에이커 면적의 공용지였지만, 그로부터 반세기가 흐른 1848년에는 공용지가 7000에이커로 줄어들었고, 그로부터 10년이 흐른 후에는 아예 울타리가 세워졌다. 울타리 안으로 들어가 나무를 벤 일꾼 셋에게 가혹한 판결이 내려졌다. 울타리를 철거하라는 법원 명령이 나온 후였고, 판결과 울타리에 항의하는 5000~6000명이 에핑 포레스트에 모여서 울타리 안으로 들어갈 권리를 주장했다. 1884년에 런던 사업가들은 포레스트 램블러 클럽을 만들어 "에핑 포레스트 안을 걸어 다니면서 우리가 목격한 울타리들을 신고"했다. 그 무렵에는 그 밖에도 무수한 보행 단체들이 만들어졌다.[125]

하, 하, 하, 하! 후, 후, 후, 후! 하, 하, 하, 하! 후, 하! 후, 하! 후하! 후하! 후하! 후하!—

풍경을 상상하는 두 방법이 충돌하고 있다. 넓게 펼쳐진 시골 들판을 막대한 신체로 상상해보자. 소유가 그려내는 들판은 경제 단위들로 구획되어 있는 공간(가령 여러 장기들로 구분되어 있는 몸속, 또는 여러 부위들로 잘려 있는 쇠고기)이다. 이것이 식량 생산의 풍경을 그리는 한 방법인 것은 분명하지만, 이 방법으로는 왜 습지나 산지나 삼림에까지 울타리를 치는지를 설명할 수 없다. 소유가 땅을 여러 조각으로 구분하는 경계선에 주목한다면, 보행은 유기체 전체를 이리저리 연결하는 일종의 순환계로서의 길에 주목한다. 그리고 그런 의미에서 소유와는 상반된다. 보행은 땅을 소유하는 대신 땅을 경험한다. 움직이는 중의 경험, 아무것도 가져가지 않는 경험, 모두와 함께 나눌 수 있는 경험이다. 유목민들의 이동 생활이 국경에 구멍을 냄으로써 국가주의를 어지럽혔다면, 보행은 사유지 울타리라는 작은 국경을 상대로 똑같은 작용을 하고 있다.

잉글랜드에서 보행의 즐거움 가운데 하나는 공용로가 빚어내는 이 공동체 감각에 있는 것 같다. 공용로를 따라 방목장 울타리 안으로 들어가거나 밭이랑을 걸어가는 일은 실용적 행위인 동시에 심미적 경험이라는 의미다. 반면에 그런 공용로가 존재하지 않는 미국에서는 땅이 생산지와 행락지로 엄격하게 구분되어 있다. 아마도 그 때문에 미국 사람들은 미국에 얼마나 엄청난 규모의 농경지가 존재하는지를 잘 모르고 있다. 영국의 공용로 규모, 또는 시민들의 공용지 진입 권한의 정도는 덴마크, 네덜란드, 스웨덴, 에스파냐 등 유럽의 다른 나라에 비하면 그렇게 대단치 않지만,[126] 공용로 개념에 모종의 대안적 시각(소유권이 반드시 절대적 권리일 필요는 없다는 시각, 그리고 길을 가야 하는 것이 울타리를 쳐야 하는 것 못지않게 중요한 원리라는 시각)이 담겨 있는 것은 분명하다. 땅의 90퍼센트가 사유지인 영국에서는 시골길을 걸어간다는 것에 사유지를 통과한다는

황인숙, 「조깅」   •길이 없어 그냥 박꽃처럼 웃고 있을 뿐, 당신

뜻이 담겨 있는 반면, 미국에서는 많은 땅이 공유지로 남아 있다. 적지 않은 공유지가 일요일 하이킹으로는 도착할 수 없는 먼 곳에 있지만 말이다. 요컨대 영국 보행 활동가들은 울타리를 허물기 위해서 투쟁하는 반면, 시에라 클럽은 울타리를 지키기 위해서 투쟁했다. 영국에서 울타리의 역할이 사람들을 못 들어오게 하는 것이었다면, 미국에서 울타리의 역할은 사기업을 못 들어오게 하는 것이었다. 다시 말해 미국에서 울타리를 세운 이유는 공유지의 자연 상태, 공유 상태를 지키기 위해서였다.

내가 스토 저택의 거대한 정원을 보러 갔을 때 마침 정원에서 근무 중이던 전복적이고 매력적인 도슨트는 정원을 조성할 때 교회 옆 마을을 통째로 허물어뜨리면서 "더럽고 힘없는 사람들"을 멀리 안 보이는 데로 밀어냈다는 이야기를 들려주었다. 정원 근처로 돌아오려면 그 사람들은 그림 같은 정원 풍경과 어울릴 만한 작업복을 차려 입어야 했다는 것이었다. 나는 그로부터 세 시간쯤 후에 그 교회 근처에 갔다가 그 도슨트를 다시 만나게 되었다. 우리는 나무와 관목 사이에 가려져 있는 교회 주변을 걸으면서 다시 이야기를 나누었다. 그녀는 진입권 관련 경험담을 들려주었다. 어렸을 때 이웃집에 살던 농부가 자기 땅에 "무단 진입시 고발당함"이라는 표지판을 붙였는데, 그녀는 고발당한다는 말이 처형당한다는 뜻인 줄 알고, 사람 목을 뎅겅뎅겅 자르는 사람이 어떻게 뻔뻔스럽게 교회에 나올 수 있는지 이상하게 생각했다. 나중에 외교관 남편과 함께 러시아에서 살았는데, 러시아에는 무단 진입이라는 개념이 없었고, 사실 무단 진입 개념이 없는 나라가 많다고 말했다. 내가 이야기를 나누어본 영국인들은 대부분 자연이란 자기가 물려받는 유산이라는 감각, 자연 속에 있을 자신의 권리에 대한 감각을 가지고 있었다. 반면에 미국에서는 사유재산 개념이 훨씬 더 절대적이다. 미국이 이념적으로 개인의 권리를 공동체의 이익보다 우선시하는 경우가 훨씬 많다는 사실과 함께 미국에 방대한 면적의 공유지가 존재한다는 사실도 미국의 절대적 사유재산 개념을 정당화하는 데 일조한다.

이렇듯 잉글랜드에서 나는 무단 진입을 대중운동의 일환으로 보는 문화, 재산권의 범위가 어디까지인가를 논의 대상으로 삼는 문화를 발견하고 전율을 느꼈다. 보행이 소유로 찢어진 땅을 바느질하는 일이라면, 무단 진입이라는 정치적 발언 또한 그런 바느질이다. 1884년에 개인 소유 습지와 산지에 대한 출입을 허용하는 법안이 부결되었는데, 이 법안을 발의했던 자유당 국회의원 제임스 브라이스(James Bryce)는 그로부터 몇 년 후에도 같은 의견을 피력했다. "땅은 우리가 무제한적, 무조건적으로 사용할 수 있는 재산이 아닙니다. 우리는 땅 위에서 살아가야 하고 땅이 주는 것들을 필요로 합니다. 사람들은 땅을 여러 가지 방법으로 누려야 합니다. 그러므로 나는 무제약적 진입 차단 권한 따위의 존재를 거부하고, 법률이나 자연적 정의가 그런 권한을 인정하는 것을 거부합니다."[127] 이는 영국에서 급진파는 물론이고 온건파도 폭넓게 채택하고 있는 입장이다. 어떤 재밌는 더비셔 여행안내서의 피크디스트릭트 소개말은 말한다. "휴일 행락객이 이렇게 발걸음을 조심하면서 떼 지어 다녀야 하고, 땅이 이렇게나 넓은데 모든 사람들이 좁은 길로 줄지어 다녀야 한다는 것이 좀 재미없는 일이기는 하다. 세상 모든 땅이 만인의 공동 소유라고 믿는 사람에게 이 얼마나 반항심을 불러일으키는 상황인가 하고 나는 줄곧 생각하고 있다."[128] 심지어 그 '줄지어 다니는' 공용로에도 제약이 있다. 좁은 길로 걸어가는 것은 괜찮지만, 앉아서 쉬거나 자리를 펴거나 길을 벗어나는 것은 불법일 수 있다. 대개 실용적인 목적에서 그런 길을 낸다. 영국에서 가장 경치 좋고 인적 없는 곳 중에는 아예 길이 없을

를 응시할 뿐―최승자, 「길이 없어」   •보행을 중요한 행위로 만들어주는

때도 있다.

잉글랜드 시골의 모양을 바꾸어놓은 것은 대규모 불법 진입 운동 같은 보행 투쟁이었다. 북부 공업지대 노동자들은 일이 없는 시간에는 걷거나 자전거를 타거나 기차를 타고 피크디스트릭트에 모였다. 잉글랜드 남부에서는 레슬리 스티븐이 "분별 있는 무단진입"을 모색해나갔고, 일요일의 떠돌이들(레슬리 스티븐이 조직한 신사들의 보행 단체)은 사냥터 지기들에게 위협을 가할 수 있었고, 실제로 위협을 가하기도 했다.[129] 본격적 보행을 원하는 사람들에게는 언제나 알프스 산맥이 있었다. 하워드 힐(Howard Hill)에 따르면, "20세기를 사반세기 앞둔 시점의 영국에서는 모든 도시 특히, 모든 공업 도시에서 서민계급이 램블링 운동을 일으키면서, 점차 진입 투쟁에서 주도권을 쥐기 시작했다. 서민계급이 주도권을 쥐게 된 가장 큰 이유는 아무 제약 없이 자유롭게 올라갈 수 있는 스위스 산들이 점점 더 인기를 끌면서 신사계급의 램블러들과 등산가들이 영국을 떠난 데 있었다."[130] YMCA는 초창기에 보행 단체들을 후원한 조직이었다. 예컨대 1880년대의 맨체스터 YMCA 램블링 클럽의 회원들은 일과가 끝나는 토요일 오후부터 일요일 저녁 사이에 100킬로미터 이상을 걸었다. 1888년에는 런던 이공 클럽이라는 보행 클럽이 만들어졌고, 1892년에는 스코틀랜드 서부 램블러 연맹이 생겼고, 1894년에는 여교사들이 잉글랜드 중부 램블러 협회을 만들었다. 1900년에는 G. B. H. 워드(G. B. H. Ward)가 셰필드 클래리언 램블러 협회(사회주의 단체)을 만들었고, 1905년에는 램블러 클럽 런던 연맹이라는 단체가 생겼다. 1907년에는 맨체스터 램블러 클럽이 생겼고, 1928년에는 전국 영국 노동자 체육 연맹이 생겼다. 1930년에는 유스호스텔 연맹이 젊고 가난한 여행자들에게 잠자리를 제공하는 나투르프로인데의 역할을 하기 시작했다. YHA

것은 바로 불순함이다. 보행이 풍경, 생각, 만남과 불순하게 뒤섞일 때, 걸음을 옮기는 육는 1907년에 독일에서 시작된 단체였으며, YHA가 영국에 생겼을 당시의 규칙 중 하나는 자동차를 타고 오면 안 된다는 것이었다. 이렇듯 20세기 들어 30~40년 동안 도보 여행자가 크게 늘어나면서, 도보 여행을 사회운동의 일환으로 보는 사람들도 생겨났다. 역사 연구자 라파엘 새뮤얼(Raphael Samuel)의 표현을 빌리면 "하이킹은 사회주의적 생활양식의 공식적 라이프스타일까지는 아니라고 해도 어쨌든 사회주의적 생활양식의 주요 라이프스타일이었다."[131] 그러한 변화는 노동자들 사이에서 땅에 대한 동경이 생겼고, 혹은 농민이었던 부모와 조부모로부터 땅에 대한 동경을 물려받았기 때문이기도 했다. 노동자들 사이에서 동식물을 연구하는 문화가 출현한 것노 그 이유 중 하나였고, 여럿이서 같이 걸어 다니는 경우가 증가하기도 했다. 여럿이서 같이 걸어 다닌 데에는 안전을 위한 이유가 있었다. 사냥터지기와 마주치는 것도 위험했고, "시골 사람들 중에는 램블러들을 진심으로 증오하는 사람들이 있었기 때문에 혼자 걸어가는 사람을 '두들겨 패는' 일"이 발생했다는 것이 한 셰필드 램블러의 말이었다.[132]

산업혁명 이전의 피크디스트릭트는 주요 관광지였다. 워즈워스 남매가 갔던 곳이기도 하고, 카를 모리츠가 갔던 곳이기도 하다. 제인 오스틴도 『오만과 편견』의 여주인공이 피크디스트릭트의 몇몇 명소를 둘러보게 했다. 나중에 이곳은 현지 주민들로부터 큰 사랑을 받는 이례적인 땅(맨체스터와 셰필드라는 두 거대 공업도시 사이에 끼어 있는 60킬로미터 너비의 열려 있는 땅)이 되었다. 피크디스트릭트는 케이퍼빌리티 브라운이 조경을 담당한 호화로운 정원과 파크(채츠워스), 경사가 완만한 계곡(도브 데일), 들쭉날쭉한 습지, 고급 암벽등반이 가능한 사암 지대 등이 자리하고 있는 온갖 지형의 전시장이다. 두 맨체스터 배관공 조 브라운(Joe Brown)

체는 마음과 세상을 연결하는 매개체가 된다. 그리고 그럴 때 세상이 마음에 스며든다. 이과 돈 휠런스(Don Whillens)가 사암지대에서 암벽등반 기술에 새로운 차원의 난이도를 도입함으로써 '암벽등반의 노동계급 혁명'을 가져온 것은 1950년대의 일이다. 채츠워스 정원과 이 사암 지대 사이에 피크디스트릭트에서 가장 높고 험한 킨더 스카우트(가장 유명한 진입권 투쟁이 벌어진 곳)가 있다. '왕의 땅', 즉 공유지였던 킨더 스카우트는 1836년에 인클로저 법령에 따라서 인근 지주들의 소유가 되었다. 그중 제일 많은 땅을 차지한 것은 데번셔 공작(duke of Devonshire, 채츠워스의 소유주)였다. 거의 24제곱킬로미터 넓이의 킨더 스카우트는 꼭대기 근처에 길이 전혀 없는 탓에 철저히 진입 불가능한 땅이 되었고, 보행자들은 그곳을 '금단의 산'이라고 불렀다. 이 지역을 통과하는 사람들은 주로 킨더 스카우트 하단을 가로 지르는 옛 로마의 도로를 이용했는데, 1821년에 땅 주인 하워드 경(Lord Howard)이 이 공용로(일명 닥터스 게이트)를 불법으로 차단했다. 19세기 말, 막힌 게이트를 열기 위한 협상이 시작되었고, 맨체스터와 셰필드의 보행 클럽들이 직접행동을 취하기 시작했다. 셰필드 클래리언 램블러협회의 회원들은 1909년에 닥터스 게이트를 끝에서 끝까지 걸었고, 맨체스터 램블러 클럽의 회원들은 5년간 닥터스 게이트를 '도전적으로' 걸었다. 하워드 경은 계속해서 게이트에 길 없음이라는 푯말을 붙이고 철사줄을 묶고 자물쇠를 달았지만 결국 패배했다. 지금 닥터스 게이트는 거의 2000년 전과 마찬가지로 (몇 가지 소소하게 달라진 것들은 제외하고) 다시 공용로가 되었다.

킨더 스카우트에서 더 큰 문제가 된 곳은 꼭대기 고원이었다. 영국 노동자 체육 연맹 맨체스터 지부의 총무 베니 로스먼(Benny Rothman)은 1930년대 산업 불경기 당시의 암울했던 도시들에 대한 기록을 남겼다. "도심 주민들은 시골로 캠핑을 떠날 수 있는 주말을 위해서 살았고, 청년

런 책은 역설적으로 보행이라는 주제가 다른 주제로 미끄러지기 쉽다는 것, 걷는 것 자체

실업자들이 도심으로 돌아오는 것은 그저 고용 사무소에 가서 '신청서에 서명'하고 실업수당을 챙기기 위해서였다. 램블링, 자전거, 캠핑 단체들이 회원을 늘리는 시기였다. [……] 사람들이 많아짐에 따라 자연과 가까워진다는 느낌은 약해졌고, 램블러들은 수에이커씩 펼쳐지는 토탄 지대, 습지, 산악 지대를 아쉬운 눈으로 바라볼 수밖에 없었다. 금단의 땅인 탓이었다. 금단의 땅이었을 뿐 아니라 몽둥이로 무장한 사냥터지기들이 엄중히 지키는 땅이었다. 혼자 걷는 사람에게 몽둥이를 휘두르는 일을 겁내지 않는 사냥터지기들도 있었다."[133] 1932년 영국 노동자 체육 연맹은 이 상황을 널리 알릴 목적으로 킨더 스카우트 무단진입 운동을 조직했고, 로스먼은 신문들과 인터뷰를 진행했다. 다른 램블러 단체들의 반대에도 불구하고 이 연맹의 청년 급진주의자들이 헤이필드라는 인근 마을에 400명의 램블러를 모았고, 이와 함께 더비셔 경찰의 3분의 1을 모았다. 목적지는 킨더 스카우트 고원이었고, 도중에 로스먼이 등산권 운동의 역사에 관한 감동적인 연설로 큰 갈채를 받기도 했다. 거기서 더 위쪽의 가파른 산길에서 갑자기 나타난 20~30명 정도의 사냥터지기들이 고함을 지르면서 고원으로 가는 램블러들을 막대기로 위협했다. 이어진 난투극에서 호되게 당한 것은 오히려 사냥터지기들이었다. 영국 노동자 체육 연맹 중심의 램블러들이 고원에 도착한 데 이어 셰필드의 단체들이 합류했고, 나중에는 맨체스터의 단체들까지 합류했다.

　　로스먼과 다른 다섯 사람은 이처럼 일시적 승리를 거두고 풍경을 구경했다는 죄목으로 체포당했다. 그중 한 명은 풀려났지만 나머지 다섯 명은 '집회 난동 사주'라는 죄목으로 2~6개월까지의 징역형을 선고받았다. 램블러 단체를 비롯한 여러 단체 회원들이 이 선고에 격분했고, 사명감에 불타는 사람들, 또는 호기심에 불타는 사람들이 킨더 스카우트

에 집중하면서 다른 것들을 외면하기는 어렵다는 것을 잘 보여준다. 걸어가는 사람의 성

로 몰려들었다. 피크디스트릭트에서는 이미 매년 위넌츠 산길에서 통행로 부족에 항의하는 집회가 열렸는데, 그해 집회에는 1만 명의 램블러가 운집했다. 다른 무단 진입 운동들과 시위들도 잇따랐다. 보행 정치의 뜨거운 열기였다. 1935년에는 램블러 클럽 전국 연맹이 램블러 연맹이 되면서 통행권 운동에 박차를 가했고, 1939년에는 통행권 법안이 국회에 상정되었다.(결과는 부결이었다.) 하지만 1949년에는 '국립공원과 시골 지역에 대한 통행권 관련 법(National Parks and Access to Countryside Act)'이라는 더 강력한 법안이 가결되면서 통칙들이 바뀌었다. 국립공원에 미친 영향은 미미했지만, 통행권에 미친 영향은 엄청났다. 첫째, 잉글랜드와 웨일스의 모든 주 의회는 관할 지역의 모든 공용로를 지도에 표시할 의무를 갖게 되었다. 그리고 지도에 표시된다는 것은 법적 효력을 지닌다는 뜻이다. 둘째, 이 법이 생기기 전에는 보행자가 공용로가 있음을 증명해야 했지만, 이후로는 지주가 공용로가 없음을 증명해야 했다. 그때 이후로 이 공용로들은 영국 지리원이 발간하는 지도에 표시됨으로써 모든 사람들이 이용할 수 있는 길이 되었다. 셋째, 주 의회는 충분한 면적의 공유 공간을 표시한 '검토 지도(review map)'를 작성할 의무와 보행자가 그 공간을 통행로로 이용할 수 있도록 협상을 진행할 의무를 지니게 되었다. 절대적 통행권만큼 강력한 권리는 아니었지만, 예전에 비하면 상당한 진전임에 분명했다. 오늘날에는 수많은 장거리 등산로가 만들어지면서 영국에서 며칠, 혹은 몇 주 연속으로 걸어가거나 캠핑하기가 가능해졌다. 보행자들의 움직임도 활발해졌다. 램블러 연맹의 창립 50주년 기념식에서는 금단의 영국(Forbidden Britain)이라는 무단진입 운동이 시작되었다. 1997년에 노동당이 집권하고 공약대로 '배회권'을 보장하는 법안을 지원함으로써 브라이스의 1884년 법안이 부결된 지 한 세기가 넘는 세

격, 걸어가면서 만난 사람들, 걸어갈 때 보이는 자연, 걸어가는 길에 해낸 일 등을 담고 있

월이 흐른 후 비로소 시민들이 시골길을 배회할 수 있게 되었다. 보다 최
근에는 이 땅은 우리 땅(This Land Is Ours)이나 거리를 되찾자(Reclaim the
Streets) 등의 좀 더 급진적인 신생 단체들이 공적 영역의 확장을 위한 직
접행동을 취해왔다. 보행 그 자체가 이런 단체들의 민주적, 생태적 어젠
다에서 가장 중요한 사안은 아니지만, 통행권과 자연보호라는 동일한 대
중주의적 사안들이 대세를 이루고 있다.

       귀족들의 정원에서 시작된 취향의 일종이 사유재산이라는 절대적
권리 내지 특권에 대한 공격으로 끝난다는 것은 시골 땅을 걸은 역사의
위대한 아이러니(혹은 권선징악)이다. 보행 문화가 시작된 장소였던 정원과
사유지 공원은 폐쇄된 공간(많은 경우 담장이 세워져 있거나 해자로 둘러싸여 있
는 공간, 극소수의 특권층에게만 개방되어 있는 공간, 경우에 따라 인클로서로 점유된
토지에 조성되어 있는 공간)이었다. 그러나 영국 정원이 만들어진 과정에는
민주주의의 원리가 내재해 있다. 첫째, 나무들과 물과 땅이 기하학적 형
태를 강요받는 대신 자유롭게 있는 그대로의 모양을 펼칠 수 있고, 둘째,
담장이 없어지는 등 공간의 격식이 점점 사라졌고, 셋째, 공간의 격식이
사라짐에 따라 점점 자유로운 보행 경험이 가능해졌다. 자연 속을 걷고
싶어 하는 취향이 확산되면서, 정원을 거닐던 귀족의 후손들은 이런 정
원에 내재된 원리를 따르지 않을 수 없었다. 하지만 아직 영국 땅 전체가
보행자들에게 열려 있는 것은 아니다.

즐거움을 위해 걷는 일은 인간의 가능성을 구성하는 레퍼토리 중 하나가
되었고, 그 가능성의 실현을 경험한 사람들 가운데 몇몇이 세상을 바꾸
는 작업에 나섰다. 그 결과로 세상은 일종의 정원, 요컨대 모두가 출입할
수 있는 담장 없는 정원이 되었다. 보행 단체들이 발로 그린 땅은 나라마

는 보행에 대한 글은 다른 어떤 것에 대한 글일 때가 많다. […] 하지만 우리가 이 땅을

다 다른 방식으로 확장하고 있다. 미국에는 곳곳에 조성된 국립공원들과 함께 광범위한 정치운동으로 만들어진 지형이 있다. 오스트리아의 지형은 21개국으로 퍼져나가는 수백 개의 숙소와 함께, 각양각색의 환경주의 취향을 가진 50만 명 이상의 야외 애호가들이 만들어냈다. 영국의 지형은 2만 2500킬로미터의 산길과 함께 지주를 대하는 공격적 태도로 이루어져 있다. 보행이 지금의 세상을 형성해온 세력 중 하나라고 할 때, 보행이라는 세력은 경제 세력에 맞서는 경우가 많았다.

　보행을 위해 단체를 조직하는 것은 얼핏 보기에는 이상하다. 실제로 보행을 중요시하는 사람이 자주 언급하는 독립, 고독, 자유는 조직과 통솔이 없는 데서 온다. 하지만 밖으로 나가 걸으면서 즐거움을 얻으려면 세 가지 조건이 충족돼야 한다. 자유로운 시간, 자유롭게 걸을 장소, 질병이나 사회적 속박에서 자유로운 육체가 그것이다. 이 기본적 자유는 무수한 투쟁의 목적이 되어왔다. 힘든 투쟁을 통해서 자유로운 시간(8시간, 또는 10시간 노동, 그리고 이어서 주 5일 노동)을 쟁취해낸 노동자 단체들이, 그 시간을 보낼 수 있는 장소를 확보하기 위해 싸우는 것은 당연한 일이다. 자유롭게 걸을 장소를 확보하기 위해 싸우는 사람들은 또 있었다. 이 장에서는 오직 자연과 시골 공간을 위해 싸운 사람들을 주로 다루었지만, 도심의 공원 조성과 관련해서도 풍요로운 역사가 있다. 예컨대 센트럴 파크는 뉴욕을 떠날 만한 여유가 없는 도심 주민에게 전원의 미덕을 선사한다는 민주적·낭만적 기획이었다. 한편 자유로운 육체는 자유로운 시간이나 자유롭게 걸을 장소에 비해서 미묘한 주제다. 초창기 시에라 클럽에서 샤프롱을 동반하지 않은 여자들이 반바지를 입고 등산을 하거나 솔가지를 모아 침대로 삼았듯, 캘리포니아에서는 육체의 자유를 위해 걸었다기보다 걸음으로써 육체가 자유로워졌다. 의복이 여자를 얕은 호흡, 좁

걸어 다니는 이유들의 역사, 또한 구불구불 이어져온 200년의 역사는 바로 위에서 언급

은 보폭, 불안정한 균형이라는 예의범절 안에 가두어두는 감옥의 역할을 하는 빅토리아 시대였기 때문이다. 또 초창기 독일과 오스트리아 야외 활동 단체들의 나체주의에서도 알 수 있듯, 어떤 사람들에게는 산에 가는 일이 에로스를 포함한 자연스러움 전체를 받아들이는 포괄적 기획의 일부였다. 나체주의자가 아닌 사람들에게도 옷은 몸이 드러나는 편한 반바지였다. 한편 왜 그토록 많은 사람들이 파란 하늘 아래에서 활보할 권리를 위해 투쟁했는지는 엥겔스(Friedrich Engels)의 『영국 노동자계급의 상태』를 읽어보기만 해도 충분히 알 수 있다. 이 책은 공장 노동자들의 육체에 기형과 질병을 초래할 정도로 처참한 생활환경과 노동환경을 고발한다. 요컨대 자연 속을 걷는 일은 중류층의 육체를 집과 사무실에 갇혀 있는 시대착오적 물건으로 변형시키는 환경, 노동자의 육체는 공장의 기계 부품으로 변형시키는 환경에 대한 거부반응이었다.

자연으로 걸어 나간 이 역사가 시작하는 지점에서 루소와 워즈워스라는 두 작가는 사회적 자유와 자연에 대한 사랑을 연결시켰다. 이후의 보행 문화는 보이스카우트, 야외장비 산업 등으로까지 이어지게 되지만, 다행히도 루소와 워즈워스는 거기까지 내다보지는 못했던 것 같다. 보행 단체들은 보행의 이상이 자연 속을 막힘없이 자유롭게 걸어가는 것이라고 생각하면서 많은 평범한 사람들에게 그 이상을 심어주었다.

한 보행 수필과 여행 문학의 정전들로 구성되어 있다.—리베카 솔닛, 『걷기의 인문학』

3
길거리에서

11
혼자 걷는 도시[1]

오랫동안 뉴멕시코의 시골에서 살던 나에게는 샌프란시스코가 낯설게 느껴졌다. 그해 봄의 풍요로움까지도 도회적으로 느껴졌다. 화려한 도시 불빛의 유혹을 노래하는 모든 컨트리 음악을 그제야 비로소 이해할 수 있었다. 5월의 향기로운 낮과 밤을 여기저기 걸어 다니면서 보냈다. 산책이 수많은 가능성으로 가득 차 있다는 사실에 놀라기도 하고, 문 밖을 나서기만 하면 그 가능성을 찾을 수 있다는 생각에 전율하기도 했다. 모든 건물 입구, 모든 가게 입구는 다른 세계로 통하는 출구인 듯했다. 다양한 인생의 가능성이 압축돼 있는 곳, 다양함이 다채로움을 만들어내는 곳이었다. 일본의 시, 멕시코의 역사, 러시아의 소설이 아무렇게나 꽂힐 수 있는 책꽂이처럼, 내가 사는 도시의 건물들에는 선(禪) 연구소, 오순절 교회, 문신 시술소, 채소 가게, 부리토 가게, 극장, 딤섬 가게가 들어차 있었다. 더없이 평범한 것들이 내게는 신기해 보였고, 길거리의 사람들은 나의 삶과 아주 비슷하기도 하고 전혀 다르기도 한 삶의 단면들을 무수히 엿보게 해주었다.

• 저녁에 혼자서 수천 명의 다른 사람들과 함께 이 길을 거니는 것보다 더 즐거운 일은 별

도시는 언제나 익명성, 다양성, 혼합성(걸을 때 가장 쉽게 느낄 수 있는 속성들)을 제공해왔다. 빵집이나 점집을 마주치면 지금은 그냥 지나가더라도 나중에 들어가볼 수 있다. 도시에 사는 사람이 자기가 사는 도시의 모든 것을 알기는 불가능하다. 대도시의 미지와 가능성은 사람의 상상력을 자극한다. 예전부터 샌프란시스코는 미국에서 가장 유럽적인 도시라고 불렸다. 무슨 뜻일까 생각해보면, 미국에서 대부분의 도시들은 점점 교외의 확장판(공공장소에서 걸어 다니는 보행자들의 상호작용을 위해서가 아니라 사적 공간 사이의 거리를 이동하는 운전자들의 상호작용 차단을 위해서 면밀하게 통제, 분할, 구획되어 있는 장소)으로 변해가는 데 비해, 규모가 그렇게 크지 않고 길거리에 활기가 있는 샌프란시스코에는 직접 부딪히는 공간으로서의 도시 개념이 아직 살아 있기 때문이 아닐까 싶다. 샌프란시스코는 세 면의 경계가 바다, 한 면의 경계는 산이라서 스프롤 현상이 없는 데다 길거리에 활기가 있는 동네가 많다. 샌프란시스코는 한편으로는 도시다운 밀도, 건물들의 미감, 산에서 내려다보이는 만과 바다의 경치, 곳곳에 즐비한 카페와 술집 등을 통해, 다른 한편으로는 돈벌이가 아닌 삶을 살아가는 화가들과 시인들과 사회적·정치적 급진주의자들의 전통(젠트리피케이션의 위험 앞에 놓여 있는 전통)을 통해 대부분의 미국 도시와는 다른 시간적·공간적 우선순위를 시사하는 듯하다.

샌프란시스코로 돌아온 첫 토요일에 나는 근처에 있는 골든게이트 공원으로 산책을 나갔다. 야생의 장관은 없지만 다른 많은 즐거움이 있는 길이었다. 소리가 울리는 지하보도에서 악기 연습을 하는 사람들, 나란히 서서 무술 연습을 하는 중국인 할머니들, 부드러운 쇳소리가 섞인 러시아어로 이야기를 나누면서 돌아다니는 이민자들, 그리고 개를 산책시키다가 개의 기쁜 질주에 이끌려 동물의 사회에 발을 들여놓는 사람

로 없다. 불빛은 가로수 사이로 은은히 비쳐들거나 건물 앞에서 환하게 비쳐 나오고, 음

들이 있는 길, 태평양의 해변까지 걸어서 닿는 길이었다. 그날 아침, 골든
게이트 공원에 간 나는 야외 음악당에서 지역 라디오 버라이어티쇼가 중
계하는 「워터셰드 시 축제(Watershed Poetry Festival)」를 한참 구경했다. 미
국 계관시인이었던 로버트 하스(Robert Hass)가 아이들에게 무대에서 마
이크로 자작시를 낭송하는 법을 가르쳐주고 있었고, 무대 양쪽으로 내
가 아는 시인 몇 사람이 서 있었다. 다가가서 인사를 건네자 그들은 나에
게 새로 끼게 된 결혼반지를 보여주기도 하고 나를 다른 시인들에게 소
개해주기도 했다. 내가 캘리포니아의 역사를 연구한 뛰어난 역사가 맬컴
마골린(Malcolm Margolin)을 만나 그의 웃긴 이야기들을 들은 것도 그때
였다. 낮의 도시들이 내게 안겨주는 경이로움이 그곳에 있었다. 우연한
만남이 있었고, 서로 뒤섞이는 서로 다른 부류의 사람들이 있었고, 탁 트
인 하늘 아래에서 낯선 사람들에게 전해지는 시가 있었다.

　　마골린이 운영하는 헤이데이 출판사가 펴낸 책들이 다른 군소 출
판사의 책이나 기타 기획물과 함께 진열돼 있었다. 그중에서 그는 내게
『오패럴 스트리트 920번지(920 O'Farrell Street)』라는 제목의 책을 건네주었
다. 1870년대부터 1880년대까지 샌프란시스코에서 자란 해리엇 레인 레
비(Harriet Lane Levy)가 자기의 경이로운 성장 경험을 기술한 회고록이었
다. 그 당시에 샌프란시스코를 걷는 일은 오늘날 영화를 보러 가는 일에
못지않은 계획적 일정이었다. "토요일 밤이면 온 도시가 해안가에서 트
윈픽스까지 수 킬로미터를 직선으로 연결하는 마켓 스트리트 산책에 동
참했다. 만 쪽으로 가는 사람들과 바다 쪽으로 가는 사람들이 넓은 보도
에서 스쳐 지나갔다. 사람들이 즉석 축제 충동을 느낀 듯 다 함께 쏟아져
나왔다. 도시의 전 영역을 아우르는 넓은 행렬이었다. 사회적 지위가 높
아 보이는 신사숙녀들, 남자 친구의 팔짱을 낀 독일이나 아일랜드 출신의

악 소리, 외국어로 말하는 소리, 자동차 소리가 들려오고, 꽃향기가 나고 좋은 음식 냄

하녀 아이들, 프랑스에서 온 사람들, 에스파냐에서 온 사람들, 힘든 일을
하는 수척한 포르투갈 출신들, 피부가 붉은색이고 광대뼈가 튀어나와
있어 인디언의 피가 드러나는 멕시코 출신들 모두 집, 가게, 호텔, 비어가
든을 비우고 마켓 스트리트로 나와 다인종의 강물에 뛰어들었다. 온갖
나라의 선원들은 배를 대자마자 마켓 스트리트로 몰려나와 인파에 휩쓸
렸다. 밝은 조명, 휩쓸리는 느낌, 떠들썩한 인파에 한껏 들뜬 그들의 얼굴
은 '과연 샌프란시스코!'라고 말하고 있었다. 축제였다. 하늘에서 색종이
조각이 날아다니지는 않았지만 이쪽저쪽에서 무수한 메시지들이 날아
다녔고, 얼굴을 가면 없이 드러내면서도 두 눈에 솔직한 욕망을 담았다.
파월 스트리트에서 키어니 스트리트까지 마켓 스트리트의 긴 블록 세
개를 내려가서, 키어니 스트리트에서 부시 스트리트까지 짧은 블록 세
개를 올라갔다가, 왔던 길을 되짚어 왔다가 하면서 몇 시간을 왔다 갔다
하노라면, 호기심 어렸던 시선은 어느새 관심을 표하는 시선으로 발전했
고, 관심을 표했던 시선은 어느새 미소로 발전했다. 그 미소는 어떤 것으
로든 발전할 수 있었다. 나는 토요일 밤마다 아버지를 따라 시내로 나갔
다. 우리가 섰던 조명이 밝혀진 큰길들은 고체라기보다 액체 같은 세계
였다. 곳곳에서 무슨 일인가가 일어나는 중이었고, 순간순간 기뻐할 일
이 있었다. […] 우리는 걷고 또 걸었고, 새로운 일들은 일어나고 또 일어
났다."[2] 이렇듯 한때 거대한 산책로였던 마켓 스트리트는 지금도 이 도시
의 중요한 교통로지만, 수십 년 동안의 굴착과 재개발 탓에 이 길의 사회
적 광휘는 모두 없어졌다. 잭 케루악이라면 미드타운의 도로변에서 구걸
을 하거나 쇼핑카트를 놓고 장사를 하는 사람들을 두 팔 벌려 환영했을
것이 분명하다.(1940년대 후반인가 1950년대 초반에는 이 마켓 스트리트에서 두 번
이나 환상을 보기도 했다.)[3] 한때 레비가 걸었던 다운타운 마켓 스트리트를

새도 나고 근처 바다에서 바람이 불어오기도 한다. 인도 옆으로는 작은 가게, 술집, 노

지금은 회사원들과 쇼핑객들, 그리고 파월 스트리트의 케이블카 턴어라
운드에서 쏟아져 나오는 관광객들이 걷고 있다. 하지만 마켓 스트리트를
따라 업타운으로 1킬로미터 정도 올라가면 또 다시 두세 블록 정도 활기
찬 보행자 세상이 펼쳐진다. 그러고는 카스트로 스트리트와 교차하면서
트윈픽스로 이어지는 가파른 오르막길이 시작된다.

도시와 시골을 막론하고 보행의 역사는 자유를 찾아나서는 역사이자 즐
거움의 의미를 정의하는 역사였다. 그러나 시골에서의 보행은 자연을 향
한 사랑을 도덕적 당위로 삼으면서 시골 땅을 보호하고 시골 땅의 울타
리를 부술 수 있었던 반면에, 도시에서의 보행은 언제나 비교적 그늘진
행동이었다. 도시 보행은 호객, 크루징, 산책, 쇼핑, 폭동, 시위, 도망, 배
회 등, 아무리 즐거워도 자연을 향한 사랑 같은 고고한 도덕적 울림은 거
의 찾아볼 수 없는 행동들로 쉽게 바뀐다. 그러니 도시공간을 보호해야
한다는 주장을 펴는 사람은 별로 없었고, 그런 주장을 펴는 얼마 되지 않
는 자유주의자들과 도시이론가들조차 보행이 공공장소를 사용하고 공
공장소에서 거주하는 가장 흔한 방법이라는 점을 거의 인지하지 못했다.
도시 보행은 시골 보행보다는 여러모로 원시 사회의 수렵채집을 더 닮은
것 같다. 우리 대부분에게 시골이나 자연은 걸어서 지나가는 곳, 바라보
면서 지나가는 곳일 뿐, 뭔가를 산출하거나 취득하는 곳은 아니다.("사진
말고는 가져오지 말 것, 발자국 말고는 남기고 오지 말 것"이라는 시에라 클럽의 유명
한 격언이 떠오르는 대목이다.) 이제 도시에는 인간이라는 생물 종과 그 밖에
쓰레기를 뒤지는 생물 종들 정도가 남아 있지만, 도시 보행자에게는 활
동의 여지가 아직 남아 있다. 채집자가 어느 나무 앞에서 걸음을 멈추고
6개월 후에 도토리를 따러 와야겠다고 생각하거나 등나무 숲을 지나가

점, 댄스홀, 영화관, 아세틸렌램프를 조명으로 쓰는 칸막이 점포가 줄줄이 서 있다. 곳

면서 바구니를 만들 만한 줄기가 있는지 살펴보듯이, 도시 보행자는 늦게까지 문을 여는 식료품 가게나 구두 수선 가게 같은 곳을 기억해둘 수도 있고, 먼 길을 돌아서 우체국에 들를 수도 있다. 마찬가지로 시골 보행자는 흔히 전체 풍경, 전체적 아름다움을 바라보게 되고 그때의 풍경은 완만하게 변화하는 연속체로 펼쳐진다. 예컨대 멀리서 산을 바라보면서 걷다가 그 산에 올라가서 아래를 내려다볼 때나, 숲에서 나무가 듬성듬성해지다가 어느새 초원이 될 때의 풍경처럼 말이다. 반면 도시 보행자는 특정한 것들(기회들, 사람들, 필요한 물건들)을 찾아다니게 되고 그때의 풍경은 급한 변화 속에 펼쳐진다. 물론 도시가 원시생활과 더 비슷하다는 말에는 부정적인 의미도 담겨 있다. 인간이 아닌 포식자의 개체 수가 북아메리카에서는 급격히 감소했고 유럽에서는 아예 멸종했지만, 그런 지역에서도 도시 보행자는 인간 포식자가 나타날 가능성을 무시할 수 없다. 그들이 계속 (최소한 특정 시간과 특정 장소에서는) 신경을 곤두세우고 있어야 하는 것은 그 때문이다.

고향으로 돌아와서 처음 몇 달 동안 모든 것에 너무 매료된 나는 산책 일기를 써나갔다. 그 멋진 여름의 어느 날, 나는 일기에 이렇게 썼다. "일곱 시간 동안 거의 꼬박 책상 앞에 앉아 있었음을 갑자기 깨달음. 신경은 날카로워지고, 등은 굽고. 필모어 스트리트 위쪽 클레이 극장에 갈까 하고 집을 나옴. 가는 길에 브로더릭 스트리트에서 처음 보는 길 하나를 발견함. 임대주택 단지 근처인데, 예쁜 단층집들이 옛날 빅토리아 시대풍이었음. 너무 잘 아는 장소에서 모르는 장소가 튀어나올 때 언제나 그렇듯 기분이 좋았음. 「각자의 고양이를 찾아서(Chacun cherche son chat)」라는 영화를 봄. 바스티유 광장 동네에서 혼자 사는 젊은 파리지엔느가 사라진 고양이를 찾기 위해 어쩔 수 없이 이웃 사람들을 만나고 다니는

곳에 낯선 얼굴들, 낯선 의상들, 낯설고 즐거운 장면들이 있다. 이런 길을 따라 더 조용

이야기. 평범한 사건들, 가까워졌다 멀어졌다 하는 관계들, 건물의 옥상들, 불분명하게 발음되는 속어들로 가득. 극장을 나오니 들뜬 기분. 검은 밤, 진주색 안개. 빠른 걸음으로 돌아오는 길. 일단 캘리포니아 스트리트를 따라 걸으면서 한 쌍의 남녀를 지나감. 여자는 평범, 남자는 고급 갈색 양복 차림에 오다리. 한동안 다리에 부목을 댔었나. 그렇게 버스를 그냥 보냄. 디비자데로 스트리트에서 또 그 버스를 그냥 보냄. 어느 골동품 가게 진열창 앞에서 걸음을 늦추고 커다란 꽃병을 구경함. 꽃병은 크림색, 꽃병에 그려진 중국 현자들은 파란색. 길을 좀 더 내려오다 보니 어느 가게 앞에서 머리가 벗겨진 중국 남자가 아장아장 걷는 아이를 진열창 높이로 안아 올림. 가게 안에 있는 여자가 진열창 너머로 아이와 장난침. 내가 너무 웃어 보였는지 그 사람들이 당황함. 밤 산책의 인공적 조명과 자연적 어둠이 낮의 연속체를 연극 속 활인화, 비네트, 세트피스로 탈바꿈시키는 방식들. 가로등을 하나하나 지나가는 나의 그림자가 커졌다 작아졌다 할 때의 어두운 설렘. 길을 건너갈 때 신호등이 바뀌길래 차를 피하느라 달리기 시작했는데 그렇게 달리다 보니 기분이 좋아져서 단숨에 몇 블록을 더 뛰어감. 더워지는 것이 단점.

디비자데로 스트리트를 쭉 지나가면서 다른 사람들, 문 연 곳들을 주시(주류 판매점, 담배 가게). 내가 사는 스트리트와 만남. 교차로에 서 있는데 젊은 흑인 남자(와치캡, 검은 옷)가 나를 향해 엄청난 속도로 달려 내려오길래 만약을 위해서 주위를 둘러봄. 무슨 편견 때문이 아니라 그가 빅토리아 여왕이었다고 해도 그렇게 나한테 질주해왔다면 신경이 쓰였을 것 같음. 그는 내가 주춤주춤하는 것을 보더니 더없이 상냥한 청년의 목소리로 '쫓아온 거 아니고요, 약속에 늦어서.'라고 말하면서 달려가고, 나는 '조심해서 가요.'라고 말함. 그가 내가 가는 길로 앞서 가고 나도 생

하고 격조 있는 도심까지 걸어가는 일은 행렬의 일부가 되는 일, 도시에 입문하고 그 도

각을 정리할 여유가 생겨서, '의심하는 사람같이 보였으면 미안한데, 너
무 빨리 달려와서.'라고 말함. 그가 웃고 나도 웃음. 그러고 나니까 최근
에 동네를 돌아다니면서 사람들과 마주쳤던 일들이 다 떠오름. 그냥 인
사해오는 것을 보고 말썽을 일으키려는 줄로 오해할 뻔 했던 일들. 이제
여유 있게 대처할 수 있게 된 데 뿌듯함을 느낌. 그러면서 고개를 들었는
데 어느 건물 꼭대기 층 창문에 붙어 있는 만 레이((Man Ray)의 「동정을
살필 시간(*A l'heure de l'observatoire: les Amoureux*)」(해 지는 하늘에 길쭉한 붉은색 입술
이 떠 있는 그림)의 포스터가 보임. 어젯밤인가 그젯밤에 시내 어느 다른 건
물 창문에서 본 그림과 똑같음. 오늘밤에 본 그림이 더 큼. 오늘밤이 더 활
기참. 「동정을 살필 시간」을 두 번 보다니 신기함. 집에 오는 데 20분도 안
걸림.”

길거리는 건물이 없는 빈 공간이다. 집 한 채는 빈 공간이라는 바다에 떠
있는 섬이다. 도시보다 앞서 존재한 소읍은 그저 그 바다에 떠 있는 군도
였다. 그러나 건물이 점점 많아짐에 따라 군도는 육지가 되었고, 바다였
던 빈 공간은 넓은 땅 사이로 흐르는 강, 운하, 개울이 되었다. 예전 사람
들이 시골 땅이라는 바다를 아무렇게나 지나다녔다면, 이제 사람들은
거리를 따라 지나다니게 되었다. 물길의 폭이 줄어들면 물살의 강도와
속도가 늘어나듯, 빈 공간이었던 곳이 거리가 되면 보행자들의 흐름이
방향과 세기를 갖게 된다. 대도시에서는 장소뿐 아니라 공간도 설계 대
상이다. 실내에서 먹거나 자거나 신발을 만들거나 사랑을 하거나 음악을
하는 일과 마찬가지로, 걷거나 주변을 둘러보거나 공공장소에서 시간을
보내는 것이 주요한 설계 목적이라는 뜻이다. 시민(citizen)이라는 단어는
도시(city)와 관계가 있으며, 이상적 도시는 시민권(citizenship), 즉 공적 생

시를 다시 봉헌하는 끝없는 의식의 일부가 되는 일이다. ―J. B. 잭슨, 「이방인의 길」

활에 참여할 권리를 중심으로 조직되어 있다.

　　예전 잉글랜드의 살풍경한 공업 도시들이 그랬던 것처럼 미국의 크고 작은 도시들은 대개 소비와 생산을 중심으로 조직되어 있다. 이런 도시에서 공공장소는 직장과 상점과 주거지 사이의 빈 공간에 불과하다. 보행은 시민권의 시작일 뿐이지만, 이 시작을 통해 시민은 자기가 사는 도시를 알게 되는 동시에 함께 살아가는 동료 시민들을 알게 되고, 도시의 작은 사유화된 곳에서 벗어나 진짜 도시 주민으로 거듭나게 된다. 거리를 걷는 것은 지도 읽기와 살아가기를 연결하는 일, 사적 세계라는 소우주와 공적 세계라는 대우주를 연결하는 일, 자기를 둘러싼 그 모든 미궁의 의미를 깨닫는 일이다. 『미국 대도시의 죽음과 삶』이라는 유명한 책에서 제인 제이컵스(Jane Jacobs)가 설명하듯이, 인기 있고 이용자가 많은 거리는 그저 많은 사람들이 지나다닌다는 이유만으로도 범죄로부터 안전해진다. 보행이 공적 공간의 공공성과 생명력을 유지한다는 뜻이다.⁴ 프랑코 모레티(Franco Moretti)에 따르면 "도시를 특징짓는 공간구조(근본적으로, 도시의 집약적 구조)는 이동 가능성을 극대화하는 데 유리하다. 여기서 이동이라는 말은 당연히 공간 이동을 뜻하기도 하지만, 주로 계층 이동을 뜻한다."⁵

　　'길거리(street)'라는 단어 그 자체에 초라함, 미천함, 에로스, 위험성, 혁명성을 상기시키는 모종의 거칠고 더러운 힘이 있다. 거리의 남자(man of the streets)는 거리의 규칙을 따르는 남자일 뿐이지만, 거리의 여자(woman of the streets)는 창녀(streetwalker)와 마찬가지로 자기의 섹슈얼리티를 파는 사람이다. 거리의 아이(street kid)는 부랑아, 거지, 가출한 아이를 뜻한다. '길거리 사람(street person)'이라는 신조어는 길거리 외에 달리 갈 곳이 없는 사람을 뜻한다. '거리에 밝다(street-smart)'는 말은 도시에서의

• 우리는 말이나 마차 밑을 기어가기도 하고 기둥이나 난간을 넘어가기도 하면서 복스홀

생존법칙을 잘 안다는 뜻이다. "거리로(to the streets)"가 도시 내 혁명의 고전적 구호가 된 이유는 사람들은 길거리에서 공적 존재가 되기 때문이요 공적 존재가 된 사람들의 권력이 길거리에서 나오기 때문이다. '길거리 생활(the street)'은 모든 사람, 모든 사건이 한데 섞일 수 있는 도시라는 강물의 급한 물살에 휩쓸린 삶을 뜻한다. 길거리에 모든 것을 함께 싣고 흘러가는 강물의 위험과 마력을 동시에 부여하는 것은 바로 이 계층 이동 가능성, 즉 구획과 차별의 부재다.

봉건시대 유럽에서 사회를 구조화하는 위계적 속박으로부터 자유로운 것은 도시 주민뿐이었다. 예컨대 잉글랜드에서는 농노가 자유로운 도시에서 1년 하루를 살면 자유의 몸이 될 수 있었다. 그러나 대부분의 도시에서 거리는 더럽고 위험하고 어두운 곳이었으니, 도시가 주는 자유의 질은 한계가 있었다. 일몰과 함께 성문이 닫히고 통행이 금지되는 경우도 많았다. 르네상스 시대에 와서 비로소 유럽 도시들은 도로 포장, 위생, 안전 등을 개선하기 시작했다. 18세기 런던과 파리에서는 밤에 집 밖에 나가는 것이 매우 위험한 일이었고(도시 내 모든 곳의 위험 정도는 오늘날 최악의 슬럼가가 위험하다고 하는 정도와 맞먹었다.), 꼭 나가야 한다면 횃불을 든 사람을 앞장세웠다.(런던에서는 그렇게 밤길에 횃불을 드는 일을 하는, 이른바 링크보이(link boy)가 뚜쟁이를 겸업하는 경우가 많았다.) 보행자는 대낮에도 마차에 공포를 느꼈다. 18세기 이전에 이런 길을 취미 삼아 걸어 다니는 사람은 없었던 것 같다. 19세기에 와서야 비로소 오늘날의 도시와 비슷한 정도로 깨끗하고 안전하고 환한 곳이 생겨나기 시작했다. 오늘날의 길거리를 정리해주는 모든 설비와 규칙(차도보다 높은 인도, 가로등, 도로명, 주소, 하수도, 교통 법규, 교통 신호)은 비교적 최근의 발명품들이다.

가로수 산책로, 반(半)공공 정원이나 사유지 공원 등의 전원적 공간

가든으로 들어갔습니다. 안에는 벌써 수천 명이 있었습니다. [……] 우리는 거기서 두 바

은 도시 부자들을 위해 만들어졌다. 하지만 공공 공원보다 먼저 생긴 이런 장소들은 계급에 따라서 구획되고 일상으로부터 단절되어 있는 장소, 곧 길거리와 반대되는 장소였다.(반면 지중해나 라틴아메리카에서 코르소와 파세오의 공간이었던 광장, 또는 레비가 걸었던 마켓 스트리트의 산책로는 공공장소였고, 부자에게는 마차길, 급진주의자에게는 야외 연설 무대였던 런던의 하이드파크도 특이한 공공장소였다.) 이런 장소에서도 간혹 정치와 연애와 거래가 행해졌지만, 대개는 그저 야외 살롱이나 야외 무도회장 같은 장소였다.[6] 이런 장소로 오는 사람의 욕망, 곧 부를 과시하고 싶은 욕망을 만족시켜주는 것은 두 발로 걷는 산책이 아니라 마차 산책이었다. 1616년에 파리에 만들어진 1킬로미터 미만의 '여왕의 산책길(Cours la Reine)', 멕시코시티의 알라메다(Alameda), 1850년대에 뉴욕에 만들어진 센트럴파크 등이 그런 곳이었다. 그중 여왕의 산책길에는 마차들이 너무 많이 몰려들어 길이 막힐 정도였다. 1700년에 중간 지점에서 마차에서 내려 횃불 빛에 춤을 추는 유행이 있었던 것은 그 때문인 것 같다.

센트럴파크를 만든 동력은 민주적인 충동, 영국 자연 정원의 미학, 리버풀의 공공 공원 조성 사례 등이었지만, 가난한 뉴요커들은 센트럴파크를 찾는 대신 맥주를 마시거나 폴카를 추거나 기타 평민의 오락을 즐길 수 있는 복스홀 가든과 비슷한 형태의 민영 유원지를 찾는 경우가 많았다. 센트럴파크의 공동 설계자 프레더릭 로 옴스테드(Frederick Law Olmsted)의 의도는 상쾌한 산책 공간을 제공하는 것이었지만, 센트럴파크에서 산책만을 원했던 사람들도 불편함을 발견했다. 센트럴파크는 부자들의 호화 산책로가 됐고, 마차가 계층을 구획하는 것은 여기서도 마찬가지였다. 레이 로젠츠바이크(Ray Rosenzweig)와 엘리자베스 블랙마(Elizabeth Blackmar)는 센트럴파크의 역사와 뉴욕의 역사를 기술한 책에

퀴를 돌고 홀가분하게 나왔습니다. 고생스럽기는 나오는 길도 들어가는 길과 마찬가지였

서 이렇게 말했다. "부유한 뉴요커들이 늦은 오후나 이른 저녁이나 일요
일에 즐기는 산책이 유행의 첨단을 과시하는 퍼레이드가 된 것은 19세기
초의 일이었다. 브로드웨이와 배터리와 5번가의 대로들이 모종의 공공
무대가 된 것도 그 무렵이었다. 하지만 19세기 중반에 이르면 '점잖은 차
림'의 시민들이 이런 공적 공간들에 대한 통제권을 잃으면서 브로드웨이
와 배터리에서의 산책 유행 또한 거의 사라졌다. [······] 새로운 형태의 공
적 산책인 마차 산책을 위해서는 더 넓은 공적 공간이 필요했다. 19세기
중반에는 마차의 소유가 도시 상류층이라는 지위를 구성하는 결정적 요
소로 떠오르고 있었다."[7] 부자들은 센트럴파크로 갔고, 한 대중주의적
성향의 저널리스트는 그 현상을 신랄하게 소롱했다. "그 근처를 지나다
니는 보행자들이 마차에 치이는 사고를 당하는 나쁜 습관에 젖어버렸다
는 소식이 들려온다."[8]

  뉴욕에서도 비교적 가난한 사람들은 계속 브로드웨이와 배터리를
산책했고, 파리에서 비교적 가난한 사람들은 도시의 외곽을 걸었다. 걷
는 사람에게 그늘을 드리워주려고 심은 나무들이 많은 길이었다. 대혁명
이후에 파리 튈일리에 출입하기 위한 조건은 보초가 보기에 괜찮은 옷차
림뿐이었다. 한편 런던의 유명한 복스홀 가든을 본뜬 민영 유원지들(예컨
대 런던의 래닐러 가든과 크리몬 가든, 빈의 아우가르텐, 뉴욕의 일리전 필즈, 캐슬 가
든, 할렘 가든, 코펜하겐의 티볼리 가든(거론된 장소 중 지금까지 남아 있는 유일한 장
소))에 출입하기 위한 조건은 좀 더 단순한 것, 곧 입장료였다. 도시의 다
른 곳에서는 시장이나 특별한 장터나 이런저런 행렬들이 일상의 현장에
축제 분위기를 선사했고, 이런 곳을 걷는 데는 계층 구획이 없었다. 길거
리가 발산하는 마력은 용무와 에피파니가 뒤섞이는 데 있는 것 같고, 이
탈리아에서 유원지 같은 것이 번성하지 않은 이유는 그런 수요가 없었기

습니다. ─호러스 월폴이 1769년 조지 몬터규에게 보낸 편지에서 복스홀 가든의 '리도토'

때문인 것 같다.

이탈리아의 여러 도시가 이상적인 공간으로 여겨진 것은 어제 오늘 일이 아니다. 특히 뉴요커와 런더너는 이탈리아 건축이 일상적 활동에 아름다움과 의미를 부여한다는 점에 매료되었다. 외국인들이 햇빛을 즐기고 인생을 즐길 목적으로 이탈리아로 오기 시작한 것은 아무리 늦게 잡아도 17세기부터였다. 1969년에 이탈리아 찬가라고 할 수 있는 『사람들을 위한 도로: 미국인을 위한 안내서(Streets for People: A Primer for Americans)』를 쓴 버나드 루도프스키(Bernard Rudofsky)는 이탈리아에서 긴 시간을 보냈지만 명목상으로는 뉴요커였다. 뉴욕이 미국 보행자 도시의 모범이라고 여기는 사람에게는 뉴욕이 최악의 도시라는 그의 말이 충격적일 수도 있다. 그의 책은 광장과 도로가 어떻게 도시를 사회적·건축적으로 한데 묶어줄 수 있는지를 주로 이탈리아 도시들의 예를 통해 보여준다. "우리에게는 거리를 사막이 아닌 오아시스 같은 곳으로 만들어야 한다느니 하는 생각 자체가 떠오르지 않는다. [……] 길거리가 아직 고속도로와 주차장으로 전락하지 않은 나라들에서는 길거리를 인간에게 맞는 공간으로 만들기 위해서 여러 조치들이 취해진다. [……] 길거리를 덮는 지붕 중에 가장 세련된 것이 아케이드다. 시민적 연대의 가시적 표현, 다른 말로 하면 박애의 가시적 표현인 아케이드는 거리 풍경에 통일성을 부여함과 함께 고대에 포럼이 했던 역할을 대신한다."[9] 아케이드는 고대 그리스의 스토아와 기둥 길(peripatos)의 후예로서, 안과 밖을 구분하는 경계선을 흐리면서 그 아래에서 이루어지는 걷기에 건축적 경의를 표하는 형태의 길이다. 루도프스키가 중요하게 꼽는 아케이드로는 볼로냐의 중앙 광장에서 도시 바깥으로 6킬로미터 이상 이어지는 유명한 포르티코(portico), 이곳의 형태와 이름을 본뜬 여러 상류층 쇼핑몰과 비교하면 오히려 덜 상업적인 아케이드인 밀라노의 갈레리아(Galeria), 페루자의 구불구불한 길거리, 시에나의 차 없는 길거리, 브리시겔라의 2층짜리 공공 아케이드가 있다. 루도프스키는 이탈리아의 저녁 식사 전 산책인 파세지아타(passeggiata)에 대해서 열정적으로 설명하면서, 많은 도시들이 주요 도로의 차량 진입을 통제하는 이 시간을 미국의 칵테일아워와 대비한다. 루도프스키에 따르면, 이탈리아 사람들에게 길거리는 만남과 토론과 구애와 매매가 행해지는 가장 중요한 사교 공간이다.

　　뉴욕의 무용 비평가 에드윈 덴비(Edwin Denby)가 이탈리아 보행자에 대한 논평을 내놓은 것도 루도프스키과 비슷한 시기였다. "이탈리아의 오래된 도시들에서는 해 질 녘이 되면 중심가의 폭이 좁은 길거리가 일종의 극장 무대가 된다. 커뮤니티 전체가 상냥한 발걸음으로 길을 걸으면서 자신의 모습을 돌아본다. 열다섯에서 스물둘까지의 청춘 남녀들은 사교성을 적극적으로 표현하면서 자신의 매력을 드러내 보인다. 그들이 더 아름답게 꾸밀수록 커뮤니티는 그들에게 더 호감을 갖는다. 피렌체나 나폴리 같은 오래된 도시에서 슬럼 청년들은 거장 연기자들이다. 그들은 다른 일로 바쁠 때가 아니라면 항상 산책 중에 있다." 로마 청년들에 관해서는 이렇게 썼다. "그들의 걸음걸이는 마치 몸과 몸의 대화인 듯 서로에게 민감하다." 덴비는 학생들에게 무용을 가르치면서 다양한 유형의 걸음걸이를 관찰하라고 한다. "미국인들이 차지하는 공간은 그들의 육체가 실제로 차지하는 공간보다 훨씬 넓다. 이것이 겸손의 미덕이 있는 많은 유럽인들을 짜증나게 만드는 점이다. 그러나 그것도 나름대로 아름다운 모습이고, 유럽인 중에도 그것을 아름답게 보는 사람들이 있다. [……] 나로 말하자면, 뉴요커들의 큼직큼직하고 명쾌한 걸음걸이가 대단히 아름답다고 생각한다."[10] 이탈리아에서는 도시의 보행이 개인

으로써 [……] 자기가 만나는 가난한 사람 하나하나의 상태를 살펴볼 기회를 얻었다. 그

적 경험담의 소재라기보다 보편적 차원의 문화적 행위다. 물론 이탈리아
에서도 위대한 보행자들이 많이 나왔지만(예를 들면 단테는 베로나와 라벤나
를 걸으면서 망명 생활의 경과를 가늠했고, 프리모 레비는 아우슈비츠에서 집까지 걸
어 돌아왔다.), 도시의 보행 그 자체는 특정한 경험의 초점이라기보다는 커
뮤니티가 공유하는 문화의 한 부분이다. 예외가 있다면 다른 나라에서
이탈리아를 찾아온 외국인들이 남긴 방대한 기록, 그리고 영화 속 등장
인물들(페데리코 펠리니(Federico Fellini)의 「카비리아의 밤」에 나오는 창녀, 비토리
오 데시카(Vittorio De Sica)의 「자전거 도둑」에 나오는 주인공, 미켈란젤로 안토니오
니(Michelangelo Antonioni)의 여러 영화 속의 주인공)의 배회이다. 한편 런던과
뉴욕(보행자의 입장에서 나폴리보다는 불리하지만 로스앤젤레스에 비하면 유리한
도시들)은 나름대로의 보행 문화, 즉 자기를 드러내보이듯 걷는 문화가 아
니라 자기를 감추듯 걷는 문화를 형성해왔다. 런던의 경우, 18세기부터
지금까지 보행을 다룬 뛰어난 글들을 보면, 일상적 생활과 욕망을 쾌활
하고 솔직하게 드러내 보이는 대신 밤에 펼쳐지는 장면들, 범죄, 고통, 버
려진 사람들, 어두운 상상들과 관련되어 있다. 그리고 이것이 바로 뉴욕
이 채택한 보행 전통이다.

수필 작가 조지프 애디슨(Joseph Addison)은 1711년 이렇게 썼다. "심히 울
적할 때면 혼자서 웨스트민스터 사원을 걷곤 한다. 그 장소에서 오는 음
울함, 그 장소의 용도에서 오는 음울함에 [······] 내 마음은 그리 싫지 않
은 애달픈 기분, 아니 차분한 생각으로 차오르곤 한다."[11] 런던에서 길거
리를 걷는 것이 위험한 일이던 시대였다. 존 게이(John Gay)의 1716년 시
「일반상식, 혹은 런던 길거리를 걷는 기술(Trivia; or, The Art of Walking the
Streets of London)」에도 이 위험이 지적되어 있다. 도시공간을 지나다니는

의 살핌에는 반복 연습에서 비롯되는, 남이 가르쳐줄 수 없는 민활함이 있었다. 그의 선례

일이 넓은 시골을 지나다니는 일만큼 위험했던 이유는 여러 가지다. 길거리에는 구정물과 쓰레기가 흘러넘쳤고, 추잡한 거래가 많았고, 공기는 이미 더러웠다. 싸구려 독주는 마치 1980년대 미국 도심에서의 코카인처럼 도시 빈민들의 삶을 유린했다. 길거리로 모여드는 것은 범죄자, 막가파 등 최하층이었다. 마차가 보행자를 쳐서 상해를 입혀도 처벌이 없었고, 거지들은 행인을 붙잡으면서 구걸했고, 노점상들은 목청껏 물건을 권했다. 이 시대의 기록들은 부자들이 외출을 겁내는 이야기, 여자들을 미끼로 꾀어서 또는 강제로 성매매에 빠뜨리는 이야기로 가득하다. 어디나 창녀가 있었다. 그런 이유에서 게이는 도시의 보행이 기술(물벼락, 폭행, 굴욕을 피하는 기술)임을 강조한다.

> 낮에는 큰길의 급박함을 피해
> 비교적 깨끗한 골목으로 들어가도 좋겠으나,
> 밤에는 절대로 그런 어두운 길로 가지 말라,
> 오직 안전만을 생각하라, 수렁을 죄로 여기라.[12]

존슨 박사의 1738년 시 「런던」처럼 게이의 「일반상식」도 고전이라는 모델을 가지고 현재를 조롱한다. 길거리를 걸어 다니는 데 필요한 도구와 기술을 다루는 1권, 낮의 보행을 다루는 2권, 밤의 보행을 다루는 3권 이렇게 총 세 권으로 있는 이 시를 보면, 일상의 세목을 관찰하기 위해서는 조롱의 태도를 취할 수밖에 없다는 것이 분명해진다. 고전의 과장된 문체와 사소한 내용이 부딪히면서 모종의 마찰(게이가 「거지의 오페라 (The Beggar's Opera)」에서 사용했던 것과 비슷한 종류의 조롱)이 불가피하게 빚어진다. 처음부터 조롱하는 것은 아니지만("걸어가는 사람들의 다른 얼굴, 다른

를 따르는 사람이라면 곧 알게 되겠지만, 이렇게 걸으면서 살필 때 베풀 수 있는 자선은 마

표정에서 / 무슨 일을 하고 사는지를 어림해보기도 한다."[13]), 결국은 모두의 얼굴에서 각자의 싸구려 인생을 읽었다고 믿으면서 모두를 경멸하게 된다. 한편 게이가 살았던 18세기의 끝자락에서, 워즈워스는 모든 낯선 사람들의 얼굴에서 신비를 발견하면서 그들과 함께 걸어 나아갔고("나는 그 군중과 함께 전진했다."[14]) 블레이크는 모든 얼굴에서 고통을 발견하면서 그들과 함께 떠돌아다녔다.("나는 등재된 길거리들을 배회하면서 / [……] / 내가 만난 모든 얼굴에서 / 무력의 표식, 통한의 표식을 읽는다."[15]) 그리고 굴뚝 청소부의 외침과 어린 창녀의 욕설을 듣는다. 18세기 초반에 창작 생활과 길거리 생활이 결합되지 못한 것은 그 당시의 문학 언어에 유연성 내지 개인성이 부족했던 탓이었다. 존슨은 런던에서 젊은 시절을 보낼 당시만 해도 갈 곳 없는 런던 보행자들 가운데 하나였지만, 그 경험을 글로 쓰지는 않았다. 예컨대 1730년대 후반에 존슨과 그의 친구인 시인이자 건달 리처드 새비지(Richard Savage)가 밤새 온갖 길거리와 광장들을 걸어 다니면서 반란을 논하고 영광을 논한 것은 숙소를 구할 돈이 없어서였다.[16] 그 경험을 글로 쓴 것은 보즈웰(『새뮤얼 존슨의 생애(Life of Samuel Johnson)』의 저자)이었다. 한편 보즈웰의 런던 일기를 보면 알 수 있듯, 보즈웰 자신은 밤의 어둠과 길거리의 익명성을 성찰의 계기로 삼지는 않았다. "오늘 밤에 레이디 노섬벌랜드의 야회에 갔어야 했는데, 이발사가 병이 나는 바람에 못 갔다[머리손질을 못하게 돼서 못 갔다는 뜻]. 길거리로 나온 나는 우리 부류 중에 밑바닥에 해당하는 앨리스 깁스라는 말쑥하고 상냥한 여자 아이를 손에 넣었다. 우리는 오솔길을 지나 오붓한 곳으로 갔다."[17] 앨리스 깁스가 길거리와 밤에 대해 어떻게 생각했는지에 대한 기록은 남아 있지 않다.

길거리를 자유롭게 돌아다닌 여자는 창녀 말고는 거의 없었다는

차에 탄 채로 살필 때 베풀 수 있는 자선의 정도를 훨씬 넘어선다. ―패트릭 딜레이니, 오러

사실, 길거리에서 돌아다녔다는 것이 창녀로 간주될 만한 충분한 이유였다는 사실은 그 자체로 따로 논의할 만하다. 이 장에서는 그저 창녀가 다른 유의 보행자에 비해 밤의 길거리라는 시공간의 원주민이었다는 논의까지만 진행하겠다. 20세기 이전에 여자가 도시에서 남의 즐거움이 아닌 자기의 즐거움을 위해 걸어 다니는 일은 드물었고, 성매매 여성이 자기의 경험을 기록으로 남기는 일은 거의 없었다. 18세기는 성매매 여성에 대한 몇 편의 유명한 소설을 배태할 정도의 뻔뻔함이 있는 시대였다. 그러나 패니 힐이라는 고급 창녀의 생활공간은 오로지 실내로 한정돼 있었고, 몰 플랜더스는 철저히 실무적이었다. 게다가 둘 다 남자 작가의 창조물이라는 점에서 최소한 부분적으로는 추측의 신물이었다. 하지만 길기리 노동과 관련된 복잡한 문화가 존재하는 것, 그리고 도시가 안전과 남자의 욕망에 최적화된 방식에 의해 매핑되는 것은 그때도 지금이나 마찬가지였을 것이다. 실제로 길거리 노동의 장소를 제한하기 위한 수많은 시도가 있어왔다. 비잔틴 시대의 콘스탄티노플에는 "창녀들의 거리"가 있었고, 도쿄에는 17세기부터 20세기까지 유곽(遊廓, 울타리가 있는 성매매 구역)이 있었고, 19세기 샌프란시스코에는 그 유명한 바버리코스트가 있었다. 20세기 초 여러 미국 도시에 자리 잡고 있던 홍등가 중에서는 재즈의 발상지라고 하는 뉴올리언스의 스토리빌이 가장 유명하다. 그렇지만 성매매는 이런 울타리에 갇히지 않았고, 성매매에 종사하는 여성의 수도 엄청났다. 사회 개혁가 헨리 메이휴(Henry Mayhew)에 따르면, 런던의 총인구가 100만 명이었던 1793년에 성매매 여성은 5만 명이었다.[18] 19세기 중반에 이르면 런던의 상류층 지역에서도 성매매에 종사하는 여자들을 볼 수 있었다. 메이휴의 보고서는 런던의 공원이나 산책로에서 일하는 여자들과 함께 "헤이마켓과 리젠트 스트리트를 돌아다니는 창녀들"을

언급하고 있다.[19]

　　20여 년 전에 진행된 한 성매매 연구에 따르면 "길거리의 성매매 풍경을 구성하는 기본 단위는 '스트롤(stroll)'이다. 호객행위가 이루어지는 영역을 뜻하는 느슨한 용어다. 창녀가 스트롤에서 이리저리 돌아다니는 이유는 손님을 오게 하거나 못 오게 하기 위해서이기도 하고, 지루함을 달래기 위해서이기도 하고, 체온을 유지하기 위해서이기도 하고, [경찰의] 눈을 피하기 위해서이기도 하다. 스트롤의 일부는 아무나 드나들 수 있는 곳, 어떻게 보면 공원 풀밭 같은 곳이다. 이곳에서 여자들은 둘씩 혹은 넷씩 모여 자기네들끼리 떠들고 농담을 나눈다. [……] 때때로 위험해지는 불법적 환경 속에서 일하는 그들에게는 예측 가능성이 꼭 필요한데, 일정한 스트롤에서 일하고 있다는 사실이 그 예측 가능성을 제공한다."[20] 성노동자 권익을 옹호하는 인물로서 길거리 노동에 종사한 적이 있는 돌로레스 프렌치(Dolores French)에 따르면, 길거리에서 일하는 여자들은 "업소에서 일하는 여자들에게는 제약과 규칙이 너무 많은 반면, 길거리는 모두를 민주적으로 환영한다고 생각했다. [……] 그들은 자기네가 넓은 목장의 카우보이 같고 위험한 임무를 수행하는 스파이 같다고 생각하면서 자기네가 얼마나 자유로운지를 자랑했다. [……] 그들은 업주가 없었다."[21] 자유니 민주니 위험이니 하는 말을 후렴처럼 반복하는 것은 길거리를 차지하는 다른 방식들과 마찬가지다.

　　자유와 고독을 누리는 여행자의 이미지가 인간다운 삶을 상징하는 새로운 이미지로 떠오른 것은 18세기 도시에서였다. 여행자라는 인물형이 여행지의 넓고 좁음에 상관없이 모종의 전형으로 자리 잡은 것도 그때부터였다. 리처드 새비지가 일찍이 1729년에 「방랑자(The Wanderer)」라는 시를 쓴 것도 그런 맥락에서였다. 조지 워커(George Walker)라는 절묘

들은 천장이니 벽이니 하는 것이 없는 데서 살고 싶어 한다. 그런 곳이 길거리와 비교나 되

한 이름의 작가는 소설 『부랑자(*The Vagabond*)』로 19세기의 포문을 열었고, 패니 버니(Fanny Burney)는 1814년에 『방랑자(*The Wanderer*)』로 그 뒤를 이었다. 워즈워스는 『여행(*Excursion*)』(그중 첫 번째 섹션과 두 번째 섹션의 제목은 각각 「방황하는 사람(The Wanderer)」과 「혼자 가는 사람(The Solitary)」)을 썼고, 콜리지의 '늙은 뱃사람(Ancient Mariner)'은 떠돌아다녀야 하는 저주를 받았다. '방황하는 유대인(떠돌아다니는 저주를 받았다는 전설 속의 인물)'은 영국과 유럽의 낭만주의자들에게 인기 있는 주제였다.

문학사 연구자 레이먼드 윌리엄스(Raymond Williams)에 따르면, "누가 현대 도시의 새로운 특성들을 지각하는가 하는 문제에서 답은 처음부터 길거리의 군중 사이에서 혼자 섰는 남자였다."[22] 윌리엄스가 이 전통의 창시자로 드는 것은 블레이크와 워즈워스지만, 이 전통에 대한 가장 아픈 글을 쓴 사람은 드퀸시이다. 그의 『어느 영국인 아편쟁이의 고백』의 도입부에는, 그가 열일곱 살 때 지겨운 학교와 매정한 후견인들로부터 도망쳐 런던에서 지낼 때의 이야기가 나온다. 런던에 있는 얼마 되지 않는 지인들에게는 연락할 용기가 없었고, 인맥이 없으니 일자리를 찾아다닐 수도 없었다. 그 때문에 그는 1802년 여름과 가을의 16주를 굶주림에 시달렸다. 그때 그가 런던에서 확보한 유일한 생존 대책은 집이었다. 어느 폐가나 다름없는 저택에서 어느 고아 여자아이와 함께 지내게 된 것이었다. 그곳에서 그는 몇몇 아이들과 함께 유령 같은 생활을 이어나갔다. 길거리를 정처 없이 돌아다니는 생활이었다. 그 시절에 이미 길거리는 달리 있을 곳이 없는 사람들을 위한 곳이었다. 길거리를 얼마나 걸어 다니는가로 슬픔과 고독을 측정할 수 있을 정도였다. "그 시절의 나는 걸어 다니고 싶어서가 아니라 다른 수가 없어서 걸어 다니는 소요철학자, 곧 길거리를 걷는 남자(walker of the street)였으니, 여성판 소요철학

겠는가? 아이들의 비행은 길거리 자체다. 길거리는 아이들이 철물점에서 사는 시너보다 강

자들, 곧 창녀(street-walker)라는 전문용어로 불리는 여자들과 더 자주 어울리게 된 것은 자연스러운 수순이었다. 내가 남의 집 앞 계단에 앉아 있을 때 야경꾼들이 와서 쫓아내려고 하면, 그런 여자들이 야경꾼들에 맞서 내 편을 들어주곤 했다." 그는 그런 여자들 중 하나였던 앤이라는 이름의 자기보다 어린 소녀와 친구가 되었다. 얼마 되지 않은 유산을 사기당한 탓에 길거리의 삶을 살아야 했던 소녀였다. "겁이 많고 기운이 없는 그녀의 모습을 보면, 슬픔이 그녀의 어린 마음을 얼마나 깊이 붙잡고 있는지 알 수 있었다." 그가 길에서 정신을 잃은 것은 그녀와 함께 걸어 다니던 어느 날이었다. "옥스퍼드 스트리트를 느릿느릿 걷던 중이었다. 그 전날에는 다른 날보다 더 아프고 현기증이 났다. 나는 그녀에게 길을 꺾어 소호 광장 쪽으로 가자고 부탁했다." 바로 그때 정신을 잃었다. 그녀는 그를 살려내기 위해 향신료를 넣고 끓인 포도주를 사느라고 얼마 되지 않은 전 재산을 썼다. 인생이 바뀐 후 그녀를 수소문했으나 결국 찾지 못한 것이 자기 인생 최대의 비극 중 하나라고 드퀸시는 말했다. 그 런던 시기는 긴 인생 중 그의 마음에 가장 깊이 새겨져 있는 시기였다. 다만 그 시기의 후편은 없다. 『어느 영국인 아편쟁이의 고백』의 나머지 부분이 다룬 것은 딱한 소녀들이 아니라 제목대로 아편의 영향이었고, 그의 삶의 나머지 부분이 펼쳐진 곳은 런던이 아닌 시골이었다.[23]

한편 찰스 디킨스의 삶은 런던에서 펼쳐졌다. 오랜 세월 동안 디킨스는 런던을 걸었고, 디킨스의 글은 런던을 걷는다는 것의 의미를 파헤쳤다. 그는 런던의 삶을 노래하는 뛰어난 시인이었고, 그의 몇몇 소설은 사람들의 드라마일 뿐 아니라 런던이라는 도시의 드라마이기도 했다. 『우리 둘 다 아는 친구(Our Mutual Friend)』를 보자. 그저 먼지라고 표현되는 것들, 어두운 박제 동물 가게, 부자들의 비싸고 싸늘한 실내장식 등은 각

한 마약이다. [⋯⋯] 아이들이 가진 것은 길거리뿐이다. 길거리는 아이들의 고독, 아이들

각의 장소와 관련된 사람들의 초상화다. 사람이 장소가 되고 장소는 사람이 된다고 할까. 등장인물이 그저 어떤 분위기, 또는 어떤 태도의 화신일 수도 있고, 장소가 어엿한 인격을 풍길 수도 있다. 디킨스에 대한 최고의 평자 중 하나인 G. K. 체스터턴(G. K. Chesterton)에 따르면, "이런 종류의 리얼리즘을 얻을 수 있는 것은 몽상에 잠겨서 걸을 때뿐이다. 주변을 관찰하면서 걸을 때는 이런 종류의 리얼리즘을 얻을 수 없다." 디킨스의 어린 시절과 관련된 유명한 일화 중에 아버지가 채무자 감옥에 갇히고 디킨스 자신은 구두약 공장에 보내졌던 일이 있다. 체스터턴은 이렇게 어렸을 때 집을 떠나 낯선 공장에서 일하면서 낯선 숙소에서 지낸 경험, 곧 런던이라는 낯선 도시의 낯선 사람들 사이에 덩그러니 놓이게 된 외로운 아이의 경험이 디킨스의 예민한 장소 감각의 원천임을 짚어냈다. "우리 중에 길거리를 이해하는 사람은 거의 없다. 길거리로 나설 때도 우리는 낯선 사람의 집이나 방에 들어갈 때처럼 주저한다. 우리 중에 길거리에서 환하게 빛나는 수수께끼를, 길거리밖에는 있을 곳이 없는 낯선 종족(길거리의 여자, 길거리의 아이(street arab), 눈부신 태양 아래서 그 옛날의 비밀들을 수 세대에 걸쳐 간직해오는 유목민 종족)을 간파할 수 있는 사람은 거의 없다. 밤의 길거리를 이해하는 사람은 더 없다. 밤의 길거리는 문이 잠겨 들어갈 수 없는 거대한 집이다. 그 집에 들어갈 열쇠를 쥐고 있는 사람이 있다면 그가 바로 디킨스다. [······] 그는 그 집에서 가장 안에 있는 문도 열수 있다. 그 문을 열고 들어가면 비밀의 복도가 나온다. 그 복도의 벽은 또 다른 집들로 되어 있고 그 복도의 천장은 반짝이는 별빛들로 되어 있다."[24] 디킨스는 도시에서의 걷기가 어떤 형태로 바뀔 수 있는지를 보여준 최초의 작가 중 하나다. 예컨대 그의 소설에서 탐정들과 형사들은 범인을 뒤쫓고, 범죄자들은 먹이를 뒤쫓고, 누군가는 애인을 찾아다니고,

의 애정 결핍을 위로한다. 길거리에는 아찔한 매력이 있다. 집에서는 주지 않는 돈을 길거

누군가는 도망 다닌다. 도시는 모든 등장인물들을 위한 거대한 숨바꼭질의 무대가 된다. 서로 교차하는 길들, 서로 겹쳐지는 삶들이 복잡하게 얽힌 그의 플롯의 배경이려면 거대한 도시라야 한다. 한편 디킨스의 개인적 경험이 펼쳐지는 글을 보면, 런던이 인적 없는 도시일 때가 많다.

"빠른 걸음으로 먼 곳까지 걸어 다니는 것이 불가능했다면 나는 속이 터져 죽어버렸을 것"이라고 그는 언젠가 한 친구에게 말했다.[25] 그와 함께 걸을 수 있는 사람이 거의 없었던 것도 그가 너무 빠른 걸음으로 너무 먼 곳까지 걸어 다닌 탓이었다. 그는 고독한 보행자였고, 그의 보행에는 무수한 효용이 있었다. 그의 수필집 『아무것도 팔지 않는 외판원(*The Uncommercial Traveller*)』을 보면 이런 자기소개가 나온다. "나는 도시로 출장을 떠나기도 하고 시골로 출장을 떠나기도 한다. 나는 항상 출장 중이다. 비유적으로 표현하면, 나는 인간미 브라더스(Human Interest Brothers)라는 대기업의 사원이고, 잡화 쪽에 꽤 커넥션이 있다. 비유를 제거하면, 나는 런던의 코벤트 가든에 살지만 항상 밖을 쏘다닌다."[26] 외판원의 형이상학적 버전이라고 할 수 있는 이 비유가 그의 역할에 딱 들어맞는 것은 아니다. 그가 찾은 또 다른 비유는 운동선수였다. "나는 거의 걸어서 출장을 다닌다. 만약 내게 좀 더 도전적 성향이 있었다면, 나도 '신예 선수, 걷기로 11인의 철인 모두에게 도전하다' 같은 제목으로 스포츠신문을 장식하지 않았을까 싶다. 나의 최근 위업은 걸어 다니면서 이것저것 하느라고 고단한 하루를 보낸 후에 다음 날 아침을 시골에서 맞이하기 위해 밤두 시에 자다 말고 일어나서 30마일을 걸어간 일이다. 길에는 아무도 없었고, 내 두 발은 시속 4마일로 걸어갔다. 나는 그 일정한 발자국 소리를 듣다가 어느새 잠들어버렸다." 그가 찾은 또 다른 비유는 떠돌이(tramp), 좀 더 정확하게 말하자면 떠돌이의 후손이었다. "나의 보행에는 두 가지

리는 준다. 리듬을 주고 일정한 템포를 주고, 즉각적 보상을 준다. ―엘레나 포니아토프스

가 있다. 하나는 정해진 목표를 향해서 일정한 속도로 나아가는 보행이고, 다른 하나는 정처 없이 떠돌아다니는 부랑자의 보행이다. 이 세상 그어떤 짐시도 부랑으로 나를 당할 수는 없다. 나의 이런 부랑 성향과 부랑 능력으로 미루어볼 때, 내 가까운 조상 중에는 구제불능의 떠돌이가 있었음에 틀림없다."²⁷ 또 하나의 비유는 순찰 중인 경찰관이다. 물론 이 경찰관은 불량배를 만나면, 그저 머릿속으로만 체포한다. "산책을 나설 때 정한 목적지가 아무리 하찮다고 해도 반드시 그 목적지에 도착해야 한다는 것이 내가 기꺼이 지키는 철칙 중 하나다. [······] 그런 경우에는 내 산책을 순찰이라고 상상하고 나 자신을 순찰 중인 경찰관이라고 상상하는 것이 나의 습관이다."²⁸

　　그의 여러 책에 등장하는 무수히 많은 실용적 업무들과 사람들에도 불구하고, 그가 걸은 런던은 종종 인적 없는 도시였고, 그가 런던을 걷는 일은 우울한 재미인 경우가 많았다. 『아무것도 팔지 않는 외판원』 중에는 인적 없는 공동묘지에서 걷는 일에 대한 글도 있다. "내가 꼭 코번트가든에서 시티오브런던까지 걸어가는 때는 무슨 일을 특별히 잘해서 작은 상이나마 받을 자격이 있다고 생각될 때이다. 시간대는 토요일 일과 시간이 끝난 후가 좋고, 일요일이라면 더 좋다. 그곳의 구석구석을 그저 이리저리 거니는 것이다."²⁹ 하지만 이 수필집에서 가장 기억에 남는 글은 「밤 산책」이다. "몇 년 전, 어떤 우울한 감정과 관련될 수도 있는 일시적 불면 탓에, 며칠 연속으로 밤새도록 길거리를 걸어 다닌 적이 있다." 그렇게 자정부터 새벽까지 걸어 다니는 일은 괴로움을 치료하는 약이기도 했고, 세상을 가르쳐주는 학교이기도 했다. "덕분에 나는 아마추어 노숙자로서 꽤 많은 경험을 쌓았다." 디킨스 시대의 런던은 게이나 존슨 시대의 런던에 비해서 덜 위험하지만 더 한적한 곳이었다. 18세기만

카, 「길거리에서」   •몽상에 잠긴 채 이리저리 돌아다니는 일은

해도 런던은 북적북적하고 활기찬 곳, 먹이를 노리는 포식자와 구경거리와 행인 간의 농담으로 가득한 곳이었다. 디킨스가 노숙에 대한 글을 쓰는 1860년의 런던은 18세기의 런던에 비하면 몇 곱절은 큰 도시였지만, 두려움을 자아냈던 18세기의 떼거리(mob)는 19세기에 들어 군중(crowd), 즉 사적 용무 때문에 공공장소를 돌아다니는 개인들로 이루어진 조용하고 단조로운 무리로 길들여졌다. "쏟아지는 빗속에서 길거리를 걸어가는 '노숙자'는 그렇게 걷고 또 걸어도, 눈에 보이는 것이라고는 끝없이 얽히고설킨 길거리들뿐이었다. 아니면 어쩌다가 길모퉁이에서 경찰 두 명이 잡담을 하는 모습이나 경위나 경사가 부하들을 둘러보는 모습이 보일 뿐이었다. 밤에 누가 집 밖으로 나오려고 하는 모습이 보일 때도 있었지만, 아주 드문 일이었다. 누군가 어느 문으로 슬며시 고개를 내미는 걸 보고 가까이 가보면 웬 남자가 어두운 문 앞에 뻣뻣하게 서 있었다. 특별히 사회에 유익한 일을 하고 있는 것 같지는 않았다. [……] 험상궂은 달과 구름은 양심의 가책에 잠 못 드는 악인처럼 이리저리 뒤척였다. 런던이라는 거대한 도시가 강물 위에 그림자를 드리운 모습 그 자체가 악인의 답답한 몸부림 같았다."[30] 하지만 어쨌든 디킨스는 런던의 공동묘지를 좋아하고 런던의 "수줍어하는 동네들"을 좋아하고 "목가적 런던(Arcadian London, 사교계가 한꺼번에 시골로 떠나고 런던 전체가 무덤 같은 평화 속에 잠기는 계절을 가리키는 디킨스의 엉뚱한 표현)"을 좋아했듯, 런던의 그 고독한 밤거리도 좋아했다.

도시를 열심히 걸어 다니는 사람들이라면 대부분 알고 있는 미묘한 상태가 있다. 고독을 즐기는 상태라고 할까. 별들이 밤하늘 여기저기에 마침표를 찍듯이, 우연한 만남이 어두운 고독에 마침표를 찍는다. 시골의 고독에는 사람이 별로 없는 곳이라는 지리적 이유가 있으며, 사람

철학자에게는 시간을 잘 활용하는 방법이다. 배회 장소로는 파리 같은 대도시를 둘러싸고

이외의 존재들과 교감하는 것도 가능하다. 한편 도시에서 사람이 고독한 이유는 낯선 사람들로 둘러싸여 있기 때문이다. 낯선 사람들에 둘러싸인 낯선 사람이 되어보는 일, 비밀을 간직한 채로 말없이 걸어가면서 스쳐 지나가는 다른 사람들이 간직하고 있을 비밀을 상상하는 일은 더없는 호사 중 하나다. 한 사람의 정체성이 분명하게 정해지지 않은 가능성들 앞에 열려 있다는 것은 도시생활의 가장 큰 특징 중 하나이기도 하고, 가족의 기대, 공동체의 기대에서 벗어나게 된 사람들, 하위문화 실험, 정체성 실험을 시도하게 된 사람들에게는 해방적 상태이기도 하다. 아울러 관찰자의 상태(냉정한 상태, 대상에 거리를 둔 상태, 예민한 감각을 발휘하는 상태)이기도 하고, 성찰해야 하는 사람, 창직해야 하는 사람에게 유익한 상태이기도 하다. 약간의 우울, 약간의 고독, 약간의 내성은 삶의 가장 세련된 재미에 속한다.

얼마 전에 들은 라디오 방송에 가수 겸 시인 패티 스미스(Patti Smith)가 나왔다. 사회자가 무대 공연을 앞두고 무슨 준비를 하느냐고 묻자 그녀는 답했다. "두세 시간 동안 길거리를 배회합니다."[31] 그 짧은 대답은 그녀의 무법자적 낭만주의와 함께 그녀에게 길거리 배회가 의미하는 바를 잘 요약하고 있다. 길거리 배회는 그녀의 감성을 더 터프하고 날카롭게 만들어주고, 배회자의 고요한 상념을 깨뜨릴 수 있을 만큼 격렬한 노래와 절실한 노랫말의 자양분인 고독의 베일로 그녀를 휘감아준다. 미국의 수많은 도시(호텔 건물을 나가면 주차장이 있고 주차장을 나가면 6차선 도로가 있을 뿐 인도는 찾아볼 수 없는 도시)에서는 그런 식의 길거리 배회가 성공하기 어려웠겠지만, 그녀의 발언은 뉴요커로서의 발언이었다. 한편 버지니아 울프가 1930년 수필 「길거리 떠돌기(Street Haunting)」에서 익명성을 근사하고 바람직한 것이라고 말한 것은 런더너로서의 발언이었다. 뛰

있는, 도시도 아니고 시골도 아닌, 보기에는 흉하지만 도시와 시골이 공존하고 있는 이렇

어난 등산가 레슬리 스티븐(Leslie Stephen)을 아버지로 둔 그녀는 언젠가 한 친구에게 이렇게 말하기도 했다. "산이니 등산이니 하는 것을 내가 어떻게 낭만적이라고 생각할 수 있겠어요? 아주 어렸을 때부터 내 방에는 등산지팡이와 아버지가 정복한 봉우리가 모두 표시되어 있는 입체 지도가 있었잖아요? 내가 런던과 습지를 제일 좋아하는 것은 당연한 일이랍니다."[32] 「길거리 떠돌기」가 나왔을 당시의 런던은 디킨스가 밤 산책을 다니던 때보다 두 배 이상 커져 있었고, 길거리가 다시 한 번 피난처의 역할을 하고 있었다. 울프는 한 사람의 정체성이 그 사람을 답답하게 옥죈다는 것을 언급하고, 집에 놓여 있는 물건들이 "우리가 경험한 것들의 기억을 굳히는 방식"[33]을 언급한 후, 연필을 사러 길을 나섰다. 겨울 저녁이었고, 젊지 않은 여자에게 안전과 정숙은 더 이상 고려의 대상이 아니었다. 그 행로의 기록(혹은 상상)인 「길거리 떠돌기」는 도시를 걸어 다니는 일을 다룬 위대한 수필 가운데 하나다.

길거리로 나선다는 것에 대해. "4시에서 6시 사이의 상쾌한 저녁에 집을 나설 때는 내 친구들이 나라고 여기는 나의 껍데기를 벗으면서 익명의 떠돌이들로 구성된 거대한 공화국 군대의 일원이 된다. 방에 혼자 있다가 그렇게 그들과 함께 있게 되면 참 기분이 좋다." 길거리를 지나가는 사람들에 대해. "다른 사람들의 인생 속으로 어느 정도는 들어가 볼 수 있었다. 한 사람이 하나의 정신에 붙들려 있는 것은 아니라는 환상, 다만 몇 분간이나마 다른 사람들의 정신이나 육체를 빌릴 수 있다는 환상을 품어볼 수는 있을 만한 정도였다. 세탁부도 될 수 있었고 술집 주인도 될 수 있었고 거리의 악사도 될 수 있었다." 이 익명성에 대해. "각자의 영혼은 다른 영혼들과 다른 모양으로 존재하기 위해 굴 껍데기 같은 외피를 만들어내는데, 그 꺼끌꺼끌한 외피가 깨져 없어지면 굴 알맹이 같은

통찰만 남는다. 거대한 눈알이라고 할까. 한겨울의 길거리는 얼마나 아름
다운가! 드러나 있으면서도 가려져 있는 곳."³⁴ 울프는 한때 드퀸시와 앤
이 걸었던 옥스퍼드 스트리트를 걸어 내려갔다. 상점 창문으로 들여다보
이는 화려한 상품을 가지고 상상 속의 집, 상상 속의 삶을 장식해보는가
하면, 그런 집과 삶을 내던지고 다시 현실 속의 길로 걸어 나오기도 했다.
울프의 언어는 주관의 언어(워즈워스 등이 만들어내고 드퀸시와 디킨스 등이 더
욱 발전시킨 언어)였다. 울프의 상상을 자극하는 것은 덤불에서 부스럭거
리는 새들, 상점에서 구두를 신어보는 난쟁이 여자 같은 아주 작은 사건
들이었다. 상상이 걷는 길은 두 발이 걷는 길보다 멀리 뻗어 나갔기에 현
실 속의 거리로 돌아오는 것은 썩 내키지 않는 일이었다. 거리를 걷는 일
은 이런 글을 통해 지금 같은 의미를 가지게 되었다. 워즈워스, 드퀸시, 디
킨스 등에게는 괴로움의 상태였던 고독과 주관이 울프에게는 즐거움의
상태였고, 울프에게 길거리를 걷는 일은 자신의 짐스러운 정체성에서 벗
어날 수 있는 즐거운 경험이었다. 울프의 보행이 현대적 의미의 보행인 것
은 그 때문이다.

뉴욕이 순전한 찬미를 이끌어낸 적이 거의 없었던 것은 런던과 마찬가
지다. 뉴욕은 너무 크고 너무 무정하다. 내가 친밀하게 알고 있는 도시는
비교적 작은 도시들뿐이기 때문에 나는 계속 뉴욕의 면적을 과소평가
하면서 걸어 다니다가 지치곤 한다. 로스앤젤레스에서 차를 타고 다니다
가 지치곤 하는 것과 마찬가지다. 그래도 나는 맨해튼의 팬이다. 중앙역
에는 다 함께 춤추는 벌떼 같은 행인들이 있고, 길게 뻗은 격자형 도로에
는 빠른 걸음으로 걸어가는 행인들이 있고, 차로에는 무단횡단자들이 있
고, 광장에는 비교적 느리게 거니는 사람들이 있고, 센트럴파크의 근사

태를 이끌고 되는 대로 산책을 다니던 우리는 이것저것 살펴보던 중에 마음을 가라앉히

한 오솔길에는 백인 아기들을 유모차에 태운 흑인 유모들이 있는 곳. 나는 그곳에서 분명한 목적지도 없고 분명한 방향 감각도 없이 이리저리 걸어 다니면서, 마치 벌떼 사이에서 길을 잃은 나비처럼, 아니면 강물의 흐름을 가로막는 바위처럼, 확실한 용무가 있는 사람들이나 출퇴근하는 사람들의 흐름을 방해하곤 했다. 로어맨해튼과 미드타운에서 이동의 3분의 2를 책임지는 것은 아직 두 발이다.[35] 아직 뉴욕은 런던과 마찬가지로 분명한 목적을 가지고 걸어가는 사람들의 도시, 지하철의 층계를 우르르 오르내리거나 교차로를 우르르 건너다니는 사람들의 도시지만, 생각에 잠겨서 걷는 사람이나 밤거리를 걷는 사람의 속도는 다르다. 도시에서는 집 밖으로 걸어 나가는 일이 진짜 여행이 된다. 대문 바로 뒤가 위험과 추방과 발견과 변화의 공간이기 때문이다.

이탈리아 예찬자 루도프스키는 뉴욕을 조롱하기 위해 런던을 이용한다. "북아메리카의 형성기에 앵글로색슨 중심주의는 전반적으로 해로운 영향을 미쳤다. 일단 잉글랜드 사람들은 도시사회의 모델로 그리 적당하지 않다. 잉글랜드만큼 사람들이 시골생활을 사랑하는 나라도 없다. 잉글랜드 도시들이 전통적으로 유럽에서 가장 비위생적이었던 것을 생각하면, 시골생활을 사랑하는 것도 당연한 일이다. 영국인들도 자기가 사는 도시를 사랑하는 경우가 있지만, 그런 경우에도 도시의 가장 큰 특징인 길거리는 그 사랑에서 그리 큰 비중을 차지하지 않는다."[36] 한편 뉴욕 작가들의 작품에서 뉴욕의 길거리는 매우 큰 비중을 차지한다. 지금껏 파리 시인들은 파리를 여자로 그릴 때가 많았다. 「파리는 금발의 여인(*Paris, c'est une blonde*)」이라는 프랑스 노래도 있을 정도다. 반면 뉴욕은 격자형 도로망과 어두운 건물들과 육중한 마천루가 있는 남성적인 도시다. 도시가 뮤즈라면, 뉴욕이라는 도시에 최고의 찬가를 바친 작가들이 게

기 위해 찻주전자 두 개를 샀다. 백합 장식 케이스가 있는, 유서 깊은 생클루의 은제 도금

이 시인들(월트 휘트먼(Walt Whitman), 프랭크 오하라(Frank O'Hara), 앨런 긴즈
버그(Allen Ginsberg), 산문시인 데이비드 보이나로비치(David Wojnarowicz))이라
는 것도 그리 놀랍지는 않다. 물론 이디스 휘턴(Edith Wharton)에서 패티
스미스까지 이 도시와 이 도시의 길거리에 경의를 표하지 않는 사람이 없
지만 말이다.

　휘트먼의 시를 보면, 그가 행복하게 애인 품에 안겨 있는 사람으로
나오는 대목도 많지만, 그런 시보다는 그렇게 자기를 안아줄 애인을 찾아
서 혼자 길거리를 헤매고 돌아다니는 사람(게이 크루징의 선구자)으로 나오
는 대목이 더 정말처럼 들린다. 『풀잎』 최종판에 실린 「먼 훗날의 기록
굔들이여(Recorders Ages Hence)」라는 꽤 거창한 시에서는 자기를 "대개 홀
로 걸으면서 소중한 친구들, 소중한 애인들을 생각하던" 사람으로 기록
해달라고 말하기도 한다.[37] 더 뒤쪽에 실린 또 한 편의 시는 "잔치가 벌어
지는 도시, 걸어갈 길이 있는 도시, 기쁨을 주는 것들이 있는 도시여."라
는 돈호법으로 시작된다.[38] 이 시에서 휘트먼은 한 도시를 반짝이게 할
수 있는 모든 것(건물, 기선, 퍼레이드 등등)을 열거한 후, 이런 것들 대신 길을
걷는 경험("내가 지나갈 때, 오 맨해튼이여, 나를 사랑하겠다는 눈빛으로 반짝 또 반
짝 또 반짝하는 너의 눈동자들")을 택한다. 잔치를 즐기는 것보다는 길을 걸
어가는 것이 기쁨이고, 약속이 지켜지는 것보다는 약속이 맺어지는 것
이 기쁨이라는 뜻이다. 휘트먼은 수많은 것들을 열거하고 다양한 것들
을 묘사하는 탁월한 목록 작성자였고, 최초로 군중을 사랑한 작가 중 하
나였다. 군중은 한편으로는 새로운 연애의 가능성이었고, 다른 한편으
로는 민주주의적 이상, 드넓게 퍼지는 활기의 표현이었다. 「잔치가 벌어
지는 도시(City of Orgies)」 뒤에 실린 시 가운데 「어느 낯선 사람에게(To a
Stranger)」가 있다. "거기 지나가는 낯선 사람이여! 내가 당신을 얼마나 그

제품이었다.─공쿠르 형제의 일기, 1856년　　　　　　　● 하지만 중요한 것

리운 마음으로 바라보는지 당신은 모른다."³⁹ 휘트먼에게 스쳐 지나가는 사람의 눈빛과 친밀한 사랑은 익명의 군중과 그의 강력한 자아의 관계처럼 상보적이었다. 이렇듯 휘트먼의 시는 맨해튼이라는 점점 넓어지는 메트로폴리스에 대한 찬양, 대도시의 크기에서 비롯되는 새로운 가능성들에 대한 찬양이었다.

휘트먼이 죽은 1892년은 모두가 뉴욕을 찬양하기 시작할 때였다. 파리가 19세기의 수도였다면, 뉴욕은 20세기 중반까지의 수도였던 것 같다. 급진파와 재벌 총수가 똑같이 도시에 사활을 걸고 희망을 걸었던 시절, 뉴욕은 호화 여객선이 입항하고 이민자가 엘리스 섬으로 밀려들어오는 도시, 그야말로 최고의 현대 도시였다. 조지아 오키프(Georgia O'Keeffe)조차 뉴요커 시절에는 뉴욕의 마천루 그림을 안 그릴 수 없었다. 1920년대에는 뉴욕 사람들을 위한《뉴요커》라는 잡지가 나왔다. 그 중「타운 토크(Talk of the Town)」라는 수필란(18세기에 런던에서 나온《스펙테이터》와《램블러》의 전통을 잇는 지면)에서는 필자들이 엮은 길거리의 작은 사건들이 눈부시게 반짝였다. 업타운에는 재즈와 할렘 르네상스가 있었고, 다운타운 그리니치빌리지에는 급진적 보헤미아가 있었으며, 센트럴파크에는 게이들의 크루징 장소로 유명한 램블(the Ramble, 일명 "환각의 들판(the fruited plain)")이 있었다.⁴⁰ 2차 대전 이전에는 베러니스 애벗(Berenice Abbott)이 뉴욕의 길거리를 돌아다니면서 건물 사진을 찍었고, 2차 대전 이후에는 헬렌 레빗(Helen Levitt)과 위지(Weegee)가 각각 길거리에서 노는 아이들 사진과 갓 죽은 시체들이 인도에 널브러져 있고 창녀들이 죄수 호송차에 실려 가는 암흑가 사진을 찍었다. 그들은 분명한 목적을 가지고 배회하는 수렵인-채집인이었고, 그들의 카메라는 하루치의 이미지로 가득한 바구니였다. 시인들이 우리에게 걷는 경험을 남겨주었

은 페이스트리 가게입니다! 한 블록에 몇 집씩 있는 것 같았습니다. 윈도우 디스플레이는

다면, 이 사진가들은 우리에게 걸으면서 얻는 결실을 남겨주었다. 다만 앨런 긴즈버그가 휘트먼의 후계자(아니면 최소한 휘트먼이 시끄러운 찬가에서 사용하는 헐렁하고 긴 시행(詩行)의 후계자)로 등장한 것은 2차 대전 이후였다.

긴즈버그가 샌프란시스코 사람이라고 주장하는 사람들이 가끔 있다. 실제로 긴즈버그가 시인으로서의 목소리를 찾은 곳은 1950년대의 샌프란시스코와 버클리였다. 하지만 그는 뉴욕의 시인이었고, 그의 시에 등장하는 도시들은 크고 무정한 대도시다. 백인 중간층이 도시생활을 뒤로하고 교외로 몰려가던 그때, 긴즈버그와 그 시대의 시인들은 열렬한 도심 애호가들이었다.(다만 소위 비트 작가들 다수가 샌프란시스코로 몰려왔다고는 해도, 그들 대부분은 시에서 자기네들이 걸어 다니는 길거리를 다루기보다는 좀 더 개인적인 내용, 또는 좀 더 일반적인 내용을 다루었다. 그들에게 샌프란시스코라는 도시는 아시아로 가는 관문, 또는 서부 풍경으로 통하는 관문이었다.) 긴즈버그의 경우, 교외를 다룬 시가 없지는 않다. 예를 들어 「캘리포니아의 슈퍼마켓(Supermarket in California)」에서 긴즈버그는 슈퍼마켓 통로들을 돌아다니면서 쇼핑하는 일가족을 통해 죽은 게이 시인들(휘트먼과 페데리코 가르시아 로르카(1929년부터 1930년까지 뉴요커였던 에스파냐 작가))의 크루징을 코믹하면서도 씁쓸하게 환기하고 있다. 하지만 긴즈버그의 초기 시는 주로 흰 눈, 임대주택, 브루클린 다리 같은 것들을 다루었다. 그는 샌프란시스코와 뉴욕의 꽤 많은 곳을 걸어 다닌 보행자였지만, 그의 시에서는 보행이 수시로 다른 그 무엇으로 바뀐다. 그러면서 보도는 침대로 바뀌거나 불교의 낙원으로 바뀌거나 다른 어떤 허깨비로 바뀐다. 그의 세대에서 가장 지성적인 사람들은 "새벽에 니그로 동네의 길거리에서 무거운 다리를 끌고 성난 주사기를 찾아 헤매"지만, 일단 찾던 것을 찾고 나면 금세 천사들이 임대주택 지붕에서 비틀대는 모습을 보기도 하고, 불덩어리를 삼키

가히 에로티카였습니다. 바닐라 커스터드 페이스트리를 브리 치즈처럼 바퀴 모양으로 자

기도 하고, 아칸소의 환각, 아니면 블레이크가 조명을 맡은 비극의 환각을 보기도 한다. 하지만 결국은 정신을 차리고 구직 사무소를 찾아가기도 하고, "밤새도록 핏물이 고인 신발을 끌고 눈 쌓인 선창을 따라 걸으면서 이스트 강으로 들어갈 문이 나타나기를 기다리기도 한다."[41]

비트 작가들은 이동 또는 여행을 매우 중요시했지만 그것이 정확히 어떤 이동, 어떤 여행인가를 중요시하지는 않았다.(예외가 있다면 진정한 소요자 스나이더 정도였다.) 그들은 달리는 기차에 뛰어오르는 무임승차자, 떠돌이 일꾼, 기차 조차장 등이 등장하는 1930년대 로맨스의 끝자락을 잡고, 정처 없는 마음을 시속 4~5킬로미터의 보행이 아닌 시속 100킬로미터 이상의 질주로 달래는 새로운 자동차 문화를 선도했다. 비트 작가들은 그런 물리적 여행과, 화학적 도취 속에서 되는대로 펼쳐지는 상상, 그리고 광란의 언어를 조합했다. 그들이 달렸던 열린 길이 긴 밧줄이라면 그들이 걸었던 샌프란시스코와 뉴욕은 그 밧줄의 양 끝을 매는 닻이다. 컨트리 발라드에서도 비슷한 변화를 확인할 수 있다. 실연당한 후에 걸어서 떠나가던 사람들이 1950년대 들어서부터는 야간열차를 타고 떠나가거나 자동차를 운전해서 떠나가기 시작했다. 18륜 트럭을 기리는 송가가 나온 것은 이미 1970년대였다. 케루악이 그때까지 살아 있었다면 그런 노래들을 좋아했을 것이 틀림없다. 구체적 행동과 장소가 담겨 있는 텍스트는 긴즈버그의 『카디시 기도(Kaddish)』 첫 부분 정도다. 자기 세대, 자기 친구들을 노래하던 것을 넘어 어머니를 추모하는 대목이다. 길거리는 역사의 저장소이고, 길을 걷는 것은 곧 그 역사를 읽는 것이다. 첫 대목을 보면, "이렇게 화창한 그리니치빌리지를 걸으면서 코르셋도 눈 화장도 없이 떠난 당신을 생각해보니 이상합니다."[42] 아들 긴즈버그는 그렇게 7번가를 걸으면서, 로어이스트사이드를 걷는 나오미 긴즈버그

른 것이 특히 내 취향이었습니다. 에펠탑이 바라다 보이는 길거리를 걸으면서 손에 들린 페

(Naomi Ginsberg)를 생각한다. "50년 전 당신은 그렇게 걸었습니다—러시아에서 온 어린 소녀 / [……] 그 소녀는 오차드 스트리트의 인파를 헤치고, 어디로 가려고 했나요? / —뉴워크"[43] 이어지는 대목에서는 아들이 어린 시절에 어머니와 함께 겪은 경험들을 통해 어머니가 살았던 뉴욕과 아들이 살았던 뉴욕이 합쳐지면서 일종의 교송(交誦)이 만들어진다.

프랭크 오하라는 긴즈버그와 같은 해에 태어난 게이 시인이었지만, 조각같이 잘생긴 외모를 포함해 긴즈버그와는 극과 극이었다. 긴즈버그가 밤의 모험에 대한 거친 시를 썼다면, 오하라는 낮의 모험에 대한 대단히 섬세한 시를 썼다. 긴즈버그의 시가 웅변(건물 옥상에서 외쳐야 할 것만 같은 통단 또는 친양)이었다면, 오하리의 시는 대화하듯 기뻐운 이조, 발걸음을 따라가는 듯한 순서로 되어 있다. 예를 들어 그의 『점심의 시들(Lunch Poems)』은 식사에 관한 이야기가 아니라 직장인이 점심시간을 이용해 돌아다니는 이야기다.(그의 직장은 뉴욕 현대 미술관이었다.) 그의 책 중에는 『2번가(Second Avenue)』라는 제목의 책도 있고, 『뉴욕에서 가만히 서 있는 것과 걷는 것(Standing Still and Walking in New York)』이라는 제목의 수필집도 있다. 긴즈버그의 시에서 청자가 주로 미국이었다면, 오하라의 글에서 "당신"을 부르는 대목은 마음속의 독백에서 부재하는 애인을 부르는 것 같기도 하고, 같이 걸어가는 동행에게 말을 거는 것 같기도 하다. 화가 래리 리버스(Larry Rivers)는 오하라와 함께 "그냥 걷는 것, 그것은 참 대단한 경험이었다."라고 했고,[44] 오하라는 「래리 리버스와 함께 걷기(Walking with Larry Rivers)」라는 제목의 시를 썼다. 걸어가는 일은 사유와 감정과 만남을 연결하는 일종의 문법이면서 동시에 오하라의 주요 일과였던 듯하다 뉴욕이라는 도시는 우발적이고 하찮은 것들을 찬양하는 그의 목소리, 길거리에 밝고(street-smart) 다정다감하고 때때로 캠피한(campy) 목소

이스트리를 먹어치우는 일은 섹스와 크게 다르지 않았습니다. — 데이비드 헤이스가 나에

리가 들릴 수 있는 유일한 곳이었다. 그의 산문시 「응급상황 중의 명상록(Meditations in an Emergency)」도 그 도시의 긍정이다. "가까운 곳에 지하철이 있고, 음반 가게 같은, 사람들의 **인생** 유감이 진심이 아니라는 증거들이 있다. 그런 것이 없었다면 내가 풀잎 하나인들 흐뭇하게 바라볼 수 있었을까. 불성실한 것일수록 믿어주는 게 더 중요하다. 저 구름은 저 모습 그대로 관심의 대상이 되는데."[45] 「직장에 걸어가면서(Walking to Work)」라는 시는 이렇게 끝난다.

> 나는 길거리에
> 녹아들고 있어.
> 당신은 누구를 사랑해?
> 나를?
> 빨간불인데 그냥 건널래.[46]

역시 걸어가는 길을 그린 또 한 편의 시는 이렇게 시작한다.

> 속옷을 안 입고 다니는 일에 지치다가도
> 또 괜찮아져요
> 길을 걷다 보면
> 바람이 내 생식기로 살며시 불어와주니까[47]

시의 화자는 "누가 저 / 크래커잭 빈 통을 버렸나" 궁금해하기도 하고 구름을 쳐다보기도 하고 버스를 쳐다보기도 하면서, 목적지(이 시의 청자인 "당신", 곧 센트럴파크)에 도착한다. 이 시에서 느껴지는 것은 일상의

게 보낸 이메일　　　　• 그는 매일 샹젤리제를 따라 에투알까지 긴 길

감촉, 즉 작은 것들, 작은 에피파니들을 알아보는 심미안의 감촉이지만, 휘트먼의 시와 긴즈버그의 시를 장식하는 것과 똑같은 목록이 오하라의 시에서도 반복된다. 도시는 끝없이 증식하는 목록이다.

데이비드 보이나로비치의 『칼들과 가까이: 분열의 회고(*Closer to the Knives: A Memoir of Disintegration*)』는 그 전까지 나온 모든 도시 경험들의 요약처럼 읽히기도 한다. 그는 드퀸시처럼 도망자이면서 드퀸시의 친구 앤처럼 성매매 아동이었고, 디킨스와 긴즈버그처럼 자기 도시의 분위기와 풍경을 명료하게 표현할 수 있는 눈부시게 밝은 환각의 소유자였다. 성애, 도취, 불법이 만연한 암흑가라는 비트 세대의 소재를 차용한 작가들은 대개 윌리엄 미로스(William Burroughs)의 무도덕 성향, 즉 암흑가의 어파나 정치에 주목하기보다 그 서늘함에 주목하는 성향을 보였다. 반면 보이나로비치는 자기가 도망치는 아이, 게이 남자, 에이즈 환자로서 겪은 고통을 야기한 체제에 맹렬한 분노를 표했다.(그리고 1991년에 에이즈로 세상을 떠났다.) 기억, 만남, 꿈, 판타지, 격정을 콜라주하면서 섬뜩한 은유, 고통스러운 이미지를 박아 넣은 그의 글 속에서 보행은 노래의 후렴 같기도 하고 음악의 비트 같기도 하다. 그의 글에서는 뉴욕의 어느 길거리나 건물 복도를 혼자 걸어가는 그 자신의 이미지가 거듭 등장한다. 한때 존슨과 새비지가 잘 곳이 없어서 밤새 걸어 다녔듯이, 성매매로 생활하던 시절의 보이나로비치도 같은 이유로 밤새 걸어 다니곤 했다. "어느 날 밤에는 700블록, 800블록을 걸어 다니기도 했다. 우리는 그렇게 맨해튼 섬 전체를 걸어 다닌 셈이었다."[48]

보이나로비치가 겪은 1980년대 뉴욕은 존 게이가 살았던 18세기 초의 런던으로 돌아간 것 같은 도시였다. 에이즈가 창궐하고, 노숙자 인구가 엄청나게 늘어나고, 약물에 망가진 사람들이 마치 윌리엄 호가스

을 걸었다. 운동하는 길이 벌을 받는 길이 되었다. 그가 1921년 8월 30일에 위버 양에게

(William Hogarth)의 목판화 「독주의 골목(Gin Lane)」에서 튀어나온 듯 비틀비틀 돌아다니는 도시, 폭력으로 악명을 떨치는 도시였다.[49] 한때 런던에서 부자들이 길거리를 두려워했다면, 당시 뉴욕에서도 길거리는 부자들이 두려워할 만한 곳이었다. "긴 다리, 스파이크 부츠, 근사한 하이힐로 무장한 세 창녀가 갑자기 나타나 월도프 호텔을 나오는 한 사업가를 에워싸더니 '자기야.' 하면서 성기를 쓸었고 [······] 셋 중에 하나가 그 남자의 등 뒤에서 지갑을 꺼냈고, 그 남자가 계속 낄낄거리는 사이에 셋 다 멀어졌다." 한때 런던에서 창녀 몰 플랜더스가 술 취한 손님의 돈과 담뱃갑을 뺏고 가발까지 벗겨 갔던 이야기가 떠오르는 대목이다. 보이나로비치는 열여덟 살까지 바로 그 뉴욕의 길거리에서 굶주린 생활, 집 없는 생활을 이어나가야 했다. "내가 몸을 팔아 생활하던 시절, 상대의 손에 죽을 뻔했던 일이 세 번이었고, 길거리에서 떨어져 나온 후 [······] 나는 다른 사람들이 있는 데서 입을 열어 말을 하는 것이 힘들었다. [······] 나중에 연필을 집어 들고 종이에 적어 내려가기 시작하면서 비로소 나를 무겁게 짓누르는 장면들, 감정들이 풀려나왔다."[50] "길거리에서 떨어져 나온 후"라는 표현은 길거리가 하나의 총체적 세계라는 점, 즉 길거리에 속한 사람들이 따로 있고, 길거리를 다스리는 법과 길거리에서 쓰이는 언어가 따로 있다는 점을 암시한다. 트라우마를 낳은 집에서 도망쳐 나온 사람들은 "길거리"라는 집 밖 나라의 원주민이다.

『오만과 편견』이 거의 200년 전에 어느 시골 숙녀가 보행의 효용을 기록한 깔끔한 연대기였다면, 『칼들과 가까이』 중 「미국에서 퀴어로 산다는 것: 분열의 일기(Being Queer in America: A Journal of Disintegration)」라는 글은 1980년대 미국 도시에서 어느 퀴어 남자가 길거리의 효용을 기록한, 『오만과 편견』 못지않게 깔끔한 연대기다. 보행은 우선 성애가 된

보낸 편지에도 썼듯 "나는 무슨 마라톤 경주를 준비하는 사람처럼 지내왔습니다. 날마다

다. "지금 내가 지나가는 복도의 창문은 느릿느릿 죽어가는 하늘을 몇 조
각으로 깨뜨리고 있다. 그 애가 멀리 문 열 개 너머에서 갑자기 어느 문 안
으로 들어간다. 조용한 바람이 따라 들어간다."[51] 그도 그 방으로 따라
들어가서 펠라치오한다. 왠지 모르지만 그가 전에 크루징하던 선창, 아
니면 창고와 비슷한 방이다. 몇 페이지 뒤에서는 보행이 그의 친구이자
에이즈로 죽은 사진작가 피터 후자(Peter Hujar)에 대한 애도가 된다. "그
가 죽고 나서, 나는 길거리를 몇 시간씩 배회했다. 어둠이 짙어질수록 차
가 많아졌다. 몸뚱이들이 차도 가장자리에 쓰레기처럼 버려져 있었고,
문간의 개들은 악취를 풍기는 쓰레기들을 헤집어놓고 있었다. 빌딩 위의
구름들에 녹색 데두리가 생기는 시간이었다. [……] 방향을 바꾸어 돌아
가는 길에 차들과 매연의 회색 안개 속을 걸으면서 비쩍 마른 창녀를 스
쳐 지나갔다. 허리가 반으로 꺾여서 손등이 바닥에 끌리는 약쟁이 걸음
걸이였다."[52] 뉴저지에서 온 애들이 웨스트 스트리트에서 갑자기 차에서
내려서 한 남자를 잔인하게 폭행했다, 게이라는 이유에서였다, 라는 이
야기를 길에서 만난 친구("새벽 두 시에 2번가에 있는 남자"[53])에게 전해 듣기
도 한다. 그리고 보행은 다시 후렴이 된다. "나는 이 복도를 스물일곱 번
째 지나가고 있다. 보이는 것은 차가운 하얀 벽들뿐. 누군가의 얼굴을 천
천히 만지는 누군가의 손. 하지만 내 두 손에 만져지는 것은 없다. 푸르스
름한 그림자들을 따라 이 방 저 방 왔다 갔다 하느라고 피곤하다."[54] 그의
도시는 지옥이 아니라 불안한 영혼들이 영원히 맴도는 연옥이다. 이 도
시를 구원할 수 있는 것은 열애, 우정, 그리고 꿈꾸는 능력뿐이라고 그는
생각한다.

나는 10대 때 이 도시의 길거리를 처음 걷기 시작해서 지금껏 걸었다. 그

12~14킬로미터를 걸으면서 발목에 20킬로그램이 넘는 모래주머니까지 찬 블룸을 빠뜨릴

동안 이곳도 변했고 나도 변했다. 현재가 영원한 시련으로 느껴지는 청소년의 절박적 발걸음은 조금은 덜 팽팽하고 조금은 덜 고독하고 조금은 덜 가난한 사람의 무수한 잡무를 동반한 산책이 되었고, 이제 그 산책은 종종 나 자신의 역사와 이 도시의 역사를 검토하는 회고가 되고 있다. 공터에는 새 건물이 들어서고, 나이 든 사람들이 드나들던 술집은 젊은 힙스터들의 차지가 되고, 카스트로 스트리트의 디스코 클럽은 비타민 가게가 된다. 블록 전체, 동네 전체가 얼굴을 바꾼다. 스무 살이 되기 직전부터 살기 시작한 그 시끌벅적한 구석 동네만 해도 벌써 많이 바뀌어서 어떨 때는 내가 두세 번 이사를 다닌 느낌이 들 정도다. 이 장에서 살펴본 도시 보행자들은 보행에 다양한 음계가 있음을 암시하고 있다. 내 보행이 그중에서 어디에 위치해 있는가를 보면, 처음에는 긴즈버그-보이나로비치 음계였는데 이제는 저렴한 버지니아 울프 음계로 바뀌었다.

　　섣달 그믐날을 이틀 앞둔 일요일, 나는 아침 일찍 우유를 사려고 동네에 있는 주류 판매점으로 향했다. 모퉁이를 돌았더니 건물 앞 계단에 앉은 한 남자가 술을 마시면서 가성으로 노래를 부르고 있었다. 동네 술꾼 중에는 가끔 타락한 천사 같은 목소리를 낼 줄 아는 사람이 있는데, 그 남자가 바로 그런 사람이었다. 어디서 들려오는지 알 수 없는 "호오오 올로"라는 단어가 비상계단에서 아름다운 소리로 울렸다. 돌아오는 길에 보니 그 남자가 지그재그로 걸어가고 있었는데, 내가 바로 몇 걸음 옆에서 지나가는 데도 눈치 채지 못할 만큼 걷는 일에 열중해 있었다. 자기를 둘러싼 두꺼운 공기를 깨뜨리고 있는 사람처럼, 걷는 일에 온 마음을 집중한 듯했다. 내가 집에 들어갔다가 다시 나와서 집 앞에 서 있는 나무에 물을 주는 동안에도 그 남자는 아직 모퉁이를 다 돌아 나가지 못하고 있었다. 반대쪽에서는 언제나 정장 차림이고 언제나 대단히 정중한 말

수 있는 곳이 어디 없나 하고 센 강의 곳곳을 세심하게 살펴보고 있습니다."—리처드 엘

투로 비논리적인 말비빔[word salad, 연관성 없는 일련의 단어들만 나열하는 사
고장애—옮긴이] 증상을 보이는 노부인이 걸어오고 있었다. 노부인이 지나
갈 때 인사를 건넸다. 하지만 좀 아까 술 취한 남자가 그랬던 것처럼 노부
인도 내 존재를 알아채지 못했다. 좀 아까 그 남자가 지나간 곳의 건너편
쯤에서 그녀는 갑자기 신발을 가볍게 끌면서 춤을 추듯 모퉁이를 돌아갔
다. 두 사람 다 어떤 들리지 않는 음악에 귀를 기울이는 듯했고, 음악에
맞추어 길을 가는 그들은 행복하면서도 얼빠진 듯했다.

　　얼마 후에는 교회에 가는 사람들이 나타날 시간이었다. 내가 처음
이사 왔을 때만 해도 이 동네에는 카페가 하나도 없었고, 교회에 가는 사
람들은 모두 걸어 다녔다. 일요일 아침이 길거리는 저마다 자기가 다니는
교회로 걸어가는 화려한 모자의 흑인 여자들로 북적이는 사교 장소였다.
순례자 같은 집요한 걸음걸이가 아니라 축하객 같은 기쁜 걸음걸이였다.
하지만 오래전 일이다. 지금은 젠트리피케이션의 결과로 침례교회들이
여기저기 다른 동네로 흩어졌고, 교회에 가는 사람들은 차를 타고 다닌
다. 여전히 젊은 아프리카계 미국인들은 물리적 영토를 확보하려는 듯 들
썩들썩하는 어깨와 차분한 두 다리로 어슬렁어슬렁 돌아다니시만, 이런
일요일 아침이면 교회에 가는 사람들로 가득하던 인도는 이제 조깅을 하
거나 개를 산책시키면서 골든게이트 공원 아니면 다른 근처 공원(중간계
층을 위한 위대한 세속 신전)으로 향하는 사람들, 아니면 술을 깨기 위해 카
페로 향하는 사람들의 차지가 되었다. 그러나 아직은 이른 시간이었고,
길거리는 우리 세 보행자의 차지였다. 정확히 말하면 나를 뺀 두 보행자
의 차지였다. 그 쌀쌀하고 화창한 아침에 도시 보행자들이 공유하는 고
독 속에서, 나는 공공장소에서 그들의 사생활 사이를 떠돌아다니는 유
령이 된 것 같은 느낌이었다.

먼, 『제임스 조이스』　　　　　　　• 팡틴이 수많은 인연이 엮였다 풀렸다 하

12
플라뇌르, 또는 도시를 걷는 남자

파리지엥은 자기 집 응접실에 앉아 있듯 공원에 앉아 있고, 자기 집 복도를 지나가듯 길거리를 지나간다. 파리의 카페는 차 한 잔 마시는 그 잠깐의 시간에도 길거리라는 무대에서 눈을 뗄 수 없다는 듯 길거리를 바라보거나 아예 길거리로 흘러넘치게 되어 있다. 파리 전체가 박물관이면서 침실인 듯 청동이나 대리석의 누드 여자들이 길거리 곳곳에 조각으로 세워져 있거나 부조로 새겨져 있는가 하면, 개선문과 전승탑은 각각 전쟁의 여음상과 남근상인 듯 대로의 거점을 표시하고 있다. 길거리는 안뜰이 되고, 큰 건물들은 공원을 안뜰처럼 둘러싼다. 정부 청사 건물은 큰길만큼 길고, 큰길에는 꼭 공원처럼 나무와 의자가 늘어서 있다. 파리 전체가 어마어마하게 복잡하게 지은 건물 한 채인가 싶을 만큼, 주택이며, 성당이며, 교각이며, 담벽이며 모든 것이 똑같은 회갈색이다. 고급문화라는 회갈색 산호초라고나 할까. 이런 온갖 이유 때문에 파리는 구멍 숭숭 뚫린 다공 도시처럼 보인다. 사적 상념과 공적 행동이 다른 도시들에 비해 덜 분리되어 있는 것만 같고, 행인들의 끊임없는 발걸음이 몽상과 혁

는 그 판테온 언덕의 미궁 속을 헤매 다닌 것은 톨로미에스를 피하기 위해서였지만, 그렇

명 사이에 길을 내는 것만 같다. 파리는 다른 어떤 도시보다도 그 도시에
매료된 화가와 소설가 들의 작품에 자주 등장했다. 파리가 나오는 작품
과 파리 그 자체가 서로의 거울로 작용하는 것도 그 때문이고, 마치 파리
그 자체가 거대한 이야기 선집인 듯 파리를 거니는 일을 책을 읽는 일에
비유하는 것도 그 때문이다. 이 도시가 도시에서 살아가는 사람들과 도
시를 찾아오는 사람들을 자석 같은 매력으로 끌어당긴다는 것은 파리가
프랑스의 수도일 뿐 아니라 언제나 망명자와 난민의 수도였다는 사실로
도 알 수 있다.

　　"풍경화였다가 숙소였다가."[55] 발터 베냐민이 보행자의 파리 경험
에 대해 쓴 구절이다. 도시를 연구하고 도시를 거니는 기술을 연구한 뛰
어난 학자 중 하나인 베냐민은 파리의 매력에 이끌려 파리의 뒷골목들
을 헤매는 신세로 전락한 수많은 사람 중 하나이기도 했다. 파리라는 주
제는 1940년에 세상을 떠난 그의 마지막 10년간의 모든 글 속에서 다른
모든 주제 위로 그림자를 드리우고 있다. 그가 처음 파리를 여행한 1913
년 이후로 그의 파리 여행 기간은 점점 길어졌고, 1920년대 말에 결국 파
리로 거처를 옮겼다. 고향 베를린에 대한 글을 쓰면서도 펜 끝은 파리를
향해서 걸었다. "도시에서 길을 잘못 찾는 일은 흥미로울 것도 없고 새로
울 것도 없다. 길을 잘 모르기만 하면 누구라도 할 수 있는 일이다. 하지
만 도시를 헤매는 일, 마치 숲속을 헤매듯 도시를 헤매는 일에 필요한 훈
련은 길을 찾는 일에 필요한 훈련과는 전혀 다르다. 도시를 헤매고 돌아
다니는 사람이 간판들, 도로의 이름들, 스쳐 지나가는 사람들, 집들, 노점
들, 술집들로부터 메시지를 듣는 방식은 숲속을 헤매고 돌아다니는 사람
이 자기 발에 밟힌 잔가지로부터, 멀리 어느 황새의 요란한 울음소리로부
터, 갑자기 나타난 고요한 빈터에 불쑥 피어 있는 한 떨기 백합으로부터

게 한동안 피해 다니다 보면 결국은 항상 다시 마주치곤 했다. 피해 다니기가 찾아다니기

메시지를 듣는 방식과 비슷하다. 내게 이 배회의 기술을 가르쳐준 도시가 파리였다. 학창 시절의 공책 압지에 찍힌 미로 속에서 최초의 흔적을 드러낸 나의 꿈을 실현해준 것도 파리였다."[56] 그는 세기 전환기에 모범적 독일인 아이로 교육받은 결과 산과 숲을 경외하는 사람이 되었다. 어릴 때 사진 중에는 등산용 지팡이를 들고 알프스 산맥이 그려진 배경 앞에 서 있는 사진도 있고, 부유한 가정에서 자란 덕분에 슈바르츠발트나 스위스로 긴 휴가를 다녀오는 일도 많았다.[57] 그럼에도 그의 사랑이 향하는 곳은 도시였다. 그의 도시 사랑은 자연 경외 따위의 케케묵은 낭만주의에 대한 거부이면서 동시에 모더니즘의 도시주의를 향한 열정이었다.

베냐민에게 도시는 매혹적 구성물이었다. 연대기가 깔끔한 직선의 시간적 구성물이라면, 도시는 배회하지 않고서는 지각할 수 없는 공간적 구성물이었다. 위에서 언급한 「베를린 연대기」에서 그는 자기의 인생이 지도나 미로 같은 것으로 정리할 수 있는, 시간적 구성물이 아닌 공간적 구성물이라고 하면서 그 깨달음을 얻은 곳이 파리의 한 카페라고 말한다. "파리일 수밖에 없었다. 그곳의 담벼락과 강둑길, 포장도로, 박물관과 쓰레기, 창살과 광장, 아케이드와 노점이 우리에게 가르쳐주는 언어는 그토록 특별하기에 [⋯⋯]"[58] 『모스크바 일기』는 그의 인생을 모스크바라는 도시에 대한 설명과 뒤섞은 글이고, 『일방통행로』는 도시를 흉내 내는 형식의 책이다. 이 책은 「주유소」, 「건설 현장」, 「멕시코 대사관」, 「최고급 가구가 딸린 방 열 칸짜리 집」, 「중국 골동품」 등 도시의 특정한 장소나 안내문을 연상시키는 소제목의 짧막한 구절들을 이어 붙인 전복적 몽타주다. 이야기 한 편이 쭉 이어진 길 하나라면, 『일방통행로』의 짧은 이야기들은 뒤엉킨 골목길들이다.

와 비슷해질 때가 있다.—빅토르 위고, 『레미제라블』   • 그가 홀

베냐민 자신부터가 뛰어난 배회자였다. 베냐민의 친구 하나는 그가 어떻게 걸었는지를 말해준다. "그 사람이 머리를 치켜세우고 걷는 것을 본 적이 없는 것 같다. 그 사람이라는 것을 알아볼 수 있는 걸음걸이, 신중하게 한 발 한 발 더듬어 나가는 듯한 걸음걸이였다. 근시 때문이었을 것이다."[59] 나는 이렇게 근시가 심한 베냐민과 근시가 더 심한 또 한 명의 망명자 제임스 조이스가 그냥 스쳐 지나가는 장면을 상상해본다. 조이스는 파리에 1920년부터 1940년까지 살았다. 더블린 거리를 배회하는 한 유대인에 대한 막연한 정보로 점철된 다층적 소설을 쓴 가톨릭 망명자 조이스와, 파리 거리를 거닐고 또 시로 쓴 가톨릭 신자(샤를 보들레르)에 관한 서정적 역사를 기록하면서 파리 기리를 배회하는 베를린 출신 유대인 망명자 베냐민 사이에는 모종의 대칭이 존재한다. 조이스는 생전에 최고의 명성을 얻었지만, 베냐민은 그 명성을 한참 나중에야 얻게 된다. 독일에서 그의 작업을 재발견한 것은 1960년대와 1970년대였고, 영어권에서는 더 나중이었다. 지금 그는 문화연구의 수호성인으로 자리 잡았고, 그의 글은 지금까지 수백 권이 넘는 논문과 저서를 낳고 있다. 베냐민을 해석하는 글이 이렇게 많이 나오는 것은 그의 글이 혼종적이기 때문일 것이다. 베냐민의 글은 주제 면에서는 학술적이지만 아름다운 아포리즘과 창조적 비약으로 가득하고, 정의를 내리는 연구가 아니라 영감을 불러일으키는 연구다. 그중 특히 큰 관심을 불러일으킨 것은 파리에 관한 연구였다. 『아케이드 프로젝트』는 베냐민이 책을 쓰기 위해 작성한 방대한 분량의 인용과 메모다. 보들레르, 파리, 파리의 아케이드, 플라뇌르(flâneur)라는 일련의 주제를 다루었던 연구였다. 파리를 "19세기의 수도"라고 부른 사람이 바로 베냐민이고, 플라뇌르를 20세기 말의 학문적 주제로 만든 사람도 바로 베냐민이다.

로 해변을 거닐 때 이 주제가 그의 머릿속에서 정리되었다. 언제나 그에게 영감이 되어주는 플라뇌르가 정확하게 무엇인지 시원하게 정의해주는 글은 아직 없지만, 먼 옛날부터 있던 놈팡이로부터 시를 못 쓰고 있는 시인에 이르기까지 플라뇌르의 모든 판본에 항상 포함되는 게 하나 있다. 바로 파리를 거니는 총기 있고 고독한 남자의 이미지다. 파리 사람들이 공적 삶의 한 유형을 일컫는 단어를 만들어냈다는 사실은 공적 삶이 파리 사람들에게 얼마나 매력적이었는지를 말해준다. 아울러 프랑스 문화가 길거리를 배회하는 일에 대한 이론까지 만들어냈다는 것은 프랑스 문화에 대해서 많은 것을 말해준다. 이 말이 일상어로 자리 잡은 것은 19세기 초반이나 돼서였다. 그 어원은 베일에 싸여 있다. 프리실라 파크허스트 퍼거슨(Priscilla Parkhurst Ferguson)은 이 말이 고대 스칸디나비아어 'flana[이리저리 정신없이 뛰다]'에서 왔다고 하는데,[60] 엘리자베스 윌슨은 전혀 다르게 말한다. "19세기에 나온 『라루스 백과사전(*Encyclopédie Larousse*)』은 이 용어가 '난봉꾼'을 뜻하는 아일랜드어에서 유래했을 가능성이 있다고 한다. 이 용어에 상당한 지면을 할애하고 있는 백과사전은 플라뇌르를 배회자, 백수건달 등으로 정의하면서, 쇼핑과 사람 구경(crowd watching)이라는 도시인의 새로운 오락거리를 플라뇌르와 연결했다. 백과사전에 따르면, 플라뇌르가 존재하려면 메트로폴리스 정도는 되어야 한다. 지방의 작은 도시들은 플라뇌르가 그렇게 돌아다니기에는 너무 좁다."[61]

베냐민 자신은 플라뇌르를 이런저런 것들과 연결했을 뿐 플라뇌르를 명확히 정의 내린 적은 없다. 그 이런저런 것들에는 여가가 있었고, 군중이 있었고, 소외 내지 거리두기가 있었고, 관찰이 있었고, 특히 아케이드 산책이 있었다. 그렇다면 플라뇌르는 어느 정도의 재산과 세련된 감수성이 있고 가정생활이 거의 혹은 전혀 없는 남자였으리라고 추론해볼 수 있다. 베냐민에 따르면, 플라뇌르가 출현한 때는 19세기 초반, 곧 도시

거대한 이항대립 도식 덕분이었다. 위고의 작품에서 군중은 관찰 대상으로 등장한다. 파

가 커지고 복잡해지면서 도시 사람들이 도시를 낯설게 느끼기 시작하
는 시기였다. 플라뇌르는 문예면(신문이 대중화되면서 생겨난 신문 연재소설)
과 '생리학(physiologie, 낯선 사람들을 익숙하게 만든다는 취지였음에도 그들을 새
나 꽃 등 한눈에 알아볼 수 있는 종(種)으로 분류함으로써 오히려 그들의 낯섦을 강조
한 대중물)'의 단골 주제였다. 자기가 도시에 산다는 생각에 매료되어 있
던 19세기 도시 주민들은 오늘날의 관광객이 다른 도시들의 여행안내서
를 탐독하듯 자기가 사는 도시의 여행안내서를 탐독했다.

　　군중(서로 모르는 채 스쳐지나가는 사람들의 무리)이라는 것 자체가 인간
의 경험에 처음 나타난 듯했고, 플라뇌르는 모종의 새로운 인물형, 이런
소외 상태에서 편하게 지내는 인물형의 대표사였다. 플라뇌르를 정의할
때 종종 사용되는 글이 보들레르의 이 유명한 대목이다. "공기가 새의 영
역이고 물이 물고기의 영역이듯, 군중은 그의 영역이다. 그의 취미이자
그의 직업은 군중과 하나가 되는 것이다. 완벽한 플라뇌르, 곧 의욕이 넘
치는 관찰자는 많은 것, 흘러 다니는 것, 움직이는 것, 변덕스러운 것, 무
한한 것을 자신의 거처로 삼는다는 데서 엄청난 기쁨을 느낀다. 집이 아
닌 데서 집처럼 편하게 지낸다는 것은 [……]."[62] 베냐민이 플라뇌르를 논
의한 대목 중 가장 유명한 대목에 따르면, "플라뇌르는 아스팔트로 식물
채집을 나간다. 하지만 배회가 불가능한 곳은 그때도 있었다. 오스만의
파리 개조 이전에는 넓은 길이 드물었다. 좁은 길은 마차를 피할 수도 없
을 정도였다. 아케이드가 없었다면 만보(flânerie)가 이렇게 의미를 얻기는
어렵지 않았을까 싶다."[63] 베냐민의 또 다른 대목에 따르면, "아케이드는
계속 인기를 누렸다. 아케이드에서 플라뇌르는 보행자에 신경 쓰지 않는
마차들을 안 볼 수 있다. 행인들 중에는 군중 틈을 비집고 나아갈 수 있
는 사람들도 있지만, 플라뇌르는 여유 공간(Spielraum)과 사적 공간 확보

도가 몰아치는 바다는 군중의 모델이 되고, 이 영원한 장관을 성찰하는 철학자는 마치 바

(Privatisieren)를 필요로 했다." 베냐민의 이어지는 설명에 따르면, 1840년경에 아케이드에서 거북이 산책시키기가 유행한 것은 플라뇌르의 특징을 잘 보여주는 사례였다. "플라뇌르는 걷는 속도를 거북의 속도에 맞추었다. 플라뇌르가 권력을 잡았더라면, 진보는 거북이의 보폭으로 걷는 법을 배워야 했을 것이다."[64]

베냐민의 마지막 미완성 저서 『아케이드 프로젝트』는 19세기 전반기에 생겨난 이 쇼핑가의 의미를 추출해내고자 한 작업이다. 아케이드는 실내와 실외의 경계를 더욱 모호하게 만든, 바닥은 대리석 모자이크 포석이고 좌우는 상점들이 늘어선 형태였다. 지붕은 강철과 유리라는 새로운 자재로 되어 있었고 조명은 가스등이었다. 파리에서 가스등을 처음 밝힌 곳이 바로 아케이드였다. 아케이드는 파리에 생겨날 대형 백화점의 전신으로서 (그리고 그 후에 미국에 생겨날 쇼핑몰의 전신으로서) 사치품을 판매하고 할 일 없는 배회자들을 수용하는 품격 있는 장소였다. 베냐민은 아케이드 덕분에 배회자에 대한 관심을 보다 마르크스주의적인 다른 주제들과 연결할 수 있었다. 플라뇌르는 한편으로는 상품과 여성을 시각적으로 소비하면서 다른 한편으로는 산업화의 속도를 거부하고 생산자가 되라는 압력을 거부한다는 점에서 새로 생겨난 상업 문화에 저항하는 동시에 매혹되는 양가적 인물이다. 뉴욕이나 런던에서 홀로 걸어가는 사람은 도시를 분위기와 건물들과 스쳐 지나가는 사람들로 경험하는 반면, 이탈리아나 엘살바도르에서 산책을 즐기는 사람은 친구들과 우연히 마주치거나 추파를 던진다. 홀로 있는 것도 아니고 사람들과 어울리는 것도 아닌 플라뇌르는 파리라는 도시를 취기를 안겨줄 정도로 엄청난 규모의 군중과 상품으로 경험하게 된다.

플라뇌르의 유일한 문제는 실제로는 존재하지 않았다는 것, 존재

다의 굉음 속으로 가라앉듯 군중 속으로 가라앉는 진정한 군중 탐구자다.—발터 베냐민,

했다 해도 유형으로, 관념으로, 문학작품의 등장인물로 존재했을 뿐이라는 것이었다.[65] 많은 글 속에서 플라뇌르가 다른 사람들을 초연하게 관찰하는 탐정 같은 인물로 그려져 있어서 그런지, 페미니스트 학자들은 여자 플라뇌르가 존재했는가, 존재할 수 있었는가를 놓고 논쟁을 벌이기도 한다. 어쨌든 플라뇌르의 자격이 있거나 플라뇌르로 알려졌던 실제 인물을 색출, 거명해준 문학 탐정은 아직 없었다.(그렇게 다작하지 않고 덴마크색이 덜했다면, 아마 키르케고르가 제일 적합한 후보였을 것이다.) 아케이드에서 거북이를 산책시킨 실제 인물을 거명한 사람도 없다. 그런 이야기를 하는 사람들은 모두 그 출처로 베냐민을 거론한다. 플라뇌르의 전성기라 여겨지는 시기에 작가 제라르 드 네르발(Gérard de Nerval)이 가재를 비단끈으로 끌고 다니면서 산책시켰던 것은 아케이드가 아니라 공원에서였고, 멋부리기 위해서가 아니라 모종의 형이상학적 이유가 있어서였다.[66] 플라뇌르 개념에 딱 들어맞는 사람은 없었지만 플라뇌르의 일면이 전혀 없는 사람도 없었다. 베냐민의 말과는 달리, 파리에는 "배회가 불가능한 곳"이 없었을 뿐 아니라 배회가 실제로 이루어지지 않는 곳도 없었다. 다른 도시들에서는 혼자 걸어가는 사람이 주변인(실내에서 친한 사람들과 영위하는 사생활로부터 배제된 인물형)일 때가 많았지만, 19세기 파리에서는 공개된 생활, 길거리에서의 생활, 사회생활이 진짜 생활이었다.

조르주 외젠 오스만 남작이 1853년부터 1870년까지 진행한 대대적 도시 재개발 이전의 파리는 아직 중세 도시였다. 빅토르 위고가 말하는 "가느다란 틈새들"이란 "좌우에 여덟 층짜리 허술한 집들이 늘어서 있는 그 어둡고 비좁고 앙상한 뒷골목들"이었다. "길은 좁고 도랑은 넓었다. 그곳의 행인은 물에 잠긴 포석을 밟으며 지하창고 같은 상점들, 쇠로 감은 조악한 경계들, 엄청나게 쌓여 있는 오물들을 지나가야 했다."[67] 파

『샤를 보들레르』   • 그러면 우리는 거리로 나섰다. 팔짱을 끼고

리는 놀라울 정도로 계층 간 격리가 행해지지 않은 도시였다. 루브르 궁전의 안뜰에는 일종의 슬럼이 들어서 있었고, 팔레 루아얄 회랑 정원에서는 섹스와 사치품과 책과 음료는 유료, 구경거리와 정치 연설은 무료였다. 1835년에 쇼핑을 하려고 어느 고급 부티크를 향해 출발한 작가 프랜시스 트롤럽(Frances Trollope)은 "두 번 흙탕물을 뒤집어쓰고 세 번 마차에 치일 뻔한 것 외에는 별다른 모험 없이 그 가게에 도착"했고 쇼핑을 마치고 돌아오는 길에 "분수에서 얼마 떨어지지 않는 곳에 묻힌 혁명 영웅 다섯 명인가 열 명인가를 기리기 위해서 세워진 기념비"를 구경하면서, 함께 구경하는 사람들 속에서 한 장인이 딸에게 1830년에 자기와 그 영웅들이 왜 싸웠는지 이야기해주는 걸 엿들었다. 어느 봉기에 대한 기록을 남긴 날도 있었고, 불바르 데 이탈리엥을 거니는 상류층 산책자들에 대한 기록을 남긴 날도 있었다.[68] 이 더러운 길거리에서 마치 마법처럼 쇼핑과 혁명이 뒤섞이고 숙녀 분들과 장인들이 뒤섞였다.

　　1845~1846년에 파리를 찾아왔던 한 모로코인은 사람들이 걸어 다니는 모습에서 큰 인상을 받았다. "파리에는 산책용 장소들이 있다. 파리에서는 산책이 일종의 오락이다. 신사는 옆 사람(남자든 여자든)과 팔짱을 끼고 그런 장소로 향한다. 그런 장소에 도착하면 걸어 다니면서 대화를 나누거나 이것저것 구경한다. 그들이 생각하는 산책은 먹거나 마시러 가는 일이 아니다. 어디 앉아 있으러 가는 것이 아닌 것만큼은 분명하다. 그들이 즐겨 향하는 산책로 가운데 하나는 샹젤리제라는 곳이다."[69] 인기 있는 산책로로는 센 강 우안의 샹젤리제, 튀일리 정원, 아브뉘 드 라 렌, 팔레 루아얄, 불바르 데 이탈리엥, 그리고 센 강 좌안의 파리 식물원과 뤽상부르 공원이 있었다. 센 강 좌안에서 자란 보들레르는 1861년 어머니에게 보낸 편지에서 어린 시절을 회상했다. "끝없이 계속된 다정함 속에

걸으면서 그날의 화제를 이어 나가기도 했고, 붐비는 도시의 사나운 불빛과 그림자 사이

서 길게 이어지던 산책들! 저녁이면 그렇게 슬픔에 젖던 부두가 생각납니다!" 보들레르의 한 친구는 젊었을 때 보들레르와 함께 "저녁 내내 산책로와 튈리를 거닐었"다고 회상하기도 했다.[70]

　　대로는 사람들과 어울리기 위해 걷는 길이었다. 반면에 소로를 걷는 일은 모험을 즐기기 위해서였다. 지도에 제대로 나와 있지 않은 거대한 도로망 속에서 길을 잃지 않는다는 자부심의 표현이기도 했다. 프랑스혁명 이전에도 몇몇 작가들이나 보행자들은 이렇듯 파리가 미스터리하고 어둡고 위험하고 한없이 흥미진진한 정글이라는 생각을 가지고 있었다. 예를 들어 레스티프 드 라 브르톤(Nicolas Edme Restif de La Bretonne)의 『파리의 밤들, 혹은 밤의 관객(Les Nuits de Paris ou le Spectateur nocturne)』은 전(前)혁명 시기의 보행에 대해서 알려주는 고전 작품이다.(1788년에 첫 권이 나왔고, 프랑스혁명 발발 이후 1790년대에는 『혁명의 밤들(Les Nuits de la Revolution)』을 포함한 속편들이 나왔다.) 농부에서 인쇄업자가 되고, 인쇄업자에서 파리 시민이 되고, 파리 시민에서 작가가 된 브르톤은 이제 거의 망각 속에 묻힌, 프랑스 문학의 위대한 기인 중 하나다. 다작의 작가였던 그는 루소의 『고백록』을 본보기로 삼아 열여섯 권짜리 사서전을 썼고, 사드 후작의 『쥐스틴(Justine)』을 욕하겠다면서 실은 모방하는 『반(反)쥐스틴(Anti-Justine)』을 썼고(사드의 책들처럼 팔레 루아얄 회랑 정원의 한 포르노 서점에서 팔렸다.), 소설 수십 권을 썼고, 19세기 '생리학'을 예표하는 파리 관련 신문기사들을 썼다. 『파리의 밤들』은 브르톤이 파리의 길거리에서 수백 번의 밤을 보내면서 겪은 모험을 기록한 수백 개의 일화를 모은 매우 독특한 작품이다. 짧은 챕터가 각각 하룻밤이다. 브르톤이 M 후작부인의 대리인으로서 곤경에 빠진 처녀들을 구출한다는 것이 이 책을 끌어가는 구실이다. 브르톤이 다른 유의 모험들을 피하느냐 하면 물론 그렇지는 않다. 이 책에서 늦은 시간까지 여기저기 돌아다니면서 고요한 관찰이 줄 수 있는 지성적 흥분의 무의 일화적 성격은 아메리카 원주민 사기꾼 코요테의 모험들, 아니면 『스파이더맨』의 모험들을 연상시키기도 한다.

　　늦은 밤을 배회하는 브르통은 여점원들, 대장장이들, 주정뱅이들, 하인들과 마주치기도 하고(물론 창녀들과도), 논쟁 중인 정치가들, 간통 중인 귀족들을 염탐하기도 하고(튀일리는 간통의 소굴로 유명했다.), 범죄, 화재, 폭도들, 크로스드레서들, 그리고 방금 살해당한 시체를 목격하기도 한다. 그가 파리를 한 권의 책으로 보거나 정글로 보거나 일종의 성감대 내지 침실로 본 것은 이후에 등장할 수많은 작가들과 마찬가지였다. 생루이 섬은 그가 즐겨 찾아가는 곳이었고, 그는 1779년부터 1789년까지 자기에게 중요한 일이 일어난 날짜와 그 일을 떠올릴 수 있는 몇 글자를 그곳의 돌담에 새겼다. 이로써 그에게 파리는 모험의 소재이자 그 모험이 기록된 책, 즉 걸으면서 쓰고 걸으면서 읽는 이야기책이 되었다. 이 글자는 프루스트의 그 유명한 마들렌처럼 브르통에게 과거 회상의 계기가 되었다. "[생루이 섬의 다리 위에서] 걸음을 멈추고 난간에 기대서 슬픈 생각을 떠올릴 때면, 언제나 내 손은 그곳에 그날의 날짜를 쓰고 나를 슬프게 만든 생각을 썼다. 그렇게 있다가 그곳을 떠나는 나를 밤의 어둠이 감싸주었다. 그 정적과 고독이 주는 두려움은 기분 좋은 두려움이었다." 그가 자신이 새긴 첫 번째 날짜를 읽는다. "1년 전 그날을 떠올리며 느낀 감정은 말로 설명이 안 된다. [……] 기억들이 한꺼번에 몰려왔다. 나는 그 자리에 그대로 선 채로 현재의 순간과 1년 전의 순간을 연결함으로써 두 순간을 한 순간으로 만드는 일에 골몰했다."[71] 그는 연애 사건들을 되새기고 절망에 빠졌던 밤들을 되새기고 깨진 우정들을 되새긴다. 그의 파리는 정원의 정사와 길거리의 음란함이 공존하는 침실이다.(브르통은 발 페티시스트였고, 이따금씩 발이 작고 하이힐을 신은 여자들을 따라다녔다.) 그의 파리에서는 성생활이라는 프라이버시가 계속 공공장소로 흘러나온다. 파리라는 도시가 정글(wilderness)인 것은 이렇듯 공적 공간과 사적 공간, 공적 경험과 사적 경험이 마구 뒤섞여 있는 곳이기 때문이기도 하지만, 법이 소용없는 곳, 어두운 곳, 곳곳이 위험이 도사리고 있는 곳이기 때문이기도 하다.

19세기에는 도시가 곧 정글이라는 테마가 소설, 시, 대중문학 등에서 수시로 등장했다. 도시의 별명은 '처녀림'[72]이었고, 도시 탐험가는 베냐민의 유명한 표현대로 "아스팔트로 식물채집을 나가는" 자연 연구자였다. 반면에 도시 원주민은 많은 경우 "야만인"이었다. 베냐민은 보들레르의 한 대목을 인용하고 있다. "숲속과 초원이 위험하다 한들 문명사회 속의 충돌과 분쟁에 대겠는가? 대로의 사기꾼이든 이름 모를 숲속의 사냥꾼이든 둘 다 인간이 아닌가?[73] 다시 말해, 둘 다 맹수 중의 맹수가 아닌가?" 예컨대 미국이라는 정글을 다룬 제임스 페니모어 쿠퍼(James Fenimore Cooper)의 소설들을 높이 평가했던 알렉상드르 뒤마는 어느 플라뇌르-탐정의 모험(날아가는 종잇장을 따라가면 모험이 기다리고 있고, 모험에는 항상 범죄가 연루되어 있다.)을 그린 소설에 『파리의 모히칸족(Mohicans du Paris)』이라는 제목을 달았다. 폴 페발(Paul Féval)이라는 이류 소설가는 생뚱맞은 미국 원주민 캐릭터를 파리에 데려다놓고 택시에서 적 네 명의 머리 가죽을 벗기게 한다. 베냐민에 따르면, 발자크는 "모피 외투를 입은 모히칸 족"과 "프록코트를 입은 휴런 족"을 언급했고, 발자크 이후 19세기 작가들은 게으른 배회자나 잡범에게 "아파치"라는 별명을 붙였다. 도시에 이국적 매력을 안겨주는 용어들(도시의 인물형을 야만족으로 바꾸어주고 도시 속 개인을 탐험가로 바꾸어주고 도시의 길거리들을 정글로 바꾸어주는 용어들)이었다.[74] 그런 도시 탐험가 가운데 하나였던 조르주 상드는 남장을

시에서는 사람들이 협의하고, 함께 흥분하고, 돌발적이고 열정적인 결정을 내리는 것

하고 도시 탐험의 대열에 합류했다. "내가 파리의 포장도로 위를 걸어가는 것은 배가 얼음 위를 떠가는 것이나 마찬가지였다. 가냘픈 구두는 이틀이면 망가졌고, 나막신을 신은 날은 항상 넘어졌고, 치마는 항상 질질 끌렸다. 나는 여기저기 진흙이 묻거나 지치거나 감기에 걸렸고, 내 구두와 의상은 [……] 놀라울 정도로 순식간에 해졌다." 남장은 전복적 의미를 띠는 사회적 행위로 그려지는 경우가 많지만, 그녀는 남장을 실용적 행위로 설명했다. 처음 남자 옷을 입어본 그녀는 거동의 자유를 느끼면서 그 느낌에 탐닉했다. "새로 생긴 장화는 이루 말할 수 없이 마음에 든다. [……] 작은 뒤축에 쇠를 박아서 발을 보도 위에 단단하게 디딜 수 있었다. 나는 파리를 이 끝에서 저 끝까지 종횡무진 돌아다녔다. 세계 일주를 떠날 수도 있을 것 같았다. 내가 입은 옷도 똑같이 튼튼했다. 나는 날씨에 상관없이 외출했고, 시간에 상관없이 귀가했고, 극장에 상관없이 바닥 좌석(parterre)을 샀다."[75]

　　하지만 당시의 파리는 브르통이 탐험했던 중세 정글과는 이미 다른 곳이었다. 보들레르의 작품 속에도 브르통의 작품에서와 똑같은 인물들(창녀, 거지, 범죄자, 낯선 미인)이 반복적으로 등장하지만, 보들레르가 그들에게 말을 거는 일은 없다. 그들의 삶이 어떤 삶일지 그저 추측할 뿐이다. 윈도쇼핑과 사람 구경을 구분하기가 불가능해졌다고 할까, 구입할 생각을 할 수는 있지만 인식할 생각을 할 수는 없게 되었다고 할까. "군중, 고독: 시를 쓰겠다는 자세와 시를 쓸 수 있는 토양을 갖추고 있는 시인에게는 동의어. 자기의 고독을 사람들로 가득 채울 줄 모르는 사람은 바삐 움직이는 군중 속에서의 고독을 모른다. 이렇게 자기 마음대로 자기 자신이었다가 다른 사람이었다가 할 수 있다는 것은 시인에게 주어진 최고의 특권이다. 육체를 찾아 헤매는 영혼뿐인 존재들처럼, 시인은

을 막을 방법이 없다. 한 도시는 큰 협의체와 같고, 도시의 모든 주민은 그 협의체의 구

이 사람, 저 사람을 마음대로 들락날락할 수 있다. 오직 시인이 앞에 있을 때, 모든 것은 빈 공간이 된다."[76] 보들레르의 도시 역시 정글이라고 할 수 있겠지만, 그때의 정글은 고독한 곳이라는 의미에서의 정글이다.

　　오스만 남작이 숲을 베어 없애듯 옛 파리를 헐어버린 것은 근사한 (그리고 통제하기 쉬운) 현대 도시라는 나폴레옹 3세의 구상을 이행하는 작업이었다. 좁은 길이 토끼 굴처럼 다닥다닥한 중세적 공간을 허물고 드넓은 대로를 뚫은 것이 모종의 반혁명 전술(파리를 군대의 침투는 가능하되 시민들에 의한 방어는 불가능한 도시로 만들기 위한 전술)이었다는 말을 1860년 대 이후 지금까지 많은 사람들이 공유하고 있다. 실제로 1789년, 1830년, 1848년에 시민들이 반란을 일으킨 방법은 부분적으로는 좁은 거리에 바리케이드를 설치하는 것이었다. 하지만 오스만의 도시 재개발 계획에는 이런 말로는 다 설명되지 않는 다른 면이 있다.[77] 넓은 대로들이 새로 생기면서 크게 늘어난 인구와 물류의 (그리고 때로는 군대의) 흐름을 흡수한 면도 물론 있지만, 대로의 지하를 흐르는 하수로가 옛 도시의 악취와 질병은 어느 정도 제거해준 면도 있다. 불로뉴 숲이 영국의 큰 공원 같은 곳으로 단장되기도 했다. 이것을 파리지엥을 대상으로 하는 정치 프로젝트로 본다면, 그 목적은 진압보다는 회유였던 것 같다. 택지개발 프로젝트로 본다면 그 목적은 도심의 빈민층을 변두리나 도시 외곽으로 몰아내는 것이었다.(전쟁 이후 대부분의 미국 도시에서 중간층이 도심을 빈민층에게 넘기고 교외로 몰려간 것과 대조적으로, 파리의 교외는 지금껏 빈민층의 거주지로 남아 있다. 맨해튼과 샌프란시스코는 그 점에서 예외에 속한다.) 사실 19세기에는 파리라는 '정글'을 문명화하려는 노력이 다방면에서 이루어졌다. 예를 들면 가로등이 세워졌고, 주소가 생겼고, 보도가 깔렸고, 도로명 표지판이 일정 간격으로 설치되었고, 지도가 제작되었고, 여행안내서가 나왔고, 치

성원과 같다. 도시 주민들은 당국에 엄청난 영향을 미친다. 도시 주민들이 당국의 매

안이 강화되었고, 창녀를 등록하거나 처벌하는 제도, 혹은 등록하면서 처벌하는 제도가 만들어졌다.

오스만에 대한 근본적 불만은 두 가지였던 것 같다. 첫째, 옛 도시를 너무 많이 허물어버림으로써 사유와 건축 간에 생겨나는 미묘한 얽힘을 털어 없애고, 파리 보행자가 머릿속에 떠올리는 지도를 지워 없애고, 파리 보행자의 추억과 결부된 지형지물들을 헐어 없앴다는 불만이었다. 보들레르는 오스만의 건설 현장이 된 루브르 궁전 옆을 걸어가면서 바로 그 불만을 토로했다.

> 파리가 바뀐다! 하지만 내 우울 속에서는
> 모든 것이 옛날 그대로다! 신축 궁전이든, 공사장 비계든, 블록이든,
> 오래된 동네든, 내게는 전부 알레고리가 된다,
> 내 소중한 추억들은 한갓 돌덩어리보다 무겁기에.[78]

이 시는 보들레르의 시답게 "추방당한 내 영혼이 숨어든 이 숲속"이라 시작되는 연으로 끝난다. 에드몽 드 공쿠르(Edmond de Goncourt)와 쥘 드 공쿠르(Jules de Goncourt) 형제도 1860년 11월 18일 일기에 바로 그 불만을 적었다. "나의 파리, 내가 태어난 파리, 1830년부터 1848년까지의 파리가 사라지고 있다. 그 파리의 외형도, 그 파리의 정신도 사라지고 있다. [……] 파리에서 여행자가 된 기분이 드는 것은 그 때문이다. 이제 다가오는 모든 것들, 지금 여기 있는 모든 것들이, 마치 굽이 하나 없고 시선 옮겨갈 곳 하나 없고 일직선 아닌 곳 하나 없는 이 새로 생긴 불바르들처럼, 나에게는 낯설게만 느껴진다."[79]

오스만의 넓은 직선 대로들에 대한 두 번째 불만은 정글을 양식

개 없이 자기네들의 의사를 관철시키는 경우도 종종 있다. —알렉시 드 토크빌, 『미국

화된 정원으로 바꾸어놓았다는 것이다. 오스만이 새로 만든 불바르 (boulevard)는 그로부터 2세기 전에 앙드레 르노트르(André Le Nôtre)가 시작한 설계의 연장선이었다. 루이 14세를 위해 베르사유 궁전의 거대 정원들을 설계한 것으로 유명한 르노트르는 튀일리 궁전의 정원들, 그리고 튀일리에서 서쪽으로 에투알(지금은 나폴레옹이 세운 개선문이 있는 광장)까지 이어지는 정원 불바르를 설계한 인물이기도 하다. 르노트르가 설계한 공간들은 이렇듯 대부분 파리 성벽 바깥, 곧 파리의 경제생활 바깥에 있었지만, 파리가 점점 확장되면서 그 공간들을 흡수하게 되었다. 요컨대 르노트르가 1660년대에 오로지 쾌적함을 위해 만든 대로들을 오스만은 1860년대에 쾌적함과 상업성 둘 다를 위해 더욱 확장했다.(여러 도시가 이 긴 척추들을 모방하기 시작한 것은 이미 오래전이었다. 예컨대 워싱턴도 이 제국 기하학을 도입한 도시 중 하나다.) 르노트르에 뒤지지 않는 미적 감각의 소유자였던 오스만은 완벽한 직선을 만들어 (이제는 파리의 특징이 된 듯한) 탁 트인 시야를 얻기 위해 산을 깎아내는 등의 공사를 감행함으로써 자기가 모시는 황제의 노여움을 사기도 했다. 영국 정원이 대세가 된 시대, 정원이 '자연 같은' 곳, 즉 가지런하지 않은 곳, 대칭이 없는 곳, 일직선이 아닌 구불구불한 선으로 가득한 곳이 된 시대에 파리라는 정글이 헐려 없어진 자리에 양식화된 프랑스 정원이 생겼다는 것은 상당한 아이러니다.

축축하고 내밀하고 갑갑하고 비밀스럽고 비좁고 굽이진 거리들, 뱀 비늘처럼 구불구불하게 깔린 포석들을 밀어낸 것은 격식 있는 공공장소, 환하고 시야가 탁 트여 있고 분주하고 합리적인 공간이었다. 옛날의 파리를 숲속 같았다고 한 이유는 파리가 한 사람의 마스터플랜이 이행된 도시가 아니라 수 세기에 걸쳐 개별적인 손길들을 통해 유기적으로 점착된 도시(설계된 도시라기보다 자라난 도시)이기 때문에, 그 구불구불한

의 민주주의』   ● 혼자 걷는다면 우리는 아무것도 아니다. 또

유기적 형태가 어느 한 사람의 계획도 아니기 때문이었을 것이다. 그러니 변화를 싫어한 사람도 많았다. 아돌프 티에르(Adolphe Thiers)도 그중 하나였다. "산책을 하러 나온 것인데, 마들렌 사원부터 에투알 개선문까지 가장 짧은 길로 갈 필요가 어디 있는가? 산책을 하러 나온 사람들이 같은 길을 세 번, 네 번 지나가는 것은 산책을 조금이라도 더 늘리기 위해서인데."[80] 정글 속을 걷는 일이 무법자들, 탐정들, 남장여자들에게 배짱과 견문과 체력을 요하는 재미있는 일이라면, 정원 안을 걷는 일은 그 재미가 훨씬 덜하다. 오스만이 만든 불바르는 파리에서 훨씬 더 많은 공간을 산책로(promenade)로 만들었고 훨씬 더 많은 파리 시민들을 산책자(promenader)로 만들었다. 거리 곳곳에서 부티크가 번창하고 대형 백화점이 생기면서 아케이드는 긴 퇴락의 길을 걷기 시작했다. 거리로 나온 혁명가들의 바리케이드가 넓은 불바르를 가로막은 것은 1871년 파리 코뮌 기간 중이었다.

베냐민에게 처음 아케이드에 관심을 갖게 해준 작가, 보행을 문화적 행위로 성좌(星座)화할 가능성을 포착하게 해준 작가는 보들레르가 아니라 베냐민의 동시대인들이었다. 같은 베를린 출신이자 친구였던 프란츠 헤셀(Franz Hessel)과 초현실주의 작가 루이 아라공(Louis Aragon)이 그들이다. 아라공의 『파리의 농부(*Paysan de Paris*)』(1926)를 읽고 너무 흥이 났던 베냐민은 "저녁마다 침대에서 읽었는데, 두세 장 읽으면 책을 내려놔야 했습니다. 얼마나 가슴이 뛰던지 더 읽어나갈 수가 없었습니다. [……] 『아케이드 프로젝트』의 노트가 처음 나온 것이 실은 그때였습니다. 헤셀과 『아케이드 프로젝트』에 대한 이야기를 나누면서 우리 우정의 제일 멋진 부분을 길러나간 것은 베를린으로 돌아온 이후였습니다."[81] 「베를린

다른 존엄한 두 발과 나란히 함께 걷는다면 우리가 바로 전부다. ─부사령관 마르코

연대기」에서 베냐민은 헤셀을 가리켜 자기에게 도시를 가르쳐준 안내자 중 하나라고 한다. 헤셀도 베를린 산책에 대한 책을 쓴 작가였다. 베냐민과 함께 프루스트의 『잃어버린 시간을 찾아서』(기억, 보행, 우연한 만남, 파리의 살롱 등을 담고 있는, 베냐민이 다룬 프랑스 문학의 두 덩어리 사이에 깔끔하게 끼어들어가는 소설)를 번역한 사람이 헤셀이다. 19세기 문학이 묘사하는 플라뇌르에 가장 잘 들어맞는 것이 바로 이 20세기 작가, 예술가 들이다.

아라공의 『파리의 농부』는 1920년대 후반에 출간된 초현실주의의 3대 저서 중 하나다. 나머지 둘은 앙드레 브르통(André Breton)의 『나자』와 필리프 수포(Philippe Soupault)의 『파리의 마지막 밤들(Les Dernières nuits de paris)』이다. 세 작품 모두 파리를 배회하는 남자를 일인칭으로 서술하고 있고, 매우 구체적인 지명과 장소 묘사를 제시하고 있고, 창녀를 주요 목적지로 설정하고 있다. 초현실주의가 중시한 것은 꿈에 나온 것들, 무의식적·비(非)자의식적 정신의 자유 연상, 충격적 병치, 요행과 우연, 일상의 시적 가능성 등이었다. 도시를 배회하는 것은 이런 모든 것에 관여하는 이상적 방법이었다. 브르통도 그 점을 지적했다. "산책의 탁월한 동행이 되어주었던 아라공이 눈에 선하다. 그에게서는 파리에서 가장 재미없는 곳을 더없이 흥미진진한 곳으로 만드는 마술적이고 몽상적인 이야기가 줄줄 흘러나왔다. 이야기가 막힌 적은 한 번도 없었다. 이야기가 폭발하는 데는 길모퉁이 하나 도는 것, 아니면 상점 창문 한 번 보는 것만으로 충분했다."[82]

오스만이 파리의 미스터리를 벗겨냈다면, 다시 미스터리에 휩싸이게 된 파리를 일종의 뮤즈로 삼은 것은 시인들이었다. 『나자』와 『파리의 마지막 밤들』은 모두 우연히 마주친 정체 모를 젊은 여자를 뒤쫓는 추적을 중심으로 펼쳐지는 이야기다. 이런 식의 우연한 만남은 도시 보행 문학의 단골 소재다. 이를테면 브르통은 예쁜 발을 가진 여자의 꽁무니를 따라다녔고, 맨해튼의 휘트먼은 남자들에게서 시선을 거두지 못했다. 네르발과 보들레르는 인생의 애인이 될 수도 있었을 여자와 스쳐 지나갔던 일을 시로 썼다. 브르통은 "그 모르는 여자에게 말을 걸었다. 솔직히 말하면 최악의 결과가 예상되는 상황이었다."[83] 수포의 이름 없는 화자는 자기가 점찍은 여자를 마치 탐정인 양 스토킹하다가 그녀와 그녀의 동료들이 살아가는 암흑가를 알게 된다. 물론 야심가들과 정신이상자들과 잠재 살인범들의 이 불결한 세상을 알게 되었다고 해서 그녀가 왜 매력적인지를 알게 되는 것은 아니었고, 그녀의 매력이 완전히 없어지는 것도 아니었다. 3대 저서 중에 관습성이 가장 덜한 아라공의 『파리의 농부』에는 내러티브라는 것이 없고, 베냐민의 『일방통행로』처럼 지형지물을 중심으로 구성돼 있다. 파리 두어 곳을 탐험하는 『파리의 농부』의 첫 번째 장소는 아라공이 이 대목을 쓸 때쯤 이미 철거지로 결정되어 있던 쇼핑 아케이드인 오페라 파사주다.(이곳을 철거한 이유가 불바르 오스만(Boulevard Haussmann)의 확장을 위해서였다는 것은 꽤 깔끔한 이야기다.) 『파리의 농부』는 파리라는 도시 그 자체가 두 발의 배회와 상상의 배회에 얼마나 풍부한 소재인지를 증명한 책이다.

아라공이 도시 자체를 소재로 삼은 반면, 브르통과 수포는 이 도시를 의인화하는 여성들을 추적했다. 각각 나자와 조르제트였다. 수포의 소설에서 주인공은 조르제트가 고객을 데리고 퐁뇌프 근처의 호텔로 들어가는 모습, 그리고 호텔을 나와서 길거리를 배회하는 모습을 염탐한다. "조르제트는 다시 파리와 밤의 뒤얽힘 속을 걷기 시작했다. 그러면서 슬픔과 고독과 번민을 떨쳐냈다. 밤을 신비롭게 하는 그녀의 이상한 힘이 가장 강력하게 느껴지는 때는 바로 그 시간대였다. 수십만 명 가운데

제 떠나겠다고 했다. 그러고는 덧붙였다. "내 바람은 모든 정치범이 석방되는 것, 그리고 공

하나일 뿐인 그녀로 인해서, 파리의 밤은 어떤 미지의 영역, 꽃이 피고 새가 노래하고 눈길이 오가고 별이 반짝이는 어떤 드넓은 근사한 나라, 공간 속에 던져 넣어진 어떤 희망이 되었다. [……] 그날 밤 우리가 그녀를 추적, 아니 좀 더 정확하게 말하자면 미행하던 그때, 난생 처음으로 내 눈 앞에 파리의 모습이 보였다. 달라진 모습이었다. 안개 위로 솟아오른 파리가 마치 자전하는 지구처럼 돌아가는 모습은 평상시보다 더 여성적이었다. [……] 조르제트 자신이 하나의 도시가 되었다."⁸⁴ 파리가 정글이 되기도 하고 침실이 되기도 하고 걸으면서 읽는 책이 되기도 하는 것은 여기서도 마찬가지지만 그 정도가 좀 더 광적이다. 밤의 탐험이라는 브르통의 과제를 이어받은 주인공(이름도 없고 직업도 없는, 드디어 출현한 완벽한 플라뇌르)은 한 건의 살인에 연루된 한 명의 여자를 추적함으로써(그리고 그 여파를 여자와 함께 목격함으로써) 과제를 수행한다. 주인공은 범죄를 추적하는 동시에 미적 체험을 추구하는 탐정이며, 조르제트는 범죄와 미적 경험 양쪽 다의 형상화다.

나중에 조르제트는 주인공에게 자기가 지금의 직업에 나선 것은 자기 남매가 먹고살기 위해서였다고 말한다. "나처럼 거리를 전부 알고 돌아다니는 사람들을 전부 안다면 아주 간단한 일이에요. 사람들은 뭔가 찾으려고 돌아다니는 것처럼 보이지 않지만, 알고 보면 전부 뭔가를 찾고 있거든요."⁸⁵ 조르제트와 나자는 둘 다 여자 플라뇌르, 길거리를 일종의 집으로 삼는 여자다. 하지만 『파리의 마지막 밤들』은 소설인 데 비해 『나자』는 브르통이 한 여자를 만나서 벌어지는 실제 사건들에 기초하고 있다. 브르통은 자기 책이 허구가 아님을 강조하기 위해 자기 책에 등장하는 사람들, 장소들, 드로잉, 편지들을 찍어 책에 싣기도 했다.(단 나자라는 가명을 쓰는 여자의 사진은 싣지 않았다.) 두 사람의 어느 데이트에서, 나

항까지 걸어가는 것입니다." 그녀의 집에서 공항까지는 30킬로미터가 넘었다. 그녀로 인해

자는 브르통을 데리고 시테 섬의 서쪽 끝에 있는 도핀 광장으로 간다. 브르통에 따르면, "그곳에 가게 될 때마다 다른 데로 가고 싶은 마음이 나를 떠나버리는 느낌이 들었다. 지나치게 감미로운 포옹, 지나칠 정도로 기분 좋게 나를 놓아주지 않는 포옹, 요컨대 나를 산산조각 내는 포옹으로부터 벗어나기 위해서는 나 자신과의 말싸움이 필요했다."[86]

어느 비평가의 표현을 빌리면, 『나자』가 나오고 20여 년 후에 나온 『퐁뇌프(Pont-Neuf)』에서 브르통은 "파리 도심의 지형지물에 대한 상세한 '해석'을 내놓은 것으로 유명하다. 이 해석에 따르면, 시테 섬의 지형적·건축적 레이아웃과 시테 섬을 감싸는 센 강의 굽이는 누워 있는 여자 몸의 형태로 보인다. 여자의 질은 도핀 광장이다. '삼각형인 데다 약간 곡선이고, 얇은 틈에 의해 두 개의 숲으로 양분되어 있다.'"[87] 브르통은 나자와 호텔에서 밤을 보내고 수포의 화자는 돈을 내고 조르제트와 성관계를 갖지만, 이런 이야기에서는 에로티시즘이 침대에서의 육체관계로 집중되는 대신 도시 전체로 확산되고, 그들에게는 성교 대신 한밤의 걷기가 짜릿한 공기를 마시는 방법이 된다. 그들이 추적하는 여자들이 가장 자기다워지고 가장 매력 있어지고 가장 편안해질 때는 길을 걸을 때다. 거리의 여자(streewalker)가 마침내 거리를 걷기(to walk the streets)라는 본분을 되찾은 듯, 그 전에 나왔던 수많은 이야기의 여주인공이 거리의 희생자였거나 거리를 벗어나기 위해 안간힘을 쓰는 난민이었던 것과는 전혀 다르다. 초현실주의 작품에 등장하는 대부분의 여자들이 그렇듯이 나자와 조르제트 역시 '여자'라는 존재(천하면서 동시에 고귀한 존재, 뮤즈이면서 동시에 창녀인 존재, 파리 그 자체를 구현하는 존재)를 짊어지고 있는 탓에 개인적 존재가 되기란 불가능하다. 이 점을 가장 분명하게 보여주는 것은 그들이 파리를 배회하면서 마력을 발휘한다는 점, 마치 선원을 유혹

사람들의 의기가 하나로 결집된 상황이었으니, 그녀가 30킬로미터를 걸어간다면 온 국민

하는 세이렌처럼 화자의 추적(파리에 바치는 경배이자 파리 관광이기도 한 그 무
엇)을 자초한다는 점이다. 도시에 사는 사람이 자기가 사는 도시를 사랑
하는 일과 길을 걷던 남자가 스쳐 지나가는 여자를 욕망하는 일이 한데
섞인다. 이렇게 합쳐진 격정은 거리를 걸을 때 절정에 달한다. 보행이 섹
스가 되었다고 할까. 베냐민도 파리를 미로로 묘사한 대목의 후반부에
서 도시가 여자의 몸이 되고 보행이 섹스가 되는 변형에 동의하고 있다.
"내가 신화 속 괴물 미노타우로스처럼 그 꿈의 한복판으로 끌려들어갔
다는 것도 부정할 수 없다. 다만 하프 거리에 있는 작은 업소에 갇히게 된
미노타우로스는 대가리가 세 개였다. 그중에서 나로 말하자면, 마지막
힘까지 쥐어짜서 거우 들어갔다.(너에게는 아리아드네의 실이 있어서 다행이었
다.)"[성매매 업소에 갔던 일을 털어놓는 대목이다. 괴물의 대가리가 세 개라는 말은
두 명의 동행이 있었음을 암시한다. 베냐민의 친구이자 베냐민보다 화류계 출입에 능
숙했던 헤셀과 뮌히하우젠을 가리키는 것 같다.―옮긴이] 파리라는 미로의 중심
은 유곽이다. 이 미로에서 중요한 것은 절정에 달하는 것이 아니라 목적
지에 도착하는 것이 아닐까 싶고, 이 미로에서 중요한 신체 부위는 발이
아닐까 싶다.

주나 반스(Djuna Barnes)가 1936년에 쓴 탁월한 레즈비언 소설 『나
이트우드(Nightwood)』는 이 책들의 에필로그라고 할 수 있다. 마법에 걸린
미친 여자의 에로스적 사랑이 파리의 매력과 뒤섞이고 밤과 뒤섞이는 것
은 이 책도 마찬가지다. 여주인공 로빈 보트가 애인 노라 플러드를 버려
두고 길거리를 걸어가고 있다. "황홀과 당혹에 넋이 나간 듯한 그녀의 발
길이 찾아가는 밤 생활은 노라와 그 카페들의 차이를 재는 척도였다. 이
렇게 걸을 때 떠오르는 상념들은 다 걸은 뒤에 찾을 수 있을 것 같은 즐거
움의 일부였다. [……] 그녀에게는 생각이 곧 걸음의 한 형태였다."[88] 노라

이 그녀를 응원하러 나올 것이라는 군부의 공포는 근거가 있었다.―폴 모네트, 버마의 아

에게 밤을 설명하는 긴 독백을 읊조리는 오코너 박사는 큰길의 공중소
변소를 자주 찾아가는 여장남자 아일랜드인 의사인데, 반스가 생쉴피스
광장 옆 세르방도니 거리라는 작은 동네를 오코너 박사의 집으로 설정한
것은 우연이 아니다. 이곳은 뒤마가 삼총사 중 한 사람의 집으로 설정한
곳이자 위고가 『레미제라블』의 주인공 장 발장의 거처로 설정한 곳이다.
반스가 『나이트우드』를 쓸 무렵의 파리에는 문학작품들이 빽빽하게 쌓
여 있다. 독자의 머릿속에서는 수 세기 전부터 지금까지 나온 모든 등장
인물들이 파리를 가득 메우고 있다. 파리에서는 그들이 끝도 없이 길을
건너거나 인파 속에 서로 밀리기도 하고, 여주인공들로 가득한 지하철이
달리기도 하고, 산책로가 정의의 주인공들로 붐비기도 하고, 한 무리의
조역들이 폭동을 일으키기도 한다. 파리 작가들은 항상 독자에게 등장
인물의 주소를 알려준다. 모든 독자가 파리를 속속들이 알고 있으니 독
자에게 실제 주소를 알려주기만 하면 등장인물이 살아 움직이리라는 뜻
이고, 역사와 문학의 이야기들이 이 도시를 거처로 삼고 살고 있다는 뜻
이다.

베냐민은 자기를 가리켜 "악어 아가리를 지렛대로 비틀어 열고 거기 들
어가 사는 사람" 같다고 말했다.[89] 그는 프랑스 문학을 제일 좋아했고 거
의 일평생을 프랑스 문학에 나오는 조연들처럼 배회하면서 살았다. 그를
죽음으로 몰고 간 것이 바로 프랑스 문학인 것 같기도 하다. 파리를 탈출
할 시기를 놓친 것이 프랑스 문학 때문이었으니 말이다. 그가 말년에 제
3제국의 어두운 그림자를 헤쳐 나가는 데는 프랑스 문학보다는 소년 모
험소설이나 탐험일지 같은 것이 좀 더 유익하지 않았을까 싶다. 1939년
9월에 전쟁이 발발했을 때 프랑스에 있던 다른 독일인들과 함께 검거된

웅 산 수 치에 대하여　　　• 정통 유대교는 여자들이 함께 모여 기도

그는 억류자로 분류되어 수용소가 있는 느베르까지 남쪽으로 150킬로
미터가 훌쩍 넘는 길을 걸어가야 했다. 살이 찌고 심장에 병이 생긴 탓에
파리의 길거리에서도 몇 분에 한 번씩 걸음을 멈추어야 했던 그는 수용
소로 가는 길에 여러 번 정신을 잃기도 했지만, 세 달 가까이 되는 수용
소 억류 기간 중에는 어느 정도 정신을 차렸다. 담배 몇 개비를 수업료로
철학 강의를 열기도 했다. 국제펜클럽의 도움으로 석방되어 파리로 돌아
온 후에는 『아케이드 프로젝트』를 이어나가면서 비자를 받고자 애썼다.
통렬하게 서정적인 「역사의 개념에 대하여」를 쓴 것도 그 무렵이었다. 나
치의 프랑스 점령 후 남유럽으로 도망친 그는 몇몇 사람들과 함께 에스
빠냐의 포르트부까지 걸어갔다. 피레네 산맥을 넘어야 하는 가파른 도
주로였지만, 그는 무거운 서류 가방을 들고 있었다. 자기 목숨보다 소중
한 원고가 그 안에 있다고 말하기도 했다. 경사 급한 포도밭 구간에서는
걸음을 옮기지 못할 만큼 지친 그를 동행자들이 부축해주어야 했다. 그
의 동행자 중 하나였던 구를란트 부인이라는 여자에 따르면 "길을 아는
사람이 아무도 없었다. 네 발로 기어서 넘은 구간도 있었다."[90] 에스빠냐
당국이 요구한 것은 프랑스 출국 비자였다. 베냐민의 친구들이 마지막
순간에 마련해준 미국 입국 비자로는 통과가 불가능하다는 것이었다. 다
시 그 험난한 산길을 걸어 돌아가야 한다고 생각하면서 자기의 처지를
비관한 베냐민은 에스빠냐 국경에서 모르핀을 과다 복용했고, 1940년 9
월 26일에 사망했다. 한나 아렌트가 쓴 글에 따르면 "그의 자살로 마음
이 움직인 출입국 관리 공무원들은 그의 동행자들이 포르투갈에 입국
하는 것을 허가했다." 그의 서류 가방은 어디론가 사라졌다.[91]

　　같은 글에서 아렌트는 자기도 1960년대에 파리에 산 적이 있다고
말했다. "파리에서 외국인이 고향 같은 편안함을 느끼는 이유는 파리라

하는 것, 소리 내어 기도하는 것, 토라를 들고 있는 것을 금지했다. 이 여자들은 예루살렘

는 도시 전체가 내 방 같기 때문이다. 집을 안락한 곳으로 만드는 방법이 집을 그저 자고 먹고 일하는 곳으로 사용하는 게 아니라 집에 마음을 붙이고 사는 것이듯, 도시에 마음을 붙이고 사는 방법은 아무 정처 없이, 아무 목적 없이 도시를 마냥 걸어 다니는 것이다. 그러니 파리에서 체류를 지탱해주는 것은 무수한 카페들이다. 길거리에는 그런 카페들이 줄지어 늘어서 있고, 보행자들은 카페들 앞을 지나가면서 도시에 생명을 불어넣는다. 대도시 중에서 걸어서 돌아다닐 수 있는 곳은 이제 파리뿐이고, 길거리를 돌아다니는 사람들로부터 활기를 얻는 도시는 단연 파리다."[92] 내가 1970년대 말에 가출해서 파리로 왔을 때만 해도 (일부 파리 남자들의 하찮은 색욕과 무례를 무시한다면) 파리는 보행자의 천국이었다. 돈 없고 어렸던 나는 어디든 몇 시간씩 걸어 다녔고 박물관에 잘 들락거렸다.(18세 미만은 공짜다.) 그러나 지금 생각해보면 그때의 파리도 조금씩 사라지는 도시였다. 센 강 우안의 거대한 공터는 얼마 전 대형 시장 레알이 철거된 자리였다. 당시의 나는 미처 몰랐지만, 마치 남자의 특권이라는 미스터리로 인도하는 작은 미로 같은, 벽을 나선형으로 세운 공중소변소(pissoir)도 사라지는 중이었고, 라탱 구역의 삐뚤빼뚤한 옛날 길들에도 신호등이 설치될 것이었고, 패스트푸드 체인점의 플라스틱제 조명 간판이 옛날 담장들의 분위기를 망칠 것이었고, 오르세 강변로의 커다란 폐건물이 화려한 박물관으로 재탄생할 것이었고, 튀일리 정원과 뤽상부르 공원에는 나선형 팔걸이에 앉는 부분이 둥글고 구멍이 뚫린(공중소변소와 같은 미적 감각) 금속의자를 대신해 더 직선적이고 덜 아름다운 녹색 의자가 놓일 것이었다. 파리지엥들이 프랑스혁명이나 오스만의 도시 재개발 같은 때 경험했던 변화들에 대면 아무것도 아니지만, 이런 작은 차원의 변화들 덕분에 지금의 나 또한 사라지고 없는 한 도시의 소유자를 자처하게 됐다. 파

의 '통곡의 벽' 앞에서 함께 모여 기도하던 중에 정통 유대교 남자들의 공격을 받았다. 이

리는 언제나 사라지고 없는 도시, 상상 속에서만 살아 있는 것들로 가득
한 도시인 것 같다. 얼마 전 파리에 다시 와본 내게 가장 낭패스러웠던 것
은 아렌트가 예견한 대로 자동차가 길거리의 대세가 되었다는 점이었다.
자동차는 파리의 길거리를 옛날(루소가 마차에 치이는 사고를 당하던 시절, 길
거리를 걸어가는 것이 묘기이던 시절)의 더럽고 위험한 상태로 돌려놓았다. 자
동차 신격화를 보상해주듯, 일요일에는 자동차들이 일부 도심 도로나 강
변도로에서 쫓겨난다. 늘 공원이나 대로의 넓은 보도에서 산책해온 사람
들이 다시 그런 도로에서 산책을 즐길 수 있도록 말이다.(내가 이 글을 쓰고
있는 지금도 보행 공간을 되찾고자 하는 노력들은 계속되고 있다. 그중 눈에 띄는 예는
지난 몇십 년간 혼잡한 회전교차로로 전락한 콩코르드 광장의 방대한 면적이 다시 보
행 공간이 된 일이다.)

　　파리가 아직 잃어버리지 않는 한 가지 명예는 주요 보행이론가들
이 파리에서 나왔다는 사실이다. 1950년대에는 기 드보르(Guy Debord),
1970년대에는 미셸 드 세르토(Michel de Certeau), 1990년대에는 장크리스
토프 바일리(Jean-Christophe Bailly)가 있었다. 드보르는 도시별 건축양식
과 공간 배치의 정치적·문화적 의미들에 주목했다. 그런 의미들을 해독
하고 정비하는 것이 상황주의 인터내셔널(드보르가 공동 설립자이자 문건 작
성자로 참여한 단체)의 과제 중 하나였다. 드보르의 1955년 논문에 따르면,
"심리지리학(psychogéographie)은 의도되었거나 의도되지 않은 지리환경
의 엄밀한 법칙과 명확한 결과가 개인들의 정동에 미치는 직접적 영향을
연구하고자 하는" 학문 분야였다. 드보르가 이 논문을 비롯한 여러 문
건에서 자동차 신격화를 비난한 것은 심리지리를 인지하는 방법이 걷는
것이기 때문이었다. 드보르는 "같은 길 위에서 불과 몇 미터 사이를 두고
일어나는 분위기의 급변, 하나의 도시가 여러 구역으로 명백하게 분할

사건은 아직 이스라엘 대법원에 계류 중이다.ㅡ마사 셸리, 『하가다: 자유를 기리는 한 방

되어 있고 각각의 구역에 특정한 심리적 기후가 존재하는 상황, 목적 없
는 배회에서 특정한 경사(지표의 경사(la dénivellation)와 무관한 심리적 경사(la
pente))에 이끌리는 현상" 등으로 항목을 세분화하면서, "심리지리를 보여
주는 지도를 제작함으로써 순전한 우연을 확신하는 여행길이 아닌, 습관
의 유혹(혐오스럽기가 스포츠나 신용카드 구매 못지않은 인민의 아편이라 할 수 있
는 관광의 범주로 묶이는 일련의 유혹)을 철저하게 **거부**하는 여행길을 가르쳐
주겠다."고 한다. 드보르가 집필한 또 하나의 전투적 논문은 「표류의 이
론(Théorie de la dérive)」이다. 표류(la dérive)란 "다양한 분위기 사이를 바
삐 가로질러 통과하는 테크닉이라고 정의된다. [……] 표류를 시작한 사람
은 자신이 지나가고 있는 곳이 주는 매력, 그곳에서의 만남이 주는 매력
에 온전히 빠지기 위해서 평소에 이동하고 활동하는 이유, 평소에 맺었
던 관계들, 평소에 해야 했던 일들, 즐겨 하던 일들 등을 일정 기간 동안
포기한다."[93] 드보르가 만보를 자기 혼자 만들어낸 급진적 신개념이라고
생각하는 대목은 그가 권위주의적으로 처방하는 전복과 마찬가지로 좀
코믹하지만, 그가 도시 보행을 훨씬 더 의식적으로 실험해야 하리라고 생
각하는 대목은 꽤 진지하다. 상황주의를 연구해온 그레일 마커스(Greil
Marcus)에 따르면 "중요한 점은 모름을 앎의 한 국면으로 대하는 것, 경이
를 권태의 한 요인으로 대하는 것, 순수를 경험의 한 모습으로 대하는 것
이었다. 아무 생각 없이 길을 걷는 일이 가능하고 정신을 표류하게 하는
일이 가능하고 두 다리에 내재하는 기억에 의지해 이리저리 배회하는 일
이 가능한 것, 나의 생각을 담은 나만의 지도를 따라가면서 상상 속 도시
로 물리적 도시를 대체하는 일이 가능한 것은 그 때문이다."[94] 상황주의
자들은 문화라는 수단과 혁명이라는 목표를 결합함으로써 적잖은 영향
력을 발휘해왔다. 하지만 온 도시의 벽이 그들의 구호로 뒤덮였던 파리

법」   • 그것이 중요한 문제가 아니라고 말한 여자 안과 의사도 베

1968년 학생 봉기에서만큼 그 영향이 막강했던 시기는 없었다.

드 세르토와 바일리가 미래를 어둡게 보는 것은 드보르와 마찬가지지만, 두 사람의 기조는 드보르에 비해 훨씬 온건하다. 드 세르토는 도시 보행에 대한 논의에 『일상의 발명(L'invention du quotidien)』의 한 장을 할애한다. 이 장에 따르면, 도시는 걸으라고 만들어진 곳이니 보행자는 '도시 실행자(pratiques urbaines)'다.[95] 도시는 언어, 곧 가능성들의 저장소이며, 보행은 그 언어의 발화 행위, 곧 그 가능성들의 선별 행위이다. 언어가 발화 가능한 내용을 제한하듯 건축은 보행 가능한 장소를 제한하지만, 보행자는 새로운 가능성을 만들어낸다. "가로질러 걸어가는 일, 정처없이 걸어 다니는 일, 즉석에서 길을 만드는 일은 특징 공간 요소들을 우선시하거나 변형하거나 등한시하는 일이다. [······] 길을 걸을 때 만나게 되는 일련의 굽이(tours et détours)는 '어법(tournures)'과 '수사 기법(figures de style)'에 비유될 수 있다." 드 세르토의 비유는 무시무시한 가능성을 암시하고 있다. 도시가 보행자들이 발화하는 언어라면, 탈보행 도시는 단순히 침묵에 빠지는 것을 넘어 사어(死語), 즉 구어 표현, 농담, 욕설 등이 사라지고 형식적 문법만 겨우 남아 있는 언어가 될 위험이 있다. 바일리는 자동차로 질식할 것 같은 파리에 살면서 이 퇴화 과정을 기록하고 있다. 그의 언어학자적 표현을 빌리면, 도시의 사교적·창의적 기능을 위협하는 것으로는 "저질 건축이 있고, 영혼 없는 도시계획이 있고, 길이라는 도시 언어의 기본 단위에 대한 무관심, 길을 살아 있게 하는 말의 강물, 끝없이 흐르는 이야기에 대한 무관심이 있다. 길과 도시를 살려두려면 길과 도시의 문법을 이해해야 하고 그 문법을 꽃피우는 새로운 발화를 생성해야 한다."[96] 바일리에게는 그것을 가능하게 하는 것이 바로 보행(그의 표현을 빌리면, 두 다리의 생성 문법)이다. 바일리가 생각하는 파리는

일을 쓰고 있었다. "베일이 시야에 영향을 준다는 증거는 전혀 없습니다. 밤에 여자의 시

길거리를 걷는 사람들이 만드는 이야기책 내지 회고록이다. 파리에서 보행자가 없어진다면 그 책은 읽히지 않는 책, 읽을 수 없는 책이 될지도 모른다.

야가 나빠진다면, 글쎄요, 정숙한 무슬림 여자는 밤에 혼자 나다니지 말아야 하지 않을까

13
큰길의 시민들: 축제, 행진, 혁명 [97]

뒤쪽의 천사가 너무 이상해 보였던 나는 날개 때문인가 싶어 크게 한 바퀴를 돌아 천사 뒤쪽으로 갔다. 천사 옷을 입었다는 것만큼은 분명했다. 천사와 함께 거리를 메운 각종 외계인들, 묘령의 창녀들, 디스코 킹들, 두 다리로 자전거 페달을 밟는 짐승들이 카스트로 스트리트로 향하고 있었다. 할로윈 같았다. 나는 크리티컬 매스(자전거를 위한 안전한 공간이 부족하다는 데 항의하면서 축제 분위기 속에서 공간을 점거하는 자전거 행진)에 참가하기 위해 행사 전날 밤 마켓 스트리트 앞에 자전거를 갖다 놓았다. 행사 당일, 수백 명이 자전거를 타고 거리를 메우고 있었다. 1992년에 바로 이곳에서 시작되어 매월 마지막 금요일마다 진행되어온 행사다.(크리티컬 매스는 지금 제네바, 시드니, 예루살렘, 필라델피아까지 전 세계에서 열리고 있다.) 자전거 참가자 중에서 비교적 모범적인 사람들이 "차 한 번 덜 타기"라고 쓰인 티셔츠를 입고 있어서였는지, 그날은 자전거를 타지 않은 참가자 세 명이 "자전거 한 번 덜 타기"라고 쓰인 티셔츠를 입고 자전거 참가자들 옆에서 뛰었다. 얼마 남지 않은 할로윈을 기념하기 위해서였는지, 자전거 참가자

요."─잔 굿윈, 『지조가 치러야 할 대가: 이슬람 여자들이 침묵의 베일을 걷고 이슬람 세

중에는 가면을 쓰거나 코스튬을 차려입은 사람들이 꽤 있었다.

잡종 행사인 것은 카스트로 스트리트의 핼러윈도 마찬가지다. 기념행사지만 정치적 발언으로 시작된 행사이기도 하다. 퀴어 정체성을 천명하는 것 자체가 대담한 정치적 발언이니까. 퀴어 정체성을 천명하는 일은 성이란 은밀한 것이고 동성애는 부끄러운 것이라는 유구한 전통을 신명나게 전복하는 일이다. 소외의 시절에는 모이는 일 자체가 반란이듯, 따분한 시절에는 즐거움 그 자체가 반란이잖은가. 오늘날 카스트로 스트리트의 핼러윈 파티에 오는 사람들 중에는 이성애자도 많지만, 모두가 관용과 캠프 스타일과 대놓고 쳐다봄이라는 하나의 깃발을 든 것 같다. 파티라고는 하지만 2000~3000명이 한 덩어리가 되어 가게 문이 모두 닫힌 길을 너덧 블록 걸어 내려오는 게 전부다. 장사꾼도 없고 주최자도 없다. 모두가 구경거리이면서 구경꾼이다. 예전에 핼러윈 밤에는 수백 명이 카스트로 스트리트에 모여 법원까지 행진했다. 한 게이 청년이 와이오밍에서 살해당한 데 대한 항의와 애도의 표시였다. 소비주의의 전당이면서 동시에 정치적으로 활발한 동성애자 커뮤니티의 본거지 샌프란시스코 카스트로에서는 꽤 정례화된 시위였다.

11월 2일에 '망자의 날(Día de Los Muertos)' 기념행사가 열린 곳은 미션 지구 24번가였다. 그해에도 역시 아즈텍 댄서들이 앞가리개와 발목딸랑이와 4피트 길이의 깃털로 차려입고, 맨발로 빙빙 맴을 돌고 쿵쿵 발을 구르며 퍼레이드의 선두를 이끌었다. 과달루페의 성모를 앉힌 제단과 아즈텍 신을 앉힌 제단을 짊어진 사람들이 그 뒤를 따랐다. 화장지를 둘둘 감은 거대한 십자가를 등에 진 사람들, 얼굴을 해골처럼 칠한 사람들, 촛불을 손에 든 사람들이 또 그 뒤를 따랐다. 전부 해서 1000명쯤 되는 것 같았다. 대형 퍼레이드와는 달리 이런 행사는 거의 모두가 참여자다. 집

계를 내다보다』 • 혼자 걸어 나가기만 해도 가족 모두에게 의

에서 창밖을 내다보는 몇 사람을 빼면 그냥 구경꾼은 거의 없다. 퍼레이
드보다는 행진이라는 말이 더 어울릴 것 같다. 퍼레이드가 보여주기 위
한 공연이라면, 행진은 참여자들끼리 걸어가는 것뿐이니까. 큰길에서 함
께 걸어가는 일은 할로윈 인파에 밀려가는 것과는 느낌이 달랐다. 이 죽
음의 축제에는 좀 더 다정하고 애상적인 분위기가 감돌았다. 그 조심스
러우면서도 기분 좋은 동료애는 그저 함께 같은 방향으로 걸으면서 같은
공간과 같은 목적을 공유한다는 데서 나오는 듯했다. 서로의 몸이 한 줄
이 되면서 서로의 마음도 한 줄이 된 듯했다. 우리는 25번가와 미션 스트
리트의 교차로에서 또 다른 행진 대열, 얼마 남지 않은 어느 사형수에 대
한 형 집행을 반대하는 구호를 외치는, 비교적 소란스러운 행신 대열에
침입당했다. 그들이 사형 집행 관련자도 아닌 우리를 향해서 구호를 외
질 때는 짜증이 났지만, 그들 덕분에 죽음이 현실이라는 것을 떠올릴 수
있었다. 망자의 빵(pan de muerto, 사람 모양으로 구운 디저트 빵)을 파는 빵집
들이 밤늦게까지 문을 열었다. 기독교 전통과 멕시코 원주민 전통이 샌
프란시스코의 여러 문화들을 통해 수정되고 변형된 멋진 잡종 축제였다.
핼러윈과 망자의 날은 둘 다 탈경계 축제다. 생과 사의 넘나듦을 기념하
는 행사인 동시에 모든 것이 가능해지면서 심지어 정체성의 변형까지 가
능해지는 시간이다. 이 도시에서 핼러윈과 망자의 날은 이 파와 저 파가
만나고 나와 남의 장벽이 허물어지는 넘나듦의 장이 되어왔다.

　독일의 거장 아티스트 요제프 보이스(Joseph Beuys)는 "모두가 예술
가"라는 말을 금언이자 선언으로 자주 사용했다. 한때 그게 모두가 예술
을 해야 한다는 생각인 줄 알았다. 지금 생각하니 그 말은 모두가 구경꾼
을 넘어 참여자가 될 수 있고, 모두가 의미 소비자를 넘어 의미 생산자가
될 수 있다는 더 근본적인 가능성을 가리키고 있지 않나 싶다. DIY라는

심을 사는데, 만약 뒤를 밟혀 남자를 만나는 장면을 목격당한다면 과연 어찌 될지 한번

펑크 문화 강령에도 똑같은 생각이 깔려 있다. 그 가능성이야말로 모두가 자기 자신의 삶을 만드는 데 참여하고 공동체 전체의 삶을 만드는 데 참여한다는 민주주의의 가장 높은 이상이며, 거리야말로 평범한 사람이 발언할 수 있고, 차별이 없고, 권력자의 매개가 필요 없는, 민주주의의 가장 훌륭한 무대다. '매체(media)'와 '매개(to mediate)'의 어원이 같은 것은 우연이 아니다. 실재하는 공공장소에서 직접 정치행동에 나서는 것이 타인들과 매개 없이 소통할 수 있는 유일한 방법일 수도 있다. 내 손으로 뉴스를 만드는 것이 각종 매체 시청자들에게 닿는 유일한 방법일 수도 있다. 행진이나 거리 파티에 참여하는 것은 민주주의를 표명하는 재미있는 방법이다. 아무리 유아론적이고 향락적으로 펼쳐지는 행사라고 해도, 그런 행사를 통해 사람들은 용기를 얻게 되고 큰길은 좀 더 정치적인 쓰임새를 얻게 된다. 행진이나 시위나 봉기나 주민운동을 이끄는 것은 그저 타산적 이유가 아니라 표현적·정치적 이유를 가지고 공공장소를 걷는 공적 존재로서의 사람들이다. 거리행진이나 가두시위가 보행의 문화사를 구성하는 한 부분인 이유다.

거리행진이나 가두시위는 순례의 언어(신념을 천명하기 위해 걷는다는 점에서), 파업 피켓 라인(밀고 밀리며 내가 속한 집단의 힘과 나 자신의 의지를 보여준다는 점에서), 축제(모르는 사람들 사이의 장벽을 허문다는 점에서)의 혼합물이다. 많은 행진에는 집결지가 있다. 하지만 집결지에서는 대개 발언자가 선정되어 있고 참여자는 도로 청중으로 돌아간다. 나 역시 사람들과 하나가 되어 큰길을 걸어 나가는 동안 커다란 감동을 받았다가 집결 후의 행사에서 커다란 권태를 느낀 적이 많았다. 대부분의 퍼레이드나 행진은 무언가를 기념하기 위해서 한다. 과거의 시간을 기념하기 위해 도시공간을 걸으면서 시간과 장소가 맺어지고 과거의 기억과 미래의 가능성이 맺어지고 도시와 시민이 맺어짐으로써 하나의 살아 있는 전체, 역사가 만들어질 수 있는 기념의 공간이 생겨난다. 과거가 미래의 초석이 된다는 뜻이요, 과거를 기릴 줄 모르면 미래를 만들 수 없다는 뜻이다. 모든 행진에는 의제가 있다. 아무리 유순한 행진이라도 마찬가지다. 뉴욕에서 200년 넘게 이어져 내려오는 성 패트릭의 날 퍼레이드는 주변화를 겪은 공동체의 종교적 신앙과 민족적 긍지와 역량을 보여주는 행사라는 의미에서, 샌프란시스코의 중국 춘절 퍼레이드 같은 훨씬 더 화려한 행사나 퀴어 퍼레이드 같은 초대형 행사와 비슷하다. 군사 퍼레이드는 예나 지금이나 힘을 과시하는 수단이자 종족 우월감을 조장하고 민간인을 위협하는 수단이다. 북아일랜드에서 신교도 오렌시 낭원들에게 오렌지당 승전 기념일 행진은 상징적으로 구교도 지역을 침략하는 수단이 되어왔고, 구교도들에게 전쟁에서 죽은 사람들의 장례식은 대규모 정치 행진이 되어왔다.

평일의 걷기는 혼자 걷기(기껏해야 두어 명이 함께 걷기)이고, 보도 걷기이다. 평일의 큰길은 운송 공간이다. 기념일(역사적, 종교적 사건을 기리는 공휴일, 또는 우리 스스로가 역사를 만드는 특별한 날)의 걷기는 다 함께 걷기다. 그런 날의 큰길은 그날의 의미를 두 발로 다지는 공간이다. 걷기는 기도도 될 수 있고 섹스도 될 수 있고 땅과의 교감도 될 수 있고 사색도 될 수 있으니, 그런 날의 걷기는 발언이 된다. 많은 역사가 시민의 발걸음으로 만들어졌다. 자기 도시를 걸어서 헤쳐 나가는 일은 정치적·문화적 신념의 육체적 표현이자 비교적 누구에게나 열려 있는 공적 표현 형태 중 하나다. 공동의 고지를 향해서 함께 걷는다는 의미에서는 행군이라고 할 수 있지만, 행군하는 군인들은 개체성을 포기한 존재들인 반면, 행진하는 시민들은 개체성을 간직하고 있다. 군인들의 획일적 걸음걸이가 절대적

아. 레즈비언인가?"—런던 행인이 어느 창녀에게   • 몸매는 완벽

권위에 복종하는 교체 가능한 부품의 특징을 보여준다면, 시민 행진은 각자의 다름을 간직한 개인들이 공동의 기반을 마련함으로써 공적 존재가 될 가능성을 보여준다. 몸을 움직여서 어딘가로 가는 일이 모종의 발언이 되는 순간, 말로 표현하는 것과 행동하는 것의 구분이 흐려지기 시작하면서 행진 그 자체가 상징계로, 때때로 역사로 넘어 들어가는 문턱이 된다.

　　자기 도시를 능숙하게 자기 영토(상징적 영토이자 실질적 영토)로 삼을 수 있는 시민들, 자기 도시에서 다른 사람들과 함께 걸어 다니는 데 익숙한 시민들이라야 반란을 도모할 수 있다. 미국 수정헌법 제1조에는 민주주의를 위한 필수적 권리로서 출판의 자유, 언론의 자유, 종교의 자유와 함께 "사람들이 평화롭게 한 장소에 모일 권리"가 보장돼 있지만, 그 사실을 기억하는 사람들은 별로 없다. 다른 권리들에 대한 침해는 쉽게 인지되는 반면, 자동차 위주의 도시설계, 보행 환경 악화 등 집회 가능성을 차단하는 요소들은 인과관계를 추적하기도 어렵고 시민권의 사안으로 떠오르는 경우도 드물다. 하지만 공공장소가 없어진다면 결국은 공공성도 없어진다. 개인이 시민, 즉 동료 시민들과 함께 경험하고 함께 행동에 나서는 존재가 되는 것도 불가능해진다. 시민이 되려면 모르는 이들과 함께한다는 인식이 있어야 한다. 민주주의의 토대는 모르는 이들에 대한 신뢰이잖은가. 공공장소란 바로 모르는 이들과 차별 없이 함께하는 장소다. 공공성이라는 추상적 개념이 구체적 현실이 되는 것은 바로 이런 공동체적 행사들을 통해서다. 로스앤젤레스는 1965년 와츠 사건, 1992년 로드니 킹 폭동 등 엄청난 폭동이 있었던 도시이면서도 이렇다 할 저항의 역사가 없는 도시다. 중심지가 없이 넓게 퍼져 있는 형태라서 행동의 무대가 될 만한 상징적 장소가 없을 뿐 아니라, 보행자들의 공적 참여를

하게 균형 잡혀 있고, 자세는 꼿꼿하지만 절대로 뻣뻣하지 않다. 보폭은 딱 적당하다. 움

뒷받침할 만한 널찍한 장소도 거의 없다. 예외가 있다면 재래시장을 개조한 보행자 전용 상점가 정도다. 반면 샌프란시스코는 도심지에서 행진과 시위를 비롯한 여러 공적 행동들을 정례화해왔다. 한때 '서쪽의 파리'로 불린 데는 그럴 만한 이유가 있었던 것이다. 하지만 파리와는 달리 한 나라의 수도가 아닌 샌프란시스코는 이 나라와 이 나라 정부를 뒤흔들 수 있는 상황이 못 된다.

파리는 위대한 보행 도시이자 위대한 혁명 도시다. 이 두 사실을 연결 짓는 글은 많지 않지만, 둘은 매우 밀접하게 연결되어 있다. 역사가 에릭 홉스봄이 결론 내린 "봉기와 반란에 최적화된 도시"는 "인구가 조밀하고 면적이 너무 넓지 않은 도시, 끝에서 끝까지 걸어가는 것이 아직 불가능해지지 않은 도시, [……] 이로써 지배권력(부유층, 귀족층, 중앙관리나 지방관리)이 도심에 밀집한 빈민층과 최대한 한데 섞여 있는 도시"였다.[98] 모든 혁명 도시는 구식 도시, 즉 돌과 시멘트에 의미와 역사와 기억이 스며들어 있는 도시, 행동 하나하나가 과거의 메아리이자 미래의 추동력으로 연출되는 도시, 권력의 작동을 아직은 눈으로 볼 수 있는 도시다. 모든 혁명 도시는 보행 도시, 즉 주민들이 마음 놓고 왔다 갔다 할 수 있는 도시, 주민들이 주요 지형지물을 잘 알고 있는 도시다. 1789년과 1830년, 1848년, 1871년, 1968년에 중요한 혁명과 반란이 일어났고 최근까지 무수한 시위와 파업이 일어나고 있는 혁명 도시 파리 역시 구식 도시이자 보행 도시다.

　도시 재개발에 대한 홉스봄의 설명 또한 오스만의 파리 재개발을 염두에 둔 것이었다. "그렇지만 도시 재개발은 잠재 반란들에 또 다른 영향(의도한 결과는 아닌 듯한 영향)을 미쳤다. 새로 생긴 넓은 대로들은 대중

직임이 좋고 춤 솜씨가 좋은 사람들처럼 무릎으로 걷는 대신 엉덩이로 걷는다. 걸으면서

시위 내지 대중 행진(대중운동에서 점점 더 중요해진 측면)에서 이상적 장소
가 되었다. 이와 같은 불바르 체제가 정비되면서, 대로는 주변 거주 지역
들과 더욱 확실히 구분되었고, 대중 집회들은 폭동으로 이어지기보다 의
례적 행진이 되기가 더 쉬워졌다."⁹⁹ 특히 파리에서 프랑스 사람들이 혁
명을 잘 받아들이는 것은 파리 그 자체가 기념비적 공간, 상징적 공간, 공
적 공간으로 포화되어 있기 때문이다. 다시 말해, 프랑스라는 나라는 퍼
레이드가 군대처럼 행진하면 군대로 삼는 나라, 정부가 무너졌다고 믿음
으로써 정부를 무너뜨리는 나라다. 그것은 아마도 이 나라가 현실과 상
상이 매우 가깝게 뒤섞여 있는 수도를 가졌고, 이 나라가 상상 속에서도
공적 사안들에 관여하고 공적 꿈을 꾸기 때문일 것이다. 학생들에 의해
일어난 1968년 5월 혁명 중에 소르본 대학교에는 이런 그라피티도 있었
다. "내게 내 욕망은 현실이다. 나는 내 욕망이 현실이라고 믿으니까."¹⁰⁰
1968년 5월 혁명은 이 나라에서 가장 중요한 땅, 곧 상상이라는 땅을 점
령했고, 라탱 지구를 비롯한 프랑스 곳곳의 파업 현장에서처럼 이 땅에
서도 프랑스 정부(유럽에서 가장 강력했던 정부)를 무너뜨리기 직전까지 갔
다. 당시 라탱 지구 길거리에 나와 있던 마비스 갈란트(Mavis Gallant)도 그
점을 지적했다. "컬럼비아 대학생들의 항거와 소르본 대학생들의 항거
사이의 차이는, 맨해튼에서는 예전과 똑같은 생활이 계속된 반면 파리에
서는 사회 각계각층에 불이 질러졌다는 점이다. 파리는 '삶이 바뀔 수 있
다, 갑자기 바뀔 수 있다, 좋게 바뀔 수 있다'는 집단 환각에 빠졌다. 나는
아직 그것이 모종의 고결한 욕망이라고 생각하고 있다."¹⁰¹

　　다들 알다시피 프랑스혁명은 1789년에 시작되었다. 루이 16세가 당
시에 인기가 많았던 자크 네케르 장관을 해임함으로써 이미 요동치고 있
던 파리를 더 들끓게 만든 것이 7월 11일이었다. 그때 파리 시민들이 상상

결코 팔을 흔들거나 손을 엉덩이에 올려놓지 않는다. 걸을 때 손짓을 하는 일도 결코 없

했던 것은 무장 봉기가 아니었을까 싶다. 한순간에 모인 6000명의 파리 시민들이 앵발리드 무기고를 습격해서 보관되어 있던 라이플을 탈취한 후 군수품을 보충하기 위해 강 건너편 바스티유를 점령했을 뿐 아니라 지금도 그 성과를 프랑스 전역에서 매년 7월 14일 '바스티유의 날'에 행진과 축제로 기념하고 있으니 말이다. 그 후 삶은 정말 바뀌었다. 갑작스럽게 바뀌었지만, 장기적으로는 좋게 바뀌었다. 바스티유라는 중세 요새 감옥의 해방은 수세기를 이어져 내려온 폭정의 종말을 상징하는 사건이었다. 하지만 진짜 혁명은 그로부터 석 달 후에 시장 여자들의 행진과 함께 시작되었다. 혁명의 정신적 기원은 어느 정도 토머스 페인, 루소, 볼테르 같은 계몽주의 철학자들에 의해 촉발된 자유와 정의 같은 이상들이지만, 혁명의 기원 중에는 육체적 기원도 있다. 엄청난 우박이 프랑스 전역에 대흉작을 초래한 것은 1788년 여름이었고, 사람들이 그 결과를 실감한 것이 1789년이었다. 빵값이 올랐고 빵을 구하기도 어려워졌다. 평범한 사람들은 빵 한 덩어리를 사기 위해 오전 4시부터 빵집 앞에 줄을 서야 했고, 가난한 사람들은 굶어야 했다. 원인에 육체가 있었으니, 결과에도 육체가 있었다. 프랑스혁명은 이념의 혁명이면서 동시에 파리의 길거리, 파리의 광장을 무대로 펼쳐지는 해방된 육체, 굶주리는 육체, 행진하는 육체, 춤추는 육체, 날뛰는 육체, 참수당한 육체의 혁명이어야 했다는 뜻이다. 언제나 혁명은 정치가 육체가 되는 일이다. 행동이 발언의 통상적 방법이 될 때의 정치가 바로 혁명이다. 영국과 프랑스에서는 그 전부터 수많은 식량 폭동과 조세 폭동이 있어왔지만, 식량을 향한 갈망과 이상을 향한 갈망이 이렇게 완벽히 결합된 적은 한 번도 없었다.

시장 여자들과 생선 파는 여자들은 종교 행렬에서 함께 행진하는 데에 이미 익숙해져 있는 사람들이었다. 바스티유 함락 직후의 열기 속

다.—에밀리 포스트, 『에티켓』   • 그녀는 올 가을 유행할 뾰족

에서 그들이 처음으로 집단으로서의 욕망, 집단으로서의 힘을 느낀 것도 틀림없이 종교 행렬에서 함께 행진할 때였을 것이다.[102] 현지 주민 가운데 는 그들의 행렬에 겁을 먹은 사람도 있었다. "시장 여자들, 세탁부들, 장 사꾼들, 노동자들이 여러 지구에서 모여 행진하는 일이 거의 일상이 되 면서 행진에 절도가 생기고 위세가 생기고 규모가 생겼다. 그들의 행렬이 8월과 9월에 생자크 거리에 진입한 이유는 새로 지은 생트주느비에브 교 회 봉헌예배에 참석하기 위해서였다."[103] 사이먼 샤마(Simon Schama)에 따 르면, 8월 25일 성 루이 축일에는 파리 여자들이 베르사유로 가서 여왕 에게 꽃다발을 바치는 전통이 있었다. 시장 여자들이 행진에 새로운 내 용을 담을 수 있었던 것은 행진을 어떻게 해야 하는지 이미 알고 있었기 때문이었던 것 같다. 교회와 국가에 경의를 바치는 행진을 이미 해봤기 에, 그들은 요구하기 위한 행진을 할 준비가 되어 있었다.

1789년 10월 5일 아침, 한 소녀가 레알 시장으로 북을 들고 왔고, 폭동이 일어난 포부르 생앙투안에서는 마을 성당 사제에게 종을 치게 했 다. 북소리와 종소리가 군중을 모았다. 어느 새 수천 명으로 늘어난 여자 들은 바스티유의 영웅 스타니슬라스마리 마야르를 선봉장으로 뽑았는 데, 마야르는 자기를 따르는 여자들에게 계속 자제를 당부해야 했다. 그 렇게 모인 여자들은 대부분 가난한 노동층(생선 파는 여자들, 시장 여자들, 세 탁부들, 건물 청소부들)이었지만, 개중에는 재산 있는 여자들도 있었고 테 루아뉴 드 메리쿠르(일명 여전사 테루아뉴)를 비롯한 유명 혁명가들도 있었 다.(기록에서 창녀들과 여장남자들이 유독 크게 부각되는 것은 '점잖은' 여자들이 그 렇게 반란을 일으키는 것이 불가능하다는 당시의 편견 때문이었던 것 같다.) 여자들 은 아직 왕의 땅이었던 튀일리 정원을 관통하는 길을 고집했고, 보초는 칼을 뽑아 선두의 여자를 겨눴다. 마야르가 여자를 보호하기 위해 나섰

한 하이힐에 대해 이렇게 말했다. "나는 이 구두를 리무진 구두라고 부릅니다. 한 여성이

지만 불필요한 일이었다. "두 남자의 교차한 칼날을 여자는 빗자루로 세게 후려쳤다. 두 칼이 모두 바닥에 떨어졌다."[104] 여자들은 "빵을 얻자, 베르사유로 가자!"를 외치면서 계속 전진했다. 미국 독립혁명의 영웅 라파예트 후작이 약 2만 명의 국민위병을 이끌고 여자들을 뒤에서 호위한 것이 바로 그 사건 후였다. 수상쩍은 호위였다.

여자들이 베르사유에 도착해 국민회의라는 새 통치기구를 상대로 식량난 해결을 요구한 것은 초저녁이었다. 여자 두셋이 요구 사항을 들고 왕 앞에 불려나갔다. 자정을 앞둔 밤 군중이 베르사유 궁전 대문 앞에 모였고, 이른 아침 진입이 시작됐다. 유혈 진입이었다. 근위병이 나이 어린 여자에게 발포했다. 근위병 둘의 목을 치고 궁전 안으로 몰려 들어간 군중은 괘씸한 마리 앙투아네트 왕비를 찾아다녔다. 같은 날, 겁에 질린 왕족 일가는 승리의 기쁨에 의기양양하고 승리의 피로로 기진맥진한 군중과 함께 파리로 돌아오지 않을 수 없었다. 군중의 기나긴 행렬을 라파예트는 약 6만 명으로 추산했다. 월계수 가지를 들고 왕족 일가의 마차를 에워싼 여자들이 앞에 섰고, 밀과 밀가루를 실은 마차들을 호송하는 방위군이 그 뒤를 따랐다. 한 역사책에 따르면, 행렬 후위에는 여자들이 더 많았다. "그들이 들고 가는 장식 나뭇가지는 번쩍이는 쇠창과 장총 사이에서 '걸어가는 숲' 같은 인상을 주었다. 비는 좀처럼 그치지 않았고 길은 발목까지 빠지는 진흙탕이었지만, 그들은 아무 불만 없는 모습, 심지어 들뜬 모습이었다." 지나가는 행인들을 향해 큰 소리로 외치는 사람도 있었다. "와서 구경하시오. 빵집 내외와 어린 자식이 여기 있소."[105] 파리에 온 왕은 베르사유에 있을 때와는 전혀 다른 존재였다. 왕이 파리로 오면서 프랑스 왕정의 절대권력은 서서히 약화되었다. 절대군주가 입헌군주가 되었고, 입헌군주가 죄수가 되었다. 그리고 단두대의 이슬로 사라졌

나에게 편지를 보내 왔습니다. '남자 친구가 하이힐을 신으라는데, 신으니까 발이 아프네

다. 혁명이 어느새 정쟁과 유혈 사태의 나락으로 빠져드는 몇 년 새의 일
이었다.

　　역사는 전쟁과 밀약, 즉 전사들의 힘겨루기와 정치가들의 말싸움
으로 이루어진다는 말이 있다. 국민의회 생성이나 바스티유 습격 같은
프랑스혁명의 앞선 사건들을 보면, 역사가 실제로 그렇게 이루어지는 것
같기도 하다. 하지만 시장 여자들의 베르사유 행진은 평범한 시민들의
평범한 몸짓이 역사가 된 경우였다. 수천 명의 여자들이 베르사유까지
걸어가던 그 순간은 모든 권위에 순종해왔던 과거가 극복되는 순간이었
고, 트라우마를 남길 미래는 아직 시작되기 전이었다. 그날, 세상이 그들
편이었다. 그들은 아무것도 두렵지 않았다. 그들이 앞서 나갔고, 군대는
그들 뒤를 따랐다. 역사의 방앗간에서 그들은 빻아지는 곡식이 아니라
곡식을 빻는 방아였다. 작게는 지지 철회부터 크게는 무력 혁명까지 그
들의 행진이 집단의 위력을 과시했던 것은 다른 모든 대중 행진과 마찬가
지였다 해도, 그들이 혁명을 시작할 수 있었던 것은 행진 그 자체를 통해
서였다. 그들의 손에는 장총(실재계에서 작동하는 사물)과 함께 나뭇가지(상
징계에서 작동하는 사물)가 들려 있었다.

이렇듯 종교 행사와 광장 집회와 대규모 행진이 결합된 몇몇 사건들이 프
랑스혁명 200주년에 발생하게 된다. 중국의 톈안먼 사태가 불길한 혁명
의 해를 예고하는 듯했지만, 이미 유럽의 뭇 공산 정권들은 폭력적 진압
에 대한 흥미 내지 자신감을 잃은 뒤였다. 간디의 비폭력주의가 확산되
고서 폭력을 아무렇지도 않게 자행하는 일이 훨씬 드물어진 시대였고,
인권이 훨씬 확고하게 자리 잡은 시대였고, 언론 덕분에 세계 곳곳에서
일어나는 사건들이 가시화될 가능성이 훨씬 커진 시대였다. 서구에서 미

국 민권운동의 유효성이 입증된 시대였고, 반전운동과 비폭력 직접행동 전술이 시민저항의 세계 공용어가 된 시대였다. 홉스봄의 지적대로, 지구에서의 폭동 대신 대로에서의 행진이 등장했다. 동유럽 곳곳의 반란 세력들은 비폭력이 자기들의 이데올로기 중 하나임을 천명했다. 폴란드에서의 혁명은 평화적 변혁이 나아가리라고 여겨지는 길을 따라갔고(외부의 정치적 압력과 내부의 정치적 타협을 무수하게 겪으면서 서서히 변화를 이끌어 냈고, 결국 1989년 7월 4일에 자유선거를 치르는 데 성공했다.), 기민하게 이루어진 고르바초프의 구소련 해체는 이런 혁명들에 도움을 주었다. 하지만 헝가리와 동독과 체코슬로바키아에서는 길거리에서 역사가 만들어졌다. 이 세 나라에서 옛 도시들은 공공 집회의 근사한 무대가 뇌어수었다.

　　T. G. 애시(Timothy Garton Ash)에 따르면 헝가리에서 혁명의 계기는 6월 16일에 거행된 임레 너지(Imre Nagy)의 장례식이었다. 그가 1956년 반란에 가담했다는 죄목으로 처형당한 것은 1958년이었고, 31년 늦게 열린 장례식에 모여 행진한 인원은 20만 명이었다. 예전 같은 폭력적 진압은 없었다. 반체제 세력은 헝가리의 역사, 헝가리의 목소리를 되찾았나는 기쁨 속에 행동의 수위를 높였고, 10월 23일에 새 헝가리 공화국이 탄생했다. 다음 차례는 동독이었다.[106] 초기에는 억압의 수위가 높아졌다. 동베를린에서는 귀갓길의 학생들과 퇴근길의 노동자들이 폭동 지역 근처를 지나간다는 이유만으로 체포당하기도 했다.[107] 길을 걷는다는 일상적 자유까지 범죄가 된 셈이었다.(특정 공공장소에서의 통행금지는 야간 통행금지나 집회 금지와 마찬가지로 격변의 시기나 억압적 정권의 주요 메뉴다.) 하지만 라이프치히의 성 니콜라이 교회에서는 오랫동안 월요일 저녁에 '평화기도회'가 열렸고, 기도회는 근처 카를 마르크스 광장에서 시위로 이어졌다. 시위 인원이 점점 늘어나더니 10월 2일에는 1만 5000명에서 2만 명

하세요.'"—《하퍼스 바자》　　　　　　　• 한국에서 성문이 닫히는 시간에는

을 헤아릴 정도가 되었고(동독에서 1953년 이래 자발적 시위로 최대 규모였다.),
10월 30일에는 이미 50만 명 가까운 인원이 행진 중이었다. 애시에 따르
면, "그때부터 역할이 바뀌었다. 작용하는 쪽은 민중이었고, 반작용하는
쪽은 당이었다."[108] 11월 4일, 100만 명이 동베를린의 알렉산더 광장에 모
여 깃발과 현수막과 포스터를 흔들었다. 11월 9일, 베를린 장벽이 무너졌
다. 당시 그 자리에 있던 한 친구는 베를린 장벽이 무너진 이유는 장벽이
무너졌다는 오보가 퍼졌기 때문이라고 말해줬다. 장벽이 무너졌다는 소
식을 들은 사람들이 몰려든 탓에 장벽이 정말로 무너지게 됐고, 겁을 먹
은 국경수비대는 사람들이 장벽을 넘는 것을 막지 않았다는 것이다. 장
벽의 붕괴가 진실이 된 것은 그것을 진실로 만들 수 있는 충분한 인원이
장벽 앞에 와 있었기 때문이다. 이번에도 두 발이 쓴 역사였다.

　　체코슬로바키아의 '벨벳 혁명'은 혁명의 해에 일어난 가장 근사한
혁명이자 혁명의 해를 마감하는 혁명이었다.(루마니아의 크리스마스 혁명은
전혀 다른 양상이었다.) 그 마법의 해 1989년의 1월, 극작가 바츨라프 하벨
(Václav Havel)이 1968년 '프라하의 봄' 혁명의 압살에 대한 항의 표시로
프라하의 심장 바츨라프 광장에서 분신자살한 학생의 20주기 추모 행사
에 참여했다는 이유로 투옥됐다. 1989년 11월 17일은 나치 점령기에 나
치에게 살해당한 또 한 명의 체코인 학생 열사의 추모일이었는데, 이날의
추모 행렬은 1월 추모 행사 때보다 훨씬 큰 규모였고 훨씬 대담했다. 카렐
대학교에서 출발해서 해 질 녘에 공식 일정을 마친 대열은 촛불을 켜고
꽃을 꺼낸 다음 행진을 이어나갔다. 노래를 부르기도 했고 반정부 구호
를 외치기도 했다. 11월도 1월과 마찬가지로 과거가 현재에 말을 걸어오
는 순간이었다. 바츨라프 광장으로 출동한 경찰은 시위대를 포위하고 곤
봉을 마구잡이로 휘두르기 시작했다. 시위대는 우르르 옆길로 도망쳤다.

[⋯⋯] 성내가 여자들의 것이 되었다. 자유롭게 돌아다닐 수 있게 된 여자들은 지등을 밝

무사히 빠져나가거나 인근의 가정집으로 피신한 사람들도 있었지만, 부상자도 많이 발생했다. 또 다른 학생 열사가 나왔다는 잘못된 소식이 퍼지면서 전국이 분노로 끓어올랐다. 그때부터 바츨라프 광장(정확히 말하면, 도심 한복판에 자리하고 있는 1킬로미터 길이의 엄청나게 넓은 대로)에서는 수십만 명이 참여하는 자발적 행진과 파업과 집회가 이어졌다. 그 즈음에 석방된 하벨은 환등 극장(Laterna Magika)의 막후에서 모든 반정부 단체들을 규합했다. 길거리에서 쟁취한 힘을 유용한 정치세력으로 조직화하기 위함이었다. 이 조직을 가리켜 체코어로는 '시민 포럼(Občanské fórum)', 슬로바키아어로는 '폭력에 반대하는 조직(Verejnosť proti násiliu)'이라고 했다.

체코슬로바키아에서 공적 생활이 시작되었다. 매일같이 바츨라프 광장에서 집회가 있었고, 나로드니 거리까지 행진이 있었고, 참가자들끼리 소식을 주고받았고, 포스터와 표지판을 만들었고, 꽃과 초로 제단을 꾸몄다. 이렇듯 길거리라는 공적 공간을 되찾는다는 것은 길거리의 사람들이 길거리의 의미를 결정한다는 뜻이었다. 한 기자는 이렇게 전한다. "그때 프라하는 마치 최면에 걸린 도시, 마법에 걸린 도시 같았다. 그 전까지도 프라하는 항상 유럽에서 가장 아름다운 도시 중 하나였지만, 프라하의 아름다운 성탑들 주위에 답답한 슬픔의 구름이 자욱했던 것이 무려 20년이었다. 그런데 그 구름이 사라진 것이다. 군중들은 침착하고 자신만만하고 점잖았다. 날마다 오후 네 시면 일을 마친 사람들이 바츨라프 광장으로 줄지어 모여들었다. 예의 바르고 참을성 있고 결의에 찬 움직임이었다. [……] 도시가 갑자기 다채로워졌다. 담벽이든 상점 창문이든 조금이라도 남는 공간이 있으면 포스터가 나붙었다. 집회가 끝날 때마다 다 함께 국가(國歌)를 불렀다."[109] 그로부터 나흘 후, 체코슬로바키

히고 친구들과 삼삼오오 거닐면서 수다를 떨었다.─엘리자베스 윌슨, 『도시의 스핑크스』

아에서 가장 유명한 반체제 인사들인 하벨과 1968년의 영웅 알렉산데르 둡체크가 바츨라프 광장 위의 발코니에 등장했다. 21년 만에 처음으로 대중 앞에 모습을 드러낸 둡체크가 그동안 정권이 강요한 침묵을 깨뜨렸다. "광장은 문제를 푸는 곳이 아니라고 정부는 주장하고 있습니다. 하지만 우리는 광장에서 문제를 풀어왔습니다. 지금도 우리는 길거리에서 문제를 풀고 있습니다. 광장의 목소리에 귀를 기울일 때입니다."[110]

혁명을 촉발한 것이 한 학생에 대한 기억이었다면, 혁명을 절정으로 끌어올린 것은 한 성인(聖人)에 대한 기억이었다. 보헤미아의 아네슈카(성 바츨라프의 증손녀)가 성인으로 추대되고 몇 주 후, 반정부파 지지자였던 프라하 대주교가 야외 미사를 집전했을 때였다. 둡체크가 대중 앞에 선 지 며칠 만이었고, 수십만 명이 눈을 맞으며 모여들었다. 이렇듯 체코슬로바키아 사람들은 헝가리 사람들처럼 과거의 영웅들과 순교자들을 기억함으로써 미래를 쟁취해냈다. 12월 10일에는 이미 새 정부가 들어서 있었다. 벨벳 혁명 기간 내내 프라하에 와 있던 마이클 쿠크럴(Michael Kukral)이라는 미국의 젊은 지리학자는 이렇게 말했다. "매일같이 계속되던 대규모 가두시위가 11월 27일 이후로 막을 내렸다. 혁명도 변신을 겪었다. 내가 다음 날 아침에 일어나보니 거대한 벌레로 변해 있더라는 이야기까지는 아니지만, 지난 열흘간의 기세, 자발, 흥분을 두 번 다시 경험하지 못할 것이라는 사실을 알게 되는 데서 오는 슬픔은 분명히 있었다."[111]

1989년은 광장들(톈안먼 광장, 알렉산더 광장, 카를 마르크스 광장, 바츨라프 광장)의 해이자, 사람들이 광장에서 공공의 권력을 재발견한 해였다. 톈안먼 광장은 시위와 공공장소 점거가 항상 바람직한 결과로 이어지는 것은

• 몇 달간 스페인 산속에 살 때였다. 산을 에워싸고 있는 숲으로 정찰을 나가보리라고 결심

아님을 상기시켜주는 곳이다. 하지만 벨벳 혁명과 유혈 진압이라는 양극 사이에는 다양한 유형의 투쟁들이 있다. 1980년대는 위대한 정치적 활동성의 시대였다. 카자흐스탄, 영국, 독일, 미국에서는 대규모 반핵 운동이 있었고, 미국이 중앙아메리카 지역에 간섭하는 것에 반대하는 무수한 행진이 있었고, 세계 곳곳의 대학생들이 남아공에의 투자 철회를 촉구하면서 아파르트헤이트 정권을 무너뜨리는 데 일조하기도 했고, 80년대 내내 퀴어 퍼레이드가 늘어났고, 80년대 말에는 급진적 에이즈 활동가들이 늘어났고, 대중주의 운동들이 필리핀 등 여러 나라의 길거리에서 펼쳐졌다.

그로부터 몇 년 앞서 일어난 또 다른 빈민에서도 광장이 무대가 되었다. '5월 광장의 어머니회'의 무용담은 이 여자들이 경찰서와 정부청사 이곳저곳에서 서로를 알아보면서 시작됐다. 1987년에 정권을 장악한 잔인한 군부 요원들에 의해 '실종'당한 자식들을 찾아다녔지만 모두가 아무런 단서도 얻지 못했다. 마게리트 구츠만 부바르(Marguerite Guzmán Bouvard)에 따르면 "숨기기는 군부가 벌인 '더러운 전쟁(Guerra Sucia)'의 특징이었다. [……] 아르헨티나에서는 정상화라는 허울 아래 유괴 사건들이 자행되었다. 항의는 불가능했고, 유괴당한 사람들의 가족조차도 끔찍한 실상을 확인할 방법이 없었다."[112] 대부분 교육받은 적이 거의 없고 정치적 경험도 전혀 없는 전업주부였던 여자들은 자기네가 그 비밀을 세상에 알려야 한다는 것을 깨닫게 되었다. 그들이 대의를 위해 싸우면서 자기의 안위를 전혀 고려하지 않는 모습은 충격적이었다. 1977년 4월 31일, 열네 명의 어머니가 부에노스아이레스 도심의 5월 광장으로 갔다. 1810년에 아르헨티나가 독립을 선언한 곳이었고, 후안 페론이 대중주의 연설들을 한 곳이었다. 나라의 심장 같은 광장이었다. 거기 앉아 있는

한 것만도 여러 번이었다. 진지한 산세를 뽐내는 어두운 소나무 숲이었다. 골짜기마다 마

것은 불법 집회나 마찬가지라고 한 경찰이 소리쳤다. 그래서 그들은 광장 한복판에 있는 오벨리스크를 중심으로 걷기 시작했다.

군부가 최초의 전투에 패하고 5월 광장의 어머니회가 자기들의 정체성을 발견한 것은 바로 그때 그곳에서였다고 한 프랑스인은 말하기도 했다. 그 광장이 그들에게 이름을 주었고, 금요일마다 광장을 걸은 일이 그들을 유명하게 만들었다. 부바르에 따르면 "언젠가부터 그들은 그렇게 걷는 일을 행진이라고 부르기 시작했다. 자기들이 목적 없이 한곳을 빙글빙글 돌고 있는 것이 아니라 하나의 목적을 향해서 걸어 나가고 있다고 느꼈기 때문이었다. 그들은 그렇게 금요일마다 걸었다. 5월 광장의 어머니회의 수가 점점 불어나면서 경찰은 상황을 주시하기 시작했다. 대형 경찰차에서 쏟아져 나온 경찰들이 폭언과 폭행을 퍼부으며 그들을 강제 해산시켰다."[113] 개들에게 공격당하고 곤봉으로 구타당하고 체포당하고 심문당하면서도 그들은 또 나와서 또 걸었다. 그렇게 수년간 걸음으로써 그들은 기억하면서 걷는다는 이 단순한 행동을 의례로, 나아가 역사로 만들었다. 그리고 이 광장의 이름을 전 세계에 알렸다. 행진하면서 그들은 실종된 아이의 사진을 정치 플래카드처럼 막대기에 붙이거나 목에 걸기도 했고, 아이의 이름과 실종된 날짜를 수놓은 흰 손수건을 머리에 쓰기도 했다. 수놓인 글자가 "살아 돌아와라(Aparición con Vida)"로 바뀐 것은 그로부터 얼마 후였다.

그들과 함께 걸은 시인 마저리 아고신(Marjorie Agosín)에 따르면 "행진하는 동안에는 아이들과 아주 가까이 있다는 느낌이 든다고 그들은 내게 말했다. 진실을 이야기하자면, 망각이 허용되지 않는 이 광장에서는 기억이 원래의 의미를 회복한다." 국가의 트라우마를 행진으로 표출하는 이 여자들이 수년 동안 가장 공공연한 반체제 세력이었다. 1980년

을이 숨어 있었다. 마을의 지명은 대부분 성인의 이름을 따온 것이었다. 실제로 그 이름의

대에 이르면 그들은 전국적 규모의 어머니 네트워크를 만들어낸다. 1981
년, 그들은 첫 번째 인권의 날 기념 연례 24시간 행진을 시작했고, 아울러
전국 곳곳의 종교 행렬에 참가하기도 했다. "이 무렵은 5월 광장의 어머
니회의 행진이 큰 관심을 얻은 후였다. 5월 광장은 계엄 상황 속에서 중년
여성들이 행진을 이어나가는 기이한 현상을 취재하러 온 외신 기자들로
북적거렸다."[114] 군사정권이 몰락한 1983년, 5월 광장의 어머니회는 새로
선출된 대통령 취임식의 국빈이었다. 하지만 그 후에도 어머니들은 매주
5월 광장의 오벨리스크를 중심으로 걷는 일을 계속해나갔고, 그 전까지
두려움 때문에 동참하지 못했던 수천 명이 어머니들과 함께 걷기 시작했
다. 지금도 그들은 매주 목요일에 오벨리스크를 중심으로 시계 반대 방향
으로 걷는 일을 계속하고 있다.

시위의 효과를 가늠하는 방법은 여러 가지다. 시위는 더 많은 사람들에
게 직접, 또는 언론을 통해 영향을 미치기도 하고, 시위가 겨냥한 청중인
정부에 영향을 미치기도 한다. 하지만 시위가 시위자들 자신에게 미치는
영향은 그냥 잊힐 때가 많다. 시위자들은 일순간 공적 공간에서 공적 존
재가 되고 구경꾼이었던 존재가 세력을 가진 존재가 된다. 내가 이런 공
적 존재로서의 삶을 경험해본 것은 걸프전쟁이 발발하고 첫 몇 주간이
었다. 샌프란시스코는 무수한 연례 행진과 퍼레이드가 벌어지는 도시지
만, 나에게 그렇게 강렬한 경험은 그때가 처음이자 마지막이었다. 1991년
1월에 전국에서 펼쳐졌던 거대한 시위들(필라델피아에서 독립기념관을 에워
쌌던 일, 워싱턴에서 백악관 건너편 라파예트 공원에 운집했던 일, 워싱턴 주와 텍사스
주에서 주 의사당을 점거했던 일, 브루클린 다리를 봉쇄했던 일, 시애틀이 포스터와
시위대로 뒤덮였던 일, 미국 남부 곳곳에서 운전자들이 '주유 시위'를 벌인 일)에 관

성인이 살았던 것인지도 몰랐다. 하지만 여름이었고, 내 결심은 더위 앞에서 하루 또 하루

한 글은 당시에도 그랬고 지금까지도 별로 나오지 않고 있다. 그런 일들이 있었는데. 두려움과 순종적 애국심만 있었던 것이 아니었는데. 샌프란시스코에서도 몇 주 동안 엄청난 규모의 격렬한 항의가 계속되었는데. 그때 우리가 5월 광장의 어머니회처럼 용감했다거나 프라하 민중처럼 영향력이 있었다고 말하려는 것이 아니다. 그저 우리도 한동안 공적 생활을 경험한 적이 있다는 말이다. 걸프전쟁의 전체적인 전략(속전속결, 어마어마한 언론 통제, 첨단무기 동원, 지상전투 최소화)의 목적은 정보와 미군 사상자를 최대한 차단함으로써 본국의 반대를 묵살하는 것이었다. 걸프전쟁(그리고 걸프전쟁 이후의 군소 전쟁들)에서 선제 타격은 막강한 저항 여론에 대한 선제 타격이기도 했다는 뜻이다.

어쨌든 우리는 밖으로 나갔다. 도시공간 그 자체가 달라져 있었다. 최초의 공습이 있기 전에 이미 길거리에서는 자발적 집회가 열렸고, 함께하는 행진이 있었고, 모닥불이 있었고(땔감은 사람들이 집 밖에 내놓은 크리스마스 트리였다.), 의례와 집회가 조직되었고, 곳곳에 포스터가 나붙었다. 침묵을 깨뜨린 담벼락들이 걸프전쟁에 맞대응하는 구체적 행동과 규탄을 요구하고 있는 것처럼 보였다. 이번에도 시위대는 다리나 고속도로 같은 교통의 요지, 아니면 연방정부 청사나 증권거래소 같은 권력의 요지를 찾아가 운행과 업무를 중단시키는 본능을 발휘했다. 거의 매일 계속된 시위가 2월에도 이어졌다. 도시가 업무나 차량을 중심으로 삼는 장소에서 길거리를 걸어가는 사람들의 보행(언론 자유의 가장 육체적인 형태)을 중심으로 삼는 장소로 재편되고 있었다. 길거리가 가정, 학교, 사무실, 상점 등의 실내공간으로 가는 이동로가 아닌, 하나의 거대한 원형극장으로 탈바꿈하고 있었다. 애초에 왜 시위를 하고 행진을 했을까 생각해보면, 그런 시간이 미국 도시의 길거리가 완벽한 보행 공간이 되는 유일한 시간이

연기되었다. 내 방 창문에서 바라다 보이는 풍차 언덕까지 산책하는 기쁨마저 일단 나중으

어서가 아닐까 싶다. 자동차에 치일 걱정도 없고 낯선 이를 경계할 필요
도 없다. 경우에 따라서 경찰을 경계해야 할 뿐이다. 길거리 한복판에서
는 하늘이 더 넓어 보이고 상점 쇼윈도들은 더 흐릿해 보인다.

　걸프전쟁의 발발을 앞둔 토요일 저녁, 나는 차를 내버려두고 떠들
썩한 행진 대열에 끼었다. 자발적으로 모여서 걸어가는 사람들의 목소리
가 술집이나 카페나 집 안에 앉아 있던 사람들을 유인해내고 있었다. 전
쟁 발발 하루 전날, 나는 수천 명과 함께 잘 준비된 행진 대열에 끼었다.
전쟁이 발발한 날 오후, 나는 다시 두 배로 늘어난 사람들과 함께 연방정
부청사까지 행진했다. 밤은 점점 어두워졌고 우리의 경악도 점점 더해갔
다. 다음 날 아침, 나는 전쟁 기간을 힘께 보냈던 활동가들과 101번 고속
도로에 바리케이드를 설치했다. 고속도로 순찰대가 휘둘러대는 곤봉에
다리가 부러진 사람이 생겼다. 그 아침이 다 가기 전, 나는 20~30명의 다
른 사람들과 함께 다시 도심의 길거리들을 걸어 금융·상업지구까지 갔
다. 전쟁이 발발한 후 첫 주말, 나는 전쟁에 반대하기 위해 깃발, 플래카
드, 인형, 구호 등등을 가지고 모여든 20만 명의 다른 사람들과 함께 행진
했다. 그 몇 주 동안, 나의 삶은 완전히 달라진 도시 속을 걸어가는 한 번
의 긴 행진인 듯했다. 그때의 타오르는 정신 앞에서 사사로운 근심, 일신
상의 두려움은 온데간데없이 사라졌다. 길거리는 우리 것이었고, 우리의
걱정은 다른 사람들의 신변에 대한 것이었다. 우리는 핵무기를 사용할지
모른다는 걱정, 이스라엘이 휘말릴 것 같은데 그렇게 되면 전쟁이 걷잡
을 수 없이 퍼져나가서 전 세계가 화염에 휩싸일지 모른다는 걱정을 주고
받았다. 먼 곳에서 일어나고 있는 경악스러운 사태와 우리 안에서 불타
오르고 있는 저항의 힘은 예사롭지 않은 느낌을 불러일으켰다. 누군가를
가장 열렬하게 사랑했을 때의 느낌, 누군가의 죽음을 가장 슬퍼했을 때

로 미루어둔 상태였다. 그나마 해볼 만한 일은 그늘이 드리운 좁은 골목길을 여기저기 어

의 느낌에 못지않게 강렬한 느낌이었다.(그 전쟁에서 실제로 수많은 사람이 죽었다. 그중 미국인 사망자는, 전쟁 당시에는 거의 없었지만, 전시에 사용된 유독 물질의 효력이 가시화된 이후로는 달라졌다.)

전쟁 발발 첫날 오후, 경찰 일제 검문으로 체포당해 수갑이 채워진 나는 몇 시간 동안 버스 안에 앉아 이송을 기다리면서 창밖으로 시위 현장을 바라보기도 하고 체포된 기자의 단파 라디오로 흘러나오는 전쟁 뉴스에 귀를 기울이기도 했다. 경찰들과 함께 라디오를 듣는 묘한 휴전의 시간이었다. 이스라엘에 미사일 포격이 가해지고 있다는 뉴스, 텔아비브 주민들은 모두 방독면을 쓰고 방공호로 대피해 있다는 뉴스였다. 그 이미지가 내게 달라붙어 떠나지 않았다. 전쟁 중에 시민들이 세계를 바라볼 수 없게 되고 서로의 얼굴을 바라볼 수 없게 되고 방독면이라는 흉한 마스크를 쓴 채 아무 말도 할 수 없게 된 이미지. 충분한 정보를 담고 있지 않은 전쟁 화면을 주구장창 내보내는 검열된 텔레비전을 쳐다볼 뿐 자기 목소리를 전혀 내지 않는 대부분의 미국인도 그리 나을 게 없었다. 우리의 길거리 생활은 그 전쟁의 의미를 소비하는 대신 우리 스스로 그 전쟁의 의미를, 정부나 언론에 수용되지 않는다고 해도 길거리에서 살아 움직이고 우리 가슴 속에 살아 움직이는 의미를 생산하겠다는 결단이었다.

같은 믿음을 가진 사람들과 함께 길거리를 걸어 나가는 그 순간, 모종의 대중주의적 합일이라는 흔치 않은 마법 같은 가능성이 찾아온다. 그런 가능성을 교회나 군대나 스포츠 팀에서 찾는 사람들도 있겠지만, 교회에는 시급함이 부족하고, 군대나 스포츠 팀에는 꿈의 고귀함이 부족하다. 그런 가능성의 순간, 거대한 집단적 욕망, 분노라는 모종의 거대한 강물이 저마다의 정체성이라는 작은 웅덩이들 위로 범람한다. 웅덩이는 더

슬렁거리는 것 정도였다. 그 뒤엉킨 골목길에 들어서면, 같은 갈림길을 같은 방법으로 찾

이상 두려움도, 자의식도 없이 그 반란의 물결에 기꺼이 휩쓸린다. 개체가 자기와 같은 꿈을 꾸는 다른 개체들을 만나는 순간이요, 이상이나 분노가 두려움을 극복하는 순간이요, 자기 안에 있었던 놀라운 힘을 느끼는 순간이다. 한마디로 말해, 영웅이 되는 순간이다. 영웅이란 두려움을 잊고 이상의 힘으로 움직이는 사람, 우리를 위해서 목소리를 내는 사람, 선을 위해 힘을 내는 사람이잖은가? 항상 이런 기분으로 사는 사람은 광신자나 어쨌든 성가신 사람이 될지도 모르겠지만, 살면서 이런 기분을 한 번도 못 느껴본 사람은 냉소와 고립을 운명으로 받아들이는 사람이 된다. 그런 가능성의 순간, 모두가 예견자가 되고 모두가 영웅이 된다.

혁명과 봉기의 역사는 모르는 타인들이 서로 아량을 베풀고 신뢰하는 이야기, 보기 드문 용기가 발휘된 사례, 사소한 일상적 염려를 초월한 사건으로 가득하다. 빅토르 위고는 『1793』이라는 혁명 소설을 썼다. "사람들은 공공장소에서 살아갔다. 문 밖에 식탁을 차렸고, 성당 계단에 앉은 여자들은 붕대를 만들면서 「라 마르세예즈」를 불렀고, 뤽상부르와 몽소 공원은 연병장이었다. [……] 모든 것이 무시무시했지만, 무서워하는 사람은 아무도 없었다. [……] 한가한 사람이 없는 것 같았다. 모든 것이 바삐 돌아갔다."[115] 조지 오웰은 에스파냐 내전이 발발하면서 바르셀로나가 어떻게 변했는지를 말해주었다. "혁명 포스터들이 담장 곳곳에서 새빨간 불꽃, 새파란 불꽃으로 타올랐다. 얼마 되지 않은 다른 광고들은 그저 벽에 흙칠을 해놓은 것처럼 보였다. 항상 행인들로 북적이는 이 도시의 중심 동맥 람블라스 거리에서, 확성기들은 하루 종일 밤늦게까지 혁명가를 크게 틀어놓았다. [……] 무엇보다도, 혁명에 대한 믿음, 미래에 대한 믿음이 있었고, 순식간에 평등과 자유의 시대로 들어섰다는 느낌이 있었다."[116] 상황주의자의 용어를 빌리면, 공적 생활을 영위하고 공적

아가기란 불가능했다. 어느 오후, 골목길을 배회하던 내 눈앞에 그림엽서를 파는 가게, 어

사안을 삶의 사안으로 삼는 반란의 심리지리가 존재하지 않나 싶다. 행진이 중요한 제의로 떠오르고, 낯선 사람들과 많은 말을 주고받게 되고, 벽보에서 많은 말을 듣게 되고, 사람들이 길거리나 광장으로 몰려들고, 잠재적 자유의 공기가 사람들을 도취시키면서 사람들의 상상력이 이미 해방되었음을 일러주는 순간. "혁명의 순간은 개인의 삶과 새로 태어난 사회의 결합을 축하하는 카니발이다."[117]

　　하지만 영원히 영웅으로 살아갈 수 있는 사람은 아무도 없다. 가라앉는다는 것은 혁명의 본질이다. 가라앉는 것은 실패하는 것과는 다르다. 혁명은 낡은 기성 제도들의 무지몽매함을 조명하고 새로운 가능성을 계시하는 번갯불이다. 혁명의 빛을 받았던 것을 예전 그대로 바라보기란 불가능하다. 사람들이 혁명을 일으키는 것은 모종의 절대적 자유, 혁명이 극에 달했을 때 내가 하는 행동과 내가 품는 희망 속에서만 생겨나는 자유를 위해서다. 혁명으로 독재자를 몰아낸 경우도 있지만, 또 다른 독재자가 나타나서 인민을 협박하고 예속하는 다른 방법을 들여오는 경우도 있다. 혁명으로 모두가 투표권을 확보하기도 하고 식량과 정의를 아쉬운 대로 확보하기도 하지만, 그 후에는 다시 자동차들이 도로를 뒤덮고 포스터는 자취를 감추고 혁명가들은 주부나 학생이나 청소부의 일상으로 돌아가고 내 마음은 다시 사사로워진다. 바스티유 함락 일주년을 기념하는 건국 기념일(Fête de la Fédération)은 춤이 있고 만남이 있고 퍼레이드가 있고 넘치는 기쁨이 있는 전국 행사였다. 이 행사에서 가장 유쾌했던 것은 행사 그 자체보다는 모든 계층의 파리지엥이 마르스 광장을 행사장으로 꾸미는 데 자발적으로 참여했다는 점이었다. 그로부터 1년 후인 1791년, 7월 12일 기념행사는 볼테르를 추모하는 군대 퍼레이드였다. 투지와 환희로 역사를 만들어나갔던 참여자들은 다시 구경꾼으로 돌아가 있었다.

"저항은 기쁨의 비결." 버밍엄의 길거리에서 '거리를 되찾자(Reclaim the Streets, RTS)'라는 단체 사람에게 받은 팸플릿에 적혀 있던 문구다. RTS의 길거리 파티가 한창일 때였다. 1995년 5월에 런던에서 만들어진 RTS는 공간의 사유화와 경제의 글로벌화가 우리를 서로 소외시키고 현지 문화로부터 소외시키는 두 힘이라면, 공적 공간을 되찾아 공적 생활과 축제를 되살리는 것이 거기에 저항하는 한 가지 방법이라고 생각했다. 저항의 행동(즐거운 행동, 함께 하는 행동, 길거리에서의 행동)은 이제 그저 수단이 아니라 그 자체로 목적이라는 것이었다. 우울한 고립의 세계에서 축제가 근본적으로 혁명적이라고 할 때, RTS는 혁명과 축제의 차이를 한층 더 희미하게 만들었다. RTS가 만들어지고 3년 뒤 버밍엄에서 RTS 길거리 파티가 열렸다. 주말로 예정된 G8에 반대하는 행사였다. 크리스천 에이드라는 단체를 통해서 모여든 수십만 명은 인간 사슬로 도심을 둘러싸면서 제3세계 부채 탕감을 요구했다. RTS 길거리 파티는 원하는 것을 내놓으라고 요구하는 행사가 아니라 원하는 것을 누리는 행사였다.

보행자 돌격을 알리는 나팔소리가 울려 퍼지고 버스 터미널에서 내린 수천 명의 인파가 이 '글로벌 스트리트 파티'에 함께하기 위해 버밍엄의 메인 스트리트로 밀려 들어오는 영광의 순간이 있었다. 사람들은 가로등에 슬슬 기어 올라가서 플래카드를 걸었다. 약 18미터 길이의 한 플래카드에는 파리의 1968년 5월 혁명에서 베낀 말이 쓰여 있었고("아스팔트 밑에 풀이 산다"), 또 다른 플래카드에도 비슷한 말이 있었다("자동차 세우기 / 도시에 자유를 주자"). 사람들이 일단 자리를 잡고 나니까, 앞으로 걸어 나아가는 원대한 정신은 잦아들고 평범한 파티가 펼쳐졌다. 무더위 속에서 속옷 바람으로 춤을 추고 한데 뒤섞이는 꾀죄죄한 청년들이 대부분이었다. 불법 행사라는 점과 의사진행 방해를 목적으로 하는 행사라는 점을 제외하면, 글쎄, 카스트로 스트리트의 핼러윈이나 크게 다를 것이 없었다. 목적지를 향해 걸어 나아갈 때는 공동체 정신이 느껴지는 데 비해, 일단 목적지에 도착해서 사람들과 한데 섞일 때의 느낌은 원래 좀 다른 것도 사실이다. RTS의 대단했던 길거리 파티들, 이를테면 파업 중인 리버풀 부두 노동자들과 함께했던 사흘간의 파티, 런던 근교에 환경을 파괴하는 고속도로가 건설되는 데에 반대했던 레이브 파티 스타일의 시위(어떤 사람들은 거대 후프 스커트 밑에 몸을 숨긴 채로 착암기로 차로에 구멍을 내고 나무를 심었다.), RTS 파생 단체인 '혁명보행전선(Revolutionary Pedestrian Front)'이 자동차회사 알파로메오의 상품 홍보 행사를 이런저런 장난으로 훼방 놓은 일, 트래펄가 광장 점거 등등과 비교하면 그날의 행사는 좀 시시했다고 나중에 한 RTS 활동가가 귀띔해주기도 했다. 같은 날 앙카라, 베를린, 보고타, 더블린, 이스탄불, 마드리드, 프라하, 시애틀, 토리노, 밴쿠버, 자그레브 등에서 열린 비슷한 파티 중에서 어떤 것은 RTS 홍보물의 장엄한 수사에 좀 더 어울리는 행사였을 수도 있다. RTS가 소기의 목적을 달성하지 못했을지 모르지만, 어쨌든 RTS는 모든 길거리 행사에 새로운 목표를 제시했다. 이제 모든 퍼레이드, 모든 행진, 모든 축제는 고립과 싸워 이기는 일, 도시공간, 공적 공간, 공적 생활을 되찾는 일, 함께 걸을 기회를 누리는 일로 여겨질 수 있게 됐다. 그리고 이때의 걷기는 더 이상 목적지로 가는 여정이 아니라 목적지 그 자체다.

음 보는 형태였다. 사진은 성곽의 매력을 고스란히 담고 있었다. 풍경을 구불구불 잇는 성

14
도시의 밤거리: 여자들, 성(性), 공공장소

1870년에 영국의 채텀에서 열아홉 살의 캐럴라인 와이버그는 선원과 '산책을 나갔다.' 산책은 이미 오래 전에 구애의 한 부분으로 자리 잡았다. 산책은 돈이 안 들고, 연인들에게 공원에서든 광장에서든 큰길에서든 샛길에서든 부분적인 사적 공간을 마련해준다.(연인의 오솔길 같은 으슥한 곳은 완전한 사적 공간을 마련해주기도 한다.) 행진은 한 집단이 연대를 확인하고 조성하는 방법인 것처럼, 한 걸음 한 걸음 나란히 걷는다는 이 섬세한 행위는 두 사람이 감정적, 육체적으로 한 편이 되는 방법인 것 같다. 두 사람이 처음 한 쌍이라는 느낌을 갖게 되는 것은 그렇게 함께 저녁을 보내고 함께 거리를 지날 때, 그렇게 함께 세상을 누빌 때인 것 같다. 함께 걷는 행위, 아무것도 안 하는 것과는 다르면서도 아무것도 안 하는 것과 가장 비슷한 그 행위를 통해서 두 사람은 대화를 이어나가야 할 필요나 대화를 피하게 해주는 다른 일에 열중할 필요도 없이 함께 있음을 한껏 누릴 수 있다. 영국에서 '함께 산책을 나간다(walk out together)'는 말은 분명한 성적 관계를 의미하는 경우도 있지만, 정착된 관계를 의미하는 경우

곽은 수백 년이라는 시간을 잇는 찬송가 같았다. 나는 그 성곽을 내 눈으로 직접 보기 전

가 더 많다. 현대의 미국인들이 사용하는 '진지하게 교제 중(go steady)'이라는 말과 비슷한 의미다. 제임스 조이스의 「죽은 사람들」에서, 아내가 젊었을 때 다른 구혼자가 있었음을 알게 된 남편은 아내에게 그 죽은 청년을 사랑했냐고 묻는다. 아내의 대답은 충격적이다. "그 사람과 함께 산책을 나가곤 했어요."[118]

　　열아홉 살의 캐럴라인 와이버그는 어느 병사와 함께 걷는 모습을 목격당하는 바람에 늦은 밤 집에 들이닥친 한 경감에 의해 침대에서 끌려 나갔다. 그 당시의 '전염병 예방법'은 군대 주둔지의 경찰에게 모든 매춘 용의자를 체포할 권한을 부여하는 법이었다. 여자는 그저 좋지 않은 시간에 걸어 다니거나 좋지 않은 장소에서 걸어 다녔다는 것만으로 범죄의 혐의를 받을 수 있었고, 혐의를 받은 여자는 누구든 체포당할 수 있었다. 그런 혐의로 체포당한 여자가 검진을 거부하는 경우에는 수개월의 징역형을 선고받을 수 있었다. 하지만 검진은 검진대로 고통스럽고 치욕스럽기가 형벌이나 마찬가지였고, 검진 결과 감염자로 밝혀지기라도 하면 그대로 감옥병원에 수감되었다. 혐의에서 벗어나기 전까지는 유죄였고, 무죄든 유죄든 무사히 풀려날 방법은 없었다. 와이버그가 건물 청소 일로 어머니를 부양하고 있었기 때문에, 딸이 감옥에 가 있는 동안 살아갈 방법이 없었던 어머니는 3개월 징역을 사느니 차라리 검진을 받으라고 사정했다. 어머니의 사정에도 불구하고 검진을 거부한 와이버그를 경관들은 나흘 동안 침대에 결박해놓았다. 와이버그는 닷새째 되는 날 검진에 동의했지만, 구속복이 입혀지고 검진대에 눕혀지고 두 발목이 결박되고 조수의 팔꿈치에 가슴이 짓눌리자 다시 검진을 거부했다. 그렇게 몸부림치다가 발목이 결박된 상태로 침대에서 굴러 떨어져 크게 다쳤다. 하지만 검진 도구를 쑤셔 넣은 의사는 두 다리 사이에서 피가 쏟아지는

까지는 엽서를 사지 않겠다고 나 자신과 약속했다. 그 약속을 다른 사람에게 말한 것은

것을 보면서 웃었다. "거짓말이 아니었구나. 나쁜 년이 아니구나."[119]

그녀와 같이 걸었던 병사에게는 용의도, 체포도, 수사도 없었다. 그 어떤 형법적 조치도 없었다. 남자들이 길거리를 걸어 다니다가 곤란에 빠지는 경우는 여자에 비하면 적었다. 여자들이 걸어 나갈 자유라는 너무도 단순한 자유를 넘보았다는 이유로 형벌에 처해지거나 위험에 처하는 경우가 비일비재했던 배경에는 여자들의 성을 통제하는 것을 중시하는 사회가 여자의 보행, 아니 여자 그 자체를 필연적으로 성적일 수밖에 없는 존재, 성적이지 않을 때가 없는 존재로 해석해온 정황이 있다. 이 책에서 더듬어본 보행의 역사를 통틀어 주요 인물은 (소요철학자든 플라뇌르든 등산가든) 모두 남자들이었다. 이제 그 이유를 살펴볼 차례다.

실비아 플래스(Sylvia Plath)가 그 이유를 일기에 적은 것도 열아홉 살 때였다. "여자로 태어났다는 건 내 끔찍한 비극이다. 길에서 일하는 사람들, 선원들과 병사들, 술집 단골들과 어울리고 싶은 마음이 간절한데, 풍경의 일부가 되고 싶은데, 익명의 존재가 되고 싶은데, 경청하고 싶은데, 기록하고 싶은데, 다 망했다. 내가 어린 여자라서. 수컷으로부터 습격당하거나 구타당할 가능성이 있는 암컷이라서. 남자들이 어떤 존재인지, 남자들이 어떻게 사는지 궁금한데, 그렇게 궁금해하면 유혹한다고 오해받는다. 모든 사람과 최대한 깊은 대화를 나눌 수 있다면 얼마나 좋을까. 노천에서 자도 되면 얼마나 좋을까. 서부로 여행을 가도 되면 얼마나 좋을까. 밤에 마음껏 걸어 다녀도 되면 얼마나 좋을까."[120] 플래스가 남자들을 궁금해한 이유는 남자들에 대해 알아볼 방법이 없었기 때문인 것 같다. 이제 막 자기의 인생을 시작한 이 어린 여자는 자기보다 자유로운 남자들의 삶이 궁금했기 때문이다. 산책, 즉 집 밖에서 재미 삼아 거니는 일에는 세 가지가 필요하다. 첫째가 자유 시간, 둘째가 걸을 만한

아니었다. 엽서에 쓰인 "S. 비네즈"라는 성자의 이름이 나를 인도해준 덕에 나는 어려운 약

장소, 셋째가 질병이나 사회적 제약으로부터 자유로운 육체다. 자유 시간에는 다양한 변수가 있지만, 대부분의 시간대에 대부분의 공공장소는 여자들에게 그렇게 편하고 안전한 장소가 아니었다. 법률, 성별 관행, 추행과 강간의 위험 등은 여자들이 걷고 싶을 때 걷고 싶은 곳을 걷는 일에 제약을 가했다.(여자에게는 옷이 신체적 구속이 될 때가 많다. 굽이 높은 신발, 발을 조이는 가냘픈 구두, 너무 넓거나 너무 좁은 스커트, 쉽게 찢어지는 옷감, 시야를 가리는 베일 등은 법이나 두려움 못지않게 여자에게 핸디캡을 안겨주는 사회 관행이다.)

여자들은 공공장소에 있는 동안 사적인 부분(private parts)을 침해당하는 일이 놀라울 정도로 자주 발생한다. 영어에도 여자의 걷기를 성별화하는 표현이 많다. 창녀를 뜻하는 표현으로 길거리를 걷는 사람(streetwalker), 거리의 여자(woman of the streets), 도심의 여자(woman on the town), 공공의 여자(public woman) 등이 있다. 이런 표현에서 여자(woman)를 남자(man)로 바꾸면 공인(public man), 유행에 밝은 사람(man about town), 건달(man of the streets)이 된다. 성에 관한 관습을 깨뜨린 여자를 묘사하는 방황한다(stroll, roam, wander, stray)는 표현은 여자의 여행에 성적인 면이 있을 수밖에 없음을, 또는 여자가 여행을 떠날 때 여자의 섹슈얼리티는 관습을 위반할 수밖에 없음을 암시한다. '일요일의 떠돌이들(Sunday Tramps)'은 레슬리 스티븐을 비롯한 남자 보도 여행자들의 모임 이름인데, 만약 여자들이 자기네 모임을 이런 이름으로 불렀다면 그건 일요일에 보도 여행을 한다는 뜻이라기보다는 일요일에 뭔가 외설적인 일을 한다는 뜻을 품었을 것이다. 실제로 여자의 보행은 많은 경우 이동이 아니라 공연으로 해석된다. 그런 해석대로라면 여자들은 보고 싶은 것을 보기 위해서가 아니라 자기를 보여주기 위해서 걷고, 자기의 경험이 아니라 자기를 보는 남자의 경험을 위해서 걷는 셈이다. 곧 여자는 무슨 종류의 관심이 됐든 관심받고 싶어 하는 존재라는 뜻이다. 예로부터 여자의 걸음걸이에 대한 글을 쓴 사람은 많이 있다. 얼마나 에로틱하게 걷는가라는 평가(예컨대 17세기 아가씨의 "페티코트 밑으로 작은 생쥐들처럼 / 슬쩍슬쩍 들락날락하는 두 발"에 대한 평가, 또는 메릴린 먼로의 씰룩거리는 걸음걸이(wiggle)에 대한 평가)에서부터 무엇이 올바른 걸음걸이인가라는 지침에 이르기까지. 하지만 우리가 어디에서 걷는가에 대한 글을 쓴 사람은 많지 않다.

이동을 제약당하는 사람들이 여자뿐은 아니었다. 하지만 인종, 계급, 종교, 민족, 성적지향으로 인한 제약에는 지역 특수성이 있었던 데 비해, 여자라는 범주에 속하는 사림들이 받는 제약은 세계 전역에서 거의 1000년 동안 젠더 정체성의 근본적 조형 요소가 돼왔다. 생물학적, 심리학적으로 설명할 수도 있겠지만, 가장 적절한 설명은 사회적·정치적 상황이 아닐까 싶다. 어디까지 거슬러 올라가볼까? 중기 아시리아 제국(대략 기원전 700년에서 800년까지)에서 여자는 두 범주로 양분되었다. 법률에 정한 바, 남편이 있는 여자나 남편과 사별한 여자는 "집 밖에 나가야 할 때는" 베일을 써야 했던 반면, 창녀와 노예가 베일을 쓰는 것은 철저히 금지되었다. 법을 어기고 베일을 쓴 여자는 채찍 50대를 맞는 형벌이나 타르를 머리에 뒤집어쓰는 형벌에 처해질 수 있었다. 역사 연구자 거다 러너(Gerda Lerner)에 따르면 "이 사회는 가정 안에서 한 남자에게 성적으로 봉사하고 그 남자의 보살핌을 받는 여자에게는 베일을 쓰게 함으로써 '존중할 가치가 있는' 여자임을 표시했고, 남자의 보살핌과 성적 통제에서 벗어나 있는 여자에게는 베일을 쓰지 못하게 함으로써 '창녀(public woman)'임을 표시했다. [……] 이렇듯 '존중할 가치가 없는' 여자들의 거주지를 특정 구역이나 건물로 한정시키고 그곳에 표시를 하거나 그런 여

비아노라는 로마의 성인에 대해서, 그리고 심포리오라는 마을의 이름이 되어준 성인에 대

자들에게 신분 등록과 신분증 지침을 의무화하는 규제 등으로 가시적 차별을 강제하는 패턴은 역사 속에서 무수히 되풀이돼왔다."[121] 물론 '존중할 가치가 있는' 여자도 규제의 대상인 것은 마찬가지였지만, 그런 여자들에 대한 규제는 형법적 통제라기보다는 사회적 속박이었다. 이렇듯 여자를 제약하는 법은(여러모로 놀라운 법이다.) 한참 옛날에 생겨나서 지금까지 세상을 구조화하는 데 대세로 작용해온 것 같다. 예컨대 이 법은 여자의 섹슈얼리티를 사적 사안과는 구분되는 공적 사안으로 만든다. 또 이 법은 가시성을 성적 접근 가능성과 동일시하면서, 지나가는 남자가 여자에게 접근하는 것을 막기 위한 장벽(여자의 덕성이나 의지와는 구분되는 물리적 장벽)을 지정한다. 또 이 법은 모종의 공개적 표시를 통해서 여자들을 성적 처신에 근거하여 서로 상반되는 두 카스트로 양분한다. '존중할 가치가 있는' 카스트의 일원이 되려면 사생활을 남자에게 의탁해야 하고, 이동의 자유와 성적 자유가 있는 카스트의 일원이 되려면 사회적 존중을 포기해야 한다.(반면에 남자의 섹슈얼리티는 사적 사안이고 따라서 남자는 양쪽 카스트에 모두 접근할 수 있다.) 그러니 이 법이 있는 이상, 존중할 가치가 있으면서 공적으로 자유로운 여성이 되기는 불가능하다. 이 법이 생기고 지금까지 여자의 섹슈얼리티는 공중 접객업과 관련되어왔다.

　　호메로스의 오디세우스는 온 세계를 돌아다니면서 자고 싶은 데서 잔다. 오디세우스의 아내 페넬로페는 집에서 아내의 의무를 다하면서 구혼자들의 청혼을 암묵적으로 거절한다. 노골적으로 거절할 권한은 없기 때문이다. 호메로스의 시대부터 지금까지 여행은 동네 여행이든 세계 여행이든 주로 남자의 전유물이었고, 여자는 여행의 목적지이거나 여행자가 받는 상이거나 남자가 여행하는 동안 집을 지키는 존재였다. 이 근본적 역할 차이가 내부와 외부의 차이, 사적 영역과 공적 영역의 차이로

해서도 전혀 모르기는 마찬가지였다. 내가 갖고 있는 여행서에 비네즈라는 이름이 안 나온

정의된 것은 기원전 5세기 그리스에서였다. 리처드 세넷(Richard Sennett)
에 따르면, 아테네에서 여자의 외출을 금한 것은 "여자에게 생리적 결함
이 있다는 가정" 때문이었다. 세넷은 아테네 여성들을 향해 페리클레스
가 추모 연설 막바지에 "여자가 누릴 수 있는 최고의 명예는 남자들로부
터 칭찬이든 비난이든 아무 말도 듣지 않는 것"이라고 충고한 말과 유부
녀들을 향해 크세노폰이 "당신들의 일은 집 안에 있는 것"이라고 충고한
말을 인용하고 있다. 고대 그리스에서 여자들의 삶은 폴리스의 공적 삶
과는 거리가 멀었다는 이야기다.[122] 서방세계 역사를 통틀어 대부분의
시기 동안 여자들은 집을 떠나지 못하는 경우가 많았다. 어떤 나라에서
는 법 때문이었고, 어떤 나라에서는 관습과 두려움 때문이었다. 여자에
대한 이런 통제를 논의하는 흔한 이론에 따르면, 부계가 상속과 신분을
결정하는 문화권에서는 여자의 섹슈얼리티를 통제하는 것이 혈연관계
를 확실히 하는 수단이었다.(이런 말이 옛날이야기나 다른 세상 이야기로 느껴진
다면 3장에 나오는 해부학자-진화론자 오언 러브조이를 떠올려보라. 러브조이는 우리
가 인간으로 진화하기 한참 전부터 암컷의 단혼과 정주가 중요했다는 것을 증명하는
이론을 정립힘으로써 이러한 사회질서를 자연스러운 것으로 정당화하고자 했다.) 하
지만 남성이 지배적 젠더로 형성되어 여성성을 통제하고 정의하는 특권
을 누리게 된 과정, 즉 여성성은 무질서하고 위협적이고 전복적이라는 생
각, 남성적 문화가 여성성이라는 야성을 진압해야 한다는 생각이 생겨난
과정에 관여하는 요인들은 그 밖에도 많이 있다.

　　건축사 연구자 마크 위긴스(Mark Wiggins)에 따르면 "그리스적 사유
에서 자제력은 남성성의 표시이고, 남자들에게는 있는 자제력이 여자들
에게는 없다. 자제력이 있다는 것은 경계를 지킬 수 있다는 것을 의미했
다. 여자가 경계를 지키지 못하는 이유는 [……] 여자의 가변적 섹슈얼리

다는 점이 더욱 의미 없는 것일 수도 있었다. 마을의 이름은 여러 가지였다. 산마을에 사는

티가 끊임없이 범람하면서 경계를 무너뜨리기 때문이다. 여자의 섹슈얼리티는 여자 자신의 경계를 무너뜨리는 동시에 남들의 경계, 곧 남자들의 경계도 무너뜨린다. [……] 이렇게 보자면 건축의 명시적 역할은 섹슈얼리티를 통제하는 것, 좀 더 정확히 말해서 여자의 섹슈얼리티를 통제하는 것, 곧 처녀의 순결을 지켜주고 유부녀의 정절을 지켜주는 것이다. [……] 집은 아이들을 비바람으로부터 보호하는 역할을 하지만, 집의 가장 중요한 역할은 여자들을 다른 남자들로부터 떼어놓음으로써 아버지의 혈통을 보호하는 것이다."[123] 이렇듯 공적·사적 공간을 단속함으로써 여자의 성을 통제했다. 여자의 삶 전체를 집이라는 사적 공간 안에 보관하는 것은 여자의 '사적' 상태, 즉 성적으로 한 남자의 사유물인 상태를 유지하기 위해서다. 집은 곧 돌로 만들어진 베일이다.

여자들에 대한 규제 중에서도 창녀들에 대한 규제가 가장 심했다. 사회적 제약을 피해가는 것은 가능해도 법망을 피해가는 것은 불가능했다. (한편 창녀를 찾는 고객에 대한 규제는 법적 처벌이나 사회적 비난을 막론하고 거의 없다시피 했다. 이 책 앞쪽에서 이야기했듯이, 발터 베냐민과 앙드레 브르통은 공적 지식인으로서의 지위나 결혼 상대자로서의 위상을 상실할 걱정 없이 창녀들을 만난 이야기를 글로 쓸 수 있었다.) 19세기 내내 여러 유럽 정권이 성매매 허용의 조건을 제한함으로써 성매매를 규제하는 방식을 채택했고, 이는 곧 여자가 걸어 다닐 수 있는 정황에 대한 제한이 되었다. 19세기에는 여자를 도시의 진창과 무관한 약하고 순수한 존재로 그리는 경우가 많았고, 여자가 특별한 목적도 없이 밤을 나다니는 것은 평판을 해치는 일이었다. 쇼핑은 여자가 바깥출입을 정당화하는 방법(구매의 대상이 아니라 구매의 주체임을 입증하는 방법)이었고, 오랫동안 상점은 여자들이 돌아다닐 수 있

농부가 부르는 이름이 달랐고, 산마을을 바라보며 배를 젓는 어부가 부르는 이름이 달랐

는 안전한 반(半)공적 공간이 되어왔다. 여자는 왜 플라뇌르일 수 없는가에 대한 한 가지 설명은, 상품으로서의 여자든 고객으로서의 여자든 여자는 도시의 매매생활과 분리될 수 없는 존재라는 것이었다. 상점 문이 닫힘과 동시에 여자들의 돌아다닐 기회도 닫혔다.(그로 인해 특히 어려움을 겪은 것은 일하는 여자들, 곧 자유 시간이 저녁밖에 없는 여자들이었다.) 독일에서는 풍기단속반이 저녁에 혼자 외출한 여자들을 못살게 굴었다. 베를린의 한 의사는 "길거리를 방황하는 청년들은 점잖은 여자가 저녁에 돌아다니는 모습이 눈에 띌 리는 없다고 생각하는 것뿐"이라고 말하기도 했다.[124] 공공장소에서 눈에 띄는 것, 남자에게 의존하지 않는 것이 성적 오명과 동일시되었던 것은 그때나 3000년 전이나 마찬가지였고, 여자들의 성이 어느 시간에 어느 장소에 있었는가로 정의될 수 있었던 것도 그때나 그 옛날이나 마찬가지였다. 현실 속의 도러시 워즈워스와 소설 속의 엘리자베스 베넷이 둘 다 시골에서 걸었다는 이유로 비난을 샀던 것을 생각해보자. 이디스 훠턴의 『기쁨의 집』에서는 뉴욕에 사는 여주인공이 낮에 샤프롱도 없이 어떤 남자 집에 차를 마시러 들어감으로써 자신의 사회적 지위를 위태롭게 하고, 서녁에 다른 남자 집에서 나오는 모습이 목격됨으로써 영원히 그 사회적 지위를 상실하게 되는 것을 생각해보자.(법이 '존중할 가치가 없는' 여자들을 통제한다면, '존중할 가치가 있는' 여자들은 서로 감시한다.)

1870년대 들어, 프랑스, 벨기에, 독일, 이탈리아에서는 창녀가 고객을 끌 수 있는 시간이 정해져 있었다. 성매매 단속을 특히 부당하게 이용한 것은 프랑스 공권력이었다. 성매매가 허가가 필요한 업종이 되면서, 경찰은 무허가 영업을 단속할 권한을 이용해 여자들을 통제할 수 있었다. 성산업과 관련된 시간대나 장소에 모습을 나타낸 여자는 누구든 손

다. 내가 옛날 지도들을 열심히 연구한 것은 그 때문이었다. [……] 그렇게 지도를 앞에 놓

님을 끌었다는 이유로 체포당할 수 있었고, 창녀로 알려져 있는 여자들은 다른 시간대나 다른 장소에 모습을 나타냈다는 이유로 체포당할 수 있었다. 여자가 주행성과 야행성으로 양분돼 있다는 뜻이었다. 한 창녀는 "아침 아홉 시에 레알에서 쇼핑을 했다는 죄목"으로 체포당했고 "한 남자(좌판 주인)에게 말을 걸었다는 죄목"과 "영업 허가증에 적힌 영업 구역을 벗어났다는 죄목"으로 기소되었다.[125] 그 무렵의 풍기단속경찰은 이유 불문(혹은 이유 유무 불문) 노동계급 여자들을 체포할 권한이 있었다. 할당 머릿수를 채우기 위해서 대로를 지나가는 여자 행인을 무더기로 검거하는 경우도 있었다. 처음에는 체포당하는 여자들을 구경하는 것이 남자들의 여흥이었지만, 1876년에는 경찰력 남용이 도를 넘으면서 대로 산책자들이 말리려고 끼어들었다가 함께 체포되는 경우도 있었다. 한번 체포되면 무죄 석방되는 경우는 거의 없었다. 대부분 결혼하지 않은 젊고 가난한 여자들, 아니면 여자아이들이었다. 철통같은 생라자르 감옥에 갇히는 경우도 많았다. 감옥 안에서는 추위, 굶주림, 더러움, 과도한 노동에 시달리고 말하기를 금지당하는 등 참혹한 상황이었다. 감옥에서 나오려면 창녀로 등록되는 데 동의해야 했다. 한편 영업 허가증이 있는 매춘업소에서 탈출한 여자들의 선택지는 매춘업소로 돌아가는 것 아니면 생라자르에 갇히는 것이었다. 여자들에게 매춘을 강요하는 것이나 마찬가지였다. 체포당하느니 차라리 자살한 여자도 많았다. 매춘여성 인권 옹호자로 큰 이름을 떨친 조세핀 버틀러(Josephine Butler)가 생라자르를 방문한 것도 1870년대였다. "나는 이 많은 사람들이 무슨 죄로 이렇게 갇혀 있느냐고 물었다. 걸으면 안 되는 곳에서 걸은 죄, 걸으면 안 되는 시간에 걸은 죄라는 것이 그의 대답이었다."[126]

진보 인사들이 자주 출입하는 상류층 가정에서 자란 교양 있는 여

고 또 한 시간을 흘려보내고 있을 때, 한 현지인 친구가 찾아와 저녁 산책이나 나가자고 했

성이었던 버틀러는 영국에서 1860년대에 전염병 예방법이 통과되었을 때 가장 강력하게 반대한 인물이기도 했다. 독실한 기독교도였던 버틀러가 이 법에 반대한 데에는 이 법으로 인해 국가가 매춘을 규제하는 입장을 택함으로써 암암리에 용인하는 입장에 처했다는 이유와 함께, 이 법이 이중 잣대를 강화한다는 이유도 있었다. 여자는 창녀라는 아주 미미한 혐의를 받더라도 투옥이나 검진(이른바 '수술실 강간')으로 처벌받을 수 있었고 성병 환자임이 밝혀지면 감금 치료를 당하기도 했던 반면, 남자는 성병이 있어도 아무 구속 없이 돌아다닐 수 있었다.(얼마 전까지도 창녀와 에이즈와 관련해서 비슷한 조치가 검토되거나 때로 실시되었다.) 영국에서 전염병 예방법의 목적은 군대의 보건이었다. 군대 내의 성병 발생률이 민간인 성병 발생률보다 훨씬 높았다는 것을 감안할 때, 이 법의 밑바탕에는 남자의 건강과 자유와 민권이 여자의 건강과 자유와 민권에 비해서 국가에 훨씬 더 중요한 가치가 있다는 노골적 인식이 깔려 있었던 것 같다. 이 법이 발효되면서 캐럴라인 와이버그보다 끔찍한 폐해도 많이 발생했다. 자살로 내몰린 여자도 한 명 이상이었다.(그 한 명은 남편을 잃고 자식 셋을 키우던 여자였다.)[127] 이 법에 따르면, 여자가 밖에서 걸어 다니는 것은 성행위 경험이 있다는 증거였고, 여자의 성행위 경험은 범죄였다. 미국에서 이 정도로 심한 악법이 통과된 적은 없지만, 때때로 비슷한 상황이 펼쳐지곤 했다. 1895년에 리지 쇼어라는 젊은 노동계급 뉴요커는 날이 저문 후에 혼자 밖에 있었다는 죄목과 두 남자에게 길을 물었다는 이유에서 매춘 혐의로 체포당했다.[128] 맨해튼 로어이스트사이드에 있는 친척 아주머니의 집을 찾아가는 길이었음에도 그 시간에 말을 걸었다는 것이 호객 행위로 해석되었다. 그녀는 검진을 통해서 '착한 애'로 밝혀진 후에야 비로소 석방되었다. 그녀가 처녀가 아니었더라면, 성행위 경험이 있고 저녁

다. 나는 그 친구를 따라 시내가 내려다보이는 언덕으로 올라갔다. 오래전에 멈추어 선 풍

에 혼자서 길을 걸었다는 두 가지 범행이 합쳐진 복합 범죄로 유죄 판결을 받았을 가능성이 높다.

국가가 내세운 매춘 규제와 처벌의 근거 중 하나는 존중할 가치가 있는 여자들을 악덕으로부터 보호한다는 것이었지만, 상당히 존중할 가치가 있는 여자였던 버틀러는 여자들을 국가로부터 보호한다는 엄청난 과업을 떠맡았다는 이유로 무리에게 욕설을 듣고 쫓겨 다녀야 했다. 대부분 포주가 고용한 무리였다. 붙잡혀서 심한 매를 맞고 오물과 분뇨를 뒤집어쓰고 머리카락을 쥐어뜯기고 옷을 찢긴 적도 있었고, 무리를 피해서 도망치는 길에 마주친 창녀 덕에 골목과 창고가 미로처럼 이어지는 길로 피신한 적도 있었다. 사실 버틀러가 정치 담론이라는 공적 공간에 발을 들여놓고 남자들의 성 모럴에 도전했다는 것 자체가 모종의 위반이었다. 당시 한 하원의원이 그녀를 "창녀보다 나쁜 여자"라고 비난했던 것은 그 때문이었다. 그녀가 병상에 누워 있던 1906년, 훨씬 더 많은 여성들이 그 공적 공간에 발을 들여놓으면서 비슷한 비난을 당하고 있었다. 바로 20세기의 첫 10년간, 미국과 영국에서 여자들이 선거권 획득을 위해서 수십 년에 걸쳐 성과 없이 이어오던 조용한 노력들이 여성 참정권 운동이라는 전투적 양상으로 발전한 것이다. 운동에 동반된 행진, 시위, 집회 등은 지금은 체제 진입을 거부당한 사람들의 장외 정치운동에서 흔한 방식이지만, 그 당시만 해도 매우 이례적이었고, 이례적으로 강력한 폭력에 맞닥뜨렸다. 영국에서는 영국 경찰이 자행하는 폭력이었고, 미국에서는 군인을 포함한 남자의 무리가 자행하는 폭력이었다. 물론 노조 활동가들이나 비국교도들이나 기타 시위 단체에도 폭력이 가해졌지만, 여성 참정권 운동가들에게 가해진 폭력은 몇 가지 점에서 독특했다. 영국의 경우, 한편에서는 낡은 옛 법을 동원해서 여자들의 집회를 불법

차가 소나무 우듬지를 내려다보고 있는 곳, 내가 참 많이도 갔던 곳이었다. 꼭대기까지 올

화하고자 했고, 다른 한편에서는 모든 국민이 정부에 청원할 권리를 가
진다는 현행법이 침해당했다. 미국과 영국 두 나라에서 모두 집회의 자
유와 언론의 자유를 행사했다는 죄목으로 체포당한 여자들이 자기를 정
치범으로 인정해줄 것을 요구하면서 단식투쟁에 나섰다. 수감자들에게
음식을 강제 주입하는 방식으로 대응한 것도 영국 정부와 미국 정부가
똑같았다. 튜브를 콧구멍으로 집어넣어 위장과 연결시킨 다음 펌프질을
해서 음식물을 집어넣는 고문은 새로운 형태의 제도적 강간이 되었다.[129]
길을 걸어감으로써 공적 생활에의 참여를 시도했다가 감옥에 갇힌 여자
들이 국가에 의해서 몸 안쪽의 프라이버시까지 침해당했다는 뜻이다.

　그럼에도 어지들은 두표권을 획득했다. 그 후 최근 몇십 년간 공적
공간과 사적인 부분의 충돌이라는 이 이상한 이중주를 연주해온 두 세
력은 여자들과 정부가 아니라 여자들과 남자들이었던 것 같다. 페미니즘
이 개혁을 요구하고 이룩해온 곳은 주로 실내(가정, 직장, 학교, 정치조직)에
서의 상호 관계였다. 하지만 사회적, 정치적, 실용적, 문화적 목적에서 공
공장소에 접근하는 것도 시골과 도시를 막론하고 일상생활에서 중요한
부분이다. 그런데 여자들에게는 이 접근이 제한되어 있다. 폭행과 추행
에 대한 두려움이 있기 때문이다. 한 학자의 표현을 빌리면, 여자들이 경
험하는 일상적 추행은 "우리 여자들에게 안심할 수 있는 시간을 허락하
지 않는다. 일상적 추행은 여자로 하여금 나의 역할 중에 성적 존재로서
의 역할이 있다는 사실, 내가 남자에게 이용의 대상, 접근의 대상일 수 있
다는 사실을 끊임없이 상기하게 한다. 일상적 추행은 여자로 하여금 남녀
가 평등하다고 생각할 수 없도록, 여자가 남자와 똑같이 공적 생활에 참
여할 수 있다고 생각할 수 없도록, 여자에게도 가고 싶을 때 가고 싶은 곳
에 갈 권리가 있고 안심한 상태로 하고 싶은 일을 할 권리가 있다고 생각

라갔더니 벌써 어두워지기 시작했다. 우리는 쉬면서 달이 뜨기를 기다렸다가 첫 달빛을 받

할 수 없도록 만든다."[130] 남자든 여자든 돈을 노린 공격의 대상이 될 수 있고, 범죄 뉴스를 통해 도시, 외국인, 청년, 빈민, 통제되지 않는 공간 등에 두려움을 느끼게 되는 것도 마찬가지다. 하지만 성폭력의 일차적 표적은 여자다. 성폭력은 도시와 시골과 교외를 불문한 온갖 장소에서 자행될 수 있고, 연령과 소득 수준을 불문한 모든 남자들에 의해 자행될 수 있다. 성폭력의 가능성은 공공장소에서 여자의 일상을 구성하고 있는 수위 높은 모욕적·악의적 언사, 수작, 위협 등에 암시되어 있다. 많은 여자들이 강간에 대한 공포 때문에 실내공간을 벗어나지 않는다. 그들이 자신의 섹슈얼리티를 지키는 방법은 이번에도 자기 자신의 의지력이 아니라 물리적 장벽과 보호자다. 한 여론조사에 따르면 미국 여자의 3분의 2는 밤에 혼자 자기 동네를 걷는 것을 두려워한다.[131] 또 다른 여론조사에 따르면 영국 여자 중에 절반이 밤에 혼자 외출하는 것을 두려워하고, 40퍼센트가 강간의 위험을 "매우 우려"한다.[132]

내가 이 부자유를 처음 확실하게 느낀 것은 캐럴라인 와이버그, 실비아 플래스와 같은 열아홉 살 때였다. 내가 자란 곳은 교외와 시골의 경계지대였고, 당시는 요새와는 달리 아이들이 하는 일을 일일이 살피지 않던 시대였다. 나는 시내든 산이든 마음대로 쏘다녔고, 열일곱 살 때는 파리로 도망치기도 했는데, 그때는 길거리에서 수시로 섹스를 하자고 덤비고 때로 몸을 붙잡기까지 하는 남자들이 무섭기보다는 짜증스러웠다. 열아홉 살 때 샌프란시스코의 가난한 동네로 이사했다. 즐겁게 싸돌아다녔던 전 동네에 비해 길거리에 활기가 없는 동네, 낮에 가해지는 지속적 위협이 밤에 현실화될 가능성이 훨씬 높은 동네였다. 물론 내가 밤 시간대에, 가난한 동네에서만 위협을 경험했느냐 하면 그렇지는 않다. 예를 들면 어느 날 오후, 관광지인 피셔맨스워프 근처에서 멀쩡하게 차려입은

으면서 집으로 향했다. 소나무 숲에서 빠져나왔을 때였다. 달빛 속에, 바로 내 눈앞에, 그

남자가 나를 따라오면서 역겨운 성적 제안들을 줄줄 늘어놓기에 돌아서서 따라오지 말라고 했다. 그랬더니 그 남자는 내가 감히 그런 말을 했다는 사실에 정말로 충격을 받은 듯 흠칫 놀라더니 나한테는 그런 말을 할 자격이 없다면서 나를 죽여버린다고 했다. 비슷한 일들을 수백 번 겪었지만 그때 일이 유독 충격적이었던 것은 그 죽여버린다는 말에 담긴 진심 때문이었다. 내가 밖에 나가면 살아 있을 권리, 자유로울 권리, 행복을 추구할 권리가 없어지는구나, 세상에는 생판 남인데도 내 성별이 여자라는 이유만으로 나를 미워하고 내가 괴롭기를 바라는 것 같은 사람이 많구나, 성은 이렇게 금방 폭력이 되는구나, 이런 상황을 사적인 문제가 아니라 공적인 문제로 보는 사람은 나 말고는 거의 없구나 하는 것을 문득 깨달았다. 인생에서 가장 충격적인 깨달음이었다. 온갖 충고들이 쏟아졌다. 밤에 밖에 나가지 마라, 헐렁한 옷을 입어라, 모자를 쓰든지 머리를 짧게 잘라라, 남자처럼 하고 다녀라, 비싼 동네로 이사를 가라, 택시를 타라, 자동차를 사라, 혼자 다니지 마라, 에스코트해줄 남자를 구해라. 현대판 그리스 돌벽. 현대판 아시리아 베일. 사회가 나의 자유를 지킬 책임을 지고 있는 것이 아니라 내가 나 자신의 행동과 남자들의 행동을 통제할 책임을 지고 있다고 말하는 충고들이었다. 많은 여자들은 자기가 왜 혼자가 아닌 삶을 선택했는지도 모르는 채 그런 보수적인 삶을 살고 있을 만큼 사회가 부과한 여자의 자리에 잘 길들여져 있다는 사실, 그들은 혼자 걷고 싶다는 마음을 이제 전혀 가지고 있지 않다는 사실, 그런데 나는 아직 그 마음을 가지고 있다는 사실, 나는 그런 사실들을 그때 비로소 알게 되었다.

　　일상적 위협을 겪으면서, 그리고 몇 번 끔찍한 일도 겪게 되면서 나의 그 마음도 바뀌었다. 하지만 계속 한 동네에 살다 보니 길거리의 위험

성곽이 나타났다. 며칠 동안 나를 따라다닌 것이 바로 그 성곽의 사진이었는데. 내가 사

요소를 피해 다니는 기술은 늘었고, 나이가 들면서 표적이 되는 일도 덜 해졌다. 요새 나와 행인들과의 상호작용은 거의 항상 정중하다. 때로 즐 거운 경우도 있다. 추행이 젊은 여자에게 집중되는 이유는 더 아름다워 서라기보다는 자기가 가진 권리에 대한 확신, 자기가 정한 경계에 대한 확 신이 더 약해서인 것 같다.(그런 확신 없음이 순진함이나 수줍음이라는 형태로 표 현됨으로써 종종 '아름다움'이라고 여겨지기도 하지만 말이다.) 젊은 시절 내내 겪 게 되는 추행은 인생의 한계를 배우는 교육의 일부가 되어버리는 경우 가 많다. 사회학자 준 라킨(June Larkin)은 캐나다의 십 대 집단에게 공공 장소에서 겪은 성추행을 기록하는 과제를 냈는데, 그를 통해 라킨이 알 게 된 것은 그들이 극적인 장면이 아닌 것은 빠뜨린다는 사실이었다. "길 거리에서 일어나는 그런 작은 일들까지 모두 적으려면 시간이 너무 많이 들 테니까요."[133] 대부분의 여자들이 그렇듯 나 또한 너무 많은 포식자와 마주쳐온 탓에 먹잇감의 사고방식을 습득하게 되어버렸다. 지금의 나와 20대였을 때의 나를 비교하면 일상 의식에서 두려움이 차지하는 비중이 훨씬 적어지기는 했지만 말이다.

여권운동은 인종차별 철폐 운동에서 비롯되는 경우가 많았다. 여권운동 의 출발점이 된 뉴욕 주 세니커폴스 대회는 노예 폐지론자 엘리자베스 케이디 스탠턴(Elizabeth Cady Stanton)과 루크리샤 모트(Lucretia Mott)가 무 려 노예제도 반대 투쟁 중에 직면해야 하는 성차별에 분노하면서 조직되 었다. 런던에서 열린 세계 노예제 반대 대회에 참석했던 두 사람은 남성 위주의 조직에서는 여성 대표들이 자리를 얻을 수 없다는 사실을 깨달 았다. 한 역사가에 따르면 "스탠턴과 모트는 여성의 한정적 지위와 노예 의 한정적 지위 사이에 비슷한 점이 있다고 생각하기 시작했다."[134] 조세

는 집이 바로 그 성곽에 둘러싸여 있었다니. 나는 아무 말도 하지 않았지만, 곧바로 친구

핀 버틀러, 그리고 잉글랜드 여성 참정권 운동의 지도자 에멀라인 팽크 허스트(Emmeline Pankhurst) 또한 노예 폐지론자 집안 출신이었다. 동시대의 가장 독창적이면서 비중 있는 페미니스트들은 벨 훅스(Bell Hooks), 미셸 윌리스(Michelle Wallace), 준 조던(June Jordan) 등 인종과 젠더 둘 다를 문제시하는 흑인 여성이다.

앞서 뉴욕의 게이 시인들을 다룬 대목에서 할렘 태생의 제임스 볼드윈(James Baldwin)을 다루지 않았다. 휘트먼이나 긴즈버그와는 달리 볼드윈에게 맨해튼은 감미로운 해방감을 안겨주는 장소가 아니라 자기의 현실을 수시로 떠올리게 하는 위협적인 장소였다. 공립도서관 근처의 경찰들은 그에게 업타운을 벗어나지 말라고 했고, 업타운 5번가의 포주들은 어린 그에게 눈독을 들였고, 그가 사는 동네 사람들은 작은 도시 사람들이 그러하듯 그의 일거수일투족을 지켜보았으니, 그에게는 모두 위협적인 존재들이었다. 그는 게이 남자이기도 하고 흑인 남자이기도 했지만, 그의 글에 등장하는 도시 보행자는 게이 남자이기보다 흑인 남자였다. 그가 피부색에 구애받지 않고 거리를 거닐게 된 것은 파리로 이주한 후였다. 지금 흑인 남자들이 공공장소에서 범죄자로 범주화되면서 법에 의해 이동의 자유를 과도하게 제약받는다는 점은 한 세기 전 노동계급 여자들과 마찬가지다. 1983년에 에드워드 로슨(Edward Lawson)이라는 흑인 미국인 남자는 "길거리를 배회하는 사람들은 경찰관이 요구하는 경우, 신분을 밝히고 자기가 그곳에 있게 된 정황을 설명해야 한다."라는 캘리포니아 주법을 상대로 위헌 소송을 내 대법원 승소 판결을 받았다.《뉴욕타임스》보도에 따르면 로슨은 "걷는 것을 좋아하는 남자로, 밤늦게 주거 지역에서 자주 불심검문을 당했고" 보행을 범죄시하는 캘리포니아 주법에 의거한 신분 확인을 거부했다는 죄목으로 열다섯 번 체포당한 이력

와 헤어져 혼자 돌아왔다. 바로 다음 날 오후, 이리저리 배회하던 내 눈앞에 그 가게가 다

이 있었다.[135] 그는 그 당시에 내가 종종 춤추러 갔었던 나이트클럽의 단골로, 깔끔한 드레드록스 헤어스타일에 체격이 탄탄한 남자였다.

하지만 공공장소의 인종차별은 성차별에 비해 인식되기도 쉽고 이슈가 되기도 훨씬 쉬웠다. 1980년대 말 두 명의 젊은 흑인 남자가 "부적당한 시간에 부적당한 장소에" 있었다는 이유로 죽임을 당했다. 마이클 그리피스(Michael Griffith)는 하워드비치에서 적의를 드러내는 한 무리의 백인 남자들에게 추격당했고, 붙잡히면 괴롭힘을 당할 것이기에 차도로 뛰어들었고, 자동차에 치어 죽었다. 유세프 호킨스(Yusef Hawkins)도 브루클린의 또 다른 백인 동네 벤슨허스트에서 그리피스와 마찬가지로 흑인이라는 이유로 죽을 때까지 몽둥이로 얻어맞았다. 이 두 사건에 격렬한 반응이 터져 나왔다. 사람들은 두 청년이 길을 걷는 중에 공격당했다는 것이 민권을 빼앗긴 것이나 마찬가지라는 점을 정확히 이해했다. 그리피스와 호킨스가 죽고 얼마 되지 않아 '센트럴파크 조깅자 사건'이 벌어졌다. 센트럴파크로 조깅을 나갔던 여자가 한밤중에 윤간당하고 칼부림당하고 돌과 파이프에 얻어맞아 두개골이 으스러지고 온몸에 골절을 입고 출혈이 심한 상태로 발견되었다. 여자는 기적적으로 목숨을 건졌지만, 뇌 손상과 신체 장애로 고통받았다. 사건 당시 센트럴파크에 있었던 할렘에서 온 다섯 명의 십 대 소년들이 범인으로 기소되어 수감되었다. 그러나 2002년에 진범이 잡혔고 그 다섯은 누명을 벗었다.

살해당한 두 남자에 대해서는 도시에서 걸어 다닌다는 기본적 자유를 빼앗긴 것이라는 공분이 들끓었다. 인종이라는 동기에서 자행된 범죄라는 인식이 보편적이었다. 그런데 센트럴파크 조깅자 사건에 대한 반응은 놀라울 정도로 달랐다. 이 사건을 자세히 연구한 헬렌 베네딕트(Helen Benedict)에 따르면, "사건 발생 이후 재판이 시작되는 시점까지도

시 나타났다. 엽서도 아직 창문에 진열돼 있었다. 그런데 출입문 위에 전에는 미처 보지 못

백인 언론과 흑인 언론은 십 대들이 왜 이런 끔찍한 범죄를 저질렀는가
를 분석하는 기사들만 주구장창 내보냈다. [……] 기사가 내놓은 대답은
인종, 마약, 계급, 그리고 게토의 '폭력 문화'였다." 연구자의 결론에 따르
면, "언론이 이유라고 드는 것들은 사건을 설명하기에는 한심할 정도로
부족했다. [……] 모든 강간의 가장 확연한 이유, 곧 사회가 여자들을 대하
는 태도를 언론은 직시하려고 하지 않았다."¹³⁶ 언론은 가해자가 라틴계
와 흑인이었다는 이유로 이 사건을 젠더 문제가 아닌 인종 문제로 제시함
으로써 여성에 대한 폭력을 이슈화하는 데 실패했다. 이 사건을 민권 사
안, 즉 여자들이 도시에서 걸어 다닐 권리를 침해당하는 패턴의 일부로
논의한 사람은 거의 전무했다.(유색인 여자가 범죄 기사에서 다루어지는 경우
는 드물다. 그들에게는 유색인 남자가 가지고 있는 시민으로서의 지위도 없고, 백인 여
자가 가지고 있는 희생자로서의 자극적인 이미지도 없기 때문인 것 같다.) 벤슨허스
트 사건과 센트럴파크 사건이 발생하고 10년 만에 텍사스에서 흑인 남자
가 잔인하게 린치당하는 사건이 발생했고, 증오범죄, 유색인 시민권 침해
라는 공분이 들끓었다. 와이오밍에서 젊은 게이 남자가 잔혹하게 살해당
히는 사건이 발생했을 때도 마찬가지였다. 게이와 레즈비언 역시 '그들이
있어야 할 자리를 가르쳐주는'(그 가르침에 따르지 않는 종자들을 처벌하는) 폭
력의 과녁이 될 때가 많다. 하지만 젠더라는 동기에서 자행되는 유사한
형태의 살인들(해마다 수천 명의 여자들의 목숨을 앗아가면서 신문의 지면을 채우
는 사건들)은 사회 개혁이나 거국적 자기성찰 같은 것을 요구하지 않는 개
별 사건들로 제시될 뿐, 그 모든 사건의 저변에 흐르는 폭력의 맥락이 논
의되는 일은 없다.

　　인종의 지형과 젠더의 지형은 다르다. 한 인종 그룹이 한 지역을 독
점하는 것은 가능한 반면에 젠더는 모든 지역에서 그때그때 다른 방식으

했던 간판이 걸려 있었다. 그곳에는 빨간색으로 "세바스티아노 비네즈"라는 글자가 칠해져

로 구획되기 때문이다. 백인이 비교적 많이 살고 있는, 심지어 백인 여자
들도 안심할 수 있는 미국 시골의 여러 장소가 수많은 유색인에게는 좋
게 말해 차갑다.(이 나라에서 가장 경치 좋은 몇몇 곳은 백인 우월주의자들의 부흥
지, 아니면 집결지인 것 같다.) 에벌린 화이트(Evelyn C. White)는 처음으로 오
리건 시골을 여행하려 했을 때의 일을 이렇게 회고한다. "에밋 틸[미국 남
동부의 린치 피해자]이 생각나면 혀가 움직이지 않고 온몸이 마비되었다.
심장을 멎게 할 것만 같은 공포심이 내 온몸을 휘감았다. 매켄지 강 근처
의 오솔길에서 벌목꾼들을 마주쳤을 때도 그랬고, 인적 없는 곳을 돌아
다닐 때도 그랬다."[137] 영국의 사진작가 잉그리드 폴러드(Ingrid Pollard)는
워즈워스가 된 듯한 기분을 맛볼 수 있다는 레이크디스트릭트에 가서 자
기 자신을 찍은 작품을 발표했다. 유색인이 레이크디스트릭트에서 느끼
는 것은 워즈워스 같은 기분이 아니라 불안감이며, 유색인에게는 자연
낭만주의를 만끽할 여유가 없다는 것이 이 풍자적 연작의 메시지인 듯하
다. 하지만 백인 여자들도 혼자 밖에 나가 있을 때는 불안을 느끼며, 여러
사람의 경험이 그런 불안을 뒷받침한다. 유명한 암벽등반가 겸 등산가
그웬 모핏은 젊은 시절 스코틀랜드 서해의 아름다운 스카이 섬으로 혼
자 암벽등반 여행을 떠났다가 술 취한 옆방 사람이 한밤중에 그녀의 방
에 쳐들어오는 일을 겪었다. 그녀는 남자한테 동행을 부탁하는 전보를
쳤다. 그녀는 그때 일을 이렇게 회고한다. "그 당시에 내가 좀 덜 어리고
좀 덜 미숙했더라면 혼자서 내 생활을 지켜나가는 것도 가능했겠지만,
당시에 나는 그런 생활 탓에 온갖 종류의 억측과 공세에 무방비로 노출
되곤 했다. 보통의 관습적인 남자는 나의 생활 방식을 노골적인 유혹으
로 해석했는데, 거절당할 때 그들이 어떤 분노를 느낄지 알고 있는 나로
서는 직면할 자신이 없었다."[138]

있었고, 막대 사탕과 빵이 함께 그려져 있었다.—발터 베냐민, 성곽   • 시장

여자들은 순례 행렬, 보행 클럽, 퍼레이드, 행진, 혁명에 열성적으로 참가해왔다. 확실한 목표가 있는 활동에서는 여자가 모습을 드러내는 일이 성적 유혹으로 해석될 여지가 별로 없다는 것, 또 동행자의 존재가 공공장소에서 여자의 안전을 가장 확실하게 보장해준다는 것이 그 이유다. 공적 사안이 부각되면서 사사로운 문제들은 한동안 뒤로 물러나는 혁명 도중에는 여자들이 상당한 자유를 누릴 수 있었다. 에마 골드먼(Emma Goldman) 같은 혁명가들은 섹슈얼리티를 투쟁 전선 중 하나로 삼기도 했다. 하지만 혼자 걷는 것에도 막대한 영적, 문화적, 정치적 울림이 있다. 지금껏 혼자 걷기는 명상과 기도와 종교적 성찰의 중요한 일부분이었다. 아리스토텔레스의 소요학파에서 시작해서 뉴욕과 파리를 배회하는 시인들에 이르기까지 혼자 걷기는 사유와 창작의 형식이었다. 또한 작가, 예술가, 정치적 이론가 등에게는 작품을 구상할 공간을 마련하는 방법이자, 작품에 생명을 불어넣을 만남과 경험을 확보하는 방법이었다. 이 뛰어난 남자들이 세상을 마음껏 걸어 다닐 수 없었다면 과연 그 뛰어난 것들이 세상에 나올 수 있었을까. 아리스토텔레스가 집 안에만 있어야 했다면 어땠을까. 뉴어가 풀스커트를 입어야 했다면 어땠을까. 여자들이 낮의 도시를 걸어 다닐 수 있게 된 뒤에도 밤의 도시, 사람을 취하게 만드는 애상적이고도 시적인 카니발은 '창녀(woman of the night)'가 아닌 여자에게는 출입 금지 구역이나 마찬가지였다. 걷기가 기본적인 문화적 행위이자 인간의 중요한 존재 방식이라면, 발길 닿는 대로 걸어 다닐 가능성을 빼앗겨온 사람들은 단순히 운동이나 여가가 아니라 인간다운 삶을 크게 박탈당해온 사람들이다.

　　제인 오스틴으로부터 실비아 플래스에 이르기까지 여자들은 남자들과 다른 주제, 비교적 협소한 주제를 다뤄왔다. 틀을 깨고 좀 더 넓

여자들의 베르사유 행진은 평범한 시민들의 평범한 몸짓이 역사가 된 경우였다. 수천 명의

은 세계로 나아간 여자들도 없지 않았다. 얼른 떠오르기로는 평화 순례
자(중년의 나이로), 조르주 상드(남장 차림으로), 에마 골드먼, 조세핀 버틀러,
그웬 모펏 등등. 그러나 아예 침묵해야 했던 여자들이 훨씬 많았으리라
는 것은 분명하다. 버지니아 울프의 유명한 에세이『자기만의 방』은 제목
그대로 여자들이 작업 공간을 가져야 한다는 항변으로 기억되지만, 사실
이 에세이는 창작하는 사람에게 작업 공간 못지않게 필요한 경제, 교육,
공적 공간에의 진입 가능성을 논의하고 있다. 자신의 주장을 증명하기
위해 울프는 셰익스피어에게 똑같이 재주 있는 누이가 있었다면 어땠을
까 상상한다. 주디스 셰익스피어라는 이 여자의 망가진 인생 앞에서 울
프는 묻는다. "그녀가 술집에서 정찬을 시켜 먹거나 밤거리를 걸어 다닐
수 있었을까요?"[139]

　　세라 슐먼(Sarah Schulman)의『소녀들, 전망들, 온갖 것들(Girls, Visions
and Everything)』이라는 소설은 울프의 에세이와 마찬가지로 여자들의 자유
에 가해지는 제약을 논의하고 있다. 잭 케루악의『길 위에서』의 한 대목
에서 제목을 따왔다. 케루악의 강령이 소설 속의 젊은 레즈비언 작가 라
일라 푸투란스키에게 얼마나 유용한지를 검토하겠다는 의미다. 푸투란
스키는 생각한다. "문제는 잭 케루악과 나를 동일시하게 된다는 것, 그가
길을 가는 중에 같이 잔 여자들과 나를 동일시하게 되지는 않는다는 것
이었다." 케루악은 오디세우스처럼 한 자리에 머무는 여자들이라는 풍
경 속을 여행하는 남자였다. 케루악이 1950년대에 미국의 매력을 탐험
했듯, 푸투란스키는 1980년대 중반의 맨해튼 로어이스트사이드의 매력
을 탐험한다. "그녀가 가장 좋아하는 일" 가운데 하나는 "길거리를 몇 시
간씩 정처 없이 걸어 다니다가 어딘가에 가게 되는 것"이었다. 하지만 소
설이 진행되면서 그녀의 세계는 더 바깥으로 열리는 대신 더 내밀해진다.

여자들이 베르사유까지 걸어가던 그 순간은 모든 권위에 순종해왔던 과거가 극복되는 순

그녀에게 사랑하는 사람이 생기자, 공적 공간에서 자유로운 삶을 펼칠 가능성은 더 희박해진다.[140]

소설 후반부에서 그녀는 애인과 함께 워싱턴스퀘어 공원으로 저녁 산책을 하러 나갔다가 아파트 건물 앞으로 돌아와 같이 아이스크림을 먹는다. 한 무리의 남자들이 하는 소리가 들려온다. "저런 게 동성애 해방이로군. 하고 싶은 짓은 뭐든 아무 때나 해도 되는 줄로 아는 년들."[141] 까마득한 옛날부터 서로 사랑하는 사람들이 함께 걸었듯이, 두 사람은 함께 걸었다. 리지 쇼어가 그로부터 90년 전에 로어이스트사이드에서 혼자 걸었다는 죄목으로 체포당했듯이, 그녀들이 공공장소로 걸어 나간다면 그녀들의 사생활과 그녀들의 몸이 침해당할 위험이 생긴다.

라일라는 집으로 올라가고 싶지 않았다. 그 남자들에게 자기 사는 곳을 알리고 싶지 않았다. 두 사람은 천천히 다른 데로 걸어가기 시작했지만, 그 남자들이 뒤쫓아 왔다.
"어디 가냐, 쌍년들아. 네년들 보지가 그렇게 좋아서 그렇게 네년들끼리 핥아주냐? 내가 오늘 네년들이 평생 잊지 못할 자지 하나 보여주마."
라일라에게 이런 일은 일상의 한 부분, 불필요하지만 전적으로 정상적인 한 부분이었다. 그녀가 고분고분해지는 법, 소리 내지 않고 노는 법, 얻어맞기 전에 미리 피하는 법을 배운 것은 그 덕분이었다. [……] 라일라는 언제나 산책을 즐기는 사람, 산책을 자연스럽고 풍요로운 일상으로 경험하는 사람처럼 걸었다. 라일라는 늘 자기가 안전하다는 환상, 그 환상이 자기를 안전하게 지켜주리라는 환상 속에서 걸었다. 그런데 그날 밤 담배를 사러 나온 라일라는 길을

간이었고, 트라우마를 남길 미래는 아직 시작되기 전이었다. 그날, 세상이 그들 편이었다.

걷는 것이 불안했다. 헤매던 생각은 자기도 모르게 한 가지 단순한
사실 앞에 멈춰 섰다. 그것은 자기가 안전하지 않다는 사실이었다.
그녀는 안전하지 않았다. 언제든 피해를 당할 수 있었다. 잠시 동안
이었지만 그녀는 자기가 필히 피해를 당하리라는 느낌이 들었다.
1974년형 쉐비의 트렁크에 올라앉은 그녀는 이 세상이, 심지어 자
기가 사는 블록조차 자기 것이 아니라는 사실을 받아들였다.[142]

그들은 아무것도 두렵지 않았다.—리베카 솔닛, 『걷기의 인문학』

4

길이 끝나는 곳 너머에서

15
헬스장에 가는 시시포스, 신도시에 사는 프시케

걸어 다닐 자유가 있어도 갈 곳이 없다면 소용없다. 18세기 후반에 시작된 이른바 보행의 황금기(보행의 황금기이자 다른 많은 것의 황금기였지만 모든 것의 황금기는 아니었던 시기, 그럼에도 걸을 수 있는 장소들이 만들어지고 보행 취미가 높이 평가되었다는 점에서 괄목할 만한 시기)는 아쉽지만 몇십 년 전에 종말을 고한 것 같다. 이 시기의 절정에 해당하는 20세기 초는 북미인들과 유럽인들에게 산책 약속이 술 약속이나 식사 약속만큼 자연스러웠던 시기, 보행이 성찬식이기도 하고 취미생활이기도 했던 시기, 보행 클럽들이 성행했던 시기였다. 도시는 보도와 하수도 등 19세기의 도시 혁신 설비들로 개선되는 중이면서 20세기의 가속화로 인한 위협을 받기 전이었고, 시골에서는 국립공원이 처음 생겨나고 산악 활동이 처음 융성한 시기였다. 지금까지 이 책에서 살펴보았듯이 보행자 생활은 시골 공간과 도시공간에서 모두 영위되어왔다. 보행의 역사는 도시와 시골의 역사이기도 하고, 평지와 산지의 역사이기도 하다. 세계 역사상 처음으로 인구 과반수가 교외에 살고 있다는 미국 인구조사 결과가 나온 1970년은 이 보

• 현대 유럽과 미국 중간계층의 삶에서 이동 방식으로서의 보행은 본질적으로 노후화

행의 황금기를 애도하는 해로 적당할 듯하다. 교외는 옛 시골의 멋진 자연도 없고 옛 도시의 즐거움도 없는 곳이다. 교외화는 일상의 규모와 질감을 근본적으로(대체로 보행에 불리한 방식으로) 변형했다. 땅이 변형되면서 생각도 변형되었다. 보통의 미국인들이 지금 시간과 공간과 자기 몸을 지각, 평가, 사용하는 방식은 예전과 완전히 다르다. 자동차와 건물 사이의 공간이나 건물 안의 짧은 공간 등은 아직 보행의 영역이지만, 문화적 행위로서의 보행, 취미활동으로서의 보행, 여행 방법으로서의 보행, 정처 없이 걷는 식의 보행이 사라지면서 육체, 세계, 상상 간에 존재했던 유구하고 근원적인 연관성도 함께 사라지고 있다. 생태주의 용어로 보행은 '지표종'이라 할 수 있을 것이다. 지표종은 생태계 건강의 지표이고, 지표종이 위험해지거나 감소하거나 멸종 위기에 처한다는 것은 생태계에 문제가 있다는 초기 경고 신호다. 보행은 여러 가지 자유와 기쁨, 예컨대 자유롭게 쓸 수 있는 시간, 닫혀 있지 않은 멋진 공간, 구속받지 않는 육체라는 생태계의 지표종이다.

교외화

『바랭이의 변경: 미국의 교외화(*Crabgrass Frontier: The Suburbanization of the United States*)』에서 케네스 잭슨(Kenneth Jackson)은 중산층이 거주하는 교외가 개발되기 전에 존재했던 이른바 '보행자 도시'의 특징을 개괄한다. 보행자 도시의 특징은 인구가 조밀하다는 것, "도시와 시골이 명확하게 구분된다는 것"(성벽 같은 확실한 경계 표시가 있다는 것), 경제적 기능과 사회적 기능이 혼재한다는 것(보행자 도시에 "공장이 거의 없"었던 이유는 "생산을 담당하는

되었다. 일을 하러 갈 때 걸어가는 사람은 드물다. 걷는 일은 여가와 연결될 때가 많다.

곳이 소규모 작업장"이었기 때문이다.), 사는 곳과 일하는 곳이 가깝다는 것, 부유층이 대개 도심에 거주한다는 것 등이었다. 교외는 잭슨이 말한 보행자 도시의 종말이자 내가 말한 보행의 황금기의 종말이다. 교외화의 역사는 파편화의 역사다.[1]

역시 교외의 역사를 다룬 로버트 피시먼(Robert Fishman)의 『부르주아 유토피아』에 따르면,[2] 18세기 후반 런던 외곽에 역사상 최초로 중간계급 교외주택들이 지어짐으로써 엄숙주의적 상인계급은 가정생활과 일을 분리할 수 있게 되었다. 이 중상위 계급 복음주의 기독교인들의 눈에는 도시 그 자체가 수상쩍은 곳이었다. 카드놀이, 무도회, 극장, 장터, 유원지, 객주집이 그들에게는 모두 부도덕한 곳으로 보였다. 한편 가정을 신성한 공간, 세속과 구분된 공간으로 숭배하는 경향이 생겨나면서, 아내-어머니는 여사제가 되어 자기 집이라는 신전에 갇혔다. 피시먼의 책을 보면, 똑같은 가치를 공유하는 부유층 상인 가구들로 이루어진 이 최초의 교외 커뮤니티는 천국 같은 곳이 아니었을까 싶고, 모든 천국 같은 곳이 대개 그렇듯이 권태로운 곳(널따란 주택이 드문드문 한 채씩 서 있는 곳, 집에 딸린 정원 밖으로 나가면 할 일이 거의 없는 곳)이 아니었을까 싶다. 이런 주택들은 잉글랜드 시골 장원의 축소판이었고, 사교의 자급자족을 꿈꾸었다는 점도 장원과 마찬가지였다. 하지만 농장 일꾼, 사냥터지기, 하인, 손님, 대가족으로 이루어진 커뮤니티 전체가 함께 사는, 대개 경작지를 포함하는 생산 공간이 장원이었던 데 비해, 교외 주택은 그저 핵가족의 구성원들이 함께 사는 곳, 점점 소비 공간으로 축소되는 곳이었다. 또 장원은 사유지 안에서 산책을 즐길 수 있는 넓은 규모였지만 교외 주택은 그렇지 않았다. 하지만 어쨌든 교외는 도시를 시골로 확산시키는 공간이었다.

교외는 산업혁명 때 맨체스터에서 제대로 자리 잡았다. 교외는 맨

[……] 한 아일랜드 여자도 비슷한 말을 했다. "금세기 초에 가장 중요했던 두 가지 이동

체스터와 미들랜드 북부에서부터 확산되어 현대적 삶을 철저히 파편화한 산업혁명의 산물이다. 공장 체제가 본격화되고 빈민층이 임노동 계급이 된 후, 일터와 가정은 극단적으로 분리되었다. 숙련공의 복잡한 작업이 비숙련공의 단순 반복 작업(기계의 시중을 드는 작업)으로 잘게 쪼개짐에 따라 노동 그 자체가 파편화된 것은 두말할 필요도 없는 일이었다. 초기 논자들은 공장노동이 가정생활을 파괴했다며 개탄했다. 어마어마하게 긴 일과시간 동안 가족들이 서로 남남처럼 떨어져 지내게 되었다는 의미였다. 공장노동자들에게 집은 또 하루의 노동을 위해 쉬는 곳에 지나지 않았다. 공장에서 일하게 된 그들은 독립된 장인으로 일하던 때보다 훨씬 더 가난해지고 훨씬 더 병약해졌다. 1830년대에 맨체스터 세조업사들이 최초의 대규모 교외 거주지를 건설했던 것은 자기네 손으로 만들어낸 도시에서 탈출해서 자기네 계급의 가정생활을 윤택하게 만들기 위해서였다. 런던의 복음주의 기독교도들이 유혹을 피하기 위해서 교외로 떠났다면, 맨체스터의 제조업자들은 불쾌와 위험을 피하기 위해 교외로 떠났다. 그 불쾌와 위험이란 산업공해, 잘못 만들어진 도시의 더러운 공기와 불량한 위생, 자기 공장에서 일하는 비참한 노동자들의 위협적 몰골이었다.

피시먼에 따르면, "교외화는 크게 두 가지 결과를 가져왔다. 첫째, 도심 거주자가 없어졌다. 중간계급은 도심을 떠났고, 노동자들은 뒷골목 셋방이 사무공간으로 바뀐 탓에 도심에서 밀려났다. […] 도심이 업무 시간 전후로 완전히 공동화되는 것은 관광객들에게는 놀라운 광경이었다. 도심 업무 지구도 생겼다. 둘째, 한때 가장 변두리였던 공장들 바깥에 교외가 들어서면서 이제 공장들은 시골과는 아예 멀어졌다. 교외 주택들은 사유지에 울타리를 치고 가족과 손님을 제외한 행인의 출입을 금

방식이 이제 극히 전문화된 취미가 되어버렸네요!"—낸시 루이스 프레이, 『순례자의 이야

했다. 좌우로 나무가 늘어선 시골길이 그렇게 가로막히는 경우도 많았다. 일군의 노동자들이 어느 공장주의 교외 주택 사유지가 된 시골길을 계속 지나다니려고 했더니, [.....] 존스 씨는 철문을 세우고 해자를 팜으로써 대응했다." '보행자 도시'가 도시생활의 구성 요소들이 윤택하게 공존하는 곳이었다면, 피시먼이 그리고 있는 교외는 그 요소들이 척박하게 분리된 곳이다.³

　　노동자들은 일요일에 시골로 떠남으로써 대응했다. 들판을 거닐고 언덕을 오르고 자전거를 타고 숨을 쉴 수 있는 시골 풍경을 더 이상 빼앗기지 않기 위한 투쟁이었다.(그 투쟁은 10장에서 다뤄진다.) 중간계급은 교외 개발과 교외 거주를 유지함으로써 대응했다. 남자들은 일터로, 여자들은 상점으로 오갔다. 교통수단은 처음에는 개인 마차였고, 그 후에는 합승 마차, 나중에는 기차로 바뀌었다.(맨체스터에서 합승 마차는 빈민층이 이용할 수 없는 비싼 교통수단이었다.) 교외 거주자들은 빈민층과 도시로부터 벗어나면서 보행 가능 규모로부터도 벗어났다. 걷는 것 자체가 불가능하지는 않았지만, 집에서 걸어서 갈 수 있는 위치에는 갈 만한 곳이 거의 없었다. 길은 조용하게 뻗어 있는 주택가뿐이었고 건물은 서로 비슷비슷한 가족들이 살고 있는 주택뿐이었다. 20세기 미국에서는 자동차가 급증하면서 집은 직장, 상점, 대중교통, 학교, 사교 모임으로부터 그 어느 때보다 먼 거리에 위치해도 되었으니, 교외가 파편화의 신격화에 도달했다고 볼 수 있을 정도였다. 필립 랭던(Philip Langdon)에 따르면, 작금의 교외는 보행자 도시의 대척점에 있다. "사무공간이 소매업 공간으로부터 분리되어 있다. 주거지는 대개 상호 배타적으로 구획되어 있고, [……] 각각의 구획은 경제적 지위에 따라 세분되어 있다. 제조업 공간은 주거지로부터 멀리 떨어져 있거나 아예 지역 사회로부터 멀리 떨어져 있다. 매연이나 소

기들: 산티아고로 가거나 다른 곳으로 가거나」　　　　• "텍사스에서는 아무도

음이 없는 제조업의 경우도 마찬가지다. 오늘날의 산업에서 도시의 기억을 장식하고 있는, 연기를 내뿜는 시끄러운 공장은 거의 없다. 신개발지의 도로 배치는 파편화를 조장한다. 엄격히 구획된 공간들을 열고 들어가기 위해서는 개인이 열쇠, 곧 자동차를 마련해야 한다. 교외의 가장 큰 존재 이유라고 되어 있는 연령층인 16세 이하는 그 연령층이 교외가 고안된 가장 큰 이유라고 하지만 자명한 이유로 이 열쇠를 마련할 수 없다. 운전할 수 없게 된 고령층도 이 열쇠를 마련할 수 없다.”[4]

면허증과 자동차는 오늘날 교외에 거주하는 십대에게 의미심장한 통과의례다. 자동차가 없는 아이는 집을 벗어나지 못하거나 부모의 운전에 의존해야 하기 때문이다. 자동차의 파급력을 다룬 『아스팔트의 나라 (*Asphalt Nation*)』라는 책에서 제인 홀츠 케이(Jane Holtz Kay)는 걸어 다닐 만한 버몬트의 작은 도시에 거주하는 10세 아동과 걸어 다닐 수 없는 캘리포니아 남부의 교외에 거주하는 10세 아동의 생활을 비교한 연구를 언급한다.[5] 캘리포니아 아동의 텔레비전 시청 시간이 네 배에 이르는 이유는 집 밖에서 할 만한 일도 별로 없고 갈 만한 곳도 거의 없기 때문이었다. 볼티모어 성인들을 대상으로 텔레비전의 영향을 분석한 2000년대 초의 연구에 따르면, 텔레비전 지역 뉴스(선정적 범죄 사건을 크게 보도하는 매체)를 많이 보는 시청자일수록 세상에 대한 두려움을 더 많이 느낀다. 집에서의 텔레비전 시청이 외출을 어렵게 만들고 있다는 뜻이다. 이 책 서두에서 인용한 《로스앤젤레스 타임스》의 시디롬 백과사전 광고(“당신은 이 백과사전을 들추어보기 위해 억수 같은 빗속에서 한참을 걸어가야 했지만, 당신의 자녀는 클릭과 드래그면 됩니다.”)가 아이에게 남은 선택지를 알려주고 있지 않나 싶다. 이제 도서관은 걸어가기에는 너무 멀어졌고, 어른들은 아이가 먼 거리를 걷게 하지도 않는다. 학교까지 걸어가는 가는 일, 곧 수 세

안 걸어 다녀. 걸어 다니는 건 멕시코인밖에 없어.”—에드나 퍼버의 『거인』에 등장하는 인

대에 걸쳐 아이가 세상을 배우는 첫발이었던 일도 이제 점점 흔치 않은 경험이 되어가고 있다. 교외가 일상 사유화를 촉발하고 자동차가 일상 사유화를 강화했다면, 텔레비전, 전화, PC, 인터넷은 일상 사유화를 완성한다. 세상으로 걸어 나갈 필요가 점점 없어지니, 공적 영역이 퇴보하고 사회 조건이 악화될 때 맞서기보다는 물러서게 된다.

이런 미국 교외는 자동차 생활에 알맞은 정도, 곧 증강되지 않은 인체로는 감당할 수 없는 정도로 넓게 분산되어 있다. 정원, 보도, 아케이드, 등산로가 보행의 하부구조라면, 현대의 교외, 고속도로, 주차장은 운전의 하부구조다. 미국 서부에서 로스앤젤레스 대도시권 등 거대 스프롤(도심에 딸려 있지 않기 때문에 엄밀한 의미의 교외는 아닌 곳)이 생겨날 수 있었던 것도 자동차 때문이었다. 앨버커키, 피닉스, 휴스턴, 덴버 같은 도시에는 밀도 높은 도심(도시라는 위장 속에 소화 중인 음식처럼 떠다니는 공간)이 있는 경우도 있고 없는 경우도 있지만, 전체적으로 분산도가 너무 높기 때문에 대중교통으로 이동하기가 불편하고(대중교통 자체가 없을 수도 있다.) 걸어서 이동하기는 아예 불가능하다. 이런 곳에서는 사람이 걸어 다닐 수 있다는 생각을 안 한다. 실제로 걸어 다니는 사람이 거의 없기도 하다. 이유는 여러 가지다. 첫째, 이런 스프롤은 걸어서 지나가기에는 지루한 곳이다. 택지를 시속 50킬로미터에서 100킬로미터로 달려서 지나가는 것은 괜찮지만 시속 5킬로미터로 걸어서 지나가다 보면 감각이 마비될 정도로 지루하다. 둘째, 이런 스프롤을 설계할 때 따라오는 우회로와 퀴드삭(cul-de-sac)은 이동 거리를 엄청나게 늘려놓는다. 랭턴은 직선거리 1킬로미터를 가기 위해 1.5킬로미터 이상을 걸어가거나 차를 몰고 가야 하는 캘리포니아 어바인의 한 택지를 예로 든다. 셋째, 걷는 일이 평범한 행동이 아

물　　• 흑인 행위예술가 키스 안타르 메이슨은 최근에 자기가 공연을 점점 많이 하

닌 곳에서 혼자 걷고 있는 사람은 자기가 사람들의 기대에 어긋나는 고
립된 행위를 하고 있다는 불안을 느낄 수도 있다.

　걷는다는 것이 권력이 없고 지위가 낮다는 의미일 수도 있다. 새로
운 도시 설계나 교외 설계가 보행자를 무시하는 것도 사실이다. 많은 도
시에서 도심 번화가가 사라지고 자동차 없이는 갈 수 없는 쇼핑몰이 생
겨났다. 도시를 만들 때 아예 도심 번화가를 안 넣기도 하고 건물을 지을
때 정문이 아닌 주차장을 출입구로 삼기도 한다. 조슈아 트리 국립공원
근처의 유카밸리라는 마을의 경우, 수 킬로미터의 고속도로 좌우에 모
든 상점과 공장 등이 밀집해 있는데 횡단보도나 신호등은 거의 없다. 예
를 들어 은행과 음식점에 들러야 하는데 두 곳이 고속도로 양편에 위치
해 있다면, 불과 몇 블록 거리라 하더라도 두 곳을 안전하고 가깝게 오가
는 방법은 자동차밖에 없다. 1990년대 후반부터 캘리포니아에서는 횡단
보도를 1000개 이상 없앴는데(교통 체증이 심한 실리콘밸리에서 150개 이상을
없앴다.),[6] 1960년대에 로스앤젤레스 도시 설계자들이 "원활한 교통을 방
해하는 가장 큰 장애물은 여전히 보행자들"이라고 말한 것과 일맥상통
하는 징책인 것 같다.[7] 이런 미국 서부의 도시 스프롤이 부유한 동네와
가난한 동네를 막론하고 보도를 아예 설계하지 않는 것도 보행이 설계상
사장되고 있다는 신호다. 1980년대에 빈털터리 노숙자로 살면서 개와 함
께 텍사스와 캘리포니아 남부를 히치하이크로 여행한 라스 아이너(Lars
Eighner)는 그때의 경험을 『리즈베스와 함께한 여행(Travels with Lizbeth)』에
서 설득력 있게 기록했는데, 최악의 경험은 한 운전자가 그를 잘못 내려
줬을 때였다. "투손 남부에는 그야말로 보도라는 것이 아예 없다. 처음에
는 보도가 없다는 것이 그곳의 전체적 형편없음과 잘 어울린다고만 생각
했다. 그렇지만 나중에는 투손의 공공 정책이 보행자들을 최대한 방해

게 되는 곳이 감옥이더라는 말을 해주었다. 아프리카계 미국인들이 이용하는 공공장소 중

하려는 것이 아닐까 하는 생각이 들었다. 북쪽 번화가로 걸어갈 수 있는 길이 고속도로 램프의 좁은 차선뿐이라는 사실을 알았을 때였다. 그 사실을 믿을 수 없었던 나는 투손을 가로지르는 말라붙은 강바닥의 남쪽 면을 리즈베스와 함께 몇 시간씩 오르내리면서 걸어서 건너갈 만한 길을 찾으려고 했다."[8]

　　보행 도시라고 할 수 있는 곳에서도 보행자의 공간은 계속 잠식당하고 있다. 1997~1998년 겨울에 뉴욕 시장 루돌프 줄리아니는 보행자가 교통에 지장을 준다는 판단을 내렸다.(걸어서 이동하는 사람들도 많고 업무차 걸어 다니는 사람들도 많은 도시에서 시장이 된 사람이었으니, 자동차가 교통에 지장을 준다는 판단을 내렸어도 됐을 텐데 말이다.) 줄리아니 시장은 경찰에게 무단 횡단자를 잡아들이라고 지시했고 시내에서 가장 붐비는 보도 여러 곳에 펜스를 세웠다. 뉴욕 시민들은 펜스 앞에서 시위를 벌이고 무단횡단을 일부러 더 함으로써 그들 뉴요커의 영광을 이어가기 위해 저항했다. 샌프란시스코의 경우, 교통은 더 빠르면서 더 붐비고, 보행자 신호등의 파란 불은 더 짧고, 더 호전적인 운전자들이 보행자를 위협하고 때때로 짓이긴다. 샌프란시스코 교통사고 사망자의 41퍼센트가 자동차에 치인 보행자이고, 해마다 1000명이 넘는 보행자가 교통사고로 부상을 입는다.[9] 애틀랜타에서는 보행자 중 사망자가 연평균 80명, 보행자 중 부상자는 1300명 이상이다. 줄리아니가 시장으로 있던 뉴욕에서는 차에 치어 죽은 사람이 낯선 사람에게 살해당한 사람보다 거의 두 배 많다(1997년에는 각각 285명과 150명).[10] 자동차를 요리조리 피해서 달리는 기능이 장착되어 있지 않은 육체에게 도시를 걸어간다는 것은 이제 그리 매력적인 풍경이 아니다.

　　지리학자 리처드 워커(Richard Walker)는 도시성(urbanity)을 "조밀함,

정부가 적극 지원하는 유일한 곳이 감옥이라는 것이었다.—노먼 클라인, 『망각의 역사』

공적 생활, 세계시민적 뒤섞임, 표현의 자유가 불분명한 방식으로 결합되
어 있는 상태"라고 정의한다.[11] 도시성과 자동차는 여러모로 적대적이다.
운전자 도시란 엄밀한 의미에서 도시라기보다 사적 실내공간들 사이를
왕복하는 사람들로 이루어진 역기능적 교외일 뿐이기 때문이다. 이렇듯
자동차들이 공간의 분산과 사유화를 조장함에 따라 쇼핑가 대신 쇼핑
몰이 들어서게 되고, 공공장소는 아스팔트의 바다에 떠 있는 건물이 되
고, 도시 설계는 한갓 교통공학이 된다. 사람들이 한곳에 모이는 일은 점
점 덜 자유로워지고 점점 드물어진다. 길거리는 미국 수정헌법 제1조에
보장된 표현과 집회의 자유가 적용되는 공공장소인 데 비해, 쇼핑몰은
그런 공공장소가 아니다. 사람들이 공공장소에 모일 때 민주적·해방적
가능성이 생긴다면, 모일 만한 데가 없는 곳에 사는 사람들에게는 그런
가능성이 없다. 계획적이었을 수도 있다. 피시먼도 지적했듯 교외는 피난
처다. 처음에는 범죄로부터의 피난처였고 나중에는 도시의 추함과 도시
빈민층의 분노로부터의 피난처였다. 미국의 경우, 2차 대전 직후에는 '백
인 탈출(white flight, 중간계급 백인들이 다인종의 도시에서 교외로 옮겨 가는 현상)'
이 있었고, 서부의 스프롤 도시들, 그리고 모든 지역의 교외에서는 범죄
에 대한 공포(짐작컨대 많은 경우 다름에 대한 공포)가 공공장소와 보행 가능
성을 아예 차단했다. 교외가 차단한 것 중 하나로 정치 참여도 들어가지
않을까 싶다.

　　미국 교외 개발 초기, 소도시 사교생활의 중요한 배경인 현관 포치
가 없어지고 차고 문이 입구가 되었다. 요새 지은 어떤 집들은 가짜 포치
로 정겨움을 자아내기도 하지만 포치의 면적이 너무 좁은 탓에 실제로
사용할 수는 없다는 것이 사회학자 딘 맥캐널(Dean McCannell)의 이야기
다. 오늘날의 개발지들은 공용공간으로부터 극단적으로 물러나 있다.

• 헬스 자전거와 러닝머신에 슬롯머신이 부착돼 있어 카지노의 고객들은 운동과 도박을

바야흐로 벽의 시대, 경비의 시대, 방범 시스템의 시대, 건물과 설계와 기술력이 공공장소의 제거 내지 무력화를 노리는 시대다. 부유층이 공용 공간으로부터 물러나는 것은 게이트 바깥에 존재하는 빈부격차와 원한이 초래할 결과들을 최대한 피하기 위한 완충 조치다. 사회 정의의 대안이랄까. 한 세기 반 전에 맨체스터 상인들이 공용공간으로부터 물러났던 이유와 마찬가지다. 이처럼 격리를 겨냥하는 새로운 건축과 새로운 도시는 칼뱅주의적 욕망, 곧 예정대로 굴러가는 세상에서 살고 싶은 욕망, 정해지지 않은 모든 가능성을 제거하고 싶은 욕망, 쇄신의 자유가 있는 세상을 선택의 자유가 있는 시장으로 대체하고 싶은 욕망을 반영하기도 한다. 마이크 데이비스(Mike Davis)는 로스앤젤레스의 상류층 교외에 관해 비관적 논평을 남기기도 했다. "무장 경비원들이 순찰을 돌고 있고 피살자에 책임지지 않는다는 게시판이 붙어 있는 동네에서 새벽 산책을 시도해본 사람이라면, '도시가 주는 자유(freedom of the city)'라는 옛 이념이 이제 그저 관념일 뿐인 현실, 어쩌면 완전히 퇴화했는지도 모른다는 사실을 알게 된다."[12] 키르케고르는 오래전에 더 과격한 논평을 남겼다. "강도 부류와 엘리트 부류는 은신처가 필요하다는 데 동의한다. 두 부류가 동의하는 것이 그것뿐이라는 것은 유감스러운 일이다."[13]

보행의 황금기를 만든 추동력은 차량으로 무장하지 않고, 다른 종류의 사람들과 어울리기를 겁내지 않고서 탁 트인 공간을 여행하고 싶은 욕망이었다. 도시와 시골이 전보다 안전해진 시대의 욕망이자 그 안전해진 세계를 간절하게 경험하고 싶어 하는 시대의 욕망이었다. 교외화는 도시는 버리고 시골은 방치했다. 오늘날의 이른바 제2차 교외화(집에 지하벙커가 있는 고급주택 동네)는 그 격리 상태를 더욱 심화했다. 그러나 더 중요한 건 따로 있다. 보행자 공간이 사라짐으로써 육체와 공간의 관계에

동시에 즐길 수 있다. [······] "대박일 겁니다." 버지니아 페어팩스의 '피트니스 게이밍 코퍼

대한 인식이 바뀌었다. 지난 몇십 년간, 육체와 관련해 아주 이상한 일이
일어나고 있다.

일상의 유체 이탈

사람들이 살아가는 공간들이 겪은 극적인 변화에 못지않게 사람들이 그
런 공간들을 상상하고 경험하는 방식도 극적인 변화를 겪었다. 1998년
《라이프》에 지난 수천 년의 중대 사건들을 기리는 기사가 났는데, 기차
사진이 실린 지면에 이상한 대목이 있었다. "인간 역사에서 얼마 전까지
만 해도 모든 육상 교통의 추진체는 오직 하나, 발이었다. 여행자 자신의
몸통 끝에 달려 있을 수도 있고, 여행자를 태운 동물의 몸통 끝에 달려
있을 수도 있지만, 어디 달려 있든 똑같은 문제점이 있었다. 느리고, 날씨
가 나쁘면 이용할 수 없고, 음식물과 휴식이 필요하다. 1830년 9월 15일,
발이라는 추진력은 드디어 비로소 기나긴 퇴화의 도정에 올랐다. 관악대
연주를 배경으로, 전 세계 최초의 본격 증기기관차가 출발하는 장면을
보기 위해 100만 명의 영국인이 리버풀과 맨체스터 사이에 모였다. [……]
개통식에서 한 국회의원이 기관차에 치어 숨졌지만, 리버풀-맨체스터 철
도는 전 세계적으로 철로 부설 열풍을 불러일으켰다."[14] 공장이나 교외
가 산업혁명의 일부분이었듯 기차도 산업혁명의 일부분이었고, 공장의
기계가 생산 속도를 끌어올렸듯 기차는 재화의(이어서 여객의) 운송 속도
를 끌어올렸다.

　《라이프》의 가정은 흥미롭다. 몸으로서의 본성(nature)과 기후로서
의 자연(nature)이란 우리를 이따금 불편하게 하는 불변의 요인이 아니라

레이션' 사장 캐시 해리스의 말이었다. [……] 해리스는 기계들의 연동성을 강조했다. "페

극복해야 할 문제점이며, 진보란 기차를 통해서(그리고 이어서 자동차, 비행기, 전자통신을 통해서) 시간과 공간과 자연을 극복해내는 것이라는 가정. 음식물을 섭취하는 것, 휴식을 취하는 것, 움직이는 것, 날씨에 영향을 받는 것이 육체를 가진 존재의 일차적 경험들이라고 할 때, 이런 경험들을 부정적으로 바라본다는 것은 생명활동을 문제시하고 육체의 감각을 문제시한다는 뜻이다. 위에서 인용한 대목, 특히 "발이라는 추진력은 드디어 비로소 기나긴 퇴화의 도정에 올랐다."라는 섬뜩한 문장은 그런 시각을 잘 보여준다. 그래서인지《라이프》는 물론이고 기차역에 모였던 군중도 압살당한 국회의원에게 별다른 애도를 표하지 않았던 것 같다. 어떻게 보자면, 기차에 압살당한 것은 그 한 사람의 육체만이 아니었다. 기차는 인간의 지각과 기대와 행동을 우리의 육체가 존재하는 유기적 세계로부터 단절시켰고, 이로써 그 세계를 구성하는 장소들을 변형했으며, 그런 의미에서 그런 장소에 존재하는 모든 육체를 압살한 셈이었다. 본성또는 자연으로부터의 소외는 흔히 자연적 공간으로부터 멀어지는 것이라고 여겨진다. 하지만 느끼고 숨 쉬고 살아 움직이는 육체가 본성 또는 자연의 일차적 경험일 수 있으므로, 새로운 기술력과 공간이 초래하는 육체로부터의 소외, 공간으로부터의 소외도 본성 또는 자연으로부터의 소외일 수 있다.

　　볼프강 시벨부슈(Wolfgang Schivelbusch)는 탁월한 저서 『철도의 여행의 역사』에서 기차가 어떻게 승객의 지각을 변형했는가를 탐구하고 있다. 초기 철도 여행자들은 기차라는 새로운 기술력이 시간과 공간을 제거했다는 표현을 썼다. 시간과 공간을 초월하게 되었다는 것은 물질적 세계의 초월, 즉 유체 이탈이 시작되었다는 뜻이다. 유체 이탈에는 편리함도 있겠지만 부작용도 있다. "기차의 신속함과 수학적 단순 명쾌함은

달을 돌리지 않으면 돈을 걸 수 없고, 돈이 안 걸면 페달이 안 돌아갑니다." "내기를 하려

여행자와 여행지 사이의 친밀한 관계를 파괴한다. 여행자는 기차를 발사된 총알로 경험하고, 기차 여행을 풍경 속으로 발사됨으로써 감각 통제력을 상실하는 일로 경험한다. [……] 기차라는 총알 속에 앉아 있는 여행자는 여행을 한다기보다는 (19세기에 인기가 있었던 비유를 쓰자면) 짐짝처럼 옮겨졌다."[15] 기차가 생긴 이후로는 우리의 지각도 좀 빨라졌지만, 초기 여행자들은 기차가 어찔할 정도로 빨리 달린다고 느꼈다. 기차가 생기기 이전의 육로 여행자들은 주위 환경과 밀접한 관계를 맺었지만, 19세기 기차 여행자가 창밖으로 스쳐 지나가는 나무, 언덕, 건물 같은 것과 시각적 관계를 맺기에는 기차가 너무 빨리 달렸다. 두 장소를 잇는 땅과의 공간적, 감각적 관계는 사라지기 시작했다. 두 장소를 갈라놓는 것은 그저 시간, 그것도 점점 단축되는 시간뿐이었다. 여행 속도가 빨라지면서 여행은 더 새미있어진 것이 아니라 오히려 더 재미없어졌다. 기차 여행자가 모종의 공간적 림보에 빠진 것은 교외 거주자와 마찬가지였다. 언젠가부터 기차 여행자들은 책을 읽고 잠을 자고 뜨개질을 하고 지루함을 토로하기 시작했다. 이러한 변화는 자동차와 비행기로 인해 극도로 증폭되었다. 제트기 승객이 1만 미터 상공에서 영화를 보게 된 것은 공간과 시간과 경험이 완전히 단절되었음을 보여주는 증거인지도 모른다. 폴 비릴리오(Paul Virilio)에 따르면, "교통편이 보행에 필요한 육체적 수고를 지양하는 단계에서 최초의 고속 교통편이 보행에 따르는 감각-운동을 제거하는 단계를 지나, 이제는 감각의 박탈이 한계에 다다른 상태다. 예전 여행에는 흥분과 떨림이 있었다면, 지금은 중앙 스크린에서 영화가 상영된다."[16]

《라이프》의 기사가 옳은지도 모른다. 객관적인 기준으로 보면 육체는 절대로 퇴화하지 않았지만, 우리의 기대와 욕망을 기준으로 보면 육

면 심장을 걸어라."가 이 회사의 모토다.—《뉴욕 타임스》   • 우리 모두 한

체는 점점 더 느리고 약하고 못 미더운 무언가로, 기계적 수단에 의해서 수송되는 물건으로 지각된다.(물론 이 세상에는 걸어가지 않으면 갈 수 없는 곳이 많이 있다. 너무 경사가 급하고 거칠고 좁은 곳이기 때문일 수도, 너무 외딴 곳이기 때문일 수도 있다. 기차를 타려면 철로가 필요하고 자동차를 타려면 도로가 있어야 하고 비행기를 타려면 활주로가 있어야 하고 모든 교통수단에는 연료가 필요하다.) 대륙 횡단도 할 수 있을 것 같은 육체(예컨대 존 뮤어의 육체, 윌리엄 워즈워스의 육체, 평화 순례자의 육체)를 경험하는 방식과 차 없이는 저녁 외출조차 불가능할 것 같은 육체를 경험하는 방식은 전혀 다르다. 어떤 의미에서 자동차는 이제 의족이 되었다. 의족은 보통은 다리가 망가졌거나 없어졌을 때 필요해지지만, 자동차라는 의족은 육체가 망가졌을 때, 곧 인간적 규모를 넘어선 세계가 육체의 개념을 망가뜨렸을 때 필요해진다. 영화 「에일리언」 시리즈 중 한 편을 보면 시고니 위버가 기계갑옷으로 온몸을 감싸고 둔중하게 걸어가는 장면이 나온다. 기계갑옷은 육체의 움직임을 확대해주고, 더 크고 더 격렬하고 더 강력한 육체, 괴물과 싸울 수 있는 육체로 만들어준다. 얼핏 보면 낯선 육체, 미래주의적 육체인 것 같다. 하지만 여기서 육체가 낯설어 보이는 이유는 육체와 인공기관의 관계, 즉 인공기관이 육체의 확장이라는 사실이 그저 너무 명백하게 보여서일 뿐이다. 인류가 최초로 막대기를 손에 잡은 순간부터, 최초로 수레 같은 것을 만들어서 짐을 실은 순간부터 도구는 육체의 힘과 정교함을 크게 확장해왔다. 사람이 손과 발을 움직임으로써 무거운 물건을 세상에서 가장 빠른 동물보다 빨리 운반할 수 있는 세상, 지구 반대편에 있는 사람과 말을 주고받을 수 있는 세상, 집게손가락 근육만으로 강철에 구멍을 낼 수 있는 세상, 지금 우리는 그런 세상에서 살고 있다.

　이제는 증강되지 않은 육체를 사용하는 일이 오히려 드물다. 맨몸

번쯤 들어본 적이 있는 그 미래는 꽤 외롭지 않을까 싶다. 그 미래가 펼쳐질 다음 세기에

은 근육도 감각기관도 위축증을 겪기 시작했다. 철도의 속도가 여행의 재미를 오히려 반감시킨다고 여겨지기 시작한 지 한 세기 반이 흐른 지금, 사람들은 기계의 속도와 동일시하면서 육체의 느림을 답답해할 만큼 속도에 대한 지각이 빨라지고, 속도에 대한 기대가 높아졌다. 세상의 규모는 우리의 육체가 아니라 우리가 사용하는 기계와 더 어울리게 됐고, 그런 세상에서 늦지 않게 이동하려면 기계가 필요하게 됐다.(라고 사람들은 생각하게 됐다.) 이동 기계화가 여가를 늘리기보다는 속도에 대한 기대를 높인다는 것은 대부분의 '시간 절약형' 기술력의 경우와 마찬가지다. 지금 미국인이 30년 전보다 시간이 더 모자라는 것은 그 때문이다. 공장이 생산 속도를 높였다고 해서 노동 시간이 단축된 것은 아니었듯 차량이 이동 속도를 높였다고 해서 사람들이 차를 타는 시간이 단축된 것은 아니었다. 오히려 사람들은 수시로 먼 거리를 이동해야 하게 됐다.(예를 들어 현재 캘리포니아 사람들은 날마다 서너 시간을 출퇴근 운전에 소비한다.) 사람들이 안 걷게 된 것은 걸을 만한 장소가 없어져서이기도 하지만 걸을 시간이 없어져서이기도 하다. 생각과 연애와 몽상과 구경이 펼쳐지던 자유분방한 사색의 시공간이 이제 잃어졌다. 기계는 더 빨라지고 있고, 삶은 열심히 기계를 따라가고 있다.

교외가 보행을 비효율적 이동수단으로 만든 것도 사실이지만, 미국인들의 정신적 교외화가 (심지어 보행이 효율적인 경우에도) 보행이라는 이동수단을 더욱 없앤 것도 사실이다. 평소 관찰한 바, 심지어 내가 사는 샌프란시스코(잭슨의 기준에 따르면 충분히 '보행자 도시'라고 할 수 있는 도시)에서도 사람들은 교외화된 의식을 따르고 있다. 어쩌면 걸어가는 게 오히려 더 빠를 지근거리도 차를 몰고 가거나 버스를 타고 간다. 언젠가 샌프란시스코

는 다들 집에서 일하고 집에서 쇼핑하고 집에서 영화를 볼 것이고, 친구를 만나는 방법은

의 대중교통에 문제가 생겼을 때였다. 어느 통근자가 전차에서 내리면서
이런 속도라면 시내에서 걸어서 왔어도 됐겠다고 했다.(걷는 것이 대단히 어
려운 일이라도 된다는 듯. 하지만 그곳은 시내에서 걸어와도 30분도 안 걸리는, 날마다
걸어서 출퇴근할 수도 있을 거리였다.) 신문에서도 걸어 다니는 것이 대중교통
문제에 대처하는 한 가지 방법이라는 말은 전혀 하지 않았다.(자전거를 타
고 다니는 것도 한 방법일 수 있겠지만, 이 책은 보행을 다루는 책이니까 자전거 이야기
는 안 하겠다.) 언젠가 나는 마리아라는 친구(파도타기, 자전거 타기, 전 세계를
돌아다니기를 좋아하는 친구)를 만나면서 그 친구가 술집들이 있는 16번까
지 반마일 정도를 걷게 만든 적이 있다. 마리아는 집에서 16번지까지 걸
을 수 있다는 생각을 해본 적이 단 한 번도 없는데 걸어보니 너무 가깝더
라면서 깜짝 놀랄 만큼 기뻐했다. 작년 크리스마스 시즌에 버클리에 있
는 한창 잘 나가는 야외용품점에 갔는데, 주차장에 들어가니 시동을 켜
놓고 빈자리를 기다리는 운전자가 가득했다. 주변 거리에는 주차공간이
넉넉했지만 야외용품 쇼핑객들은 그 두 블록을 걸을 생각이 없는 것 같
았다.(그 뒤로 눈여겨보니 요즘 운전자들은 주차장 구석에 차를 대고 걸어 나오느니
차라리 매장 입구 근처에서 빈자리를 기다린다는 사실을 알게 됐다.) 사람들이 걸
어가도 괜찮다고 생각하는 거리, 모종의 정신적 반경이 점점 짧아지는 것
같다. 도시 설계자들은 거주지나 상점가 한 곳의 규모를 500미터 이하(도
보 5분 이내)로 정의하지만, 때로 사람들은 자동차에서 건물까지 50미터를
걸어가는 것도 안 괜찮다고 생각하는 것 같다.

　　야외용품 상점 앞에서 엔진을 공회전시키고 있었던 사람들 중에는
등산화, 트레이닝복, 암벽등반용 로프를 사러 온 사람들도 있었을 것이
다. 모두 두 다리를 써서 걸어가야 하는 특수한 상황에 필요한 장비다. 많
은 미국인들은 이제 일과에는 육체를 동원하지 않지만 아직 여가에는 육

언제나 화상전화 아니면 이메일일 것이다. 마치 과학과 문화가 잠옷 차림 유지하기라는 단

체를 동원한다. 일상 공간(출퇴근 길, 상점에 가는 길, 친구를 만나러 가는 길 등)에서 육체를 동원하는 대신, 여가 공간(쇼핑몰, 공원, 헬스장 등)을 새로 마련한다.(목적지까지는 대개 자동차로 이동한다.) 유원지에서 자연 보호 구역까지 온갖 공원들은 오랫동안 육체의 여가 공간으로 자리 잡아왔고, 20년 전부터는 헬스장이 마구잡이로 급증했다. 그런데 이런 헬스장에는 근본적으로 새로운 점이 있다. 걷는 일이 지표종이라면, 헬스장은 몸을 쓰는 일의 멸종을 막기 위해 만들어진 일종의 자연 보호 구역이다. 자연 보호 구역이 서식지를 잃은 종을 보호하는 곳이라면, 헬스장(또는 가정용 운동기구)은 몸을 쓰는 일이 이루어지는 장소들이 없어진 이후에 몸이 멸종하지 않게 도와주는 육체 보호 구역이다.

러닝머신

공장이 노동에 그러했듯 교외는 가정생활을 합리화하고 고립시켰다. 그리고 헬스장은 운동을 합리화하고 고립시킨다. 요즘은 단순한 운동을 넘어 각각의 근육군, 심박수, 열량 소비를 가장 비효율적으로 만드는 '지방 연소 영역'까지 합리화하고 고립시킨다. 이 모든 역사는 잉글랜드의 산업 혁명기로 거슬러 올라갈 수 있다. 제임스 하디(James Hardie)가 1823년에 쓴 책자에 따르면, "쳇바퀴(treadmill)는 1818년에 입스위치의 윌리엄 큐빗 씨의 발명품으로, 런던 근처 브릭스턴 교도소에 설치되었다." 이 최초의 쳇바퀴는 여러 명의 죄수들이 일정 기간 동안 대형 사슬 톱니바퀴를 계단처럼 발로 밟아 돌리게 돼 있는 징벌 기구였다. 죄수들의 정신 상태를 합리화하기 위해 만든 기구였지만, 그때부터 이미 운동기구의 일종이

하나의 목적을 향해 진보해온 것 같다. ─《샌프란시스코 크로니클》   ●어

었다. 여기서 나오는 에너지를 제분기나 기타 기계의 동력으로 사용하는 경우도 없지 않았지만, 쳇바퀴를 만든 이유는 쓸모 있는 일을 하게 하기 위해서가 아니라 몸을 움직이게 하기 위해서였다. 하디에 따르면, 쳇바퀴는 미국 감옥에서 소기의 성과를 거두었다. "죄수들이 쳇바퀴 징벌을 두려워하는 이유, 그리고 말 안 듣는 죄수들이 쳇바퀴 징벌 후에 순해지는 경우가 많은 이유는 그 가혹함 때문이 아니라 징벌이 단조롭게 지속된다는 점 때문이다. [……] 그런 노동은 대체로 수감자들의 건강 면에서 해롭기는커녕 상당히 유익하다는 것이 여러 교도소 의무관들의 공통적 견해다." 하디가 교도관으로 있던 뉴욕 이스트리버의 벨뷰 교도소에는 남자 죄수 109명과 여자 죄수 37명, 그리고 여자 '정신병자' 14명, 남자 부랑자 81명과 여자 부랑자 101명이 수감돼 있었다.[17] 당시에 부랑, 곧 하는 일 없이 떠돌아다니는 일은 범죄였고(지금도 부랑이 범죄가 될 때가 있다.), 쳇바퀴를 돌리는 것은 부랑자에 대한 완벽한 처벌이었다.

　시시포스의 유명한 바위 형벌 이래 반복 노동은 언제나 형벌이었다. 로버트 그레이브스(Robert Graves)를 인용하면, 그리스 신화에 나오는 신들은 "도둑질을 일삼으면서 순진한 여행자들을 수시로 살해한" 시시포스에게 바위를 산꼭대기로 밀어 올리는 형벌을 내렸다. "그는 거의 정상에 도착했다 싶은 순간, 염치없는 바위의 무게에 떠밀렸다. 바위는 다시 바닥으로 굴러 떨어졌고, 그는 땀에 흠뻑 젖은 팔다리로 바위 앞에 서서 처음부터 다시 시작해야 했다."[18] 시시포스의 바위 굴리기가 역도의 전신인지 러닝머신의 전신인지는 확실치 않지만, 고대 그리스인들이 결실 없는 일에 반복해서 몸을 쓰는 것을 어떻게 보았는지는 확실하다. 인간 역사에서 얼마 전까지만 해도(제1세계가 아닌 곳에서는 지금도) 식량은 적은 반면 몸을 써야 하는 일은 많았다. 식량은 많은 반면 몸을 써야 하는

떤 사람들은 걸으면서 목적지에 집중한다. 그 목적지는 산맥에서 가장 높은 산정일 수도

적을 때라야 비로소 '운동'이 의미를 갖는다. 고대 그리스 시대의 시민교
육에도 신체 단련이 포함돼 있었지만 그 신체 단련에는 오늘날의 운동이
나 시시포스의 형벌과는 다른 사회적·문화적 의미가 있었다. 아울러 운
동 삼아 걷는 일이 오랫동안 귀족계급의 전유물이었고, 나중에 특히 영
국, 오스트리아, 독일에서 공장노동자들이 하이킹에 열광했음을 생각해
보면, 운동 또한 그저 혈액순환이나 열량 소비만을 위한 것은 아님을 알
수 있다. 에두아르도 갈레아노(Eduardo Galeano)의 「소외(Alienation)」라는
짧은 수필을 보면, 도미니카공화국의 외딴 마을 어부들이 로잉머신 광
고에 어리둥절해하는 장면이 있다. "집 안에서? 집 안에서 노를 저어? 물
이 없는 데서? 노를 저어? 물고기가 없는 데시 노를 저어? 햇빛 없는 데
서? 하늘 없는 데서?"[19] 로잉머신 사진을 보여준 외지인에게 어부들은 고
기잡이 일이 다 좋은데 노 젓기가 힘들다는 말을 한다. 외지인으로부터
로잉머신이 운동기구라는 말을 들은 어부들은 되묻는다. "아하. 운동이
라······ 그게 뭐요?" 선탠이 지위의 상징으로 인기를 끈 것은 농장에서
일하던 대다수 빈민층이 공장이라는 실내공간으로 들어가게 되었을 때,
곧 그을린 피부가 노동시간의 표시가 아닌 여가시간의 표시로 바뀌었을
때였다. 근육이 지위의 상징이 되었다는 것은 대개의 직업이 체력을 요하
지 않게 되었다는 표시이다. 요컨대 선탠이나 근육은 쓸모없어진 것의 미
학이다.

　　헬스장이라는 실내공간은 없어진 야외의 대체물이자 육체의 부식
을 막기 위한 미봉책이다. 헬스장은 근육과 피트니스를 생산하는 공장
이나 마찬가지이고, 대부분의 헬스장은 실제로 공장과 비슷하다. 기계로
가득한 삭막한 공간, 금속성 광택, 반복적 업무에 빠져 있는 고립된 사람
들.(공장의 미학도 근육처럼 향수를 불러일으킨다.) 산업혁명이 공장에서 노동

있고, 아니면 남은 거리 100킬로미터 표지판일 수도, 아니면 결승선일 수도 있다. 그들의

을 제도화하고 파편화했다면, 지금 헬스장은 여가를 제도화하고 파편화하고 있다. 헬스장 중에는 실제로 옛날에 공장이었던 곳들도 있다. 예컨대 맨해튼의 첼시 부두는 20세기 벽두에 건설된 외양 여객선 선착장이었다. 부두 노동자, 하역 노동자, 사무직원들의 노동 공간이자 이민자, 엘리트 계층의 이동 공간이었던 곳이다. 지금 이곳에는 실내 트랙, 헬스장, 수영장, 암벽등반장 등을 갖춘 스포츠 센터가 들어서 있다. 이 센터에서 가장 특징적인 것은 4층짜리 실내 골프장(도착 개념과 출발 개념이 합쳐진 목적지)이다. 엘리베이터가 골퍼를 타석으로 실어간다. 골프 코스의 풍경과 함께 들기, 걸어가기, 바라보기, 놓기, 공 찾으러 가기 같은 골프의 모든 동작이 사라진 곳이다. 남아 있는 것은 드라이브 동작뿐이다. 네 개 층에 따로따로 서 있는 사람들이 똑같은 동작을 반복하는 모습, 공을 치는 날카로운 소리, 공이 쿵쿵 떨어지는 소리, 초소형 장갑차가 푸른 인조잔디 교전지역에서 공을 회수해 골퍼가 공을 칠 때마다 새 공을 타석으로 보내주는 기계에 넣는 모습. 영국에서는 공업용지가 암벽등반장으로 바뀌는 경우가 많았다. 런던에서는 옛 변전소, 글로스터에서는 세번 강 부두 물류창고, 피크디스트릭트 인근에서는 셰필드 제철소, 버밍엄 도심에서는 초창기 공장, 그리고 "리즈 부근의 6층짜리 옛 면직 공장"(공사 감독으로 일하는 친구에게 들은, 확인되지 않은 정보)이 암벽등반장으로 바뀌었다.(브리스톨에서는 성스러움을 잃은 성당이 암벽등반장으로 사용되기도 한다.) 그중 어떤 곳은 산업혁명의 탄생지였다. 맨체스터와 리즈의 방직공장들, 셰필드의 여러 제철소와 철공소, 한때 '세계의 작업장'이었던 버밍엄의 무수한 공장들. 미국에서도 (적어도 산업혁명기의 건물이 남아 있을 만큼 오래된 도시에서는) 공장 건물을 개조한 곳에 암벽등반장이 들어섰다. 이 건물들은 제1세계에서 노동이 점점 더 머리를 쓰는 쪽으로 바뀌고 제조업체들이 다른

여행에 동력을 제공하는 것은 여행이 끝나리라는 기대다. 나는 쉽게 주의가 산만해지는

지역으로 옮겨감에 따라 한때 버려졌지만, 이제는 여가를 즐기는 장소로
바뀌었다. 예전에 이 장소에서 일했던 노동자들이 휴일이면 도심 바깥(아
니면 최소한 건물 바깥)으로 나가고 싶어 했던 것을 뒤집은 셈이다.(기술을 연
마할 수 있다는 것, 악천후와 무관하게 이용할 수 있다는 것 등 암벽등반장의 장점도
있다. 어떤 사람들에게는 암벽등반장이 연습할 기회를 더 마련해줄 뿐 산을 대신할 수
있는 곳은 아니지만, 어떤 사람들에게는 진짜 암벽의 멋진 모습이나 예측 불가능성이
없어도 되는 것, 불편한 것, 본 적조차 없는 것이 되었다.)

     산업혁명 시대의 육체는 기계에 적응하면서 고통, 부상, 신체변형
이라는 끔찍한 결과를 감당해야 했던 반면, 지금의 운동 기계는 육체에
적응하고 있다. 역사는 처음에는 비극이었다가 다음에는 촌극이 된다는
마르크스의 말대로, 육체노동은 처음에는 가치를 생산하는 일이었다가
다음에는 여가의 소비 활동이 되었다. 이 변화의 근본적 징후는, 몸을 쓰
는 일이 생산과 무관해졌다는 점(팔의 움직임이 이를테면 장작 옮기기나 물 긷
기 같은 일로부터 분리되었다는 점)이라기보다, 근육을 쓰는 일이 헬스장 회
원권, 트레이닝 복장, 특별한 장비, 트레이너 등 요컨대 한 세트의 지출을
필요로 하는 여가 소비, 여가산업이 되었다는 점, 그리고 그렇게 키워진
근육이 쓸모를 얻거나 쓸모 있게 사용되는 일이 없을 수도 있다는 점이
다. 일을 하는 사람들은 칼로리 소모의 최소화를 지향하는 반면, 운동의
'효율'은 칼로리 소모의 최대화를 지향한다. 일을 하는 것은 육체가 어떻
게 세상을 만들어가는가의 문제인 반면, 운동을 하는 것은 육체가 어떻
게 육체를 만들어가는가의 문제다. 이것은 헬스장 이용자에 대한 비난이
아니라 그저 헬스장이 좀 이상한 곳이 아니냐는 자문이다.(나도 헬스장을
이용하는 사람이다.) 육체노동이 사라진 세계에서 헬스장은 가장 쉽고 효율
적인 대체물을 제공해주는 반(半)공공장소다. 그러나 이 대체물에는 어

사람이라서, 나의 여행 방식은 조금 다르다. 당장의 한 걸음에 집중하면서 중간에 여러 차

딘가 당혹스러운 면이 있다. 나는 이런저런 헬스 기구를 사용하면서 이 동작은 노 젓기, 이 동작은 물 긷기, 이 동작은 곡식자루 들기라고 상상하곤 했다. 농장의 일상이 내용 없는 동작으로 재연돼 있었다. 퍼 올릴 물도 없이. 퍼 올릴 때 쓸 두레박도 없이. 내가 농부나 농장노동자의 일상에 향수를 느끼고 있는 것은 아니지만, 이런 동작들을 일상의 쓸모와 무관하게 반복하고 있다는 사실이 참 이상하다는 느낌은 피할 길이 없다. 기계가 우리를 위해서 물을 길어주게 됐고 우리는 또 다른 기계를 이용해 물 긷는 동작을 재연하게 됐다. 물 긷는 동작은 이제 물을 긷기 위한 일이 아니라 우리의 육체(명목상 기계 기술력에 의해 해방된 육체)를 위하는 일이 됐다. 이 변화의 정확한 본질은 무엇일까? 우리의 근육과 우리를 둘러싼 세계의 관계가 사라졌을 때, 물을 길어주는 기계가, 근육을 키워주는 기계가 따로 있을 때, 우리는 뭔가를 잃어버린 게 아닐까?

　한때 사역동물의 지위에 있었던 육체가 이제 애완동물의 지위로 올라섰다. 말하자면, 걸어 다니던 시대의 육체가 마치 말과 같은 이동수단이었다면, 운동이 필요한 시대에 육체를 대하는 방식은 마치 개를 산책시키는 것과 같다. 지금의 육체는 일과에 동원된 육체가 아니라 여가에 동원된 육체, 노동하는 육체가 아니라 운동하는 육체다. 예컨대 역기는 물질을 추상화, 수량화함으로써 중량의 조절을 가능하게 하고(한때 양파 한 자루, 또는 맥주 한 통이었던 것이 이제 한 덩어리의 금속이 되었다.), 헬스 기계는 중력의 저항을 여러 방향으로 단순화함으로써 건강과 미용과 이완을 가능하게 한다. 하지만 헬스장에서 가장 이상한 운동기구는 뭐니 뭐니 해도 러닝머신(그리고 러닝머신에 계단을 결합한 스테어마스터)이다. 이상하다고 하는 데는 이유가 있다. 시골의 일상을 경험하기 힘든 사람들이 농장노동을 흉내 낼 수도 있는 일이지만, 걷는 일을 흉내 내는 것은 공간 그

───

례 멈추는 방식이다. 멈춤은 때로 중지가 된다. 중지 기간은 2분일 수도 있고 10시간일 수

자체의 사라짐을 암시한다. 역기는 무거운 물건을 흉내 낼 뿐이지만, 러닝머신과 스테어마스터는 아예 땅바닥을 흉내 낸다. 육체노동이(실제든 육체노동을 흉내 낸 운동이든) 지루하고 반복적인 일일 수도 있지만, 세상 속을 걷는다는 다면적 경험이 그렇게 지루하고 반복적인 일로 바뀐다는 것은 예사롭지 않다. 맨해튼에서 지내던 때, 저녁에 돌아다니면 헬스장이 자주 눈에 띄었다. 건물 2층 통유리 너머에서 일렬로 바깥을 향해 달리고 있는 러닝머신 사용자들은 마치 유리창 너머로 뛰어나오려는 것 같았고, 그들의 추락사를 막아주는 것은 그들을 한 자리에 결박시켜놓은 그 시시포스의 기계뿐인 것 같았다. 물론 그때 그들이 보았던 것은 아마도 유리창 너머의 심연이 아니라 유리창에 비친 자신뿐이었겠지만.

　며칠 전, 가정용 운동기구를 파는 상점에 가볼까 하고 집을 나섰다. 햇살이 눈부신 겨울 오후였다. 가는 길에 지나게 된 샌프란시스코 대학교 체육관에서도 통유리 너머로 러닝머신 사용자들이 보였는데 대부분 신문을 읽고 있었다.(뛰거나 자전거를 타는 사람들이 있고 관광객들이나 동유럽 이민자들이 산책을 즐기기도 하는 골든게이트 공원에서 세 블록 떨어진 거리였다.) 상점에서 일하는 근육질의 점원은 나에게 사람들이 왜 러닝머신을 사는지를 설명해주었다. 퇴근했는데 너무 어두워서 밖에 나가기가 위험할 때 운동할 수도 있고, 남들에게 땀 흘리는 모습을 들키지 않게 혼자 운동할 수도 있고, 운동하면서도 애를 볼 수 있고, 부족한 시간을 효율적으로 활용할 수도 있으니까, 그리고 달리기 운동을 하다가 부상을 당한 사람들에도 좋은 저충격 운동이라는 설명이었다. 내 친구 하나는 시카고에 사는데 바깥 날씨가 심하게 추울 때 러닝머신을 사용한다. 햄스트링을 다친 친구 하나는 발판이 발바닥을 따라 오르내리는 무충격 러닝머신을 사용한다.(달리기 운동을 하다가 다친 건 아니고 자기 몸에 맞지 않는 너무 큰 차를

도 있다. 시간을 계산하지 않을 때가 더 많다. […] 우리의 관념, 우리의 언어, 완벽한 예

운전하다가 햄스트링이 손상되었다.) 또 한 친구는 아버지가 정말 멋진 플로리다 해변에서 3킬로미터 거리에 사는데(거기다가 해변에는 저충격 모래가 쫙 깔려 있다.), 그 친구 말로는 자기 아버지는 거기까지 걸어가는 대신 가정용 러닝머신을 사용한다.

러닝머신은 교외의 필연적 결과이자 자동차 도시의 필연적 결과, 즉 갈 데가 없는 동네에 사는 사람이 아무 데도 안 갈 수 있게 해주는 기계다. 또 러닝머신은 자동차화되고, 교외화된 정신에 최적화된 기계다. 기후를 조절할 수 없는 실외공간에 있을 때보다 에어컨이 있는 실내공간에 있을 때 더 안락을 느끼는 정신, 실외공간을 걸으면서 정신과 육체와 지형이 하나로 합쳐질 때보다 명료하게 정의되고 수량화 가능한 활동에서 더 안락을 느끼는 정신, 그러니까 아무 데도 가고 싶어 하지 않는 사람을 위한 기계인 것이다. 러닝머신은 세상으로부터의 후퇴를 가능하게 하는 기계다. 세상으로부터 후퇴하는 것이 가능해지면 세상을 더 살만한 곳으로 만드는 일에 참여하는 사람들이 없어지는 건 아닐까, 아예 세상으로 나오는 사람이 없어지는 건 아닐까 하는 우려가 생기기도 한다. 한편 러닝머신은 움직이는 속도, 움직이는 '거리', 그리고 심지어 심박수를 정밀하게 측정함으로써 루틴으로부터 예측 불가능성을 제거한다는 점에서(아는 사람이나 모르는 사람을 우연히 만나거나 모퉁이를 돌았을 때 계시적 광경에 맞닥뜨리거나 하는 일이 없다는 점에서) 칼뱅주의적 기술력이라고도 볼 수 있다. 러닝머신 위에서의 보행은 더 이상 사색도, 구애도, 탐험도 아니다. 그저 몸통 밑에 달린 두 다리를 번갈아 들어 올리고 내려놓는 움직임에 불과하다.

1820년대 교도소의 쳇바퀴(treadmill)는 기계력을 생산했던 반면, 오늘날의 러닝머신(treadmill)은 기계력을 소비한다. 얼마 전에는 2마력

측이 가능한 우리의 오감은 우리를 가두는 감옥이다. 그 속에서 우리는 우리가 놓치고 있

러닝머신이 나왔다. 옛날에 말 두 필이 끄는 마차에 올라타는 것은 밖으로 나가되 걷지 않기 위해서였지만, 지금 말 두 필의 힘, 곧 2마력으로 움직이는 기계에 올라서는 것은 걷되 밖으로 나가지 않기 위해서다. 어딘가에서는 지상의 풍경과 생태를 바꿔놓고 있는 발전 설비, 배전 설비 등의 전기 인프라 전체(전선과 계량기와 노동자로 구성되는 네트워크, 발전소를 돌아가게 하는 탄광과 유전의 네트워크, 수력발전 댐의 네트워크)가 눈에 띄지 않게 가정과 연결되어 있고, 어딘가에는 러닝머신을 만드는 공장이 있다.(그리고 오늘날 미국에서 공장노동은 소수집단의 경험이 되었다.) 그러니 러닝머신을 사용한다는 것은 밖에서 걷는 것에 비해 훨씬 많은 경제적·생태적 상호작용을 필요로 하는 일인데, 러닝머신이 만들어내는 경험적 관계는 훨씬 적다. 러닝머신 사용자는 책을 읽는 등의 방법으로 시간을 보낸다.《프리멘션(Prevention)》이라는 잡지는 러닝머신 사용 시에 텔레비전을 시청할 것을 추천하기도 하고, 봄이 왔을 때 러닝머신의 루틴을 실외 걷기로 대체하는 법을 알려주기도 한다.(밖에서 걸어 다니는 것이 아니라 러닝머신을 이용하는 것을 경험의 기준으로 삼는다는 뜻이다.)《뉴욕 타임스》는 한창 유행하고 있는 실내자전거 강좌에 이어서 러닝머신 장거리 사용자의 고독을 달래주기 위한 러닝머신 강좌가 생기기 시작했다는 뉴스를 전한다. 러닝머신의 지루함은 공장노동과의 공통점이다. 쳇바퀴가 수감자 교화에 도움이 된다고 본 것도 바로 이 지루한 반복 때문이었다. 프레코사(社)의 광택 나는 상품 안내 책자가 심혈관 러닝머신의 장점을 알려주었다. 이 러닝머신에는 "거리별, 시간별, 경사별"로 "다섯 가지 코스가 프로그래밍"되어 있고, "그중 '인터랙티브 체중 감량 코스'는 운동량을 조절함으로써 사용자의 심박수가 최적의 체중 감량 존을 벗어나지 않게 유지"하며, "사용자 설정 코스는 사용자가 자기에게 맞는 프로그램을 최대 13킬로미터까지

는 것이 무엇일까 궁금해하는 법조차 잊은 채 우리가 선택한 것도 아닌 듯한 목적지를 향

최소 150미터 간격으로 간단하게 설정, 저장"할 수 있다. 나에게는 사용자 설정 코스가 가장 놀랍다. 사용자는 마치 도보 여행길에 오른 듯 다양한 지형의 행로를 설정할 수 있고, 그 다양한 지형을 구현하는 것은 180센티미터 길이의 발판에서 회전하는 고무벨트라는 놀라운 이야기. 일찍이 기차가 공간 경험을 잠식하기 시작했을 때부터 이동 거리의 측정 기준은 공간에서 시간으로 변경되기 시작했다.(요즘 로스앤젤레스 사람은 할리우드에서 베벌리힐스까지 몇 킬로미터 거리라고 하는 대신 20분 거리라고 한다.) 러닝머신은 여행의 의미를 이동 시간, 체력 소모, 기계적 동작으로 측정하는 것을 가능하게 함으로써 이 변경의 과정을 완성했다. 분위기로서의 공간, 지형으로서의 공간, 볼거리로서의 공간, 경험으로서의 공간은 사라졌다.

해 바삐 나아간다. 탐정이 되려고 한 것은 아니었다. 가만있다 보니 탐정이 되었을 뿐이다.

16
보행 예술

앞에서 살펴본 일상의 유체이탈은 자동차화, 교외화의 일환으로서 주류의 경험이다. 보행이 주류에 맞서는 저항의 행위가 된 것은 적어도 18세기 후반부터였다. 걸음의 속도가 시대의 속도와 맞지 않게 되었을 때 비로소 걷기가 눈에 띄는 행위가 된 것이다. 같은 이유에서 보행의 역사의 큰 부분은 제1세계 산업혁명 이후의 역사이다. 경험 연속체의 일부였던 보행이 의식적으로 신택된 행위가 된 것이 바로 그때부터였다. 여러 모로 보행 문화는 산업혁명의 빠름과 소외에 대한 반작용이었다. 앞으로 보행 문화가 탈산업적·탈근대적 공간 상실, 시간 상실, 유체이탈에 저항하면서 계속 걸어 나가는 반문화, 하위문화가 될 가능성도 있다. 이런 문화들은 대부분의 경우 소요학파 철학자들이나 시를 지으면서 걸어 다닌 시인들, 불교의 보행 명상 수행자들 등의 고대 보행 관습을 끌어들이거나 하이킹이나 만보 같은 오래된 보행 관습을 끌어들인다. 보행의 새로운 영역이 열린 것은 1960년대였다. 예술로서의 보행이라는 영역이었다.

물론 걸어 다니는 예술가들은 전에도 있었다. 19세기에는 사진이

나는 원래 삶이 보내오는 온갖 신호에 주의를 빼앗기는 성향이 있었는데, 그 성향이 신호

발달하고 자연광 회화가 확산되면서 보행은 화가나 사진가에게 중요한 작업 수단이 되었다. 하지만 그릴 것, 또는 찍을 것이 발견되면 발걸음도 멈추었다. 사실 그림이나 사진 그 자체가 장면의 멈춤이었다. 걷는 사람 들을 훌륭하게 그린 회화 작품들은 수도 없이 많다. 예를 들어 중국 판화 에서는 은둔자가 까마득한 먼 곳에서 높은 산 사이를 거닐고 있기도 하고, 귀스타브 카유보트(Gustave Caillebotte)의 「파리의 거리, 비오는 날(Rue de Paris, temps de pluie)」에서는 우산을 받쳐 든 파리 시민들이 파리의 자갈 포석 위를 거닐고 있기도 하다. 토머스 게인즈버러(Thomas Gainsborough)의 「아침 산책(Morning Walk)」도 있다. 그러나 「아침 산책」에 나오는 젊은 귀족 커플은 최고의 걸음을 내디디는 순간 속에 영원히 멈추어 서 있다. 생각 나는 작품 중에 멈추어 서 있기보다는 걷고 있는 것 같은 작품은 19세기 일본 판화가 우타카와 히로시게(歌川広重)의 「도카이도 역참 53곳(東海道 五十三次)」밖에 없다. 십자가 수난길 14처와 마찬가지로 여정을 재현한 시 퀀스인데, 여기서 재현된 여정은 에도(지금의 도쿄)에서 교토까지 500킬로 미터다. 당시 사람들은 작품에 그려진 것처럼 이 구간을 걸어 다녔다. 이 작품은 자동차가 없던 시대, 목판화가 영화 구실을 하던 시대의 로드무 비다.

언어는 말이든 글이든 시간 속에 펼쳐지기에 한눈에 인지될 수 없 다는 점에서 길과 비슷하다. 언어와 길은 이렇듯 시간적 전개라는 점에서 닮은 데가 있는데, 미술과 보행은 전혀 닮은 데가 없다. 그런데 1960년대 에 모든 것이 변하면서, 시각예술이라는 넓은 우산 밑에서 불가능한 것 이 없어졌다. 일종의 혁명이었다. 모든 혁명에는 부모가 있다. 추상표현주 의 화가 잭슨 폴록(Jackson Pollock)이 시각예술 혁명의 대부(代父) 중 하나 라는 것이 그의 자식 중 하나인 앨런 캐프로(Allan Kaprow)의 주장이다.

를 추적하고 싶은 이겨낼 수 없는 욕망으로 커져버린 것이었다. 그 신호에 깔려 있는 애매 중요한 행위예술가이자 탈장르 예술가이기도 한 캐프로의 1958년 분석에 따르면, 폴록의 업적은 강조점을 회화라는 예술품으로부터 '일기적 제스처(diaristic gesture)'로 옮겨놓았다는 데 있다. 가장 중요한 것은 제스처이고, 그림은 그 그림의 주제인 제스처를 기념하는 데 불과한 부산물일 뿐이라는 분석이다. 캐프로가 폴록의 업적을 평가하는 대목에서 선배 화가에 대한 분석은 격정적이고 예언적인 선언문으로 바뀐다. "예술은, 지금의 우리가 가까운 과거의 일들을 통해서 알고 있는 것과 달리, 제의, 마술, 생활 등과 깊숙이 연결돼 있었다. 폴록이 회화의 전통을 거의 파괴했다는 말은 예술이 제의, 마술, 생활과 그렇게 깊숙이 연결되어 있던 시점으로 되돌아갔다는 뜻이겠다. [……] 일상생활이 펼쳐지는 공간, 일상생활 속의 오브제(우리의 육체, 우리가 입는 옷, 우리가 자는 방, 아니면 예컨대 드넓은 42번가)가 우리의 관심사가 되는 지점, 나아가 우리를 황홀하게 하는 지점이 있다고 할 때, 폴록은 우리를 바로 그 지점으로 데려다주었다는 것이 나의 생각이다. 우리는 회화를 매개로 다른 감각들을 환기시키는 데 만족할 수 없게 될 것이고, 눈에 보이는 광경, 귀에 들리는 소리, 움직임, 사람들, 냄새, 감촉이라는 구체적 물성을 동원하게 될 것이다."[20]

캐프로가 예측한 노선을 채택한 예술가들의 관점에서, 한때 공예 기반의 오브제를 만들어내는 규정적 작업이었던 예술은 이제 사유와 행동과 물질세계 간의 관계를 탐구하는 무규정적 작업이 되었다. 미술관과 박물관이라는 제도, 그리고 그런 제도적 공간에서 전시되는 오브제들이 빈사 상태에 처한 듯한 시대가 왔을 때 작품 활동을 위한 새로운 현장을 모색한 것이 바로 개념 미술, 탈물질 미술이라는 새로운 예술이었다. 예술 오브제는 그저 그 모색의 증거이거나 아니면 보는 이의 모색을 돕는 도구일 뿐이었던 반면, 예술가들은 화폭 앞에 서서 그림을 그리는 화

모호하고 때로 수수께끼 같은 패턴을 추적하고 싶은 욕망, 그 패턴의 출발점으로든 종착

가의 몸짓을 넘어서 과학자, 무당, 탐정, 철학자 등등의 다양한 몸짓을 개발해나갈 수 있었다. 예술가의 몸 자체가 퍼포먼스의 매체가 되었다. 예술사 연구자 크리스틴 스타일스(Kristine Stiles)의 표현을 빌리면 "예술로서의 육체를 강조하는 이 예술가들은 결과물 대신 과정의 역할을 확대했고, 예술품이라는 재현물보다 행동이라는 프레젠테이션 양식을 중시했다."[21] 돌이켜보면 이 예술가들이 한 일은 세상을 다시 만드는 것, 가장 단순한 물성, 형태, 몸짓으로부터 시작해서 행동 하나하나, 오브제 하나하나까지 다시 만드는 것이 아니었을까. 그런 몸짓 중 하나이자, 평범함 속에서 비범함을 끌어낼 수 있는 몸짓이 바로 보행이다.

30년 이상 전복적인 예술사를 집필해온 루시 리파드는 예술로서의 보행의 계보를 찾기 위해 행위예술 대신 조각으로 거슬러 올라간다. 리파드가 주목하는 조각 작품은 칼 앤드리(Carl Andre)의 1966년 작품 「레버(Lever)」와 1968년 작품 「관절(Joint)」이다. 전자는 벽돌을 한 줄로 늘어놓은 작품으로, 관람자가 이 방에서 저 방으로 돌아다니면서 감상하게 되어 있다. 후자는 건초 다발을 한 줄로 늘어놓은 작품인데, 전시 공간이 풀밭이라는 점과 줄이 훨씬 길다는 점이 다르다. 앤드리의 작품 설명에 따르면, "내가 생각하는 조각 작품은 하나의 길이다. 다시 말해, 길은 어느 특정 지점에서 출현하는 것도 아니고 어느 특정 시점에서 드러나는 것도 아니다. 길은 보였다 안 보였다 한다. [······] 길을 바라볼 때의 시점은 하나의 시점이 아니다. 길의 시점이 있다면, 그것은 길을 따라 이동하는 시점일 수밖에 없다."[22] 앤드리의 미니멀리즘 조각들은 마치 중국 족자처럼 보는 이의 움직임과 시간의 흐름에 따라서 펼쳐진다. 여정을 형식적 요소로 삼는 조각이라고 하겠다. 앤드리의 작품에 대한 리파드의 정리에 따르면, "한편으로는 동양적 의미의 다중 관점을 확보하고, 다른 한편으

점으로든 두 점 사이 아무 곳으로든 추적하고 싶은 욕망이었다. 땅에 찍힌 발자국을 따

로는 풍경 속의 이동, 풍경 속 직접적 개입을 암시하면서, 앤드리는 단순
하면서도 그렇게 단순하지만은 않은, 보행이라는 탈물질적 조각의 하위
장르가 펼쳐질 무대를 마련해주었다."

일찌감치 이런저런 길을 만들어본 예술가들도 있었다. 일리노이에
사는 캐럴리 슈니먼(Carolee Schneemann)은 1960년 여름 하늘에서 뚝 떨
어진 나무 등 토네이도의 잔해를 재료로 자기 집 뒤뜰에 미로를 만들어
친구들을 들여보냈다. 뉴욕으로 건너가 행위예술이라는 새로운 분야에
서 가장 급진적인 예술가 가운데 하나가 되기 이전이었다. 캐프로가 관객
들과 공연자들이 들어가서 함께 참여하는 설치 작품을 만든 것도 1960
년대 초반이었다. 앤드리가 「관절」을 만든 해에 퍼트리샤 조핸슨(Patricia
Johanson)은 「스티븐 롱(Stephen Long)」을 만들었다. 리파드는 이 작품 을 이렇
게 설명한다. "파스텔 그라데이션으로 채색된 1600피트 길이의 목재 오
솔길이 뉴욕 버스커크의 폐선된 철로와 나란히 놓여 있는 작품. 전통적
인상주의에 거리라는 요소와 거리를 지각하는 시간이라는 요소를 추가
함으로써 한 차원 더 높은 색과 빛을 내고자 한 작품."[23] 비슷한 시기에
미국 시부에서는, 꼭 보행과 관련되어 있지는 않은 더 긴 선들이 그려지
고 있었다. 예를 들어 마이클 하이저(Michael Heizer)는 사막 위에 모터사
이클을 이용한 초대형 '모터사이클 드로잉' 여러 점을 남겼고, 월터 드 마
리아(Walter de Maria)는 불도저를 섭외해서 네바다의 사막 위에 비슷한
규모의 초대형 대지예술을 남겼다. 비행기에서는 전체를 볼 수 있고 땅에
서는 시간을 두고 부분적으로 볼 수 있는 규모였다. 한편 로버트 스미스
슨(Robert Smithson)이 그레이트솔트 호에 바윗돌과 흙으로 만든, 험하지
만 걸어갈 수 있는 500미터 길이의 나선형 길인 「나선형의 방파제(Spiral
Jetty)」는 인간적 규모였던 것 같다. 미국 서부는 원주민들이 수천 년 동안

라간다는 괴상한 취미로 시작된 일이지만, 내가 실종자 추적을 시작하면서 그 일은 곧바

걸어 다닌 지역이지만, 많은 사람들에게 미국 서부는 걸어 다닐 수 없는 지역이라는 인식이 있다. 그래서 그런지 지금 미국 서부에서 만들어지는 이른바 대지예술은 미국 서부의 초대형 개발사업(철도, 댐, 운하, 광산 등등)을 상기시키는 경우가 많다.

반면 잉글랜드의 모든 지역은 걸어 다닐 수 있는 규모이고, 개발 사업도 걸어 다닐 수 있는 규모에서 진행된다. 그러니 잉글랜드의 대지 예술은 비교적 가벼운 터치를 적용한다. 예술 매체로서의 보행을 탐구 하는 일에 가장 전념해온 현대 예술가는 잉글랜드의 리처드 롱(Richard Long)이다. 그가 지금까지 한 작업들의 성과 대부분이 그의 1967년 초기 작 「걸을 때 그려진 선(Line Made by Walking)」에 이미 등장하고 있다. 잔디밭 한복판에 직선으로 나 있는 길이 잔디밭 끝 숲까지 이어지는 모습을 담 은 흑백사진이다. 제목에서 알 수 있듯 롱 자신이 두 발로 낸 길을 찍은 사진이다. 관습적 작품에 비해서 더 야심찬 면도 있고, 더 수수한 면도 있 다. 작품의 규모가 크다는 점, 그리고 세상 속에 흔적을 남겼다는 점이 야심적이라면, 보행이라는 평범한 행동을 통해서 만든 작품이라는 점, 그리고 작품이 문자 그대로 땅바닥, 발밑에 있다는 점은 수수하다. 작품 의 성격이 애매하다는 점은 당시에 등장한 다른 많은 아티스트들과 마찬 가지였다. 「걸을 때 그려진 선」은 퍼포먼스 작품이고 선은 작품이 남긴 흔적일까? 아니면 「걸을 때 그려진 선」은 조각(선)이고, 사진은 작품을 찍은 기록일까? 아니면 사진이 「걸을 때 그려진 선」일까? 아니면 모두 다 일까?

보행은 롱의 작업 매체가 되었다. 그 후 그가 전시한 작품은 자신 의 보행을 기록한 종이, 풍경 속에 생긴 자취를 찍은 사진, 그리고 자기가 야외에서 걸은 일을 참고로 실내에서 제작한 조각 등으로 이루어져왔다.

로 진지한 작업으로 발전했다. [……] 지금 나는 단 하나의 목적지를 향해 걸어갈 때가 많그가 자신의 보행을 표현한 수단은 사진과 텍스트, 또는 지도, 또는 그 냥 텍스트였다. 지도의 경우, 보행 루트를 그림으로써 걷는 것이 큰 그림을 그리는 일임을 암시하기도 하고 보행과 땅의 관계는 펜과 지도의 관계와 같음을 암시하기도 한다. 실제로 그는 종종 두 발로 걸어 다니면서 직선, 원, 사각형, 나선형을 그리기도 하고, 바윗돌이나 나뭇가지를 선형이나 원형(순환적 시간과 직선적 시간, 유한성과 무한성, 미지의 여행과 일상의 진행 등의 모든 것을 암시하되 아무것도 명시하지 않는 기하학적 형태)으로 재배치하는 방식으로 풍경 속에 길을 만들기도 한다. 바윗돌이나 나뭇가지나 진흙 같은 것을 미술관으로 운반해 와서 전시장 바닥에 선이나 원이나 미로 같은 것을 그리는 경우도 있지만, 그의 작품에서 기본은 언제나 풍경 속을 걷는 일이다. 그의 초기작 「실버리 언덕 맨 밑에서 맨 위까지 일직선으로 걸어간 선 하나(A Line the Length of a Straight Walk from the Bottom to the Top of Silbury Hill)」는 이 모든 방식을 결합한 작품이다. 장화를 신고 전시장 바닥을 걸으면서 진흙 발자국을 낸 작품으로, 전시장 바닥의 발자국은 직선이 아니라 나선으로 되어 있다. 다른 데서 걸었던 길을 재현하면서 동시에 실내에 새 길을 내는 작품이라고 할까. 걸었다는 증거라고 할까, 함께 걷자는 권유라고 할까. 실버리 언덕은 잉글랜드 남부에 있는, 종교적 의미가 있을 것이라고 짐작되는 고대의 토루(土壘)다. 「실버리 언덕 맨 밑에서 맨 위까지 일직선으로 걸어간 선 하나」는 경험의 구체성(걸은 일, 걸은 곳)을 동원하면서 동시에 그 경험을 해석하는 언어와 척도의 추상성을 동원하는 작품이다. 경험을 지명이나 길로 환원하기는 불가능하지만, 상상력을 작동하게 하는 데는 이 빈약한 정보만으로도 충분하다. 후일 롱이 말했듯이, "보행은 공간의 표현이자 자유의 표현이다. 누군가가 어딘가를 걸었다는 것을 알게 되면, 그 앎이 내 상상 속에 살아갈 수 있다. 상상은

다. 그 목적지는 내가 가는 길의 끝에 있을 사람을 만나는 것이다.—해나 니알라, 『마지막

또 하나의 공간이다."[24]

롱의 작품들은 여행기와 비슷한 데가 있지만, 그의 짧은 텍스트나 사람이 나오지 않는 이미지는 그가 무엇을 느꼈고 무엇을 먹었는지를 자세하게 말해주는 대신 여정 대부분을 보는 이의 상상에 맡긴다. 보는 이가 불명확한 것을 해석해야 하고 안 보이는 것을 상상해야 한다는 점에서 현대미술의 특징을 보여준다. 그의 작품은 걷는 모습을 보여주는 것도 아니고 걷는 모습의 재현물을 보여주는 것도 아니다. 그저 누군가가 걸었다는 사실을 알려주거나, 어디를 걸었는지를 떠올리게 해주거나(지도), 걷는 길의 한 장면을 보여줄 뿐이다(사진). 그의 작품에서는 계량할 수 있는 형식적 측면들(기하학적 형태, 측정, 숫자, 시간)이 강조된다. 예를 들어 "1974년 여름 잉글랜드에서 1000시간 동안 1000마일을 시계 방향으로 걸음"이라는 캡션이 달려 있는 사각의 나선형 드로잉을 보자. 시간과 공간의 관련성을 다루면서 나라와 연도 이외에는 아무것도 말해주지 않는 작품, 곧 측정 가능성과 측정 불가능성을 다루는 작품이다. 그러나 삶이 점점 복잡해지고 번거로워지고 냉소적으로 바뀌는 것 같던 1974년에, 누군가는 지형과 육체와 시간을 한데 모으려고 노력하면서 땅과의 만남이라는 힘겨우면서도 만족스러울 듯한 경험이 펼쳐질 시간과 장소를 찾아냈음을 아는 것만으로 충분하다. 또 롱의 작품 중에는 "엿새 동안 케른아바스의 거인을 중심으로 6마일 반경 안에 있는 모든 종류의 길을 걸음"이라는 글을 써넣은 지도가 있다. 롱이 걸은 모든 길이 중심에 위치한 거인 형상으로부터 마치 혈관들처럼 퍼져 나오는 작품이다. 이 거인(도싯주의 한 언덕 기슭에 2000년 전에 그려진 백악 그림으로, 손에 몽둥이가 들려 있고 남근이 발기한 키 55미터의 형상)은 롱의 다른 작품에도 등장한다.

롱은 아무것도 까마득한 과거와의 접점을 깨뜨린 적 없는 듯한 장

소들을 선호한다. 그의 작품에 건물이나 사람 같은 현재의 흔적, 또는 가
까운 과거의 흔적이 거의 등장하지 않는 것은 그 때문이다. 그의 작품은
한편으로는 시골에서 걷는다는 영국적 전통을 개작하면서, 다른 한편으
로는 그 전통의 가장 매혹적이면서 문제적인 양상들을 드러낸다. 그가
작업을 위해서 찾아간 곳 중에는 오스트레일리아, 히말라야, 볼리비아의
안데스 산맥도 있다. 이런 장소들을 철저하게 잉글랜드적인 경험 속으로
흡수할 수 있다고 생각한 데에서는 식민주의의 기미, 아니면 적어도 횡포
한 관광산업의 기미가 느껴지기도 한다. 시골에서의 보행은 문화적으로
특수한 실천이라는 점을 망각할 위험이 다시 한 번 불거지는 대목이다.
시골에서 걷는 것 자체는 문명인다울 수도 있고 신사적일 수도 있겠지만,
그 일의 가치를 남에게 강요한다면 더 이상 그렇지 않다. 하지만 시골에
서 걷는 일을 다룬 보행 문학은 인습과 감상과 신변잡기의 늪에 빠진 반
면, 롱의 보행 예술은 정적에 싸여 있다고 할 수 있을 만큼 간결할 뿐 아
니라 보행 그 자체의 형태를 강조한다는 점에서 철저히 새롭다. 그런 의
미에서 그의 보행 예술은 보행의 유산이라기보다 보행에 대한 창조적 재
평가다. 그의 작품은 때로 숨 막힐 듯 아름답고, 그의 집요한 메시지는 심
오하고 우아하다. 걷는다는 단순한 몸짓이 사람과 땅을 연결할 수 있고,
길이 걷는 사람을 가늠하듯 걷는 사람이 길을 가늠할 수 있고, 걷기는 큰
그림을 그리는 일이되 흔적을 남기지 않을 수 있는 일이다. 요컨대 걷는
다는 단순한 몸짓이 예술일 수 있다는 메시지다. 롱의 친구 해미시 풀턴
(Hamish Fulton)은 롱처럼 보행을 예술로 끌어올린 잉글랜드인이고, 사진
과 텍스트를 결합한 두 사람의 작품은 서로 구별할 수 없을 만큼 비슷하
다. 다만 걸을 때 좀 더 영적이고 감정적인 면을 강조한다는 점, 걷는 길로
성지나 순례 코스를 택할 때가 좀 더 많다는 점, 갤러리에서 작품을 전시

동차로 세 시간 거리, 비행기로 한 시간 거리였다. 오늘날 파리는 국내 어디에서 출발해도

하거나 땅에 흔적을 남기는 일이 없다는 점은 풀턴이 롱과 다른 점이다.

다른 종류의 보행 예술가들도 있다. 보행을 행위예술로 만든 최초의 예술가는 스탠리 브라운(Stanley Brouwn)이라는 네덜란드령 수리남 출신의 거의 알려지지 않은 망명자였던 것 같다.[25] 그는 1960년에 길거리에서 마주친 사람들에게 길을 물으면서 약도를 그려달라고 한 후, 그 드로잉 컬렉션을 우연한 만남의 토착 예술이라는 이름으로 전시하기도 하고, '암스테르담에 있는 모든 구두 가게'가 자기 작품이라고 선언하여 관람객들이 걸어서 둘러보게 하는 개념미술 전시회를 열기도 했다. 나중에 한 전시회에서는 세계 여러 도시들의 방향을 표시한 푯말을 세우기도 했다. 하르툼 방향, 또는 오타와 방향으로 첫발을 내디딤으로써 도보 유람을 시작해볼 것을 권하는 듯한 전시물이었다. 1972년에 온종일 자기 발걸음을 세는 퍼포먼스를 펼친 것을 비롯해서 도시 보행이라는 일상의 세계를 다양하게 탐구한 아티스트였다. 독일의 권위 있는 행위예술가이자 조각가인 요제프 보이스는 단순한 행위에 심오한 의미를 불어넣는 여러 퍼포먼스를 펼쳤다. 이를테면 어느 정치 퍼레이드가 끝난 후에 그저 길거리를 빗자루로 쓸어내는 퍼포먼스를 했다. 1971년의 「늪 행동(Bog Action)」은 아티스트가 자기가 좋아하는 늪 한 곳을 걸어서 건너는 퍼포먼스였다. 이 퍼포먼스를 기록한 사진들 중에는 수면 위로 보이스의 트레이드마크인 페도라와 머리만 보이는 것들도 있다.

뉴욕의 행위예술가 비토 아콘치(Vito Acconci)는 1969년에 23일에 걸쳐 「팔로잉 피스(Following Piece)」 퍼포먼스를 펼쳤다. 길거리를 지나가는 한 사람을 선택해서 그 사람이 건물에 들어갈 때까지 뒤따라가는 퍼포먼스였는데, 당시 많은 개념미술 작품들처럼 자의적 규칙과 임의적 현상의 교차를 이용했다. 우연한 만남과 상호작용을 작품의 동력으로 삼는 프랑스 사진작가 소피 칼(Sophie Calle)은 아콘치의 퍼포먼스를 개작한 두 번의 퍼포먼스를 펼치고 사진과 텍스트 기록을 남겼다. 그중 「베네치아 속편(Suite Vénitienne)」은 그녀가 파리의 한 파티에서 어느 남자를 만나 베니스까지 몰래 따라가서 탐정처럼 졸졸 따라 다니다가 결국 그 남자와 정면으로 부딪히는 이야기를 담은 퍼포먼스였고, 「미행(La Filature)」은 어머니를 통해 진짜 탐정을 고용해서 자기를 미행하게 하는 퍼포먼스였다. 나중에 칼은 탐정이 찍은 자기 사진을 마치 사진사에게 의뢰한 인물사진처럼 퍼포먼스 기록에 포함시켰다. 길거리에서 스쳐 지나가는 사람들 사이의 관계 생성과 관계 단절이 도시에서 의심, 호기심, 경계심을 불러일으킬 가능성을 탐구하는 작품들이었다. 팔레스타인계 영국인 예술가 모나 하툼(Mona Hatoum)은 1985년과 1986년에 길거리를 퍼포먼스 공간으로 사용했다. 셰필드에서는 길거리를 따라 내려가면서 발자국으로 실업자(unemployed)라는 단어를 찍음으로써 셰필드라는 경제적으로 피폐해진 도시의 행인들의 슬픈 비밀을 가시화하는 듯한 퍼포먼스를 펼쳤고, 런던 내 노동계급의 전초기지라고 할 수 있는 브릭스턴 지역에서는 두 가지 보행 퍼포먼스를 펼쳤다.

　　모든 보행 퍼포먼스 중에 가장 극적이고 야심차고 극단적인 퍼포먼스는 유고슬라비아 출신 마리나 아브라모비치(Marina Abramović)와 동독 출신 울라이(Ulay)의 1988년 작품 「만리장성 걷기(Great Wall Walk)」였다.[26] 이 동유럽 공산권 출신의 두 급진적 행위예술가는 1978년에 이른바 "관계 작업"이라는 연작으로 공동 작업을 시작했다. 그들은 위험, 고통, 위반, 권태를 야기할 것 같은 퍼포먼스를 통해서 퍼포머 본인과 관람자의 육체적·정신적 한계를 시험하고자 했고, 아울러 서로 다른 젠더들을 이상적 총체로 결합하는 상싱적인 방식들을 시험하고자 했으며, 그런

의 사용 가치를 떨어뜨린다. [……] 안데스 산맥의 원줄기를 걸어 내려왔다고 했다가 거짓

과정에서 샤머니즘, 연금술, 티베트 불교 등 다양한 밀교적 전통에 점점 심취했다. 그들의 작품은 중국의 사위의(四威儀) 전통을 상기시키기도 한다. 게리 스나이더에 따르면, "'사위의(四威儀), 곧 행주좌와(行住坐臥, 걷는 자세, 선 자세, 앉은 자세, 누운 자세)가 위의(威儀)인 이유는 이 네 가지 자세가 온전히 자기 자신으로 존재하는 방식, 육체 속에서 평안한 방식, 육체의 근본적 존재 방식이기 때문"이다.[27] 비파사나 불교에서도 이 네 가지 자세로 명상하는 것을 강조한다. 그들의 첫 작품 「공간에서의 관계(Relation in Space)」는 양쪽 벽에서 마주보고 서 있는 두 사람이 서로를 향해서 빠른 속도로 걸어오다가 충돌하기를 반복하는 퍼포먼스였다. 1977년 작품 「임폰더러빌리아(Imponderabilia)」는 두 사람이 누드 상태로 움직이지 않고 미술관 통로에 서 있는 퍼포먼스였다.(관람객들은 두 사람 사이를 힘들게 빠져나가면서 어느 쪽을 바라볼지 결정해야 했다.) 1980년 작품 「정지 에너지(Rest Energy)」는 두 사람이 제자리에 서 있으면서 여자는 활을 잡고 있고 남자는 화살을 잡고 있는 퍼포먼스였다. 활시위는 팽팽히 당겨진 상태, 화살은 여자의 심장을 겨눈 상태였으니, 두 사람 사이에 만들어진 긴장과 정지의 균형이 이 순간을 연장하면서 그 위험을 고정시켰다. 같은 해에 그들은 오스트레일리아 아웃백으로 갔다. 그들은 원주민들과 소통하기를 원했지만 원주민들은 그들에게 관심이 없었다. 하지만 그들은 몇 달간 계속 그곳에서 뜨거운 사막의 여름을 견뎠다. 움직이지 않고 앉아 있는 법을 연습하면서 사막으로부터 "부동, 무언, 불침"을 배웠다.[28] 그러는 사이에 원주민들이 소통해오기 시작했다. 이 경험에서 나온 작품이 시드니, 토론토, 베를린 등에서 공연한 퍼포먼스 「밤바다 건너기(Nightsea Crossing)」였다. 하루 24시간 동안 아무것도 먹지 않고 침묵을 지키면서, 며칠간 미술관이나 공공장소에서 하루에 몇 시간씩 부동자세로 앉아 있는 퍼포먼

말쟁이라는 말을 들은 것이 최근의 일이다. 사람이 걸어 다닐 수 있다는 생각을 못하는 것

스였다. 탁자를 사이에 두고 마주보는 두 사람은 모종의 격렬한 헌신을
구현하는, 살아 있는 조각상이었다.

　아브라모비치의 회고에 따르면, "내가 수피(Sufi) 예식 같은 것을 처
음 접한 것은 티베트에 찾아갔을 때, 그리고 오스트레일리아 원주민들을
찾아갔을 때였다. 이런 문화권에서는 모종의 정신적 도약을 위해서, 다시
말해 죽음에 대한 두려움, 고통에 대한 두려움, 우리가 짊어지고 살아가
는 모든 육체적 한계에 대한 두려움을 없애기 위해서 육체를 물리적 극
한까지 몰아붙인다는 것을 그때 깨달았다. 나로 하여금 그 공간, 그 차원
으로 도약하게 해주는 것이 바로 퍼포먼스라는 형식이었다."[29] 두 사람이
「만리장성 걷기」를 계획했을 때는 공동 작업의 절정기였다. 두 사람의 계
획은 4000킬로미터 길이의 성벽 양 끝에서 서로를 향해 걸어가고, 만나
서, 결혼하는 것이었다. 두 사람이 중국 정부가 요구하는 관료주의의 장
애물을 전부 해결한 것은 그로부터 수년 후였는데, 그때는 이미 두 사람
의 관계가 바뀐 상태였던 탓에, 1988년에 행해진 석 달간의 퍼포먼스는
결혼이 아닌 공동작업의 결렬, 관계의 결별로 마무리되었다. 서로를 향
해 2400킬로미터씩 걸어온 두 사람은 중간에서 포옹한 후 각자의 길을
갔다.

　약탈 유목민이 중국에 들어오는 것을 막을 목적으로 세워진 만리
장성은 경계를 봉인하는 방식으로 자기 자신, 또는 자기 나라를 정의하
려는 욕망을 뜻하는 세계 최대의 상징이다. '철의 장막' 뒤에서 자란 두
사람이 볼 때, 남과 북을 분리하는 벽을 동과 서를 연결하는 길로 바꾸는
이 보행은 정치적 아이러니와 상징적 의미로 가득한 퍼포먼스였다. 벽이
나눈 것을 길이 잇는다고 할까. 동유럽과 서유럽, 남과 여, 격리하는 건축
과 연결하는 긴축 간의 상징적 만남이라고 해석할 수 있는 퍼포먼스였다.

이다! 아침에 조깅을 할 수는 있지만, 어떻게 걸어 다니느냐는 것이다! 우리는 세상을 지

두 사람의 작업을 열심히 지켜보아온 비평가 토머스 매커빌리(Thomas McEvilley)에 따르면, 두 사람은 만리장성에 대한 믿음이 있었다. "만리장성은 수천 년에 걸친 풍수 전문가들의 계획에 따라 세워졌으며, 따라서 만리장성을 정확히 따라간다면 지표면을 한데 묶는 뱀의 힘(쿤달리니 샤크티)에 닿을 수 있다는 것이 그들의 믿음이었다."[30] 이 퍼포먼스를 다룬 책『사랑하는 사람들(The Lovers)』에 따르면 "1988년 3월 30일, 마리나 아브라모비치와 울라이는 만리장성 양 끝에서 서로를 향해 걷기 시작했다. 마리나는 바다가 있는 동쪽에서 출발했다. 울라이는 서쪽으로 한참 들어가 있는 고비 사막에서 출발했다. 6월 27일, 그들은 중국 산시성 선무현 근처의 산길에서 만났다. 나팔소리가 울려 퍼졌다. 불교 사원, 유교 사원, 도교 사원의 중간 지점이었다."[31] 매커빌리가 지적하듯 이 마지막 퍼포먼스는 서로를 향해 걸어오다가 충돌하는 그들의 첫 퍼포먼스의 연장선상에 있었다.

　　두 퍼포머는『사랑하는 사람들』에서 각각 한 섹션을 담당했다. 글이 적은 반면 매우 암시적인 사진들이 실려 있는 이 책은 신중하게 선별된 경험의 조각들로 복잡한 경험을 환기한다는 점에서 리처드 롱의 사진-텍스트 작품들과 비슷하다. 두 퍼포머의 섹션 사이에 실려 있는 매커빌리의 글은 이 퍼포먼스의 숨겨진 이면, 즉 끝없이 등장하는 관료주의의 장애물과 여정 내내 얽혀 있었던 사실을 드러내주었다. 순례자가 되고 싶어 했던 톨스토이의 마리아 공주처럼, 아브라모비치와 울라이는 단순 명료한 공간에서 단순 명료한 마음으로 홀로 걷는 자신의 모습을 상상하면서 출발했던 것 같다. 그러나 매커빌리의 글에는 매일 밤 퍼포머를 숙소로 실어 나르는 미니밴, 퍼포먼스 행사 책임자, 통역자, 수선스럽게 돌아다니는 공무원들이 등장하고(공무원들이 하는 일은 퍼포머가 정부의 규정

나가는 자동차 운전자이기 때문에 세상은 이제 도달 불가능한 곳이 되었다. ―이반 일리

을 준수하는지를 감시하는 것, 그리고 퍼포먼스의 진행 속도를 늦춤으로써 퍼포머가 해당 지역에서 더 많은 시간과 돈을 쓰게 만드는 것이었다.), 울라이가 댄스홀에서 싸움에 휘말렸던 일이 등장하고, 일정와 규정과 지형이 어떻게 울라이의 퍼포먼스를 파편화했는지가 등장한다. 한편 "나는 만리장성의 빌어먹을 1센티미터까지 채우겠다."라고 선언한 아브라모비치는 매일 아침 정확히 자기가 전날 밤에 멈춘 데서 출발했다.[32] 무너지는 곳이 많았기 때문에 걷는 구간 못지않게 기어가야 하는 구간이 길었고, 그런 곳은 바람이 거셌다. 매커빌리에 따르면, 두 사람의 퍼포먼스는 신기록 세우기(공식적 목표를 달성하는 과정에서 무수한 비공식적 번거로움과 귀찮음을 감당해야 하는 일)로 전락한 면이 있었다. 그러나 그때껏 대단히 오랜 기간 동안 집중력을 단련해온 두 사람이었으니, 만리장성을 걷는 동안에는 주위의 귀찮은 것들을 걷어낼 수 있지 않았을까. 『사랑하는 사람들』에 실린 두 사람의 텍스트-이미지는 보행의 본질을 말해준다. 바로 사막의 태곳적 허무 위에 펼쳐지는 보행의 근본적 단순성이다. 인간이란 다른 데서 보면 수적으로 많고 힘도 강한 존재인 것 같지만, 외딴 장소들의 광막함 속에서 보면 아직 작은 존재리는 확신을 준다는 의미에서 롱의 작품들과 일맥상통한다. 울라이에 따르면, "처음으로 올바른 속도로 걷고 있다고 느끼기까지 많고 많은 날이 필요했다. 그 후에 비로소 육체와 정신은 보행의 리듬 속에서 조화를 이룰 수 있었다."[33]

　후에 아브라모비치는 조각을 만들기 시작했다. 보는 이는 그녀의 조각을 통해 인간의 기본적 행동들(그녀가 퍼포먼스에서 탐색했던 서기, 앉기, 걷기 등)에 참여할 수 있었다. 예컨대 그녀는 정동석, 수정 원석 등의 반짝이는 돌이 박힌 나무 의자나 나무 단을 전시했고, 보는 이는 의자에 앉거나 단에 올라섬으로써 명상의 기회, 그리고 돌에 깃들어 있다고 믿어지

치, 『온 땅 리뷰』　　　　　• 몇 시간 후, 새로운 무언가, 그때껏 느껴보지 못했던

는 자연력을 접할 기회를 얻을 수 있었다. 그중 가장 화려했던 것은 1995년에 아일랜드 현대미술관에서 대규모로 열린 아브라모비치 회고전에서 전시된 자수정 구두들이었다. 나는 더블린 중심가에서 한참 걸은 끝에 전시장에 도착할 수 있었는데, 아일랜드 현대미술관은 한때 군대 병원으로 쓰이던 우아한 건물에 자리하고 있었다. 내가 걸어온 길과 건물의 역사는 전시되어 있는 구두를 신기 위한 준비 과정인 듯했다. 구두는 예전에 유럽 농민들이 신었던 나막신의 동화 버전이라고 할까, 큼직한 자수정 원석에 구멍을 파고 안을 다듬어 발을 집어넣을 수 있게 한 조각품이었다. 다른 관람객들처럼 구두를 신고 눈을 감은 나는 내 두 발이 어떤 의미에서 땅 그 자체 속에 박혀 있다는 것을 깨달았다. 걷는 일은 불가능한 일은 아니었지만 쉬운 일도 아니었다. 감은 눈 너머로 이상한 색들이 보였다. 구두라는 고정점을 중심으로 병원 건물과 더블린과 아일랜드와 유럽이 빙글빙글 돌아가는 것 같았고, 어딘가로 가기 위해서가 아니라 내가 이미 그곳에 있음을 깨닫기 위해 구두를 신은 것 같았다. 나중에 보니 그 구두는 보행 명상용으로, 한 걸음 한 걸음 걷는다는 의식을 강화하기 위해 만들어진 작품이라고 설명되어 있었다. 작품의 제목은 「떠날 때 신는 구두(Shoes for Departure)」였다.

캐프로의 1958년 예측을 실현한 것이 이 보행 예술가들이었다. "그들은 평범한 것들에서 평범함의 의미를 찾아낼 것이다. 그들은 평범한 것들을 비범하게 만들고자 하는 것이 아니라 평범한 것들의 진짜 의미를 표현하고자 할 것이고, 그럼으로써 비범한 것들을 만들어낼 것이다."[34] 보행 예술은 보행의 가장 단순한 측면들, 즉 시골 보행이 몸을 가늠하고 땅을 가늠하는 방식, 도시 보행이 예기치 않았던 사회적 만남을 끌어내는 방식

그 무엇이 느껴지기 시작합니다. 내가 지금 어느 한곳에서 다른 한곳으로 이동하고 있다

에 주목하기를 요청한다. 또 가장 복잡한 측면들, 즉 사유와 육체 사이의 풍부한 잠재적 관련성, 어떤 사람의 행동이 다른 사람의 상상과 연결되는 방식, 몸짓 하나하나가 한순간 나타났다 사라지는 조각품이라고 상상하는 방식, 걸으면서 세상의 지도를 그리고 세상 속에 길을 내고 세상과 만나는 일이 세상의 형태를 바꾸는 방식, 행동 하나하나가 그 행동을 포함하는 문화의 반영이자 재창조가 되는 방식에 주목하게 한다.

는 게 나의 자아 전체로 강하게 느껴집니다. [······] 자동차나 비행기를 탔을 때의 느낌과

17
라스베이거스, 혹은 두 점 간의 최장 거리

처음에는 피크디스트릭트로 가야겠다고 생각했다. 보행의 역사를 마무리할 관광지로 완벽한 곳인 것 같았다. 근사한 채츠워스 장원에서 생울타리의 미궁 속을 헤매 다니다가 양식화된 초기 정원을 통과해 케이퍼빌러티 브라운 식 후기 정원을 둘러보는 것도 좋을 것 같았다. 그 후에는 피크디스트릭트에서 비교적 자연 상태 그대로 남아 있는 곳으로 가서 위대한 공용로 전투가 벌어졌던 킨더스카우트에 올라갔다가 "암벽등반의 노동계급 혁명"으로 유명한 사암 암벽등반로를 거쳐 맨체스터 교외나 셰필드 옛날 제철소(폐건물로 남아 있거나 암벽등반장으로 바뀐 곳)를 찾아가도 좋을 것 같았다. 아니면 거꾸로 맨체스터나 셰필드 같은 공장 도시를 둘러본 후에 시골로 나가서 정원과 울타리로 마무리할 수도 있었을 것이다. 하지만 영국이 아직 걸을 수 있는 나라임을 증명하는 것은 그리 큰 의미가 없을지도 모른다는 의심이 든 탓에, 이런 그림 같은 계획들은 모두 없어졌다. 영국의 폐공장 지대를 둘러보는 것은 그저 창백한 유럽 북부의 과거를 돌아보는 일일 텐데, 내가 살펴보고 싶은 것은 보행중심주의

는 전혀 다릅니다. 내가 어느 한곳에 정말 존재한다는 느낌, 무수히 많은 곳에 정말 존재

(pedestrianism)의 과거가 아니라 그것의 예후였다. 12월의 어느 날 아침에 팻의 밴을 얻어 타고 라스베이거스 시내로 들어와 프리몬트 스트리트에 내린 이유는 그 때문이었다. 팻은 레드록스에서 바위와 암벽을 타면서 하루를 보내러 떠났다.

동서를 잇는 위도선 같은 라스베이거스의 직선도로를 따라 내려 가다보면 거의 어디서나 20킬로미터 이상 이어지는 레드록스 절벽이 보이고, 레드록스의 돔 모양과 기둥 모양 붉은 사암 너머로는 스프링산맥의 고도 300미터 높이 회색 봉우리들이 보인다. 라스베이거스라는 신흥 도시에서 잘 알려져 있지 않은 면모는 도시의 삼면을 둘러싼 사막과 웅장한 태양광 같은 스펙터클한 자연경관이다. 하지만 기억상실증을 앓는 사막 도시, 라스베이거스는 지금껏 자연경관에 아무 관심이 없었다. 서던파이우트 부족의 오아시스였던 이곳에 먼저 도착한 쪽이 앵글로색슨 족이 아니라 에스파냐인이었다는 것은 '초원'이라는 뜻의 도시 이름(las vegas)으로도 알 수 있지만, 이 오아시스가 도시로 발전한 것은 20세기 이후, 즉 로스앤젤레스에서 솔트레이크시티까지 잇는 철도의 역을 만들기로 결정한 1905년 이후였다. 오아시스는 오래전에 말라붙었지만 라스베이거스는 계속 뜨내기들과 관광객들의 도시로 남아 있었다. 이 도시가 발전하기 시작한 것은 1931년에 네바다 주에서 도박이 합법화되면서였다. 네바다 주의 다른 많은 지역과는 달리 라스베이거스는 광물자원이 나지 않는 곳이었다.

바로 그 무렵에 라스베이거스에서 남동쪽으로 50킬로미터 거리인 콜로라도 강에서는 후버 댐이 건설되는 중이었다. 라스베이거스에서 북 서쪽으로 100킬로미터 거리에 네바다 핵실험장이 세워진 것은 1951년이 었다. 그 후 지금까지 수십 년간 그곳에서 1000개 이상의 핵무기가 터졌

한다는 느낌입니다. 현대의 수많은 장소는 무차별적 공간인 것 같은 느낌이 드는데, 내가

는데, 1963년까지는 그런 폭파 실험이 거의 지상에서 이루어졌다.(카지노
의 우뚝 솟은 간판들 위로 버섯구름이 피어오르는 경악스러운 사진이 여러 장 남아 있
다.) 강물, 원자, 전쟁을 지배하겠다는 야심, 어떻게 보자면 세상을 지배하
겠다는 야심을 상징하는 두 거대 시설물이 라스베이거스를 양쪽에서 에
워싸고 있다. 그러나 모하비 사막의 도시 라스베이거스를 만들어낸 발명
품을 한 개만 꼽자면, 그것은 크기로는 전혀 거대하지 않지만 더 많은 곳
에서 사용되는 발명품, 곧 에어컨이다.(미국 남부와 서부에는 여름 내내 실내에
서 에어컨을 틀고 생활하는 사람이 많은데, 근년 전부터 남부와 서부로 대규모 이주
가 진행되고 있다.) 라스베이거스는 예외적 도시로 그려지는 경우가 많지만,
실은 대표성이 있는 도시다. 이 도시는 미국을 비롯한 세계 곳곳에서 생
겨나는 신종 장소의 극단적 판본이라고 할 수 있다.

    라스베이거스 도심은 한때 철도역을 중심으로 만들어졌다. 기차로
도착한 사람들은 카지노와 호텔이 밀집해 있는 지역인 '반짝이는 협곡
(Glitter Gulch)'까지 걸어간다는 생각에서였다. 미국 여행자들이 기차 대
신 자동차를 이용하게 되면서 도심의 초점이 이동했다. 1941년, 로스앤
젤레스로 가는 91번 고속도로변(지금의 라스베이거스 스트립)에 최초의 카
지노-호텔 단지가 들어섰다. 오래전에 그곳을 지나가다가 깜짝 놀란 적
이 있다. 연례 반핵 집회에 참여하려고 네바다 핵실험장으로 가는 길이
었다. 잠이 들었다가 우리가 탄 자동차가 스트립에서 정지 신호에 걸리는
바람에 눈을 뜨게 되었는데, 네온의 꽃밭, 네온의 덩굴 숲이 펼쳐져 있었
고, 네온사인 글자들이 춤을 추기도 하고 방울방울 흐르기도 하고 폭발
하기도 했다. 사막의 어둠을 지나온 내 눈앞에 펼쳐졌던, 천국 같기도 하
고 지옥 같기도 했던 그 광경을 나는 아직 기억하고 있다. 1950년대에 문
화지리학 연구자 J. B. 잭슨(J. B. Jackson)은 도로변 스트립이라는, 당시에

존재하는 곳은 그런 장소가 아닙니다. 그런 장소는 실은 장소가 아니라 병원 공간, 쇼핑

새로 출현한 현상을 가리켜 다른 세상, 곧 외지인들과 운전자들의 세상
이라고 말했다. "이 건축양식이 효과적인가를 결정하는 것은 그 다른 세
상이 어떤 세상인가, 내가 꿈꾸었던 세상인가 아닌가다. 고속도로변을 차
지한 이 새로운 세대의 건축양식이 만들어내는 꿈같은 여가 환경은 한
세대 전의 꿈과는 전혀 다르며, 이 건축양식은 새로운 대중적 취향을 만
들어내면서 동시에 반영하고 있다. 우리는 스트립의 진정한 활력을 바로
이 사실 속에서 발견하기 시작한다."[35] 이 취향은 완전히 새로운 어떤 것,
즉 과거의 유럽 중심주의적 상류층 흉내를 일축하는 그 무엇, 자동차에
맞춰져 있고 자동차 탑승자들의 새로운 미래주의적·이국적 판타지에 맞
춰져 있는 그 무엇을 선호하는 취향이리는 것이 잭슨의 수장이었다. "저
유선형의 외벽, 저 화려한 출입구, 일부러 기괴한 느낌을 불러일으키는
지 색채 효과, 색과 불빛과 움직임이 있는 저 큰 물체들의 명랑한 자기주
장은 기존의 것들, 전통적인 것들과는 극심하게 어긋난다."[36] 미국이라는
자동차 국가를 위해서 탄생한 이 토착적 건축양식을 찬양한 책으로는
유명한 1972년 건축 선언문 『라스베이거스의 교훈(Learning from Las Vegas)』
이 있다.

　그러나 요즈음 라스베이거스 스트립에서는 전혀 예상하지 못한 일
이 벌어졌다. 섬에서 번식에 지나치게 성공한 외래종이 서식 환경을 초
토화시키고 집단 아사하듯, 라스베이거스 스트립에서는 자동차가 너무
많이 몰린 탓에 8차선 도로가 항상 정체 중이다. 라스베이거스 스트립의
휘황찬란한 네온 간판들은 질주하는 자동차 안에서 보이도록 만들어졌
다. 다른 모든 도시 상업 구역 스트립의 그저 그런 건물 앞을 장식하는 대
형 간판들과 마찬가지다. 그런데 지난 몇 년 새에 스트립들의 왕, 라스베
이거스 스트립은 신(新) 보행자 생활의 전초기지가 되고 있다. 한때 라스

공간, 상점가 공간, 공항 공간 같은 개념의 반복일 뿐입니다.─"가톨릭 미국인" 순례자 리

베이거스 스트립 여기저기에 흩어져 있던 카지노들이 갖가지 환상과 미끼로 가득한 대로 하나에 모이게 되었고, 이로써 관광객들은 자동차를 카지노의 초대형 주차장에 세워둔 채 며칠씩 라스베이거스 스트립을 걸어 다닐 수 있게 되었다. 실제로 라스베이거스 스트립을 걸어 다니는 관광객은 한 해 3000만 명 이상이고, 성수기의 주말에는 동시에 20만 명 이상이다.[37] 내가 갔던 때는 해가 진 뒤에도 38도가 넘는 8월이었는데, 심지어 그때도 엄청난 인파가 라스베이거스 스트립을 천천히 오가고 있었다.(자동차가 사람보다 크게 빠른 것도 아니었다.) 1966년에 '카이사르 팰리스'가, 그리고 1989년에 '미라주'가 세워지면서 카지노 건축은 급격한 변화를 겪었다.(전자는 외벽에서 화려한 네온사인보다 관광 명소 판타지를 강조하는 건물이고, 후자는 외벽을 설계할 때 보행자 시야를 계산에 넣은 최초의 건물이다.) 라스베이거스 스트립처럼 보행자에게 가장 불리할 것 같고 자동차 전용일 것 같은 장소에서 보행이 부활할 수 있었다는 것은 보행에 모종의 미래가 있다는 뜻이 아닐까, 이 장소를 직접 걸어보면 그것이 어떤 미래일지 알아낼 수 있지 않을까 하는 것이 내 생각이었다.

　　프리몬트 스트리트의 구식 화려함은 스트립의 신식 판타지 환경과 비교당하면서 체면을 구긴 후 일종의 사이버 아케이드로 개조되었다. 자동차는 중앙 블록들로 진입할 수 없게 되었고, 보행자는 자유롭게 걸어 다닐 수 있게 되었다. 바닥이 다시 깔렸고 높은 아치형 천장이 만들어졌다. 이제는 밤이면 천장에 레이저쇼를 하고 있다. 머리 위에 하늘 대신 거대 텔레비전 화면 같은 것이 있다는 뜻이다. 하지만 낮에 보면 아직 처량한 곳이다. 프리몬트 스트리트를 둘러보고 라스베이거스 불러바드를 따라 남쪽으로 스트립까지 슬슬 걸어가는 데는 그리 오래 걸리지 않았다. 스트립에 진입하기 전까지의 대로는 모텔, 허름한 아파트, 기념품과 포르

• 이미 걸은 길을 똑같이 걸을 수 없는 것은 이미 있는 시를 똑같이 쓸 수 없는 것과 같

노를 파는 전당포가 있는 우범지대다. 도박 산업, 관광 산업, 향락 산업의 추한 뒷면이다. 갈색 담요를 뒤집어쓰고 버스 정류장에 앉아 있는 흑인 노숙자는 걸어가는 나를 쳐다보았고, 나는 길 건너편 작은 결혼식장에서 나오고 있는 아시아인 커플을 쳐다보았다. 남자는 짙은 색 양복을, 여자는 초크화이트 컬러의 웨딩드레스를 입고 있었다. 거대한 웨딩 케이크에서 나온 사람들이라고 해도 좋을 만큼 몰개성적으로 완벽한 모습이었다. 각각의 영역이 나머지 세상과 상관없이 굴러가지 않나 싶은 곳, 결혼식장이 인근의 성인용품점과 무관하게 굴러가고, 최고급 카지노가 인근의 폐허나 공터와 무관하게 굴러가는 곳이었다. 내가 라스베이거스의 두 가지 공식 판본 사이에 숨어 있는 이도저도 아닌 구역을 걸어가는 동안, 보행자는 나 말고는 거의 없었다.

나는 화재 후 재건된 엘 란초 호텔이 나올 때까지 계속 걸었다. 예전의 호텔과 카지노에는 사막과 서부를 낭만화하는 이름이 많았다. 예컨대 스트립에는 '사구(Dunes)', '모래밭(Sands)', '사하라(Sahara)', '사막(Desert Inn)'이 있었고, 프리몬트 스트리트에는 '개척자(Pioneer Club)', '금괴(Golden Nugget)', '프런티어(Frontier Club)', '아파치(Hotel Apache)'가 있었다. 하지만 나중에 생긴 카지노들은 지역민의 자부심을 내팽개치고 난데없는 장소들을 이름으로 내걸었다. 모하비 사막과 무관할수록 더 좋은 이름이 되었다. 예컨대 '모래밭'이었던 곳은 이제 운하까지 갖춘 '베네치아(the Venetian)'로 바뀌는 중이다. 나중에 알게 되었지만, 내가 그곳에서 그렇게 걸었던 것은 경험의 연속성, 걸어 다닐 때 얻을 수 있는 공간 연속성을 얻기 위한 노력이었다. 하지만 조명과 판타지의 불연속성 탓에 그 노력은 실패로 끝났다. 실패로 끝난 노력은 또 있었다. 20세기 초에 총 다섯 명이었던 라스베이거스 인구는 1940년에는 8500명이었고, 크레오소트

다. 날마다 똑같은 길을 지나간다 해도 길에서 벌어지는 일은 어제가 다르고 오늘이 다르

관목과 유카 나무 사이에 카지노들만 쓸쓸히 서 있는 듯했던 1980년대
에는 50만 명 정도였다. 지금 라스베이거스는 인구 125만 명 정도의, 전
국에서 가장 빠른 속도로 성장 중인 도시다. 번쩍번쩍하는 스트립을 에
워싸고 있는 것은 트레일러 파크, 골프장, 빗장을 지른 고급 주택가, 온갖
개발예정지로 이루어진 거대 스프롤이다. 라스베이거스의 무수한 아이
러니 중 하나는 자동차 전용 교외의 궁극적 형태인 이 도시의 한복판에
보행자들의 오아시스가 있다는 점이다. 스트립에서 사막까지 걸어감으
로써 두 곳을 연결하고 싶었던 나는 현지 지도 제작 회사에 전화를 걸어
서 루트를 추천해달라고 부탁했다. 내가 갖고 있던 지도들은 모두 오래
되어서 쓸모가 없었다. 지도 회사 담당자는 라스베이거스는 성장 속도가
너무 빠른 도시라서 한 달에 한 번씩 새 지도를 낸다는 설명과 함께 스트
립의 남쪽에서 라스베이거스를 벗어나는 최단 루트 몇 개를 추천해주었
다. 그렇지만 나는 그 루트를 걸어보는 대신 팻과 함께 자동차로 지나가
보았다. 혼자 걷는 사람에게는 섬뜩할 루트였다. 창고, 경공업 지대, 더러
운 공터, 폐가의 기운이 풍기는 주택의 담장이 이어지고 이따금 자동차
한 대, 때에 찌든 부랑자 한 명이 나타나는 길이었다. 그곳에서 나의 발걸
음이 보행 오아시스를 벗어나지 못한 것은 그런 이유에서였다. 다만 사막
을 체스판으로 상상하면서 머릿속에서 거대 카지노들을 체스말처럼 치
워버리는 것은 가능했다. 10년 전을 상상하면, 외벽으로 판타지를 구현
한 카지노는 없었다. 20년 전을 상상하면, 카지노들은 여기저기 흩어져
있었고 걸어 다니는 사람은 거의 없었다. 50년 전을 상상하면, 외딴 건물
두어 개가 있을 뿐이었다. 한 세기 전을 상상하면, 허허벌판에 작은 술집
하나가 있을 뿐이었다.

　'스타더스트' 앞에 지친 듯 세워져 있는 파빌리온 아래에서, 프랑

다. [……] 시 한 편이 매번 새롭다면, 시를 쓰는 것은 발견하는 행위, 운을 시험하는 행위,

스인 노부부가 나에게 '미라주'로 가는 길을 물어왔다. 노부부의 뒤에는
미국의 토착적 건축양식으로 지어진 판타지 나라(번쩍거리는 미래)가 있
었고, 노부부의 앞에는 스트립 중앙에 새로 만들어진 판타지 나라(향수
어린 과거)가 있었다. 나도 그 부부를 따라 남쪽으로 걸어갔다. 드문드문
하던 보행자들이 점점 많아지기 시작했다. 아까 결혼식장 앞에 나타났
던 신랑 신부가 나와 멀지 않은 곳에서 대로를 걸어 내려가고 있었다. 신
부는 웨딩드레스와 하이힐에 섬세한 퀼팅 재킷 차림이었다. 라스베이거
스는 세계 곳곳의 부유한 나라에서 관광객들이 찾아오는 곳이자 그렇
게 부유하지 않은 나라(특히 중앙아메리카의 여러 나라)에서 구직자들이 찾
아오는 곳이다. 라스베이거스는 세계에서 가장 많은 관광객이 찾는 도시
중 하나지만, 라스베이거스라는 도시의 진면목을 눈여겨보는 관광객은
거의 없다는 것도 이 도시의 아이러니다. 예를 들어 바르셀로나나 카트
만두에 관광하러 가는 것은 현지 주민들이 살아가는 모습을 보기 위해
서다. 반면 라스베이거스에서 살아가는 사람들은 오로지 관광객을 위해
만들어진 곳에서 일하는 사람들이 대부분이다. 관광 그 자체가 보행의
마지막 보루 중 하나나. 관광은 언제나 아마추어적 활동, 곧 특별한 기술
이나 특수한 장비가 필요 없는 활동이자 여가 시간을 이용해 시각적 호
기심을 채우는 활동이었다. 호기심을 채우려면 순진한 사람으로 여겨지
기를 기꺼이 감수해야 하고, 기꺼이 참여해야 하고, 기꺼이 탐험해야 하
고, 남들에게 시선을 보내는 일과 남들의 시선을 받는 일도 기꺼이 감수
해야 하는데, 요새 사람들은 다른 곳으로 여행을 가야 그런 태도를 취할
수 있다. 여행지에서의 즐거움이라고 여겨지는 많은 것이 실은 천천히 돌
아다니는 사람이라면 어디에서나 얻을 수 있는 다른 느낌(시간과 공간과 자
극을 느끼는 다른 방식)일 뿐일 수도 있다.

행운이 될 수도 있고 불운이 될 수도 있는 운을 시험하는 행위일 수밖에 없다.—A. R. 애

　　내가 처음 들어간 카지노는 '프런티어'였다. 이 카지노에서는 6년 반 동안 야외 플로어쇼를 볼 수 있었다. 새 오너 일가의 노조 탄압에 맞서는 객실 메이드, 바 웨이트리스, 식탁 담당 종업원의 24시간 노동자 피켓 릴레이였다. 밤이나 낮이나 한여름의 폭염 속에서나 한겨울의 폭풍 속에서나 두 발로 피켓의 증언을 멈추지 않았다. 파업 기간 동안 프런티어 파업 노동자들 사이에서 101명이 태어났고 17명이 세상을 떠났다. 그동안 파업을 배신한 사람은 하나도 없었다. 이 파업은 전국의 노동 활동가들을 고무하면서 1990년대의 가장 위대한 노조 투쟁이 되었다. 1992년 AFL-CIO(미국 노동 총연맹-산업별 노조 협의회)가 '사막 연대 행진'이라는 관련 행사를 조직했다. 노조 활동가들과 파업 노동자들이 프런티어에서 사막을 건너서 로스앤젤레스 법원까지 50킬로미터를 걸어감으로써 헌신의 각오를 보여주는 행사였다. 프런티어 파업 다큐멘터리를 찍은 라스베이거스의 영화감독 에이미 윌리엄스(Amie Williams)가 나에게 러시 프린트를 보여주면서 이야기했듯, 노조는 미국의 종교나 마찬가지였다. 이 종교가 믿는 신은 가족과 연대였고, 이 종교의 신조는 "일인의 피해는 만인의 피해"였다. '사막 연대 행진'은 이 종교의 성지순례였다. 에이미가 찍은 영상에서는 많이 걸어본 적이 없어 보이는 사람들이 66번 국도를 따라 한 줄로 힘겹게 걸었고, 저녁에는 양말을 벗고 붕대를 감았다. 그리고 아침에 일어나면 또 똑같이 걸었다. 목수이자 노조 대표인 호머(오토바이족처럼 생긴 턱수염남)는 순례의 기적을 증언하기도 했다. 비바람이 몰아칠 때 맑은 하늘 한 조각이 자기들을 따라온 덕분에 일행은 비에 젖지 않을 수 있었다. 갈라진 홍해를 건너간 이스라엘 자녀들의 목소리처럼 열광적인 목소리였다. 프런티어를 매입하고 노조 파괴를 공작했던 오너 일가는 결국 사업을 매각하지 않을 수 없었다. 1997년 1월 31일 새 오너들은 노

먼스,「한 편의 시는 한 번 걷는 길」　　　　•상상의 지도를 그려라. 가고 싶은

조를 다시 받아들였다.[38] 피케팅을 하며 스릴이 넘치고 흥분된 6년을 보냈던 사람들은 칵테일을 제조하고 침대를 정돈하는 일로 돌아갔다. 프런티어의 내부는 투쟁의 흔적 같은 것은 전혀 찾아볼 수 없는 보통의 카지노였다. 카펫의 어지러운 무늬, 슬롯머신의 쨍그랑 소리, 번쩍번쩍하는 조명, 거울, 스태프들의 신속한 움직임, 이용객들의 느린 흐름, 그리고 이 모든 것을 비추는 흐릿한 불빛. 카지노라는 곳은 길을 잃게 하는 것을 목적으로 만든 현대판 미궁이다. 창문 없는 드넓은 실내는 이상한 각도의 배치, 긴 담장처럼 시야를 가리는 슬롯머신, 그리고 그 밖에 정신을 어지럽히는 것들로 가득하다. 고객을 최대한 유혹에 노출시킴으로써 고객의 지갑을 열고자 한다는 점에서 쇼핑몰이나 백화점과 마찬가지다. 낡은 카지노에는 '피플 무버(people mover)'라 불리는, 공항에서 볼 수 있는 무빙워크가 있다. 다만 카지노의 경우에는 밖에서 안으로 향하는 일방통행이다. 잘 숨겨져 있는 출구를 찾는 것은 각자의 몫이다.

배회와 도박에는 몇 가지 공통점이 있다. 둘 다 기대하고 있을 때가 결과가 나왔을 때보다 즐거울 가능성이 높다. 둘 다 소망은 확실하지만 성취는 불확실하다. 한 발 한 발 내딛는 일이나 손에 쥔 카드를 테이블에 펼쳐놓는 일은 둘 다 운을 시험하는 일이다. 그러나 카지노의 입장에서 도박은 꽤 예측 가능한 과학이 되었다. 이제 카지노와 라스베이거스 법집행 세력은 스트립을 걸어 내려갈 때 개입하는 운까지 통제하고자 한다. 스트립은 진짜 대로다. 비바람에 노출되어 있고 주위 환경에 개방되어 있는 공공장소이자, 미국 수정헌법 제1조가 보장하는 명예로운 자유를 행사할 수 있는 장소다. 그 자유를 빼앗으려는 상당한 노력이 진행 중이다. 이대로 간다면 스트립은 유원지나 쇼핑몰이 되어버릴 것이다. 이런 공간에서 우리는 소비자는 될 수 있지만 시민은 될 수 없다. 프런티어 옆

곳에 표시하라. 지도에 나오는 실제 거리로 걸어 나가라. 지도상으로는 길이 있어야 하는데

에 있는 '패션쇼 쇼핑센터'에는 전단지 배포 인력들이 한데 어울리면서 스트립의 여러 하위문화 중 하나를 형성하고 있다. 에이미 윌리엄스에 따르면, 그들 중 다수가 밀입국한 중앙아메리카 사람들이었고, 전단지 다수가 성에 관한 것이었다.(라스베이거스에는 거대한 성 산업이 존재하지만, 고객을 부르는 방법은 대부분 거리의 호객 행위가 아니라 광고다. 스트립을 따라 다닥다닥 붙어 있는 수십 개의 신문가판대에 신문은 거의 없다. 대신 무수한 '프라이빗 댄서'와 '에스코트 서비스'를 광고하는 컬러 사진으로 도배된 브로슈어와 명함과 전단지 등이 그야말로 도서관을 방불케 한다.) 여자들은 대체로 눈에 띄지 않기에, 눈에 띄는 곳에 있는 광고가 공격의 대상이 되어왔다. 클라크카운티 당국은 "행락지"에서의 "호객 행위"를 경범죄로 규정하는 조례를 통과시켰다.[39] 미국 시민 자유 연맹(American Civil Liberties Union, ACLU)의 네바다 주 지부장 게리 펙(Gary Peck)은 "한편으로는 라스베이거스 관광 산업이 섹스니 술이니 도박이니 하는 온갖 것을 광고에 동원하면서, 다른 한편으로는 라스베이거스 당국이 공적 공간의 철저한 통제(공항 게시판 광고, 구걸, 자유 발언 등의 규제)를 이처럼 강박적으로 시도한다는 투명한 역설"에 대해서 나에게 이야기해주기도 했다. ACLU가 전단지 조례를 놓고 싸운 일은 연방 항소 법원까지 가기도 했다. 다른 문제들도 계속 불거졌다. 이미 그해에만 청원 서명운동을 벌이던 사람들이 희롱당한 사건, 목사 한 명을 포함한 신도 다섯 명이 '프리몬트 스트리트 체험'이라는 전도행사를 벌였다는 이유로 체포당한 사건 등등이 있었다. 보행자 전용으로 바뀐 아케이드는 폭이 아주 넓은 인도라서 길을 막으려면 수십 명이 있어야 할 것 같은데, 다섯 명의 신도들이 "보행 방해"라는 혐의로 체포당한 것이다.

    카지노들과 클라크카운티 당국은 미국 수정헌법 제1조에 보장된 활동(종교, 섹스, 정치, 경제에 대한 발언)에 참여하는 사람들, 아니면 어떤 식

길이 없으면 장애물들을 치우고 길을 내라. 가고 싶었던 곳에 도착하면 처음 만난 사람에

으로든 관광객들이 누리도록 되어 있는 쾌적한 경험을 거스르는 사람들을 기소하거나 몰아낼 근거를 마련할 목적으로 인도를 사유화할 방안을 모색 중이라고 펙은 말해주었다.(마찬가지로 현재 투손 당국은 인도에서 노숙자를 몰아낼 목적으로 노점에 인도를 1달러에 임대하는 방식으로 사유화하는 방안을 검토하고 있다.) 여기서 당국이 한때 인도 보행자들이 누렸던 '도시의 자유'를 박탈하는 데 성공한다면, 미국의 나머지 지역에도 한때 공적 공간의 역할을 하던 장소를 쇼핑몰로 바꾸고 도시 전체를 테마파크로 바꾸는 선례를 남기리라는 것이 펙의 우려였다. 마이클 소킨(Michael Sorkin)에 따르면, "테마파크는 사람들의 눈을 교묘히 속이는 형태로 적당히 통제되어 있는 쾌락들을 민주주의적 도시의 대체물로 내놓는다. 테마파크의 설득력은 도시성을 괴롭히는 상처, 즉 빈민층과 범죄와 더러움과 노동이 존재한다는 사실을 제거한다는 데 있다."[40] '미라주'의 잔디밭 한곳에는 이미 "이곳은 보행자 편의를 위한 지역권이 설정되어 있는 미라주 카지노 호텔의 사유재산입니다. 보행자를 방해하는 배회 등의 불법 진입 행위는 체포 사유입니다."라는 경고문이 붙어 있고, 스트립 여기저기에도 "행락지: 인도에서의 통행 방해 행위 불허"라는 경고문이 붙어 있다. 이런 경고문들의 목적은 보행의 자유를 보호하는 것이라기보다 보행자의 재량과 시야를 제한하는 것이다.

프리몬트 스트리트에서부터 6킬로미터 이상을 걸은 나는 덥고 피곤했다. 날씨도 덥고 매연도 심한 탓이었다. 스트립에서의 거리감은 기만적인 데가 있다. 주요 교차로 사이의 간격은 거의 2킬로미터인데, 새로 생긴 20~30층짜리 카지노 호텔 건물들은 크기 가늠이 어려운 탓에 실제보다 가까워 보인다. '트레저 아일랜드'(장소나 시대를 이름으로 삼은 다른 카지노와

달리 남태평양의 해적 생활을 다룬 소년문학 제목을 이름으로 삼은 카지노)는 새로
생긴 테마파크 카지노 중에서 가장 북쪽에 세워진 건물이자 판타지를 가
장 그럴 듯하게 구현한 건물이다. 인조 석재 건물에는 그림 같은 외벽이
있고, 건물 앞쪽에는 석호처럼 야자수들과 해적선들이 모여 있다. 이 호
텔 리조트에 들어가는 것은 디즈니랜드의 놀이기구 '캐리비언의 해적'에
탑승하는 것과 비슷하다. 하지만 1989년에 최초로 보행자용 볼거리를 기
획한 카지노는 트레저 아일랜드 옆에 자리하고 있는 미라주였다. 미라주
에서는 일몰 후에 15분 간격으로 화산 분출 장면을 연출함으로써 모여
든 사람들에게 즐거움을 선사했다. 1993년에 개장한 트레저 아일랜드는
해적선의 침몰에서 절정에 이르는 해적 전투 장면을 완벽하게 연출함으
로써 화산 분출 장면의 인기를 빼앗았다. 다만 전투 횟수는 하루에 두세
번뿐이었다.

　『라스베이거스의 교훈』의 저자들이 오래전에 투덜거렸듯이 "환경
미화 위원회(Beautification Committe)는 줄곧 스트립을 파리의 샹젤리제처
럼 만들 것을 종용한다. 가로수를 심어 간판을 가리고 초대형 분수를 설
치해 습도를 높이라는 것이다."[41] 실제로 분수가 생겼고, 플라밍고 로드
를 사이에 두고 '카이사르 팰리스'와 마주보는 '벨라지오' 앞쪽에는 '사
구'가 있던 자리에 8에이커 면적의 호수가 생겼다. '미라주'와 '트레저 아
일랜드' 앞을 장식하는 거대 호수들도 이 호수에 비하면 작게만 보였다.
이 네 카지노가 만들어낸 것은 완전히 새로우면서 동시에 놀라울 정도
로 예스러운 무언가, 대로변을 따라 길게 조성된, 양식 정원과 유원지를
멋대로 뒤섞은 잡종이었다. 베수비오 화산이 분출하면서 폼페이를 없애
버렸듯, '미라주' 화산은 기존의 라스베이거스를 없애버리면서 건축과
관중을 완전히 바꾸어놓았다. 이제는 어디를 가든지 분수가 설치되어 있

크로드 자체는 인류의 문명사와 더불어 장기간 기능해온 객관적 실재였지만, 인간의 지

을 뿐 아니라 걸으면서 건축물을 쳐다보고 다른 보행자들을 쳐다보는 것
이 오락이 되었다는 의미에서 라스베이거스는 실제로 미국 서부의 샹젤
리제가 되었다. 라스베이거스 스트립은 네온이 춤추는 팍스 아메리카나
의 미래상을 유럽으로, 아니 유럽의 오락용 대중문화 버전, 유럽 역사 속
의 초히트 건축물들을 쳐다보면서 반바지와 티셔츠 차림으로 대로를 걷
는 관광객들로 대체하고 있다. 사막 한복판에 이탈리아와 로마의 사원과
교각의 확대 버전을 만든 것이 이상하다면, 영국 정원에 이탈리아와 로
마의 사원과 교각의 축소 버전을 만든 것도 이상하잖은가? 네바다의 대
로에 화산을 만든 것이 이상하다면, 18세기에 독일의 뵈를리츠 정원에
화산을 만든 것도 이상하잖은가? ‘카이사르 팰리스’ 출입구 바로 앞의 진
녹색 사이프러스, 분수대, 고전적인 조각상은 양식 정원(로마의 정원을 차
용했다는 짐에서 이탈리아 정원의 연장선 상에 있는 프랑스와 네덜란드와 잉글랜드
의 정원 형태)의 많은 요소를 떠오르게 한다. ‘벨라지오’ 건물 앞의 분수대
는 베르사유(부귀와 권력을 과시하고 자연과 싸워 이긴 승리를 과시하는, 엄청난 규
모를 자랑하는 정원)를 떠오르게 한다. 이런 장소들은 시각적 즐거움을 추
구하는 행위로서의 보행이 발선한 장소의 돌연변이들이다. 라스베이거
스는 이제 복스홀, 래닐러, 티볼리를 비롯한 과거의 온갖 유원지를 계승
한 장소, 보행과 구경이라는 체계화되어 있지 않은 오락이 고도로 체계
화된 쇼와 뒤섞이는 장소가 되었다.(음악과 연극과 팬터마임이 펼쳐지는 무대는
춤추고 먹고 마시고 앉아서 휴식을 취하는 장소 못지않게 유원지의 쾌락에서 중요한
부분이었다.) 라스베이거스 홍보문구 같은 표현을 쓰자면, 정원이 대로에
서 재유행하면서 보행자 생활이 재유행하고 있다.

　　누구를 걷게 할 것인가, 어떻게 걷게 할 것인가를 통제하려는 노력
들을 보면, 보행이 아직 어떤 변에서 전복적 행동일 수 있음을 알게 된다.

───────────────

적 한계성 때문에 그 실재가 온전히 인식되어온 것은 아니다.—정수일, 『실크로드 사전』

적어도 보행은 철저한 공간 사유화의 이상, 대중 통제의 이상을 전복하고 지출이 필요 없는 오락, 소비가 아닌 오락을 제공한다. 보행은 도박의 우연한 부산물이겠지만(카지노 파사드가 공공심의 산물은 아니니까), 어쨌든 스트립은 이제 걷는 장소가 되었다. 걸어 돌아다니고 쇼핑하고 먹고 마시고 구경하는 관광객들과 외국인들을 위한 장소이기는 파리 샹젤리제도 마찬가지다. 플라밍고 로드와 스트립의 교차로에 새로 육교들이 생기면서 횡단보도가 없어지고 있다. 육교는 보기도 좋고 훌륭한 전망을 제공해주기도 한다. 하지만 육교를 오르내리려면 카지노를 통해야 한다. 잘 차려입은 사람들은 육교를 통해서 안전하게 길을 건널 수 있지만 일반인들은 위험을 무릅쓰고 차도를 건너거나 횡단보도를 찾아 먼 길을 돌아가야 하는 날이 올 수도 있다는 뜻이다. 스트립이 샹젤리제의 환생이 아닌 데는 다른 이유들도 있다. 일단 르노트르가 만든 샹젤리제는 직선이었던 데 비해 스트립은 완벽한 직선이 아니다. 먼 곳을 내다보려면 직선이어야 하는데, 스트립은 구부러진 곳도 있고 튀어나온 곳도 있다.(그렇지만 곳곳에 교차로가 있고, '벨라지오'와 '카이사르 팰리스'를 잇는 플라밍고 로드의 육교는 미국 서부와 레드록스까지 펼쳐지는 사막을 바라볼 사람에게는 최고의 전망대다.) 내가 '벨라지오'와 '밸리스' 사이의 스트립을 잇는 육교에 올라갔을 때 내 눈앞에 펼쳐진 광경은, 무려 파리였다! 파리를 구현하는 카지노가 건설 중이라는 것을 깜빡 잊고 있던 그때, 모하비 사막의 모래 위로, 도시의 신기루처럼, 플라뇌르에게 보이는 허깨비처럼, 내 눈앞에 에펠탑이 나타났다. 아직 미완성이었고 원래 크기의 절반이었지만, 에펠탑이 이미 루브르와 개선문을 압도하고 있었다. 초히트 건축물들의 지리착오적 뒤범벅 속에서, 루브르처럼 보이는 땅딸막한 건물은 에펠탑에 짓눌린 듯했고, 개선문은 에펠탑에 부딪힐 듯했다.

• 나는 바깥 구경을 하고 싶었다. 말로만 듣고 영상으로만 봤던 현장을 가보고 싶었다. 그

　라스베이거스는 정원을 다시 만들고 있을 뿐 아니라 도시를 다시
만들고 있다. '벨라지오'에서 길을 따라 내려오면 '뉴욕, 뉴욕'이 있고, 다
시 길을 따라 올라가면 도쿄에 경의를 표하는 '임페리얼 팰리스'가 있다.
'카이사르 팰리스' 맞은편에는 샌프란시스코의 옛 버전인 '바버리 코스
트'가 있다. 파리를 구현한 카지노가 파리의 유명한 특징들을 모아놓은
것처럼 1996년의 '뉴욕, 뉴욕'은 뉴욕의 유명한 특징들을 모아놓은 카지
노다. 건물 내부에는 맨해튼의 이곳저곳을 본뜬 길거리들이 미궁처럼 얽
혀 있다. 도로 표지판, 가게, 3층 창문 바깥으로 삐져나와 있는 에어컨, 길
모퉁이의 그라피티까지 완벽하다.(바보처럼 서점으로 돌진하다가 알게 된 사실
인데, 여기 있는 가게들 중 진짜는 기념품 가게와 식낭밖에 없다.) 그러나 당연히 진
짜 도시생활의 다양성, 생산성, 위험, 가능성을 찾아볼 수는 없다. 자유
를 원하는 무리보다는 도박꾼들을 환영하는 자유의 여신상을 전면에 내
세운 '뉴욕, 뉴욕'은 안에 들어가서 걸어볼 수 있는 뉴욕 관광 기념품이
다. 휴대할 수 있는 소형 기념품보다는 관광지라고 해야겠지만, 복잡한
장소를 즐겁고 친숙한 몇 가지 특징으로 단순화하는 관광 기념품의 역
할을 톡톡히 해내고 있나. 나는 '뉴욕, 뉴욕'에서 늦은 점심을 먹으면서
1.5리터의 물을 마셨다. 사막의 건조함 속에서 하루 종일 걷는 동안 날아
간 수분을 보충하기 위해서였다.
　다시 대로로 나왔더니 홍콩에서 온 젊은 여자가 나한테 사진을 찍
어달라고 했다. 한 장은 자유의 여신상을 배경으로 하는 사진이었고, 또
한 장은 길 건너 거대한 황금의 MGM 사자가 함께 찍히는 사진이었다.
여자는 두 사진에서 모두 도취된, 무아경의 표정이었다. 그 사이에 살찐
사람들과 마른 사람들, 헐렁한 반바지를 입은 사람들과 부티 나게 차려
입은 사람들, 아이들 두엇과 노인들 여럿이 끊임없이 스쳐 지나갔다. 여

리고 이 현실을 세상에 알리고 싶었다. 밀양에서 이렇게 10년을 싸우게 하고, 청도에서 또

자에게 카메라를 돌려준 나는 인파와 함께 계속 남쪽으로 걸어간 끝에
'룩소르'에 이르렀다. 내가 라스베이거스에서 걸은 십자가 수난길의 마지
막 처(處)였다. 피라미드 모양으로 되어 있고 스핑크스가 있는 것을 보면
고대 이집트를 재현한 건축이지만, 야간의 유리 레이저쇼를 보면 기술력
을 구현한 건축이다. 입구에는 아까 보았던 신혼부부가 있었다. 코트와
지갑을 내려놓은 신부는 모조 이집트 조각상 앞에서 신랑의 카메라를
향해 포즈를 취하고 있었다. 어떤 사람들일까. 저 사람들은 왜 라스베이
거스 스트립을 신혼여행지로 선택한 것일까. 네바다 사막의 기후와 도박
의 경제가 걸러낸 전 지구적 판타지와 이렇게 마주치기까지 그들은 어떤
과거를 살아왔을까. 나의 오른쪽과 왼쪽에서 흘러가는 이들이 라스베이
거스 관광객이라고 해서 그들에게 다른 삶이 없을 리는 없지 않겠는가.
저 잉글랜드 커플의 다음 휴가지는 레이크디스트릭트일지도 모르잖은
가. 저 프랑스 노부부는 파리에 살지도 모르고 베트남 불교도 틱낫한이
보행 명상을 가르치는 플럼빌리지에 살지도 모르잖은가. 저 아프리카계
미국인들은 어렸을 때 셀마 행진에 참여했을지도 모르잖은가. 저 거지는
뉴올리언스에서 자동차에 치어 휠체어를 타게 된 것일지도 모르잖은가.
저 신랑신부는 일본의 후지 산 등산가일지도 모르고, 중국 산속 은둔자
의 후손일지도 모르고, 가정용 러닝머신을 사용하는 남부 캘리포니아의
경영자일지도 모르잖은가. 헬리콥터 탑승 쿠폰을 나누어주고 있는 이 과
테말라 여자는 자기 교회 사람들과 함께 십자가 수난길 14처를 순례했을
수도 있고 자기 고향 도시에서 중앙광장을 거닐었을 수도 있잖은가. 일터
로 향하는 저 바텐더는 AFL-CIO의 '사막 연대 행진'에 참여했던 사람
일 수도 있잖은가. 보행의 역사는 인간의 역사만큼 폭이 넓다. 그 폭이 얼
마나 넓은지 엿보게 해준다는 게 바로 거대한 사막에 위치한 어두운 교

삼척에서 영덕에서 가진 놈들의 배를 불리기 위해 금수강산을 엉망으로 만들고, 후손들에

외의 한복판에 자리 잡은 보행자들의 오아시스, 라스베이거스 스트립의 가장 큰 매력이다. 물론 이곳에서 보행의 역사를 엿보게 해주는 것은 이곳에 세워진 가짜 로마, 가짜 도쿄가 아니라 이곳을 걸어 다니는 이탈리아 관광객, 일본 관광객이다.

사람들에게는 장소를 향한 갈증, 도시와 정원과 정글을 향한 갈증이 아직 남아 있다는 것, 야외를 배회하면서 건물과 구경거리들과 상품들을 둘러보고 싶은 마음, 새로운 것들을 발견하고 낯선 사람들과 마주치고 싶은 마음이 아직 남아 있다는 것을 라스베이거스는 알려준다. 라스베이거스 전체를 놓고 보면 지구상에 이곳만큼 보행자에게 적대적인 곳도 없다는 사실은 앞으로 어떤 문제들이 생길지를 시사하지만, 라스베이거스의 명소가 보행자들의 오아시스라는 사실은 보행을 살려낼 수 있는 공간들을 회복할 가능성을 시사해주기도 한다. 공간이 사유화됨으로써 보행과 발언과 시위의 자유가 불법화될 가능성이 있다는 사실은 미국이 도시공간을 놓고 통행권 전투(반세기 전 영국 배회자들이 시골길을 놓고 벌였던 통행권 전투 못지않게 심각한 전투)를 치러야 하리라는 것을 알려준다. 실제 장소들의 이미테이션을 기꺼이 받아들이는 분위기가 확산돼 있다는 사실도 오싹하기는 마찬가지다. 이런 이미테이션은 시민적 자유의 온전한 행사를 가로막는 동시에 시인이나 문화비평가나 사회 개혁가나 거리 사진가를 자극할 수 있는 장면들, 만남들, 체험들의 온전한 스펙트럼을 가로막으니 말이다.

그러나 세상은 점점 나빠지기도 하지만 점점 좋아지기도 한다. 라스베이거스는 비정상적 장소가 아니라 주류 문화가 극단화된 장소다. 보행은 주류 문화 바깥에서 살아남을 것이고 때로 그 주류 문화로 다시 진입할 것이다. 자동차 전용 교외가 개빌되기 시작한 것은 2차 대전 이후

게 어마어마한 위험을 떠넘기는 인간들의 헛소리와 이 나라의 잘못된 전력 정책을 폭로하

몇십 년간이었다. 바로 그 시기에 마틴 루서 킹은 이 대륙의 한쪽에서 간디를 연구하면서 기독교 성지순례를 정치력 있는 행위로 재창조하고 있었고, 게리 스나이더는 이 대륙의 다른 한쪽에서 도교의 현자들을 연구하고 보행 명상을 연구하면서 영성과 환경주의의 관계를 재고찰하고 있었다. 지금은 보행 공간을 수호하기도 하고 때로 확장하기도 하는 다양한 단체와 활동이 있다. 예를 들어 시애틀의 피트 퍼스트(Feet First), 애틀랜타의 PEDS, 필라델피아의 필리 워크(Philly Walk), 텍사스 오스틴의 워크 오스틴(Walk Austin) 등 미국 도시 곳곳에서 보행자 활동 단체들이 속속 생겨나고 있고, 영국에 본부를 둔 '거리를 되찾자' 운동이 자극을 제공하고 있고, '배회자 연합(Ramblers' Association)' 같은 기존 단체들을 비롯한 영국의 소요 단체들이 보행권과 통행권을 요구하고 있고, 암스테르담에서 매사추세츠 케임브리지까지 세계 각지에서 보행자를 우선하는 도시 재설계가 진행되고 있다. 보행 전통도 계속 이어지고 있다. 예를 들어 에스파냐에서는 산티아고 데 콤포스텔라 대성당 성지순례가 부활하기도 했고, 뉴멕시코 치마요 성지순례가 성업 중이기도 하다. 암벽등반과 등산의 인기도 점점 높아진다. 보행을 작업 매체로 삼는 예술가들이 있는가 하면, 보행을 작업 수단으로 삼는 작가들도 있다. 보행 명상과 산지순행을 실천하는 불교가 확산되기도 하고, 미궁과 미로에 대한 세속적, 종교적 관심이 새로이 가열되기도 한다.

"여기가 **미궁**이었네." 카지노에 딸린 '카이사르 포룸'이라는 아케이드에서 나를 겨우 찾아낸 팻이 투덜거렸다. 포룸은 아치 건축의 정점, 라스베이거스의 과거 재창조의 정점이다. 파리 아케이드에 대한 발터 베냐민의 설명(1852년 여행안내서를 인용하는 부분)은 이 아케이드에 딱 들어맞는다.

"천장에서 빛이 내려오는 이런 길을 걸어가다 보면, 좌우로 가장 품격 있는 상점들이 쭉 늘어서 있다. 이런 아케이드는 도시의 미니어처, 세계의 미니어처다. [……] 아케이드는 길거리와 실내 사이에서 태어난 잡종이다."[42] 하늘처럼 보이게 채색한 아치형 천장이 있고 약 20분 단위로 일출과 일몰을 연출하는 매립형 조명이 있는 이 아케이드가 당시의 파리 아케이드에 대한 설명에 이 정도로 들어맞을 줄은 베냐민 자신도 상상하지 못했을 것이다. 구불구불한 여러 '스트리트(street)'는 길을 잃기 좋게 되어 있을 뿐 아니라, 옷과 향수와 장난감과 장신구를 파는 가게들, 뒷면에 거대한 열대어 수조가 있는 분수, 정해진 시간이 되면 번개가 치고 묘령의 남신들과 여신들이 '살아 움직이기로' 유명한 분수 등 정신을 빼놓는 것들로 가득하다. 번개는 하늘처럼 보이는 아치형 천장의 레이저 이미테이션이다. 내가 파리 아케이드에 갔던 것은 그로부터 겨우 6개월 전이었다. 아름답지만 죽은 곳, 강물 없는 강바닥 같은 곳이었다. 상점의 반이 문을 닫았고 모자이크 포석이 깔린 길을 거니는 사람은 거의 없었다. 반면 카이사르 포룸은 (밀라노의 유명한 '갈레리아'를 본뜬 '벨라지오'의 아케이드와 마찬가지로) 언제나 붐빈다. 《월스트리트 저널》은 카이사르 포룸이 세계에서 경제적으로 가장 성공한 쇼핑몰 중 하나라고 설명한 뒤, 전투용 마차를 달리게 하는 등 고대 로마의 팔라티노 언덕을 재현한 새로운 부대시설이 계획돼 있다고 덧붙이고 있다. 아케이드가 쇼핑몰보다 크게 대단한 것은 아니다. 한때 플라뇌르는 일반 쇼핑객보다 더 성찰적이리라는 기대를 받기도 했지만, 사실 아무 생각 없는 중년 신사는 영혼 충만한 쇼핑족만큼 흔한 법이다. 나는 팻에게 "여기서 나가자."라고 했고, 우리는 남은 음료수를 입에 털어 넣은 다음 레드록스로 향했다.

레드록스는 라스베이거스 불러바드처럼 개방되어 있는 공공장소

강이구나. 8월 마지막 날들을(30일, 31일) 여행하면서 보내련다. 강원도 화진포 쪽으로 떠

지만 아무도 레드록스를 홍보하지 않는다. 돈벌이가 되는 자동차 산업에 대한 홍보는 넘쳐나지만 보행이라는 공짜 행동은 아무도 홍보하지 않는 것과 마찬가지다.(보행을 홍보하는 것은 보행용품 회사 정도다.) 스트립을 배회 하는 사람은 수만 명에 이르지만, 레드록스라는 훨씬 넓은 장소를 배회 하는 사람은 기껏해야 100명 정도인 것 같다. 레드록스의 첨탑과 부벽은 어느 카지노보다도 높고 스펙터클하지만 이곳에서 시간은 더 느리게 흐 른다. 그 속도에 따르기를 원치 않는 많은 사람들은 자동차를 타고 지나 가거나 잠깐 들러 사진 한 장 찍고 떠날 뿐이다. 황혼은 하루에 한 번밖에 볼 수 없고, 야생은 인간의 편의에 대한 고려 없이 제멋대로 살아가고, 인 간의 생각을 틀 짓는 인간적 흔적이라고는 등산로 몇 군데와 암벽에 박 혀 있는 볼트와 버려져 있는 쓰레기와 표지판뿐인 곳, 계절이 바뀌고 날 씨가 변하고 빛이 달라지고 몸과 마음이 움직이는 것을 제외하면 거의 아무 일도 일어나지 않는 곳이다.

　새로운 생각이 떠오르는 장소는 상상력의 풀밭이다. 이 풀밭은 상 상력 가운데서도 아직 경작되지 않은 장소, 아직 개발되지 않은 장소, 당 장 써먹기는 힘든 장소다. 나비, 초원, 강변 나무숲은 시장에 내다팔 곡 물을 산출하지는 않지만 크게 보면 꼭 필요한 기능을 수행하고 있다는 게 환경주의자들의 한결같은 주장이다. 상상력의 풀밭도 마찬가지다. 거 기서 시간을 보내는 것이 일을 하는 것은 아니지만, 그렇게 시간을 보내 지 않으면 사람의 마음은 척박해지고 아둔해지고 길들여진다. 길들여지 지 않은 장소와 공공장소라는 자유 공간을 확보하기 위한 투쟁에는 그 공간을 거닐 자유 시간을 확보하기 위한 투쟁이 수반되어야 한다. 그렇지 않으면 개인의 상상력이라는 풀밭은 당장 소비자의 입맛에 맞는 상품들, 자극적인 실제 범죄 이야기들과 유명인의 위기에 관한 소문들만을 파는

나려고 한다. 나의 생각들을 정리하고 싶다. 나름대로 정리를 하며 2학기를 맞고 싶다.—

체인점 아웃렛만 잔뜩 들어선 땅으로 개간될 것이다. 라스베이거스는 그 풀밭을 불도저로 밀어버려야 할지 아니면 장려해야 할지 아직 결정하지 못한 채다.

그날 밤 우리가 묵은 곳은 레드록스 근처의 비공식 야영장이었다. 여기저기 작은 모닥불이 사람의 형체를 어렴풋이 드러내주고 있었다. 하늘에는 별이 떠 있었고, 산 너머로 라스베이거스의 불빛이 보였다. 다음 날 아침에는 폴과 만나기로 했다. 종종 유타에서 자동차를 몰고 와서 암벽등반을 즐기는 청년 가이드인 폴이 팻에게 동행을 청한 것이었다. 다음 날 아침, 선두에 선 폴, 그리고 팻과 나는 좁은 골짜기 여러 개와 물이 마른 시내 한 개를 가로지르면서 오르막과 내리막이 이어지는 등산로를 따라갔다. 전에 몇 번 와본 기억이 나는, 근사한 나무들 사이를 지나가는 등산로였다. 사막 겨우살이로 뒤덮인 노간주나무, 나뭇잎이 작은 사막오크, 유카, 만자니타, 그리고 금호선인장 하나가 척박한 토양, 메마른 기후, 산재한 바위가 만들어내는 환경 속에서 힘겹게 드문드문 자라고 있었다. 어딘가 일본 정원을 연상시키는 식물들이었다. 6개월 전에 암벽에서 떨어져서 발을 다친 팻이 설뚝거리면서 뒤로 처졌고, 폴과 내가 앞에서 걸어가면서 음악, 암벽등반, 정신 집중, 자전거, 해부학, 유인원 등등에 관해서 이야기를 나누었다. 전날 라스베이거스를 걸으면서 수시로 레드록스를 돌아보았던 나는 이제 레드록스에서 라스베이거스를 돌아보았다. 폴은 "뒤돌아보지 마."라고 했지만, 이미 고개를 돌린 나는 눈앞에 펼쳐진 광경에 눈을 뗄 수가 없었다. 짙은 스모그가 마치 갈색 돔처럼 도시 전체를 뒤덮고 있었다. 그 속에서 뾰족탑 두세 개가 흐릿하게 보일 뿐이었다. 도시에서 사막을 보면 사막이 잘 보이지만, 사막에서 도시를 보면 잘 안 보이더라는 이 경험은 그때까지 해본 경험 중 어떤 명제의 알레고리로 삼

이한열, 동생 준열에게 보낸 편지   • 요즘에도 머릿속이 하얗게 녹을 때까

기에 가장 좋은 경험이 아닐까 싶었다. 그것은 미래에 서서 과거를 되돌아보는 것은 가능하지만 과거(예컨대 이 태고의 사막)에 서서 미래(말썽과 신비와 매연에 뒤덮인 저 도시)를 내다보는 것은 불가능하다는 명제였다.

　우리를 이끌고 등산로를 벗어나 덤불숲으로 들어간 폴은 가파르고 좁은 주니퍼캐니언을 올라가기 시작했다. 높은 바위일수록 아름다웠다. 빨간색과 베이지색이 교차하는 줄무늬 바위도 있었고, 동전 크기의 분홍색 점이 찍힌 점박이 바위도 있었다. 여러 지층을 겨우 기어오른 끝에 암벽 밑에 이르렀다. "이 암벽등반로의 이름은 '올리브오일'이다. 당연히 크랙 등반 루트다. '로즈 타워' 남쪽 면 200미터를 기어올라간다." 팻의 낡은 『미국산악회 등산안내서』 네바다 편에서 읽은 내용이었다.[43] 나는 암벽 밑을 이리저리 거닐기도 하고 두 사람이 절반 정도까지 쉽게 올라가는 모습을 바라보기도 하고 생쥐들을 관찰하기도 했다. 화려한 매력 면에서는 '미라주'의 하얀 호랑이들이나 돌고래들보다 못했지만, 활기 면에서는 오히려 더 뛰어났다. 오후에는 덜 가파른 지형을 이리저리 걸으면서 시간을 보냈다. 맑은 물이 세차게 흐르는 파인크리크의 등산로 몇 구간을 거닐기도 하고, 다른 계곡을 찾아 들어가 보기도 했다. 산에 드리운 그림자들이 어느새 점점 더 길어졌고, 빛은 점점 더 진한 황금색으로 빛났다. 이제 곧 밤이 돌아오면 허공마저 황금색 꿀처럼 그 밤 속에 녹아들어갈 듯했다.

　보행은 인간 문화라는 밤하늘의 성좌로 자리 잡았다. 그 성좌는 육체, 상상력, 드넓은 세상이라는 세 별로 이루어져 있다. 세 별은 각각 따로 존재하지만, 보행의 문화적 의미라는 하나의 선이 별들을 이어 성좌로 만든다. 성좌는 자연적 현상이 아니라 문화적 설정이다. 별과 별을 잇는 선, 곧 성좌는 과거 사람들의 상상력이 지나간 길이다. 보행이라는 성좌

지 걸어 다녀요. 가끔은 구리에서 혜화까지 자전거를 타고 오기도 하는데 한번은 아버지

에는 역사가 있다. 앞에서 살펴본 시인들과 철학자들과 반란자들, 무단
횡단자들과 호객 창녀들과 순례자들과 관광객들과 정글 탐험가들과 등
산가들이 두 발로 디뎌서 만든 역사다. 다만 이 역사에 미래가 있는가 여
부는 아직 그 길들을 걸어가는 사람들이 있는가에 달려 있다.

감사의 말

너는 다른 이야기를 쓰면서도 걷는 이야기를 쓰는 사람이니까 걷는 이야기를 길게 써보라고 말해준 친구들 덕분에 이 책이 나오게 되었다. 그중에서 브루스 퍼거슨은 1996년에 덴마크의 루이지애나 박물관에서 '걷는다 그리고 생각한다 그리고 걷는다' 전시회를 열면서 전시회 카탈로그에 들어갈 걷기에 관한 글을 나에게 청탁해주었다. 내가 쓴 글들을 읽은 편집자 윌리엄 머피는 걷는 것에 관한 책을 쓰면 어떻겠느냐고 했다. 루시 리파드가 나와 함께 자기 집 근처에 있는 누군가의 사유지를 무단으로 거닐다가 "내가 쓰고 싶은데 시간이 없으니, 네가 써라."라고 소리쳐준 덕에 책을 쓰겠다는 결심을 굳힐 수 있었다.(내가 쓴 이 책은 그녀가 시간이 있었으면 썼을 그 책과는 전혀 다르지만.) 보행을 주제로 글을 쓰면서 가장 즐거웠던 점 가운데 하나는 보행이 소수의 훌륭한 전문가 대신 다수의 아마추어가 있는 분야인 덕분에(모두가 보행자이고, 보행에 관해 생각을 펼치는 사람들이 놀라울 정도로 많고, 보행의 역사는 여러 학문 영역 간에 걸쳐 있다.), 내가 아는 거의 모든 사람에게서 일화 하나, 참고문헌 한 편, 관점 한 가지 등등의 도움을 받을 수 있었다는 점이다. 보행의 역사는 만인의 역사지만, 내가 쓴 역사는 특정한 분들로부터 도움을 받았다. 진심으로 감사하는 그분들 중에서 마이크 데이비스와 마이클 스프링커는 일찍부터 멋진 아이디어와 따뜻한 격려로 도움을 주었다. 나와 남매간인 데이비드는 오래전에 나를 꾀어내서 여러 거리 행진과 네바다 핵실험장 순례-시위에 데려가주었다. 역시 나와 남매간인 자전거 활동가 스티븐, 존 오툴과 팀 오툴, 마야 갤러스, 린다 코너, 제인 핸들, 메리델 루벤스타인, 제리 웨스트, 그레그 파월, 말린 윌슨파월, 데이비드 헤이스, 하모니 해먼드, 메이 스티븐스, 에디 캐츠, 톰 조이스, 토머스 에반스에게도 감사하고, 던켈드에서 만나 제시카와 개빈과 데이지, 에든버러에서 난난 에크 핀레이와 리틀스파르타에서 만난 그의 아버지, 준 레이크에서 만난 발레리 코언과 마이클 코언, 리노에서 만난 스콧 슬로빅, 브릭스턴에서 만난 '거리를 되찾자'의 캐럴린에게도 감사한다. 이언 볼, 나의 에이전트 보니 나델에게도 감사한다. 바이킹 펭귄의 담당 편집자 폴 슬로박은 보행을 모티프로 한 통사라는 아이디어를 흔쾌히 받아들여줌으로써 이 통사가 출간될 수 있게 해주었다. 마지막으로 팻 데니스는 내가 이 책의 한 장 한 장에 대해 하는 이야기에 귀를 기울여주었고, 등산의 역사와 아시아 신비주의에 관해 내게 많은 이야기를 들려주었다. 그리고 이 책을 쓰는 내내 나와 함께 걸어주었다.

옮긴이의 말

걷고 싶은 마음
─미국 서부의 백인 여성이 쓴 보행의 역사

오스트랄로피테쿠스가 나무에서 내려와서 땅 위를 걸었다. 고대 그리스 철학자들은 주랑을 만들고 그 길을 따라 걸었다. 기독교 순례자들은 십자가의 길을 걸었다. 봉건 영주들은 성곽 안을 거닐었다. 낭만주의자들은 자연으로 걸어 들어갔다. 모더니스트들은 도시를 걸어 돌아다녔다. 지금은 러닝머신에서 걷는다.

원서의 제목은 "방랑벽(Wanderlust)", 부제는 "보행의 한 역사(A History of Walking)"다. 보행을 모티프로 하는 통사(general history)를 썼다는 것이 저자 솔닛의 설명이다. 하지만 독자는 처음에 약간 의아하다. 얼핏 보면 장 하나하나가 개별적인 것 같기도 하다. 이런 책이 '통사'라니. 게다가 이 탈권위 시대에 '통사'라니. 도대체 무엇을 근거로 보편적 역사를 쓰겠다는 건가. 20세기 통사의 걸작들이 모두 미심쩍어진 시대 아닌가.

이 책은 바로 그 회의를 고스란히 짊어지고 떠나는 여행길이다. 여행 짐은 무겁지만, 여행길은 경이롭다.

시작부터가 놀랍다. 특히 1장 「걸어서 곶 끝까지」는 통사의 역사상 가장 두서없는 서론이 아닐까. "유럽의 전통을 미국의 전통과 그 외의 전통들로 변형하고 전복해온 역사"를 쓰겠다, 산책과 낭만주의의 전통을 연결하고 행진과 민주주의의 전통을 연결하겠다는 엄청난 기획이 지나가는 말로나마 소개되긴 하지만, 정작 서론에서 인상적인 패시지는 솔닛이 걷기 시작한 곳(네바다 사막의 버섯구름)과 솔닛이 걸어서 도착한 곳(샌프란시스코 마린 헤드랜드의 무너져 내리는 산책로)이다. '보행의 역사'를 답파하려면, 솔닛이라는 가이드를 시야에서 놓치면 안 된다는 뜻이다. 솔닛은 이 역사가 왜 보편적인지를 굳이 논증하려고 하지 않는다. 그저 이 통사는 자기가 쓴 통사이고 자기는 이런 길을 걸어온 사람이라고 밝힐 뿐이다. 다른 길을 걸어온 사람은 어떤 역사를 써야 하는가, 그 역사는 이 역사와 어떻게 연결되고 어떻게 갈라질까, 솔닛을 뒤따라가는 일은 이런 질문들에 대한 답을 찾는 일이기도 하다. "누가 쓰든 자기가 잘 다니는 길에 대해 쓸 수밖에 없다."

2장 「정신의 발걸음」도 놀랍기는 마찬가지다. 이러저러한 고대 철학자들이 걸었고, 이러저러한 근대 철학자들도 걸었으므로, 철학은 걷기와 밀접한 관계가 있다는 식의 인습적 결론을 솔닛은 여지없이 깨뜨린다. 이 장의 두 주인공인 루소와 키르케고르가 "서구 철학 전통의 핵심"과 "상반"되는 인물인 것은 물론이고, 고대 그리스에서 시작되는 "서구 철학 전통" 그 자체가 18세기 사유 풍경의 구성물, 곧 근대 유럽 특권층의 경험을 보편화한 것으로 설정된다. 하지만 솔닛이 그 전통에 대한 저항이자 비판으로 나온 포스트모더니즘과 페미니즘에 무조건 동의하는 건 아니다. 육체의 물성을 강조하면서 육체 그 자체를 추상화하는 최신 이론들이 이 장에서는 오히려 신랄한 비판의 대상이다. 그렇다고 솔닛이 루소와 키르케고르의 문학적 파토스를 철학의 보편화, 추상화에 대한 대안으로 내놓느냐 하면 천만의 말씀이다. 우리가 여전히 루소와 낭만주의의 자장 안에 있다는 솔닛의 지적은, 자기만족이나 체념이 아니라, 함께 벗어날 길을 모색하자는 손 내밂이다.

3장 「직립보행의 시작」 역시 독자의 상식적 기대를 무참히 무너뜨린다. 2장이 인습적 철학사, 문화사에 대한 공격이었다면, 이 3장은 학문 그 자체에 대한 공격이라고도 할 수 있다. 인간의 본질이 인간의 기원에 있다는 루소의 '고귀한 야만인' 이론이 나온 이래, 문명인의 무수한 정치적 편견이 학문으로 포장되어 태고라는 판타지 공간을 점령해왔다. 이 장에서 우선 솔닛은 바로 그 판타지 공간을 정치적으로 전유할 가능성을 타진한다. 진화론에서 지능보다 직립이 중요해졌음에 주목하기도 하고, 인류의 조상이 백인이라는 가설이 박살 난 일을 반기기도 하고, 진화론이 가부장제의 이데올로기를 투영하는 대목에서 분통을 터뜨리기도 한다. 하지만 이 장의 아이러니컬한 어조로도 짐작할 수 있듯, 솔닛은 진화론 자체를 그리 진지하게 여기지 않는다. 이 전복적 어조는, 특히 이 장에서 오디오 볼륨을 키운 듯 크게 들려오기는 하지만 실은 책의 일관된 목소리, 곧 리베카 솔닛이라는 사람의 목소리다. 이 사람이 때마다 주어진 역사를 압축적으로 정리하거나 재구성하는 이유는, 그 역사를 전통의 성소에 고이 모셔두기 위해서가 아니라, 그 역사의 한계를 조명하고 때로 그 역사의 터무니없음을 폭로함으로써 자기의 경험을 설명할 새로운 역사를 기획하기 위해서다.

하지만 이 책 전체에서 가장 놀라운 부분은 바로 4장 「은총을 찾아가는 오르막길」이다. 모든 장이 그렇듯 놀라울 정도로 다양한 테마가 펼쳐지기도 하지만, 이 장에서 정작 놀라운 것은 그 모든 테마가 전근대와 어떻게 만날 것인가라는 근대적 통사의 근본적 질문을 가리키고 있다는

사실이다. 이 장의 저자는 지금껏 종교적 어휘로 절합되어 있던 경험들로
부터 모종의 긍정적 의미를 이끌어내고자 한다. 덕분에 이 장의 독자는
신앙과 세속주의를 상호 배타적 대립 항으로 가정하고, 중세의 암흑이
근세의 빛으로 극복되었다고 주장하는 진화론적 역사관이 현실에서 얼
마나 큰 부분을 제외하고 있는지를 어렴풋이나마 감지하게 된다. 단, 솔
닛의 이런 통사론은 미국의 역사로 매개된다. 북동부 양키 중심의 미국
사에 맞서 미국 원주민들과 비(非)앵글로색슨 이주민들의 경험을 의미화
하는 새로운 역사를 쓰려면 어떤 재절합이 필요할 것인가. 이런 고민이
솔닛의 통사론을 방향 짓는 중요한 동력이리라는 뜻이다. 5장 「미로와
캐딜락」은 새로운 역사이 길을 낼 때 두 나리가 얼마나 중요한 역할을 하
는지를 확인시켜준다. 솔닛이 도서관에 틀어박혀 텍스트 고증에 열중하
는 다른 역사 연구자들과 다른 점은, 텍스트로 걸어 들어갈 수 있는 길을
그야말로 두 다리로 찾아 헤맸다는 데 있을 것이다.

1부가 통사론의 몇 가지 지형과 지질을 밝히는 부분이라면, 나머지는 역
사 속 풍경을 본격적으로 관찰, 분석하는 부분이다. 한치 앞을 내다볼 수
없이 급하게 꺾이는 1부의 굽잇길을 숨 가쁘게 돌아 나온 독자는 드디어
2부, 3부, 4부에서 그려지는 19세기 시골길, 20세기 도시 거리, 21세기 자
동차 도로의 풍경을 시원하게 조망할 수 있다.
　　독자 앞에 펼쳐지는 풍경도 놀랍다. 낯설고 신기한 트리비아들이
속속 나타나기 때문이 아니라 현재를 이 모양으로 만든 과거가 새로운
모습으로, 혹은 새로운 방식으로 펼쳐지기 때문이다. 당연한 일이다. 애
초부터 솔닛의 의도는, 이질적 텍스트 조각들을 엮어 새로운 역사 텍스
트를 건축하는 것이 아니라, 자기가 두 발로 지나간 장소의 과거를 발굴

하는 것이었잖은가.

솔닛이 역사를 쓴 것도, 독자가 솔닛의 역사를 읽는 것도, 어쩌면 하나의 도박이다. 내 역사가 우리의 역사를 내다보는 데 얼마나 적절할지, 남들의 역사가 내 역사를 되돌아보는 데 얼마나 유용할지, 써보기 전에는 읽어보기 전에는 알 수 없다.『걷기의 인문학』이라는 국역본 제목은, 우리가 두 발로 걷다가 만나는 길목에 인간(humanity)과 인문(humanities)이 있기를 바라는 기도이자, 저자의 역사와 독자의 역사가 인간·인문의 길을 함께 걸어왔고 또 계속 함께 걸어가리라는 약속어음이다.

2017년 8월

김정아

주

1부 생각이 걷는 속도

1   Henry David Thoreau, "Walking," *The Natural History Essays*(Salt Lake City: Peregrine Smity Books, 1980), 99쪽.

2   보행과 핵 정치에 관한 나의 초기 글이 실린 곳은 나의 1994년 저서 *Savage Dreams: A Journey into the Landscape Wars of the American West*(San Francisco: Sierra Club Books, 1994, Berkeley: University of California Press, 1999).

3   Jean-Jacques Rousseau, *The Confessions*(Harmondsworth, England: Penguin Books, 1953), 382쪽.

4   John Thelwall, *The Peripatetic: or, Sketchs of the Heart of Nature and Society*(1793; New York: Garland Publishing, 1978), 1, 8~9쪽.

5   Felix Grayeff, *Aristotle and His School: An Inquiry into the History of the Peripatos*(London: Gerald Duckworth, 1974), 38~39쪽.

6   내가 스토아와 스토아학파에 대한 정보를 얻은 곳은 Christopher Thacker, *The History of Gardens*(Berkeley: University of California Press, 1985), 21쪽. 이 정보가 요약되어 있는 곳은 Bernard Rudofsky, *Streets for People: A Primer for Americans*(New

York: Van Nostrand Reinhold, 1982).

7   *Selected Letters of Friedrich Nietzsche*, ed. Oscar Levy, trans. Anthony M. Ludovici
     (New York: Doubleday, 1921), 23쪽.

8   Bertrand Russell, *Portraits from Memory*. 인용된 곳은 A. J. Ayer,
     Wittgenstein(New York: Random House, 1985), 16쪽.

9   Rousseau, 앞의 책, 327쪽.

10   Jean-Jacques Rousseau, "First Discourse" ("Discourse on the Arts and Letters"),
     The First and Second Discourses(New York: St. Martin's Press, 1964), 46쪽.

11   Rousseau, "Second Discourse," 위의 책, 137쪽.

12   Rousseau, *Confessions*, 64쪽.

13   위의 책, 158쪽.

14   위의 책, 363쪽.

15   "Dialogue with Rousseau," *The Portable Johnson and Boswell*, ed. Louis
     Kronenberger (New York: Viking, 1947), 417쪽.

16   Jean-Jacque Rousseau, "Second Walk," *Reveries of the Solitary Walker*, trans. Peter
     France (Harmondsworth, England: Penguin Books, 1979), 35쪽.

17   Rousseau, "Fifth Walk," 앞의 책, 83쪽.

18   Walter Lowrie, *A Short life of Kierkegaard*(Princeton, N.J.: Princeton University Press,
     1942), 45~46쪽.

19   *Søren Kierkegaard's Journals and Papers*, ed. & trans. Howard V. Hong & Edna H.
     Hong(Bloomington: Indiana University Press, 1978) 제6권, 113쪽.

20   위의 책 제5권, 271쪽(1849~1851).

21   위의 책 제5권, 177쪽(1841).

22   위의 책 제5권, 341쪽(1846).

23   위의 책 제6권, 62~63쪽(1848).

24   위의 책 제5권, 386쪽(1847).

25   "The World of the Living Present and the Constitution of the Surrounding
     World External to the Organism," *Edmund Husserl: Shorter Works*, ed. Peter
     Mcmormick and Frederick A. Elliston (Nortre Dame, Ind.; University of Notre

Dame Press, Harvester Press, 1981). 내가 이 복잡한 논문을 정리하는 데 도움이 된 글은 Edward S. Casey의 *The Fate of Place: A Philosophical History*(Berkeley: University of California Press, 1997), 238~250쪽.

26 Susan Bordo, "Feminism, Postmodernism, and Gender-Scepticism," *Feminism/ Postmodernism*, ed. Linda J. Nicholson (New York: Routledge, 1990), 145쪽.

27 John Napier, "The Antiquity of Human Walking," *Scientific American* 1967년 4월호. 네이피어는 보행의 역사가 인류의 역사보다 오래되었으며 보행이 인간의 형성에 중요한 역할을 했다고 주장하는 최초의 인물 중 하나다.

28 Adrienne Zihlman, "The Paleolithic Glass Ceiling," in *Women in Human Evolution*, ed. Lori D. Hager(London & New York: Routledge, 1997), 99쪽. 이 저서와 포크의 저서 *Braindance*(New York: Henry Holt, 1992)에 실린 질먼과 포크의 러브조이 논의와 인간진화론의 성정치 일반에 논의는 내 논의에 대단히 큰 도움이 되었다.

29 Donald Johanson and Maitland Edey, *Lucy: The Beginning of Humankind*(New York: Simon and Schuster, 1981), 163쪽. 함께 볼 곳은 C. Owen Lovejoy, Kingsbury G. Heiple, Albert H. Burstein, "The Gait of Australopithicus," *America Journal of Physical Anthroplogy* 제38호(1973), 757~780쪽.

30 C. Owen Lovejoy, "The Origin of Man," *Science* 제211호(1981), 341~350쪽.

31 "Evolution of Human Walking," *Scientific American* 1988년 11월호.

32 Dean Falk, "Brain Evolution in Females: An Answer to Mr. Lovejoy," in Hager, *Women in Human Evolution*, 115쪽.

33 1998년 2월 4일에 뉴욕 스토니브룩 대학교에서 필자와 인터뷰한 내용. 함께 볼 곳은 두 사람의 글이 실려 있는 *Origine(s) de la Bipédie chez les Hominidés*(Paris: Editions du CNRS/Cahiers de Paléoanthropologie, 1991), 그리고 "The Locomotor Anatomy of Australopithicus afarensis," *Amercan Journal of Physical Anthropology* 제60호(1983) 등의 논문. 영장류가 밀림에 서식하는 삽화가 *National Geographic*에 실린 것은 1997년.

34 세 인류학자는 Nicole I. Tuttle, Russell H. Tuttle, David M. Webb이었다. 그들의 발제문 "Laetoli Footprint Trails and the Evolution of Hominid Bipedalism"

은 *Origine(s) de la Bipédie*에 실렸다. 인용된 대목은 그중 189~190쪽.

35   Mary Leakey, *National Geographic* 1979년 4월호, 453쪽.

36   Falk, "Brain Evolution," 115쪽.

37   Falk, "Brain Evolution," 128쪽을 비롯한 Falk, *Braindance* 전체. 함께 볼 곳은 E. Wheeler, "The Influence of Bipedalism on the Energy and Water Budgets of Early Hominids," *Journal of Human Evolution* 제21호(1991), 117~136쪽.

38   C. Owen Loveloy. 1998년 6월 23일에 필자와 인터뷰한 내용.

39   John Noel, *The Story of Everest*(New York: Blue Ribbon Books, 1927), 108쪽.

40   치마요에 대한 정보의 주요한 출처는 Elizabeth Kay, *Chimayó Valley Traditions*(Santa Fe: Ancient City Press, 1987), 그리고 Don J. Usner, *Sabino's Map: Life in Chimayó's Old Plaza*(Santa Fe: Museum of New Mexico Press, 1995).

41   Victor Turner & Edith Turner, *Image and Pilgrimage in Christian Culture: Anthropological Perspectives*(New York: Columbia University Press, 1978), 41쪽.

42   Leo Tolstoy, *War and Peace*, trans. Ann Dunnigan (New York: Signet Classics, 1965) 제2권 3부 26장, 589쪽.

43   Nancy Louise Frey, *Pilgrim Stories: On and Off the Road to Santiago*(Berkeley: University of California Press, 1998), 72쪽.

44   Victor Turner & Turner, *Image and Pilgrimage*, 37쪽.

45   Carl Franz가 *People's Guide to Mexico*에서 처음 한 말이라는 것이 그레그의 설명이었다.

46   Introduction, *Peace Pilgrim: Her Life and Work in her Own Words*(Santa Fe: Ocean Tree Books, 1991), xiii쪽.

47   위의 책, 7쪽.

48   위의 책, 56쪽.

49   위의 책, xiii쪽.

50   위의 책, 25쪽.

51   Stephen B. Oates, *Let the Trumpet Sound: A Life of Martin Luther King*, Jr.(New York: Harper and Row, 1982), 236쪽.

52   1998년 4월 Tonny Choppa와의 통화에서 얻은 정보.

53 Werner Herzog, *On Walking in Ice*(New York: Tanam Press, 1980), 3쪽.

54 위의 책, 27쪽.

55 위의 책, 57쪽.

56 W. H. Matthews, *Mazes and Labyrinths: Their History and' Development* (1922; 중판 New York: Dover, 1970), 66, 69쪽.

57 Lauren Artress, 그레이스 대성당 인쇄물, 날짜 미상.

58 Matthews, *Mazes and Labyrinths*, 117쪽.

59 Charles W. Moore, William J. Matchell, and William Turnbull, *The Poetics of Gardens*(Cambridge, Mass.: MIT Press, 1988), 35쪽.

60 John Finlay, ed., *The Pleasure of' Walking*(1934; 중판은 New York: Vanguard Press, 1976), 8쪽.

61 Lucy Lippard, *The Lure of the Local: Senses of Places in a Multicentered Society*(New York: New Press, 1996), 4쪽.

62 Frances Yates, *The Art of Memory*(London: Pimlico, 1992), 18쪽.

2부 정원에서 자연으로

1 도러시 워즈워스에 대한 묘사가 나오는 곳은 Thomas De Quincey, *Recollctions of the Lakes and the Lake Poets*(Harmondsworth, England: Penguin Book, 1970) 132, 188쪽.

2 William Wordsworth가 Coleridge에게 보낸 1799년 12월 24일 편지. *Letters of William and Dorothy Wordsworth: The Early Years, 1787-1805*, ed. Ernest de Selincourt (Oxford: Clarendon press, 1967), 273~280쪽. 워즈워스가 이 편지에서 '테일러의 여행(워즈워스 남매가 찾아간 첫 번째 폭포에 대한 묘사가 나오는 글)'을 언급하는 것, 그리고 그 폭포의 모습을 정원("엘리자베스 여왕의 궁정 신하에게 고용된 어느 거인 정원사가 스펜서와 의논한 후 발휘했을 법한 솜씨")에 비유하는 것은 주목을 요한다. 다시 말해, 워즈워스가 이 폭포를 보는 시각은 잉글랜드의 문학 전통 및 원예 전통의 틀을 따르는 시각이었다.

3 참고할 글 중 하나는 Marion Shoard, *This Land Is Our Land: The Struggle for*

Britain's Countryside 2d. ed. (London: Gaia Books, 1997), 79쪽. "우리에게 자연과 교감하는 올바른 방법이 시골에서 걷는 것이라는 생각이 생긴 것 또한 그 누구보다 워즈워스 덕분이다."

4 Christopher Morley, "The Art of Walking"(1917). 이 글이 실린 Aaron Sussman & Ruth Goode, *The Magic of Walking*(New York: Simon and Schuster, 1967)은 걷는 것이 건강에 좋다고 주장하고 보행의 실용적 지침을 소개하며 주요 보행 관련 글을 뽑아 실은 유쾌한 보행 전도 서적이다.

5 Morris Marples, *Shank's Pony: A Study of Walking*(London: J. M. Dent & Sons, 1959), 31쪽. 엄청난 변화가 생긴 것은 모리츠가 여행했을 때로부터 채 10년도 안 됐을 때였다. 도보 여행(당시의 표현을 쓰자면, 보행자 여행)의 유행이 시작된 것이었다. 여기서 시작된 모종의 운동은 [······]." Robin Jarvis, *Romantic Writing and Pedestrian Travel*(Houndmills, Basingstoke, Hampshire: Macmillan Press, 1997), 4쪽. "보행자 여행이라는 새로운 현상, 그리고 그렇게 힘들지는 않은 다른 보행 취미들 [······] 18세기의 마지막 10~15년 동안 자리를 잡았다." Anne Wallace, *Walking, Literature and English Culture*(Oxford: Oxford University Press, 1933), 10쪽. "걷는 일은 오랫동안 어쩔 수 없어서 하는 일이라는 의미, 따라서 가난과 부랑의 의미를 지녔는데 이제 그 의미가 없어졌다." 같은 책, 18쪽. "18세기 중반에 교통 혁명이 시작되면서, 모든 여행, 특히 도보 여행과 관련된 관행과 태도가 바뀌었다." 이 글들은 모두 보행이 여행이라고 주장하는데, 내 주장은 보행이 반드시 여행일 필요는 없다는 것이다.

6 Karl Moritz, *Travels of Carl Moritz in England in 1782: A Reprint of the English Translation of 1795*, E. Matheson의 서론(1795; London: Humphrey Milford, 1924), 37쪽.

7 Dorothy Wordsworth, 인용은 Hunter Davies, *William Wordsworth: A Biography*(New York: Antheneum, 1980), 70쪽.

8 Dorothy가 오만한 친척 아주머니 Crackanthorp에게 보낸 1794년 4월 21일 편지, 인용은 de Selincourt, *Letters*, 117쪽.

9 Thoreau, "Walking," 98~99쪽.

10 참고할 책은 Christopher Thacker, *The Wildness Pleases: The Origins of*

Romanticism(New York: St. Martin's Press, 1983), 1~2쪽. 새커에 따르면, "아리스토
텔레스는 모든 시는 '살아 움직이는 인간의 모방'이라고 말했다. 아리스토텔레
스에게 시란 조각과 연극, 서사시와 역사, 회화, 심지어 음악에 이르기까지 예술
의 모든 장르를 가리키는 말이었다. [……] 시가 다루는 영역에 대한 아리스토텔
레스의 정의는 우리의 눈에는 예술작품의 소재로 더없이 적절해 보이고 심지어
바람직해 보이는 많은 것을 배제하고 있다. 우선 '자연' 묘사(낭만주의가 폭발적으
로 발전한 18세기 말로부터 두 세기 이후를 살아가는 우리가 거의 아무 생각 없이 예술작품의
소재로 받아들여온 그 무엇)가 그렇다. 이어서 새커는 풍경화 여러 점을 열거하면서
이런 소재들이 아리스토텔레스에게는 (그리고 "18세기에 서유럽에서 일어날" 지각의
변모를 겪지 않은 모든 교양 있는 감상자에게는) 불가해하게 느껴졌거나 아니면 최소한
하찮게 느껴졌을 것이라고 말한다.

11　Mark Girouard, *Life in the English Country House: A Social and Architectural History*(New Haven: Yale University Press, 1978), 100쪽.

12　Susan Lasdun, *The English Park: Royal, Private & Public*(New York: Vendome Press, 1992), 35쪽.

13　버튼 아그네스 정원에 대한 Celia Fiennes의 기록, *The Journeys of Celia Fiennes*, ed. Christopher Morris(London: Cresset Press, 1949), 90~91쪽.

14　Lasdun, *English Park*, 66쪽.

15　Shaftesbury의 글, 인용은 John Dixon Hunt & Peter Willis, *Genius of the Place: The English Landscape Garden, 1620-1840*(New York: Harper, 1975), 122쪽. 이 글
은 Thacker, The Wildness Pleases에서도 중요하게 등장한다. "The Wildness Pleases"라는 새커의 책 제목도 섀프츠베리의 글에서 따왔다.

16　월폴의 글, 인용은 Hunt & Willis, *Genius of the Place*, 11쪽.

17　John Dixon Hunt, *The Figure in the Landscape: Poetry, Painting and Gardening during the Eighteenth Century*(Balimore: Johns Hopkins University Press, 1976), 143쪽.

18　Carolyn Bermingham, *Landscape and Ideology: The English Rustic Traditon, 1740-1860*(Berkeley: University of California Press, 1986), 12쪽.

19　Christopher Hussey, *English Gardens and Landscapes, 1700-1750*(London: Country Life, 1967), 101쪽.

20   *Stowe Landscape Gardens*(Great Britain: National Trust, 1997), 45쪽.

21   James Thomson, *The Seasons*(Edinburgh and New York: T. Nelson and Sons, 1860), 139쪽. Kenneth Johnston은 *The Hidden Wordsworth: Poet, Lover, Rebel, Spy*(New York: Norton, 1998)에서 『사계절』을 가리켜 금세기의 가장 성공적인 시라고 말했고, Andrew Wilton은 *Turner and the Sublime*(Chicago: University of Chicago Press, 1981)에서 이 작품의 영향력을 기록해놓았다.

22   Pope의 1739년 편지, 인용은 *Stowe Landscape Gardens*, 66쪽.

23   Walpole이 1770년 7월 7일에 George Montagu에게 보낸 편지, 수록은 *Selected Letters of Horace Walpole*(London: J. M. Dent and Sons, 1926), 93쪽.

24   Sir Joshua Reynolds의 글, 인용은 Hunt & Willis, *Genius of the Place*, 32쪽.

25   Walpole의 글, 인용은 Hunt & Willis, *Genius of the Place*, 13쪽.

26   Wordsworth, *Guide to the Lakes Ernest*, ed. Ernst de Selincourt (Oxford: Oxford University Press, 1977), 69쪽.

27   *Travels of Carl Philip Moritz*, 44쪽.

28   Oliver Goldsmith, *The Citizen of the World*, vol. 2 of *Collected Works*, ed. Arthur Friedman ed, (Oxford: Clarendon Press, 1966), 293쪽.

29   Jane Austen, *Sense and Sensibility*(New York: Washington Square Press, 1961), 80쪽.

30   John Barrell, *The Idea of Landscape and the Sense of Place*(New York: Cambridge University Press, 1972), 4~5쪽.

31   Austen, *Sense and Sensibility*, 83~84쪽.

32   William Gilpin, *Observations on Several Parts of Great Britain, particularly the Highlands of Scotland, relative chiefly to picturesque beauty, made in the year 1776*(London: T. Cadell and W. Davies, 1808), 2:119.

33   Richard Payne Knight, "The Landscape: A Didactic Poem," 실린 곳은 *The Genius of the Place*, 344쪽.

34   Gray의 이 글은 "Journal in the Lakes," 실린 곳은 *The Works of Thomas Gras in Prose and Verse*, vol. 1, ed. Edmund Gosse(New York: Macmillan, 1902).

35   Dorothy Wordsworth의 1792년 10월 16일 편지, 실린 곳은 de Selincourt, *Letters*, 84쪽.

36 Jane Austen, *Pride and Prejudice*(Oxford: Oxford University Press/Avenue Books, 1985). 30쪽. 이하는 쪽수만 본문에 표시.

37 1800년 7월 27일 일기, 재수록된 곳은 *Home at Grasmere: Extracts from the Journal of Dorothy Wordsworth and from the Poems of William Wordsworth*, ed. Colette Clark(Harmondsworth, England: Penguin Books, 1978), 53~54쪽.

38 Thomas De Quincey, *Recollections of the Lakes and the Lake Poets*, ed. David Wright (Harmondsworth, England: Penguin Books, 1970), 53~54쪽.

39 William Wordsworth, *The Prelude: The Four Texts*(1798, 1799, 1805, 1850), ed. Jonathan Wordsworth (Harmondsworth, England: Penguin Books, 1995), 322쪽. 모든 인용의 출처는 1805년 판본.

40 William Hazlitt, "The Lake School," 수록은 *William Hazlitt: Selected Writings*(Harmondsworth, England: Penguin Books, 1970), 218쪽.

41 Wordsworth, *The Prelude*, 158쪽.

42 위의 책, 36쪽.

43 Kenneth Johnston, *Hidden Wordsworth*, 188쪽.

44 Wordsworth, *The Prelude*, 226쪽.

45 위의 책, 348쪽.

46 Johnston, *Hidden Wordsworth*, 286쪽.

47 Thomas De Quincey, "Walking Stewart—Edward Irving—William Wordsworth," 수록은 *Literary Reminiscences*, vol. 3 of *The Collected Works of Thomas De Quincey* (Boston: Houghton, Osggod and Co., 1880), 597쪽.

48 de Selincourt, *Letters*, 153쪽.

49 Wordsworth, *The Prelude*, 42쪽.

50 Basil Willey, *The Eighteenth-Century Background*(Boston: Beacon Press, 1961), 205쪽.

51 Wordsworth가 1794년 5월 23일에 친구에게 보낸 편지, 수록은 de Selincourt, Letters, 119쪽.

52 Wordsworth, *Lyrical Ballads* 제2판 서문, 수록은 *Anthology of Romanticism*, ed. Ernest Bernbaum, (New York: Ronal Press, 1948), 300~301쪽.

53 Wordsworth, *Prelude*, 496쪽.

54 Johnston, *Hidden Wordsworth*, 57쪽.

55 Hazlitt, "The Lake School," 217쪽.

56 동네 사람, 인용은 *Wordsworth among the Peasantry of Westmorland*, 재인용은 Davies, *Wordsworth*, 322쪽.

57 Andrew J. Bennett, "'Devious Feet': Wordsworth and the Scandal of Narrative Form," *LELH 59* (1992), 147쪽.

58 Dorothy가 1804년 5월에 Lady Beaumont에게 보낸 편지, 인용은 Davies, *Wordsworth*, 166쪽.

59 Seamus Heaney, "The Makings of a Music," 수록은 *Preoccupations*(New York: Farras, Straus and Giroux, 1980), 66, 68쪽.

60 Davies, Wordsworth, 324쪽. 함께 볼 곳은 *Wallace, Walking, Literature and English Culture*, 117쪽.

61 Manchester Guardian(1887년 10월 7일)에 실린 편지, 인용은 Howard Hill, *Freedom to Roam: The Struggle for Access to Britain's Moors and Mountains*(Ashbourne, England: Moorland Publishing, 1980), 40쪽. 걸어가는 길에 공손한 태도의 '콜리지 판사님(Mr. Justice Coleridge)'이 등장하고 대결 장면에서 존 월러스 경(Sir John Wallace)이 등장하는 것을 보면, 같은 사건의 다른 버전인 듯하다. 안타깝게도 말년의 워즈워스는 관광객들을 윈드미어로 실어다줄 철도 건설에 반대하면서 노동자는 그냥 자기 사는 동네에서 휴일을 보내면 된다는 괴팍한 논평을 남겼다. 물론 불쾌한 논평이지만, 관광의 여파를 고려해본다면 완전히 잘못된 논평은 아니다. 그로부터 한 세기 후 시에라 클럽은 강령에서 "쉽게 찾아갈 수 있게" 한다는 구절을 뺐다. 관광 인프라가 조성되면 누구나 찾아올 수 있다는 것, 그런 식으로 사랑받게 된 풍경은 망가질 수도 있다는 것을 알게 되면서였다.

62 Earle Vonard Weller, ed., *Autobiography of John Keats, Compiled from his Letters and Essays* (Stanford: Stanford University Press, 1933), 105쪽.

63 Keats, 인용은 Marples, *Shank's Pony*, 68쪽.

64 Wordsworth, *Prelude*, 374쪽.

65 Thomas Hardy, *Tess of the d'Urbervilles*(New York: Bantam Books, 1971), 10쪽.

66 Aldous Huxley, "Wordsworth in the Tropics," 수록은 *Collected Essays*(New York:

Bantam Books, 1960), 1쪽.

67 William Hazlitt, "On Going a Journey," 수록은 The Lore of the Wanderer, ed. Geoffrey Goodchild (New York: E. P. Dutton, 1920), 65쪽.

68 Leslie Stephen, "In Praise of Walking," 수록은 Finlay, *Pleasures of Walking*, 20쪽.

69 위의 글, 24쪽.

70 Robert Louis Stevenson, "Walking Tours," 수록은 Goodchild, *Lore of the Wanderer*, 10~11쪽.

71 G. M. Trevelyan, "Walking," 수록은 Finlay, *Pleasures of Walking*, 57쪽.

72 Max Beerbohm, "Going Out on a Walk," 수록은 Finlay, *Pleasures of Walking*, 39쪽.

73 Thoreau, "Walking," 93~98쪽.

74 Bruce Chatwin, "It's a Nomad Nomad World," 수록은 *Anatomy of Restlessness: Selected Writings, 1969-1989*(New York: Viking, 1996), 103쪽.

75 Thoreau, "Walking," 97쪽.

76 Mort Malkin, "Walk for Peace," *Fellowship*('불교평화협회' 잡지) 1997년 7~8월호, 12쪽. Malkin은 *Walk—The Pleasure Exercise*과 *Aerobic Walking—The Weight Loss Exercise*의 저자.

77 Michael Korda, "Prompting the Present," *New Yorker*(1997년 10월 6일), 92쪽.

78 Charles F. Lummis, *A Tramp Across the Continent*(Omaha: University of Nebraska Press, 1982), 3쪽.

79 Robyn Davidson, *Tracks*(New York: Pantheon Books, 1980), 191~192쪽.

80 Alan Booth, *The Roads to Sata: A Two-Thousand-Mile Walk Through Japan*(New York: Viking, 1986), 27쪽.

81 Ffyona Campbell, *The Whole Story: A Walk Around the World*(London: Orion Books, 1996), 서문(쪽 번호 없음).

82 Kenneth Clark, *Landscape into Art*(Boston: Beacon Press, 1961), 7쪽.

83 Clarence King, *Moutaineering in the Sierra Nevada*(New York: W. W. Norton, 1935), 287쪽.

84 18세기 이전 산에 대한 유럽인들의 특이한 태도에 대해서는 Francis Farquhar의

짧은 등산 문학 목록과 Edwin Bernbaum, *Sacred Mountains of the World*(Berkeley: University of California Press, 1997)가 동의하고 있다. Edward Whymper 또한 '방황하는 유대인' 전설을 언급한다. 이 내용이 실린 곳은 Ronald W. Clark, *Six Great Mountaineers*(London: Hamish Hamilton, 1956), 14쪽. 잉글랜드 작가들이 산에 대해 말하면서 사용한 표현에 대해서는 다음을 보라. Keith Thomas, *Man and the Natural World: Changing Attitude in England*(Harmondsworth, England: Penguin Books, 1984), 258~259쪽.

85 진시황제의 등산을 소개하는 글은 Bernbaum, *Sacred Mountains*, 31쪽.

86 Gretel Ehrlich, *Questions of Heaven: The Chinese Journeys of an American Buddhist*(Boston: Beacon Press, 1997), 15쪽.

87 *Egeria: Diary of a Pilgrimage*, trans. George E. Gingras (New York: Newman Press, 1970), 49~51쪽.

88 인용은 Dervla Murphy가 Henriette d'Angeville의 *My Ascent of Mont Blanc*, trans. Jennifer Barnes(London: HarperCollins, 1991)에 붙인 서문, xv쪽. 에베레스트 산 정상에 오른 최초의 미국 여성 스테이시 앨리슨(Stacy Allison)도 비슷한 말을 했다. "더 올라갈 데가 없었다. 나는 이 세상에서 가장 높은 곳에 서 있었다."(출처는 www.everest.mountainzone.com). 에베레스트 산 정상에 오른 최초의 여성은 일본인이었다.

89 Dante, *The Divine Comedy*, Purgatorio, 4칸토.

90 Henry David Thoreau, *Walden*(Princeton: Princeton University Press, 1973), 290쪽.

91 Charles Edward Montague, "In Hanging Garden Gully", *Fiery Particles*(1924), 발췌는 *Challenge: An Antholgy of the Literature of Mountaineering*, ed. William Robert Irwin(New York: Columbia University Press, 1950), 333쪽.

92 Murray Sayle, "The Vulgarity of Success," *London Review of Books*(1998.5.7), 8쪽.

93 볼 곳은 Edwin Bernbaum, *Sacred Mountains*, 7쪽.

94 위의 책, 236쪽.

95 Gwen Moffat, *The Space Below My Feet*(Cambridge: Riverside Press, 1961), 66쪽.

96 "우리는 6월 말에 쿨린 능선을 넘는 서사시적 원정에 나섰다. 주능선 길이가 11~13킬로미터였고, 900미터가 넘는 봉우리가 열여섯 개였다. 능선을 넘는 데

걸리는 시간은 평균 10~13시간이었다. 어떤 팀은 24시간이 걸리기도 했고, 어떤 팀은 스노도니아 14봉을 답파했을 때와 같이 기록을 환상적으로 단축시키기도 했다. 우리는 신기록을 혐오하는 사람들이었다. 우리는 남들과 다르게, 최대한 느리게 가보기로 했다. 일광욕도 하면서 경치를 즐기기로 했다. 식량은 이틀치를 준비했고, 잠은 능선 꼭대기에서 자기로 했다. 쿨린 능선에서 최장 시간 신기록 을 세워보자는 생각이었다."(위의 책, 101쪽).

97   Eric Shipton, *Mountain Conquest*(New York: American Heritage, 1965), 17쪽.

98   Ronald W. Clark, *A Picture History of Mountaineering*(London: Hulton Press, 1956), 31쪽.

99   D'Angeville, *My Ascent*, xx~xxi쪽.

100   Smoke Blanchard, *Walking Up and Down in the World: Memoirs of a Mountain Rambler*(San Francisco: Sierra Club Books, 1985), xv쪽.

101   Arthur Cooper, trans., *Li Po and Tu Fu*(Harmondsworth, England: Penguin Books, 1973), 105쪽.

102   *Cold Mountains: 100 Poems by the T'ang Poet Han-Shan*, trans. Burton Watson (New York: Columbia University Press, 1972), 시 82번, 100쪽.

103   Bernbaum, *Sacred Mountains*, 58쪽.

104   H. Byron Earhart, *A Religious Study of the Mount Haguro Sect of Shugendō: An Example of Japanese Mountain Religion*(Tokyo; Sophia University, 1970), 31쪽. 함께 볼 곳은 Allan G. Grapard, "Flying Mountains and Walkers of Emptiness: Toward Definition of Sacred Space in Japanese Religion," *History of Religion* 제21권 3호 (1982).

105   Bashō, *The Narrow Road to the Deep North and Other Travel Sketches*, trans. and ed. Nobuyuki Yuasa(Harmondsworth, England: Penguin Books, 1966), 125쪽. 바쇼는 북 쪽 갓 산[月山]에 올라가는 중이었다. 갓 산에 올라가기에 앞서 그 옆에 있는 하구 로 산[羽黑山, 슈겐도의 중심지 중 하나로, 갓 산보다 더 유명한 산]에 올라가기도 했다.

106   Gary Snyder, *Mountains and Rivers without End*(Washington, D.C.: Counterpoint Press, 1996), 153쪽. 그밖에도 스나이더가 산과 영성, 그리고 자신의 등반 경험을 이야 기하는 글은 *The Pracitce of the Wild*(San Francisco: North Point Press, 1990)에 실린

"Blue Mountains Constantly Walking," *Earth House Hold*(New York: *New Directions*, 1969), 비교적 최근에 나온 John O'Grady와의 인터뷰(*Western* American Literature 1998년 가을호) 등 여러 편이 있다.

107 위의 책, 156쪽.

108 David Robertson이 인용하는 Kerouac의 *Dharma Bums*, 수록은 Real Matter(Salt Lake City: University of Utah Press, 1997), 100쪽.

109 위의 책, 100, 108쪽.

110 Snyder의 말, O'Grady와의 인터뷰.

111 Gary Snyder, *No Nature: New and Selected Poems*(New York: Pantheon Books, 1992), 362쪽.

112 William Colby, *Sierra Club Bulletin*, 1990.

113 "[영국] 알파인 클럽이 생긴 것은 1857년, 스위스 알파인 클럽(그리고 사보이 여행자 협회)이 생긴 것은 1863년이었다. 이탈리아 알파인 클럽이 생긴 것도 같은 1863 년이었고, 피레네 산맥을 좀 더 깊이 탐험하는 라몽 협회가 생긴 것은 1865년이 었다. 오스트리아 알파인 클럽과 독일 알파인 클럽이 생긴 것은 1869년, 프랑스 알파인 클럽이 생긴 것은 1874년이었고, 대서양 건너편 윌리엄스타운에서 알파 인 클럽이 생긴 것은 일찍이 1863년이었고, 화이트 산 클럽과 애팔래치아 클럽 이 생긴 것은 각각 1873년과 1876년이었다."(Clark, *Picture History of Mountaineering*, 12 쪽). 영국 숙녀 알파인 클럽이 생긴 것은 1907년이었다.

114 Ella M. Sexton, *Sierra Club Bulletin* 제4호(1901), 17쪽.

115 밴크로프트 도서관에 보관되어 있는 시에라 클럽 자료 파일 중 Nelson Hackett 의 1908년 7월 5일 편지, 7월 18일 편지의 내용이 넬슨 해킷과의 인터뷰 기록에 포함되어 있다.

116 Michael Cohen, *The Pathless Way: John Muir and the American Wilderness*(Madison: University of Wisconsin, 1984), 331쪽.

117 내가 1998년 10월에 Manfred Pils에게 받는 전자메일.

118 Walter Laqueur, *Young Germany: A History of the German Youth Movement*(New Brunswick & London: Transaction Books, 1984), 33쪽. 이 책과 함께 내가 중요하게 참고한 책으로는 Gerald Masur, *Prophets of Yesterday: Studies in European Culture*,

1890-1914(New York: Macmillan, 1961)과 Werner Heisenberg, *Physics and Beyond: Encounter and Conversations*(New York: Harper and Row, 1971)과 David C. Cassidy, *Uncertainty: The Life and Science of Werner Hersenberg*(New York: W. H. Freeman, 1992) 가 있다.

119 Masur, *Prophets of Yesterday*, 368쪽.

120 Shoard, *This Land Is Our Land*, 264쪽.

121 내가 1998년 5월에 Country Walking 편집장 Lynn Maxwell과의 대화 중에 들은 내용.

122 1998년 5월에 내가 Roly Smith와의 대화 중에 들은 내용.

123 내가 무단진입, 밀렵, 사냥터지기에 대한 정보를 얻는 곳은 Shoard, *This Land Is Our Land*의 여러 부분.

124 Tom Stephenson, *Forbidden Land: The Struggle for Access to Mountain and Moorland*, ed. Ann Holt (Manchester and New York: Manchester University Press, 19), 59쪽.

125 Hill, *Freedom to Roam*, 21쪽.

126 Steve Platt, "Land Wars," *New Statesman and Society* 제23호(1991년 5월 10일); Shoard, *This Land Is Our Land*, 451쪽.

127 James Bryce의 말, 인용은 Ann Holt, "Hindsight on Kinder," *Rambling Today* 1995년 봄호, 17쪽. 함께 볼 곳은 Raphael Samuel, *Theatres of Memory*(London: Verson, 1994), 294쪽. "1865년에 창설된 공용지, 공용 공간, 공용로 협회(내셔널 트러스트의 먼 전신)는 영지 주인들과 부동산 개발업자들의 토지 잠식에 맞서 마을 주민들과 서민들의 권리를 옹호하는 자유주의 전선의 일종이었다.

128 Crichton Porteous, *Derbyshire*(London: Robert Hale Limited, 1950), 33쪽.

129 Leslie Stephen, "In Praise," 32쪽.

130 Hill, *Freedom to Roam*, 24쪽.

131 Raphael Samuel, *Theatres of Memory*, 297쪽. 글은 계속 이어진다. "'배회할 권리' 는 좌익 운동의 사안이었다. 이 권리의 대중적 기반을 마련했던 것은 에드워드 시대에 활동한 클래리언 연맹(일요 자전거 시합과 마을 광장에서 설파하는 사회주의 강론을 결합한 회원 4만 명 규모의 청년 단체)였다. 양차 대전 사이에 이 권리를 향상시킨 것은 우드크래프트 포크[반전주의와 자연 신비주의를 결합한, 보이스카우트와 걸스카

우트의 반(反)군국주의적 남녀공학 버전]와 1930년에 창설된 유스호스텔 연맹, 그리
고 그 밖에 축일이나 휴일이면 산속과 습지로 램블링 여행을 떠나는 수많은 하이
킹족들이었다. 하이킹이 노동계급 보헤미안들 사이에서 특히 인기가 있었던 이
유는 댄스홀에 비해 지성적인 취미이자 전혀 돈이 들지 않는 취미라는 데 있었
다."

132 Ann Holt, *The Origins and Early Days of the Ramblers' Association*(램블러 연맹에서 펴낸
소책자)에 실린 1995년 4월 연설문.

133 Benny Rothman, *The 1932 Kinder Scout Trespass: A Personal View of the Kinder Scout
Mass Trespass*(Altrincham, England: Willow Publishing, 1982), 12쪽.

3부 길거리에서

1 Philip Lopate의 논문 "The Pen on Foot: The Literature of Walking Around,"
Parnassus 제18권 2호와 제19권 1호(1993)는 내가 이 장에서 Edwin Denby의 글
과 Walt Whitman의 특정 시를 검토해야 하리라는 점을 알게 해주었다.

2 Harriet Lane Levy, *920 O'Farrell Street*(Berkeley: Heyday Books, 1997), 185~186쪽.

3 Kerouac이 1961년 5월에 보낸 편지를 재수록한 *Atlantic Monthly* 1998년 11월호,
68쪽. "이 작품[『길 위에서』]은 신을 찾아다니는 두 친구에 대한 이야기입니다. 둘
다 가톨릭교도라는 설정이었고요. 나와 내 친구가 그렇게 신을 찾은 적이 있거
든요. 우리 둘은 신을 발견했습니다. 내가 신을 발견한 곳은 샌프란시스코 마켓
스트리트의 하늘이었습니다.(그 두 번의 환상은 그때의 이야기입니다.)"

4 Jane Jacobs, *The Death and Life of Great American Cities*(New York: Vintage Books,
1961) 중에서 "The Uses of Sidewalks: Safety" 전체.

5 Franco Moretti, 인용은 Peter Jukes, *A Shout in the Street: An Excursion into the
Modern City*(Berkeley: University of Califonia Press, 1991), 184쪽.

6 *Cities and People*(New Haven and London: Yale University Press, 1985), 166~168,
237~238쪽.

7 Ray Rosenzweig & Elizabeth Blackmar, *The Park and the People: A History of*

Central Park(Ithica: Cornell University Pess, 1992), 27쪽.

8 위의 책, 223쪽.

9 Bernard Rudofsky, *Streets for People: A Primer for Americans*(New York: Van Nostrand Reihnold, 1982), 자기 저서 *Architecture Without Architect*를 인용한 제사.

10 Edwin Denby, *Dancers, Buildings and People in the Streets*, Frank O'Hara의 서론 (New York: Horizon Press, 1965), 183쪽.

11 Joseph Addison, 수록은 Joseph Addison & Richard Steele, *The Spectator* 제1권 (London: J. M. Dent and Sons, 1907), 96쪽, 출처는 *Spectator* 제26호(1711년 3월 30일).

12 John Gay, "Trivia; or the Art of Walking the Streets of London," 제3권 126행, *The Abbey Classics: Poems by John Gay*(London: Chapman and Dodd, 날짜미상), 88쪽.

13 위의 글, 78쪽.

14 Wordsworth, *Prelude*, 286쪽.

15 William Blake의 시 "London"의 유명한 도입부, 수록은 William Blake, ed. J. Bronowdki(Harmonds-worth, England: Penguin Books, 1958), 52쪽.

16 Richard Holmes, *Dr. Johnson and Mr. Savage*(New York: Vintage Books, 1993), 44쪽을 보라. 이 배회를 다룬 장에서 존 호킨스 경(Sir John Hawkins)을 인용하는 대목. "존슨에게 들은 말에 따르자면, 그와 새비지가 밤새 이런 식의 대화를 나눈 것은 온기로 기운을 북돋고 포도주로 근심을 몰아낼 수 있는 술집에 편히 앉아 있는 동안이 아니라 웨스트민스터에 있는 광장들, 세인트 제임스 광장을 배회하는 동안이었다. 두 사람이 가진 돈은 허름한 술집에 들어갈 정도도 못 되었다."

17 James Boswell, *Boswell's London Journal*, ed. Frederick A. Pottle(New York: Signet, 1956), 235쪽.

18 Henry Mayhew, *London Labour and the London Poor*, vol. 4(1861-1862; 중판 New York: Dover Books, 1968), 211쪽은 Mr. Colquhoun이라는 치안판사와 그의 "지루한 조사"를 인용한다.

19 위의 책, 213쪽. 같은 책 217쪽에 따르면, "고급 키프로스인들이 있는 곳으로 유명한 벌링턴 아케이드에 그들[길거리 창녀들]이 나타나는 것은 3시에서 5시까지다. 파포스의 복잡 미묘함에 정통한 사람들이다. 누군가가 그들의 신호에 응답을 보내오면, 그들은 어느 친절한 모자 가게로 살짝 들어가 계단을 통해 위층 만

찬실(coenaculum)로 올라간다. 그들의 맵시 있는 발("예쁜 구두를 신은(bien chaussé) 발")에 밟힌 적이 전혀 없었느냐 하면 그렇지는 않은 공간이다. 공원 역시 밀회를 갖거나 안면을 익히는 인기 있는 산책로라는 것은 앞서 말한 바와 같다."

20   Richard Symanski, *The Immoral Landscape: Female Prostitution in Western Societies*(Toronto: Butter-worths, 1981), 175~176쪽.

21   Dolores French & Linda Lee, *Working: My Life as a Prostitute*(New York: E. P. Dutton, 1988), 43쪽.

22   Raymond Williams, *The Country and the City*(New York: Oxford University Press, 1973), 233쪽.

23   De Quincey, *Confessions of an English Opium Eater*(New York: Signet Books, 1966), 42~44쪽.

24   G. K. Chesterton, *Charles Dickens, a Critical Study*(New York: Dodd, Mead, 1906), 44~47쪽.

25   Dickens가 John Forster에게, 인용은 Ned Jukacher, *Primal Scenes: Literature, Philosophy, Psychoanalysis*(Ithaca: Cornell University Press, 1986), 288쪽.

26   Charles Dickens, *The Uncommercial Traveller and Reprinted Pieces Etc.*(Oxford and New York: Oxford University Press, 1958), 1쪽.

27   Dickens, "Shy Neightborhoods," 위의 책, 94, 95쪽.

28   Dickens, "On an Amateur Beat," 위의 책, 345쪽.

29   Dickens, "The City of the Absent," 위의 책, 233쪽.

30   Dickens, "Night Walks," 위의 책, 127쪽.

31   「프레시 에어(Fresh Air)」라는 프로에 출연한 패티 스미스가 사회자로부터 무대에 올라가기에 앞서 무슨 준비를 하느냐는 질문을 받았을 때(내셔널 퍼블릭 라디오, 1997년 10월 3일).

32   *The Letters of Virginia Woolf*, ed. Nigel Nicholson(London: Hogarth Press, 1975~1980) 제3권 126쪽, V. Sackville-West에게 보낸 1924년 8월 19일 편지.

33   Virginia Woolf, "Street Haunting: A London Adventure," *The Death of the Moth and Other Essays*(Harmonds-worth, England: Penguin Books, 1961), 23쪽.

34   위의 글, 23~24쪽.

35 Tony Hiss, 사설, *New York Times*(1998년 1월 30일).

36 Rudofsky, *Streets for People*, 19쪽.

37 Walt Whitman, "Recorders Ages Hence," *Leaves of Grass*(New York: Bantam Books, 1983), 99쪽.

38 위의 글, 102쪽.

39 위의 글, 103쪽.

40 Ken Gonzales-Day, "The Fruited Plain: A History of Queer Space," *Art Issues* 1997년 9~10월호, 17쪽.

41 Allen Ginsberg, "Howl," *The New American Poetry*, ed. Donald M. Allen(New York: Grove Press, 1960), 182, 186쪽.

42 Allen Ginsberg, *Kaddish and Other Poems, 1958-1960*(San Francisco: City Lights Books, 1961), 7쪽.

43 위의 책, 8쪽.

44 Brad Gooch, *City Poet: The Life and Times of Frank O'Hara*(New York: Alfred A. Knopf, 1993), 217쪽.

45 Frank O'Hara, "Meditations in an Emergency," *The Selected Poems*(New York: Vintage Books, 1974), 87쪽.

46 O'Hara, "Walking to Work," 위의 책, 57쪽.

47 O'Hara, "F. (Missive and Walk) I. #53," 위의 책, 194쪽.

48 David Wojnarowicz, *Close to the Knives: A Memoir of Disintegration*(New York: Vintage Books, 1991), 5쪽.

49 위의 책, 182쪽.

50 위의 책, 228쪽.

51 위의 책, 64쪽.

52 위의 책, 67쪽.

53 위의 책, 70쪽.

54 위의 책, 79쪽.

55 Walter Benjamin, "Paris, Capital of the NIneteenth Century," *Reflections: Essays, Aphorism, Autobiographical Writings*(New York: Schocken Books, 1978), 156쪽.

56   Walter Benjamin, "A Berlin Chronicle," *Reflections*, 8~9쪽.

57   산과 등산지팡이와 Walter Benjamin에 대해서는 다음을 참조. 그가 1913년 9월
      13일, 1914년 7월 6~7일, 1918년 11월 8일, 1921년 7월 20일에 쓴 편지들, 그리고
      Momme Brodersen, *Walter Benjamin: A Biography*(London: Verso, 1996): "결국 누
      군가가 나를 조야하게 칠한 알프스 전경도 앞에 가져다놓았다. [……] 나는 입가
      에 억지웃음을 띠고 [……] 모자는 안 쓰고 [……] 오른손에 지팡이를 쥔 채 서 있
      다."(12); "이 소년이 당연시했던 일상 중 하나는 온 가족이 자주 장거리 여행을
      다닌 일이었다. 여행지로는 북해와 발트 해가 있었고, 보헤미아와 실레지아 사이
      에 있는 리젠 산맥의 높은 봉우리들이 있었고, 슈바르츠발트의 프로이덴슈타트
      가 있었고, 스위스가 있었다."(13)

58   Walter Benjamin, "A Berlin Chronicle," 30쪽.

59   Gershom Sholem, 인용은 Frederic V. Grunfeld, *Prophets without Honor: A
      Background to Freud, Kafka, Einstein and Their World*(New York: McGraw Hill, 1979),
      233쪽.

60   Priscilla Park Ferguson, "The Flâneur: Urbanization and its Discontents,"
      From *Exile to Vagrancy: Home and Its Dislocations in 19th Century France*, ed. Suzanne
      Nash(Albany: State University of New York, 1993), 60쪽, 주 1번. 함께 볼 곳은 같은
      저자의 *Paris as Revolution*(Berkeley: University of California Press, 1994).

61   Elizabeth Wilson, "The Invisible Flâneur," *New Left Review* 제191호(1992),
      93~94쪽.

62   Charles Baudelaire, "The Painter of Modern Life," *Selected Writings on Art and
      Artists*(Cambridge: University of Cambridge Press, 1972), 399쪽.

63   Walter Benjamin, *Charles Baudelaire: A Lyric Poet in the Era of Hight Capitalism*,
      trans. Harry Zohn(London: Verso, 1973), 36쪽.

64   위의 책, 53~54쪽.

65   플라뇌르가 존재하지 않았다는 것에 관해 다음을 참조. Rob Sheilds의 "Fancy
      Footwork: Walter Benjamin's Notes on the Flâneur." *The Flâneur*, ed. Keith
      Tester(London: Routledge, 1994). 이 글에 따르면, "실제로 19세기 여행자들과 여
      행기들이 만보를 도시전설쯤으로 생각했을 뿐이라는 것은 짚고 넘어가야 한다.

플라뇌르(Flâneur)의 주요 서식지는 오노레 드 발자크, 외젠 쉬, 알렉상드르 뒤마가 쓴 소설들이다."

66 Richard Holmes, *Footsteps, Adventures of a Romantic Biographer*(New York: Vintage Books, 1985), 213쪽.

67 Victor Hugo, *Les Misérables*, trans. Charles E. Wilbour(New York: Modern Library, 1992), 제12권 1장, 939~940쪽. 함께 볼 곳은 Girouard, *Cities and People*, 200~201쪽. "이 도시의 길거리에는 인도가 따로 없고 마차들이 빨리 달리기 때문에 보행자는 항상 마차에 치이거나 흙탕물을 뒤집어쓸 위험이 있었다. 이 도시를 찾은 여행자는 예외 없이 그 사실을 언급했다. 아서 영(Arthur Young)의 1787년 기록에 따르면, '런던에서 길을 걷는 것은 매우 쾌적하고 더러워질 위험도 없는 일이라서 숙녀분들도 매일 길을 걸어 다니지만, 이 도시에서 길을 걷는다는 것은 보통 남자에게도 힘들고 피곤한 일이고, 잘 차려입은 여자에게는 아예 불가능한 일이다.' 러시아 여행가 카람진(Nikolay Karamzin)의 1790년 기록에 따르면, '전 세계를 거의 다 돌아다녔던 명사 투른포르(Joseph Pitton de Tournefort)는 파리로 돌아오자마자 합승 마차에 치어서 세상을 떠났다. 길을 건널 때는 알프스 산양처럼 잽싸게 뛰어가야 함을 여행 중에 깜빡 잊었던 것이다.' 윈도쇼핑이 성행할 만한 분위기는 아니었다."

68 Frances Trollope, *Paris and the Parisians in 1835*(New York: Harper and Brothers, 1836), 370쪽.

69 Muhammed Saffar, *Disorienting Encounters: Travels of a Moroccan Scholar in France, 1845-46*, trans. & ed. Svsan Gilson Miller (Berkeley: University of California Press, 1991), 136~137쪽.

70 Baudelaire가 1861년 5월 6일에 어머니에게 보낸 편지, 수록은 Claude Pichois, *Baudelaire*(New York: Viking, 1989), 21쪽.

71 Nicholas-Edme Restif de la Brotonne, *Les Nuits de Paris; or, the Nocturnal Spectator: A Selection*, trans. Linda Asher & Ellen Fertig (New York: Random House, 1964), 176쪽.

72 Susan Buck-Morss, "The Flâneur, the Sandwichman and the Whore: The Politics of Loitering," *New German Critique* 제39호(1986), 119쪽. "만보를 다루는

대중 문헌에서는 파리를 가리켜 '처녀림(La foret vierge)'이라고 불렀지만(독일어전
집 5권), 파리를 혼자서 배회하고 있는 여자를 처녀라고 생각하지는 않았다."

73 Benjamin, *Baudelaire*, 39쪽.

74 위의 책, 42쪽.

75 George Sand, *My Life*, trans. Dan Hofstadter(New York: New Directions, 1947),
    203~204쪽.

76 Baudelaire, "Crowds," *Paris Spleen*, trans. Lovis Varese(New York: New Directions,
    1947), 20쪽.

77 나는 오스만과 관련해서 David Pinkney, *Napoleon III and the Rebuilding of
    Paris*(Princeton: Princeton University Press, 1958)를 중요하게 참고했고, Wolfgang
    Schivelbusch, *The Railway Journey: The Industrialization of Time and Space in the
    Nineteenth Century*(Berkeley: University of California Press, 1986)도 함께 참고했다. 시
    벨부시(Schivelbusch)의 주장에 따르면, 오스만("일직선의 아틸라")은 도로 설계에
    서 전적으로 실용주의자였다. "대로 설계의 목적이 효율적 군용노로의 확보였
    다는 데는 의심의 여지가 없지만, 이와 같은 군사적 기능은 새로 들어선 상업 지
    향적 체계에 추가된 보나파르트주의적 부록에 불과했다"(181).

78 Charles Baudelaire, "Le Cygne," *The Flowers of Evil*.

79 Jules & Edmond Concourt, *The Goncourt Journals*, ed. & trans. Lewis Galantiere
    (New York: Doubleday, Doran, 1937), 93쪽.

80 Schivelbusch, *Railway Journey*, 185n.

81 Benjamin, 인용은 Susan Buck Morse, *The Dialectics of Seeing: Walter Benjamin and
    the Arcade Project*(Cambridge, Mass.: MIT Press, 1991), 33쪽.

82 Andre Breton, 인용은 Louis Aragon, *Paris Peasant*, trans. Simon Watson Taylor
    (Cambridge, Mass.: Exact Change, 1994) 서론, viii쪽.

83 Andre Breton, *Nadja*, trans. Richard Howard(New York: Grove Press, 1960), 64쪽.

84 Philippe Soupault, *Last Nights of Paris*, trans. William Carlos Williams
    (Cambridge, Mass.: Exact Change, 1992), 45~46쪽.

85 위의 책, 64쪽.

86 Andre Breton, *Nadja*, 80쪽.

87 Michael Sheringham, "City Space, Mental Space, Poetic Space: Paris in Breton, Benjamin and Réda," *Parisian Fields*, ed. Michael Sheringham(London: Reaktion Books, 1996), 89쪽. 그 전에도 이 도시를 육체로 보는 비유는 있었지만, 그 때 파리라는 육체는 성적 육체는 아니었다. 예컨대 19세기에는 공원을 가리켜 이 도시의 '허파'라고 했고, Richard Sennett의 *Flesh and Stone: The Body and the City in Western Civilization*(London and Boston: Faber and Faber, 1994)은 오스만이 만든 하수도와 불바르를 인체의 건강에 없어서는 안 될 각종 순환 기관에 빗대는 육체의 비유가 있었음을 논의하고 있다.

88 Djuna Barnes, *Nightwood*(New York: New Directions, 1946), 59~60쪽.

89 Benjamin, 인용은 Grunfeld, *Prophets without Honor*, 245쪽.

90 위의 책, 248쪽.

91 Hannah Arendt, *Illuminations: Essays and Reflections*(New York: Schocken Bookds, 1969), 18쪽.

92 위의 책, 21쪽.

93 Guy DeBord, "Introduction to a Critique of Urban Georgraphy," *Situationist International Anthology*, ed. and trans. Ken Knabb(Berkeley: Bureau of Public Secrets, 1981), 5쪽.

94 Greil Marcus, "Heading for the Hills," *East Bay Express*(1999년 2월 19일). Marcus 가 상황주의를 훨씬 더 광범위하게 다룬 저서는 그의 *Lipstick Traces* (Cambridge: Harvard University Press, 1990).

95 Michel de Certeau, *The Practice of Everyday Life*, trans. Steven Randall(Berkeley: University of California Press, 1984), 93, 100쪽.

96 Jean-Christophe Bailly, 인용은 Sheringham, "City Space, Mental Space, Poetic Space," *Parisian Fields*, 111쪽.

97 이 장의 내용을 담고 있는 내 글로는 1998년에 *Harvard Design Magazine*에 실린 "The Right of the People Peacebly to Assemble in Unusual Clothing: Notes on the Streets of San Francisco"이라는 논문; "Voices of the Streets," Camerawork Quarterly 1995년 여름호 *War after War*(San Francisco: City Lights Books, 1991)에 실린 걸프전쟁 반대운동 관련 논문 등이 있다.

98 Eric Hobsbawm, "Cities and Insurrections," *Revolutionaries*(New York: Pantheon, 1973), 222쪽. Elizabeth Wilson의 *The Sphinx in the City*와 Priscilla Parker Ferguson의 *Paris as Revolution*도 한 도시에서 사회적 공간과 혁명 가능성이 어떻게 연결되는지를 대단히 잘 보여준다.

99 Hobsbawm, "Cities and Insurrections," 224쪽.

100 Angelo Quattrocchi & Tom Nairn, *The Beginning of the End*(London: Verso, 1998), 26쪽.

101 Mavis Gallant, *Paris Notebooks: Essays and Reviews*(New York: Random House, 1988), 3쪽.

102 시장 여자들의 행진과 관련해 여러 가지 상충하는 판본이 존재한다. 나는 이 사건의 추이와 세부 사항과 관련해서는 Shirley Elson Roessler, *Out of the Shadows: Women and Politics in the French Revolution, 1789-1795*(New York: Peter Land, 1996)를 중요하게 참고했고, 아울러 Michelet의 프랑스혁명사(Wynnewood: Livingston, 1972); Georges Rude의 꼭 읽어야 할 *Crowd in the French Revolution*(Oxford: Oxford University Press, 1972); Simon Schama의 *Citizens*(New York: Knopf, 1989); Christopher Hibbert의 *The Days of the French Revolution*(New York: Morrow Quill Paperbacks, 1981)를 참고했다.

103 Rude, *Crowd in the French Revolution*, 66쪽.

104 Roessler, *Out of the Shadows*, 18쪽.

105 Hibbert, *Days*, 104쪽.

106 나는 독일과 관련해서는 Timothy Garton Ash, *The Magic Lantern: The Revolutions of 1989 Witnessed in Warsaw, Budapest, Berlin and Prague*(New York: Random House, 1990); John Borneman, *After the Wall: East Meets West in the New Berlin*(New York: Basic Books, 1991)을 중요하게 참고했다.

107 Borneman, *After the Wall*, 23~24쪽. "한 예로 [······] 열다섯 번 정도 '폭력 반대!'라는 구호를 외쳤다는 죄목으로 징역 6개월을 선고받은 시위자도 있었다."

108 Ash, *Magic Lantern*, 83쪽.

109 Michael Kukral, *Prague 1989: A Study in Humanistic Geography*(Boulder, Colo.: Eastern European Monographs, 1997), 110쪽.

110 Alexander Dubček, 인용은 *Time*(1989년 12월 4일), 21쪽.

111 Kukral, *Prague* 1989, 95쪽.

112 Marguerite Guzmán Bouvard, *Revolutionizing Motherhood: the Mothers of the Plaza de Mayo*(Yilmington, Del.: Scholarly Resources, 1994), 30쪽.

113 위의 책, 70쪽.

114 Marjorie Agosín, *Circles of Madness: Mothers of the Plaza de Mayo*(Freedonia: White Pine Press, 1992), 43쪽.

115 Victor Hugo, 1793, trans. *Frank Lee Benedict* (New York: Carroll and Graf, 1988), 116쪽.

116 George Orwell, *Homage to Catalonia*(Boston: Beacon Press, 1952), 5쪽.

117 상황주의자 Raoul Vaneigem, 인용은 *Do or Die*(Earth First! Britain 소식지) 제6호 (1997), 4쪽.

118 James Joyce, "The Dead," *Dubliners*(New York: Dover, 1991), 149쪽. Anne Wallace 의 *Walking, Literature and English Culture*가 이 용례를 발견하게 해주었다. '옥스퍼드 영어사전'에도 이 어구에 대한 자세한 설명이 나온다.

119 Glen Petrie, *A Singular Iniquity: The Campaigns of Josephine Butler*(New York: Viking, 1971), 105쪽에서는 Caroline Wyburgh 이야기의 다른 여러 세부 사항들을 확인할 수 있다.

120 Sylvia Plath, 인용은 Carol Brooks Gardner, *Passing By: Gender and Public Harassment*(Berkeley: University of California Press, 1995), 26쪽. 젠더와 여행에 대해서는 다음을 보라. Eric J. Leed, *The Mind of the Traveler: From Gilgamesh to Global Tourism*(New York: Basic Books, 1991), 115~116쪽. "이 '이중 잣대'는 안(여)과 밖(남)이라는 공간적 영역을 각각 성적 구속의 영역과 성적 자유의 영역으로 구축한다. 여성의 정절은 부계를 정당화면서 동시에 남자의 신분과 권리와 위계를 결정하는 포함·배제의 테크닉이다. 정착한 여성을 장소와 동일시하는 것이 '당연시' 되었다. 안정과 남자의 보호가 생식의 필요조건이라는 이유에서였다. [……] '남자는 밖이고 여자는 안이다.', '정자는 많고 난자는 적다.', 같은 이항구도가 인간의 기동성과 연결되어왔고, 급기야 인간 종의 구성 요소로 간주되어왔다. 그러나 여자가 기동성이 없는 것은 인간 종의 속성이 아니라 역사적 결과다. [……] 여

행을 젠더 구분 활동으로 만든 것은 이런 재영토화 과정이다."

121 Gerda Lerner, *The Creation of Partriarchy*(Oxford: Oxford Univerity Press, 1986), 134, 135~139쪽.

122 Sennett, *Flesh and Stone*, 34쪽. 페리클레스와 크세노폰을 인용하는 페이지는 68, 73쪽.

123 Mark Wiggins, "Untitled: The Housing of Gender," *Sexuality and Space*, ed. Beatriz Colomina(Princeton: Princeton University Press, 1992), 335쪽.

124 Joachim Schlör, *Nights in the Big City*(London: Reaktion Books, 1998), 139쪽.

125 Petrie, *A Singular Iniquity*, 160쪽.

126 위의 책, 182쪽.

127 올더숏의 Mrs. Percy of Aldershot라는 여자였다. 다음을 참조. Petrie, *A Singular Iniquity*의 서문과 149~154쪽, 그리고 Paul McIIugh, *Prostitution and Victorian Social Reform*(New York: St. Martin's Press, 1980), 149~151쪽.

128 Glenna Matthews, *The Rise of Public Woman: Woman's Power and Woman's Place in the United States, 1630-1970*(New York, Oxford: Oxford University Press, 1992), 3쪽.

129 내가 영국 참정권론자들에 대한 자료를 얻은 곳은 Midge Mackenzie, *Shoulder to Shoulder*(New York: Knopf, 1975), 아울러 유익한 자료를 얻은 곳은 Doris Stevens, *Jailed for Freedom: American Women Win the Vote*(Oregon: New Sage Press, 1995). Djuna Barnes가 자진해서 강제 섭식 과정을 겪은 것은 이 과정에 대한 리포트를 쓰기 위해서였다.

130 B. Houston, "What's Wrong with Sexual Harassment," 인용은 June Larkin, "Sexual Terrorism on the Street," *Sexual Harassment: Contemporary Feminist Perspectives*, eds. Alison M. Thomas & Celia Kitzinger (Buckingham: Open University Press, 1997), 117쪽.

131 Jalna Hanmer & Mary Maynard, eds., *Women, Violence and Social Control*(Houndmills, England: Mac-Millan, 1987), 77쪽.

132 Eileen Green, Sandra Hebron, and Diane Woodward, *Women's Leisure, What Leisure*(Houndmills, England: MacMillan, 1990). "여자들의 여가 활동을 가장 심각하게 제약하는 요인 중 하나는 밤에 혼자 밖에 있게 되는 데 대한 두려움이다. 밤

에 대중교통을 이용하는 것을 두려워하는 여자들이 많고, 밤에 버스 정류장까지 걸어가서 버스가 오기를 기다려야 한다는 것 때문에 야간의 외출을 꺼리는 여자들도 있다. 제2차 '영국 범죄 조사'의 조사 결과에 따르면, 조사 대상 여성 중 절반이 밤에는 동행이 있을 때만 외출했고, 40퍼센트는 강간의 위험을 '매우 우려'했다."(89)

133   Larkin, "Sexual Terrorism," 120쪽.

134   Stevens, *Jailed for Freedom*, 13쪽.

135   1983년 콜렌더 대 로슨 사건(461 U.S. 352, 103 S. Ct. 1855, 75 L. Ed. 2nd 903)의 요약문.

136   Helen Benedict, *Virgin of Vamp: How the Press Covers Sex Crimes*(New York and London: Oxford University Press, 1992), 208쪽.

137   Evelyn C. White, "Black Women and the Wilderness," *Literature and the Environment: A Reader on Nature and Culture*, eds. Lorraine Anderson, Scott Slovic, and John O'Grady (New York: Addison Wesley, 1999), 319쪽.

138   Moffat, *Space Below My Feet*, 92쪽.

139   Virginia Woolf, *A Room of One's Own*(New York: Harcourt Brace Jovanovich, 1929), 50쪽.

140   Sarah Schulman, *Girls, Visions and Everything*(Seattle: Seal Press, 1986), 17, 97쪽.

141   위의 책, 157쪽.

142   위의 책, 159쪽.

4부 길이 끝나는 곳 너머에서

1   Kenneth Jackson, *Grabgrass Frontier: The Suburbanization of the United States*(New York: Oxford Unversity Press, 1985), 14~15쪽.

2   이 장에서 다룬 여러 이야기의 출처는 Robert Fishman, *Bourgeois Utopias: The Rise and Fall of Suburbia*(New York: Basic Books, 1987)이다. 특히 런던의 복음주의 기독교도 상인들을 다룬 1장과 맨체스터 교외를 다룬 3장이 이 장에 도움이 되었다.

3   위의 책, 81~82쪽.

4   Philip Langdon, *A Better Place to Live: Reshaping the American Suburb*(Amherst: University of Massachusetts Press, 1994), xi쪽.

5   Jane Holtz Kay, *Asphalt Nation: How the Automobile Took Over America and How We Can Take It Back*(New York: Crown Publisher, 1997), 25쪽.

6   Gary Richards, "Crossings Disappear in Drive for Safety; Traffic Engineers Say Pedestrians Are in Danger Between the Lines," *San Jose Mercury News*(1998년 11월 27일). 이 기사에서 교통공학자들은 자동차에 치어 숨진 보행자 중 절반이 본인 과실이라고 주장하면서 보행자 진입을 제한하는 것을 해법으로 내놓았다.

7   Rudofsky, *Streets for People*, 106쪽.

8   Lars Eigner, *Travels with Lizbeth: Three Years on the Road and on the Streets*(New York: Fawcett Columbine, 1993), 18쪽.

9   Betsy Thaggard, "Making the Streets a Safer Place," 샌프란시스코 자전거 연합 뉴스레터 *Tube Times* 1998년 12월호와 1999년 1월호, 5쪽.

10 기사가 실린 곳은 San Francisco Chronicle, 그리고 'Time's Up!'이 조직한 통행권 운동(뉴욕 시에서 보행자와 자전거 이용자가 자동차에 치어 숨진 지점들에 추모의 뜻으로 스텐실 그림을 그리는 운동)을 언급하는 *Tube Times*, 3쪽.

11 Richard Walker, "Landscape and City Life: Four Ecologies of Residence in the san Francisco Bay Area," *Ecumene* 제2호(1995), 35쪽.

12 Mike Davis, "Fortress Los Angeles," *Variations on a Theme Park*, ed. Michael Sorkin(New York: Hill and Wang, 1992), 174쪽.

13 *Søren Kierkegaard's Journals and Papers*, ed. and trans. Howard V. Hong & Edna H. Hong(Bloomington: Indiana University Press, 1978), 5:415(1847).

14 *Life* 새천년 특별호(1998).

15 Wolfgang Schivelbusch, *Railway Journey*, 53쪽.

16 Paul Virilio, *The Art of the Motor*, trans. Julie Rose (Minneapolis: University of Minnesota Press, 1995), 85쪽.

17 James Hardie, *The History of the Tread-Mill, containing an account of its origin, construction, operation, effects as it respects the health and morals of the convicts, with their*

treatment and diet. [⋯⋯] (New York: Samuel Marks, 1824), 16, 18쪽.

18 Robert Graves, *The Greek Myth* 제1권(Harmondsworth, England: Penguin Books, 1957), 168쪽.

19 Eduardo Galeano, *The Book of Embraces*, trans. Cedric Belfrage(New York, London: W. W. Norton, 1989), 162~163쪽.

20 Allan Kaprow, "The Legacy of Jackson Pollock," *Essays on the Blurring of Art and Life*, ed. Jeff Kelley (Berkeley: University of Claiforina Press, 1993), 7쪽.

21 Peter Selz & Kristine Stiles, *Theories and Documents of Contemporary Art: A Sourcebook*(Berkeley: Unversity of California Press, 1996), 679쪽(행위예술 섹션의 서론).

22 Lucy R. Lippard, *Overlay: Contemporary Art and the Art of Prehistory*(New York: Pantheon, 1993), 125쪽.

23 위의 책, 132쪽.

24 Richard Long, "Five Six Pick Up Sticks, Seven Eight Lay Them Straight," R. H. Fuchs, *Richard Long*(New: Solomon R. Guggenheim Museum/Thames and Hudson, 1986), 236쪽. 여기서 설명한 모든 작품의 도판이 이 책에 실려 있다.

25 Brouwn의 작품을 언급하는 곳은 Lippard의 *Six Years: The Dematerializtion of the Art Object*(New York: Praeger Publishers, 1973), 길게 설명하는 곳은 Antje Von Graevenitz의 논문 "'We Walk on the Planet Earth': The Artist as a Pedestrian: The Work of Stanley Brouwn," *Dutch Art and Architecture* 1977년 6월호. *Six Years*에는 Acconci의 「팔로잉 피스」에 대한 설명도 나온다.

26 Abramović와 Ulay의 퍼포먼스 작업과 Abramović의 조각에 대해서는 다음을 참조. Thomas McEvilley, "Abramović/Ulay/Abramović," *Artforum International* 1983년 9월호; 「만리장성 걷기」에 관한 카탈로그/책자 *The Lovers*(Amsterdam: Stedelijk Musem, 1989)에 실린 McEvilley의 논문; *Marina Abramović: objects perfomance video sound*(Oxford: Musem of Modern Art, 1995).

27 Gary Snyder, "Blue Mountains Constantly Walking," *The Practice of the Wild*(San Francisco: North Point Press, 1990), 99쪽.

28 McEvilley, "Abramović/Ulay/Abramović," 54쪽.

29 McEvilley, *Marina Abramović*, 63쪽.

30 위의 책, 50쪽.

31 *The Lovers*, 175쪽.

32 위의 책, 103쪽.

33 위의 책, 31쪽.

34 Kaprow, *Essays on the Blurring of Art and Life*, 9쪽.

35 J. B. Jackson, "Other-directed Houses," *Landscapes: Selected Writings of J. B. Jackson* ed. Ervin H. Jube(University of Massachusetts Press, 1970), 63쪽.

36 위의 책, 62쪽.

37 1998년 12월 29일에 라스베이거스 컨벤션 센터의 어느 연구원에게서 전화로 전해 들은 내용.

38 다음을 보라. Sara Mosle, "How the Maids Fought Back," *New Yorker*(1996년 2월 26일과 3월 4일), 148~156쪽.

39 다음을 보라. "Petitioners Claim Rights Violated," *Las Vegas Review-Journal*, (1998년 5월 27일); "Clark County Charts its Strategy to Resurrect Handbill Ordinace," *Las Vegas Review-Journal*(1998년 8월 18일); "Lawyers to Appeal Handbill Law Ruling," *Las Vegas Review-Journal*(1998년 8월 26일), "Police Told to Mind Bill of Rights," *Las Vegas Review-Journal*(1998년 10월 20일).

40 Sorkin, *Variations on a Theme Park*의 서론 xv쪽.

41 Robert Venturi, Denise Scott Brown, and Stephen Izenour, *Learning from Las Vegas: The Forgotten Symbolism of Architectural Form*, rev. ed.(Boston: MIT, 1977), xii쪽.

42 Benjamin, *Baudelaire*, 37쪽.

43 Joanne Urioste, *The American Alpine Club Climber's Guide: The Red Rocks of Southern Nevada* (New York: American Alpine Club, 1984), 131쪽.

걸어가는 인용문의 서지 사항

1부 생각이 걷는 속도

Honoré de Balzac, 인용은 Andrew J. Bennett, "Devious Feet: Wordsworth and the Scandal of Narrative Form," *ELH* 1992년 봄호, 주 15번.

Lucy R. Lippard, *Overlay: Contemporary Art and the Art of Prehistory*(New York: Pantheon, 1993.

Gary Snyder, "Blue Mountains Constantly Walking," *The Practice of the Wild*(San Francisco: North Point Press, 1990), 98~99쪽.

Virginia Woolf, *Moments of Being*(New York: Harcourt, Brace, Jovanovich, 1976), 82쪽.

Wallace Stevens, "Of the Surface of Things," *The Collected Poems*(New York: Vintage Books, 1982), 57쪽.

John Buchan, 인용은 William Robert Irwin, ed. *Challenge: An Anthology of the Literature of Mountaineering*(New York: Columbia University Press, 1950), 354쪽.

Léon Rosenfeld의 메모, 인용은 Niels Bladel, *Harmony and Unity: The Life of Niels Bohr*(Berlin, New York: Science Tech, Springer-Verlag, 1998), 195쪽.

John Keats의 편지, 수록은 Aeron Sussman and Ruth Goode, *The Magic of*

Walking(New York: Simon and Schuster, 1967), 355쪽.

Voltaire가 1755년 8월 30일에 Rousseau에게 보낸 편지, 수록은 Gavin de Beer, *Jean-Jacques Rousseau and His World*(New York: Penguin, 1972), 42쪽.

Sigmund Freud, *Civilization and Its Discontents*, 인용은 Ivan Illich, *H2O and the Waters of Forgetfulness*(Dallas: Dallas Institute of Humanities and Cultures, 1985), 34쪽.

Samuel Beckett, 인용은 *The Nation*(1997년 7월 28일~8월 4일), 30쪽.

Effie Gray Ruskin, 수록은 John Dixon Hunt, *The Wider Sea: A Life of John Ruskin*(London: Dent, 1982), 201쪽.

Allan G. Grapard, "Flying Mountains and Walkers of Emptiness: Toward a Definition of Sacred Space in Japanese Religions," *History of Religions* 제21권 3호 (1982), 206쪽.

Three Pillars of Zen, ed. Philip Kapleau(Garden City, N.Y.: Anchor Press, 1980), 33~34쪽.

Paul Shepherd, *Nature and Madness*(San Francisco Sierra Club Books, 1982), 161쪽.

Thomas Merton, 수록은 Nancy Louise Frey, *Pilgrim Stories: ON and Off the Road to Santiago*(Berkeley: University California Press, 1998), 79쪽.

Gloria Anzaldua, *Borderlands/La Frontera*(San Francisco: Aunt Lute Books, 1987), 3, 16쪽.

Paul Klee, *Pedagogical Sketchbook*, 1925, 인용은 The Oxford Dictionary of Quotations(Oxford: Oxford University Press, 1979), 305쪽.

Charles Baudelaire, "Le Soleil," *Baudelaire*, 편역은 Francis Scarfe(Harmonsworth, England: Penguin Books, 1964), 13쪽.

Kirk Savage, "The Past in the Present," *Harvard Design Magazine* 1999년 가을호, 19쪽.

Pablo Neruda, "Walking Around," *The Vintage Anthology of Contemporary World Poetry*(New York: Vintage Books, 1966), 527쪽.

박태원, 「소설가 구보 씨의 일일」.

이상, 「12월 12일」.

윤동주, 「서시」.

서정주, 「자화상」.

김유정, 「심청」.

2부 정원에서 자연으로

Alexander Pope, "Epistle to Miss Blount," *The Norton Anthology of English Literature*, vol. 1, 3rd ed.(New York: W. W. Norton, 1974), 2174쪽.

Maria Edgeworth, *Belinda*(Oxford: Oxford University Editions, 1994), 90쪽.

Thomas Gray가 1769년에 쓴 "Journal in the Lakes," *Collected Works of Gray in Prose and Verse*, vol. 1, ed. Edmund Gosse(London: Macmillan and Co., 1902), 252쪽.

E. P. Thompson, *Making History: Writings on History and Culture*(New York: New Press, 1995), 3쪽.

Mary Shelley, *Frankenstein*, 수록은 *Three Gothic Novels*(Harmonsworth, England: Penguin Books, 1968), 360쪽.

Johann Wolfgang von Goethe, *The Sorrow of Young Werther*, ed. and trans. Victor Lange(New York: Holt, Rinehart and Winston, 1949), 4, 52, 91쪽.

Hunter Davis, *William Wordsworth: A Biography*(New York: Atheneum, 1980), 213쪽.

Benjamin Haydon, 인용은 James Fenton, "A Lesson from Michelangelo," *New York Review of Books*, 1996.

Amos Bronson Alcott, 인용은 Carlos Baker, *Emerson Among the Eccentrics*(New York: Vikings, 1996), 305~306쪽.

Henry David Thoreau, "A Walk to Wachusett," *The Natural History Essays*(Salt Lake City: Peregrine Smith Books, 1980), 48쪽.

Bertrand Russell, *The Autobiography of Bertrand Russell*(New York: Bantam Books, 1978), 78~79쪽.

E. M. Forster, *Howards End*(Harmondsworth, England: Penguin Books, 1992), 181쪽.

Elias Canetti, *Crowds and Power*(New York: Vikings, 1963), 31쪽.

Morris Marples, Shank's Pony: A Study of Walking(London; J. M. Dent and Sons, 1959), 190쪽.

David Roberts, *Moments of Doubt and Other Mountaineering Writings*(Seattle: Mountaineers, 1986), 186쪽.

Hamish Brown, *Hamish's Mountain Walk: The First Traverse of All the Scottish Monroes in*

Our Journey(London: Victor Gollancz, 1978), 356~357쪽.(여기서 monro는 높이 900미터 이상의 스코틀랜드 산을 뜻한다.)

Gary Snyder, "Blue Mountain Constantly Walking," *The Practice of the Wild*, 113쪽.

Gilles Deleuze and Félix Guattari, *Nomadology*, transl. Brian Massumi(New York: Semiotexte, 1986), 36~37쪽.

Friedrich Engels, *The Condition of the Walking Class in England*(Harmondsworth, England: Penguin Books, 1987), 173쪽.

Charles Dickens, *Bleak House*(New York: New American Library, 1964), 517쪽.

달빛요정역전만루홈런, 「절룩거리네」, 『Infield Fly』(2004).

김수영, 「너를 잃고」, 『김수영 전집 1』(민음사, 2000), 38쪽.

김영승, 「반성 673」, 『반성』(민음사, 1990), 71쪽.

이장욱, 「여행자들」, 『정오의 희망곡』(문학과지성사, 2006), 17쪽.

김혜순, 「서성거리다」, 『우리들의 음화』(문학과지성사, 1998), 28쪽.

나희덕, 「길 위에서」, 『그 말이 잎을 물들였다』(창비, 1994), 92쪽.

황인숙, 「조깅」, 『꽃사과 꽃이 피었다』(문학세계사, 2013), 74쪽.

최승자, 「길이 없어」, 『기억의 집』(문학과지성사, 1998), 17쪽.

3부 길거리에서

J. B. Jackson, "The Stranger's Path" 수록은 *Landscapes: Selected Essays of J. B. Jackson*(Boston: University of Massachusetts Press, 1970), 102쪽.

Horace Walpole이 1769년 5월 11일에 George Montagu에게 보낸 편지에서 복스홀 가든스의 '리도토'에 관한 내용, 수록은 *Letters of Horace Walpole*(London: J. M. Dent, 1926), 92쪽.

Patrick Delany, 수록은 Carole Fabricant, *Swift's Landscape*(Baltimore: John Hopkins University Press, 1992).

Elena Poniatowska, "In the Street"(멕시코시티의 노숙 아동들에 대한 글), *Doubletake* 1998년 겨울호, 118~119쪽.

Victor Hugo, *Les Misérables*, trans. Charles E. Wilbour(New York: Modern Library, 1992),

506쪽.

Jules and Edmond Goncourt, *The Goncourt Journals*(1856년 10월 26일), ed and transl. Lewis Galantiere(Doubleday, Doran, 1937), 38쪽.

Richard Ellmann, *James Joyce*(New York: Oxford University Press, 1982), 518쪽.

Victor Hugo, *Les Misérables*, 106~107쪽.

Walter Benjamin, *Charles Baudelaire: A Lyric Poet in the Era of High Capitalism*, trans. Harry Zohn(London: Verso, 1973), 60쪽.

Edgar Allan Poe, "The Murders in the Rue Morgue," 수록은 *The Fall of the House of Usher and other Tales*(New York: New American Library, 1966), 53쪽.

Alexis de Tocqueville, *Democracy in America*(New York: HarperPerrennial, 1969), 108쪽.

Subcommandante Marcos, 인용은 *Utne Reader* 1998년 5~6월호, 55쪽.

Paul Monette, "The Politics of Silence," 수록은 *The Writing Life*(New York: Random House, 1995), 210쪽.

Martha Shelley, *Haggadah: A Celebration of Freedom*(San Francisco: Aunt Lute Books, 1997), 19쪽.

Jan Goodwin, *Price of Honor: Muslim Women Lift The Veil of Silence on the Islamic World*(Boston: Little Brown, 1994), 161쪽.

Mary Wortley Montagu가 1712년 8월에 남편이 될 사람에게 보낸 편지, *Letters of Mary Wortley Montagu*(London: J. M. Dent. n.d.), 32쪽.

런던의 행인이 한 창녀에게 한 말, 수록은 Richard Symanski, *The Innermost Landscape: Female Prostitution in Western Societies*(Toronto: Butterworths, 1981), 164쪽.

Emily Post, Etiquette(1992, ed.), 인용은 Edmund Wilson의 "Books of Etiquette & Emily Post," *Classics and Commercials*(New York: Vintage, 1962), 378쪽.

Harper's Bazaar 1997년 7월호, 18쪽.

Elizabeth Wilson, *The Spinx in the City*(Berkeley: University of California Press, 1992), 16쪽.

Walter Benjamin, "Die Mauer" in *Gesammelte Schriften*, vol. IV, ed. Rolf Tiedemann and Hermann Schweppenhause(Frankfurt am Main: Suhrkamp Verlag, 1974~1989), 755~756쪽.

4부 길이 끝나는 곳 너머에서

Nancy Louise Frey, *Pilgrim Stories*, 132쪽.

Luz Benedict, 등장은 Edna Ferber, *Giant*(Garden City, N.Y.; Doubleday, 1952), 153쪽.

Norman Klein, *The History of Forgetting*(London: Verso, 1997), 118쪽.

Brett Pulley, *New York Times*(1998년 11월 8일 일요일), 3쪽.

Mick LaSalle, *San Francisco Chronicle*(1999년 1월 5일), E1.

Hannah Nyala, *Point Last Seen*(Boston: Beacon Press, 1977), 1~3쪽.

Paul Virilio, *Speed and Politics*, trans. Mark Polizzotti(New York: Semiotext, 1986), 144쪽.

Ivan Illich, *Whole Earth Review* 1997년 여름호.

Lee, "a Catholic American" pilgrim, 인용은 Nancy Louise Frey, *Pilgrim Stories*, 74~75쪽.

A. R. Ammons, "A Poem is a Walk," Epoch 제18권 1호(1968), 116쪽.

Yoko Ono, "Map Piece," 1962년 여름. © 1962 Yoko Ono. 전시는 1999년 샌프란시스코 CCAC Institute에서 열린 *Searchlights: Consciousness at the Millennium*.

정수일, 『실크로드 사전』(창비, 2013), 487쪽.

밀양 할매 할배들, 『탈핵 탈송전탑 원정대』(한티재, 2015), 12쪽.

이한열추모사업회 엮음, 『이한열 유월하늘의 함성이어』(혁민사, 1989).

옮긴이 김정아

영문학 석사, 비교문학 박사. 연세대와 한국외대에서 문학과 번역을 가르친다. 옮긴 책으로는 『죽은 신을 위하여』 『역사: 끝에서 두번째 세계』 『폭풍의 언덕』 『오만과 편견』 『발터 벤야민 또는 혁명적 비평을 향하여』 『발터 벤야민과 아케이드 프로젝트』 『사람을 위한 경제학』 『슬럼, 지구를 뒤덮다』 『감정 자본주의』 등이 있다.

걷기의 인문학   가장 철학적이고 예술적이고 혁명적인 인간의 행위에 대하여

1판 1쇄 펴냄 2017년 8월 21일
1판 14쇄 펴냄 2023년 2월 27일

지은이 리베카 솔닛
옮긴이 김정아

편집 최예원 조은 최고은
미술 김낙훈 한나은 이민지
전자책 이미화
마케팅 정대용 허진호 김채훈 홍수현 이지원 이지혜 이호정
홍보 이시윤 윤영우
저작권 남유선 김다정 송지영
제작 임지헌 김한수 임수아
관리 박경희 김도희 김지현

펴낸이 박상준
펴낸곳 반비

출판등록 1997. 3. 24.(제16-1444호)
(우)06027 서울특별시 강남구 도산대로1길 62 강남출판문화센터
대표전화 515-2000, 팩시밀리 515-2007
편집부 517-4263, 팩시밀리 514-2329

한국어판 ⓒ ㈜사이언스북스, 2017. Printed in Seoul, Korea.
ISBN 978-89-8371-864-8 (03800)

반비는 민음사 출판 그룹의 인문·교양 브랜드입니다.